红色文化研究（第3辑）

阎浩岗　李继凯　主编

河北大学出版社
·保定·

红色文化研究（第 3 辑）
HONGSE WENHUA YANJIU
DI-SAN JI

出 版 人：刘相美
选题策划：杨显硕
刊名题签：李继凯
责任编辑：郝　健
装帧设计：张彦琪
责任校对：牟　霖
责任印制：常　凯

图书在版编目（CIP）数据

红色文化研究 . 第 3 辑 / 阎浩岗 , 李继凯主编 . 保定 : 河北大学出版社 , 2024. 6. -- ISBN 978-7-5666-2386-7

Ⅰ . I206.6

中国国家版本馆 CIP 数据核字第 2024BF4712 号

出版发行：河北大学出版社
地址：河北省保定市七一东路 2666 号　邮编：071000
电话：0312-5073033　0312-5073029
邮箱：hbdxcbs818@163.com　网址：www.hbdxcbs.com
经　　销：全国新华书店
印　　刷：保定市正大印刷有限公司
幅面尺寸：185 mm × 260 mm
印　　张：14.75
字　　数：330 千字
版　　次：2024 年 6 月第 1 版
印　　次：2024 年 6 月第 1 次印刷
书　　号：ISBN 978-7-5666-2386-7
定　　价：68.00 元

《红色文化研究》编委会

目　　录

红色新闻传播研究

解放区文艺研究

“十七年”文学研究

新时代文学研究

红色文化传承与教育研究

书评

· 红色新闻传播研究 ·

从《晋察冀日报》看媒介形象传播成因

乔云霞[①]

摘　要：媒介形象传播对于塑造媒介品牌是相当重要的手段，本文拟以文献研究为基础，探讨敌后抗日根据地大报《晋察冀日报》媒介形象传播思想及经验，希望在媒介形象传播方面为新闻业界提供一些有意义的借鉴。《晋察冀日报》是敌后抗战根据地办报时间最长、影响最大、最为艰苦卓绝，打着游击"八匹骡子办报"的，被称为"民族的号筒"，所以选其为研究对象。媒介形象传播的核心应当是建立一种"公信力"，也就是媒介信息内容给读者的印象应当是公正的。在建构媒介形象的过程中，《晋察冀日报》创建了优秀栏目、刊载了大量优秀作品，形成了公信力。另一方面是晋察冀日报社作为实体同社会公众的沟通，也就是媒介外部公关的问题堪称一流。《晋察冀日报》媒介形象的成因：一、人的素质高是决定媒介形象好的主要条件。在邓拓的领导下，有一支打不烂、拖不垮、有着高度凝聚力的战斗集体。二、行为方式及形象，对社会公众具有强大的公信力、凝聚力、感染力和号召力。三、媒介形象将呈现出特定信息符号来提高报纸形象的辨识度。它的存在是新闻史上的一个奇迹，书写了中国革命史上光辉灿烂的篇章。

关键词：《晋察冀日报》；媒介形象；传播

媒介形象是指媒介在社会交往中形成的能够吸引注意力的品相，是受众对媒介组织的印象集合，具有"有价性""被评价性""技术表征"及"唤起联想"等特点，是媒介符号化的社会体征。在客观存在的事物和人的认知结果之间，媒介形象是一个重要的路径，而且这种重要性随着人们对媒介的依赖度提高而呈现出上升的趋势。媒介形象传播对于塑造媒介品牌是相当重要的手段，历来以文化事业自居并以传播为己任的新闻媒体开始注目自身形象传播却是不久之前的事情，但是不妨碍我们以媒介形象传播来分析历

---

① 作者简介：乔云霞，女，河北巨鹿人，河北大学新闻传播学院教授，主要研究方向为新闻史、新闻理论、名记者。

史上成功的报纸。本文拟以文献研究为基础，探讨敌后抗日根据地大报《晋察冀日报》媒介形象传播思想及经验，希望在媒介形象传播方面为新闻业界提供一些有意义的素材。

一、《晋察冀日报》传播有公信力

媒介需要形象，因为媒介自身生产能力的膨胀，需要吸纳更多的媒介产品的消费者。媒介产品消费无限膨胀的趋势决定了媒介必然成为社会“奇观”的制造者和推动者。媒介形象是认识外部世界的重要桥梁和参照，它不是客观世界在媒介中的简单呈现，而是涉及传受双方的意义传递，体现了一种动态的建构过程。新闻媒介作为一种文化事业，其形象的内容与层次上更加注重文化性和公益性；媒介承载的“喉舌”职责决定了媒介形象传播的舆论导向性。由于媒介产业的特殊性，媒介形象传播主要应从两个方面来说：一方面是媒介在自身的信息传播职能上的形象传播问题；另一方面是媒介作为实体与社会公众的沟通，也就是媒介外部公关的问题。媒介形象传播的核心应当是建立一种“公信力”，栾轶玫认为“公信力是媒介形象的一个重要影响指标，但不是惟一指标，它主要是指受众与传者之间形成的一种信任关系”①。在媒介形象中，公信力是大多数形象构件着力依附的一个要素。栾轶玫认为媒介形象中的公信力受到多方面影响，其中，议程设置失当、文本框架偏颇、不良广告、虚假新闻、有偿新闻是影响媒介公信力的五大杀手。前两种是隐性的、潜移默化的，后三种是显性的，对公信力的影响是直接的。

媒介信息内容的权威性、公正性、真实性构成了媒介信誉的基础。《晋察冀日报》信息内容给读者的印象是公正的。《晋察冀日报》其前身是 1937 年 12 月 11 日在河北阜平县城文娴街创刊的《抗敌报》，1940 年 11 月 7 日更名为《晋察冀日报》，出至 1948 年 6 月 14 日终刊，共计十年六个月零三天，共出版报纸 2854 期。在此期间，华北敌后抗战根据地此起彼伏出版了 226 种报刊，其中《晋察冀日报》日发行量最高曾达 5 万份，出版时间最长。②《晋察冀日报》是在中外资产阶级报人认为无法办报的情况下编辑、出版、发行的。作为中共晋察冀边区机关报，它是党的喉舌，要把党的路线、方针、政策、主张等及时传播给读者。

邓拓认为：“报纸是办给群众看的，人民群众是我们的服务对象。报纸一定要做‘热心人’，要关心群众，做群众的好朋友。广大群众关心的问题，不论是思想的、工作的、生活的或者是学习的，报纸都要敢于触及，给以回答。这样，报纸的读者会时时刻刻感到你是在关心他，报纸才能办得得人心，才能成为读者的知心朋友。”③

---

① 栾轶玫：《媒介形象建构的四个标准》，《视听界》2007 年第 5 期，第 18 页。

② 参见王晓岚《喉舌之战——抗战中的新闻对垒》，广西师范大学出版社 2001 年版，第 103—112 页。

③ 晋察冀日报史研究会编：《人民新闻家邓拓》，人民出版社 1987 年版，第 56 页。

报纸及时、准确地报道事实是其基本职责和重要使命。《晋察冀日报》一诞生就注意新闻报道的真实性，尤其重视重大事件的连续报道。

《晋察冀日报》对十余年发生的重大国际和国内，尤其是晋察冀边区的重大事件都进行了连续报道。在创刊初期就设立了《国际风云》专栏，报道国际重大事件，报道了德意法西斯对西班牙、奥地利、捷克等国的侵略，报道了国际社会援助我国抗日斗争的情况，尤其连续报道了白求恩和柯棣华无私的国际主义援助。1944 年 11 月围绕庆祝苏联十月革命节活动做了一系列的报道。对于世界人民反法西斯战争取得的胜利，该报也进行了全面的报道，唤起了人民群众精神上的共鸣，增强了人们取得民族解放的决心和信心。

日本侵略军实行烧光、杀光、抢光的“三光政策”，犯下了惨绝人寰的滔天罪行，激起我国人民同仇敌忾抗击日寇的决心。八路军前线记者团记者、《晋察冀日报》特约记者雷烨写了《冀东潘家峪大惨案》，报道敌人杀死我同胞 1200 多人的罪行。沈重、仓夷写了阜平县《平阳大惨案》，报道敌人残杀我同胞 1000 多人的罪行。雷行写了《血海深仇狼牙山》，揭露敌人在狼牙山残杀我同胞的罪行。戴烨等报道敌人实行细菌战，盂县人民成群死亡。记者怀着满腔仇恨揭露敌人的罪行和阴谋，激发人们的战斗意志和决心，齐心协力同敌人战斗。

对 1939 年八路军由游击战转向运动战的雁宿崖、黄土岭围歼战进行了声势浩大的连续报道。11 月 4 日在易县黄土岭，击毙了阿部规秀中将，震惊了日本，报社抓住时机进行了大张旗鼓的宣传。八路军前线记者林朗发表长篇通讯《黄土岭的胜利》，向读者报道了阿部中将指挥的侵略军覆灭的经过。《反“扫荡”》专刊发表专文，通俗地向读者介绍。毛泽东和蒋介石皆对此次胜利给予祝贺表彰。

1941 年，敌人“扫荡”狼牙山，为了掩护部队和老百姓转移出敌人的包围圈，八路军晋察冀军分区第 1 军分区 1 团 7 连 6 班班长马宝玉、副班长葛振林和战士胡德林、胡福才、宋学义担任掩护任务。他们沿途阻击敌人，打退敌人多次进攻，毙伤 100 多个敌人，子弹、手榴弹打尽，宁死不屈，在狼牙山棋盘坨跳下悬崖。马宝玉、胡德林、胡福才壮烈牺牲，葛振林、宋学义被山腰树枝挂住得以幸存。沈重随军采访，立即写了《狼牙山五壮士》，记述他们惊天地泣鬼神的壮烈事迹，使狼牙山五壮士的崇高爱国精神广为传扬，激励人们同敌人进行殊死战斗。

仓夷报道李勇率领民兵大摆地雷阵，鼓舞边区民兵广泛开展地雷战。他写的《纪念连》，真实生动地记述了冀中八路军一个连与当地民兵密切配合，进行村落战地道战，轮番作战歼灭大量敌人，他们顽强的战斗精神成为 1942 年冀中反“扫荡”战斗的代表，被誉为“纪念连”。辛夷和周游写的《伪“治安军”的复（覆）灭》，丁原写的《攻克察南重镇矾山堡》等，报道了八路军游击队对敌作战的英雄事迹。秋浦报道了《雁北英雄李三妈》。孙犁和曼晴记述了子弟兵在灵寿县陈庄一带对敌作战的事迹。1940 年，八路军对日军进行震惊中外的“百团大战”，田间、丁原、林采、夏风、沈重、张帆、王炜、辛夷等奔赴前线，参加“百团大战”的报道，充分反映了八路军歼灭日寇的英雄气概，鼓舞了全国人民对抗日战争胜利的信心。田间深入正太铁路沿线，连续写了《十六团》等 7 篇通讯。仓夷等报道的地雷战、地道战、麻雀战、雁翎队，林漫报道的盂县民兵在峡谷山上设的天雷阵，显示了抗日军民英勇机智的创造精神。田雨写的《滹沱河上人民的怒吼》，陈肇写的《安国民兵英雄刘通》……翻开《晋察冀日报》，可以看到记者、通讯员不断发表的抗日英雄的动人事迹，以及边区军民抗日战斗胜利的消息。这些报道所形成的精神内核凝聚民族意志力、向心力，在危急时刻维护了国家民族的尊严，维系了中华民族的生存发展。

对于根据地的民主选举、大生产运动和参军支前、交送公粮运动，《晋察冀日报》都进行了集中连续报道。这些真实公正新闻的传播，树立了我军战无不胜的英勇形象，鼓舞人们的战斗精神，以争取更多更大的胜利，也使《晋察冀日报》的媒介形象公信力得到提升。

社论写作有议程设置，受众之所以信任媒介，是因为他们将媒介议程、政策议程与（受众自己的）公众议程混同一致。社论发挥了报纸的旗帜和灵魂作用。战争环境里，交通不便、信息不畅，党报除了沟通信息外，其主要角色就等同于党的指示文件。这时期中共中央要求每个党员都“应当重视党报，读党报，讨论党报上的重要论文”①。《晋察冀日报》特别注重社论的写作，历时十余年出版 2845 期，撰写社论、评论 1000 多篇。②越是在反围攻、反“扫荡”时期，社论、评论越多，使报纸更好地指导工作、发动群众、引导舆论，更及时地解决问题。彭真曾代表边区领导强调：“《晋察冀日报》是共产党在边区文化上的铁军，是抗日统一战线和抗日战争的武器与思想卫士；她在思想上和干部上准备了和准备着坚持抗战团结进步的艰巨工作，她已成为边区人民的喉舌和思想武器。”③

《晋察冀日报》十余年里辗转迂回在日寇“扫荡”“合围”的敌人难以踏进的荒山野岭、穷乡僻壤，甚至深山幽谷、荒村古庙，在“夹缝”中办报，在“无人区”办报。他们一手拿笔，一手拿枪，打着游击用八匹骡子拉着改造后的设备，不间断办报，人称“八匹骡子办报”。在战争状态极度困难、危险，在炮火连天的情况下，每天把日报印发出去，发送到读者手中。人们对《晋察冀日报》的信任，是一种累积的资产。信任取得需要时间才能认可，但失去比取得信任容易而迅速，而且一经失去，则其恢复比取得时还难。公信力是媒介的权威性，在很大程度上影响并改变着人们对信息的认知，改变人

---

① 中国社会科学院新闻研究所编：《中国共产党新闻工作文件汇编》上册，新华出版社 1980 年版，第 86 页。

② 参见晋察冀日报史研究会编《晋察冀日报社论选》，河北人民出版社 1997 年版，第 2 页。

③ 王必胜：《邓拓》，人民日报出版社 1996 年版，第 27 页。

们的行为。媒介作为人们了解社会的平台与渠道，媒介形象的自我塑造不仅仅是媒介自身产业实践发展的需要，也是媒介生态调适的重要过程。媒介只有完成好自我形象的塑造，提升公信力和影响力，才能为媒介发展和信息传播提供源泉和动力。

时任中共中央宣传部长的陆定一了解各地情况，特别推荐晋察冀边区的抗敌经验，在《晋察冀边区粉碎敌人进攻中的几个重要经验》中曾对《晋察冀日报》的工作进行了充分的肯定，认为该报内容丰富，“在战时每期有很权威的社论，极其具体而且切实，没有不着边际的空谈。有本区的作战消息，占新闻的主要地位。有国际和国内消息，各均占一版地位。第四版登载专论、宣言、地方消息和通讯，有时还登一首新诗。这是一种模范的战时宣传鼓动刊物，看了令人满意”，“晋察冀的报纸工作确是做了模范，并给了我们很宝贵的经验”。① 聂荣臻称赞该报是“民族的号筒”②。

二、《晋察冀日报》外部公关堪称一流

媒介形象生产，不只是为了攫取商业利润，更是资本再生产和权力再生产所特别需要的新型的“意识形态的生产”。大众传播时代，形象资源表现为表面的“公共性”特征。这种“公共性”是一种对于社会公众行为实行广泛控制的“公共性”，是将一般受众转化为特定消费者群的“公共性”。在意识形态的建构上，直接表现为一个物质化的过程。常常经由公共宣传、广告和公共关系等有意识地树立或更正。

《晋察冀日报》外部公关堪称一流。根据不同的读者对象，创办了雅俗共赏的不同的副刊栏目，以扩大报纸的影响。以根据地工人、农民、妇女等为读者对象的多种副刊，有《抗战农民》《边区青年》《文化界》等，其中两个比较有影响的副刊是《海燕》和《老百姓》。《海燕》主要是面对文化水平相对较高的根据地文艺工作者，向他们介绍文学理论常识、各种文学写作样式及写作手法。《老百姓》是为普通群众所办，《抗敌报》在1938年11月21日的“先讲几句”中道出了它的宗旨：“就是告诉老百姓知道日本鬼子怎样不讲道理的来欺侮咱们，咱们又怎样起来赶走日本鬼子。简单的说，就是‘打日本救中国’。”《老百姓》的文字通俗易懂，从第4期的诗《上冬学》“我姓李，名老三/今年已然四十三/从小儿没把书儿念/跟人学过一二三/隔着行儿也认不全”中可见一斑。1942年元旦，《老百姓》还刊出了音乐家劫夫作曲、诗人方冰作词的歌曲《歌唱王二小放牛郎》，使得王二小事迹广泛流传，更激发了人们的抗日斗志。

同时还为敌占区同胞专办了《实话报》，进行抗日宣传。因为晋察冀根据地周围有北平、天津、保定、石家庄、太原、大同、张家口、承德、山海关、唐山等大中城市，以

---

① 《陆定一文集》编辑组编：《陆定一文集》，人民出版社1992年版，第175—176页。

② 聂荣臻：《题词》，《抗敌报》1938年6月27日第50期纪念特刊第1版。

及平汉、津浦、北宁、平绥、同蒲、正太等铁路交通线上和沿线的一大批敌占县城的万千同胞，他们在日本强盗的统治下，全国抗战消息十分闭塞，天下大事、抗日根据地的情况知道得很少。不知道我方的真实状况，从敌伪办的汉奸报上看到的都是欺骗宣传、毒化教育。偶尔听到从我们地下工作者口中传过去的抗战要闻、八路军打胜仗的好消息，高兴之余，却不满足。针对这种情况，他们创办了《实话报》。这个报名，是针对敌伪汉奸报的欺骗宣传而起的，就是用实话、真话、可信的报道，与敌伪汉奸的宣传抗衡。

《晋察冀日报》一报多营，既办报，又办通讯社、广播电台，又搞书刊出版、办书店，还创建了肥皂加工厂。它开创了中国共产党历史上办报的新局面。我们知道第一部《毛泽东选集》五卷本就是该社印刷的，出了平装与烫金精装两种版本。之后印过被誉为“民族英雄文字纪念碑”的《冀中一日》，白求恩的《疗伤初步》《时事丛书》《边政读物》，体现群众文艺新方向的《穷人乐》《冬学课本》《民众识字课本》《摄影常识》，专为报社通讯员出版的《论通讯员及通讯写作诸问题》。还出版了一些适合文化水平、政治水平较高些的读者需要的书，如《论民族民主革命》《中国通史简编》《社会科学概论》《鲁迅小说选集》等 100 余种书籍，还印了多种杂志。这些通俗读物的销售点和报纸一起遍及广大农村和许多机关、学校，为普及知识和提高群众文化政治水平提供了方便条件。

媒介形象虽然千姿百态，但其上总负载着一些稳定的共有要素，这些要素能够持久地吸引受众。从媒介角度而言，这些共有要素构成了媒介形象建构的核心标准，也是媒介形象建构的基准。

三、《晋察冀日报》媒介形象的成因

社会主义新时代，微博、微信等社交媒体营造了即时互动、自由宽松的公共舆论环境。媒介从来也没有像今天这样在生产中发挥如此关键的作用。信息的生产、传达、存储、安全、开发决定了社会生产组织的高效率，同时也决定了在这个生产过程中生产者的地位、作用和行为方式。在媒介成为生产力总体结构的轴心或枢纽的发展阶段，任何形象都必须通过媒介系统而重新确证其存在，在传播环境中获得生存和发展空间。在这方面，《晋察冀日报》为我们提供了经验。

（一）人的素质高是决定媒介形象好的主要条件

当我们考虑媒介形象的运行特点的时候，不应当忽略，在媒介形象背后仍旧是以人的存在为现实基础，并非媒介形象本身在虚空地运行。媒介形象表面上的神话有着实在的社会生产内涵。

《晋察冀日报》出版十年多，经过由小变大的过程，刚开始时“从 11 个人到几十个人，后又从 100 人，到 200、300、400 人，大概 530 个人是报社人最多的时候，抗战胜利后到张家口市办报，曾达到过 700 多人。如果把前前后后，进进出出的人都加在一起，总计是1300多人”①。他们都是来自全国各地抗日救国的爱国知识青年。有的来自延安，有的来自大后方，还有归国华侨。后来又从地方党委调进一批人，有实际工作经验的地县委宣传部长、县委书记等地方党委的领导干部，充实编辑记者的队伍。这支队伍，一手拿笔，一手拿枪，经历了血与火的考验。在邓拓的领导下，是一支打不烂、拖不垮、有着高度凝聚力的战斗集体。在残酷的游击战争年代，严峻险恶的战斗环境，许多同志受伤和牺牲。往往前面脱了险，后面又受阻击。有一次突围，邓拓的坐骑被敌弹打中，他摔了下来，差一点儿遇难。尽管“七进七出铧子尖”，情况极为艰难，但是大家心劲一致，团结一致。十年余，报社牺牲了59位编辑、记者、发行、电务和交通员。他们中最大的43岁，最小的仅15岁。彭真称《晋察冀日报》的新闻工作者是“边区文化战线上的铁的正规军”②。他们是顶天立地忠诚为国的好儿男，是大无畏的中华儿女，将古燕赵多慷慨悲歌之士的精神发扬光大至极。他们的英雄业绩闪烁着历史的光辉，让中华民族为之扬眉吐气，无限荣光。他们是民族精神的楷模，为我们树立了艰苦奋斗、英勇不屈的媒介人形象，永远值得我们学习。

（二）行为方式决定媒介传播形象

报道失真，会阻碍抗战的顺利开展，对最终胜利极为不利。《晋察冀日报》一诞生就注重新闻报道的真实性，尤其重视重大事件的连续报道。陆定一曾对此进行了充分的肯定：“战时派出记者，巡视各种情况，并特约一些在实际工作中的人员做通讯员，写了些切实反映地方情形，针砭工作缺陷，正确发扬工作优点的通讯。”他们没有“记者架子”，“每到一地，看见工作有什么不对，马上就动起手来干，有什么工作需要帮忙，马上就去参加。这样的记者，真不愧为‘战地报人’，他们所得到的影像也决不是浮面的了”，“他们的地方通讯，短小精悍，每则只有几十个字。特约的通讯则较长，但都切切实实，无一笔浪费”。③ 聂荣臻说：“《晋察冀日报》是反映我中华民族精神的、抗日救国的、能勾起人们灵魂的报纸。”④ 晋察冀日报的行为方式及形象，对社会公众具有强大的公信力、凝聚力、感染力和号召力。

（三）媒介形象将呈现出特定信息符号来提高报纸形象的辨识度

在新闻媒介经营产业化的话题中，不可避免应当论及媒介品牌和媒介形象传播的问

---

① 陈春森、白贵主编：《吹响民族的号筒——〈晋察冀日报〉的追忆与纪念》，人民日报出版社2013年版，第53页。

② 陈英：《序一》，陈春森、白贵主编《吹响民族的号筒——〈晋察冀日报〉的追忆与纪念》，人民日报出版社2013年版，序第1页。

③ 《陆定一文集》编辑组编：《陆定一文集》，人民出版社1992年版，第176—177页。

④ 陈春森、白贵主编：《吹响民族的号筒——〈晋察冀日报〉的追忆与纪念》，人民日报出版社2013年版，第4页。

题。而符号化，是大家所追求的。符号的功能将复杂物象简单化、标签化，强化“社会记忆”，固化特定信息，增加辨识特征。

品牌符号是无形资产的潜力。一提《晋察冀日报》，人们马上想到打着游击“八匹骡子办报”，这与它在树立报纸形象上的努力是分不开的。《晋察冀时报》精心组织公共关系活动。在公关活动中，人与人之间相互直接接触，不仅有信息的交流，还有情感的交流，可以深层次地传递媒介形象信息。判断一个媒介形象是否具有可传播的价值，其标准就是表意性，是形象的意义内容与外观形象。媒介形象是媒介组织的一种文化资本，主要是指媒介形象对于社会其他行动者“意识形态渗透及同化”的力度，它蕴含着潜在的价值，在某种程度上可行使“文化控制”的权力。媒介组织具有值得信赖的媒介形象，它所传递的价值观念、文化偏好，势必潜移默化地成为全民的一种“共识”，而这种“文化共识”是文化资本的一种呈现方式。

实际上，媒介形象除了基于社会交换而生的经济价值外，更有基于社会交往而生的关系价值。媒介形象是一种社会资本的概念，能够帮助我们认识到当下媒介在符号背景及关系背景下的一种全新生存状态。良好的媒介形象可以帮助媒介赢得公众的信任；良好的媒介形象为稳定和吸引人才创造了优越的条件；良好的媒介形象可以取得社会各界公众的支援和帮助；良好的媒介形象是媒介宝贵的无形资产。传播的目的，就是将媒介形象信息传递给社会公众，使媒介形象深植于公众心目中。

抗战动员视野下的《晋察冀画报》新闻摄影风格探析*

张金凤　任兴聪①

摘　要：《晋察冀画报》是抗日战争时期中国共产党在晋察冀军区出版的一份大型革命摄影画报，它面向根据地内外，以争取支持民族解放的各方力量。抗战时期《晋察冀画报》的新闻摄影风格受政治与战争形势、办报方针、摄影理念等影响，形成了具有政治性与战斗性、新闻性与艺术性、群众性与典型性的新闻摄影风格，发挥了视觉传播在战时宣传中的号召力、感召力与鼓动性。《晋察冀画报》所展现出的新闻摄影风格与抗战时期党的宣传诉求相契合，建构了“坚持抗战、团结、进步”的抗日根据地形象，实现了战时动员的历史使命，完成了战时文艺创作救亡转向，为后期红色影像风格的形成奠定了基础。

关键词：抗日战争时期；《晋察冀画报》；新闻摄影风格；抗战动员

“画报是以刊登摄影图像、绘画为主要内容的期刊，它用形象的、直观的图像传播信息和知识。”② 战时环境下，为更好地开展宣传动员工作，革命话语对大众视觉传媒进行了征用与改造。③ 与一些只顾消遣和娱乐、“为艺术而艺术”的都市画报不同，抗日战争环境下，视觉媒介与革命话语的融合使得“为抗战而艺术”的革命摄影画报应运而生。革命摄影画报是宣传革命活动的一把利器，是宣传动员的重要实践窗口。《晋察冀画报》创办于1942年7月，是由晋察冀画报社编辑印刷、晋察冀军区政治部出版的一份大型革

---

* 项目基金：国家社会科学基金项目“晋察冀边区中国共产党媒体的社会动员研究”（批准号：22BXW013）。

① 作者简介：张金凤（1978—　），女，河北昌黎人，河北大学新闻传播学院教授，主要研究方向为新闻史。任兴聪（2000—　），女，河北石家庄人，河北大学新闻传播学院硕士研究生。

② 梅益：《中国大百科全书·新闻出版》，中国大百科全书出版社1990年版，第149页。

③ 参见张伟《视觉修辞与〈晋察冀画报〉的“解放”书写》，《学术月刊》2023年第55卷第7期，第152页。

命摄影画报。[1] 画报在战斗频繁、物质条件极端困难的情况下出版发行，真实记录了晋察冀边区军民战斗、生产、生活等图景。《晋察冀画报》作为中国共产党革命摄影画报的起点，不仅是大众视觉传媒融入革命话语坚持群众路线、坚持抗战动员工作的成功实践，还代表着20世纪40年代中国共产党新闻摄影风格的优秀样态。

现有的研究主要从摄影史、画报史、人物研究、战争宣传等角度展开，对画报的创办历程与历史地位、人物经历与贡献进行史料梳理，以及运用文本分析、话语分析等研究方法探究画报的图像叙事、政治宣传、情感动员与形象建构等，其中不乏符号学、视觉修辞学等理论的运用，视角多样，成果丰富。结合当下研究发现，目前尚未对《晋察冀画报》的新闻摄影风格在传播中所产生的动员效果投入更多目光。基于以上的研究思路，本文认为抗日战争时期《晋察冀画报》各期的新闻摄影契合了党在抗日阶段的宣传要求，遵循了办报方针，秉持了群众路线，在长期抗战动员实践中，建构出了政治性与战斗性、新闻性与艺术性、群众性与典型性的新闻摄影风格，发挥了抗战动员的作用，激发了军民团结合作、共同战斗的意识，动员了各界人士广泛参与到抗日战争中去。因此，本文以全面抗战时期《晋察冀画报》为研究对象，探讨其新闻摄影风格的形成、特点，以及是如何通过对图像风格的极致呈现，从而在抗战动员工作中发挥重要作用的。

一、政治性与战斗性：服务抗战大局，激发抗战热情

党在不同的历史阶段都肩负着不同的政治任务。全面抗日战争爆发后，着眼于巩固抗日民族统一战线，坚持揭露日本帝国主义黑暗本质的政治目标，中国共产党领导下的报刊最首要的政治任务就是服务抗战大局，激发抗战热情，发挥战斗性。《晋察冀画报》是晋察冀根据地的第一份革命摄影画报，聂荣臻司令员在其创刊号中指出："五年的抗战，晋察冀的人民究竟做了些什么？一切活生生的事实都显露在这小小的画刊里。它告诉了全国同胞，他们在敌后是如何的坚决英勇保卫着自己的祖国；同时也告诉了全世界的正义人士，他们在东方如何的艰难困苦中抵抗着日本强盗！"[2] 可以说，《晋察冀画报》自创办以来就是晋察冀人民的代言人，肩负着传递斗争形势、争取动员各方抗日力量的重要政治任务，不仅具有鲜明的政治性，更传递出强烈的战斗性。抗战的政治主题决定了新闻摄影必须成为抗日斗争的武器，必须从抗战大局出发，以党的政策为指引，发挥揭露敌人阴谋本质、鼓舞军民英勇作战的战斗进攻性，成为与敌人争夺话语权的战斗据点。显然，战斗性是一种同时具备进攻与激励的重要力量，是促进政治任务实现的强大

---

① 参见河北省新闻出版局出版史志编辑部编《中国共产党晋察冀边区出版史资料选编》，河北人民出版社1991年版，第145页。

② 聂荣臻：《题词》，《晋察冀画报》1942年7月7日第1期第7页。

战斗武器；画报鲜明的政治性为战斗性提供了方向和目标，确保画报在战斗性的报道上始终沿着“一切为抗战服务”的政治方向前进。

报道内容上的战斗性具体表现在，一是勇于揭露敌人残暴本质，发挥新闻摄影对日抗战的战斗武器作用。画报共计刊登新闻摄影照片809张①，其中，揭露日军“三光”政策下对晋察冀边区军民进行烧杀抢掠的照片共计42张。从传播的角度来说，照相机就是枪，一张张的照片就是射向敌人的子弹。照片揭露了日本法西斯帝国主义企图吞并中国的野心，记录了残害无辜百姓的残暴真相。“图像始终是传递思想最确凿的方式”②，照片通过广泛的传播，进而激发了广大群众的复仇情绪，凝聚起强大的抗战力量，新闻摄影的战斗性得以发挥。二是呈现军民战斗场面与胜利情况，增强军民战斗的信心。画报的摄影记者深入战斗一线，记录了大量共产党大捷的战役，如收复涞源、喜峰口、平型关、插箭岭、妙峰山等。他们“一手拿相机，一手拿枪”③，在完成战地采访任务的同时，还和战士一起冲锋陷阵。在这里，相机与枪的战斗意义是等同的。从传播效果视角看，画报通过积极报道军民战斗情况与胜利场景，加强对英雄人物的报道和对缴获战利品清点罗列等场景的呈现是对我军战斗力的有力证明，可以起到鼓舞士气的作用，军民战斗的信心进一步增强。对《晋察冀画报》的照片题材加以统计，我们能够清晰地看到这一特点，其中直接表现战斗场景的照片有255张，其余“战斗英雄与战利品”“俘虏”“军民关系”“部队生活”等与战斗和军队有关的照片共计230张，相关“战斗与胜利”主题的照片数量达到了485张④，占到照片总量的60%，在画报所有主题中占有绝对优势比例，更加体现了画报新闻摄影的战斗风格。

从报道呈现角度上进行观察，在战斗主题的表达上，画报通过专题报道的形式来呈现，大致形成了“行军—战斗战况—胜利归来—群众夹道欢迎或展示缴获战利品和俘虏”这种全过程时间顺序式的报道公式，具有信息完整、逻辑性较强、易于理解且引人入胜的报道特点。具体到每篇报道，几乎都有对军人形象的建构和展示。军人是画报图像叙事中绝对的主体，内容涉及领袖、士兵以及军民合照等，共计457张（见表1）。其中，以士兵为主体的照片最多，占据军人照片的75.5%。在个体形象建构中，摄影记者善于

---

① 该数据根据山西日报新闻研究所影印的《〈晋察冀画报〉影印集（上）》（辽宁美术出版社1990年版）统计所得。《晋察冀画报》共计刊登新闻摄影照片809张（含封面、封底、肖像），战争主题包括揭露敌人42张、战斗与胜利485张；其余，政治主题109张，生产生活61张，文化教育22张，国际主题44张，其他合影、肖像等46张。

② 赵昊：《图说在场与政治动员——抗战时期〈解放日报〉政策宣传图像传播研究》，《淮北师范大学学报（哲学社会科学版）》2023年第44卷第5期，第72页。

③ 顾棣：《中国红色摄影史录》（上），山西人民出版社2009年版，第100页。

④ 《晋察冀画报》战争主题下有关“战斗与胜利”的作品共计485张，包含“战斗场景”255张、“战斗英雄与战利品”67张、“俘虏”40张、“军民关系”70张、“部队生活”53张。

运用特写镜头和仰拍视角来拍摄士兵主体，记录了士兵警戒、防御、进攻、追击等多种战斗状态，由此塑造和展现了人民军队“崇高、英勇、进步”的形象和精神面貌。摄影记者通过对军队战斗胜利以及军人形象的建构，一是激发全国人民团结抗日的勇气与信心，增强民众抗战必胜的底气与信念，强调正义必胜、不义之战必败；二是给饱受日军摧残的人民以情感告慰，塑造了八路军战士英勇战斗、不惧牺牲的形象。

表1 《晋察冀画报》（1—10期）军人照片数量统计

军人类别	领袖	士兵	军民合照	总计
数量	42张	345张	70张	457张

“《晋察冀画报》是在敌后最艰苦的阶段创办的。从开始筹备的那一天起，就一直用战斗的姿态进行工作。”① 并且，在敌人“扫荡”最残酷的时期，画报社仍然坚持《晋察冀画报》的策划工作，督促各单位的摄影记者深入战斗前线和基层进行采访和收集，敌人的凶残更加激发了新闻摄影的战斗性。政治与战争形势的紧迫是《晋察冀画报》新闻摄影开展与创作的现实基础，但不管是新闻性与艺术性，还是群众性与典型性，都是首先建立在“政治第一，坚持战斗”的基础上，服务于抗战要求。

二、新闻性与艺术性：秉持现场真实性，提升动员感召力

《晋察冀画报》的新闻摄影风格还受到沙飞新闻性与艺术性相统一摄影理念的影响。1943年反“扫荡”期间，晋察冀画报社全体上下系统地学习了毛泽东同志的《在延安文艺座谈会上的讲话》，在普及与提高内容与形式的问题上，沙飞提出：“报社目前所面临的正是如何在普及的基础上提高，如何用完美的形式表现内容的问题。一方面要继续坚持正确的政治方向，继续坚持为革命战争服务的原则，一方面也必须不断提高照片的艺术水平”②。这一时期，新闻摄影是抗日斗争的工具，它首先应满足抗日斗争的需要。在符合这个要求下，摄影记者可以充分发挥高超的艺术技巧，去拍摄出有高度艺术水平的照片。如果离开了新闻性，也就是离开了中心主旨，不过问政治，不关心抗日斗争形势，而单纯地谈论与追求艺术性，那就偏离了新闻摄影的道路，也就不能称其为新闻摄

① 顾棣：《中国红色摄影史录》（上），山西人民出版社2009年版，第41页。

② 石少华：《风雨十年——回忆与沙飞同志共同战斗的日子（续二）》，《摄影文史》2008年第1—2期，第15—16页。

影了。①

由于战争环境艰苦恶劣，《晋察冀画报》出版周期长且处于“一面反‘扫荡’，一面印画报”② 的非常状态。因此，新闻图像的时效性虽然是新闻的基本属性，但本文不将其作为考察新闻性的条件。具体到新闻真实性，沙飞始终坚持新闻摄影真实性的要求，明确提出反对摆拍或补拍的拍摄手法。沙飞认为：“不坚持真实性原则，主观地布置，补拍得到的照片，会引起战士的怀疑，那样新闻摄影就将失去鼓满士气、争取胜利的作用。虚假的作品，决不会产生力量。”同时还特别强调新闻摄影要“最迅速地反映现实，要紧紧抓住稍纵即逝的瞬间，并要最迅速地将所反映出来的现实诸相广泛传播出去，以扩大新闻照片的宣传教育作用”③。如作品《战斗在最前线》（第 6 期）汇总了“神仙山保卫战”“金龙洞抗击战”“沙岭战斗”“三岔战斗”“黑水窑战斗”“林泉伏击战”等多场战斗场面。摄影记者深入战斗一线记录了战士们战斗、胜利、缴获战利品等真实战争场景。这种重视新闻真实性与现场感的要求使得民众既能“看到”真实又能“感悟到”真实，深化民众印象，反复印证大众认知，从而形成共识，进而影响行为。

然而，仅仅满足上述新闻性的要求难以发挥出新闻摄影作品的感染力，这就需要画报摄影工作者在坚持新闻性的基本原则上追求更高一层的艺术性。这一要求强调运用构图、光影、色调等摄影技巧将新闻场景转化为富有表现力、感染力、冲击力的视觉图像，在注意照片思想内容和新闻价值的基础上强化画面的美感和情感表达力，进而触发受众的思考和行动。如 1943 年反“扫荡”期间，石少华拍摄的作品《埋地雷》（第 5 期）就是在坚持新闻性的基础上追求艺术性，使得画面生动且充满艺术表现力的典范。“此图抓住了民兵埋设地雷的精彩瞬间，堪称人民战争的经典作品。”④ 在构图上，远近呼应，动静结合。照片画面的背景是主力部队开赴前线执行任务，近景是民兵正配合作战部队埋设地雷，一面行军，一面埋地雷，战争即将到来的紧张和迫切感呼之欲出。近景中，四位埋地雷的民兵动作熟练，互相配合，动静结合下画面生动且富有张力。摄影记者以一种平拍视角妥善处理好了近景人物与背景的关系，整张照片的构图和谐有序，具有层次感和动态效果。光影上，顺光拍摄下整张照片较为清晰明亮，使得人物熟练的动作和严肃认真的表情能够被轻易观察到，人物的身体语言反映了作战的严谨性和纪律性。这种新闻性与艺术性的巧妙结合，既做到了对新闻事件的真实记录，又实现了“叙事性”深

---

① 参见严秋石《新闻摄影贵在富有战斗性——全国新闻摄影展览观后》，《新闻业务》1964 年第 6 期，第 30 页。

② 河北省新闻出版局出版史志编辑部编：《中国共产党晋察冀边区出版史资料选编》，河北人民出版社 1991 年版，第 204 页。

③ 河北省新闻出版局出版史志编辑部编：《中国共产党晋察冀边区出版史资料选编》，河北人民出版社 1991 年版，第 192 页。

④ 郑德金：《石少华作品选登及评介》，《中国记者》2017 年第 2 期，第 79 页。

层意义与情感结构的搭建，达成事实、意义、情感的多层递进式逻辑表达，作品被赋予了更为内在的思想与情感成分。

新闻性是新闻摄影的根本原则，艺术性是新闻摄影的表现形式，二者相得益彰。画报中的新闻摄影通过生动的形象传递出多元信息和思想，促使大众进行更深刻的意义解读，进行有效的抗战动员。必须承认，画报中的一些新闻摄影存在缺乏艺术性的问题，但考虑到战时环境下，战场的残酷激烈、战况的转瞬即逝以及胶卷材料的珍贵等多重因素，摄影记者必须将记录新闻事实放在第一位。如果要求每一张新闻摄影都具有艺术性，是苛刻的，也是不切实际的。虽然画报中一些新闻摄影在表现形式上并不完美，但我们必须看到抗战动员下沙飞提出的新闻性与艺术性相统一的摄影理念对后期新闻摄影艺术的发展是具有重要意义与参考价值的。

三、群众性与典型性：广泛发动群众，提升鼓动对应性

1938年5月，毛泽东在《论持久战》的演讲中，提出“兵民是胜利之本”① 的重要论断，把“民”放在了与“兵”同等重要的位置②。“只有坚决地广泛地发动全体的民众，方能在战争的一切需要上给以无穷无尽的供给。”③ 这是党重视人民群众的重要论述。1941年，聂荣臻司令员在指示《晋察冀画报》的创办工作时提到，“我们的画报要面向边区，面向群众”④。因此，战时环境下的新闻摄影在本质上是与群众密切相连的。鼓舞广大群众参与到抗日战争中来，既是《晋察冀画报》创办的方针，也是抗战动员的必然要求。报道群众积极投入抗日战争中的新闻事件，能够进一步增强群众的抗战意识，提高参与度，促进抗战动员的广泛性。为了实现全民抗战的鼓动目的，则需要发挥先进典型的示范引领作用。群众性是典型性的基础，是培植先进典型的土壤；典型性是群众性的凝练，也是动员群众的有力武器。对先进典型划分、提取、整合与深化，有利于提升群众动员的针对性、有效性与深入性。因此，《晋察冀画报》的报道注重宣传动员的群众性与政治表彰的典型性相结合。

从群众路线出发，画报传播最根本的指向在于让群众充分认识到抗日斗争关乎切身利益，组织与动员广大群众投入抗战行动中来。1941年6月，中宣部在《关于党的宣传鼓动工作提纲》中指出：“必须根据群众今天所切身懂得的东西，根据群众今天的觉悟程

---

① 毛泽东：《毛泽东选集》第2卷，人民出版社1991年版，第509页。

② 参见王润泽、王婉《中国共产党群众性抗战话语的实践与落地》，《山西大学学报（哲学社会科学版）》2022年第45卷第6期，第11页。

③ 毛泽东：《毛泽东选集》第2卷，人民出版社1991年版，第492页。

④ 田建平、张金凤：《晋察冀抗日根据地新闻出版史研究》，人民出版社2010年版，第108页。

度和水平进行宣传鼓动，必须使我们的宣传鼓动是能引起群众的兴趣与行动的，并在这种同群众打成一片的基础上逐渐提升群众的政治觉悟。”① 因此，《晋察冀画报》作为晋察冀根据地的革命摄影画报，摒弃了都市文化中的商业、消遣和娱乐的审美旨趣，以群众化、通俗化、形象化作为摄影题材与摄影风格的重要指引。摄影照片中的绝对主体为军人与百姓。摄影的背景是人们所熟悉的晋察冀边区战斗、生产、生活场景。在“主体＋场景”的图式下，总体呈现出的摄影风格真实生动且自然质朴，这种通俗易懂的风格在群众的鼓动工作中发挥了重要作用。在新闻摄影题材的选择和呈现上，画报契合了中宣部《关于党的宣传鼓动工作提纲》中提出的“抓住为广大群众所熟悉的事实；抓住为广大群众最切身的、最迫切的、最易感动的事实”② 的方针，侧重展现军民鱼水情，拍摄了有关人民群众武装斗争和军民团结的场景共计 99 张（见表 2）。如作品《广大强大的人民武装》（创刊号）、《从奴役下战斗起来的冀东人民》（第 3 期）、《钢铁的团结：反“扫荡”中的八路军与老百姓》（第 5 期）等，这些作品充分表明了晋察冀根据地人民群众对“驱逐日本帝国主义，建立自由平等的新中国”③ 的抗日政治目的的认同与拥护。画报紧密联系群众，重视人民群众抗日力量的呈现，让人民群众成为画报重要主体。一方面，群众通过画报与现实对照，真实体验感大大提升，符合大众认知的真实，鼓舞群众广泛参与到抗日战争中来；另一方面，正是因为有这样进步牢固的人民基础和团结向上的抗战氛围，才能孕育出无数的先进典型人物。

表 2 《晋察冀画报》（1—10 期）群众抗战报道照片数量统计

内容	人民武装斗争	军民团结	总计
数量	29 张	70 张	99 张

典型人物来源于现实生活，厚植于人民群众的土壤之中，又反哺于人民群众，对群众起到引领示范作用。在实际的政治传播中，党重视典型示范对一般群众的带动作用④，通过典型性增强群众鼓动的对应性。《晋察冀画报》选择具有代表意义的个体形象，提炼出人物的典型事迹，有关典型人物的摄影照片共计 37 张（见表 3）。在典型报道的形式

① 中国社会科学院新闻研究所编：《中国共产党新闻工作文件汇编》（上卷），新华出版社 1980 年版，第 105 页。

② 中国社会科学院新闻研究所编：《中国共产党新闻工作文件汇编》（上卷），新华出版社 1980 年版，第 107 页。

③ 毛泽东：《毛泽东选集》第 2 卷，人民出版社 1991 年版，第 481 页。

④ 参见张小静《抗日战争时期中国共产党政治传播的策略分析》，《中共贵州省委党校学报》2011 年第 4 期，第 122 页。

上，通过专题摄影报道的形式，运用“系列照片＋模范事迹”的宣传方式来塑造典型形象，其中最广为流传的当属对“狼牙山五壮士”事迹的宣传。报道主题方面，大致可以划分为歌颂缅怀革命烈士和赞扬推广模范与英雄两大内容。不同的典型人物，典型事迹虽然不同，但其在“拥护中国共产党的领导，坚持抗日斗争”方面具有高度一致的政治品质。报道主体方面，《晋察冀画报》提炼出的典型人物丰富多元，这些典型人物来自人民、代表人民，涉及不同阶层与身份，囊括了各类主体。如“晋察冀边区群英大会”（第5期）专题报道中的新闻摄影照片《晋察冀边区子弟兵战斗英雄——邓世军》《晋察冀边区爆炸英雄——李勇》《北岳区拥军模范——子弟兵的母亲戎冠秀》，涉及了八路军、民兵、百姓等多元个体。画报围绕“民—兵”“老—少”“男—女”等多重人物结构，全方面树立典型人物。综上，对典型人物的报道，画报呈现出政治性、全面性、示范性的特点。对多元身份典型人物形象的建构，一方面，展现了抗战时期晋察冀抗日根据地对于党的拥护是全面且深厚的；另一方面，真实可感的典型人物就在身边，表扬和讴歌群众中的典型，增强了宣传鼓动的说服力和对应性。

表3 《晋察冀画报》（1—10期）典型人物报道照片数量统计

典型人物	八路军	民兵	边区百姓	总计
数量	9张	15张	13张	37张

从报道比重上观察，画报对群众的报道整体高于典型性，呈现出“群众为主，典型适量”的报道特点。画报在坚持“以群众为主”的原则上，通过适量的典型报道发挥出“四两拨千斤”的宣传动员效果，并且充分认识到过度的典型报道一方面可能会导致群众产生“审美疲劳”甚至产生逆反心理，另一方面不利于保持媒体报道的客观与公正的原则。综上，群众性与典型性是新闻摄影的重要面向，抗战动员下人民群众为先进典型的成长提供了土壤和坚实的根基；而先进典型又为群众树立了榜样力量，激发了群众的积极性和创造力，进而促进了人民队伍中更多先进典型的涌现，壮大了革命队伍和抗战力量。

结　语

《晋察冀画报》代表着视觉宣传与基层群众路线结合在抗日战争语境下坚持抗战动员的成功实践，再造了内容与图像共同叙事的代表样态，彰显了抗战时期的时代主题与精神品格，具有宝贵的历史价值。一方面，画报紧跟抗战时事，围绕党的方针政策和办报方针，重视摄影理念的导向性，呈现了《晋察冀画报》抗战动员下政治性与战斗性、新闻性与艺术性、群众性与典型性的新闻摄影风格，发挥了视觉传播在战时宣传中的号召力、感召力与鼓动性，为观察晋察冀根据地提供了“窗口”，建构了一个“坚持抗战、团结、进步”的抗日根据地形象，实现了战时动员的历史使命。另一方面，新闻摄影将思想内容与艺术形式相结合，将社会现实与摄影理念相结合，实现了“为抗战而艺术”的抗日救亡创作转向。“红色摄影发端于抗日战争时期中国共产党领导下的抗日根据地，在战争过程中从摄影活动较为普及的晋察冀、陕甘宁根据地向其他根据地蔓延，历经抗日战争和解放战争，最终形成蔚为大观的红色摄影体系。”① 晋察冀作为较早创办摄影画报的抗日根据地之一，《晋察冀画报》的摄影理念与摄影创作风格为解放战争时期发展定型的红色影像风格积累了大量的拍摄理论与实践经验，为最终红色摄影体系的形成奠定了坚实基础。

---

① 杨健、王玲：《〈晋察冀画刊〉与解放区红色影像风格的形成》，《中国新闻传播研究》2023年第1期，第107页。

触发与共鸣：共情视角下红色文化的创新传播*

王　倩　赵　然[①]

摘　要：在新时代继承红色基因，弘扬红色精神，传承红色文化，提升红色文化的表现力、传播力与影响力，具有重要的现实意义。共情视角的引入有助于提升红色文化传播实效，提升红色文化引领力。文章以共情视角考察红色文化的网络传播，将红色文化共情传播触发机制提炼为空间文本和媒介文本之上的“由物及我”、情感共鸣和文化认同之下的“由我及物”以及“第三层”文本传播的共情效应扩散三个层面，并提出通过依托技术赋能、调整文化表达、搭建传播矩阵等创新路径，唤起受众共鸣，创新红色文化的网络传播路径。

关键词：红色文化；共情传播；触发机制

在媒介化生存视阈下，红色文化需要创新传播才能更充分地发挥价值引领作用，提升红色文化在网络传播的表现力、传播力和影响力，是当下传播学研究的重要议题。当前，红色文化传播已经从传统的宣传语境中延伸到多元化语境，技术赋能打破行业、平台、文化形式的边界，对红色文化进行多维度阐释与表意输出，使红色文化创新传播备受期待。然而，现实的红色文化传播存在短板，传播主体囿于媒体和精英群体，红色文化常以固定的理性宣传模式在媒体呈现，在受众认知中形成心理学上的“定势效应”，进而降低了受众对红色文化的亲近感。面对红色文化网络传播的局限性，共情传播提供了破局之道。本研究将红色文化作为研究本体，从共情传播视角切入开展研究，在文化共融的背景下寻找红色文化传播的共情基础，探究共情传播触发机制，进而提升红色文化

---

* 项目基金：河北省 2021 年社科基金项目“河北红色文化资源网络传播研究”（批准号：HB21XW005）。

① 作者简介：王倩（1984—　），女，河北保定人，河北大学新闻传播学博士研究生，保定学院副教授，主要研究方向为文化传播。赵然（1974—　），女，河北保定人，河北大学教授、博士生导师，主要研究方向为文化艺术传播。

传播的质量、力度和效果。

一、理论溯源与研究问题

“共情”是一个心理学概念，也译为同理心或移情性理解，指的是个体准确地理解他人的情感，并在特定情境下做出准确情感反应的一种能力。① 共情的产生包含“情绪感染”“观点采择”和“共情关注”三种成分或三个阶段。受众共情的重要性在于，它不仅能够在载体上影响受众的情绪体验，还能帮助引导受众的社会行为，帮助受众建立新的社会价值观或者强化已有的社会价值观。在媒介化语境下，网络媒体传播呈现“情感化”转向特征，共情的逻辑明显受到媒介逻辑影响，形成了基于媒介化形态的共情传播。②

目前学者对共情的研究日渐多元化，从传播学领域来看，学者在共情的基础上探究共情传播的概念与应用范畴，赵建国认为“共情传播是共同或相似情绪、情感的形成过程和传递、扩散过程”③，唐宁等提出“共情传播是传播者与受传者策划、表达、共鸣、获得、反馈的系统历程，传播过程也就是共情过程”④。有学者将共情作为一种基础理论，阐释共情传播的触发机制并应用于实践，涉及对外传播、跨文化传播、新闻报道、节目创作等主题，落脚点多为塑造良好国家形象、讲好中国故事。刘海明等认为共情传播始终贯穿于新闻舆论的传播过程，涉及国内外政治、社会和文化建构等方面的共情应用与量度把控。⑤ 黎藜等发现共情传播在主流媒体媒介融合的发展过程中，能够打破严肃的话语形象、激发受众情感共鸣、重塑有温度的媒体形象和提升舆论引导力。⑥ 赵瑜等在观察类真人秀节目的审美过程中，发现共情效应是节目文本与受众之间经由情感和认知的共同作用产生的良性互动，并提炼了真人秀节目中共情的产生机制。⑦ 周榕等立足于媒介的内容生产，阐明冬奥会共情传播的触发机制和冬奥会跨文化共情传播的实践

---

① 参见唐润华《用共情传播促进民心相通》，《新闻与写作》2019年第7期，第1页。

② 参见彭修彬《文化接近性与媒介化共情：新冠疫情中的数字公共外交探索》，《新闻大学》2020年第12期，第76页。

③ 赵建国：《论共情传播》，《现代传播（中国传媒大学学报）》2021年第6期，第47页。

④ 唐宁、唐然：《共情理论视域下重大突发事件微纪录片的视听传播探究》，《中国电视》2020年第8期，第9页。

⑤ 参见刘海明、宋婷《共情传播的量度：重大公共卫生事件报道的共振与纠偏》，《新闻界》2020年第10期，第11页。

⑥ 参见黎藜、吴嘉恩《主流媒体从叙事到融情的共情传播策略研究——以〈人民日报〉新冠肺炎疫情报道为例》，《传媒观察》2021年第8期，第35页。

⑦ 参见赵瑜、沈心怡《观察类真人秀的共情效应及其触发机制》，《现代传播（中国传媒大学学报）》2020年第12期，第92页。

创新路径。① 总体来看，共情传播已经成为当前传播学研究的一个重要方向，但是对于共情传播的定义和内涵仍存在一定的争议，需要进一步澄清和完善，对于共情传播的触发机制和应用实践也需要进一步深入探讨和研究。

笔者沿袭共情传播融于实践的研究理路，从“共情”视角切入，以受众的共情体验和情感反应为基础，借鉴共情效应的产生机制探究红色文化共情传播的触发机制，以期突破红色文化传播的定势思维，创新具有群众情怀的红色文化传播模式，通过共情传播引导受众建立文化价值观，提升文化自信。故此，本文试图厘清的问题是红色文化的共情传播何以成为可能？如何触发红色文化的共情传播，建立起良好的文化传播沟通模式？蕴含情感性的红色文化要素如何融入受众的信息空间，进而激发受众的共情效应？如何借由共情效应实现依托红色文化的受众圈层互动？

二、红色文化共情传播的触发机制

红色文化因为深厚的价值底蕴和家国情怀，具有和受众产生情感连接的先天条件。但是共情效应不是无条件生发，其产生机制包括自下而上的情绪感染和自上而下的认知调节两个过程。情绪感染是受众产生共情关注、情绪变化的过程，认知调节是受众进行观点采择的过程，红色文化内容生产需要考量激发受众产生情绪共情和认知共情。结合共情传播的研究成果，红色文化共情传播的触发机制可以概括为空间文本和媒介文本之上的“由物及我”、情感共鸣和文化认同之下的“由我及物”以及“第三层”文本传播的共情效应扩散。

（一）空间文本和媒介文本之上的“由物及我”

空间文本从物质结构上建构共情情境，媒介文本从意识形态上引导共情，空间文本和媒介文本相辅相成。在意象建构、内容呈现、叙事话语上，空间文本和媒介文本建构起双轴联动，激发受众的情感认知，营造共情氛围。

1. 红色展馆提供共情情境

受众产生共情需要特定的情境，情境就是在一个给定的时空场域中所展现出来的整体境况和环境条件，包括所有事物或信息，它能够影响或决定个体的情感、情绪及认识、判断。② 红色展馆作为一种文化传承的空间文本，通过革命文物等红色文化符号，以丰富的内容呈现构建高效的共情情境，成为产生共情的桥梁和媒介。革命文物等展品不仅具有历史价值，更是承载着无数革命先烈的英勇事迹和革命精神。通过讲解员的讲解和

---

① 参见周榕、吕诗俊、张德胜《奥运会中的跨文化共情传播与实践创新路径——对2022年北京冬奥会传播的思考》，《新闻与写作》2021年第10期，第100页。

② 参见赵建国《论共情传播》，《现代传播（中国传媒大学学报）》2021年第6期，第50页。

多媒体技术的运用，受众在参观红色展馆的过程中能够更加深入地了解这些展品的背后故事和历史意义。红色展馆的呈现能够唤起受众红色文化记忆，从而在共情情境中建立起受众和红色文化的联系，唤起观众的情感共鸣，并记忆、理解和深入发掘红色文化的内涵。因此，红色展馆能够提供时空场域展示红色历史和红色文化的交汇，延伸空间文本下红色文化的活力和影响力，使受众的集体记忆维系在一起，促进红色文化的传播。

2. 红色故事引导受众情绪共情

情绪共情是指感受他人情感的能力，红色故事作为激活受众共情效应的元素发挥了引导受众情绪共情的作用。在红色故事呈现过程中，人物要素是故事讲述的驱动力，推动故事情节发展，利用英雄的原型沉淀可以增强情感性表达，强化英雄主义共情，弱化政治色彩，进而让受众接受红色文化的熏陶。央视节目《故事里的中国》是典型的红色故事赋能综艺节目，节目重新演绎的《永不消逝的电波》《林海雪原》《烈火中永生》《焦裕禄》等经典故事，通过故事中所传达的情感价值，引导受众的情感指向，使其对红色故事和英雄人物背后所代表的价值观和理念形成认同和共鸣，这种情感共鸣有助于促进受众对红色文化的接受和信仰，延拓了共情的广度与深度。另一方面，中国红色资源文化丰富，在受众认知“缝隙”中存在大量不为人知的情感故事，尤其是区域内熟悉度较低的红色英雄人物和红色故事，对于本地受众具有认知吸引力，将陌生化的英雄事迹通过媒介文本带给受众，能够唤起受众英雄情结，继而引发受众共情。

3. 红色意象激发受众情感共鸣

意象是非个体化的想象物，往往植根于特定的时代语境。作为红色文化记忆的表征符号，红色意象具有深厚的历史文化背景，通过钩沉历史建立起受众对红色文化的深切感知与情感认同。认知共情是理解和考虑他人观点和情感的能力，受众对红色文化的认知共情可以建立在对红色意象的理解之上。视觉意象的建构存在不同的维度和面向，相应地形成不同的意象形态，可以分为原型意象、概念意象和符码意象。① 红色文化中呈现的原型意象有红色展陈、红色景区、红色英雄等，原型意象本身携带元语言，创设了文本释义的红色文化语境，使红色文化语境具象化。原型意象可以引申出概念意象，表征为符码意象。比如原型意象“长征战士”，可以引申为“奉献”“忠诚”“勇敢”等富有情感的概念意义，“英雄”所对应的集合性的符码意象可以表现为“小米加步枪”“绑带布鞋”“竹斗笠”等元素。英雄形象对应的符码意象广泛呈现在传播场域中，概念意象就被生产出来，红色意象中呈现的视觉图像和情感概念之间建立了隐喻关联。当受众接触到对应的符码意象，情感概念发挥作用，认知共情也随之延展，实现了从意象符号到情感概念的转变。

---

① 参见刘涛《视觉修辞学》，北京大学出版社 2021 年版，第 183 页。

（二）情感共鸣和文化认同之下的“由我及物”

受众自身的情感共鸣和文化认同，能引发“由我及物”的共情认知。受众社会化的情感和价值观是激发共情的调节者，从情感投射和观点采择切入使受众建立和构建共情认知。

1. 个体记忆与红色记忆连接驱动情感投射

情感投射是指个体将自己的情感体验投射到外界人物、事件或物体上，这种现象的产生通常是因为个体与外界产生了共鸣。情感投射不仅是个体对外界元素的情感体验，还可能进一步影响个体的行为和思维，从而影响决策。对于受众来说，个体记忆与红色记忆是相互交织、相互渗透的，这两种记忆的交叉重叠能够引发受众的社会化情感投射，进而触发情绪共情。对于受众而言，红色意象符号是红色记忆的重要载体，“南湖红船”“长征”“新青年”等红色意象的象征性含义已经获得社会公众认可，并转换为个体记忆。《觉醒年代》热播后，安徽“延乔路”摆满鲜花和卡片，这是公众自发的情感投射，也形成了群体情感共鸣的联结点。在新冠疫情暴发后，大批的“90后”“00后”的青年群体投身抗疫一线，成为主力军，这是他们个体记忆之上对爱国情感的集体演绎，是个体将无私无畏的精神和迎难而上的斗志联结成群体情感的情感投射，重构并丰富了红色记忆。

2. 认知共情层面的观点采择影响情感指向

在红色文化共情传播中，受众的观点采择发挥着重要的作用。心理学家指出，共情包括情绪成分和认知成分。其中，观点采择是共情的认知成分，它是指受众从他人视角或情境出发，想象、推测和理解他人态度与感受的心理过程。① 当受众接收信息时，会根据自身的认知和价值观对信息进行选择、加工和评价，并与信息传播者产生基于认知基础上的共情。观点采择是激发认知共情的重要推手，可以影响受众的情感指向，进而影响受众对文化的接受、认同和行动。在红色文化传播中，一系列象征性语言和形象可以引发受众的认知共情反应，与受众的原有观点和价值观产生呼应，并对受众的观点采择产生影响。在2024年1月的《时代楷模发布厅》节目中，中共中央宣传部授予海军南昌舰党委“时代楷模”称号，引发了受众积极关注和讨论。受众对海军南昌舰时不我待、责无旁贷的使命感和先锋意识强烈认同，也被26岁第一女操舵手徐文茜的热血青春所感动。这种精神与受众原本的知识结构和价值观念相符，进一步激发了受众的分析和讨论，进而影响了受众的情感指向，实现了“由我及物”的共情效应。

（三）“第三层”文本传播带动共情效应扩散

菲斯克认为，电视节目“在解读的时刻变成了文本，当它与它的大量受众之中的一位成员发生互动时，会激发产生某种意义或者愉悦之情”②。按照此观点延伸，结合媒介

① 参见吴飞《共情传播的理论基础与实践路径探索》，《新闻与传播研究》2019年第5期，第64页。

② ［美］约翰·菲斯克著，祁阿红、张鲲译：《电视文化》，商务印书馆2005年版，第14页。

的互文性，观众本身通过对媒介体验的交谈或写作而生产和再生产出来的文本可以称之为“第三层”文本①，该文本更加强调媒体和观众的主观能动性，同时关注了文本传播过程中的情感传递。在社交媒体平台中，新型传播模式更进一步拓展了文本的互文性，给受众提供了更丰富的发表、评论、收集、共享的方式，实现了多向的信息传播，让受众和媒介实现了实时的文本生产，并为共情效应的产生与扩散提供条件。比如央视新闻发布的重温红色故事“老人因半床被子等了红军56年”，迅速冲上了微博热搜第二。在央视的连线中，朱小红深情回忆了他奶奶跟三个女红军战士生死相依、军民鱼水情深的故事。“半条被子”的红色故事感动了全网网民，阅读数量达到1.7亿次，7500多网民在话题“知道你是为了谁，致敬!”中留言并表达敬意。这个案例中，受众和平台协力生产的“第三层”文本，推动了红色故事的传播与红色情感的传递，带动了共情效应在新媒体平台的扩散。

三、红色文化共情传播的优化路径

红色文化的传播需要考量共情触发的有效性，关注红色展陈、红色故事以及红色意象在共情效应中的作用，建立起个人记忆与集体记忆的关联，实现红色文化的社群互动。在操作层面可以从依托技术赋能、调整文化表达、搭建传播矩阵出发，借助虚拟现实、大数据等前沿技术，多渠道传播融合运营，构建红色文化的整体宣传模式，为社会发展带来积极的文化影响和社会效益。

（一）依托技术赋能增强情绪感染

1. 人工智能助推共情体验

人工智能在红色文化共情传播中扮演着重要的角色，为共情传播的自动化、智能化和精准化等带来了机遇。② 借助大数据技术与智能算法的深度融合，计算宣传能够实现对用户行为数据和情感态度的深度洞察与智能化处理，进而精准描绘出用户画像，为用户提供与其需求高度契合的个性化红色文化内容。这一创新服务模式旨在优化用户获取信息的过程，显著提升信息获取效率，更充分地满足当今用户对于多元化、个性化内容日益增长的需求。通过实施精准推送策略及场景化适配机制，计算宣传能够巧妙地将红色文化元素融入不同的生活应用场景中，让用户在日常生活中自然地接触到并感知到红色文化的深厚底蕴和独特魅力。特别是在社交媒体平台上，利用先进的智能算法深入剖

① 参见［英］丹尼斯·麦奎尔著，徐佳、董璐译《麦奎尔大众传播理论》，清华大学出版社2019年第6版，第325页。

② 参见邓建国、黄依婷《以情动情：人工智能时代的对外共情传播》，《对外传播》2023年第6期，第8页。

析用户的兴趣偏好及其行为特征，系统能适时推送富含红色象征意义的故事、视频、新闻资讯等内容，引导用户更深层次地理解和体验红色文化的价值内涵、情感联系及其精神实质。

2. 沉浸式情境营造“共感”空间

在红色展陈等空间文本中强化共情情境，利用沉浸式情境体验和新媒体技术来构建红色文化的“共感”空间，将红色体验元素、文化创意与空间文本、媒介文本的传播效果联动，满足受众的多元需求，让受众在沉浸式体验中得以直观认知，重温历史价值与精神内涵。在红色文化空间文本中依托科技熔铸传统红色文化，采用3D影像、虚拟现实等手段，结合文艺表现手法，构筑起红色文化“共感”空间，从新颖视角展现红色文化的内核。此举旨在为受众创造触动情感的情境，搭建起接触和欣赏红色文化精神的新触点，进而激发其参与意识与自发传播行为。例如新华社推出的《红色追寻·第四季》红色综艺节目，巧妙融合歌舞、话剧、快闪、情景剧等多种文艺形式，围绕“百年正青春”的主题创作沉浸式戏剧内容，为青年群体提供了独特的“共感”体验平台。该节目连续11天直播9场，全网播放量突破3亿次。节目跟随中共中央的红色足迹，探访上海、瑞金、遵义、延安、西柏坡等7座城市，行程超7000公里，以“情感动员”唤起受众的红色文化记忆，形成更深层次的红色文化认同。

（二）多维度调整文化表达促进观点采择

1. 利用柔性内容增强文化温度

红色文化作为一种蕴含深厚底蕴和丰富精神意蕴的文化形态，兼具虚实交融与刚柔并济的特点。红色精神不仅体现为英勇无畏的热情激昂和坚韧不拔的艰苦奋斗，也流淌着深沉而浓厚的人文关怀和温暖情感。在传播红色文化的实践里，应在确保原有红色文化内核完整传承的同时，融入更多柔性元素，以提升内容的亲和力与感染力。柔性内容融入红色文化传播，能够更精准地触及受众的情感共鸣点，增强其参与互动的积极性与分享意愿，从而拓展共情传播的辐射范围。具体操作中，需积极关注并回应受众的情感诉求，塑造饱含温度的红色人物形象与情感故事。例如在《红岩》中展现江姐母子深情厚谊的情节，《高山下的花环》描绘生死相依的战友情深，此类柔性内容在红色叙事中扮演关键角色，有力增强了故事的艺术感染力和思想深度，推动了情节发展、人物性格丰满以及主题内涵升华。柔性内容的策略性融入方式，使得观众能够在更加自然轻松的状态下理解和接纳红色文化的核心要义，并进一步加深他们对红色文化的感知认同和价值共鸣。

2. 设置共情议题引发文化认同

红色文化共情效应的触发，关键在于强化对其蕴含的价值观念、信仰寄托、精神内涵以及符号象征的认同与共鸣，从而点燃公众的爱国主义情怀、集体归属感和身份认同，有力地提升社会团结力与文化自信。优质的故事议题通常蕴含深厚的情感张力，其中情感或理念能触动听者的个人情感，从情感共鸣升华至价值共识。策划红色文化的共情议题时，可借鉴传播学中的议程设置理论，聚焦于红色记忆的挖掘、革命精神的弘扬、文化符号的诠释等维度，并借助诸如红色文艺演出、红色文化展览、主题教育活动及红色旅游等多种形式和载体来设定相关议题。议题与活动的融合，能够提升议题的亲民性和感染力，引导受众思考红色文化与日常生活间的联系，发现并创新红色文化艺术的表现形式。近年来，像《觉醒年代》这样的红色影视剧作品成功引发了广大观众强烈的情感共鸣和爱国热情，衍生出一系列深入人心的共情议题，如“《觉醒年代》YYDS”“《觉醒年代》的隐喻绝了”“看《觉醒年代》的我”等，在微博平台上获得了过亿次的阅读量。这些共情议题伴随着影视作品的传播发酵，使观众在观看过程中关注到剧中所展现的“家国情怀”“民族精神”“理想逐梦”等主题，并通过弹幕、评论等形式进行社交互动与自主表达。观众的这种交互行为正成为构建与发展红色文化的新动力，有效发挥了红色文化的社会引领作用。

3. 借助文化融合突破共情边界

随着媒介环境的演变，多元文化交融成为当今社会不可逆的发展潮流。在红色文化传播范畴内，文化融合对推动创新与发展具有显著作用。将红色文化与其他文化巧妙结合，能够使红色文化紧密联系当下时代脉络，吸收其他文化特质，以新颖传播方式展现红色文化的独特魅力。例如，在红色文化与青年亚文化的交汇传播中，红色文化因其强烈的政治内涵和时代烙印而鲜明，而青年亚文化则强调个性表达和流行趋势，两者可相互借鉴。红色文化可以汲取青年亚文化中的时尚元素，将其融入动漫、说唱、游戏等多样化的传播载体之中，从而吸引更多年轻人关注并参与到红色文化的传承中来。除青年亚文化外，比如江西上犹“红色文化＋畲族文化”的融合实践，成功带动了乡村旅游热；上海长宁区通过红色法治文化的创新演绎，也呈现出崭新的文化景观，这些都是值得参考借鉴的成功案例。但是，在红色文化与其他文化交融的过程中，务必注意保护和传承文化本源，防止价值流失和意义模糊化。同时要警惕文化冲突与误解的发生，加强跨文化和转译传播过程中的交流理解，以此构建全新的文化视角，并逐步突破红色文化在共情层面上的既有边界。

（三）搭建传播矩阵强化共情扩散

1. 多平台覆盖提升共情广度

推动红色文化的共情传播，亟须整合并优化红色文化资源的全媒体共享机制，构建起立体化的红色文化传播网络体系。以主流媒体为引领核心，系统性地融合“报、网、端、微、屏”等多元化渠道，通过精心策划、深度采写、精准编辑、高效分发以及实时反馈等全流程运作，将单一媒介的优势转化为跨媒介的综合竞争优势。然而，当前我国在红色文化资源网络传播矩阵建设方面尚存在显著不足。以河北省为例，依据 2016 年国家发布的《全国红色旅游经典景区名录》，该省坐拥 14 处列入名录的红色旅游经典景区，包含31个具体景点。截至2023年6月，这31个景点在网络平台上的传播矩阵布局不尽如人意。仅安新县白洋淀景区实现了对微信公众号、抖音、快手、微博四大平台的全面覆盖；其余景区中，有5个景区开设了三个平台账号，6个景区开设了两个平台账号，10个景区仅仅依托微信公众平台进行宣传推广，而遗憾的是，还有9个景区未在任何主流社交平台上开通官方账号进行景区信息传播。

在媒介生态发生深刻变革的新时代背景下，红色文化资源在网络空间中的自我传播能力缺失，极大地制约了其传播力和影响力的提升，同时也削弱了红色文化从物象到情感共鸣的基础语境构建。因此，构建完善的红色文化自我传播矩阵，并与主流媒体及其他重要传播力量形成协同效应已成当务之急。在实际操作层面，应打造集新闻资讯、社交互动、问答功能及视频内容于一体的APP运营矩阵，建立涵盖长视频、中视频、短视频和直播在内的多元视频传播矩阵。通过多平台全方位覆盖和跨平台的互动合作，推动红色文化的广泛传播和有效共享，从而拓宽红色文化的情感共鸣边界。各平台的内容生产必须兼顾不同平台的风格特点及其用户画像特征，确保能够吸引并满足不同平台用户的个性化需求。例如，在微博平台上发布简练精辟的信息引发关注和转发热潮；在微信公众号则提供详尽深入的报道和分析文章；而在抖音等短视频平台，则借助短平快的形式，生动展示红色文化的历史故事和人物形象。此外，加强跨平台的互动协作，促进信息的多向流动，比如在知乎等问答社区解答用户问题，引导用户跳转至微信公众号或抖音等平台深化交流与互动，进而增强用户的黏性和活跃度，使红色文化真正实现全域全链路的有效传播。

2. 多元主体协同传播提升共情参与度

随着社交媒体的强势崛起以及“融合文化”时代的全面到来，信息生产主体的格局发生了深刻变革，不再局限于传统的以政府和主流媒体为核心的局面。如今，基于受众及个人的积极参与，文化传播领域涌现了一大批新的主导力量，实现了巴赫金所提出的多元对话、众声喧哗的复调传播模式向纵深发展的转变。詹金斯进一步阐述，在新旧媒体交融激荡的过程中，“融合”的理念越发凸显消费者在媒体内容创新与信息生产过程中的主动性参与角色，他们不仅作为接收者，更成为积极创造和分享信息的重要参与者。① 这一变化揭示了媒介环境正在经历由单向传播到双向互动再到多维共创的演进趋势，标志着信息传播新时代的开启。基于此，在红色文化传播过程中，除了政府、媒体等主力传播队伍，需要积极动员广大受众共同参与，构建基于社交关系的红色文化传播网络，实现更为广泛的社会参与和全员传播。

构建多元主体协同的全员传播模式，用户参与度与互动性的强化是不可或缺的核心

---

① 参见［美］亨利·詹金斯著、杜永明译《融合文化：新媒体和旧媒体的冲突地带》，商务印书馆2012年版，第6页。

要素，持续提升用户的黏性至关重要。在红色文化的网络传播实践中，可以通过一系列策略深化用户联系和增强其归属感与参与意识：首先，培养具有影响力的网络意见领袖，以他们的示范效应引导更多用户关注红色文化；其次，构建并活跃用户社群，建立共享交流的空间，促进用户间的深度互动；再次，策划线上线下相结合的丰富活动，使用户能够在不同维度体验红色文化的魅力。此外，借助“虚拟现实”等新媒体技术手段，将红色文化元素融入受众日常生活情境之中，构筑起一座连接红色文化和受众之间的虚拟桥梁，让受众能够以更加贴切、富有情感温度的方式主动参与到红色文化的传承与创新中来，在网络社群内部实现红色文化与广大受众之间的真实对话和共鸣。例如近几年引发热议的红色 H5 作品《快看呐！这是我的军装》《红色记忆》以及《穿越中国 70 年》等，它们紧贴红色历史脉络和社会重大事件主题，辅以强烈的革命氛围渲染，易于激发用户的互动参与热情和深层的情感共鸣。这些作品的成功传播往往形成裂变效应，不仅在社交平台上有力拓展了红色文化传播的广度与深度，更引发了社群内部的情感共振，有效提升了红色文化的影响力与持久力。

结　语

从“共情”的视角出发传播红色文化，即从受众的角度出发，把受众情感纳入传播视角，通过诉诸情感的方式来构建红色文化话语，以及调整文化表达、创设共情议题、推动文化融合等方式，来唤起受众的共情体验，创新红色文化的共情传播。除此之外，红色文化的共情传播也需要熟悉新媒体平台运营策略，以有效的传播路径，制订精准的传播策略和推广活动，加强受众对红色文化的关注。结合传播下游的实时反馈，进行持续性的共情分析，发现红色文化网络传播的薄弱环节，完善传播路径，从而形成红色文化传播的有效循环，实现红色文化的持续性发展。

论延安时期文学的“深入群众”叙事[*]

方维保[①]

摘　要：延安时期文学中的“深入群众”叙事，有着悠久且清晰的历史谱系，它来源于世界范围内的“到民间去”思潮。其既是一套理论体系，也是一种文化实践，更是一场涉及理论、政策、社会行为模式的文学叙事。延安时期建构了一整套完备的“深入群众”的政策理论体系、社会实践体系和文艺理论构想。延安时期文学将中国共产党“深入群众”的政策、理论和社会实践，化为了文学的叙述程式和情感结构，并在不同的层面上表达知识分子主体对“深入群众”的理解和态度的转变。延安时期文学的“深入群众”叙事，既继承了1930年代“到底层去”的基本构型，又分为四种表意差异较大的新构型。它启示了1950—60年代的“到基层去”叙事和新时代的“乡村振兴”叙事。

关键词：“深入群众”；历史谱系；政策体系；叙事话语

关于延安时期文学的“深入群众”叙事，已有不少的研究成果，比如秦林芳教授的《论解放区前期文学中的“深入生活”思潮》（《中国现代文学研究丛刊》2019年第9期，第1—11页）、《论解放区前期文学中的“深入群众”观念》（《中国当代文学研究》2022年第2期，第3—13页）都对延安解放文学中的“深入群众”思想有比较深入的研究。但是，这些有关解放区文学的“深入群众”叙事研究都有着明显的缺陷，首先，这些研究大多将解放区文学的“深入群众”叙事看作延安解放区文学的独特现象，并不知道“深入群众”叙事有着广泛的国际和国内文化背景，它是发端于欧洲和俄罗斯的“到民间去”文化思潮在延安解放区的新变；其次，这些研究仅仅将“深入群众”叙事看作一种

---

* 项目基金：安徽省高校科研编制计划重大项目“百年中国新文学的中国式现代化研究”（批准号：2023AH040016）。

① 作者简介：方维保（1964—　），男，安徽肥东人，安徽师范大学文学院教授、博士生导师，主要研究方向为中国现当代文学、比较文学与世界文学。

文化文学政策，看作一种理论现象，并不知道“深入群众”叙事还是一场社会实践，更是一个化入文学艺术叙事的叙述学现象。下面笔者就从这三个方面来论述延安时期文学“深入群众”叙事的历史谱系，及其政治理论叙事、社会实践叙事和文学叙事。

一、历史谱系：从“到民间去”到“深入群众”

“深入群众”和“深入生活”都是“到民间去”话语在延安时期的新的表达方式。“到民间去”是伴随着世界范围内的民粹主义和民族主义运动而深入人心的。

民间以及民间文化遗存，诸如习俗、文学（文字的和口述的）、原始部落村社的部族血脉传承、宗法传统，都联系着古老的种族和种族记忆，对民间、民俗以及民间文学的发掘，为种族意义上民族观念的建构起到了厘清谱系和奠定根基的作用。也许是商周时期开始，王朝政府就设置了乐府，派乐官到民间去采集民歌，以观民风。这种政府工作方式，后来慢慢演变为上层社会与下层社会交流的方式，以及交流的姿态。在近现代文化史上，将“到民间去”搞成了知识分子重构自我的路径和民粹主义、民族主义文化。从德国人赫尔德时候开始，到民间去，到人民中间去，去感受的不仅是底层人民的生活和生命状态，还有一个既现代又狭隘的民族苦难史。19世纪六七十年代，俄罗斯民粹派革命家和文学家将“到民间去”的口号发扬光大。在民粹主义思潮风起云涌之际，大批青年知识分子穿上农民的服装，深入俄罗斯各地农村，了解农村的状况，体察农民的痛苦生活，教农民识字，宣传民粹派的思想，践行“到民间去”的社会理想。民粹派“到民间去”的思想也为1917年的布尔什维克党所接受，并为其暴力革命思想和建立政权后国家在农村建立集体农庄的治理方式提供了某些方面的理论资源。

俄罗斯民粹主义“到民间去”的思想在一战结束前后影响到中国。李大钊是率先接受民粹主义“到民间去”思想的中国知识分子。李大钊说：“非把知识阶级与劳工阶级打成一气不可”，“做现代文明的引线”，“可是我们青年应该到农村里，拿出当年俄罗斯青年在俄罗斯农村宣传运动的精神，来作些开发农村的事，是万不容缓的。我们中国是一个农国，大多数的劳工阶级就是那些农民。他们若是不解放，就是我们国民全体不解放；他们的苦痛，就是我们国民全体的苦痛；他们的愚暗，就是我们国民全体的愚暗；他们生活的利病，就是我们政治全体的利病。去开发他们，使他们知道要求解放、陈说苦痛、脱去黑暗、自己打算自己生活利病的人，……”① “在工作社会以外作一种文化的游民，应该投身到山林里村落里去，在那绿野烟雨中，一锄一犁的作那些辛苦劳农的伴侣。”②“到民间去”的社会理想，很快就在20世纪初的中国被付诸实践，并形成了一场影响广

① 李大钊：《青年与农村》，《李大钊选集》，人民出版社1959年版，第146—147页。

② 李大钊：《“少年中国”的“少年运动”》，《李大钊选集》，人民出版社1959年版，第236—237页。

泛的社会运动。“到民间去”运动在“五四”前后达到了高潮。北京大学学生率先组织了“平民教育演讲团”。其成员罗家伦、邓中夏、张国焘等人，深入京郊农村，到处开展演讲，他们自觉地肩负起“增进平民智识，唤起平民之自觉心”① 的“教育农民”的使命。首先，“我们必须依靠我们的双手，运用讲演的风格和白话小说的形式去编辑通俗小册子”；其次，“我们必须依靠我们的口，使用浅显的语言去教育农民”；再次，“我们必须依靠我们的双脚，不畏艰苦到乡村去，认真研究乡村的形势，发现农村社会的弱点，寻找合适的方法去纠正他们的不足，尽量激烈他们发扬自己的长处”。② 循着这条路径，又出现了“乡村教育运动”以及模仿日本武者小路实笃“新村”运动的中国新村实验。留美归来的晏阳初到河北定县建立了平民教育实验基地，推行文艺教育、生计教育、卫生教育、公民教育，开办农民学校，教村民识字遣词，学科学，改良农业技术，办药房诊所，创办农民报，建立广播电台，开展农民戏剧，上演诗歌民谣演唱等。③ 乡村平民教育运动和乡村改造、建设活动为知识分子广泛接受，梁漱溟在山东邹平开展“乡村建设运动”；陶行知在江苏南京开展“平民教育运动”，创办了平民教育学校；卢作孚在重庆亦开展平民教育活动。“到民间去”一时甚至成为知识分子的时尚行为。

1930年代的左翼文学时期，“到民间去”则一般被称为“到底层去”。瞿秋白、周扬等人都写作了大量的理论文章，提倡“到底层去”，并通过文艺话语的群众化、知识分子生活的底层化和筹建工人夜校、办识字班和讲习所等形式，实践“到底层去”的目标。1930年，左联执委会就在《无产阶级文学运动新的情势及我们的任务》中明确“我们号召‘左联’全体盟员到工厂到农村到战线到社会的地下层中去”④。茅盾指出，“我们没有在革命斗争的剧烈的波浪中滚过来，我们不曾锻炼出一双正确而健全的普罗塔利亚意识的眼睛”，“让我们一脚踏开从前那些幼稚的，没有正确的普罗塔利亚意识而只是小资产阶级浪漫的革命情绪的作品。我们也要一脚踏开那些浅薄疏漏的分析，单调薄弱的题材，闭门造车的描写”，“我们必须以辩证的武器，走到群众中去，从血淋淋的斗争中充实我们的生活，燃旺我们的情感，从活的动的实生活中抽出我们创作的新技术”。⑤

在“到民间去”的历史谱系中，无论是最初的“到民间去”、1930年代的“到底层去”，还是延安时期文学中的“深入群众”，大都指向“到农村去”。尽管1930年代的

---

① 《北京大学平民教育讲演团》，《五四时期的社团》第2卷，生活·读书·新知三联书店1979年版，第136页。

② 甘蛰仙：《到民间去》，《晨报》副刊1922年7月25日第4版。

③ 参见宋恩荣主编《晏阳初全集》（天津教育出版社2013年版）及洪长泰著、董晓萍译《到民间去：中国知识分子与民间文学1918—1937》（中国人民大学出版社2015年版）。

④ 左联：《无产阶级文学运动新的情势及我们的任务》，《文化斗争》1930年第2期，第9页。

⑤ 施华洛：《中国苏维埃革命与普罗文学之建设》，《文学导报》1931年11月15日第1卷第8期，第14、15页。

"到底层去"也经常指向"到工厂去"，1940年代的"深入群众"也经常指向"到前线去""到士兵中去"。在长时段的理论阐述、社会实践和文学实践中，形成了相对固定的理论路径、社会行为模式和文学叙事模型。

二、延安时期文学"深入群众"的政策叙事和社会实践叙事

"到民间去"发展到1940年代延安时期，一般改称为"到群众中去"或"深入生活"，而且"群众"一般专指"工农兵群众"，所谓"深入生活"也专指深入工农群众的生活。延安时期中国共产党的领导人将"到群众中去"提升为工作方式、政策话语和行动路线图——"群众路线"。

首先是理论政策话语。"到民间去"这一口号，在延安时期已经由早期的呼吁，而演变成一种对中国共产党人和知识分子具有指令性的行为框架的指示，既是理论话语也具有了实践性行为模式的规范功能。1940年1月，毛泽东在陕甘宁边区文化协会第一次代表大会中讲话指出："革命的文化人"要"接近民众"，如果"不接近民众，就是'无兵司令'，他的火力就打不倒敌人"①。张闻天也要求所有文化人与青年知识分子打破"象牙之塔"，"到大众中去，到实际斗争中去"②。朱德在鲁迅艺术学院的一次演讲中也明确指出："艺术家应当参加实际斗争，体验生活。他不应当站在群众之外，而应当站在群众之中；不应当是旁观者，而应当是参加实际斗争的战士。只有这样，才能深入生活，创作出好的作品，为广大群众所喜爱。"③ 1942年5月，毛泽东发表《在延安文艺座谈会上的讲话》，向文艺工作者发出"深入工农兵群众、深入实际斗争"的号召，要求他们"必须到群众中去，必须长期地无条件地全心全意地到工农兵群众中去，到火热的斗争中去"。④ 次年3月13日，《解放日报》在头版头条发表长篇消息《实现文艺运动的新方向，中央文委召开党的文艺工作者会议》，在介绍了毛泽东同志的"讲话"内容之后指出："这样毛泽东就向延安的文艺界同志提出了一个急不容缓的要求：深入群众，改造自己的知识"。晋察冀边区文化界抗日救国联合会在其所颁布的工作纲领中也明确提出了普及文化的具体任务，要求"到广大群众中去，深入到乡村、连队、学校、工厂，开展识字运动，及乡村文化娱乐工作"⑤。半年多后，该会又再次强调："一定要把文化普及到广大

① 毛泽东：《新民主主义论》，《毛泽东选集》第2卷，人民出版社1991年版，第708页。

② 洛甫（张闻天）：《抗战以来中华民族的新文化运动与今后任务》，《解放》1940年第103期，第6—7页。

③ 朱德：《三年来华北宣传战中的艺术工作》（1940年7月24日），胡采主编《中国解放区文学书系文学运动·理论编》，重庆出版社1992年版，第962页。

④ 毛泽东：《在延安文艺座谈会上的讲话》，《毛泽东选集》第3卷，人民出版社1991年版，第857、860—861页。

⑤ 《晋察冀边区文化界抗日救国联合会工作纲领》，《晋察冀日报》1941年6月27日第4版。

群众中去……我们要使文化更加深入到乡村，连队，工厂里去。”① 除了政治家以外，许多文艺工作者也都大力提倡“到群众中去”和“深入生活”。比如胡风的“主观战斗精神”就是结合文艺创作规律，对“到群众中去”和“深入生活”的一种别致的论述。许多文艺工作者认为，要“熟悉大众的生活，明了广大民众的一切活动，情感意志”②，要“了解群众生活，人物性格，风俗习惯，语言等等”③。

延安时期的“深入群众”，也可以表述为“深入工农兵群众”；“深入生活”，也可以表述为“深入工农兵生活”。它与1930年代的“到底层人民生活中去”“深入普罗阶层的生活”有着很大的不同。而从“深入群众”“深入生活”两者之间的区别来看，在用词上，前者着眼于政治方面的考量，后者更着重于创作方面。但这两者之间的区别也不是绝对的，混用也是正常的现象。无论是“深入群众”还是“深入生活”（抑或“到民间去”“到人民中间去”），其主语都是革命知识分子（文艺和文学创作家）或革命干部。这样的表达可以看作一个祈使句，即带有命令的意味。严格地说，“到民间去”更多的是呼吁，而“深入生活”更多的是命令。其实二者兼而有之，关键要看具体的语境。而“深入群众”“深入生活”的目的和目标，可以归结为几个方面，比如“改造自我”“接受贫下中农再教育”“向工农兵群众学习”等，都有知识分子认识自己的局限、不足和反思、反省家庭出身或人生经历以及人格结构中的罪恶等；再比如“把自己的知识运用到实际生活中去”“向群众宣传党的政策”“搞文化普及、推广文化知识”“发动群众参与革命”等，则主要体现知识分子运用自己的特长，教育、传播科学知识和党的政策路线，带有以知识分子为主导教育人民的意识等；再比如“自己参与乡村实际工作”“到前线参加战斗”等，主要表达的是知识分子到群众、前线和乡村实际工作中，获得实际工作经验和能力等；再比如“将群众的生活实际带回改善党的工作”“将群众的文艺形式带回到创作中来提升自己的创作水平”等，这是一个行动完整过程的最后阶段的表达，与“从群众中来，到群众中去”是一样的，即将群众的意见、主张和实际经验带回来，以改善党的工作，提升自己的创作水平。

延安时期的“深入群众”和“深入生活”口号，它更多的是一种政策话语，而不是理论话语。如果是理论话语的话，它是有一个讨论和论证的过程的，而作为一种政策话语，就只需要发出指令即可。延安时期“深入群众”的口号，主要还是就知识分子主体、

---

① 《边区文联关于一九四二年文化工作方针与任务告边区文化界书》，刘增杰等编《中国文学史资料全编·现代卷：抗日战争时期延安及各抗日民主根据地文学运动资料》（下），知识产权出版社2010年版，第766页。原载《晋察冀日报》1942年2月11日。

② 章欣潮：《怎样走鲁迅先生的路》，刘增杰等编《中国文学史资料全编·现代卷：抗日战争时期延安及各抗日民主根据地文学运动资料》（下），知识产权出版社2010年版，第1130页。原载《大众日报》1941年10月19日。

③ 周文：《文化大众化实践当中的意见（续）》，《中国文化》1940年第2卷第4期，第25页。

党主体的行为模式进行具体的规划，或者说做一个预定的计划。

“到民间去”口号，俄罗斯民粹派和布尔什维克党人就已经用自己的行动画出了一个清晰的路线图和行为框架。它也自然为延安时期的中国共产党人和革命知识分子“深入群众”实践提供了经验，并最终化为延安时期中国共产党人和革命知识分子“深入群众”“深入生活”实践的基本行为模式。在延安时期的“深入群众”运动中，中国共产党派出了大量农村工作队，深入农村了解农民，指导和教育农民，从事政权建设、文化改造。在延安文艺座谈会以后，大批的文艺家到农村去，到部队去，深入生活。郭沫若的军事委员会第三厅，老舍领导的文协，都可以看作是“深入群众”的典范组织。延安时期，中国共产党政权真正安稳了以后，这种“到民间去”就成为一种对农村进行改造的政治和行政实践安排。如 1938 年秋天，在延安，以鲁艺文学系学员为主体组成的文学社团——“路社”，为了帮助抗属秋收，曾组织全体成员“走出课堂，投入农民的队伍，帮助割小米稻，割小麦”①。与陕甘宁边区文化界救亡协会一样，鲁艺也于 1939 年 3 月派出过两个有影响的文艺团体——鲁艺实验剧团前方工作团和鲁艺文艺工作团。前者共有团员 20 余人，他们在团长王震之率领下到山西前线开展了九个多月的活动。除以演出进行抗日宣传外，他们还在动员组织群众方面做了许多具体工作。② 1946 年 5 月，以华北联大师生为主的广大文艺工作者，根据党中央关于土地改革的指示，深入农村参加劳动、体验生活，到涿鹿县桑干河两岸搞土地改革，创作出一批短小精悍的剧本，如《有了土地多生产》《诉苦》《佃户村》等，丁玲的土改文学巨制《桑干河上》也是因为参加这次土改实践而创作的。③ 战线剧社、冲锋剧社、火线剧社都深入农村、前线，“为兵服务，在农村为农民服务，可能的情况下，在城市为广大市民服务，牢记军民鱼水情之关系”④。

延安时期革命知识分子的“深入群众”实践，一方面当然是验证了俄罗斯民粹派和布尔什维克党人行为模式的正确性，另一方面也从中国革命实践中进一步丰富和验证了这种政策话语所规划的行为框架的有效性。

三、延安时期文学“深入群众”叙事的演变路径

任何一种社会思潮，任何一种社会实践，都必然会在文学上获得对应的映照。我们

---

① 雷烨：《谈延安文化工作的发展和现状》，刘增杰等编《中国文学史资料全编·现代卷：抗日战争时期延安及各抗日民主根据地文学运动资料》（上），知识产权出版社 2010 年版，第 28 页。原载《抗敌报》1939 年 1 月 16 日。

② 参见秦林芳《论解放区前期文学中的“深入生活”思潮》，《中国现代文学研究丛刊》2019 年第 9 期，第 8 页。

③ 参见华北联大编《人民的大学华北联大介绍》，苏南新华书店 1949 年版，第 9 页。

④ 齐柏平：《晋察冀军区抗敌剧社文艺活动探微》，《解放军艺术学院学报》2017 年第 1 期，第 77 页。

不能说一定就是镜子式的“反映”，但文学作为人学，文学对社会实践做出自己的回应，又是再正常不过的事情了。文学与社会思潮和社会实践之间的关系，是一个相互缔造的关系。文学一方面传播了社会事件和社会实践，另一方面又将社会事件文学化，在这些带有新闻性质的报告文学中，所表现的都是作家亲眼所见。从亚里士多德的“模仿”说来看，作家的叙事即是一种对社会事件某个特定场景的“模仿”。赵树理在谈《邪不压正》时说：“我写那篇东西的意图是‘想写出当时当地土改全部过程中的各种经验教训，使土改中的干部和群众读了知所趋避’。”① 孙犁将参加土改工作时遇到的地名人名原原本本写入作品中，“因为我常常想念这些人和这些地方，后来编给它们一个故事，又成一篇作品”②。另外，作品的完成有时也依赖于社会实践经验的完善，而并不是单靠查阅土改政策就能解决的。周立波谈《暴风骤雨》创作情形时说：“《暴风骤雨》写的是中央《五四指示》达到东北后，东北局动员一万二千干部下乡进行土改的事件。开辟群众工作那一段，我没有参加，因此，书里的工作成熟的程度，是后一阶段的情形。”③ 丁玲创作《太阳照在桑干河上》时，原计划写“斗争”“分地”“参军”三个部分，1947年5月上旬写到一半时，便感到“自己动摇了，想再下去多经历些群众斗争，来弥补我生活和写作中的不足”，于是暂时搁笔，又去冀中参加了半个月的土改复查。④

从一般意义上来看，模仿的冲动先于虚构和想象。“到民间去”不仅是一场持续时间很长的社会思想运动，更是一场影响深远的社会实践。文学作品对它的模仿，这是一个可以想见的文学事实。文学领域内对“到民间去”“深入群众”的模仿，其实还有一个功能，那就是在想象领域对“到民间去”“深入群众”“深入生活”的理论和政策进行正向的验证。

从“五四”时期开始，文学中的“到民间去”就已经形成了固定的叙事模式，一般来说是这样的——知识青年（几个人或一个人）到乡村去，或到工厂去，在乡村或工厂发现乡民或工人的疾苦/愚昧/优质，或者发现对比之下的自我的缺憾。还有一种模式——知识青年流连自己的生活，在遭受种种的不顺利之后，最终为了摆脱自己的某种困扰（比如爱情或伤害）而走向民间。这种模式基本上是将“民间”作为主人公的出路，或者获得拯救的渠道，而主人公实际并没有深入民间。

在20世纪二三十年代的“革命文学”中，就已经出现了为数不少的“到民间去”文学叙事。田汉1925所拍的电影《到民间去》就以一种近乎图解的方式演绎了一场到民间

---

① 赵树理：《关于〈邪不压正〉》，黄修己编《赵树理研究资料》，知识产权出版社2010年版，第87页。

② 孙犁：《农村速写·后记》，《孙犁全集》第2卷，人民文学出版社2004年版，第229页。

③ 周立波：《现在想到的几点——〈暴风骤雨〉下卷的创作情形》，《周立波文集》第5卷，上海文艺出版社1985年版，第322页。原载《生活报》1949年6月21日。

④ 参见丁玲《写在前面——〈太阳照在桑干河上〉前言》，袁良骏编《丁玲研究资料》，知识产权出版社2011年版，第103页。

去的活动。影片一开始，就设置了一群大学生在一家咖啡馆里迎接一位远道而来的俄国诗人的剧情，暗示“到民间去”以及“新村运动”来自俄罗斯布尔什维克。影片展示了改造以后的新村，主人公其昌在夕阳西下晚风吹拂中，“锄于野，以健康之体躯，挥巨锄以向大地，其风貌有类 Millet 的画中人”①。电影《到民间去》比较典型地体现了“到民间去”社会运动在动员阶段的叙事特征，高涨的热情漂浮于想象的新村之上。这种情况属于前述的第二种模式，主人公们其实并没有真正到达民间。而毛泽东的《湖南农民运动考察报告》《兴国调查》《长岗乡调查》《才溪乡调查》等文章，显然属于第一种模式，因为这些调查报告是在深入民间调查以后写出来的。毛泽东以他的实际行动，践行了“到民间去”的叙事。1970 年代的宣传画《毛主席去安源》历史地复现了“到民间去”典型叙事。1925 年 5 月 1 日，何味辛在“五一”劳动节之际，为火花剧社创作了独幕剧《现代的人心》，鼓励青年到工厂中去，到工人群众中去，投身到改造社会的事业中去。何味辛以工人游行宣讲者到茶馆发传单，以及进行化装演讲的书写，突出了“‘到工人中去’的主题”。“你们没有到过工厂里么？你们不看见在那地狱内作工的我们的痛苦么！几乎几万的工人——几乎几万人在受着说不尽、说不完的痛苦。你们如果有良心，你们应该对于我们的要求表同情，你们应该帮助我们！”剧作揭示了工厂环境的恶劣，以及工人工作的痛苦，号召人们深入工厂中，为了自己的利益而与工人一起奋斗。工人的游行与现身演讲，激发了“工人甲”，他不仅坚决表示“我和你们一同去”，而且还宣称哪怕“因为这件事坐牢”，那也是“很荣耀的”。② 周楞伽的小说《炼狱》（上海微波出版社 1936 年）中的孙婉霞信奉“到民间去”，并在深入民间以后对个人英雄主义进行了反省；其中的叶露玲也不再苟安膏粱锦绣的生活，到战地为抗日伤病员服务。蒋光慈的小说《咆哮了的土地》讲述的就是中国共产党工人出身的张进德和知识分子出身的李克，奔赴农村发动农民暴动的故事。李克在农村中获得了对于小抖乱等人的性格和生活的认知。小说非常生动地体现了知识分子“到民间去”以后最初获得的震惊体验，还有他们面对粗粝的血腥的民间生活表象，努力化解内心的价值抵触，接受和重塑自我的痛苦以及最终对民间的顺服。丁玲的小说《田家冲》讲述了地主家小姐“我”到乡村里与农民群众同甘共苦，体验农民的生活，了解农民的生活情况。小说中“我”眼中的佃户，是谦卑的，温顺的。在整个小说中，佃农一家对于“我”的到来和施恩，都是小心翼翼而且感恩戴德的。但这种访客式的浮光掠影的“到民间去”叙事，显然充满了理想主义。而当真正深入“民间”以后，感受就不一样了。

解放区文学中最能够直接体现“深入群众/生活”经验的是报告文学。周立波、碧野

① 田汉：《到民间去（电影本事）》，《田汉全集》第 10 卷（电影），花山文艺出版社 2000 年版，第 15 页。

② 参见陈嘉颖《上海〈民国日报·杭育〉副刊研究（1924 年—1925 年）》，厦门大学 2017 年硕士学位论文，第 25 页。

二人1938年分别有报告文学集《晋察冀边区印象记》和《太行山边》等出版，真实地记录了他们“深入生活”的足迹和成果。1940年10月、11月，《大众文艺》第2卷第1、2期分别刊出了夏阳的《“白脸狼”的故事》和杨明的《罗海发——边区农民访问记》。在这些报告文学中，他们以新闻记事的方式，真实记录“我”（知识分子）到乡村去、到前线去的真实经历。“我”的角色几乎就是标配。这些文学书写显然有亲历和见证“到群众中去”的意义。报告文学中以“我”为叙事者和事件参与人的方式自然也为纯文学作品所使用。虽然说这些报告文学体现了“深入群众”“深入生活”的行动流程，但“我”并没有真正地深度涉入“群众”“生活”之中去。叙述主体的旁观者地位也非常明显。

真正深度涉入和完整演绎“到民间去”和“深入群众”的文学作品大多是小说，比如丁玲、周立波和赵树理等在延安解放区背景下的创作。同时，与1930年代和1940年代在理论主张上提倡“到乡村，连队，工厂里去”有所不同的是，小说叙事大多讲述的是“到乡村去”的故事，这是与延安解放区大多在乡村中有关。

“到民间去”发现民间（群众）的落后和愚昧，是“深入群众”叙事的一种常见形式。故事的主角，也就是“到民间去”的主体，往往身份为启蒙知识分子，他们带着挑剔的眼光到民间去，对民间所存在的愚昧、落后和冷漠进行批评。代表性的作品有丁玲的《在医院中》《我在霞村的时候》。在丁玲创作于延安时期的小说《在医院中》中，“我”化身为叙述的发起人和“深入群众”的主体，她的视野中所叙述的“我”的同事和医院院长都处于被打量的角色——群众。医院院长虽有革命热情但却是外行领导内行，与“我”同居的另一名同事虽同是“革命同志”但对“我”却漠不关心。《在医院中》所表达的是教育群众的主题。《我在霞村的时候》同样有着一个非常明显的“下乡”启蒙的叙事。小说中的“我”就是一个标准的工作队队员，从“我”的角度听故事，以“我”的视角讲述故事。小说中的“我”到霞村去，因为了解到贞贞的遭遇，从而引起“我”批评乡民愚昧、落后的主题。此种叙事虽然也可以称之为“深入群众”叙事，其基本的叙述路径（即知识分子“我”的由“上”到“下”行程）也相似，但对“群众”的理解与后来显然有所不同。其中的“我”自始至终保持着贵族的姿态，用启蒙的眼光看待农民的生活和精神状态，努力给农民以指导和教育，力图帮助他们克服精神方面的弱点。她保持着“五四”时期和上海时期知识分子“到民间去”的基本风格和叙述路径。

《在延安文艺座谈会上的讲话》发表以后，才出现了真正的“深入群众”叙事。此时的创作中，作为知识分子“我”一般都是带着具体的工作任务被派到或主动到“群众”中去的。这时候的“群众”更应该被表述为“人民”，他们中有“先进”有“落后”，就是“落后”的群众也是可以经过教育启发获得转变的。其中比较典型的作品有丁玲的《太阳照在桑干河上》和周立波的《暴风骤雨》。丁玲的《太阳照在桑干河上》是比较典型的“土改工作队”叙事。土改工作队是中国共产党为了推进农村地区的土地改革工作而组织的下派小组。小说中的“我”是作为“工作队员”而被下派到暖水屯的。小说是以“我”的视角叙述的，有着明显的工作日志的痕迹。“我”在乡下一路观察一路动员穷苦农民，启发农民中的先进分子，动员他们参加斗争地主分田地的工作。“我”所认识的农民，他们有的有着坚定的革命意志，有的愚昧落后有着糊涂的思想意识，而有的农民（如地主钱文贵）则非常的狡猾和残暴，有的农民（李子俊和李子俊女人）则怀有自私促狭的富裕中农的心态。虽然在小说中李裕民等人和钱文贵等人分属于不同的阶级，但是，他们却共同构成了“我”到农村以后所获得的整个的知识内容。这部小说中虽然还存在着一个“我”的角色，但这个“我”已经蜕变至一个近乎叙述者的地位，而不是小说中深度参与的角色。周立波的《暴风骤雨》也采用了同样的土改工作队员工作日志的第一人称叙述方式，讲述了“我”在东北元茂屯的所见所闻，以及所开展的工作。其中的肖队长就是一个标准的下乡工作队员。在工作队叙事中，“我”作为知识分子深入乡村发现了农民贫苦受压迫的现状，启发和指导农民进行土地改革翻身解放。与《太阳照在桑干河上》如出一辙，“我”在《暴风骤雨》中也蜕变为近乎中性的叙述者，而且还是一个匿名的叙述者。

“深入群众”叙事在赵树理的《小二黑结婚》《李家庄的变迁》《李有才板话》等小说中几乎已经退出了“到民间去”的叙述机制，而化为另一种面目的解决乡村社会问题的叙述，那个谦卑的求救者形象也转换为一个裁决者形象。《小二黑结婚》中的区长，虽然只是只身前往刘家峧，但他也在实践着“到民间去”的新文化叙事模式。他到刘家峧以后，准确地识别了金旺兴旺兄弟这些村干部的为非作歹，也了解了二诸葛、三仙姑这些落后农民的愚昧，通过找二诸葛三仙姑谈话的方式就解决了他们的信仰问题，通过判金旺兴旺五年刑就解决了乡村中小二黑小芹结婚的问题。区长这个从上级派下来的“到民间去”的先进分子，当然与早年的满怀热情的知识分子有所不同，他是带着决断的权力和火眼金睛而到达“现场”的。而小说《李家庄的变迁》中虽然“到民间去”叙事只有一小段，即县里的牺盟会领导人和县长下到李家庄，斗倒了地主和李家的族长李汝珍。但是，这一段却是非常关键的情节。小说以县长的视角，描述了整个斗争会的场面，并指导和反思了农民斗地主的“过激”。赵树理的另一部小说《李有才板话》也存在着一个“到民间去”的副线索，即工作队章工作员和老杨同志。章工作员为阎恒元等人所蒙蔽，而老杨同志却火眼金睛，通过与李有才等人的联络，了解了实情，识破了假选举，组织了真选举。赵树理通过老杨同志与章工作员的行事作风，批评了章工作员“深入群众”的敷衍了事，而对老杨同志“深入群众”认真负责的态度给予了褒扬。在《李有才板话》中，“深入群众”首先被分为“真”深入群众和“假”深入群众两种形式，并对“假”深入群众的章工作员进行了批评，真正体现了“深入”的含义。赵树理这一时期的小说，与丁玲、周立波带有“五四”个人主义叙事的残余不同，他几乎采用了超越性的客观叙述，小说中不再有“我”的痕迹，所以“深入群众”也不再是知识分子“我”的“深入群众”，隐匿的“我”并不是“深入群众”的主体，“区长”“老杨同志”才是“深入群众”的主体。假如要厘清“我”与“区长”“老杨同志”的关系，那么“我”实际上是“区长”和“老杨同志”深入群众的赞颂者和崇拜者。赵树理小说中的此种“深入群众”叙事模式对20世纪50—60年代乡村题材创作，比如周立波的《山乡巨变》、柳青的《创业史》和浩然的《艳阳天》等，影响比较大。

“深入群众，改造自己”① 是“深入群众”的重要目标和叙事形式之一。鲁迅当年的《一件小事》其实就是“深入群众，改造自己”的早期叙事。知识分子“我”在群众——车夫的高大形象下，发现了自己“皮袍下藏着的‘小’来”②。丁玲的小说《入伍》通过一个“不可爱”的知识分子徐清的形象，讽刺了知识分子的精神“弱点”，同时又通过红小鬼杨明才的鲜明形象作为反衬，表达了知识分子应该向“群众”学习，反省和改造自我的主题。丁玲的这种叙述主体自我反思式的叙述，后来在《青春之歌》中才得到了较为完整和深刻的表现，知识分子林道静深入河北定县，在老农德顺爷爷的启发下发现自己的家庭原罪。

由上述四种情形，大体可以看到延安时期文学“深入群众”叙事大体的演变路径。

结　语

“深入群众”来源于“到民间去”，它首先是政治领域的知识分子与群众关系的阐释。其不仅在于要求作家文艺工作者理论联系实际，更在于知识分子在工农兵生活中得到改造，刷新自我，也在于到工厂、农村和士兵的生活中去，教育人民和提升人民的思想觉悟，动员人民投入到人民解放战争之中。但由于这一口号或政策大多为延安解放文学和艺术工作者所奉行，所以“深入群众”实际阐述了作家与群众、作家与生活之间的关系，甚至在文艺心理学和审美心理学中，阐释了文学艺术作品从作家到生活/群众，再从群众和生活反馈到作家的审美过程。“深入群众”也是中国共产党实现对乡村社会进行文化改造和政治治理的重要方式。“深入群众”叙事很好地表现了乡村文化改造和政治治理过程中所遇到的问题和解决的办法，以及最终的效果。

1949年后，“深入群众”或者说“深入生活”，在文艺创作者中间依然作为一种文化政策、理论和实践得到提倡和阐释，得到在创作活动中的应用，比如“知识青年上山下乡”“五七干校”等。但与“五四”时期所提倡的“到民间去”和四五十年代的“到群众中去”“到前线去”“到农村去”“到工农兵中去”的提法所有不同，21世纪初期，大多提倡“到人民中间去”。“深入群众”叙事在中国当代文学中作为一种带有政治特征的文学

---

① 陈沂：《怎样实现党的文艺政策》，《文艺杂谈》，上海文艺出版社1984年版，第100页。

② 鲁迅：《一件小事》，《鲁迅全集》第1卷，人民文学出版社2005年版，第482页。

叙事构型得到了很好的延续，不仅表现在政治文化政策中，也表现在文学叙事中。最为典型的当然要数杨沫的长篇小说《青春之歌》中林道静在出狱后到河北定县农村去发动群众的经历了。

延安：一个彰显声音的“听觉空间”*

景兴燕①

摘　要：延安文艺的创生和发展离不开延安这一特殊的地理空间。以往对这一空间的研究，多是基于风景式发现对可视空间的目光审视，但听觉感官同样是呈现和进入这一空间的重要维度。延安特殊的地缘地貌决定了对声音媒介更依赖，地方性精神文化遗产也多是以声音媒介为载体的声音景观，这都决定了延安首先是一个天然的、声音决定的听觉空间。伴随着战时文学中心由城市向内陆地区的迁移，作家们一方面既接受延安富含文化、历史和地理属性的声音文化经由听觉感官环境对其听觉感官进行召唤和重塑，一方面同时也以激越的革命之声改写和重构着延安本然的听觉环境和声音文化。建构与被建构之间，延安，一个特殊时空背景下的听觉空间得以生成。这一听觉空间为之后延安文艺的生产、创制埋下了“声音转向”的伏笔。

关键词：延安；听觉；声音文化；听觉空间

虽然就本质而言，延安文学是一种超越了地域文化属性的意识形态文学，但正如有学者所提出的，在构建现代民族国家过程中，民族国家话语等意识形态内容只有在对包括习俗、文化等在内的地方知识、地方性文化形态进行有效吸纳后，才能使民族国家话语成为一种主导性的意识形态②，换言之，意识形态的构建正是在“涵化”③ 地方性知

＊ 项目基金：国家社会科学基金重大项目“延安文艺与现代中国研究”（批准号：18ZDA280）；国家社会科学基金重大项目“陕甘宁文艺文献的整理与研究”（批准号：16&ZDA187）。

① 作者简介：景兴燕（1984—　），女，河北邢台人，文学博士，陕西理工大学人文学院讲师，主要研究方向为延安文艺、中国现当代文学。

② 参见蔡翔《国家/地方：革命想象中的冲突、调和与妥协》，《当代作家评论》2008 年第 2 期，第 4 页。

③ “涵化”是文化人类学的学术概念，本意是指两种文化接触时所促发的双方文化模式的变化，学者毛巧晖曾运用这一概念来指出民间文学在意识形态内容的渗入下发生了文化模式的蜕变。本论文用这一词语意在表明，意识形态内容只有附着于或者说通过改造民间文化才能在民间得以生根发芽。参见毛巧晖《涵化与归化——论延安时期解放区的“民间文学”》，华东师范大学 2005 年博士学位论文，第 1 页。

识、地方性文化的基础上才得以产生在地性的意义，这意味着，就延安文学而言，在意识形态属性之外，延安以及广大解放区的地域文化空间属性同样是决定其面貌生成的建构因素之一，甚至是建构意识形态属性的基础。本文正是基于这一逻辑来探讨延安及广大解放区的地域文化空间属性。

笔者认为，在延安文艺视域下，延安，是一个充满时空意味的概念。它既是地理名词，也是一个时间间隔；既是地理区隔划分出的空间，又是烙印上特殊时代背景的历史。尽管之于延安的时空意味，当下已形成诸般共识，然因延安文艺特殊的历史分阶——上承左翼文艺乃至可溯源至“五四”新文学，下启十七年文学而肇始了当代文学的起点并辐射至新时期当代文学，以及延安文艺既有的一种跨越地域分野广泛辐射解放区的意识形态属性，都促使学界在将其视为勾连 20 世纪中国文艺一个桥梁般的学术生长点的同时，客观上凸显了其特定的历史文化意涵，而淡化了其本然的地域文化空间属性。同时，历史上既有的政治地理格局分野下的延安文艺研究，其已经被证明的学术局限也有意无意加速了这种淡化。但正如法国理论家丹纳在其《艺术哲学》中谈到的：“精神文明的产物和动植物界的产物一样，只能用各自的环境来解释”①，发端于延安并以意识形态性辐射至整个解放区的延安文艺，其创制、生产、发展的历史脉络和细节纹理在意识形态之外，也都多少带有该地的地域文化空间属性。列斐伏尔在《空间的生产》一书中提出了“空间的生产”概念，指出就“空间”一词来看，它不仅包括人所创造的实体空间，同时也还包括语言符号所表征的象征空间，从而将空间拓展为一种基于语言符号运作本身所呈现的空间性修辞。② 受这一概念影响，近年在强调回到延安文学复杂历史现场的学术呼声下③，一个既强调意识形态色彩又不忽视地域文化属性的“空间生产”意义上的延安逐渐浮出历史地表。比如有学者指出延安文艺是“对古已有之的延安文本文化的改造、继承和重建”④，还有学者指出“延安从中国共产党落脚开始就开启了极具文学地理色彩的文艺建设和文艺运动”⑤，等等，此类研究都是基于地缘政治、人地关系、文学地理等研究视野对延安的还原。但笔者认为这类研究除了少数注意到了延安本土文化的听觉维度，不少仍是基于风景式发现对可视文化空间的目光审视。人类所栖居的文化空间是在视觉、听觉等各种感官上的多重存在⑥，就这一事实而言，笔者认为在视觉文化感知之外，听觉文化同样是建构延安这一特殊文化空间的重要维度。加拿大媒介环境学者麦克卢汉有感于现代媒介环境中听觉感官被视觉感官遮蔽的现状提出了“听觉空间”的概念，

---

① ［法］丹纳著，傅雷译：《艺术哲学》，人民文学出版社 1963 年版，第 9 页。

② 参见［法］亨利·列斐伏尔著、刘怀玉等译《空间的生产》，商务印书馆 2021 年版，第 337—344 页。

③ 参见袁盛勇《抗战与延安文学现代性》，中国社会科学出版社 2019 年版，第 14 页。

④ 李继凯：《秦地小说与“三秦文化”》，湖南教育出版社 1997 年版，第 36 页。

⑤ 杜睿：《文学地理视域中的延安文艺》，陕西师范大学 2021 年博士学位论文，摘要第 1 页。

⑥ 参见王敦《流动在文化空间里的听觉：历史性和社会性》，《文艺研究》2011 年第 5 期，第 16 页。

他认为“媒介即讯息”，媒介不仅作为中介而存在，同时也作用于人的感官并对意义世界进行不同比率的感官形塑和改造，以此指出就媒介环境而言更依赖有声口语直接交流的社会延伸和形塑了听觉感官，本质上是听觉文化偏向下的听觉空间。① 由这一观点出发，我们发现，虽然听觉与视觉并非对立的两种感官体验，且有时常联合起来作为一种统感来觉知世界，但就彼时延安媒介环境而言，不管是特殊的地理环境决定了以口语文化媒介为载体的声音文化成为在地性的信息媒介，还是特定地域环境孕育出的地方性精神文化遗产多是以声音媒介为载体的声音文化，抑或抗战爆发后迁移而来的现代作家在延安进行的诸如演说、朗诵、歌唱等文化活动也多是彰显声音文化的声音实践，特定时空下的延安，都呈现出一个基于地域文化空间属性基础上的“听觉空间”。这一听觉空间为之后延安文艺在涵化地方文化形态基础上的意识形态创构埋下了“声音转向”的伏笔。

一、延安：一个本然的听觉空间

视觉和听觉是感知世界的两种感官媒介，虽然二者在认知世界时常难分彼此、交互作用，但以现代媒介环境学派看来，二者却常常因社会技术文明决定的媒介环境的不同表现出不同的感官分野。现代媒介环境学认为媒介不仅仅是承载信息的中介，而且还对意义世界进行不同比率的感官形塑和改造。加拿大传媒学家麦克卢汉正是在此意义上提出他的经典理论——媒介延伸了人的感官。他认为人类传播媒介演变至今经历了口语直接交流、间接的书面文字交流和虚拟现场的电子媒介三种形态，作为人的感官的延伸，口语媒介延伸了人的听觉感官、书面文字媒介延伸了人的视觉感官，而虚拟现场的电子媒介重新召回了人的听觉感官。他进一步依据社会特定时段技术媒介的发展程度，将人类社会分为“部落时代”“脱部落时代”和“重新部落（地球村）时代”，认为以口语交流为媒介的社会，人的听觉感官异常发达，是依靠口语和听觉就能实现交流的部落时代；依靠书面文字为媒介的社会，人处于高度的视觉文明体系中，是脱离了部落时代的现代文明社会；而电子媒介重新召唤了人的听觉感官，使脱离部落文明的社会重新回归到地球村的“再部落化”中。② 在这一理论背景下，我们来看延安文艺生成之初的20世纪30—40年代的延安，黄土高原这一特定地域环境于视觉上的单调和对视觉信息的阻隔，以及特定历史文化条件制约下的书面文字等视觉媒介的匮乏，皆使得视觉文明在这一地域较为弱化，相反依赖口语媒介的声音文化、听觉文化成为在地的文化交流媒介。就麦

---

① 参见［加］埃里克·麦克卢汉、弗兰克·秦格龙编，何道宽译《麦克卢汉精粹》，南京大学出版社2000年版，第364—368页。

② 参见［加］马歇尔·麦克卢汉著、何道宽译《理解媒介：论人的延伸》，译林出版社2019年版，第17—35页。

克卢汉所提出的媒介环境决定社会本质的意义而言，延安很像是一个倚重听觉的“类部落社会”。这都意味着相比于视觉文化，听觉文化、声音文化之于延安的重要性。学者唐小兵曾对彼时延安和上海于视听感官上的文化分野做过精彩分析①，他认为延安的视觉文化相对贫乏，而听觉经验和声音文化相对凸显，但是却并未站在地域文化空间属性上追问听觉经验和声音文化之于延安的必然性，实际上，笔者认为，这才是决定延安之所以成为一个听觉空间的出发点。

首先黄土高原这一特定地域环境决定了听觉之于延安的重要性。延安地处陕西北部、黄土高原腹地。黄河经年累月冲刷此地，在将一切东西都变成黄色的同时，如美国学者马克·赛尔登在《革命中的中国：延安道路》中所指出的，“山丘、道路、田野、河流与小溪的水是黄色的，房子是黄土造的，植物上覆盖着黄色灰尘，甚至空气也免不了黄色蒙雾”②，也造就了此地峁梁相间、沟壑万千的特殊地貌。若行走在起起伏伏的沟壑万千中，那连绵不绝的黄色，那无穷无尽的沟壑，是很容易引起视觉上的疲乏的。曾在抗战时期来到中国并深入延安腹地的美国记者斯诺坦言这种视觉的单调就“好像詹姆斯·乔伊斯的长句”③ 一样乏味，甚至更乏味。从彼时有过延安体验的相关人士的记录里，我们也能感受到这一点。来自国统区曾随团短暂访问延安的《新民报》记者赵超构就说，“惯于享受都市趣味的人，到延安来一定要感到悲惨的失望”，因为这里“一眼望去，灰尘满目，没有一点鲜艳的色彩”，甚至在别处郁郁葱葱的夏天在这里也“举目无青”。④在延安生活和工作过的作家冯牧亦认为，延安“没有什么值得观赏的风景”，只是“布满了蜂窝似的土窑的荒山”。⑤ 曾在20世纪40年代深入大西北并在延安短暂停留的左翼文人茅盾亦认为大西北的自然风貌是疲乏单调的。⑥

与外来文人感受到的自然环境的视觉疲乏相比，峁梁相间形成的“V”字形峡谷更因地域环境限制使居于其中的窑洞村落受制于视觉媒介信息传达上的阻隔，而声音媒介因不受地域环境的阻碍却成为在地性的交流手段。关于这一点，日本民俗学者深尾叶子深有体会。她在20世纪80年代曾深入陕北腹地做田野调查，在这一过程中，她就惊诧于往对面山坡一个形似黑点的人影发出呼喊而那人当即回应的声音穿透力。⑦ 当声音文

---

① 参见［美］唐小兵《聆听延安：一段听觉经验的启示》，《现代中文学刊》2017年第1期，第5页。

② ［美］马克·赛尔登著，魏晓明、冯崇义译：《革命中的中国：延安道路》，社会科学文献出版社2002年版，第10页。

③ ［美］埃德加·斯诺著，董乐山译：《红星照耀中国》，人民文学出版社2016年版，第61页。

④ 赵超构：《延安一月》，中国国际广播出版社2013年版，第64页。

⑤ 冯牧：《延河边上的黄昏》，艾克恩编《延安文艺回忆录》，中国社会科学出版社1992年版，第128页。

⑥ 参见茅盾《风景谈》，中国青年出版社2012年版，第7页。

⑦ 参见［日］深尾叶子、井口淳子、栗原伸治著，林琦译《黄土高原的村庄——声音·空间·社会》，民族出版社2007年版，第2—16页。

化而非视觉文化成为陕北在地的交流媒介时，正如麦克卢汉所说的——口语交流的声音媒介延伸了人的听觉感官，依赖有声口语交流的社会中人的听觉感官更发达，黄土高原的农村人同样普遍表现出听觉敏感。一位当地老农就向深尾叶子提到，他当年就是从夜间不寻常的脚步声中得知了红军进驻陕北的消息。不但本地人如此，就是外地人也经由这一听觉环境召唤出了听觉感官的敏感。关于这一点，我们可以在延安作家的相关文字记录里得到证实。留法博士、曾在延安生活过近8年时间的陈学昭在《延安访问记》中这样写道，住在延安窑洞时，不知从哪里传来的人声、驴声、马蹄声、雨声、喊声、步伐声、号子声总时时来敲她的门，甚至她爬到床上，还能听到笑声与歌声在静夜的风里一阵一阵传来。① 这正是黄土高原特殊地理放大声音文化、激活听觉经验的生动写照。不仅如此，声音同时还是帮助黄土高原人们标识家庭空间、村落空间的有效符号。虽然声音是时间绵延出的艺术，但声音的强弱、音色等声学指标却都离不开空间物质，声音在本质上具有空间属性。法国学者罗兰·巴特在涉及空间理论的著述中就曾提到，人们“对于空间的占有也是带声响的”②。我国古人也用“鸡犬之声相闻”的说法指向口头声音覆盖一定空间范围的功能。这意味着，当各类声音飘荡在村落上空时，实际上声音不仅协助人们标识特定空间，而且根据窑洞位置对声音信息占有的多寡，它还形成一份特殊的“声音地图”，以标识村落权力的分布。深尾叶子就发现，黄土高原村落中有权有势的人们总是居于村落的声音信息中心或周围，比如戏台、学校等公共言说场所和周围，而无权无势者只能居住在远离村落声音信息中心的外围，比如巷子里、村边上等场所等。正如米歇尔·福柯所提出的，“空间是任何公共生活形式的基础，空间是任何权力运作的基础”③，由以上发现我们说，声音不仅是黄土高原传递信息的有效装置，还成为标识空间的权力符号。以上皆表明，从地域文化空间属性而言，延安在本然意义上便是一个声音文化决定的听觉空间。

其次来看延安特定地域环境孕育出的地方性精神文化遗产。如果说从信息传递有效性而言，是声音文化显示了它之于陕北特殊地域环境的重要性，那么，就从陕北特殊地域诞生出的地方性精神文化遗产而言，也同样多是依凭口语媒介的声音文化。诸如信天游、民歌、道情、说书等陕北民间文艺，虽然也有与身体符号联觉出的视觉元素、图像艺术，但对整体浸淫于农村口传文化系统的事实而言，它们本身传播靠的是口耳相传的语言媒介。在现代语言学家索绪尔看来，语言的首要属性就是语音④；美国学者沃尔

---

① 参见陈学昭《延安访问记》，中国国际广播出版社2013年版，第129页。

② ［法］罗兰·巴特著，怀宇译：《显义与晦义》，百花文艺出版社2005年版，第252页。

③ ［法］米歇尔·福柯、［美］保罗·雷比诺：《空间、知识、权力——福柯访谈录》，包亚明主编《后现代性与地理学的政治》，上海教育出版社2001年版，第13页。

④ 参见［瑞士］费尔迪南·德·索绪尔著、高名凯译《普通语言学教程》，商务印书馆1999年版，第47页。

特·翁亦认为，“语言基本上是以听说的形式存在”的，复杂的手势语只不过是有声语言的替身①。我们同样认为诸如信天游、民歌、道情、说书等陕北地方文化也正是凭借语言的语音属性，以听说形式存在的声音文化，那些与手势、身姿联觉出的视觉符号也只不过是有声语言的替身。对此，很多民俗学者也表达了类似观点。比如“五四”时民俗学家黄兆年等人认为民间文艺更多是“口述的文学”②，是“口的文艺”“耳的文艺”③，现代民俗学者李牧也认为地方性民间文艺形式更多是一种“听觉遗产”④。同时，陕北文盲率也进一步确证了在知识生产上，相比于视觉书写等“看”的文艺，本地人更需要的是一种“听”的文艺。因交通、政治、教育等因素的落后，抗战时期陕北的“文盲几乎达到百分之九十五左右”⑤，这意味着书写文化等强调识字阅读的视觉文明并不能得到有效普及，但相反声音文化和听觉文化所天然能被普通大众所知晓的特点使其成为在地性的知识生产手段。《新中华报》在30年代的一篇报道中就曾提到这样一个有意思的细节：人民抗日剧社到陕北各地进行启蒙工作，相较于教当地人识字，反而教他们唱歌这一“听”的形式更为他们所喜爱。⑥ 这说明了，相比于书面文化等“看”的文艺，本地人更偏向声音文化等“听”的文艺的事实。由此延及，我们来看，记载和传递陕北地域文化、精神遗存的文化遗产，也多不是通过书面文字等视觉文明，而更多是通过上述诸如信天游、民歌、道情、说书等彰显口语之美的声音文化。声音民族志学者曾提出，一个地区、一个民族的特定声音镌刻着本民族的记忆、情感，这类特定的声音就犹如民族精神的“记忆术”⑦，那么，我们或许也可以说诸如信天游、民歌、道情、说书等声音文化就是镌刻陕北特殊文化记忆和民族情感的“记忆术”。如果是这样，受到法国学者阿兰·科尔班所提出的地域声音给予个体情感认同和地方文化归属的启发，即某类声音不但是某地传递信息的有效载体，而且同时也制造出一种与该区域观念相符合的音响空间，此类声音就以相当于共同语的功能表达了“乡土观念”的意味、造就了该区域的集体感官文化，并最终使该区域的地方主义根深蒂固乃至最终缩小为由中心的声音决定的一个空间⑧，那么，我们说，陕北特殊地理孕育的，镌刻着特定历史文化、精神遗存、情感认同的地

---

① 参见［美］沃尔特·翁著、何道宽译《口语文化与书面文化：语词的技术化》，北京大学出版社2008年版，第2页。

② 黄兆年：《一个名词及其他》，《民俗周刊》1928年第23—24期，第41页。

③ 陈朱敬：《许獬的故事》，《民俗周刊》1928年第25—26期，第39页。

④ 李牧：《被遗忘的声音：关于听觉民俗、听觉遗产研究的构想》，《文化遗产》2018年第1期，第130页。

⑤ ［美］埃德加·斯诺著，董乐山译：《西行漫记》，生活·读书·新知三联书店1979年版，第210页。

⑥ 参见杨醉乡《谈谈剧社巡回表演》，《新中华报》1937年7月23日第3版。

⑦ 参见康凌《有声的左翼：诗朗诵和革命文艺的身体技术》，上海文艺出版社2020年版，第103页。

⑧ 参见［美］阿兰·科尔班著、王斌译《大地的钟声——19世纪法国乡村的音响状况和感官文化》，广西师范大学出版社2003年版，第102页。

方性精神遗产，正是通过一套在陕北地区共通的、共享的听觉感官文化，深化着独属于该地的地方文化，乃至使之最终深化为一个由该声音文化决定的听觉空间。

总之，不管是出于特殊地域环境对听觉文化传递信息的优化选择，还是历史文化遗存决定的对地方性声音文化的倚重，彼时延安都表现出对听觉文化的依赖。正如麦克卢汉指出的，以口语交流为媒介的社会是听觉感官文化发达的社会，我们说，20 世纪 30—40 年代的延安正是一个本然的声音决定的听觉空间。

二、文学场迁移：听觉经验的被激活

延安这一本然的听觉空间伴随着抗战爆发后现代文学的文学场由东部沿海向包括延安在内的西部内陆的迁移而发生质的改变。这一改变始于在这场文学地理迁移中现代作家听觉感官的被激活。

抗战爆发后，大批文学作家和文学团体由东部城市向西部内陆撤退。周扬认为，在这场变迁中，“新文艺的老巢，随大都市的失去而失去了，广大农村与无数小市镇几乎成了新文艺的现在唯一的环境”①。这一说法虽然带有某种程度上的意识形态化色彩，但却也客观指出了现代文学的文学场由东部城市向西部地区迁移的事实。如同麦克卢汉所提出的特定社会阶段发展出的技术媒介界定了特定社会的感官文化，东部都市和西部农村因技术媒介差异所带来的感官文化分野也在这一迁移中愈加得以凸显。东部都市是中国现代性进程中最早沐浴到现代文明的区域，诸如印刷资本、现代教育、报纸报刊等被梁启超誉为开启现代文明的三利器最早在此萌芽。具备现代性的现代文学也是基于以上现代文明三利器而最早在这一区域得以建构。如果按照麦克卢汉指出的依靠书面文字为媒介的社会处于高度的视觉文明体系中，人们也相应延伸出了视觉感官文化，那么与现代知识生产相关的印刷资本、现代教育、报纸报刊等书面文化无疑也使东部城市发展成一个视觉文明较发达的区域。如果是这样，对于浸润于这一文化体系中的现代作家来说，书写文化、视觉文明延伸出的视觉感官经验和视觉文化体验无疑显得更为重要。虽然麦克卢汉的媒介感官理论并不严谨，但是这种视听文化的分野已逐渐得到广泛认同。德国社会学家齐美尔在关于都市文化的研究里，就强调了视觉感官经验之于都市文化的重要性。他认为都市的人际交往、日常安排、社会关系，乃至思维情感、价值观念等，往往都是以视觉经验和视觉知识为基础。② 如果这一判断得到基本认同，那么伴随着现代文学的文学场由视觉文化凸显的东部都市向我们上文提及的听觉文化凸显的比如延安这一

① 周扬：《对旧形式利用在文学上的一个看法》，《中国文化》1940 年 2 月创刊号，第 37 页。

② 参见［英］阿雷恩·鲍尔德温等著、陶东风等译《文化研究导论（修订版）》，高等教育出版社 2004 年版，第 375—379 页。

西部内陆的迁移，现代文学作家将经历一场意味深长的“感官革命”。

虽然我们并非有意割裂视觉与听觉在认知世界上的感官统一性，但20世纪之初的东部都市已然以特有的声光色影彰显了都市的视觉文化。茅盾创作于1931年的《子夜》就回应了这一点。小说开篇便呈现了都市视觉文化的冲击：闪烁的霓虹灯、琳琅满目的招牌、美艳的少妇等乱象纷至沓来，以至于把乡下来的吴老太爷搞得耳鸣目眩，直至在过度的神经刺激下一命呜呼，这无疑是都市视觉文化异常丰富后的异化状态。20世纪初的东部都市并非没有声音、声响等与“听觉”相关的体验，比如张爱玲笔下出现的上海市声、电话铃声、留声机声，茅盾《子夜》中都市街上席卷而来的声浪，丁玲《梦珂》中都市有轨电车的轰鸣，穆时英《上海的狐步舞》中舞厅的音乐旋律，皆是“上海声景”①中最热闹的声响和听觉体验。但与彼时处于前工业时代的以人身为媒介的延安声响不同，以上声音都是经过机械复制以后的声音，与产生声音的场域的分离使这些声音普遍失去了沃尔特·本雅明所说的事物的“光韵”。这种不唯一的、可复制的声音，正如日本学者吉见俊哉所言，是一种“在场域中无着的声音”、一种“平面性的声音”②，它所带来的后果就是，创造了一个能够看见却无法聆听到的外部声觉世界，并由此造成了声音与感官的分离③。这意味着，在都市的机械复制时代，声音的不唯一、不真切普遍使都市人的听觉感官弱化了。因此，就如我们上文举出的现代文学作品所涉及的都市之声，不管是张爱玲笔下的上海市声、电话铃声、留声机声，还是茅盾《子夜》中的都市声浪，抑或丁玲《梦珂》中的有轨电车轰鸣和穆时英《上海的狐步舞》中的音乐旋律，都在现代声音复制技术下伴随着一种眩晕感。如果考虑到麦克卢汉有关冷热媒介的理论，即作为热媒介的书写文化因视觉符号的确定性并不会卷入读者太多情感，从而更易培养出冷静、理智的个人主义，而作为冷媒介的听觉文化因声音信息的不确定需要调动听者更多感官填补信息，从而因情感卷入太多更易被塑造成集体主义人格④，就不难理解为何追求个性解放的现代文学作家普遍会对都市含混不清、充满裹挟意味的声音文化持疏离态度。比如张爱玲在《谈音乐》一文里劈头就对埋没个人之音的大合唱表示抵触，丁玲亦在《一九三〇年春上海》小说中将电车声视为一种打破宁静的警钟。如科尔班所指出的城市精英文化无法忍受噪音对其个人权力（闲暇权力和寂静的权力）的剥夺，从而渴望将音

---

① 路杨：《上海的声景：现代作家的都市听觉实践》，《文化研究》2018年第1期，第30页。

② ［日］吉见俊哉著，李尚霖译：《声的资本主义——电话、RADIO、留声机的社会史》，（中国台湾）群学出版有限公司2013年版，第8页。

③ 参见［加］雷蒙德·默里·谢弗著、王敦译《被玻璃所阻隔的“声音景观”》，《文学与文化》2016年第2期，第94页。

④ 参见［加］马歇尔·麦克卢汉著、何道宽译《理解媒介：论人的延伸》，译林出版社2019年版，第38—39页。

响信息做消音处理①，她们也普遍渴望通过都市之声的消音得以宁静和自处。在这样一种情形下，我们说，现代文学作家的听觉感官被更加普遍弱化了。

但是，伴随着现代文学的文学场由沿海都市向西部内陆的迁移，即由丰富的视觉文化主导的都市空间向听觉文化彰显的乡村空间转移，在没有进入本雅明所指出的“复制技术使事物光韵消散”的前工业时代的延安，在人的感官的复制技术——如广播、留声机、电影、印刷机等普遍受限的陕甘宁和广大解放区内，声音借助肉身变得唯一、从“无着”状态重回“有着”状态时，此前被弱化的现代作家的听觉感官因此得以激活，并成为感知延安和解放区的一个重要窗口。如果在起初，这种文学地理迁移带给现代作家们的体验更多是一种文化视觉上的冲击，比如很多作家都在与都市风景的对比中感受到了延安等西部内陆地区视觉风景的单调，如陈学昭认为，延安是“少树木，枯燥严厉一点”，街上“没有花花绿绿的绸衣服”，一律是“穿蓝布军装”②，何其芳也说延安“商店没有招牌，买错了东西很难找到原家去换，因为它们有着同样肮脏，同样破旧的面貌”③，音乐家李凌说就连延安方圆几十里的最好建筑——桥儿沟教堂也不过是“不堪一提的窑洞，土房”④，那么，随着对延安相比于都市所特有的、凸显“高保真音”的听觉环境的深切体认，一种不同于都市音响的新鲜的听觉环境、听觉经验逐渐被现代作家们所捕获。陈学昭就如是说，延河的水声和雨声“像一个交响乐里的高音提琴声”时时鼓荡着她的耳膜，马蹄声、风吹高粱簌簌声“也时刻好似……来敲我的门”，有时一声鹧鸪把她的耳朵“刺激得直竖起来”⑤，这一与都市经过机械复制后扁平化的声音如此不同的生动声响带来的影响是：它的唯一性、不可复制性激活了现代作家的听觉感官。

这一听觉感官在聆听延安社会音时，其意义更加意味深长。同是陈学昭写道，在延安人们是尽情地讲、尽情地笑，“语声、喊声、步伐声、号子声……把四围的山都震得撼动了”⑥。赵超构也写道，在延安的女同志旁若无人、侃侃而谈地探讨党国大事。⑦ 之前身处上海都市对声音表现出疏离的作家丁玲，也在“苏区流行着好似比全中国都丰富的歌曲”和“民间歌谣”⑧ 的谛听中，赞颂着“只有在边区才能有的尽情的热情的歌声”

---

① 参见［美］阿兰·科尔班著、王斌译《大地的钟声——19世纪法国乡村的音响状况和感官文化》，广西师范大学出版社2003年版，第318页。

② 陈学昭：《延安访问记》，中国国际广播出版社2013年版，第105页。

③ 何其芳：《我歌唱延安》，《何其芳全集》第2集，河北人民出版社2000年版，第45页。

④ 李凌：《鲁艺音乐系第二期散记》，艾克恩编《延安文艺回忆录》，中国社会科学出版社1992年版，第328页。

⑤ 陈学昭：《延安访问记》，中国国际广播出版社2013年版，第29、151页。

⑥ 陈学昭：《延安访问记》，中国国际广播出版社2013年版，第130页。

⑦ 参见赵超构《延安一月》，中国国际广播出版社2013年版，第86页。

⑧ 丁玲：《文艺在苏区》，《丁玲全集》第7集，河北人民出版社2001年版，第18页。

和“欢呼声、叫好声”①，也即现代作家被激活的听觉感官在聆听延安社会音时普遍感受到了声音里张扬的只有在解放区才能感受到的生命活力。这一生命活力以对延安贫乏的视觉环境的补偿和超越②，使现代作家完全无意于视觉文化的匮乏，反而通过对延安听觉文化的体察体验到一种全新的空间感受，一种被何其芳誉为“自由的空气。宽大的空气。快活的空气”③ 的文化氛围。现代作家经历的“感官革命”为之后他们以革命之声重构延安这一听觉空间埋下伏笔。

三、延安文人：再造延安的听觉空间

现代作家在由视觉文化凸显的东部都市向听觉文化凸显的延安等西部内陆迁移中，经由延安这一本然听觉空间中富含特定地域文化的声音对其进行“感官比例”重塑，他们此前被弱化的听觉感官普遍得以激活。但需要强调的是，尽管耳朵对声音的接受看似是被动的，但聆听却从来不是一个被动的过程，它同时会促使聆听客体通过协调发声的方式变为积极的发声主体。这一过程正如在延安生活和工作过的文人詹峻所说的那样，他到达延安后受遍地歌声这一听觉环境的感召，“只要听到有人唱”，他也会积极地“跟着唱起来”④。这释放出一个信号：现代作家转变为延安文人后，受到延安听觉环境的召唤，会通过积极的发声从接受聆听的客体转变为积极主动的发声主体，进而通过编制声音、重塑听力的方式来重构延安这一听觉空间。

如果说在最初，因为大量迁移而来的人的到来，延安这一座总是“冷清清”“差不多一根针掉在地上，都能听出他的声音来”⑤ 的“荒凉的北国”突然变得热闹，甚至不乏驳杂混乱，如陈学昭所形容的，“走在延安街上，自南至北，一条短短的大街，挤着无数的人，有着无数不同的面貌，不同的口音”，“不同的口音”将延安“挤得水泄不通”⑥，那么很快，被激活了听觉感官的延安文人，受到陕北诸如信天游、民歌等声音文化的感召，很快便从聆听主体转变为发声主体，将自在的、原初的混杂声响编制进诸如演说、口号、朗诵、合唱等有序的革命之声中。于是，通过众多记录延安彼时声音环境的文献，我们看到了这样的声音场景：延安每逢集会便有演说，陈学昭说不止毛泽东、周恩来、朱德是演说家中的翘楚，就连普通的延安文人也都是优秀的演说家，他们“口才个个那

① 丁玲：《河西途中》，《丁玲全集》第 5 集，河北人民出版社 2001 年版，第 61 页。

② 参见［美］唐小兵《聆听延安：一段听觉经验的启示》，《现代中文学刊》2017 年第 1 期，第 10 页。

③ 何其芳：《我歌唱延安》，《何其芳全集》第 2 集，河北人民出版社 2000 年版，第 45 页。

④ 任文：《延安时期的日常生活》，陕西师范大学出版社 2014 年版，第 69 页。

⑤ 角麟：《速写陕北九十九》，朱鸿召编《红色档案——延安时期文献档案汇编》，陕西人民出版社 2014 年版，第 82 页。

⑥ 陈学昭：《延安访问记》，中国国际广播出版社 2013 年版，第 105 页。

么流利"，"把每个听众的注意都吸住了"，一时间"好像全中国的演说家都集中在边区"①。每有演说，必有口号的呼喊，类似"中国不亡""坚持抗战"的呼声每每在演说中间响起，赵超构就说那声音真是"声震山谷，就是指挥台上的总指挥，也难于控制"住，总是"这一队的呼声停止，那一队的口号又起，此断彼续"②。口号的声震欲聋，丁玲形容得更形象，她说听到陕北公学的口号就觉得那声音"响到被太阳晒着的岩石上，飘到不倦地汩汩响着的延水上，天地似乎也在飞跃，跟着上百成千的喉咙，上百成千跳跃的心"③。当口号被有秩序地编织便形成朗诵。狂飙诗人柯仲平带领战歌社和战地社在延安掀起街头诗朗诵运动，誓要将"乡村的一堵墙、路旁的一片岩石"都变成朗诵的战地，誓要将"抗战的、民族的、大众的"呼声唱响神州大地。尤其是柯仲平朗诵时，"把胡子一捋，把手向空中一举，接着身子微微向前倾斜，马上用他略带沙哑却十分洪亮的声音，不停地朗诵起来"④，这种经由肉身而非其他技术工具传达的朗诵，感染力十足。据田间回忆，许多人就是站在矮墙边、土路旁，"一边看，一边念"，热闹非凡。每有集会，便有歌声，据吴伯箫回忆，"没有歌声的集会几乎是没有的"⑤，音乐家于蓝也说"不论课间、饭后，你都能听到山谷中传出嘹亮的歌声"⑥，音乐家阿甲更是说延安"山沟里有歌声，延河边有歌声，延安宝塔山下无处无歌声"⑦。尤其是诸如《黄河大合唱》等政治性、战斗性和鼓动性很强的合唱，每当在开放性的场域之中，经由高亢的基调、洪亮的嗓音、众口一词的气势唱出，而黄土高原万千沟壑形成的天然屏障又促使这一声音得以强化时，那种现场的震撼力和感染力，就"像沙场上千军万马的奔腾"，像"金属车轮在滚滚前进"⑧。我们说，诸如演说、口号、朗诵、合唱等有序的革命之声，显然改变了延安文人初来时自在、自为甚至稍显混杂的声响，它们以声音的秩序化为自在状态下的本然意义上的听觉延安赋予了一种革命的激情文化氛围。

尤其是在广场性的群众纪念活动中，演说、朗诵、合唱、口号、誓词等声音形式汇集一体，形成了一种近乎"声音仪式"的听觉环境，更是以激动人心的听觉体验强化着革命的激情氛围。笔者在阅读相关群众纪念活动的报道时，经常能见到"口号声震动了

---

① 陈学昭：《延安访问记》，中国国际广播出版社2013年版，第180页。

② 赵超构：《延安一月》，中国国际广播出版社2013年版，第69页。

③ 丁玲：《河西途中》，《丁玲全集》第5集，河北人民出版社2001年版，第61页。

④ 柯蓝：《怀念之树常青——怀念老人柯仲平同志》，《柯蓝文集》第4集，河北人民出版社1996年版，第338页。

⑤ 吴伯箫：《歌声》，《吴伯箫散文选》，人民文学出版社1983年版，第282页。

⑥ 于蓝：《不悔的青春》，全国政协文史资料研究委员会编《撞击艺术之门：文学艺术大师回忆录》，中国文史出版社2016年版，第239页。

⑦ 阿甲：《人民喜爱的花神》，艾克恩编《延安文艺回忆录》，中国社会科学出版社1992年版，第186页。

⑧ 蔡若虹：《赤脚天堂》，湖南美术出版社2000年版，第40页。

全城”①，“会场的歌声口号声震彻云霄”②，“悲壮激昂的声调，得到了周遭群山的共鸣”等类似的字眼。以1940年“五四”青年节纪念活动为例，报道中提到青年人的热情“在欢呼里，在歌唱中”“像夏夜的延水奔放着”③，“突然开做起来的大鼓，咚咚地响，那号音从十多双嘴唇上飘出来响亮的曲子，乐声合奏着，撞击着人们的心，也撞击着环绕的群山，回音亦显得雄壮”④。如果说，一套象征性的、表演性的行为方式就是仪式的内涵所指，它以一种超越日常生活常态的神圣氛围维持、激发或者重塑了群体心理和集体记忆⑤，那么，我们说，雷动的掌声、悲壮的基调、雄壮的呐喊、洪亮的战歌所组成的群众性纪念活动，也以一种超越日常生活常态的声响制造了一种超越日常生活常态的仪式，并最终使纪念活动脱离出日常能指，升华为一种声音仪式。在这一声音仪式中，革命的激情氛围无疑得到放大式呈现。如果考虑到这种群体纪念活动的频率，比如有学者指出，接连不断、周而复始的群体纪念庆典已然成为建构延安的日常，那么，革命的激情主义情怀无疑会借由声音仪式得到最大化、最大程度的张扬，它会使无序变得有序，使驳杂变得统一。个体置身于这样的声音仪式中，很容易产生皈依“群体”的精神力量。同样以1940年“五四”青年节纪念活动为例，这样声音仪式最后产生的效果即为：延安青年高喊着“中国青年万岁!”“抗战胜利万岁”的口号，“在那无数的喉咙里发出的一般无二的字句”“占据着远处黑暗的天空”，“使他们的心却似一个一般”。⑥ 法国文化史家科尔班指出，“让声音有秩序就证明了对能听到声音的空间的统治”⑦，延安文人正是通过以革命之声将声音秩序化从而激发战时革命激情，通过制造声音、塑造听力的声音实践重塑了延安的听觉空间。联系到唐小兵所说的听觉在激发民族共同体的形成中作用巨大，延安文人的声音实践实际昭示着以听觉经验和声音文化重塑民族共同体的可能。

当从听觉这一感官维度尝试对延安做出还原意义上的重构时，会发现黄土高原特殊地理环境带来的视觉文化的贫乏，以及对声音信息、音响感官等更依凭口语传播的声音象征系统的依赖，皆使得延安这一空间天然地便与听觉产生联系。而从媒介延伸、重设、建构人的感官系统这一经典媒介理论出发，在现代文学的文学场从沿海都市向内陆延安的迁移中，延安文人置身于延安这一本然的“听觉空间”过程中，一方面接受富含文化、

---

① 佚名：《欢迎抗日领袖毛主席　延安人民举行盛大欢迎》，《新中华报》1936年1月16日第2版。

② 佚名：《延安城“一二八”纪念会盛况空前，到会群众均带武装，抗日领袖莅坊讲演》，《新中华报》1937年1月30日第1版。

③ 佚名：《万千青年在战斗的节日检阅了自己战斗的力量》，《新中华报》1940年5月10日第3版。

④ 佚名：《五四第二届中国青年节　本市举行纪念大会》，《新中华报》1940年5月10日第4版。

⑤ 参见郭玉华《仪式与社会变迁》，社会科学文献出版社2000年版，第2页。

⑥ 佚名：《五四第二届中国青年节　本市举行纪念大会》，《新中华报》1940年5月10日第4版。

⑦ ［法］阿兰·科尔班著，王斌译：《大地的钟声——19世纪法国乡村的音响状况和感官文化》，广西师范大学出版社2003年版，第223页。

历史和地理属性的声音文化经由听觉感官环境对其听觉感官进行召唤和重塑，一方面被激活了的听觉感官也通过积极发声以演说、口号、朗诵、合唱等有序的革命之声，改写和重构着延安本然的听觉环境和声音文化。建构与被建构之间，我们说，一个基于地域文化空间属性的“听觉延安”得以浮出历史地表。正如鲁迅所说，“各种文学，都是应环境而产生的”①，这一有声延安为之后延安文艺在涵化陕北地方文化形态基础上的意识形态生产预示了“声音转向”的趋势。

① 鲁迅:《现今的新文学的概观》,《鲁迅全集》第4卷，人民文学出版社2005年版，第137页。

晋察冀乡村文艺运动的动员经验及赓续路径*

王　平①

摘　要：晋察冀边区乡村文艺运动是一次声势浩大的文艺大众化运动，根本目的在于动员农民参加抗战和生产，其历时之久、规模之大、作品之巨、影响之深非比寻常，但作为独立研究的学术史地位尚需强化。晋察冀边区乡村文艺运动在极端困难的条件下找到了通往“创造”新农民的必由门径，其理念形态是以文艺为精神武器开展政治动员，组织形态是设立强大的文艺领导机构、建立周密的文艺人才培养体系、搭建高层次的文艺创演平台推进文艺创作和展演。其运动理路、组织经验、创作经验，对于如何在乡村振兴命题下赓续文艺大众化传统仍然值得借鉴。

关键词：晋察冀边区；乡村文艺运动；文艺大众化；乡村振兴

中共领导的晋察冀边区乡村文艺运动自全面抗战爆发至新中国成立，前后历时12年之久。其间，大批专业文艺工作者连同被动员起来的广大农民活跃在战争和生产一线，以战斗护村、政权建设、阶级斗争、土地改革、农业生产等为主题，创作出大量题材鲜明、体裁多样的文艺作品并进行充分展演和传播。晋察冀边区乡村文艺运动是解放区乡村文艺运动的巅峰发生地、成熟实践地，且有效延伸到敌占区和国统区。但关于中共领导的乡村文艺运动，研究者多以解放区为地域界定，解放区文学的一系列变革又常以延安替代，晋察冀边区乡村文艺运动作为独立自足的研究对象还缺少印证。晋察冀边区乡村文艺运动以往研究本身也存在两个不足：一是史料和史事整理多、评论和阐发少，尚有堆砌之嫌，有待在全景式统筹的基础上进行钩玄提要；二是比较重视文本资源的时代转化，但忽视了运动理路和组织经验的现实运用，有待在乡村振兴的时代背景下赓续文

* 项目基金：河北师范大学博士（后）科研启动基金“文艺大众化与华北乡村文艺运动研究”（批准号：S22B001）。

① 作者简介：王平（1982—　），男，河北承德人，文学博士，河北师范大学副研究员，河北师范大学中国共产党革命精神与文化资源研究中心兼职研究员，主要研究方向为中国现当代文学思潮、红色文学与文化等。

艺大众化的宝贵传统。

一、以文艺开展乡村政治动员

晋察冀边区乡村文艺运动无论理念思路还是目的预期都十分清晰而坚定，其核心本质在于对农民大众进行政治动员，激起民众投身战争、生产的信念和力量。抗日战争全面爆发以后的华北乡村，因晋察冀边区的强力介入，孕育出崭新的革命文学艺术。此时的华北乡村文艺，如果暂且不论艺术形式的历史延承，就可以概括为起于战争，又以战争精神武器的形式而存在。乡村文艺化身精神武器，源于党和边区的宣传引导、政策鼓励，也表现在文艺工作者的观念认同和角色意识等方面。

（一）乡村文艺的舆论动员

中共最高领导人毛泽东将革命文艺工作与武装斗争视为同等重要的地位。早在1936年，毛泽东的《在中国文艺协会成立大会上的讲话》就强调，苏区时期文艺工作弱，没有形成文和武两条并行战线。此后，在抗战时期最为著名的文艺团体西战团转战晋察冀之前，毛泽东借其为代表对文艺团体提出工作指示："战地服务团是一件大工作。……你们要用你们的笔，用你们的口与日本打仗。军队用枪与日本打，我们要从文的方面武的方面夹攻日本帝国主义，使日寇在我们面前长此覆灭下去。"① 毛泽东一文一武两支军队的表述，鲜明体现出中共对于战争动员的直接诉求。

艺术节是晋察冀边区文艺工作交流总结与开展思想观念宣传引导的重要场合。到1940年边区举办第一届艺术节时，各项文艺工作已经有章可循、成果丰硕，但也开始出现思想松动的情况。为了坚定文艺工作走向，1941年，聂荣臻在边区第二届艺术节大会上发表演讲，强调："在八路军的军队里，有一贯的传统，就是把艺术当作政治工作的武器，拿它来提高军队文化生活，提高士兵战斗情绪。……需要战斗力，就一定需要文化，所以今后应更要求在艺术活动中更好的组织起来，更好的开辟这一工作，把艺术作为政治工作的武器。"针对一些文艺工作者提出调换岗位的意见，聂荣臻强调："我们并不把演员看成戏子，我们是把他看成艺术者。艺术工作的成就，不但要几年，而且要十年二十年的努力，我们要很好的使用这个斗争的武器，为了新社会的建设。"② 聂荣臻充分重视边区文艺工作者的成绩，希望他们坚守岗位，继续把文艺作为边区各种建设的一项专门工作推向前进。

在领导人反复进行工作指示和教育引导以外，边区文艺工作也得到相应的制度保障，其地位、作用、方向、目标都有政策上的规定。例如，《中共晋察冀中央局关于文艺工作

---

① 《作家丁玲史沫特列等组织西北战地服务团出发前线》，《新中华报》1937年8月19日第2版。

② 《聂司令员在第二届艺术节大会上的演讲》，《晋察冀日报》1941年7月16日第4版。

的三个决定》的第一部分“开展边区文艺创作的决定”即对文艺运动的功用进行了全面描述，包括已经在抗日、减租生产及土地改革等方面发挥的重大作用，也包括未来要强化的几个方面，即为爱国主义的自卫战争服务，反映战争、鼓励士气、歌颂人民的新英雄主义；反映人民的生产、拥军、优抗和一切为了取得胜利的行动与爱国热忱；反映中国历史上空前未有的土地改革运动，引导获得了土地，打碎了封建枷锁，翻身又翻心后的农民大量涌向前方保卫胜利果实，使自卫战争取得最后胜利。① 可见，“讲政治”在边区文艺工作组织体系中贯穿始终，成为文艺运动的一条基本遵循，无论创作演出的戏剧、歌曲、舞蹈或出版美术作品，还是其他配合文艺工作的任何任务或行动，总是紧紧围绕政治形势、斗争任务、生产建设展开，宣传党的政策，鼓舞民众斗志和生产热情。

（二）乡村文艺工作者的观念认同和角色意识

文艺运动之所以具有强大的政治动员功能，就在于它是一种特殊的武器，一种精神层面的武器。这一认识被边区文艺工作者广泛认同。张学新在《晋察冀文艺研究》中对此有过深情描摹：“这是剑与火的艺术……它们鲜明地反映了那个伟大的时代，成为动员群众、教育群众、支援战争、夺取胜利的有力的精神武器，为我国革命文艺的发展写下了光辉的篇章。”② 在《晋察冀文学作品选》一书的总序言中，中国解放区文学研究会也写道：“解放区文学作为我国革命事业的一翼，在中华民族生死存亡的斗争中，和人民一起共生死，同战斗，成为‘团结人民、教育人民、打击敌人、消灭敌人’的有力武器，为中国人民的解放事业做出了不可磨灭的贡献。”③ 抗敌剧社是晋察冀军区政治部直属的文艺团体，在边区剧社中历史最长、规模最大、影响极广，其社歌部分歌词写道：“我们为英勇的战士而歌唱，把大众的生活、斗争演出在舞台上，艺术是我们的枪，舞台是我们的战场。”④ 孙犁对于民族解放战争的艰苦持久以及文艺在其中的特殊力量有着明确的认识，他强调：“艺术是有充分的武器性的。在十月革命的前夜，在五年计划的过程里，在西班牙反法西斯的战场，艺术都骄傲的施展了惊人的对反对者、对敌人的致命打击。在抗战的现时，我们应当赶快把艺术武器舞动起来，配合军事行动，向敌人进攻。”⑤

晋察冀边区开展乡村文艺，主要目的绝不是消遣娱乐，也不是培养艺术家，而是一项革命工作。这项工作在战火中诞生，服务于革命战争和生存，它首先是打击敌人的有力武器。在《晋察冀文艺丛书》中，周巍峙的总序言始终在目，当中有这样一段描述：“我们从事文艺工作，不都是兴之所至，也不是早有成就，为了追求个人能深入艺术庙

---

① 参见《中共晋察冀中央局关于文艺工作的三个决定》，《晋察冀日报》1947年4月25日第2版。

② 张学新：《晋察冀文艺研究》第1期，天津社会科学院文学研究所1983年，编者的话。

③ 王剑清、冯健男：《晋察冀文学作品选》，天津社会科学出版社1990年版，总序第1页。

④ 《敌后的文艺队伍》（“晋察冀文艺丛书”之二），晋察冀文艺研究会（内部）1986年，第71页。

⑤ 张学新：《晋察冀革命戏剧运动史料》，河北省文化厅文化志编辑办公室（内部）1991年，第92页。

堂。我们是为了生存，为了斗争，我们要把文艺献给广大民众，广大战士，鼓舞起全民族奋勇杀敌的革命精神。”① 在特殊年代编印画报十分艰难，《晋察冀画报》创刊号发行时，出版社举办庆祝晚会合唱社歌，歌词唱道：“我们是文化艺术的劳动者，我们是思想战线的战斗员，我们用双手大脑劳作，我们用笔尖、机器作战，生产精神的食粮，制造文化的枪弹，开辟新民主主义的文化田园。”② 美国战地记者杰克·贝尔登曾追问赵树理稿费和作品版权问题，强调如果在美国，赵树理会成为富翁的。赵树理表示：“版权属于革命……这就是我的工作岗位，是我应该做的工作，我是不说稿费的……这不存在剥削，这是职业的分工。”③ 在边区文艺工作者的世界里，没有个人爱恨情仇、悲苦喜乐，也没有个人物质利益谋求，他们的创作心态及成果都从属于无产阶级革命斗争，这是一种坚固的集体意识。

晋察冀边区文艺运动把“文艺是武器”凝固成人尽皆知的观念，一方面，拿起精神武器的“文军队”作为抗战和乡建的组成部分不可或缺；另一方面，其还根本地影响着“武军队”的方向和实力。一切文艺工作者，专业的、半专业的、业余的以及被动员起来的更为广大的农民大众统统化作文艺战士，用艺术的武器，歌唱人民的心声，鼓舞对敌斗争，鼓励发展生产，随时随地为边区新的号召、新的建设、新的任务而服务、而斗争。直接指导现实成为文艺作品的共性特征，题材选择、主题确定、人物设定都以介入革命现实为遵循，从而使作品起到“团结人民、教育人民、打击敌人、消灭敌人”的革命武器作用。

二、晋察冀乡村文艺运动的组织体系

晋察冀边区乡村文艺运动从边区开创之初就作为各项工作之一同步推进。尽管斗争艰苦、交通阻塞、资源贫乏，但由于中共对文艺工作的重视，强大的文艺工作组织体系得以建立，文艺人才得以不断汇聚，边区群众文艺运动得以持久、广泛、深入开展，在特殊年代的华北乡村建构起靓丽夺目的文艺景观。

（一）设立强大的文艺领导机构

晋察冀边区文化界抗日救国会（简称“文救会”）于1939年成立，它是晋察冀边区统一的文化工作领导机构。在文救会的领导下，晋察冀边区戏剧协会、全国美协晋察冀边区分会、全国音协晋察冀边区分会、全国文协晋察冀边区分会相继成立。不仅如此，边区的最高领导机构也是直接统揽文艺工作的，其组织性可从一系列文件中得到明证。

---

① 《文艺战士话当年》（“晋察冀文艺丛书”之一），晋察冀文艺研究会（内部）1986年，第1页。

② 《敌后的文艺队伍（二）》（“晋察冀文艺丛书”之四），文化艺术出版社1989年版，第87—88页。

③ 高捷、刘芸灏、殷崇轩等：《赵树理传》，山西人民出版社1982年版，第101—102页。

例如《中共晋察冀中央局关于文艺工作的三个决定》（包括“开展边区文艺创作的决定”“开展乡村文艺运动的决定”“贯彻为兵服务方针开展部队文艺工作决定”，笔者注）、《晋察冀军区政治部关于各分区剧社执行创造铁军工作的指示》等。此外，边区领导就文艺工作多次发表重要讲话，边区组织也就文艺工作发布行动纲领或指南。如《聂司令员在第二届艺术节大会上的演讲》（聂荣臻）、《晋察冀边区戏剧运动及其方向——在边区剧协第二次代表大会的讲话》（成仿吾）、《新文化问题》（沙可夫）、《新年戏剧工作大纲》（中华全国戏剧界抗敌协会晋察冀分会）、《关于改造旧剧问题的几个初步意见》（冀中旧剧研究审查委员会）等。

《中共晋察冀中央局关于文艺工作的三个决定》的“开展边区文艺创作的决定”要求：“各级领导机关，应重视文艺创作在完成政治任务、推动工作、教育群众上的巨大作用；……文艺工作者相互之间，应经常取得联系，交换总结经验，使文艺界更能发挥集体力量，为完成文艺上的反帝反封建的伟大任务而继续奋斗。”① 边区文艺组织和所属专业文艺团体开展的文艺活动本身具有相当大的开放性，表现在主题和演出场所等对乡村、农民的开放，除了少数“大戏”以外，并没有绝对面向边区或军区内部的文艺。与此同时，他们又负有直接领导、指导、协助乡村文艺活动的职责。“开展边区文艺创作的决定”要求专业文艺团体和文艺工作者应把乡村文艺工作列为主要任务之一，具体工作包括：“（一）研究、介绍及指导乡艺创作；（二）培养典型，总结交流经验；（三）培养训练乡艺干部。”②《中央局宣传部召开边区文艺座谈会　决定开展创作与乡村部队文艺运动》则强调，应总结延安文艺座谈会后下乡入伍的经验，以及边区提出“穷人乐”方向以来乡村文艺运动的经验，“进一步组织文艺界的力量，使文艺能更好的反映当前伟大的自卫战争，土地改革及大生产，更好的为工农兵服务”③。《中共晋察冀中央局关于文艺工作的三个决定》的“开展乡村文艺运动的决定”对此亦有阐释。

（二）建立周密的文艺人才培养体系

文艺人才培养问题是乡村文艺运动能否不断拓展的先决条件，边区十分重视专业文艺人才和乡村文艺人才的培养。

军区政治部致力于将各分区剧社打造成铁军，制订了周密的艺术教育计划：一是普通的研究与讨论一般的文化理论问题，做到基本上的认识与了解；二是比较专门的研究与讨论各种艺术形式与技巧的问题及其理论方法，并应用到实践中去。④ 计划明确提出，

---

① 《中共晋察冀中央局关于文艺工作的三个决定》，《晋察冀日报》1947 年 4 月 25 日第 2 版。

② 《中共晋察冀中央局关于文艺工作的三个决定》，《晋察冀日报》1947 年 4 月 25 日第 2 版。

③ 《中央局宣传部召开边区文艺座谈会　决定开展创作与乡村部队文艺运动》，《晋察冀日报》1947 年 4 月 25 日第 2 版。

④ 参见张学新《晋察冀革命戏剧运动史料》，河北省文化厅文化志编辑办公室（内部）1991 年，第 14 页。

诸如新民主主义的文化、大众化、新现实主义、民族形式研究、旧形式利用等问题，剧社成员应当了解。对于戏剧方面的导演、演技、化妆、灯光、布景及舞台工作，音乐方面的识谱、发音、作曲、指挥等，美术方面的木刻、绘画、构图、色彩、标语等，文艺通讯方面的通讯、剧本、活报、歌剧创作等，特别是怎样使作品密切配合政治任务等，都提出目标要求。

华北联合大学文艺学院（文艺部）拥有一批活跃在晋察冀边区文艺战线的精干队伍，也作为培养文艺骨干的教育基地而存在。沙可夫任部长，吕骥任副部长，教员干部组还有崔嵬、丁里、沃渣、钟惦棐、辛莽、韩塞、胡苏、何洛、康濯、丁克辛、岳慎、王久晨、陈强、刘钧、卢肃、刘沛等，其中不乏已经有相当影响力的文艺人士。除本校教师外，杨朔、孙犁、田间、何干之、周巍峙等都曾来学院讲学。新世纪剧社、大众剧社、火线剧社、铁血剧社、先锋剧社、战线剧社、挺进剧社乃至县、区文艺活动骨干和宣传干部相继到学院学习，前后共有1300名文艺工作者接受专业训练，其中，杨沫、海默、管桦、晨耕、古立高、曹火星、王佩之、田华等很多人成为很有成就的作家、导演、演员。接受专业训练的剧社及其成员开展乡村文艺工作更为出色，例如铁血剧社在创造模范村剧团运动中，学习联大经验，在五专区平山、灵寿、行唐、井陉、平定五个县内举办了几十个小型乡艺训练班，训练文艺骨干2187名，帮助组织和恢复了213个村剧团、宣传队，使得整个五专区掀起农村文艺活动高潮。①

兴办学校、开展冬学运动则是晋察冀边区培养文艺人才的一项基础工作。1938年1月，《晋察冀边区军政民代表大会决议案》② 发布，其中关于文化教育方面提出边区文化教育的系列工作计划，基本原则包括提高一般民众的文化水准。主要举措一是要整顿学校教育，恢复乡（村）镇的初级小学和高级小学，编订各种救亡读物与教材，组织儿童团、歌咏队等；二是扩大民众教育，建立农、工、妇女等各种补习学校、识字班、夜校等。冬学运动是扩大民众教育的最好方式，能够利用农闲时间提高群众的政治文化水平。据《晋察冀边区一九三八年度冬学运动总结》③ 介绍，当年，差不多有二十万人受到冬学的训练。男女老少改变了传统积习，学识字、学习抗日救亡道理，讲科学、反迷信，学唱抗日歌曲，很多人可以唱三四十首抗日歌曲，激发了抗日热情，消除了"恐日病"，也冲刷了几千年遗留下来的封建迷信思想。在文艺运动方面，边区小学与冬学运动学习班以及村剧团是互相支撑与配合的关系，唱歌、演戏、跳秧歌舞，特别是就地取材、自

---

① 参见《敌后的文艺队伍》（"晋察冀文艺丛书"之二），晋察冀文艺研究会（内部）1986年，第116页。

② 参见河北省社会科学院历史研究所、河北省档案馆等《晋察冀抗日根据地史料选编》（上），河北人民出版社1983年版，第21—22页。

③ 参见河北省社会科学院历史研究所、河北省档案馆等《晋察冀抗日根据地史料选编》（上），河北人民出版社1983年版，第88—89页。

编自演，反映战斗和生产生活的文艺形式，通常得到群众的广泛参与。

（三）搭建高层次的文艺创演平台

1937年到1940年间，边区文艺运动以参军动员、生产动员、民主政权建设等为主线，循着新民主主义道路开展文艺创作与展演。1941年，文、音、美、剧各协会共同发起艺术创作运动，共同召开“民族形式”问题座谈会。就最直接的乡村文艺而言，文协开展了墙头小说运动；音协催生了群众救亡歌曲；美协开展木刻运动及木刻展览；剧协号召创造模范村剧团，成立剧作研究会，领导街头剧运动，等等。自此，边区文艺活动越来越规范、主动，越来越追求深刻、生动、活泼、有力，更加自觉追随边区新的现实和新的情势。① 为了集中总结交流文艺运动成绩、经验，进一步提高文艺运动水准和影响力，边区搭建了多种多样的高层次文艺创作、演出和展示平台，包括举办艺术节、创办文艺副刊、开展文艺写作运动等。

边区在1940年到1942年连续举办三届艺术节，首届艺术节②即召开全边区性的艺术检阅大会，各地也以县为单位召开艺术检阅大会，主要内容是在演出和创作方面，开展群众剧团联合公演，群众歌咏队大合唱，出版诗歌、文艺墙报、诗传单、街头诗、墙头小说、美术壁报、大型小型墙报、大布画等。此外还举行展览会展出各种群众艺术作品，举办座谈会讨论各种艺术问题，开展化妆宣传，等等。各村剧团、连队剧团、学校剧团和大剧团、文学团体、文艺小组、歌咏队、美术团体，均在艺术节高度发挥创作和表演热情，形成边区文艺大联合、大联欢、大展示。

边区机关报《晋察冀日报》影响巨大，为拓展文艺工作，还专门设置了文艺副刊。《晋察冀日报》共出现过20余种正式副刊，多属文艺副刊或带有文艺性质。③ 其中，《老百姓》创刊于1938年11月21日，是出版较早、时间最长、读者最广的副刊。其代表了副刊的办刊思路，一是同边区民众讲“打日本救中国的道理”，二是“要咱们老百姓在上面来说咱们自己想说的”。④《老百姓》是“老百姓自己的报纸”，刊载的文章短小精炼、通俗易懂，受到群众欢迎。民校教师常常把单张《老百姓》副刊贴在墙上，把《老百姓》刊登的一些文章写在村里的黑板报上。各村读报小组或屋顶广播站也经常选读报纸刊登的通俗小说等短小文章。⑤

“《冀中一日》写作运动”在晋察冀边区文艺史上具有重要地位，在中国现代文学史

---

① 参见张学新《晋察冀革命戏剧运动史料》，河北省文化厅文化志编辑办公室（内部）1991年，第46—54页。

② 参见张学新《晋察冀革命戏剧运动史料》，河北省文化厅文化志编辑办公室（内部）1991年，第46—54页。

③ 参见晋察冀日报研究会编《晋察冀日报史》，人民出版社1993年版，第429页。

④ 晋察冀日报研究会编：《晋察冀日报史》，人民出版社1993年版，第430页。

⑤ 参见晋察冀日报研究会编《晋察冀日报史》，人民出版社1993年版，第432页。

上也是“一次应予大书的工农兵群众的伟大文艺创作运动”①。1947年2月，仿效高尔基主编的《世界一日》、茅盾倡导的《中国一日》，吕正操、程子华、黄敬发起一次大规模群众征文活动，即《冀中一日》写作运动。征文以5月17日为创作日，王林、孙犁主持征文及选编出版事宜。冀中全区所有村庄、连队都将创作日视为盛大节日，不少主力团队、游击队、农村游击小组以及村干部等，为了完成征文任务专门在那天去打仗、破路、割电线、抓汉奸或举行劳动比赛以获取写作素材。应征写作的人数以万计，经过挑选，送达冀中文建会的稿件仍有一车，最后选入《冀中一日》的稿件共233篇55万字，与《区村连队文学读本》（取材于《冀中一日》阅稿笔记）一同出版。《冀中一日》写作运动得到乡村广泛响应，也是边区乡村文艺运动取得巨大成就的一个标志。

三、晋察冀乡村文艺运动动员经验的赓续路径

晋察冀边区的乡村文艺运动是轰轰烈烈的。从山地到平原，从学校到社会，从旧戏台到帐篷舞台，从沙滩、坡地到街头、打麦场，从唱歌、跳舞到摄影、木刻，从贴传单到口头讲演，从化妆宣传到自编自演的舞台剧……可以说，文艺的形式、内容、场所几乎覆盖了整个晋察冀乡村。晋察冀边区领导的乡村文艺运动发生于救亡图存的时代背景下，以文艺为武器激起斗志，教育引导农民改变落后面貌，增强与困难作斗争的意志和能力，在极端困难的条件下找到了通往“创造”新农民的必由门径。虽为战时特殊安排，但对现时代乡村振兴语境下的乡村文化建设仍有重要启发意义，特别是在组织领导、人才培养、文艺创演等方面积累的组织经验、创作经验，对于今天的乡村文艺振兴命题仍是一笔宝贵而丰富的精神遗产。

（一）晋察冀乡村文艺运动的延承

新中国成立以来，从晋察冀边区走出的文艺战士大都成为文艺界的领导力量、骨干力量或知名艺术家。② 可以说，与新中国从华北走来同理，新中国的文艺事业也带着深厚的实践根基从华北走来。晋察冀文艺队伍为我国社会主义文艺事业开创了百花齐放、百家争鸣的新局面，而他们积累的文艺经历、资料和作品，恰恰为文艺事业提供了取之不尽的历史资源。有学者提出：“晋察冀文艺工作者是毛泽东文艺思想最早、也是最忠诚的执行者。……晋察冀文艺不愧是中国解放区文艺的典范，新中国社会主义文艺的先导，在中国现代文艺史上占有重要的地位。”③

晋察冀文艺影响之深远，一直延续至今。例如，新冠疫情期间，定州市不少文艺工

① 《敌后的文艺队伍》（“晋察冀文艺丛书”之二），晋察冀文艺研究会（内部）1986年，第140页。

② 参见刘谷《晋察冀革命文化艺术发展史》，中国戏剧出版社2007年版，第630页。

③ 《文艺战士话当年（九）》（“晋察冀文艺丛书”之十一），晋察冀文艺研究会（内部）2002年，第25页。

作者创作了墙头诗、歌曲、快板等大众文艺形式，鼓舞士气。① 由此也可看见晋察冀文艺的深远影响。再如，近年来，红色主旋律电影屡屡成为民众期待的“新主流大片”，《我和我的父辈》的“乘风”单元即取材于冀中骑兵团与冀中人民共同抗日的悲壮史事。

如果把文艺视线从城市转移到农村，就会发现，新中国成立初期，农村剧团的文艺活动仍然得到一定重视，《穷人乐》所代表的“群众创作”经验也得到持续强调。② 及至1963年12月15日，《人民日报》还转载《河北日报》社论《提倡业余剧团演新戏》，提出“二十多年来，阜平县农村业余剧团，始终遵循着党指示的文艺方向，继承并发扬了当年村剧团革命的战斗传统，坚守和继续扩大着新文艺在农村的思想阵地，有力地配合了党的各个革命时期的政治任务，对提高群众的政治思想觉悟和活跃群众的文化生活，起了很大作用。二十多年的实践证明，他们所走的道路是正确的，是应当提倡的”。但是，在“文学创作正规化”③ 的总基调下，“穷人乐”方向的集体化创作经验已然失去往日光辉④。文艺工作的重心逐渐由乡村转向城市，也是不争的事实。乡村剧团等文艺组织缺乏持续性的辅导机制，长期得不到专业指导和政策支持。尽管各地文艺形式因为具有相当深厚的文化基因而得以延续，但总体上看，地方特色文艺在乡村处于后继乏力的生存状态。而城市文艺工作者创作的农村题材文艺作品受制于影剧院场所、终端收费、文类偏好等因素，又往往难以到达农民。

（二）乡村建设需要农民在文艺中实现自我教育

晋察冀边区最为壮观的文艺运动景象表现在众多村剧团在专业文艺团体的帮助下积极投身文艺创演。1944年底，阜平县高街村剧团在抗敌剧社的帮助下自编自演的大型戏剧《穷人乐》，综合运用话剧、秧歌舞、快板等农民喜爱的文艺形式，全景式反映穷人从“苦”到“乐”的翻身历程，把群众戏剧推向新的阶段，后被确定为“‘穷人乐’方向”，成为农民被广泛深入动员的标志，边区群众文艺活动由此掀起新的高潮，涌现出许多模范村剧团。平山县柴庄村剧团自力更生、艰苦奋斗，创作演出的反“扫荡”活报剧《战斗生产》、评选榜样的话剧《选英雄》、土改运动歌剧《山大王》均实现村庄巡回演出。建国县（现河间）护持寺村剧团，不到一个月时间，创作演出了《苓少爷变成了三孙子》《杨举人》《咱村的坏根在哪里》等三个大型话剧，直接推动了本地区反封反特斗争。群众剧本创作的数量是惊人的，根据冀晋区文联当时的材料，1946年春节期间，灵寿县各

---

① 参见《定州市文艺界踊跃创作作品为打赢疫情防控阻击战贡献力量》，http://dingzhou.hebei.com.cn/system/2020/02/11/100191108.shtml，(2020-02-11)[2024-05-01]。

② 参见贺照田、高士明主编《人间思想第五辑：新人·土地·国家》，（中国台湾）人间出版社2016年版，第128页。

③ 李洁非、杨劼：《共和国文学生产方式》，社会科学文献出版社2011年版，第94页。

④ 参见张自春《经验互助与群众创作：“《穷人乐》方向”与解放区—新中国的群众文艺运动》，《文学评论》2018年第2期，第161页。

村剧团就创作话剧355个、街头剧179个，平山县据不完全统计创作各种剧本524个，定北县台头村剧团一年内编写了25个剧本。① 这样的成功案例不胜枚举。

这一壮观景象表征着由于晋察冀边区乡村文艺运动与乡村建设各项紧迫任务关联度高，能够根据实际局势随时设计主题，并且根据剧情需要选择农民熟悉和喜爱的文艺形式，更能触动农民心灵，农民自主参与创演的积极性和热情很高。周扬在晋察冀边区文艺座谈会上强调，要“对民间形式表示真正的尊重……所有这些形式，只要是群众所喜欢所能够接受的，都应让他们有自由发展的机会。……文艺工作者的任务就是以十分注意的态度去寻找与发现群众所熟悉所喜欢的形式；细心去研究他们，加以分析综合，提高一步”，以保证“用群众自己的笔和口，把这个伟大的时代从各方面，用各种形式反映出来!”② “穷人乐”方向根本上是以群众为中心的方向，基本精神是“充分发扬劳动群众在文艺上的创造性，使文艺更直接普遍的为群众服务”③。农民自己经历过、自己认识到、自己演出来，其效果之显著非一般的文艺演出活动所能比拟。

在现今的语境下探讨乡村文艺运动，其最终归宿也应是动员和指导群众选择乡村振兴的适切主题和喜闻乐见的文艺形式进行自主创演，在自编自演的过程中实现自我教育和自我动员，繁荣乡村文艺生态，提升乡村建设内生动力和实践本领。

（三）乡村振兴背景下重启乡村文艺运动的可能

回望晋察冀边区乡村文艺运动，和我们今天所探讨的乡村文艺，其后置背景已截然不同。在信息网络、交通网络特别是短视频的影响下，农民接受文艺的途径和文化娱乐方式发生了深刻变化。不过，在乡村振兴的时代面前，乡村文化并不繁荣，符合农民需要和时代需要的乡村文艺是贫乏的，与新一轮的乡村建设大潮不相协调，这不禁引发我们思考重启乡村文艺运动是否可能。

历史实践证明，乡村建设是乡村文艺运动也即文艺大众化最显著的时代背景、最恒定的环境和最有力的根据。乡村振兴是新时代的乡村建设主题，由于传统文艺式微乃至衰败，短视频虽然带来乡村文艺秩序新变，但在为农民赋能赋权的同时也引发了系列问题，新的有组织的符合时代特质的乡村文艺形态亟待生成。习近平在文艺座谈会上的讲话指出：“随着人民生活水平不断提高，人民对包括文艺作品在内的文化产品的质量、品位、风格等的要求也更高了。文学、戏剧、电影、电视、音乐、舞蹈、美术、摄影、书法、曲艺、杂技以及民间文艺、群众文艺等各领域都要跟上时代发展、把握人民需

① 参见《晋察冀村剧团剧本选》，晋察冀文艺研究会（内部）2002年，第2—3页。

② 周扬：《谈文艺问题——在边区文艺座谈会上的发言》，《晋察冀日报》1947年4月26日第2版。

③ 《中共晋察冀中央局关于文艺工作的三个决定》，《晋察冀日报》1947年4月25日第2版。

求”①。没有优秀的文艺作品做支撑，乡村振兴的文化环境将处于贫乏苍白的境地。因此，我们今天依然面临着文艺大众化的问题，面临着文艺工作者扎根农村帮助组织开展乡村文艺建设的时代责任。

晋察冀边区文艺运动直接由边区政府领导，并成立统一的文化工作领导机构边区文救会负责组织工作，其下属的音乐、美术、戏剧、文学协会也相继成立，从此根据地建立了一套从边区到乡村的文艺组织系统，形成了相对完整的文艺组织网络。这一文艺组织在边区政府统领下有计划、有章法地开展文艺工作，使得文艺工作得到了自上而下的普及。虽然时代早已变迁，但是强化文艺工作组织体系建设，派驻专业文艺教育工作者较长时间扎根农村的乡村文艺工作模式，仍然值得探索。换言之，将文艺服务农民作为一项长时段的伟大事业，在充分利用乡村本土文化资源的基础上，以农村现时代文艺状况和需求为导向，理清文艺与人民、文艺与时代、文艺与生活的关系，沟通线上、线下两个场域，那么，重启乡村文艺运动既是可能的也是必要的。文艺工作者要“深入群众、深入生活，诚心诚意做人民的小学生”②，继续坚持文艺工作者动员农民、改造自我的实践路径，走到乡村振兴第一线，与农民生活建立一种血肉联系，从农民立场出发、以农民为中心，发动农民大众一起创演服务于“勤俭型”“知识型”“技能型”“产业型”“互助型”等理想农民形象的文艺作品，在乡村振兴的伟大时代掀起新的文艺大众化浪潮，强势参与到乡村振兴伟大史诗的书写中。

① 习近平：《坚持以人民为中心的创作导向，创作更多无愧于时代的优秀作品》，《人民日报》2014年10月16日第1版。

② 习近平：《坚持以人民为中心的创作导向，创作更多无愧于时代的优秀作品》，《人民日报》2014年10月16日第1版。

“疏离中的靠近”：孙犁的40年代创作动向成因新探*

苗家豪①

摘　要：孙犁作为一位从晋察冀走出来的作家，在短暂的延安时光中收获了他人生中最具代表性的作品《白洋淀纪事》，奠定了此后其在中国现当代文坛的独特地位。然而这位从晋察冀走出，在陕甘宁成名的作家却在大部分时间内被认为是疏离延安文艺体制并独具艺术魅力的作家，但其在对延安文艺主流的“疏离”中却有着相当程度上的“靠近”，通过这种“靠近”更能够勾勒出“晋察冀”与“陕甘宁”在文艺上的互动，使孙犁40年代创作动向的成因得以更为明晰。

关键词：“疏离中的靠近”；孙犁；创作动向成因；新探

引　言

新时期以来，多数情况下学界都将孙犁作为延安文艺体制的“疏离者”来看待，甚至是“革命文学中的‘多余人’”②。孙犁初到延安之时，“正值大整风以后，学院表面似很沉寂。原有人员，多照料小孩，或在窑洞前晒太阳。黄昏，常在广场跳舞，鲁艺乐队甚佳”，“敌后来了很多人，艺术活动多了。排练《白毛女》，似根据邵子南的故事”。③可以说孙犁是作为整风后的新鲜血液补充到延安的文艺队伍中，并为其增添了新的一抹

---

* 项目基金：国家社会科学基金重大项目“陕甘宁文艺文献的整理与研究”（批准号：16&ZDA187）；陕西师范大学研究生领航人才基金项目·博士自由探索项目“《东北日报》（1945—1949）文艺活动研究”（批准号：LHRCTS23040）。

① 作者简介：苗家豪（1996—　），男，黑龙江佳木斯人，陕西师范大学文学院博士研究生，主要研究方向为中国现当代文学现象研究。

② 杨联芬：《孙犁：革命文学中的“多余人”》，《中国现代文学研究丛刊》1998年第4期，第1页。

③ 郭志刚、章无忌：《孙犁传》，十月文艺出版社1990年版，第193页。

亮色。“1944 年来到延安后，进鲁迅艺术文学院学习和工作。此时，孙犁受到毛泽东文艺思想的哺育，明确了文艺的工农兵方向，再回顾自己在冀中与英雄的人民一起经历的战斗生活，写出了《芦花荡》《荷花淀》《麦收》等一系列优秀的短篇小说，其中《荷花淀》写得最好。”① 但这一抹亮色也经常被认为是延安文艺体制的“边缘化”产物，或是对延安文艺体制“疏离”的产物，在孙犁以《荷花淀》为代表的一系列作品中，可以找到同时期延安文艺体制所推崇的其他作品中所稍显缺失的“诗性洋溢”“乡风乡情”“女性之美”等。新时期以来对文学史的“重写”使得学界乃至部分作家自己也要对过去进行一种“断裂化”处理，将自己从“体制化”的影子中剥离，这也在一定程度使得孙犁是“延安文艺主流的‘疏离者’”的观点在学界更具主导性。近些年来此种看法在学界仍然在发出很强烈的声响，西北师范大学郭国昌教授发表在 2014 年第 6 期《兰州学刊》的文章《孙犁：延安文学体制的疏离者》（系国家社会科学基金项目“解放区文学的体制化研究”的系列成果）中认为，“孙犁文学行为上的‘另类选择’，固然有其精神方式和人格心理等个人因素。然而，当我们把孙犁的‘另类’选择与延安文学体制的形成联系起来考察时，便会发现孙犁的‘另类’选择其实是对延安文学体制的有意‘疏离’”②；陕西师范大学阎庆生教授发表在 2009 年第 5 期《北京大学学报（哲学社会科学版）》的文章《论孙犁“边缘生存”的人生哲学》中强调，“应该指出，进城后一些作家走上了行政岗位，而孙犁是决意于仕途的”③。然而，河北师范大学赵振杰发表在 2022 年第 4 期《当代作家评论》的文章《孙犁：“在”而不“是”的文学“边缘人”——知识社会学视域下的孙犁文学评价史反思》中认为，众多学者“在着力构建孙犁的‘多余人’形象的同时，也有意无意地将孙犁作为‘革命者’（或称为‘革命同路人’）的身份一并抹杀掉了”④。梳理《晋察冀日报》等报刊，并结合晋察冀边区所进行的整风，以及对《在延安文艺座谈会上的讲话》（下文简称《讲话》）的学习和受延安影响开展的其他相关活动，便不难发现孙犁在这段时间内确有其“疏离”中对延安文艺体制的“靠近”，而这种“靠近”从《晋察冀日报》以及孙犁个人晋察冀边区的创作、工作经历中可以得到清晰呈现，其影响了孙犁在 40 年代的创作动向。

---

① 艾克恩主编：《延安文艺史》（下），河北教育出版社 2009 年版，第 376 页。

② 郭国昌：《孙犁：延安文学体制的疏离者》，《兰州学刊》2014 年第 6 期，第 58 页。

③ 阎庆生：《论孙犁“边缘生存”的人生哲学》，《北京大学学报（哲学社会科学版）》2009 年第 5 期，第 93 页。

④ 赵振杰：《孙犁：“在”而不“是”的文学“边缘人”——知识社会学视域下的孙犁文学评价史反思》，《当代作家评论》2022 年第 4 期，第 61 页。

一、孙犁与整风实际工作的“靠近”

学界认为，孙犁能够在延安创作出具有独特审美特性的《荷花淀》等作品，恰恰就是因为他在1944年4月动身，6月才到达延安，这时延安的整风运动已基本结束，对《讲话》的学习也已相对放缓，这给孙犁留下了相较于整风时期更为宽松的创作环境，他的《荷花淀》《嘱咐》《芦花荡》等才能在这时创作出来，最终得以发表。再者，学界也将孙犁作品中对“女性的赞美”“洋溢的诗意”等归结于其对乡风乡情较为强烈的感知、富裕的家庭环境、独生子的优渥条件、关爱他的父母亲、和谐的青年夫妻生活、自身对古典文学的继承和较为深厚的现实主义文学素养等。孙犁能够在文学作品中将后来学界认为是独特的，或者说异于当时延安文艺体制的东西，通过自己的方式展现出来，在有所“疏离”的同时，又能得到延安文艺体制的认同，这离不开他在晋察冀边区从事的相关工作，许多工作与延安都“一脉相承”，比如整风和《讲话》（此部分主要对整风的相关内容进行阐释，后文则将论及《讲话》的相关内容）。尽管孙犁没有在延安经历过整风，但正因为在晋察冀边区所经历的整风，使得孙犁初到延安后并未对这片土壤感到不适，而是“如鱼得水”。因此，不能忽视晋察冀边区的整风运动对孙犁创作动向的影响。

孙犁在1938年春季正式开始从事革命工作，“春季，受李之琏、陈乔亲自至家里邀请，到人民自卫军政治部参加抗日工作，从此正式开始从事革命宣传工作”①，李之琏、陈乔邀请孙犁到边区就是借助他的文笔能力来进行抗日的革命宣传工作。宣传工作历来是中国共产党工作的重心，从事这样的工作，尤其是在1938年这样一个抗战紧张的年份之中，哪怕孙犁本人再秉持“边缘生存”的哲学，也不可能完全置身事外，远离抗日救亡的政治热潮。

通过梳理孙犁从事的工作以及《晋察冀日报》中的相关内容（尤其是在1942年到1944年这两年间），我们便不难看出其在整风中所从事的报刊编辑的工作，使得他“被动”进入政治主流，为其“靠近”延安文艺体制提供了政治先决条件。

孙犁在1940年开始具体从事与晋察冀边区文协直接相关的工作。“1940年，晋察冀边区文联成立，沙科夫担任主任，孙犁调任文协工作”②，孙犁也就是从这时开始正式进入文艺体制内部的机构进行工作。1941年1月9日，《晋察冀日报》的文艺副刊《晋察冀艺术》创刊，主编为田间，孙犁为主要的编辑人员。《晋察冀艺术》共刊发了42期，第1期在1941年1月9日（第505号）《晋察冀日报》第4版，第42期则是在1942年7月12日（第947号）《晋察冀日报》第4版，存在时期长达一年半。在《晋察冀艺术》停刊

① 段华：《孙犁年谱》，人民出版社2022年版，第12页。

② 郭志刚、章无忌：《孙犁传》，十月文艺出版社1990年版，第141页。

后，《晋察冀日报》则继续推出了《鼓》作为文艺副刊，孙犁也继续担任《鼓》的编辑。《鼓》首刊于1942年12月8日（第1064期）《晋察冀日报》第4版，终刊于1943年4月18日（第1174期）《晋察冀日报》第4版，共刊发了12期。孙犁在1943年秋天调动了工作岗位，去抗战学院从事教学工作，1944年4月离开了晋察冀边区，动身前往延安（“4月26日，王林日记记载‘孙犁去延安了’”[①]）。然而，孙犁在《晋察冀日报》的文艺副刊担任编辑的时间被晋察冀边区所进行的整风所完全覆盖。查阅1942年到1944年4月的《晋察冀日报》发现，1942年2月11日（第822号）《晋察冀日报》第1版就刊登了“中共中央党校改组开学，毛泽东同志莅会并发表讲演，提出严格整顿学风党风文风”[②]的相关内容，这也预示着延安的整风运动开始逐渐影响到晋察冀边区；而后在1942年2月18日（第827号）的《晋察冀日报》第1版还刊登了题为“毛泽东同志演说，宣布党八股八大罪状”的报道；到1944年4月孙犁离开晋察冀边区为止，《晋察冀日报》上最后一篇与整风相关的文章是1944年4月25日（第1447期）第1版的《动员广大妇女积极生产，边区妇女开大会：各种模范畅谈工作生产经验，妇女干部坦白反省深入整风》[③]。在1942年6月28日（第940号）《晋察冀日报》第1版还刊登了一条孙犁受到整风影响的直接证据，内容为“文联常委会决定成立文化界整风委员会，内设指导编辑出版组”，“文联讯：为统一指导、推动全边区文化界整顿三风的学习与检查工作，文联常委会决定成立‘晋察冀边区文化界整顿三风委员会’。推选沙可夫为主任，柳荫为秘书，成仿吾、张真、邓拓、何干之、周巍峙、罗东、田间、陈山、崔嵬、沃渣、钟惦棐、卢肃、韩塞、丁黑、张春桥、冯宿海、黄天为委员”。[④]因此，当时的晋察冀边区文联是真真正正开展了整风运动，有完整的一套整风的组织架构和相应的纲领，这些纲领也直接来源于延安的整风，孙犁作为文联的编辑不可能不进行整风的学习。比如1942年4月2日（第864号）《晋察冀日报》第4版就全文转载了毛泽东的《改造我们的学习》；再如还转载了《解放日报》的社论《一定要学习二十二个文件》等，并将对“二十二个文件”的学习列为整风的重中之重，“根据延安的经验，在全党进行整顿三风的学习运动是非常必要的。对于全党干部与党员思想的改造和工作的改进都是有极重大意义的。因此，决定全党均应进行整顿三风的学习运动，各地各级党委和各级宣传部及原有的高级

---

① 段华：《孙犁年谱》，人民出版社2022年版，第37页。

② 《中共中央党校改组开学，毛泽东同志莅会并发表讲演，提出严格整顿学风党风文风》，《晋察冀日报》1942年2月11日第1版。

③ 《动员广大妇女积极生产，边区妇女开大会：各种模范畅谈工作生产经验，妇女干部坦白反省深入整风》，《晋察冀日报》1944年4月25日第1版。

④ 《文联常委会决定成立文化界整风委员会，内设指导编辑出版组》，《晋察冀日报》1942年6月28日第1版。

学习组织均应按照中央指定的二十二个文件，有计划的领导这一学习运动”①。1942年9月3日的《晋察冀日报》刊发了有关“文化届整顿文风委员会编印《整顿文风参考资料》，决定分辑陆续出版”② 的报道。《晋察冀日报》特地从1942年12月3日的第1060期到1943年3月18日第1147期设立了副刊《北岳学习》，共出刊6期来专门报道这一时期的整风学习动态，足以见得晋察冀边区对整风学习的开展程度。《晋察冀日报》1942年4月10日（第871号）第1版发表了主题为“自我批评从何着手”③ 的社论，孙犁本人也在1942年4月20日“发表杂文《检查自己》，载1942年4月20日《晋察冀文艺》第4期”④，其中强调“整顿我们的文风，也应该从检查自己做起，这检查包含两大方面：做人的态度，和作文的能力”⑤。上述材料可以证明孙犁本人作为晋察冀边区的一名文学编辑，的确参与到了晋察冀边区的整风之中，尽管这种参与可能孙犁本人并“不主动”，但这确实使得孙犁在到达延安前就对整风有了较为深入的了解，这也给予了孙犁与整风过后的延安在思想上有了“靠近”的基础与“契合”的可能。

这些众多直接来源于《晋察冀日报》的史料，充分证明了孙犁在晋察冀边区完整经历了一场整风运动，这也才能使得他到了延安之后对整风过后的文化土壤没有产生“排异”，适应得较为顺利。而晋察冀边区在1942年到1944年之间对以《讲话》为代表的延安文艺体制中重要的政策进行了吸收，也为孙犁后续到延安的文学创作提供了适宜的理论基础，同时也使得孙犁不自觉地与延安文艺体制产生了“靠近”。

二、孙犁与“文化下乡，深入生活”的“靠近”

延安文艺体制的重要理论基础就是毛泽东的《讲话》，可以说《讲话》和贯彻、体现《讲话》精神内核的作品处在“互文”的状态。孙犁在1945年5月15日发表了在延安的成名作《荷花淀》，毛泽东在看过这篇小说后“认为孙犁是一个有独特风格的作家”⑥。而这种“独特风格”之所以得到了毛泽东的肯定，也正是因为它与《讲话》的精神内核是一种“互文”的状态，甚至可以说是“互相成就”。尽管在延安时期的代表作《荷花淀》等更多被认为是游走在《讲话》精神“边缘”的作品，然而梳理相关史料可以发现孙犁的这种“独特风格”与《讲话》也处于“靠近”的状态，并通过此种途径达到了对

---

① 《中共中央宣传部关于在全党进行整顿三风学习运动的指示》，《晋察冀日报》1942年6月15日第1版。

② 《文化界整顿文风委员会编印〈整顿文风参考资料〉，决定分辑陆续出版》，《晋察冀日报》1942年9月3日第1版。

③ 《自我批评从何着手》，《晋察冀日报》1942年4月10日第1版。

④ 段华：《孙犁年谱》，人民出版社2022年版，第29页。

⑤ 孙犁：《孙犁全集》第10卷，人民文学出版社2004年版，第400页。

⑥ 段华：《孙犁年谱》，人民出版社2022年版，第39页。

延安文艺体制的某种“靠近”。下面将以“文化下乡，深入生活”的热潮为例进行分析。

“《在延安文艺座谈会上的讲话》（以下简称《讲话》）于1943年10月19日在《解放日报》上全文发表”①，而《晋察冀日报》在1944年1月30日（第1373期）也在第1版至第3版上全文转载了《讲话》，可以说这是晋察冀边区最早以公开形式在全边区传达《讲话》的有力证据。按照时间线索，孙犁在1943年秋天调动工作，“就调到华北联合大学教育学院的高中班去教国文了”②，后由于战争形势的变化，孙犁也不得不离开华北联合大学，流落到山区，参与到反“扫荡”之中。按照《讲话》在《晋察冀日报》发表的时间来看，二者之间的关联应该不大，或者说无法确定。河北师范大学赵振杰在《文艺报》2022年7月13日第3版“理论与争鸣”上发表的文章《孙犁与〈在延安文艺座谈会上的讲话〉》中认为，“1944年，孙犁奉命赴延安，曾在延安鲁迅艺术学院攻读研究生，后担任教员。在《讲话》精神的指引下，孙犁迎来文学创作的一个‘井喷期’”，“1943年10月9日，《解放日报》发表延安《讲话》全文，1944年1月30日《晋察冀日报》全文转载，边区文艺界随即掀起学习《讲话》的热潮。由于受战争影响，1943年冬，作为华北联大高中班教员的孙犁随校反‘扫荡’至繁峙一带山区，直到1944年春才返回晋察冀边区机关所在地阜平。他这阶段是否有机会攻读《讲话》全文不得而知，但其文学创作始终与《讲话》精神相契合”。③ 然而，梳理晋察冀边区在延安文艺座谈会召开后的相关文艺活动，我们便可以理解孙犁为何在与《讲话》的关系“扑朔迷离”的情况下，却还能保持着一定程度的“靠近”与“契合”。

在延安文艺座谈会召开一年后，延安的文艺工作者们“高举起‘文化下乡’的旗帜”④ 深入生活进行创作。为了能够让延安的文艺工作者们更顺利深入生活，与工农兵结合，中共中央文委和中央组织部在1943年3月10日召开一场动员会暨“党的文艺工作者座谈会”⑤，1943年3月31日（第1058期）《晋察冀日报》第4版对这次“党的文艺工作者座谈会”的详情进行了报道，报道中强调现在延安和华北华中的许多作家身上都存在着一些问题，“对于文艺与工农兵相结合，作家与实际斗争相结合的目的，也还是没有真正达到的”⑥，而“去年毛泽东同志和开封同志召集延安党内外文艺界同志开了三次座谈会，才把这个矛盾从思想上解决了”，这“三次座谈会”也就是指延安文艺座谈会。一方面，这可以说明在《晋察冀日报》正式刊发《讲话》之前，边区文艺界已经对《讲

① 刘润为主编：《延安文艺大系2·延安文艺史卷（下）》，湖南文艺出版社2015年版，第480页。

② 赵振杰：《孙犁与〈在延安文艺座谈会上的讲话〉》，《文艺报》2022年7月13日第3版。

③ 赵振杰：《孙犁与〈在延安文艺座谈会上的讲话〉》，《文艺报》2022年7月13日第3版。

④ 艾克恩主编：《延安文艺史》（下），河北教育出版社2009年版，第353页。

⑤ 艾克恩主编：《延安文艺史》（下），河北教育出版社2009年版，第353页。

⑥《中共中央文委与中央组织部召开延安党的文艺工作座谈会的详情》，《晋察冀日报》1943年3月31日第4版。

话》的部分内容和政策通过报纸等形式有所了解；另一方面，晋察冀边区也在这个报道之后，开始了自己的“文化下乡”与“深入生活”，也的确取得了不小的成绩。康濯就曾发表文章《空前辉煌的乡村文艺——献给光辉的“五四”》来总结当时晋察冀边区的乡村文艺活动，文中谈道，“文化娱乐活动在边区是惊人地普遍、广泛”①。而后续《晋察冀日报》对下乡后的文艺成果也有了系统总结，“事实上，下乡后在作品的内容上及形式上都有了很大变化，田间同志近来连续发表在日报的简短生动的通讯，便都是盂平人民生活斗争的一部分感情，意志的素描。坚持在冀中平原岗位上的王林同志，完成了一部二十五万字的小说《腹地》，还写了《十八匹战马》等十几个短篇，并且指导了冀中新生的文艺青年的写作。梁斌同志写了《农村和土地》等五篇小说，已带来边区”②，其中孙犁还在1949年10月6日写过关于《腹地》的读后记。1943年5月28日（第1207期）《晋察冀日报》第1版刊登了晋察冀文协的通讯《深入下层参加实际工作，文艺工作者纷纷下乡》，其中除了大量报道晋察冀边区的文艺工作者们下乡的热潮外，还强调了此时段内晋察冀边区文联工作方式的调整，“文联二次代表大会后，边区文协机关及工作方式有所变动，原驻会各常务理事，分头下乡，或赴新的工作岗位，其新的分工为：组织会编辑孙犁，研究张春桥，辅导田间、邵子南、邓康”③。也就是说，在“文化下乡，深入生活”的过程中，孙犁虽然没有进一步下乡，但是与《讲话》相关诸如“文化下乡”这些热潮对孙犁的编辑和创作工作都产生了深刻影响。

孙犁此时作为晋察冀边区文联官方指定的唯一编辑，承担着下乡后的作者们所返回来的作品的编辑工作，也就是说这些文艺工作者们下乡后所带来的作品几乎都要经过孙犁之手进行编辑。编辑文稿时，《讲话》虽然未正式在晋察冀边区发表，但是根据晋察冀边区对《讲话》中所提倡的文艺政策与活动的重视程度与反应速度来看，这些与《讲话》相关的政策、方针也就成为编辑工作中的重要风向标。无论是发表在《鼓》上的作品，如康濯的小说《不平静的初春》，还是《晋察冀日报》第4版（文艺版块）上的作品，如上文所说到的康濯的《空前辉煌的乡村文艺——献给光辉的“五四”》，都是在这一热潮中所发表的成果。虽然孙犁未直接在这个热潮中下乡，但及时了解到下乡后的文艺创作应有的状态，一定程度上引导了自己的创作。孙犁在下乡热潮后发表的作品也大量调动自己在之前深入乡村工作时所积累的资料，尤其是自己在1939年2月初开始的一段乡下游击生活的经历，这种下乡热潮也在无形中以《讲话》的缩影激发了孙犁这一阶段的创作。比如孙犁在1943年4月10日（第1167期）《晋察冀日报》第4版文艺副刊《鼓》（第11期）发表的小说《爹娘留下的琴和萧》，虽然创作于1942年8月，是一篇早于

① 康濯：《空前辉煌的乡村文艺——献给光辉的“五四”》，《晋察冀日报》1943年5月4日第4版。

② 《文艺工作近讯》，《晋察冀日报》1944年3月4日第1版。

③ 《深入下层参加实际工作，文艺工作者纷纷下乡》，《晋察冀日报》1943年5月28日第1版。

“文化下乡，深入生活”热潮的作品，能够在热潮开始后得以发表也离不开他对下乡深入生活的真实反映，而发表在1943年5月19日（第1197期）第4版的小说《第一个洞》“是目前所知我国第一篇利用小说形式表现抗战时期地道斗争的作品”①，这都与《讲话》中所倡导的文艺政策在晋察冀边区的实施密不可分。

另外，在1942年12月24日（第1077期）《晋察冀日报》第1版刊发了《边区文协动态》一文，文中强调“一九四二年内完成几种通俗的文艺理论小册子：《文学论》、《怎样体验生活》等，其写作方式注重集体讨论，注重从边区实际问题出发，而后由个别同志执笔”②，这个“个别同志”就是孙犁，最后这篇《怎样体验生活》也被收录到后来的《孙犁全集》中，文中强调“体验生活的‘体验’，正和字面含义相当，是身体力行，带有心理和生理实践意义的”③，还要“研究写作和生活的关系”④，认为“文学作品要通过体验，再现生活”⑤。而在刊载于1942年第4期《晋察冀文艺》的理论文章《加强文艺武装的力量》中，孙犁认为“不能下乡，深入民间、敌占区去调查，研究一些材料和现象，便不能反映”⑥。这些材料足以证明孙犁虽没有直接“文化下乡，体验生活”，但已经对如何“体验生活”“深入生活”有了清晰的认识，与延安文艺体制产生了“靠近”。

总而言之，虽然并没有直接的材料表明在晋察冀边区正式发表《讲话》后，孙犁直接参与到了学习的热潮中，但根据相关史料与时间线索的整合就不难发现，孙犁对于《讲话》的学习如涓涓细流，经久绵长，这也是其未有直接证据表明自身深受《讲话》影响，但其后在延安时期的作品却受到当时延安文艺体制肯定的重要原因之一，是一种对延安文艺体制在疏离中的“靠近”。与此同时，除整风与《讲话》的晋察冀边区一些活动以及孙犁个人的文学底蕴也使他潜移默化地获得了与延安文艺体制产生“靠近”的可能性，影响了他在40年代的创作动向。

三、孙犁的“华北根性”与延安文艺体制的“靠近”

上文谈到，《讲话》中所倡导的“文化下乡”“深入生活”等热潮影响到了晋察冀边区的文艺活动，而在《晋察冀日报》全文转载《讲话》后，在晋察冀边区更是开展了对《讲话》的紧锣密鼓的学习。然而《讲话》中部分内容的确也受到了晋察冀边区文艺的影响，而孙犁在延安文艺座谈会召开之前也事先具备了部分符合《讲话》精神的因素，这

---

① 段华：《孙犁年谱》，人民出版社2022年版，第35页。

② 《边区文协动态》，《晋察冀日报》1942年12月24日第1版。

③ 孙犁：《孙犁全集》第3卷，人民文学出版社2004年版，第253页。

④ 孙犁：《孙犁全集》第3卷，人民文学出版社2004年版，第254页。

⑤ 孙犁：《孙犁全集》第3卷，人民文学出版社2004年版，第264页。

⑥ 孙犁：《孙犁全集》第10卷，人民文学出版社2004年版，第403页。

就可以说是晋察冀边区文艺中的“华北根性”，这一说法来自南京大学艺术学院李丹副教授的文章《解放区文艺的“华北根性”》。“华北根性”具体是指“1937—1942年的华北根据地在解放区乃至其后的新中国文艺中的根源地位，华北根据地文艺是适应战争环境的文艺，通常从属于政治需要、服务于具体任务、直接发挥现实作用，在形式上吸收了华北地方文艺，内容上服从于现实需要，审美上契合了华北农民的心理”，李丹据此认为“华北根据地的文艺经验推动和促成了《在延安文艺座谈会上的讲话》（以下略称《讲话》）的形成，并通过这一文艺纲领对20世纪40年代以后的中国文学产生深远影响”。①当然这一部分所提到的“华北根性”与李丹副教授也稍有不同，此处更注重的是孙犁在晋察冀边区所创作的文学作品和一系列文学理论文章的“积累作用”。

推举晋察冀边区能够代表着“华北根性”的人物，孙犁当仁不让。在晋察冀边区，孙犁绝对算是官方所认可的代表作家。1942年7月12日（第947号）《晋察冀日报》第1版公布了“鲁迅文艺奖第一季获奖作品”②，孙犁的《区村及连队写作课本》获得了文学作品奖；短篇小说《丈夫》荣获了1942年第三、四季度“鲁迅文艺奖金”的季度奖。1942年12月7日对晋察冀边区文联第二次常委会的报道中写道，“（二）整顿鲁迅研究会组织，聘孙犁、何洛、钟惦棐为筹备委员”③。前文还提到了孙犁被任命为边区文艺理论小册子《怎样体验生活》的执笔人，在“文化下乡，深入生活”热潮开始时，成为留守在阜平的晋察冀边区文联唯一的编辑。因此，从孙犁获得的奖项和所承担的工作来看，他确实是晋察冀边区所推崇的“根性”的代表。

晋察冀边区与陕甘宁边区地理位置不同，晋察冀边区在抗战中的战事紧张程度远远超过延安，就连孙犁本人也在晋察冀边区参加过反“扫荡”活动。《晋察冀日报》在1944年的元旦刊发了《晋察冀军区政治部庆祝一九四四年元旦及反“扫荡”胜利告边区同胞书》，在1944年1月17日（第1364期）《晋察冀日报》第1版转发了《解放日报》的社论《晋察冀军民反“扫荡”大捷》，这也表明在延安的党中央对晋察冀边区战事的关注。因而晋察冀边区也拥有更容易创作出及时反映前线战况的、符合延安文艺体制所需要的通讯、小说的土壤。

将时间推进到1937年到1942年之间，此时间段内晋察冀边区的战事相较于1944年元月更为紧张，这里不再赘述相关战争的新闻报道，而将目光聚焦于孙犁的文学作品。孙犁在刚刚到达晋察冀边区不久，就于1939年11月发表了通讯《一天的工作》，后来被视为短篇小说收入中青社版本的《白洋淀纪事》之中，这也可以看作孙犁在晋察冀边区创作小说的开端。从这之后到1942年5月晋察冀边区开展整风运动之前，孙犁创作了短

---

① 李丹：《解放区文艺的“华北根性”》，《南方文坛》2019年第5期，第47页。

② 《鲁迅文艺奖金第一季获奖作品》，《晋察冀日报》1942年7月12日第1版。

③ 《边区文联召开第二次常委会》，《晋察冀日报》1942年12月27日第1版。

篇小说《邢兰》《懒马的故事》《战士》《芦苇》《女人们》等；而从 1942 年 5 月到孙犁到达延安之前，他创作了短篇小说《琴和萧》（即前文提到的《爹娘留下的琴和萧》）和《走出以后》《丈夫》《黄敏儿》等（上文提到了《丈夫》获得了“鲁迅文学奖金”的季度奖），孙犁的这一系列创作得到了晋察冀边区官方的肯定。上述作品在一定程度上反映了晋察冀边区的战场生活，起到了即时报道战事的积极作用，同时这些作品又不拘泥正面战场的表现，既深入了生活，又报道了战争，这些特点在孙犁到达延安后的《荷花淀》《芦花荡》《嘱咐》中也一应俱全，《丈夫》中战争中军士们夫妻关系的描刻也一以贯之到了《荷花淀》和《嘱咐》之中。上述孙犁的这些创作实践经验也正是延安文艺体制所需要的，也就使得前文所提到的孙犁的“独特风格”被延安主流文艺所接纳并赞赏。因此，孙犁如果没有在晋察冀边区的这些文学创作实践，是无法直接跨越到延安时期的“声名大噪”，而这种创作实践也无形中让他“靠近”了延安文艺体制。

接着从孙犁自身的文艺理论素养角度来看。梳理《孙犁年谱》可以发现，孙犁在 1938 年刚刚到达晋察冀边区开始工作时“发表了论文《现实主义文学论》，首次署名孙犁。在冀中第一次提出现实主义的口号”，“路一后来回忆，认为当时在冀中孙犁几乎是唯一的文艺理论家，誉之为‘冀中的吉尔伯丁’”①，其中在内容上广泛涉及了“马恩与现实主义”② 和“内容，形式，语言”③ 等问题。再如“载《抗敌三日刊》1940 年 8 月 9 日”④ 的《写作问题手记》中，孙犁认为写作“是紧紧地配合政治，配合写作的问题”⑤，这篇发表的时间比延安文艺座谈会召开的时间早了一年半，但却与《讲话》的核心内容十分吻合，诸如这样的文章还有《关于墙头小说》《谈儿童文艺的创作》和上文提到的《加强文艺界的武装力量》等。通过这些理论文章也不难看出，孙犁可以说是晋察冀边区乃至整个华北的现实主义文学理论的“代言人”，这些在晋察冀边区写作的理论文章也离不开孙犁早年个人的学习经历，这里不再赘述，而这些也的确使得孙犁在到达延安之后的创作实践的指导思想上没有与《讲话》在“核心”上产生分异。

上述种种所强调的“华北根性”即在晋察冀边区所创作的文学作品和一系列文学理论文章的“积累作用”，可以说为孙犁无形中“靠近”延安文艺体制提供了思想基础，影响了孙犁在 40 年代的创作动向，也保证孙犁能用较为平缓、安全的方式将自己所要表现的内容与情感处理得当，最终最大限度实现自身的文学理想。

---

① 段华：《孙犁年谱》，人民出版社 2022 年版，第 12 页。

② 孙犁：《孙犁全集》第 10 卷，人民文学出版社 2004 年版，第 281 页。

③ 孙犁：《孙犁全集》第 10 卷，人民文学出版社 2004 年版，第 290 页。

④ 孙犁：《孙犁全集》第 10 卷，人民文学出版社 2004 年版，第 310 页。

⑤ 孙犁：《孙犁全集》第 10 卷，人民文学出版社 2004 年版，第 308 页。

结　语

纵观孙犁的一生，无论是从行文还是到做人，他一直秉持一种低调、平和，甚至接近道家的“无为”的态度，因而提到孙犁，他那种革命的“多余人”身份就首先映入人们的眼帘。孙犁个人也多次表示从来没有想要在文坛占据什么中心的地位，然而无论是40年代，还是“十七年”和“新时期”，文坛都少不了他的身姿。孙犁在晋察冀边区所从事的工作，无论是编辑还是创作，将其与整风和《讲话》等深刻联系，再结合孙犁自身的文艺理论修养与创作实践，可以发现，孙犁在革命过程中绝对不是完全的“多余人”，只不过他并不是革命中那团热烈的火，更多的时候他是“俏也不争春”的梅，苦心孤诣去积累，扎扎实实去写作，在“疏离”中以自己的方式对革命“靠近”，对延安文艺体制“靠近”，这也为解读其40年代创作动向的成因提供了一种新的路径。

“红色经典”对党的重大成就的文学书写

——以《暴风骤雨》“土改叙事”为中心

钟海波[①]

摘　要：在一百年的奋斗历程中，中国共产党领导人民创造了伟大成就，其中新民主主义革命的伟大成就彻底结束了旧中国半殖民地半封建社会的历史，彻底结束了极少数剥削者统治广大劳动人民的历史。《暴风骤雨》历史地再现了新民主主义革命时期东北解放区的土改运动，以及在推翻封建制度方面所取得的巨大成就：一是党成功领导了土改斗争，结束了几千年的封建统治，人民当家做主人，乡村社会发生天翻地覆的变化；二是党对农民的“革命启蒙”和思想教育，即培养农民干部、引导妇女解放和教育转化落后的农民，农民思想意识和道德水平大幅度提升。《暴风骤雨》用民族化话语描写人民的希望与理想，书写党的辉煌历史和重大成就，向世界传播中国声音，为新时代文学发展提供了弥足珍贵的文学经验。

关键词：《暴风骤雨》；中国共产党；重大成就；书写

党的十九届六中全会通过的《中共中央关于党的百年奋斗重大成就和历史经验的决议》指出：“中国共产党自一九二一年成立以来，始终把为中国人民谋幸福、为中华民族谋复兴作为自己的初心使命，始终坚持共产主义理想和社会主义信念，团结带领全国各族人民为争取民族独立、人民解放和实现国家富强、人民幸福而不懈奋斗，已经走过一百年光辉历程。……党和人民百年奋斗，书写了中华民族几千年历史上最恢宏的史诗。”[②] 受马克思主义文艺思想影响的新文学对此进行了文学呈现和生动叙述。从 20 世纪 20 年代的文学革命，到 30 年代的左翼革命文学；从延安时期及当代文学中的“红色

---

① 作者简介：钟海波（1965—　），男，陕西人，陕西师范大学文学院副教授，主要研究方向为中国现代小说。

② 《中共中央关于党的百年奋斗重大成就和历史经验的决议》（2021 年 11 月 11 日中国共产党第十九届中央委员会第六次全体会议通过），《人民日报》2021 年 11 月 17 日第 1 版。

经典”……不同历史时期的革命题材作品，无不记录和反映党的百年奋斗历史，镌刻着党领导中国人民顽强斗争所取得的重大成就和丰富经验。在众多的作品中，“红色经典”《暴风骤雨》极具代表性，它把政治诉求与艺术探索完美地统一起来，历史地再现了1946年至1947年间东北解放区土改斗争以及在推翻封建制度方面所取得的巨大成就。

一、描写东北土改的巨大成就

土地改革的成功是中国共产党的重要历史成就之一。土改之后，摆脱了封建枷锁的农民迸发出难以想象的革命热情，他们自觉自愿地投身到“打倒蒋介石、解放全中国”的滚滚洪流中，为夺取全国胜利起了决定性的作用。①

中共中央在1946年5月4日发布《关于土地问题的指示》（即《五四指示》），决定将抗日战争以来实行的减租减息政策，改变为实现“耕者有其田”的政策。《五四指示》的基本内容是：要坚决地支持和引导广大农民群众，采取各种适当方法，使地主阶级剥削农民而占有的土地转移到农民手中；用一切方法吸收中农参加运动，决不可侵犯中农土地；一般不变动富农土地，对富农和地主有所区别；不可将农村中反对封建地主阶级的办法，运用于城市中反对工商业资产阶级的斗争。②《五四指示》的提出，标志着解放区在农民土地问题上，开始由抗日战争时期的削弱封建剥削，向变革封建土地关系、废除封建剥削制度过渡。这是中国共产党土地政策的重要改变。《五四指示》下达后，一场以土地改革为中心的波澜壮阔的群众运动很快在各解放区开展起来并取得巨大成就。

1946年冬，东北解放区开展土改运动，周立波参与了这场革命。土改的亲身经历，使周立波对中国农村和农民有了更深刻认识。③他以亲历者的身份在《暴风骤雨》中对中国土地改革这一重大历史事件进行了史诗般的描写，生动再现了在党的领导下中国农村展开的这场暴风骤雨般的土改斗争，满怀激情地书写了党的伟大成就。

（一）党对土改斗争的成功领导

《暴风骤雨》中的工作队长萧祥是贯穿整部作品的中心人物。作为党的政策的执行者和群众的领路人，他具有优良的政治素质、工作作风和领导能力，所到之处受到群众的衷心爱戴和热烈拥护。通过萧祥的活动，作品具体表现了党的领导作用以及党和人民群众的鱼水关系。

小说中，党对土改斗争的领导是通过萧祥形象塑造反映出来的。无疑，工作队长萧

---

① 参见谢春涛、胡新民《土地改革：继军事斗争后的第二场“决战”》，《党史文苑》2021年第8期，第63页。

② 参见中共中央党史研究室《中国共产党历史》（第1卷下册），中共党史出版社2002年版，第896页。

③ 参见杨向荣《周立波的乡村叙事》，《中国社会科学报》2021年7月26日第4版。

祥是党的土改政策的忠实体现者，他立场坚定，爱憎分明，工作方法得当。初到元茂屯，恶霸地主韩老六想拉拢他，他把请柬撕得粉碎，扔在狗腿子李青山脸上，显示出他鲜明的政治立场。他有人民情怀，深入群众，了解群众，放手让农会开展工作，在斗争的紧要关头替群众撑腰打气。作为党的基层干部，他依靠群众，相信群众的力量，能够从群众的火热斗争中汲取智慧和力量，又带领群众进行革命斗争。他能够准确理解党的政策并善于把它变成群众的行动，然后让群众自己解放自己。他深知贫苦农民长期受封建势力的压迫，普遍对土改斗争既充满期待又持有疑虑，所以他带领工作组成员各处走访贫苦农民，因势利导，循循善诱，耐心唤起多数群众的觉醒。他沉着冷静，成熟干练，工作极有韧性，不像小王那样容易冲动、急躁。他能够及时发现问题并根据党的政策及时纠正工作中的偏差。工作队第一次召开斗争会，苦大仇深的贫苦农民赵玉林带领群众抓来了韩老六。由于韩老六多年形成的威势尚存，多数群众还没有鼓起斗争勇气，加之韩老六的爪牙们对他明斗暗保，转移视线，他又通过假意献出财产，骗取一些人对他的同情，结果斗争失利，村里的积极分子们感到十分的憋气。面对这种情形，萧祥当即决定提前散会，放走韩老六。工作队年轻气盛的刘胜和小王对此很不理解，萧队长耐心地教导他们，语重心长地同他们讲革命道理和斗争方法，使得刘胜、小王情绪转变过来。萧队长的工作极讲人情和艺术。他走访王老太太遭到冷遇，经了解得知王老太太的大儿子订婚受到女方家刁难，王老太太因为拿不出一床麻花被发愁。得知这一情况，萧队长找到村干部，提出先借给王老太太一床麻花被，成全王家的好事。王老太太拿到被子后乐懵了。她原来疏远农会，之后，很积极接近农会并主动告发了远房亲戚特务韩老五藏身之地。在元茂屯的土改过程中，农会权力一度被坏分子张富英一伙窃取，他们有意搅乱阶级阵线，破坏党团结中农的政策，打击积极分子，保护地主阶级。面对这种情形，再次来到元茂屯的萧队长，紧紧依靠贫雇农，团结中农，重组农会，撵走张富英一伙。在屯子里召开的贫雇中农团结会上，他让村农会吸收中农参加，照顾中农的经济利益，从此中农再次紧密地与贫雇农团结在一起，共同开展农村的土改斗争。经过萧队长和工作队耐心细致的组织、动员工作，元茂屯被彻底搅动了，群众觉醒了。在工作队指导下，村民们四斗韩老六，终于取得土改的初步胜利，之后，经过分浮财、分土地、分农具，土地改革得以顺利开展。

（二）乡村社会发生历史巨变

《暴风骤雨》全方位描写东北解放区乡村社会在共产党领导下发生的历史性变革。工作队进驻元茂屯后，发动贫苦农民起来斗争，建立起自己的村农会，彻底结束了极少数剥削者统治广大劳动人民的历史，也彻底结束了一盘散沙的局面，实现了从几千年封建专制政治向人民民主的伟大飞跃。旧时代，元茂屯被韩老六（韩凤岐）一伙人把控。他们在政治上压制村民，随意摊派劳役；经济上敲骨吸髓地剥削村民，村民们生活在极度贫苦中。赵玉林一家人穷得穿不上衣服；老王家，家徒四壁，衣衫破旧，一年到头，顾头不顾脚，老爷子死了，棺材也备办不起，大儿子二十七八岁了娶不上媳妇。恶霸地主经常凌辱村民，不少村民的妻女被恶霸地主韩老六糟蹋。贫苦农民过着毫无尊严的生活。而今，经济上实行耕者有其田，穷苦农民分到了属于自己的土地，也分到了房子，有生产资料，生活有盼头，大龄青年们有成家的希望，同时，人格上获得了尊严。昔日的“二流子”李发，因为穷，被人瞧不起，人们尽叫他外号“李毛驴”，他自轻自贱，破罐子破摔，不上进。共产党来了后，萧队长叫他本名并以平等身份对待他。萧队长对李发人格的尊重，唤醒了李发做人的自尊，促使他走上正常生活轨道。

土改中，村民的思想意识开始变化，人们与时俱进，开始使用新鲜语汇，说话也趋向文明。老孙头口头上有好多新词语：“坦白”“光荣”“资本家”“提拔”“落后分子”；白大嫂子管丈夫不再叫“掌柜的”，而像干部那样叫他“老白”。白玉山、白大嫂子等性情大变。妇女们命运有很大改变，童养媳刘桂兰走出地主家庭，追求新生活。小说也写出劳动者过上新生活后爱美意识的苏醒。小说写道：“刘桂兰轻轻打一打朝她哑儿上乱蹦乱踢的马崽子的腿子，又说：杨树枝枝上都长上了小红疙疸，有些还冒了花苞。小枝梢梢上都冒嫩绿叶芽了。小猪倌说：‘山上雪化了，花开了，槟榔花、鞑子香花、驴蹄子花、猫耳朵花，还有火红的、鹅黄的、雪白的山芍药花，满山遍野的，都开了，星星点点，五颜六色，又香又好看。’”（下部第29节）小说揭示了村民心灵世界的深刻变化。而且，村民们有了文化方面的需求，村里办起了识字班，村干部请来栽花先生给村民写字。“五四”时期，停留在理论层面的乡村文化建设问题，在新政权下得以实践。① 共产党领导的乡村革命让穷苦人过上体面、有尊严的生活，屯子里呈现出一片崭新的革命和喜庆气象，昔日满脸愁苦的劳动者脸上露出少有的笑容。

以往的研究普遍认为《暴风骤雨》上部优于下部，认为下部结构松散，其实，换一个角度审视，我们会发现，《暴风骤雨》下部的价值和意义不亚于上部。如果说上部主要从政治制度和经济层面描写贫苦农民获得翻身解放的过程，那么下部则深入到精神层面对乡村发生的巨变予以深度描写。上下部之间是一种由浅到深、由外到内的逻辑关系。

（三）土改及中国革命胜利揭秘

地主阶级的统治阻碍了中国社会的近代化，这是造成旧中国一切贫穷落后的根本病因。消除封建剥削制度，让农民获得土地的土地改革，是中国革命成功的一项最基础的事业，但这又是一项十分复杂的事业。然而，中国共产党竟能把一向被视为“愚昧”“落后”群体的农民阶级组织起来，使他们参与到中国农村伟大的变革中并使中国农村发生脱胎换骨的转变。这项伟大事业是怎么完成的？中国共产党如何创造伟大奇迹的问题至今在世界上仍有许多人在探询，而且随着历史的推移将更多探询这一问题。《暴风骤雨》用百科全书式手法对中国乡村土地改革进行了描写，小说的描写正是对土改乃至中国新

---

① 参见中国文化书院学术委员会编《梁漱溟全集》第2卷，山东人民出版社2005年版，第158页。

民主主义革命成功奥秘的揭示。

回顾近代历史，我们可以看到孙中山领导的辛亥革命终结了统治中国几千年的君主专制制度，但是，辛亥革命未能改变中国半殖民地半封建的社会性质和中国人民的悲惨命运。鲁迅的小说《阿Q正传》用三个章节描写并深刻反思了这场革命，小说指出，由于没有宣传、组织农民和解决他们所关心的土地等问题最终导致它的流产。和《阿Q正传》形成照应，《暴风骤雨》以热情的笔触描写东北解放区土地改革的全过程，形象地告诉人们共产党领导的土地改革满足了广大农民渴望获得土地的诉求，变革了传统乡村社会那种封建的生产关系，促进了生产力的发展，土改又进一步巩固解放区。后方土地改革的顺利进行为最终能够战胜国民党反动派奠定了坚实的群众基础和物质基础。获得土地的农民为保卫胜利成果踊跃参军参战，他们还担负起巨大的战争勤务并以粮草、被服等物资支援了前方的子弟兵。①《暴风骤雨》以生动的情节反映了革命之所以取得胜利的根本原因，也告诉人们中国共产党为什么能。

二、叙述党启发教育农民的成就

在旧时代，由于劳动者被剥夺了受教育的权利并受到愚民政策的钳制，他们的思想意识普遍落后、愚昧和麻木。“五四”时期，先进知识分子发起了思想启蒙运动。启蒙作家鲁迅致力于对农民落后性的改造。鉴于鲁迅的巨大影响，改造“国民性”成为20世纪20、30年代中国文学的一个重要主题。然而，由于知识分子和农民存在隔膜，启蒙难以落实。郑伯奇说：“新兴文学的初期，生硬的直译体的西洋化的文体是流行过一时。这使读者——就是智识阶级的读者——也感到非常的困难。启蒙运动的本身，不用说，蒙着很大的不利。”②

中国共产党成立后十分重视教育引导农民，组织发动农民。“中国共产党要想实现革命目标就必须提高农民的文化水平，只有这样才能启发农民的革命觉悟和激发出农民的革命积极性。”③

作家兼文艺战士的周立波长期接受马克思文艺思想影响，也接受过“延安文艺座谈会讲话”的洗礼，他对农民的描写和以往有很大的不同，他书写他们的喜怒哀乐，展示他们的日常生活，表现他们的斗争精神，尤其叙述他们在党的教育引导下在革命斗争实践中的成长过程，以及他们身上发展起来的新质素。

（一）培养“红色农民”

中国共产党领导的土地改革运动，不仅改变了几千年来的封建土地所有制，也改变

---

① 参见中共中央党史研究室《中国共产党历史》（第1卷下册），中共党史出版社2002年版，第959页。

② 郑伯奇：《关于文学大众化问题》，《大众文艺》1930年第3期，第35页。

③ 陈利平、吴仁明：《苏区时期中国共产党的农民教育动员探析》，《实事求是》2021年第2期，第38页。

着广大农民的思想面貌。在这场革命运动中，中国共产党人启发、教育了一批农民积极分子并把他们培养成为革命骨干。赵玉林是从山东闯关东来到东北的贫苦农民，受尽恶霸地主韩老六的欺凌与压榨。没有起码的生活条件，他落了个“赵光腚”的外号。他扛过大活，当过劳工，蹲过监狱，老母被冻死，女儿被饿死，妻子带着儿子讨饭，悲惨痛苦的生活磨炼了他钢铁般的意志。经过党的引导，他很快觉醒起来，义无反顾地走上革命道路，不惜抛头颅、洒热血。元茂屯建立村农会，他成为领头人，带头斗倒了恶霸地主韩老六。分配胜利成果时，他是一等一级的穷户，但他说啥也不领一等一级的物品，只拿了三等三级的东西，表现出无私和宽厚的品格。韩老七带了一百多土匪前来寻仇，萧队长组织民兵狙击。在抗击土匪的战斗中，冲锋在前的赵玉林不幸身负重伤。牺牲前，战友问他还有什么话，他说：“没有啥话。死就死了，干革命还能怕死吗?”赵玉林是党培养起来的好党员、好村干，从他身上可以看到一个农民的成长过程。郭全海、白玉山也是在党的启发、培养下成长起来的基层干部。郭全海出身穷苦家庭，父亲被韩老六害死。在恶霸地主家吃尽苦头，他与韩老六有不共戴天之仇。工作队考察他后把他发展成骨干，他的觉悟很快提高。他断然拒绝了韩老六的金钱收买，顶住了明枪暗箭的攻击，回击了地主阶级的反扑，在严酷的斗争中成长为一名共产党党员。作为村干部，他严于律己。在“分马”时，他表现出高风亮节，结婚不久，他又带头参军。白玉山原是一个被苦难生活打压得失去信心的农民，日子过得很穷，整天懒懒散散、黏黏糊糊、爱睡懒觉。经过党的培养，他的生活热情被重新点燃。他做了村农会的武装委员后勤快起来，早晨出门，半夜才回家，整天忙得团团转，村里许多抗争活动都由他组织。后来，县武装部需要人，他被调到县里去了。

（二）引导妇女解放

中国共产党自成立之日起，就把领导妇女解放运动作为党的一项重要工作内容。“中国共产党领导的妇女解放运动使广大中国女性，尤其是劳动妇女获得了阶级解放，成为新中国的主人。在这个过程中，妇女教育扮演了媒介的作用，是男女平等观念传播、女性文化素质提升、服务社会能力增强、平等地参与经济社会发展进步的重要推手。”①《暴风骤雨》也描写了党领导下元茂屯的妇女解放。这种解放包括阶级解放，家庭解放，提高文化水平，享有参政权、选举权，获得经济权，消除男尊女卑与性别歧视，妇女得到尊重，等等。小说写道村里专门办起了妇女识字班，组织妇女集体生产劳动。在党的引导、影响下，刘桂兰、白大嫂子和赵大嫂子走在全村妇女的前面，成了村里的妇女带头人，她们一步步走出家庭，走到社会的公共事务中来。刘桂兰是被父亲卖给杜家做童养媳的，她在杜家饱受公婆的奴役与欺侮。妇女带头人、革命干属白大嫂子支持她反抗、

---

① 张晓京、郑佳、王涛：《妇女解放视域下的妇女教育：中国共产党妇女教育研究述评》，《中国人民大学教育学刊》2021年第4期，第139页。

斗争并带领她参加了贫雇农大会，从此她昂起了头颅，大胆走出旧家庭，走上革命道路。经过革命的熏陶，刘桂兰从旧时代受尽压制和迫害的童养媳成长为新时代英姿勃发的新女性。白大嫂子原是一个传统妇女，她具有中国劳动妇女的优秀品德，勤劳能干，热爱丈夫孩子，还有些泼辣。她原想通过两口子的辛勤劳动安分守己过日子，但在恶人横行的旧社会，她一家被地主迫害得几乎家破人亡，是工作队的鼓动启发点燃了她复仇的火焰。她恨地主，积极支持丈夫参加农会工作，她的斗争热情甚至比丈夫还高。丈夫出外工作，她不仅独自承担家庭重担，还抱着不给丈夫丢脸的朴素观念，“对待大农会的事，也像一个当家人对待自己家里的事一样”热心积极，并且在挖浮财、起枪支斗争中表现出色，成为妇女的带头人。她也是走出家庭，积极参与村里公共事务的妇女。

在党的教育引导下，妇女们的思想意识有了很大进步。就是原先落后的王老太太也逐渐进步起来。她不仅揭发了韩老五的隐藏地，还在郭主任带动下，把新婚不久的大儿子送去参军。小说中刘桂兰、白大嫂子和赵大嫂子等妇女积极分子的出现，反映了在党领导下妇女的解放与进步。

近代以来，在西学东渐思潮影响下，妇女解放运动兴起。“五四”新文化运动以后，中国妇女解放运动进入新阶段。然而，在旧政权下，妇女解放运动很难深入展开。只有在中国共产党领导下的苏区和解放区，妇女解放才能落到实处。

（三）教育中间和落后农民

“所谓中间人物，指的是农民中的大多数，他们既不像启蒙知识分子所批判的那么落后，也不像新政权所希望的那么先进。”① 老孙头是一个“中间人物”，他是普通农民，思想中存在一些落后意识，有小农的胆小、狡黠、自私、爱面子、喜欢吹牛等特点。在土改过程中，老孙头对萧队长和工作队产生了信任，他逐渐勇敢起来，参与斗争也积极起来。老田头原是一个胆小怕事的农民，他与韩老六有不共戴天的仇恨，但老实厚道的他敢怒不敢言。经过工作队启发，他的思想慢慢在转变，转变之后的他变为一个对封建势力不妥协、不低头的“革命农民”，而且，他还发展出一种舍己为人的道德观念，心甘情愿地把自己分到的一匹好马换给王老太太，小说展示了这位翻身农民在“暴风骤雨”般的斗争中焕发出新的道德光辉。刘德山是一个勤劳，又有些胆小怕事和自私的农民。斗争韩老六的时候，他畏首畏尾，狐疑不定。村农会派他去前线搞勤务，在抢救伤员时他受到了很好的锻炼。后来，他又拿着木棍抓了两个国军俘虏。立功的刘德山得到了组织上的表扬和群众的赞誉，他的思想性格随之发生了脱胎换骨的转变。从前线回村后，他参与工作十分积极、主动，完全不是以前那个落后的刘德山了。李发在新政权建立后重拾生活信心，甩掉了“落后”的帽子。作为一部现实主义的作品，小说对于一些落伍者，如被韩老六收买的中农会分地委员杨老疙疸以及陷入了小生产者自私自利、苟且偷

① 李海霞：《再论“中间人物”》，《中国现代文学研究丛刊》2021年第4期，第50页。

安的泥潭而不能自拔的神枪手花永喜也进行了真实描写。

周扬说："中国人民经过了三十年的斗争，已经开始挣脱了帝国主义、封建主义所加在我们身上的精神枷锁，发展了中国民族固有的勤劳勇敢及其他一切的优良品性，新的国民性正在形成之中。我们的作品就反映着与推进着新的国民性的成长的过程。"① 《暴风骤雨》真实反映了中国共产党对农民群众的教育引导，也反映了农民在党的培养下进步、成长和思想觉悟的提高转变，以及党教育下农民身上形成的新的国民性。和"五四"知识分子以文艺为主要方式的"启蒙"不同，党对农民的"启蒙"更多地结合斗争实践，在具体的革命运动中教育引导农民，启发他们的政治觉悟和斗争热情。"五四"时期知识分子倡导的启蒙运动由于缺少政治的助力基本没有落实。中国共产党成立后，在苏区、解放区，对农民的教育引导才真正落地生根。中国共产党在农村的革命启蒙工作对中国向现代化迈进打下了坚实的基础。

三、用民族形式表现党的重大成就

"五四"以来新文学受外国文学影响带着欧化色彩。抗战爆发后，中国文艺界展开了一次关于民族形式的大讨论。对于民族形式的强调，既是为了强化民族意识，也是基于战争期间广泛动员大众的需要。② 然而，在国统区这一问题一直没有得到很好解决。在苏区（后来的解放区）经过整风运动，特别是在延安文艺座谈会之后，这一问题得到较好解决。延安时期，毛泽东关于民族风格、民族气派、与工农兵相结合等问题的讲话，为延安文艺发展指明了方向。

周立波参加了延安文艺座谈会，"讲话"大大加深了他在民族化方面的认识，使他的文艺思想产生了一次飞跃。周立波在 1942 年 6 月发表《生活、思想和形式》一文，总结了"五四"以来文学接受外国文学的经验教训，认为要克服洋八股，他说："我们怀着为革命的功利的眼光，遍采中国的和外国的各种形式的长处，以便创造自己的新形式。"③ 周立波追求的新形式是开放的本土形式。

（一）地方语言运用

周立波深入生活，主动向农民、向生活学习语言。他说："农民说话，都形象化。这种形象是他们从生产知识和斗争知识里头提炼出来的。他们的话，真是虎虎有生气。举几个例子，作个比较罢：学生腔：'看那朵云飞过来了，非下雨不可。'农民说：'瞅那块

① 周扬：《新的人民的文艺》，朱耀军编选《周扬文论选》，人民文学出版社 2009 年版，第 375 页。

② 参见龚刚《文艺民族化思潮的当代反思——以探究民族形式论争的文学史意义为中心》，《社会科学论坛》2017 年第 2 期，第 95 页。

③ 周立波：《文学浅论》，北京出版社 1959 年版，第 7 页。

云，我说那家伙是龙王爷的小舅子，非得下不解。’”① 他小说中大量使用了东北方言俗语，如蹽、啐、整、溜号、唠嗑、马溜、砢碜、啥玩艺儿、打唧唧；人多出韩信、孔夫子搬家——尽是书、蝲蝲蛄穿大衫——硬称土绅士、天上打雷雷对雷夫妻干仗棰对棰、黄皮子给小鸡子拜年、鲤鱼找鲤鱼鲫鱼找鲫鱼、马勺子吊起来当锣打穷得丁零当啷响、七十二行庄稼为强、一粒下地万籽归仓……东北乡村有起外号的习惯，如韩大棒子、杜善人、韩长脖、侯长腿、大枣核、李大个子、赵光腚、杨老疙疸等。周立波小说的语言是东北方言的提纯，诙谐幽默，充满生活气息。

（二）继承传统小说艺术

“优秀的古代小说作家都非常重视作品中重要人物的出场处理，力争人物一出场就能显示出自己的性格基调，给读者留下鲜明的印象，并为作者刻画这个人物找到一个恰当的起点。”②《暴风骤雨》串珠式的人物出场方式明显借鉴了《水浒传》的写法。中国本土小说也喜欢用白描手法，追求传神写意，捕捉神韵。《暴风骤雨》描写白大嫂子抓住了她“像黑老鸹的羽毛似的两撇漆黑的眉毛”的外表特点；写老孙头抓住其“笑眯左眼”的特点；写刘桂兰抓住她“扎着双辫子”的外形特点；写韩老六突出他大头、豆豆眼、秃鬓角、一脸奸笑的特点。

中国传统小说在情节上追求故事的完整性，即有头有尾，大故事中套小故事，并按照时间的自然顺序展开，而且上下章之间设置悬念。中国“讲史话本中已普遍出现‘欲知后事如何，且听下回分解’的章回体套语。虽然这种套语也出现在某些短篇小说中，但严格说来，它是长篇分回小说制造悬念、引起下回的形式”③。《暴风骤雨》也继承了这一特点，小说下部第 18 节结尾处写道：“侯长腿没有回答。萧队长疑惑不定，到比号的第四天的会上，人们回答了萧队长这天下晚的这个疑问”，这是悬念。

传统小说讲究环境和场面描写。《暴风骤雨》也重视这样的描写。作品写地主家的陈设：“顶棚上挂着一盏大吊灯，屋里通亮，宽大的炕上铺着凉席。炕梢的炕琴上摞着好几床被子，有深红团花绸面的，有水红小花绸面的，还有三镶被。覆被毡子上，绣着五彩松鹤和梅花，也绣着‘松鹤延年’、‘梅开五福’的字样。南炕的对面是描着金凤的红漆躺箱，是高大的玻璃柜，还有一面大穿衣镜，这一切都擦得亮亮堂堂的。”（上部第 15 节）小说下部第 18 节写农民翻身后由衷发出笑声：“周围的人都笑了，笑声像水浪，一浪推一浪，推遍全屋。有的人笑锁住的这句孩子话，有的人笑这个笑声，有的人不知道笑啥，心里痛快，也就跟着人笑了。”对陈设和不同人“笑”的场面描写与《红楼梦》中的描写有着某种暗合。

---

① 周立波：《文学浅论》，北京出版社 1959 年版，第 113 页。

② 张稔穰：《中国古代小说艺术教程》，山东教育出版社 2003 年版，第 421 页。

③ 孟昭连、宁宗一：《中国小说艺术史》，浙江古籍出版社 2003 年版，第 209 页。

（三）适当借鉴外国文学技巧

《暴风骤雨》以本土为主，又融入世界文学的艺术滋养，具有开放性、世界性。小说主要借鉴了外国文学中的风景描写、心理描写及象征主义手法。中国古典小说一般很少孤立地描写风景，这类描写往往和人物描写相照应以衬托人物性格。《暴风骤雨》中的风景描写随处可见，这是纯审美的、西方式的景物描写，它增添了作品的诗情画意，有《静静的顿河》的韵味。如上部第14节对夏末初秋景象的描写，以及上部第17节对秋天景象的描写。小说中心理描写运用很多，如对白大嫂子的塑造主要在心理描写。上部第11节写一场风波，把白大嫂子的心理转变十分细致地展示出来。《暴风骤雨》还借鉴了西方象征手法。小说的名字“暴风骤雨”本身具有象征意义。此外，韩老六毒打小猪倌激起众怒，小说写道：“光脊梁的男子，光腚的小嘎，光脚丫子的老娘们，穿着露肉的大布衫子的老太太，从各个角落，各条道上，呼啦呼啦地涌到公路上，汇成一股汹涌的人群的巨流，太阳从背后照去，照映着一些灰黑色的破毡帽和剃得溜光的头顶，好像是大河里的汹涌的波浪似的往前边涌去”（上部第16节），此处以洪水意象象征革命群众斗争的怒潮；“不断增加的积极分子们，像明子一样，到处去点火。由于这样，韩老六鞭打小猪倌，不过是他的千百宗罪恶里头的小小的一宗，却把群众的报仇的大火，燃点起来了。报仇的火焰燃烧起来了，烧得冲天似的高，烧毁几千年来阻碍中国进步的封建，新的社会将从这火里产生，农民们成年溜辈的冤屈，是这场大火的柴火”（上部第17节），此处以火意象象征群众内心的怒火，更象征革命斗争的烈火。

《暴风骤雨》运用民族形式对党的成就的表现无疑是十分成功的。就接受和传播而言，《暴风骤雨》是中国现代小说中范围极广、形式极多的一部。小说出版后引起巨大轰动，风靡全国，并多次再版。它还被改编成电影、评书、连环画等艺术形式，这又进一步扩大了它的影响。而且，《暴风骤雨》被翻译成俄语、英语、法语、德语、日语等不同语种的文字在世界各地传播，并赢得广泛赞誉。1951年，《暴风骤雨》获得了斯大林文学奖三等奖。日语译者安岛彬盛赞《暴风骤雨》是一部描写中国农村土地改革的“百科全书”式的作品。①

结　语

《暴风骤雨》之所以能超越国界、超越意识形态而被广泛接受，笔者认为基于两方面原因。一方面，它叙述了中国故事。关于“中国故事”，贺仲明做过这样的论述：“‘中国故事’的内涵绝对不是像某些学者所说的只是写中国土地上发生的事情，它不是停留在事物的表面，而是要真正深入‘中国’的现实当中，真实而深刻地表现百姓的日常生

① 参见陈进《〈暴风骤雨〉：中国农村土地改革的“百科全书”》，《人民日报》2021年9月9日第7版。

活，表达他们的物质和精神欲求，表达他们的希望和痛苦、焦虑和理想。”①《暴风骤雨》描写了中国老百姓最关心的土地改革问题，表现了底层人民的理想愿望，记录了党领导的中国革命历史，内容深刻，题材重大，因而引起强烈共鸣。另一方面，《暴风骤雨》是一种本土文学。鲁迅说：“现在的文学也一样，有地方色彩的，倒容易成为世界的，即为别国所注意。打出世界上去，即于中国之活动有利。”②《暴风骤雨》运用简洁明快的中国方式讲述了中国故事，充分体现了中国特色、民族文化精神。从接受的角度讲，国内外读者都愿意读原创的、具有本土特色和民族精神的作品而不喜欢仿制品。

在党和人民胜利实现第一个百年奋斗目标、全面建成小康社会，正在向着全面建成社会主义现代化强国的第二个百年奋斗目标迈进的重大历史关头，我们需要文化自信，需要让世界了解一个真实、立体、全面的中国，需要让世界了解中国共产党以及党领导中国人民所取得的伟大成就，这就要求我们研究文学如何走向世界，如何向世界传播好中国声音，讲好中国故事，塑造好中国形象。《暴风骤雨》正是用民族化话语叙述中国大地上发生的重大历史事件，描写人民的希望与理想，书写党的辉煌历史、重大成就，向世界传播中国声音，为新时代文学发展提供了弥足珍贵的文学经验。新时代的作家、艺术家们应当传承好这一经验，用优美的文字和原创性思想，书写社会主义新时代党领导人民所取得的历史性成就和当下正在发生的历史性变革，繁荣文艺创作，给人民提供更多更好的精神食粮，为中华民族的伟大复兴提供更为主动的精神力量。

---

① 贺仲明：《本土经验与民族精神》，高等教育出版社 2018 年版，第 125 页。

② 《致陈烟桥》，鲁迅手稿全集编辑委员会编《鲁迅手稿全集・书信》（第 5 册），文物出版社 1979 年版，第 94 页。

·“十七年”文学研究·

梁斌研究 65 年：回顾与前瞻——纪念梁斌诞辰 110 周年*

刘卫东[①]

摘　要：1958 年到 1960 年代中期，是梁斌研究的一个高峰。在此期间，《红旗谱》完成了经典化程序，成为革命历史叙事的重要代表作。新时期以来至新世纪，是梁斌研究的第二个阶段。这个阶段的梁斌研究，呈现出回到正轨、全面发展和逐步历史化的过程。新世纪以来至今，是梁斌研究的第三个阶段。梁斌研究逐步向深水区迈进，成为一个成熟的研究领域。梁斌研究已经开展了 60 多年，形成了传统，仍需在研究理念、研究方法和研究内容方面进行新的突破。

关键词：梁斌；梁斌研究；回顾；前瞻

梁斌（1914—1996）的《红旗谱》于 1957 年底问世，震动文坛。1930 年代中期，梁斌开始在《大公报》等京津大报发表作品；抗战期间，创作了大量剧本、小说和论文。1936 年的小说《夜之交流》、1940 年的文艺论文曾受到吴承仕、孙犁的关注。[②] 但产生全国影响，受到周扬、茅盾等赞赏，并进入文学史，还是在《红旗谱》出版之后。此后，他接连推出了《播火记》《烽烟图》《翻身记事》《一个小说家的自述》等，创作持续到 1990 年代，为后世留下了丰厚的文学遗产。与创作随行，对梁斌的阐释和研究从未间

---

* 项目基金：天津市社会科学重点项目“梁斌年谱长编”（批准号：TJZW22－003）。

① 作者简介：刘卫东（1971—　），男，河北邯郸人，文学博士，天津师范大学文学院教授、博士生导师，主要研究方向为中国现当代文学。

② 梁斌 1935 年参加北平南城左联，发表了《夜之交流》等小说、散文。这批文章直到 1980 年中期才被研究者发掘出来，目前收录于全集。抗战期间，梁斌发表了《三个布尔什维克的爸爸》《父亲》等小说，并有《爸爸做错了》等剧本，在战火中散佚。

断，持续至今，成果斐然。[①] 梁斌的作品，传递着"民族心灵深处的最强音"[②]，影响了几代人。此前也有学者做过整理的工作。[③] 在梁斌诞辰 110 周年之际，对梁斌研究 65 年（1958—2023）的成果做一个回顾与前瞻，总结经验并对此后研究做出期待，是本文写作的目的。

一

1958 年到 1960 年代中期，是梁斌研究的一个高峰。在此期间，《红旗谱》完成了经典化程序，成为革命历史叙事的重要代表作。

梁斌的《红旗谱》甫一问世，敏锐的评论家就注意到它与时代精神之间的互文关系，纷纷从这个角度入手，给予好评。用革命理论来解释 20 世纪上半叶的变迁，建立不同以往的"新的人民的文艺"，是时代的呼唤。既参加过具体革命工作，又对工农兵熟悉，还有相当文艺修养，才有完成这个任务的可能性。在彼时的文坛，能够达到这个要求的人选不是很多。梁斌用家乡农民在党的领导下暴动的选题做了回应。通过故事（来自真实事件和人物），梁斌对革命的起源、发展等问题，进行了教科书一般的说明，阐释了革命的正当性、必然性、人民性。方明在《一幅壮丽、广阔的历史图画》中指出，《红旗谱》是第一部"描写了一九二七年大革命前到'九一八'事变后将近十年间北方农村和城市的阶级斗争，以及阶级关系的变化；并在这一宽广的时代背景上，描写了革命斗争和革命英雄人物的发展与成长"[④] 的小说。当时，对《红旗谱》的肯定都来自这个思路。冯健男论述："这是一部史诗式的作品。它通过冀中平原上的农民和知识分子的描写，概括了我国第一次国内的革命战争前后的伟大历史图景，反映了我国劳动人民和革命知识分子在中国共产党领导下，向帝国主义、封建主义、官僚资本主义的罪恶统治，进行英勇

---

① 最早对梁斌作品的关注，可以追溯到 1936 年。梁斌的第一篇小说《夜之交流》在《令丁》杂志发表，中国大学的吴承仕读了小说，意见由左联组织代为转达。参见梁斌《我的第一篇小说》，《梁斌文集》第 6 卷，人民文学出版社 2005 年版，第 116 页。孙犁 1941 年写的《一九四〇年边区文艺活动琐记》，是较早关注梁斌创作的记录。文中对 1940 年边区文艺活动做了综述，说梁斌"关于文艺工作的论文""值得注意"。参见孙犁《孙犁文集》第 5 卷，百花文艺出版社 2013 年版，第 266 页。

② 铁凝：《在梁斌百年诞辰纪念会上的讲话》，《文艺理论与批评》2014 年第 3 期，第 60 页。

③ 参见赵坤《新时期 40 年（1978—2018）梁斌研究回顾》，《河北民族师范学院学报》2019 年第 2 期，第 28—36 页；罗海燕、于广杰《新世纪以来梁斌研究的再审视与思考》，《商丘师范学院学报》2015 年第 5 期，第 86—92 页；田英宣、张凤燕《梁斌研究五十年述评》，《沧州师范专科学校学报》2008 年第 2 期，第 13—18 页。

④ 方明：《一幅壮丽、广阔的历史图画》，《文艺报》1958 年第 5 期，第 25 页。

不屈战斗的最初十年的伟大历史现实。"① 从梁斌当时的创作谈《漫谈〈红旗谱〉的创作》可以看出，他的积累分两部分，一是对故事主线"保二师学潮"和"高蠡暴动"材料的不断磨砺；二是加强理论修养，在延安文艺座谈会思想指导下，明确了如何用革命理论来驾驭上述材料。② 由此，《红旗谱》成为书写"革命历史"的重要作品，得到了初步经典化。

《红旗谱》塑造出的朱老忠人物形象，可谓横空出世，是当时研究的热点。工农兵人物作为革命的主体，成为文学作品的主角，是时代的要求。这确实是改天换地的工作，但是，知识分子出身的作家，即便非常努力，因为不熟悉题材，也很难写好农民英雄。梁斌自高小开始，就在家乡参加革命运动，抗战期间又在冀中领导新世纪剧社。因为长期从事基层宣传工作，梁斌了解政策，与农民关系密切。朱老忠这个人物，在梁斌头脑中生活了多年，抗战期间，曾经被写成短篇《三个布尔什维克的爸爸》、中篇《父亲》，直到《红旗谱》才最终完成。朱老忠一出，评论家很欣喜，认为这个人物是农民英雄的代表。李希凡看中朱老忠身上凝结的"历史深度"："中国农民富有斗争传统的可贵的品质，在朱老忠的身上，是集中而又自然地融合在他的久经锻炼的深沉的性格里。应该说，在当代文学作品所创造的革命农民的英雄形象里，具有如此历史深度的性格，朱老忠还是第一个。"③ 与当时很多英雄形象一样，朱老忠高大光辉，理论正确，几无瑕疵。在当时语境中，朱老忠农民英雄的身份决定了他来自农民，同时又超越了农民。评论家指出："朱老忠这个人物是这样高大，但又使人感到无限亲切。我们在很多贫苦农民的身上，看到过朱老忠这个人物所具有的特点，只是，我们在小说里看到的已经是被作者所创造出来的鲜明的形象了。"④ 朱老忠人物身上，蕴藏着解读《红旗谱》的密码，一代批评家按照自己的方式给予了阐释。

由此延伸出的，是朱老忠和《红旗谱》体现出的民族气魄问题。梁斌在《漫谈〈红旗谱〉的创作》中，谈到自己有意识的努力："写长篇之前，我心里暗暗产生一种期望，想在小说的气魄方面、语言方面，树立自己的风格。"⑤ 对于何为民族气魄，文艺界当时并无定论，但指向"中国气派"，来自对民族文化的继承和改造。作家们在摸索，评论家也在选择，无疑，《红旗谱》是他们视野之中最理想的作品之一。首先，严云绶注意到，

---

① 冯健男：《论〈红旗谱〉》，马云、冯荣光编《冯健男文集》，花山文艺出版社2009年版，第3页。原载《蜜蜂》1959年第8期。

② 参见梁斌《漫谈〈红旗谱〉的创作》，《梁斌文集》第6卷，人民文学出版社2005年版，第260页。原载《人民文学》1959年第6期。

③ 李希凡：《谈"红旗谱"中朱老忠人物的形象塑造》，《人民日报》1959年8月18日第7版。

④ 方明：《一幅壮丽、广阔的历史图画》，《文艺报》1958年第5期，第27页。

⑤ 梁斌：《漫谈〈红旗谱〉的创作》，《梁斌文集》第6卷，人民文学出版社2005年版，第282页。原载《人民文学》1959年第6期。

《红旗谱》与古典小说存在密切联系，《水浒传》《三国演义》《红楼梦》等“都给作家提供了借鉴的榜样”，这说明作家的根基深深扎在传统艺术之中。其次，梁斌对传统艺术进行了创造，《红旗谱》“革新发展，创造了社会主义时代的新的民族形式、民族风格，成为我国革命文艺在民族化、群众化方面取得的最优秀、最突出的成果之一”①。这个前提并不难理解，但是做出实践却很困难。当时普遍认为，《红旗谱》的地方化语言体现了这一努力。胡苏指出，《红旗谱》脱离了知识分子的叙事腔调，是“《红旗谱》继承了我国民族古典文学的传统，运用了地方口语（虽然使用某些过于偏僻的谐音口语还值得商榷），洋溢着浓郁的乡土气息，而在这土壤上生长起来的人物，也继承了我国民族传统的战斗精神和深挚的阶级情感。因而，《红旗谱》显示着亲切朴素的民族色彩”②。

这个时期，除了从时代性的角度肯定《红旗谱》的观点外，还有一些研究者发现了其内部蕴藏的文学性特征。许之乔提醒，《红旗谱》不是历史，“惟其不是历史，我们看到了在历史书中看不到的”，即“普通人物：妇女、儿童”的“心灵发展史”。作者阐释说：“心灵，在这里的意义，就是他们的内部感情或精神世界”，“正如朱老忠从朱老巩那里秉受他性格的叛逆性，运涛江涛从老奶奶那种斩钉截铁的鼓励中坚持，发展他们的‘心气儿’一样，激动我们，影响我们，对我们有作用的，正是渗透全书的，劳动人民‘世代相传’，并且‘一代比一代进步’的‘心气儿’：用我们的术语来说，就是渗透在一切相互关系中的，劳动人民的人性和人情”。③ 这是超越时代的发现和论述，历史已经证明，文艺作品中与时代相关的内容，可能随着时代远去而淡化，而不会改变的内容，是永久常青的人性和人情。

《红旗谱》在1960年召开的全国第三次文代会上受到文艺界领导的重视。茅盾在报告中说：“从《红旗谱》来看，梁斌有浑厚之气而笔势健举，有浓郁的地方色彩而不求助于方言。一般说来，《红旗谱》的笔墨是简炼的，但为了创造气氛，在个别场合也放手渲染；渗透在残酷而复杂的阶级斗争场面中的，始终是革命乐观主义的高亢嘹亮的调子，这就使得全书有雄浑而豪放的风格。”④ 茅盾从不同方面对《红旗谱》做了肯定，是对当时评论的高度概括。周扬在报告中从“趋势”的高度赞扬了《红旗谱》：“作家艺术家把自己的理想熔铸在英雄人物的创造上，在艺术作品中表现了新的世界、新的人物、新的思想。从近年来的创作中可以看出一个明显的趋势：作家对于人民群众改造世界的宏伟精神和革命气魄，描写得越来越鲜明和深刻。我们在《红旗谱》中看到了在漫长的黑暗

---

① 严云绶：《继承·革新·创造——试谈〈红旗谱〉在民族化方面的成就》，刘云涛等编选《中国当代文学研究资料·梁斌研究专集》，海峡文艺出版社1986年版，第398页。原载《合肥师范学院学报》1962年第2期。

② 胡苏：《革命英雄的谱系——〈红旗谱〉读后记》，《文艺报》1958年第9期，第17页。

③ 许之乔：《〈红旗谱〉中人民大众的人性美和人情美》，《文艺报》1961年第1期，第11页。

④ 茅盾：《反映社会主义跃进的时代，推动社会主义时代的跃进!》，《茅盾全集》第26卷，人民文学出版社1996年版，第66页。原载《人民文学》1960年第8期。

统治年代，老一代革命农民向反动势力冲锋陷阵的悲壮历史。在朱老忠身上，集中地体现了农民对地主的世世代代的阶级仇恨，体现了为党所启发、所鼓励的农民的革命要求。”① 茅盾和周扬的评语，无疑代表文艺界领导的观点。

1960年，电影《红旗谱》基本制作完成，由天津、北京电影制片厂共同摄制，凌子风导演，崔嵬扮演朱老忠。在1962年的首届百花奖评选中，经观众投票，《红旗谱》获得最佳男主角和最佳摄影两大奖项，由此可见影片受欢迎的程度。《红旗谱》的电影版促进了作品的传播，同时开启了衍生作品研究的先河。电影《红旗谱》的研究，也随之成为当时梁斌研究的热点。②

1966年后，文学批评和研究秩序发生混乱。梁斌未能幸免。1970年，《河北日报》组织多个版面文章，“向反动小说《红旗谱》《播火记》开火”③。批评者说，作品的主要情节“保二师学潮”和“高蠡暴动”都是执行王明路线的结果，因此，《红旗谱》《播火记》就是为“为王明路线招魂”④。该观点当然不值一驳。

二

新时期以来至新世纪，是梁斌研究的第二个阶段。这个阶段的梁斌研究，呈现出回到正轨、全面发展和逐步历史化的过程。

第一过程，新时期初期，文艺界落实政策，文学秩序逐渐恢复。纠正此前的不实之词，重新肯定十七年时期的作品，是文学批评领域重要的工作。在这种时代氛围下，梁斌的作品得到了重评，恢复到了此前的地位。召珂在《重读〈红旗谱〉——驳所谓“专写错误路线”的谬论》中，义正词严地指出，“强加给《红旗谱》的一切污蔑不实之词”，应该“全部推倒”。⑤ 梁斌对《红旗谱》做了修改，推出了第四版。徐荣街、叶维四说，《红旗谱》“深受人民群众喜爱”，然而，却因“莫须有”的罪名“被打入冷宫，禁锢了十多年”。粉碎了“四人帮”后，“梁斌同志的《红旗谱》再版了。今天，迎着春光重读这部优秀的长篇小说，这一朵艳丽的艺术之花，仍然以其特有的色、香感染着读者”⑥。经历了多年沉寂，梁斌研究重新踏上了征程。不过，因为研究范式仍然属于“十七年”，所

---

① 周扬：《我国社会主义文学艺术的道路》，朱耀军编选《周扬文论选》，人民文学出版社2009年版，第425页。原载《文艺报》1960年第13—14期。

② 参见葛琴《〈红旗谱〉的几个镜头》，《人民日报》1961年7月27日第7版。

③ 《向反动小说〈红旗谱〉〈播火记〉开火》，《河北日报》1970年1月21日第6版。

④ 冀红文：《评为王明路线招魂的反动作品〈红旗谱〉〈播火记〉》，《河北日报》1979年1月21日第6版。

⑤ 召珂：《重读〈红旗谱〉——驳所谓“专写错误路线”的谬论》，《文艺报》1978年第3期，第31页。

⑥ 徐荣街、叶维四：《论〈红旗谱〉的民族特色——重读梁斌同志的〈红旗谱〉》，《山东师院学报（社会科学版）》1978年第5期，第12页。

以论文的选题变化不大，仍然集中于上文所述的领域之内。

1980年代的文学发展有一个很明显的现象，就是思潮的不断更迭。不仅是文学界，整个文化思想领域都在长期的停滞后出现了一波未平、一波又起的发展状况。伤痕、反思、改革、寻根、先锋、新写实、新历史等思潮纷纷登场，与之相配的，是《伤痕》《乔厂长上任记》《棋王》《一地鸡毛》《红高粱》等作品受到批评家的青睐，形成“追新”的氛围。此刻，出现在研究视野中的梁斌已经被视为功成名就的老作家了，他与革命历史之间的关系仍然是研究者首先关注的焦点。新时期初期，梁斌在1960年代写就的《烽烟图》出版，完成了《红旗谱》三部曲的最后一部。研究者肯定时，与1950年代的观点几乎相同：“《烽烟图》反映了‘九·一八’事变后至‘七·七’事变初期这一历史时期，北方农村群众在中国共产党的领导下，开展保卫国家的抗日救亡运动的历史事实，以及高蠡地区革命的再起”，“它是一幅绚烂的历史图画，也是一部革命斗争的诗史”。① “文革”时期，梁斌虽然失去了发表机会，但一直默默耕耘，根据自身经历，完成了描写土改运动的作品《翻身记事》，并于1978年推出。王昌定指出，小说具有很强的“艺术功力”②。

第二过程，梁斌研究全面发展。这个时期梁斌研究的特点之一，是民族化问题得到多位学者的阐述。刘明馨关注到新的历史语境中，“有的学生对‘十七年’时期的作品不感兴趣”，因此，“为进一步树立民族自尊心和自信心”，对《红旗谱》的艺术成就做了论述：“《红旗谱》充分地发挥了描写艺术的功能，成功地塑造了人物典型，并使作品呈现出浓厚的地方色彩。”③ 林建华认为朱老忠的“出水才看两腿泥”表现出人物鲜明的性格，作品在多方面“散发出中华大地泥土的芳香，构成了一部庞大的民族风格的交响乐章”④。民族化问题在《红旗谱》出版后不久就被确认，梁斌自己也多次提起，而多年之后，仍然是学者谈论的话题。这说明，梁斌对民族化的探索，是《红旗谱》三部曲鲜明的特征，为研究者提供了宽阔的学术阐释空间。从更大的视野说，1980年代以来，文学寻根的潮流表现在多个方面，对民族化内容的追溯和梳理是其中重要路向。梁斌在创作中所做的民族化探索，是宝贵的历史经验，是值得总结和记取的。

学者们从多个方面论述了梁斌在艺术上的成就，这是特点之二。实际上，自从《红

---

① 马杰：《梁斌挥泪写书——访梁斌和简介〈烽烟图〉》，刘云涛等编选《中国当代文学研究资料·梁斌研究专辑》，海峡文艺出版社1996年版，第127页。原载《河北文学》1982年第2期。

② 王昌定：《于朴素处见功力——读梁斌的长篇小说〈翻身记事〉》，《天津日报》1982年6月14日第3版。

③ 刘明馨：《从〈红旗谱〉的审美表现手法看文学民族传统的继承与发展》，《信阳师范学院学报（哲学社会科学版）》1987年第3期，第77页。

④ 林建华：《“出水才看两腿泥”——从朱老忠的性格塑造看〈红旗谱〉对民族风格的继承和发展》，《广西民族学院学报（哲学社会科学版）》1988年第3期，第23页。

旗谱》出版，对其艺术方面的研究就一直未停。不同的是，以往一般是主题研究和人物研究占主要方面，艺术方面的研究展开不够充分。这个时期，出现了多篇专门研究梁斌艺术方面成就的成果。概而言之，对梁斌艺术成就的关注，集中在叙事手法和语言方面。倪宗吾认为，“人物和故事并重，叙述与描写融合；主要人物贯穿作品始终，精彩故事散见全书各节；人物出场先要介绍身世、特征，讲述故事不忘交代时间、地点；开门见山、前后呼应、有头有尾、有因有果”①，这些古典小说的叙事手法在梁斌小说中得到传承。语言问题则是大多数研究都不会忽略的。梁斌的语言克服了“五四”以来欧化的腔调，贴近群众日常语言，叙事时大量使用方言，营造了浓郁的冀中乡土氛围。梁斌之所以使用这样的语言，是长期思考、磨炼后的结果。他刚入文坛的时候是1930年代中期，当时参加了北平左联，发表了很多语言欧化的作品。抗战后担任新世纪剧社社长，从事宣传工作，因此，练就了使用群众语言说话的技巧，更兼学习了延安座谈会讲话，坚定了用工农兵语言写作的信心。② 研究者读梁斌的作品，“仿佛感到是一个北方农民用它特有的淳朴、深厚的语调在朴素而生动地讲述着发生于冀中平原上的一件往事”③。

梁斌研究的题目更趋多元，是梁斌研究的特点之三。除了上述与以往有很强“连续性”的研究，一些新的学术生长点不断出现。版本学方面，《红旗谱》出过多个版本，因此，对各个版本的比较，可以看出梁斌修改的意图，也可以看出他在艺术上的精益求精。④ 新理论方面，有的研究者借助“创作心理学”理论，从“表象运动”入手，对梁斌在《红旗谱》成书过程中的“心理历程”做了分析。⑤ 改编方面，《红旗谱》有电影、话剧、京剧、评述、小人书等各个体裁的版本，既依托于原作，又有创造。这些衍生作品也进入研究者的视野。⑥

第三过程，在当代文学史的坐标系中，取得重要地位，进入历史研究序列。唐文斌、周海波共同创作了《梁斌评传》，1992年由百花文艺出版社出版。《梁斌评传》集中于作

---

① 倪宗吾：《谈梁斌小说的艺术特色》，《河北师范大学学报（社会科学版）》1985年第3期，第69页。

② 梁斌后来回忆说，新世纪剧社演戏时，使用的语言不是京腔，也不是土语，是经过改造的，以“叫观众爱听”为目的，因为“我们也不想到城市里去演出”，“在根据地演出，观众绝大部分是农民，战士是农民，干部一少部分是知识分子，也以农村知识分子为多，大部分是农民”。《在炮火纷飞的日子里》，《梁斌文集》第6卷，人民文学出版社2005年版，第25页。

③ 李保均：《〈红旗谱〉的语言艺术》，《四川大学学报（哲学社会科学版）》1980年第3期，第52页。

④ 参见郭文静《〈红旗谱〉新旧版本的比较》，《河北师范大学学报（社会科学版）》1983年第3期，第89—98页。

⑤ 参见周海波、唐文斌《〈红旗谱〉构思过程中的表象运动》，《河北师范大学学报（社会科学版）》1987年第4期，第21—25页。

⑥ 参见戴锦华《〈红旗谱〉——一座意识形态的浮桥》，《当代电影》1990年第3期，第26—33页；李紫贵《难忘的现代京剧〈红旗谱〉》，《戏曲艺术》1995年第3期，第7—8页。

品评论，有鲜明的态度，带有青年研究者的锐气。① 梁斌很关心评传写作，为作者提供了大量口述资料，也使评传有很高的可信度。这是第一部梁斌传记，标志着梁斌研究历史化的开始。《梁斌评传》是梁斌研究中的重要里程碑，为梁斌研究打下了坚实基础。一部作品能否进入文学史，是很重要的。文学史教材通过体系化的梳理和传播，起到传承作品的重要作用。《红旗谱》地位稳固，在各种版本的文学史中从未缺席。1999 年，洪子诚的《中国当代文学史》和陈思和的《中国当代文学史教程》同年出版，虽然此前和之后也有诸多文学史，但这两部的影响力是最大的，也是大多数高校的中文系选用的教材。在这两部文学史中，都拿出相当的篇幅，对《红旗谱》做了述评，肯定了作品的意义和地位。洪子诚在“革命历史小说”中论述了《红旗谱》对革命起源的叙述。② 陈思和主编的文学史则认为，“从民间的角度来解读《红旗谱》”，能够发现“小说在描写北方民间生活场景和农民形象方面”是“相当精彩的”。③ 通过文学史的叙述和传播，梁斌和《红旗谱》当仁不让地成为当代文学史上的经典。与此同时，《红旗谱》被翻译为英、日、俄、德、朝鲜、越南语等多种语言。④

三

新世纪以来至今，是梁斌研究的第三个阶段。梁斌研究逐步向深水区迈进。如果说新时期以来的梁斌研究是在不同研究方向上做了开拓了的话，新世纪以来，则是沿着这些方向，做出了更为扎实和细致的成果，并继续发展，使梁斌研究成为一个成熟的研究领域。

从不同的角度考察《红旗谱》，是梁斌研究走向深入的表征。闫立飞认为，现代性话语下，梁斌作品有强烈的“中国梦”色彩，与时代共振，呈现出“未完成”的状况。⑤ 贺桂梅从“民族形式的建构”角度，阐释了《红旗谱》的“乡愁”。⑥ 女性问题在《红旗谱》中的表现得到李进超的关注。⑦ 周新民认为，梁斌创作受古典小说的影响，在“侠

---

① 参见唐文斌、周海波《梁斌评传》，百花文艺出版社 1992 年版。

② 参见洪子诚《中国当代文学史》，北京大学出版社 1999 年版，第 110 页。

③ 陈思和编：《中国当代文学史教程》，复旦大学出版社 1999 年版，第 79 页。

④ 参见田英宣《〈红旗谱〉的八种译本》，《新文学史料》2007 年第 3 期，第 170—176 页。

⑤ 参见闫立飞《梁斌的“未完成性”——人民作家梁斌的文学成就与精神遗产》，《文艺理论与批评》2014 年第 3 期，第 62—67 页。

⑥ 参见贺桂梅《革命与“乡愁”——〈红旗谱〉与民族形式建构》，《文艺争鸣》2011 年第 7 期，第 89—104 页。

⑦ 参见李进超《红旗谱出的女性中国梦——“红旗谱三部曲”中女性理想的嬗变》，《社科纵横》2015 年第 9 期，第 131—134 页。

义”和“武打”等叙述方面都有《水浒传》的影子。[①] 从家族小说的角度看，《红旗谱》写了朱家三代人的命运，与《家》《财主底儿女们》等现代家族小说有很大不同。吴培显在比较的视野内，认为《红旗谱》为传统的家族叙事注入了“新的内涵”。[②] 曹书文认为，“《红旗谱》从其表现阶级斗争与家族仇恨的双重主题、对父子冲突与父子相继多层家庭关系的描写、对现代知识分子心路历程的刻画方面来看，它又在一定程度继承了现代家族小说的传统，成为‘十七年时期’家族叙事的典型”[③]。对梁斌作品的细读和分析仍然不间断地出现，是研究者选题的重点方向。《红旗谱》三部曲讲述的是冀中故事，从地域书写角度看，对当时乡土社会做了真实描摹。阎浩岗注意到《红旗谱》中的日常生活，认为作品与《金瓶梅》《红楼梦》一样，都是以此取胜，“将出色的日常写实作为全书基调，使《红旗谱》具有了超越特定时空的独特艺术魅力，并且形成它在文学史上无可取代的地位的一个重要方面”[④]。郭伏良、白玉霜从语言学的角度，对《红旗谱》中的方言做了分类梳理，细致入微。作者认为：“作品熔古典文学及新文学语言精华于一炉，并从冀中人民生动活泼的口语中汲取大量养分，成功地运用了一大批河北方言词语，使小说语言呈现出新鲜活泼、简洁明快、朴素生动、富有个性化的艺术特色。”[⑤] 王之望把“经济描写”视为《红旗谱》的“立篇之本”。[⑥] 李杨在“成长小说”的视野中，论述了《红旗谱》的特征。[⑦] 此外还有很多成果，无法备述。这些论述，从各个角度论述了《红旗谱》的内容和艺术，并形成合力，推动梁斌研究向纵深发展。

此时期一个很大的学术增长点，是梁斌的书画研究。1960年，梁斌开始国画和书法创作。因为他有相当的基础，经常与堂弟画家黄胄切磋，加之有艺术理论修养，很快就形成了个人风格，并多次在天津、北京举办画展。梁斌书画研究也随之出现。梁斌的书画作品与文学作品同根同源，虽然艺术形式有所不同，但内在内容是形同的。黄胄认为：

---

① 参见周新民《论〈红旗谱〉〈播火记〉与〈水浒传〉的传承关系》，《中国现代文学研究丛刊》2013年第8期，第148—155页。

② 参见吴培显《英雄主义—人道主义—文化人格主义——从〈红旗谱〉〈古船〉〈白鹿原〉看当代“家族叙事”的演进及得失》，《中国文学研究》2002年第2期，第72页。

③ 曹书文：《家族小说的当代转型——〈红旗谱〉新论》，《河北师范大学学报（哲学社会科学版）》2005年第1期，第102页。

④ 阎浩岗：《论〈红旗谱〉的日常生活描写》，《文学评论》2008年第4期，第193页。

⑤ 郭伏良、白玉霜：《试论〈红旗谱〉中方言词语的运用特色》，《河北大学学报（哲学社会科学版）》2005年第1期，第92页。

⑥ 参见王之望《经济描写：〈红旗谱〉的立篇之本》，《河北学刊》2007年第6期，第126—130页。

⑦ 参见李杨《50—70年代中国文学经典再解读》，山东教育出版社2006年版，第35页。

"梁斌的画，是文人画，一种革命的文人画。"[①] 孙其峰认为，梁斌对荷花有"特殊爱好"，"大胆地利用生纸浸透湿开的效果，用饱蘸浓墨的大笔把荷叶画得淋漓尽致，在表现上更加简练了，在风格上有了新的发展"。[②] 陈世宁认为，梁斌"用自己的方式描绘着各种植物和山水，筑成了属于自家墨象的特殊语境。在梁斌的'忠魂'与'美曲'之中，同样地能感受到他的坚定信仰和崇高的精神境界以及他所具有的独特的艺术品格"[③]。李志强的专著《生命之光——梁斌书画论》从"艺术情结""绘画意境""艺术形式"等方面，对梁斌的书画做了系统、深入的研究。[④]

传记研究集史料和评论于一体，是对传主深入研究的标志性成果。新世纪以来，王洋、田英宣的《梁斌传》依据翔实的史料，书写了梁斌战斗和写作的一生，是梁斌研究的重要收获。[⑤] 宋安娜的《解读梁斌》图文并茂，为读者解读了一个丰富的梁斌。[⑥]

从梁斌研究开始启动，就形成了一个传统，即注重整理保存研究成果。1959 年，《文艺报》编辑部编辑了《革命英雄的谱系——〈红旗谱〉评论集》，由作家出版社出版。[⑦] 其中收入了《革命英雄的谱系》《壮阔的农民革命的历史图画》《老战士话当年》等九篇文章，全方位反映了《红旗谱》的创作和影响，是早期梁斌研究的重要成果。1986 年，由唐文斌主持的《中国当代文学研究资料·梁斌研究专集》出版，里面收录了各类资料 30 余篇，包括梁斌自述、文学评论，并附有创作年表，是当时梁斌研究最完备的资料总集。[⑧] 新世纪以来，宋安娜以"梁斌作品评论集"为题，出版了"五编"关于梁斌的研究文章总集，为资料的留存起到了重要作用。

梁斌研究的常态化逐渐形成。1994 年，梁斌研究会在天津成立，把梁斌研究纳入日常化工作，不断从顶层设计角度推出课题、开展活动、培养人才。2006 年创刊了《梁斌研究》杂志，虽是内部出版，但编校精良，对梁斌研究的动态做了追踪性记录，至今已经出版 15 期。这些制度性、组织性的保障，使梁斌研究按照一定节奏进行，形成长效机制，取得了很好的学术和社会影响力。

---

① 黄胄：《梁斌的画——序〈梁斌画选〉》，宋安娜编《梁斌书画论》，天津人民美术出版社 2006 年版，第 22 页。

② 孙其峰：《推陈出新 滋含丰富》，宋安娜编《梁斌书画论》，天津人民美术出版社 2006 年版，第 31 页。

③ 陈世宁：《文学·绘画·精神——当代文学家、国画家梁斌绘画的艺术品格》，《艺术百家》2003 年第 3 期，第 58 页。

④ 参见李志强《生命之光——梁斌书画论》，百花文艺出版社 2006 年版。

⑤ 参见王洋、田英宣《梁斌传》，南开大学出版社 2008 年版。

⑥ 参见宋安娜《解读梁斌》，百花文艺出版社 2004 年版。

⑦ 参见《文艺报》编辑部《革命英雄的谱系——〈红旗谱〉评论集》，作家出版社 1959 年版。

⑧ 参见刘云涛等编选《中国当代文学研究资料·梁斌研究专集》，海峡文艺出版社 1986 年版。

四

梁斌研究已经硕果累累，前面三节之列举只是为叙述方便，因篇幅所限，大量成果不能提及。如何在此基础上，进一步拓展研究空间，发现新的增长点，是需要考虑的问题。本文拟就此稍做展望。如前所述，一个前提是，梁斌研究已经开展了 60 多年，形成了传统，是一个成熟的研究领域。因此，一个总体的趋势应该是，静水流深，慢慢浸润，渐进积累。具体来说，根据研究现状，笔者以为应该在如下三方面寻求突破。

第一，研究观念方面。研究观念的梳理、反思和厘定，是指导研究实践的先决背景。梁斌研究史可以说明，一个时期的研究成果，与当时的研究观念密切相关。也可以从中看到，大浪淘沙，不被周围的风气左右，坚持真实理念，观点才能穿越时代，站住脚跟。首先，赓续红色传统，在革命视野中理解梁斌及其创作。梁斌与革命文学的关系是主脉络，自从《红旗谱》诞生以来就是阐述的重点。在梁斌心目中，革命工作是首位的，文学创作是工作的一部分。这样的经历和心态，是革命一代人特有的，与其他时期的作家有很大不同。梁斌寻找革命道路、参加抗战和土改工作，然后将其转化为文学，表达对这个伟大工程的崇敬，情感和事实都是真实的，是一代人历史经验的凝结。当下，需要还原历史现场，阐释作品中对人物高尚品格的赞美、对家乡的热爱、对弱势群体的同情和对社会不公正问题的批判。通过传记等资料，对这一点有深刻的认识，就能对梁斌的创作有全面、深入的了解。其次，拓展研究方向，增加研究角度。梁斌受到革命文化、“五四”文化、外国文化、古典文化、乡土文化的影响，再用他自己的方式融合，才完成独具特色的表述。梁斌的创作提供了丰富的内容，从不同侧面对 20 世纪中国的变迁做了阐述。再次，比较的视野。作家和作品的独特性和创新性，是在比较的视野内才可以看出的。因此，梁斌研究中，不仅要与同时代作家的“革命历史叙事”比较，还要把梁斌创作放在百年来中国现代性的探索和实践的角度比较，在不同的坐标系中，厘定出梁斌的地位。比如语言大众化问题，梁斌早期的《夜之交流》等作品带有明显的翻译腔，是“五四”新文化的路子，但经过长期的基层磨炼和理论学习，到了《红旗谱》，文风一变，更加注重民族特色和地方语言。这种状况，只有放在文艺大众化的坐标系内，与丁玲、何其芳等做了同样工作的作家比较，才能看出梁斌的探索和成就。

第二，研究方法方面。文学与书画研究的“打通”，是一项需要加强的工作。梁斌研究分成两部分，一是文学研究，二是国画、书法研究。目前文学研究和书画研究在各自领域展开，并未相互支持和融合。一个容易理解的原因是，国画、书法和文学分属不同的研究领域，研究者在当下的学科分工之下不能兼顾。这个问题需要逐步解决。首先，整合不同领域的研究者，打破学科壁垒，增强跨界意识。文学研究者尝试做艺术研究，书法研究者接触一下文学，同时，也可以相互交流，促进各自研究。其次，寻找学科之

间的交集。比如解读梁斌画作时，如果不了解他的生平和创作，就难以诠释他取材于个人经历的作品。通过主动跨界交流和自然延伸，就能推动研究的进展。比如梁斌1990年8月1日画了《今日陈庄》，并题字：“纪念陈庄战斗五十一周年，一九三八年贺龙元帅奉命率百廿师来冀中，帮助冀中军民巩固冀中抗日根据地，打了齐会战斗、宋村战斗、莲子口战斗，日寇胆寒。一九三八年秋，奉命回延安，日寇尾随，将敌人牵引至太行山腹地重镇陈庄，进入陈地，百廿师官兵居高临下，枪炮炸弹齐发。一日间，将敌消灭，人心大快。群众牵猪羊劳军。庚午八一建军节于津门。”梁斌选择建军节来做这幅画是有深意的，所使用的技法与画面内容紧密配合。因此，“以浓重的焦墨为语言形式，将积墨之法勾皴群山，突显静穆、凝重之境，似是有千万个革命先烈静望满山果实累累、欣欣向荣的今日陈庄，缅怀革命先烈的悲壮气氛中，看到了生机和希望”①。由此，梁斌的“革命文人画”的特点就得到了深入的剖析，这就是“打通”的一例。

第三，研究内容方面。史料研究是文学研究的重要方面，对史料的挖掘、辨析是取得突破的最重要路径。具体到梁斌研究，史料收集工作仍待加强。其一，梁斌早期散佚作品。梁斌青年时代就思想进步，左冲右突，寻找道路。1930年代中期，保二师学潮后，梁斌的母校被解散，他跑到北平，参加了北平南城左联，写文章继续战斗。这个时期，梁斌在《大公报》《世界日报》等平津大报上发表了大量小说、散文和诗歌。1980年代，学者唐文斌在北京图书馆发现了十几篇梁斌佚作。② 但是，限于当时的检索条件，还有一些1930年代的作品没有收集到。晚近，梁斌资料工作取得了一些进展，学者余存哲通过数据库，发现了多篇梁斌佚作。③ 显然，这批作品对研究早期梁斌的思想、1930年代中期北平进步学生运动等问题，都有一定的参考作用。此前一个误解是，梁斌是1949年后成长起来，通过革命历史叙事成名的作家。新作品的发现和披露，将使梁斌早期创作受到更多重视。④ 其二，梁斌抗战期间的佚作。1938年，梁斌来到新世纪剧社任社长，在冀中区党委领导下，进行抗日宣传工作。1938年到1942年间，梁斌写了话剧《爸爸做错了》《血洒卢沟桥》《五谷丰登》《堤》，以及歌剧《抗日人家》和小京戏《缝棉衣》六种剧本，并进行了演出。梁斌自传《一个小说家的自述》和《如歌如血如火——冀中新世纪剧社回忆录》都对这些剧本做了介绍。⑤ 除此之外，梁斌还写了《三个布尔

---

① 郭雅希：《梁斌先生的革命文人画》，宋安娜主编《梁斌画论》，天津人民美术出版社2006年版，第52页。

② 参见梁斌《关于早期的几篇作品》，《梁斌文集》第5卷，人民文学出版社2005年版，第154页。

③ 参见余存哲《梁斌早期佚作四则》，《新文学史料》2022年第2期，第171—175页。

④ 已经有学者对此展开过研究。参见张立群《1930—1940年代梁斌创作综论》，《文艺理论与批评》2014年第4期，第68—72页。

⑤ 2002年和2005年，刘光人主编了《如歌如血如火——冀中新世纪剧社回忆录》及续编，收录了新世纪剧社成员的回忆文章，内部出版。

什维克的爸爸》《父亲》两篇小说，分别刊登于《山》和《晋察冀文艺》，它们是《红旗谱》的雏形。由于战火，上述作品都散佚了。其三，梁斌的书信、书画。查《梁斌全集》可知，相对于其他作家，梁斌的书信仅保留了10多通。可以想见，梁斌大量书信存在于民间，需要征集。1960年后，梁斌开始画画、写字，大约创作了8000余幅作品，保存下来约5000幅。《梁斌书画集》保存下来的仅是其中一小部分，大量作品没有得到收集、整理。① 这是一个亟待开展的重大工程。其四，梁斌研究中还存在一些史料错讹、空缺。关于梁斌研究中的史料建设工作，实际也一直在进行。笔者结合当事人回忆录和内部资料，对梁斌与新世纪剧社的抗战文艺活动进行了还原。②

结　语

一部优秀作品的特质是能够传世，每个时代的读者都能从中找到滋养自己的内容。历史已经证明，问世已经60余年的《红旗谱》仍然富有生命力，就是这样的作品之一。2014年，梁斌百年诞辰纪念座谈会在北京召开，铁凝、陈洪、赵玫、关仁山、雷达、白烨、孟繁华等文艺界领导、作家、学者齐聚一堂，对梁斌和《红旗谱》高度赞誉。③ 因此，整理、研究梁斌留下的丰厚的文学艺术遗产，使之作为民族文化的一部分传承下去，是梁斌研究的使命。面对“说不完的梁斌”，梁斌研究未有穷期。

---

① 参见梁斌绘《梁斌书画集》，天津人民美术出版社2006年版。

② 参见刘卫东《梁斌与新世纪剧社抗战文艺活动考释》，《中国语言文学研究》2023年春之卷，商务印书馆2023年版，第95—103页。

③ 参见宋安娜编《梁斌百年纪念评论文集——梁斌作品评论集五编》，百花文艺出版社2016年版。

电影《红旗谱》创作与接受中多重话语的交织与互动

——以《大众电影》相关报道为中心的考察*

马笑楠①

摘　要：电影《红旗谱》生产创作与传播接受是在多重话语的交织与互动中完成的，但在既有研究中，政治因素作用被放大，大众读者话语的作用被掩盖，造成认识误差。以《大众电影》的相关报道为中心进行考察发现：在创作过程中，国家拍摄计划的调整与创作主体对艺术标准的严格要求，导致作为“国庆献礼片”的《红旗谱》未能按时完成；电影集体创作与大众参与践行了“群众性”立场，却也给创作者带来了“决策困境”。在接受过程中，专业读者评价与大众读者评价的表面“反差”中，实际又形成了以艺术审美与传播规律为中心的一致性特征。电影《红旗谱》的生产和传播实践不仅体现了时代背景下的政治导向与艺术追求之间的张力，更揭示了在集体创作和大众接受之间的动态平衡过程，而这种复杂性的实质形成了作品艺术价值与传播效果上的辩证统一。

关键词：电影《红旗谱》；多重话语；《大众电影》

由梁斌同名小说改编而成的彩色电影《红旗谱》于1961年制作完成并上映，1962年在《大众电影》举办的首届电影“百花奖”评选中荣获“最佳电影男演员”及“最佳电影摄影奖”。在电影计划生产与集体创作机制的影响下，该片从计划筹拍到最终上映历时三年，其中的曲折与不稳定的创作环境、复杂的修改过程有着密切联系，但普通大众的参与却成为最容易被忽略的一环。电影《红旗谱》在获奖得到肯定后引起观众的热烈讨

---

* 项目基金：国家社会科学基金项目“文化生态视域下的中国红色文学百年史（1921—2021）”（批准号：21BZW041）；国家社会科学基金重大项目“红色文艺与百年中国研究”（批准号：21&ZD260）子课题“红色文艺与现代中国革命研究”。

① 作者简介：马笑楠（1989—　），女，河北保定人，河北大学博士研究生，保定学院副教授，主要研究方向为中国现当代文学。

论，导演凌子风却称电影的后半部分令他“很恼火”，“很失败”，气称《红旗谱》“不是他的”，因饰演“朱老巩”和“朱老忠”而获得“最佳电影男主角”的崔嵬也称“那叫什么表演？简直不能看！”①，这种在创作者与接受者中形成的意见反差也值得思考与研究。梳理相关资料发现，《大众电影》杂志对《红旗谱》从列入制作计划到最终获奖进行了长达四年的报道，特别是围绕电影政策、演员选择、拍摄内容、影片评价，与社会大众进行了大量的互动。作为中国电影报刊史上最为重要的刊物，《大众电影》杂志在“十七年”时期是许多中国人“无法割舍的内心期待和不可多得的精神食粮”②，其在政治宣传与大众娱乐间找到了平衡点，在新中国民众的生活中扮演了重要角色。《大众电影》对电影《红旗谱》报道，在时间跨度上形成了前期宣传、中期跟进、后期互动反馈的完整链条，但更重要的是国家话语、专业读者话语与大众读者话语借助这一平台进行了有意味的互动与对话，这是更全面理解电影创作过程、作品影响力的一扇窗口。而将大众读者话语纳入研究视野，有助于反思将“十七年”电影史简化为中国意识“形态史”“政治史”的观点，也能更具象化地理解文艺作品与普通大众社会生活的复杂关系。

一、被寄予厚望的“国庆献礼片”

最先计划将小说《红旗谱》搬上银幕的是天津电影制片厂。1958年6月，刚刚建厂不久的天津电影制片厂就希望将极具冀中特色的《红旗谱》作为“开锣大戏”，并邀请了当时已享誉影坛的凌子风担任导演。凌子风曾提到，“天津电影制片厂要求第一部电影必须是写河北的故事，那时正好梁斌的小说《红旗谱》很红，我很喜欢那部小说，拍这个题材我很高兴，于是就开始筹备”③。恰在此时，中共中央决定在文化领域组织一批重点项目，向国庆十周年献礼，电影献礼是其中重要一项。为此，1958年11月1日至7日，文化部在北京召开了各电影制片厂厂长会议，贯彻落实中央下达的上述任务，安排、制订了拍摄献礼片的具体计划。北京电影制片厂（以下称“北影”）获悉周扬对小说《红旗谱》的评价很高，文化部领导夏衍、陈荒煤等也有意将小说改编成电影，列入献礼片计划，考虑到天津电影制片厂刚刚建厂，条件还不具备，便提出以北影为主，与天津厂联合摄制。《大众电影》对《红旗谱》的报道也始于此时。1959年年初，《大众电影》就刊载文章指出：“北京电影制片厂组织的剧本中，有十一部被列为重点，其中较好的有《红旗谱》《青春之歌》《熔炼》《红色风暴》等”④。这些影片中《红旗谱》是“重中之

① 李延青、王律：《向阳而生：红色经典背后的故事》，花山文艺出版社2022年版，第168页。

② 李道新：《中国电影传播史》，中国电影出版社2021年版，第348页。

③ 凌子风著，凌飞、凌丽整理：《风——凌子风自述》，二十一世纪出版社2015年版，第209页。

④ 徐庄：《今年电影将大放光彩！》，《大众电影》1959年第1期，第23页。

重”，其剧本也是第一个提交北影的“国庆献礼片”剧本，那为何电影《红旗谱》并未能出现在“庆祝建国十周年国庆新片展览月”的最终35部影片之中？

当时仍处在“大跃进”时期，电影领导人依旧头脑发热，层层加码，将中央提出的7部献礼片任务增加到25部艺术片，文化部还确定1959年要生产艺术片130部。① 而北影厂当时的现实情况是：“新厂房尚未完工，设备、人员极为不足”，虽然“他们信心大，干劲足，从厂领导到群众，都一致行动起来了。为适应生产需要，厂领导决定把职权下放，将厂内现有的创作人员满配成三个创作集体和一个青年摄制组，在厂统一领导和调度下，自行安排生产并保证任务的完成”②，但与不切实际的任务目标相比，这些举措依旧不足。且从全国的电影厂来看，一直到1959年5月底，一些原定的献礼片还未开拍，有的甚至连剧本都未修改完。③ 此时更为重要的一个变动是，1959年7月21日至28日，文化部电影局在北京召开故事片厂厂长会议。夏衍在会议中指出，已定的十多部献礼片中，“战争题材影片就占了8部，轻松愉快的节目还是很少，题材还是不广泛，样式还是不多样化”，他强调“要增加新品种，必须有意识地进行工作。我们现在的影片是老一套的‘革命经’‘战争经’，离开了这一‘经’一‘道’就没有东西”④。他的这番发言在当时扭转了局面，改编了献礼节目，并确定了将长春电影制片厂的《五朵金花》《冰上姐妹》及北影的《水上春秋》等影片作为“轻松愉快题材”增补进献礼计划。

电影《红旗谱》于1959年9月才正式开拍，从时间点来看，文化部召开故事片厂厂长会议时，电影尚未进行拍摄；从题材来看，《红旗谱》确实不如《五朵金花》《冰上姐妹》等影片“轻松愉快”，但是否能简单认定这是政治因素的作用呢？在《关于提高艺术质量的报告》的会议材料中，文化部总结了1958年电影生产中“只满足数量，忽视质量，只注意‘政治’不注意艺术性的现象”⑤，重新全面安排艺术片厂的生产计划和发展计划，鼓励题材、形式、风格的多样化，对“大跃进”时期的纠偏措施使得此前一度受挫的电影生产恢复稳定发展趋势。而北影方面也围绕《红旗谱》剧本进行了细致缜密的修改，“凌子风受命修改剧本，又反复研读《红旗谱》小说，前后看了七遍，已到极为熟悉程度”⑥，厂里还特意在自办的《电影创作》中广泛征求群众意见并组织讨论（下文中详细介绍)。虽然电影《红旗谱》并未在这一年制作完成，但从后续《大众电影》对电影的多篇连续报道来看，北影对电影的拍摄制作极为重视：摄影吴印咸精心设计一整套的

① 参见陈荒煤主编《当代中国电影》（上），中国社会科学出版社1989年版，第175页。

② 《北影厂：腾出两手放“卫星” 名著名剧齐上门》，《大众电影》1959年第1期，第24页。

③ 参见陈荒煤主编《当代中国电影》（上），中国社会科学出版社1989年版，第175页。

④ 陈荒煤主编：《当代中国电影》（上），中国社会科学出版社1989年版，第177页。

⑤ 《关于提高艺术质量的报告（节录）——1959年7月电影局召开故事片厂长会议材料之一》，吴迪编《中国电影研究资料1949—1979》（中），文化艺术出版社2006年版，第272页。

⑥ 朱安平：《〈红旗谱〉世代相传》，《党史博采》2016年第9期，第61页。

“场面调度图”，把每一场戏、每一个镜头的拍摄角度，详细地记入了调度图①，并辗转于北京卢沟桥及天津子牙河拍摄外景。也就是说，无论从哪一方面考虑，《红旗谱》都不是被摒弃的状态。国庆献礼片承载着展示国家形象、弘扬民族精神的重任，文化管理部门选择电影时要考虑其社会影响力；对电影创作者而言，《红旗谱》小说作品思想深刻，内涵丰富，且深受读者喜爱，具有广泛群众基础，对其进行影视改编也并非易事。因此，国庆献礼片计划的调整一方面是基于“百花齐放，百家争鸣”的全面考量，对题材及艺术片质量的重新要求；另一方面则是创作者自身以精益求精的态度，对这部电影提出了更高的标准。这种“调整”是国家话语与生产者话语双向的互动过程：国家通过政策指导和宏观规划，为电影创作提供了方向和支持；电影创作者们则通过自身经验，为艺术价值“保驾护航”，双方意见互动的结果是在不违背艺术规律的前提下进行意识形态的宣传。从电影《红旗谱》前期准备工作来看，国家的拍摄计划与创作者的艺术追求的最终目的其实是一致的，如果仅用“政治至上”来总结与评价其中的曲折，显然是不科学、不全面的。

二、“前文本”信息传播中“大众”的凸显

在电影《红旗谱》最终形成之前，大众媒介平台就对剧本创作、拍摄内容等“前文本”信息进行了传播，并与大众进行互动。从这些信息中能看出，即便未能出现在“国庆献礼片”的最后展映中，北影对电影《红旗谱》依然寄予厚望。《大众电影》在报道中曾提到：“《红旗谱》的分镜头剧本经过修改，已经发表在《电影创作》8月号”②。但北影对电影剧本的筹备远远早于这一时间。《电影创作》杂志是由北影主办的专门刊登电影剧本的刊物，其目的是在“制成影片之前，能事先得到党和广大群众的批评和监督”③。这一杂志在1958年创刊号中刊登的第一个剧本即《红旗谱》的剧本，可见在北影的拍摄计划中《红旗谱》的“含金量”。之后，《电影创作》也刊登了大量读者对《红旗谱》剧本的反馈意见：“改编稿的主题很深刻，人物性格鲜明、生动。但是党的领导形象不突出，收尾调子太低沉”④；“《红旗谱》是个好剧本，希望能拍成影片。但对剧本有六点意见，如朱老忠走后没有交代，时代背景也不清楚”⑤；“电影《红旗谱》的结构，有点头重脚轻之感。革命者张嘉庆的出现很突然，严运涛应该成为剧中并行的主线”⑥。《电影

---

① 参见黄兆义《〈红旗谱〉开拍之前》，《大众电影》1959年第19期，第22页。

② 黄兆义：《〈红旗谱〉开拍之前》，《大众电影》1959年第19期，第22页。

③ 《〈电影创作〉创刊词》，《电影创作》1958年创刊号，第2页。

④ 《读者之页》，《电影创作》1959年第1期，第106页。

⑤ 《读者之页》，《电影创作》1959年第1期，第107页。

⑥ 《读者之页》，《电影创作》1959年第1期，第108页。

创作》编辑部还先后两次邀请北京市部分工厂、学校及文艺界的同志举行了座谈会。至于《大众电影》所说的“《电影创作》8月号”，是指在《电影创作》第8期中对《红旗谱》剧本进行了修改并进行全面介绍，内容包括《电影文学剧本（重新本）》《电影分镜头剧本》《从文学剧本到分镜头剧本》《有关〈红旗谱〉剧本历史大事录》，全本插图为《红旗谱》布景、服装、人物造型设计图，共计82页。这样的修改力度、征求意见的广泛程度在“十七年”时期的电影生产中并不多见，而直到此时，《红旗谱》的剧本才基本正式确定。

北影在广泛征求大众意见的同时，导演凌子风也在对剧本进行修改，他还曾透露：“《红旗谱》剧本我不大放心，就找小说作者梁斌同志说：‘给你看看吧。’他看了，等我分完镜头又给他看：‘看没看？通过不通过？我给你加了很多东西，改了很多东西。’他说：‘我相信这就是我的，要我写也是这样写。’”① 另一方面，周扬曾对“国庆献礼片”提出了“三好”的要求，即内容好（共产主义思想）、风格好（民族形式）、声光好（各项技术的提高）。② 而根据《大众电影》报道中所说，《红旗谱》剧本“更加精炼和更富有民族色彩了，剧本中加强了朱老忠这一角色的艺术形象的塑造”③，可见剧本的修改也是按照这一要求执行。在后续的报道中，《大众电影》也对剧本“民族化”的特点进行了突出，如：“（拍摄现场）白家滩，今天特别热闹。请来了河北省梆子剧团唱一折‘秦雪梅吊孝’的戏。摊贩甚多，有老王麻子的剪刀，保定府老头居饭馆，有拉洋片的，卖糖葫芦的”④。由此可见，电影《红旗谱》的剧本是在电影政策指导下，集合了原著作者意见、电影创作者意见及大众意见进行了综合修改的结果。

大众参与《红旗谱》剧本的创作，是北影以《电影创作》为平台主动向大众发起的邀约，为双方的沟通提供了开放的环境。这些大众意见涉及剧本内容、结构、人物塑造等多方面，从中能看出读者是对小说《红旗谱》有一定的了解的，虽有出于经验或直觉判断的成分，但多数还是围绕“艺术性”本身的。在此阶段，《大众电影》对《红旗谱》“前文本”信息的刊载，也表现出大众靠近的意识，除了上文所提及的“民族化”内容外，主要围绕电影拍摄幕后故事及电影拍摄知识的普及。如：“扮演朱老忠的崔嵬同志，虽然是有经验的老演员，但是杀猪对他来说还是第一次，从磨刀到屠宰都很生疏，他就认真的向北京市屠宰公司的老师傅们学习，很快就掌握了这一工作，和猪把式们一起忙个不停”⑤，“拍摄的时候，灯光架上的水银灯照射到院中，像白昼一样，槐枝上搭着一

① 凌子风著，凌飞、凌丽整理：《风——凌子风自述》，二十一世纪出版社2015年版，第213页。

② 参见陈荒煤主编《当代中国电影》（上），中国社会科学出版社1989年版，第175页。

③ 黄兆义：《〈红旗谱〉开拍之前》，《大众电影》1959年第19期，第22页。

④ 黄兆义：《运涛卖鸟——记影片〈红旗谱〉中的一场戏》，《大众电影》1960年第1期，第24页。

⑤ 黄兆义：《〈红旗谱〉拍摄“反割头税”》，《大众电影》1960年第5期，第27页。

件绣着荷花的腰兜，摄影机的镜头透过槐树看到半身赤膊的朱老巩蹲在地上磨铡刀……挂着录音器的录音车杆，长长地伸出一丈多远，准备在拍摄这个镜头时，同时把磨刀的声音收录进去"①。这些信息传播，使大众在接受电影最终成品之前先对电影拍摄的内容进行了接受，从而对作品形成一定的期待心理与参与讨论的意识。

从《大众电影》对《红旗谱》的报道实践来看，北影作为生产机构扮演了引领者和组织者的角色，他们通过媒介平台，向大众展示了电影制作的魅力和可能性，并邀请大众参与到剧本创作中来；《电影创作》《大众电影》作为连接生产者和大众的桥梁，形成了作品创作过程的传播和反馈，激发大众参与热情；大众则是重要参与者，为创作提供更多的灵感。三者的互动共同促进了电影剧本的最终形成，但以往研究中"大众"的作用却经常被忽视。《大众电影》编辑委员于伶曾明确指出："《大众电影》应该是帮助观众看懂电影、欣赏电影的刊物。"② 围绕电影《红旗谱》，《大众电影》的报道拓展了信息广度，力求图文并茂、生动活泼、平易近人，让读者在阅读过程中不断产生好奇心和探究欲望，并在此基础上了解电影的相关知识。不管是鼓励群众参与创作，还是报道理念突出大众意识，都是艺术生产中对大众接受主体的重视，体现了群众性立场，真正做到了为工农兵服务。而"大众"凸显的意义在于检验文艺宣传是否深入了群众、影响了群众，即使电影成为国家建构的一部分的观念已成为共识，也要认识到这种"共识"只有通过大众才能最终达成。

三、"众声"交织：电影接受中的多重话语

在历经近三年的制作筹备后，电影《红旗谱》最终于1961年7月正式上映，从院线的排片数量来看这部电影也占据了绝对优势。但在这一时期，《大众电影》围绕影片进行的专业评论报道仅有孟超的《一部反映中国农民阶级斗争的史诗——〈红旗谱〉从小说到电影》和方明的《电影〈红旗谱〉的几个人物和细节》，且两位评论家在肯定电影成绩的同时，都指出了影片中存在的一些问题。方明就提出：可惜朱老忠在影片后半部没有得到更好的表现。恐怕主要是因为这个人物从自发斗争到得到党的领导并成为无产阶级战士质疑反战的线索不很有力。从影片的表现来看，朱老忠好像比农村的知识青年——运涛和江涛能更好和更快地接受新事物……春兰一出场，就让观众感觉到这是一个富有幻想的单纯姑娘。可惜在后来没有很好地表现出这个人物的复杂心理。③ 其他相关文章

---

① 孙岫、季舟：《朱老巩撞钟磨铡刀，严志和忍痛卖宝地——〈红旗谱〉的两场戏》，《大众电影》1959年第21期，第22页。

② 李道新：《中国电影传播史》，中国电影出版社2021年版，第349页。

③ 参见方明《电影〈红旗谱〉的几个人物和细节》，《大众电影》1961年第6期，第11页。

《导演构思与“好镜头”》《“好镜头”需要和谐的集体创作》《摄影师对“镜头好”的作用》等，则更像是配合“时事”而作——周扬《在全国故事片创作会议上的发言》中提出，“我们的电影，要有好故事、好演员、好镜头、好音乐。这是我作为一个普通观众的朴素要求”①，这一系列文章都是结合《红旗谱》的一些具体细节对“四好”要求进行了回应。时任中国电影工作者协会书记处第一书记的袁文殊，在1962年《大众电影》第1期《喜话新年》中曾总结，“描写人民民主斗争的《红色娘子军》、《红旗谱》、《洪湖赤卫队》和《暴风骤雨》等等都曾以它深刻的艺术力量，打动了千百万观众的心灵”②，但在针对《红旗谱》的评论中他也指出了影片的诸多不足，“剧情发展到后半部的时候，许多事件离开了主要人物和主要线索，因此形成一种松散现象……影片最后用火来结束，正是由于创作者在中途少做了许多铺路的工作，是一种计穷的表现罢了……朱老忠这个形象虽然前半部分写的很好，性格特征刻画的非常鲜明，但是和贾湘农接触以后的性格描写就显得黯淡无光了，在描写上脱离了人物性格去单纯的交代情节，使得人物概念化了”③。可见这部历时多年制作而成的电影，在专业评论者中出现了不少负面声音。

1961年，陈荒煤在《北影创作会议上的发言》中提到：“《红旗谱》和《革命家庭》都走了不少弯路，反复地修改一两年，我们可以研究一下，哪些属于政策问题，哪些不是政策问题，比如《红旗谱》原著是有了定评的名著，应该是没有什么政治问题和政策问题了，改编电影为什么也反复修改?”④ 换言之，在一年多的制作周期中，电影本身并未有政策问题的拦路，而是经历了“反复修改”。陈荒煤还曾提到：“近几年，浪费胶片的情况恐怕是空前的。有的片子百分之八十改掉了，改百分之五十、四十、三十，已经不成为稀奇的事情。《红旗谱》混录了六次，恐怕也创最高纪录了吧。”⑤ 这番言论中也透露了电影管理机构对电影“反复修改”的不满。

1960年3月21日，文化部有关领导看了电影《红旗谱》的样片并提出意见：朱老忠耍七节鞭不严肃，要剪掉；朱老忠应该在革命低潮时入党，以说明朱老忠是有远见的；第二代写弱了，运涛和江涛的戏少了；朱老忠性格显得比较单一，人物太单薄了。⑥ 周

① 周扬：《在全国故事片创作会议上的发言》，吴迪主编《中国电影研究资料1949—1979》(中)，文化艺术出版社2006年版，第362页。

② 袁文殊：《喜话新年》，《大众电影》1962年第1期，第5页。

③ 袁文殊：《评影片〈红旗谱〉的成就与不足》，李庚主编《中国新文艺大系（1949—1966）评论集》，中国文联出版公司1994年版，第948页。原载《文汇报》1961年9月13日。

④ 陈荒煤：《北影创作会议上的发言》，吴迪主编《中国电影研究资料1949—1979》(中)，文化艺术出版社2006年版，第316页。

⑤ 陈荒煤：《在北影、八一两厂部分领导同志和创作干部座谈会上的讲话》，吴迪主编《中国电影研究资料1949—1979》(中)，文化艺术出版社2006年版，第330页。

⑥ 参见杨庆华《风雨艳阳天》，北京出版社2020年版，第208页。

扬在提及《红旗谱》时也谈到："头一次看《红旗谱》时，我是不大满意的，也提了意见。"① 但作为创作者的崔嵬、凌子风等人也有自己的看法。崔嵬认为：

> 当朱老忠听到被批准入党后，高兴得不知怎么样好了，回头看见墙上挂着的七节鞭，拿起来就出去，什么撒花盖顶、枯树盘根、白鹤亮翅、鹞子翻身呀，大耍一阵。老婆背柴火回来看见了，心想这老东西疯了。朱老忠把鞭子一收，对老婆说："去，给我打酒，割二斤肉，包饺子吃。"老婆问是干什么。他说："你不用管，快去！今天是我一辈子最高兴的日子！"他认为这样比通常用河流、天空、松树等象征性的空镜头来得实在，来得有力度，来得有人情味儿，也就更能真切表现朱老忠的感情。②

崔嵬的这套设计也得到了凌子风的赞赏，凌子风连夜修改脚本，第二天重新补拍了这些内容，可是影片送审却未获通过。崔嵬后来谈及对"朱老忠"的塑造时，也多次表示自己的演绎并不成功："虽然《红旗谱》小说提供了影片民族化、群众化的坚实基础，虽然我在创造朱老巩和朱老忠的形象时，曾经明确了这一重要课题，但因为修养、生活和能力的限制，我并没有更好地实现我的设想和意图……在创造朱老忠和朱老巩的形象的工作中，虽然我也借助自己在农村的体验，树立角色最基本的气度和风格。但有一种无形的高不可攀的困难，阻碍了我，即使我作了应当作的努力，但当我坐在放映室里检查自己的表演时，仍然看到了使自己不安和痛心的片段"③。当时，"北影厂领导找凌子风以及剪辑师逐个镜头进行研究，中间又经过几次审查。凌子风生气了，说这部片子不是他的作品"④。1961年1月，陈荒煤在上海召开部分故事片厂厂长座谈会，提出要区别政治与艺术的关系，反对简单粗暴。这次会议结束后，凌子风按照自己的设想对影片做了修改，只是仍未能尽如人意。凌子风在提起电影《红旗谱》时也说：

> 后半部我就很恼火，要重拍，就是后边大哄大喊，拿着红缨枪砸县政府去，一个大场面，我很不喜欢。大哄大喊，没有学问。现在我觉得很幼稚。我要再拍就不这么拍。要是朱老忠这么露锋芒，国民党军阀能饶你？不可能的，早活不了了。红旗就那么插着？当然那是一个"左倾"路线。我觉得后边是失败的，轻而易举，也

---

① 周扬：《在全国故事片创作会议上的发言》，吴迪主编《中国电影研究资料1949—1979》(中)，文化艺术出版社2006年版，第360页。

② 李延青、王律：《向阳而生：红色经典背后的故事》，花山文艺出版社2022年版，第168页。

③ 崔嵬：《民族化群众化的探索——扮演朱老忠父子两代的创作意图》，《北京晚报》1961年7月9日第3版。

④ 杨庆华：《风雨艳阳天》，北京出版社2020年版，第208—209页。

没有人物。开始还有人物春兰、朱老忠、严志和，包括地主、狗腿子。可是后来一闹反割头税，后边戏就没意思了，就朱老忠一个人耍大块头，很失败。①

北影厂在总结《红旗谱》的创作得失时提到，影片后半部无论就思想的深刻性、艺术处理的力量来说都较为逊色：“特别是影片的后半部对农民群众的广泛觉悟和武装反抗的表现带有明显的理想主义色彩，对斗争面临的严酷局面表现得也略显不够有力。”② 一部由“名著”改编而成的电影，为何在历经长时间的制作修改、精心打磨上映后，却引发了创作者、演员、电影管理机构、专业评论家的多方不满？其实，产生这一结果的原因也恰恰在于“多方”本身，这种集体创作模式的弊端开始显现。在计划经济年代，艺术的发展也被纳入有计划的创作轨道中，文艺创作必须接受审查与监督。从《红旗谱》的个案来看，这种影响并非体现于审查监督中硬性的“行”与“不行”，也绝非简单的“个人艺术追求让位于集体的共同价值”，而是多方意见汇总对创作者形成的“信息过载”困惑。在特殊的时代环境中，电影生产中的集体创作依靠集体智慧确实助力形成了坚强的创作队伍，确保作品能够完成，但电影生产不同于小说创作，其本身就是集体行为，各方不同的声音形成多元化的意见场，不论这种声音是否来自“官方”都会对创作者产生“决策困境”，当出现分歧时，电影的最终呈现可能会变得模糊不清，无法准确传达创作者的核心意图。上文所提拍摄进度的延误，也可以从中找到一定的原因。从这一角度来看，《红旗谱》最终呈现上的不尽如人意也并不能完全“归罪”于哪一方，而是多重话语交织、碰撞、博弈却未能找到圆满解决方案的结果。

四、广泛互动契机：电影“百花奖”的评选

1961 年 10 月，《大众电影》举办了首届电影“百花奖”的评选。1962 年 4 月，该奖项揭晓最终结果，《红旗谱》荣获“最佳电影男演员”与“最佳电影摄影奖”，这也使得这部电影在上映近一年的时间里被持续地关注讨论，“大众声音”也得以集中出现。在此期间，《大众电影》以“百花奖”的评选为契机刊载了大量相关信息，使得国产电影、《大众电影》杂志与读者最大限度地、前所未有地联系在了一起。关于这个奖项的设立，是源于 1961 年 6 月，中宣部和文化部在北京新侨饭店召开“全国文艺工作者座谈会”和“全国故事片创作会议”上，与会人员提出要建立一个由观众投票产生的电影奖，这个提法得到了周恩来总理的肯定和支持。经过讨论之后大家一致认可“百花奖”这个名称，并确定由中国影协主办，《大众电影》编辑部负责这个奖项的筹备、组织和颁奖。1961

① 凌子风著，凌飞、凌丽整理：《风——凌子风自述》，二十一世纪出版社 2015 年版，第 213 页。

② 杨庆华：《〈红旗谱〉上映前后》，《北京晚报》2019 年 6 月 21 日第 38 版。

年第 10 期《大众电影》上首次刊登了关于“百花奖”的投票启事，该启事写道：“为了奖励工农兵方向下的优秀影片，促进电影艺术创作的百花齐放，《大众电影》将举办 1960—1961 年国产电影群众性评选，并按照群众评选结果给予优秀影片以奖励，定名为‘百花奖’”①，奖项设置方面包括最佳编剧奖、最佳导演奖、最佳男演员奖、最佳女演员奖等十二个奖项，评选范围为 1960 年至 1961 年 11 月期间我国摄制及在全国上映的新影片。

在投票过程中，《大众电影》的多篇报道中也提及了大众对电影《红旗谱》的意见，其中有的介绍在投票中发生的故事，“为了便于评选，我们商定了一个‘粗选精评’的办法，开始粗选，提出的‘候选片’有《红旗谱》《红色娘子军》《暴风骤雨》《洪湖赤卫队》等，然后由每个人提出自己所喜欢的影片的理由，再经过集体讨论……最后总算把意见同意下来。《暴风骤雨》被我们选为最佳故事片，祝希娟扮演的吴琼花被选为最佳女演员奖，崔嵬扮演的朱老忠，被选为最佳男演员奖”②；有的是诉说电影带来的精神力量，“《红色娘子军》《红旗谱》这些影片使我们看到了在漫长的黑暗年代，老一辈革命者向反动势力冲锋陷阵的悲壮历史，从而认识了苦难的昨天，更加热爱幸福的今天，决心努力学习，创造灿烂的明天”③；还有部分读者对评选结果、演员进行了评价，“最佳电影配角，我选了影片《红旗谱》中扮演老奶奶的演员（恕我忘记演员的姓名）……虽然戏不多，但演员却珍贵这很少的戏，把老奶奶演活了”④。这些鲜活的意见不同于专业评论者对作品“艺术性”的评判，而是将电影本身与自身的日常生活联系在一起，拉近了电影与观众之间的距离。“十七年”时期，也有一些报刊、组织曾举办过电影评选活动，但影响范围之广、人数之众、影响之深都不及这次电影“百花奖”的评选。相关资料记载，“评奖事宜公布后，观众热情高涨，学校、工厂、家庭踊跃投票，评选过程如过年一样热闹。很多观众想投票却苦于买不到《大众电影》杂志，于是凌晨排队购买；很多单位只有一张选票，但想投票的人上千，只好专门开会研究投票问题，如沈阳玻璃厂有 4000 名职工，但只有一张选票，为充分表达工人们的意见，工厂宣传部用大红纸把候选影片、候选人名单公诸于众，大家进行预选，民主集中讨论半个月，才慎之又慎填好选票寄出”⑤。黄钢指出：“在我国电影事业发展上，第一次出现了规模如此广泛的观众评

---

① 《为鼓励优秀电影设立〈百花奖〉，〈大众电影〉主办读者影片评奖》，《大众电影》1961 年第 10 期，第 5 页。

② 路继曾：《我兄弟姐妹七人一起参加电影评选》，《大众电影》1962 年第 1 期，第 20 页。

③ 赵燕秦：《银幕上的英雄形象在鼓舞我们》，《大众电影》1962 年第 5—6 期合刊，第 3 页。

④ 叶良灯：《我为什么投这一票——这位老奶奶把我给吸引住了》，《大众电影》1962 年第 5—6 期合刊，第 27 页。

⑤ 朱鹏杰：《〈大众电影〉与“百花奖”：老电影人崔博泉口述往事》，上海锦绣文章出版社 2015 年版，第 78 页。

选活动……‘百花奖’的评选结果说明了我国电影艺术事业在群众路线与社会主义的政治方向的广阔途径上迈进了一大步”①。

电影《红旗谱》在最终的评选中获得“最佳电影男主角”与“最佳电影摄影奖”，这种来自社会大众的肯定与专业评论者的意见形成了一定反差，那又该如何理解这种反差呢？1962 年 5 月 22 日，在电影“百花奖”的授奖大会上，崔嵬获得老舍先生题词：“贞如翠竹明于雪，静似苍松矫若龙”，这一评价也是对崔嵬出演的“朱老忠”的赞扬。但崔嵬却依然表示“我没有更好的完成任务”②，也有观众在提到崔嵬的演技时说“我觉得您过分强调了朱老忠的喜悦而忽略了他的悲愤”③，可见崔嵬并非是在“自我菲薄”。从最终评选结果来看，《红旗谱》也确实并非最终“大赢家”：电影《红色娘子军》因荣获“最佳故事片奖”“最佳导演奖”“最佳电影女演员”“最佳电影配角奖”等四个奖项受到最多关注，尤其将最能反映作品质量的“最佳故事片奖”收入囊中。《大众电影》编辑部评论文章中写道：“在‘最佳电影故事片奖’中，《红色娘子军》名列前茅，获得了 26185 票，其次为《革命家庭》获得 21874 票，《红旗谱》获得 18935 票，《洪湖赤卫队》获得 9792 票，《51 号兵站》获得 9654 票”④，虽然文中是以“他们所得的票数是相当接近的”来概括这些电影，但其中的差距也是显而易见的。从这一点来看，电影《红旗谱》的获奖确实在一定程度上反映出群众对电影的喜爱，但这种喜爱并不能掩盖电影中的瑕疵，影片的故事质量也并未达到观众所期望的高度。

大众话语虽“往往以经验或简单推理开始，大多属于直觉性、常识性理解”⑤，但也并非毫无道理的。将“百花奖”的投票数据结果进行放大观察，就能看出大众对《红旗谱》的“肯定”并非对作品完全满意，评奖结果也不能完全体现大众评价的意见，且如果将这种大众评价放到整个评选过程与其他同时段电影进行横向比较，差距也一目了然。因此，电影获奖与自身存在缺点其实并不冲突。所谓专业评论者意见与大众意见之间的“反差”，其实有以偏概全的嫌疑，两者都认为作品是优点与缺点并存的，这也在一定程度上达成了一致性，只是这种“一致性”必须全面、整体地去看待。专业评论者与社会大众对电影《红旗谱》的意见的交织互动其实是形成了一种“社会监督”，专业评论者的“监督”偏重于作品的审美价值与艺术表现，而大众“监督”则更多体现的是作品的实际社会影响力与传播效果，两者意见通过媒体平台的发布形成了强大的社会舆论，进而影响更多的人，形成对作品的综合评价。这种综合评价是专业评论者话语与大众话语的辩

---

① 黄钢：《〈百花奖〉——群众性影评的集中表现》，《大众电影》1962 年第 5—6 期合刊，第 28 页。

② 崔嵬：《扮演我所喜爱的人物——兼答观众的某些询问》，《大众电影》1962 年第 5—6 期合刊，第 11 页。

③ 李玉铭：《一封贺信寄崔嵬》，《大众电影》1962 年第 5—6 期合刊，第 25 页。

④ 本刊编辑部：《祝贺“百花奖”评选揭晓，努力提高电影艺术水平！》，《大众电影》1962 年第 4 期，第 5 页。

⑤ 李卫国：《互动中的盘旋——“十七年”的读者与文学》，复旦大学 2004 年博士学位论文，第 61 页。

证统一，有助于在深化理解作品内涵的同时，兼顾提高大众的认知水平，这也是两者意见交织与互动的意义所在。

结　语

电影《红旗谱》从剧本创作、正式上映到在“百花奖”获奖的过程中，形成国家话语、创作者话语、专业评论者话语与大众话语等多方力量的对话，《大众电影》等专业文艺杂志则为多方话语的表达与沟通提供了平台。国家话语作为涵盖国家意志、社会治理及意识形态传播等多重功能的集合体，在“十七年”文艺生产中，以高度的权威性和引领性为文艺创作者提供思想基础和精神指引，在深层次上确保了文艺作品的审美价值紧密贴合主流价值观念；文艺创作者与专业评论者继承了解放区文学传统的深厚底蕴，不仅要以专业的眼光审视文学作品，还需要敏锐地捕捉大众的需求，形成“上层”与“下层”之间的桥梁，弥合了国家话语与大众话语之间的裂隙；大众话语源自底层与民间的声音，汇聚了对日常生活的感性观察与体验，在“十七年”的文化背景中又于潜移默化中受到意识形态的影响，自觉地向主流意识形态靠拢。这些不同话语之间碰撞、交织、互动，为电影《红旗谱》的最终呈现注入了独特的艺术活力，却也无法避免集体创作的弊端，造成作品的瑕疵。而这种交织、互动本身也为检验文艺作品的实际传播效果提供了难得的契机，特别是电影荣获电影“百花奖”，便是多重话语综合认可的最好诠释，形成了艺术价值与传播效果的辩证统一。电影《红旗谱》的生产与传播实践，打破了某些研究者对“十七年”文艺“政治至上”的刻板印象，展现了时代语境下政治导向与艺术追求之间的微妙张力，亦揭示了集体创作与大众接受之间的动态平衡过程，凸显了其在多重话语体系中的独特魅力与深远影响。

附表：

《大众电影》中涉及电影《红旗谱》的报道

作者	文章题目	刊载期数
徐庄	今年电影将大放光彩！	1959 年第 1 期
/	北影厂：腾出两手放“卫星”　名著名剧齐上门	1959 年第 1 期
本刊记者	北影摄制新片动态——《风暴》《青春之歌》《矿灯》在拍摄中，《我的一家》《红旗谱》《无名岛》先后开拍	1959 年第 10 期
黄兆义	《红旗谱》开拍之前	1959 年第 19 期
孙岫、季舟	贾湘农领导闹抢秋，朱老忠找到领路人——《红旗谱》开拍	1959 年第 19 期
/	北影故事片《红旗谱》剧照、人物照	1959 年第 19 期
孙岫、季舟	朱老巩撞钟磨铡刀，严志和忍痛卖宝地——《红旗谱》的两场戏	1959 年第 21 期
/	剧照：北影摄制中的新片《红旗谱》	1959 年第 21 期
汪宜婉	在子牙河畔——影片《红旗谱》的拍摄散记	1959 年第 23 期
黄兆义	运涛卖鸟——记影片《红旗谱》中的一场戏	1960 年第 1 期
黄兆义	《红旗谱》拍摄“反割头税”	1960 年第 5 期
/	封面：北影厂故事片《红旗谱》中的朱老巩（崔嵬饰）	1960 年第 12 期
袁文殊	六十年代又一春——提高质量迎接新的一年	1961 年第 1 期
孟超	一部反映中国农民阶级斗争的史诗——《红旗谱》从小说到电影	1961 年第 6 期
方明	电影《红旗谱》的几个人物和细节	1961 年第 6 期
/	图页：彩色故事片《红旗谱》	1961 年第 6 期
顾仲彝	电影为什么需要一个好故事	1961 年第 8 期
崔嵬	导演构思与“好镜头”	1961 年第 9 期
杨霁明	“好镜头”需要和谐的集体创作	1961 年第 9 期
吴印咸	摄影师对“镜头好”的作用	1961 年第 9 期
本刊编辑部	为鼓励优秀电影设立《百花奖》，《大众电影》主办读者影片评奖	1961 年第 10 期
唐伽	配角杂谈	1961 年第 10 期
蔡楚生	热烈欢迎广大观众评奖电影	1961 年第 11 期
本刊编辑部	《大众电影》关于举办读者影片评奖内容及办法的说明	1961 年第 11 期

续表

作者	文章题目	刊载期数
北京　辛述威	一个电影观众谈评奖活动	1961 年第 12 期
北京西城区工人业余文学创作组通讯组	我们热烈参加《百花奖》评选活动	1961 年第 12 期
徐雄	谈电影《红旗谱》的摄影	1961 年第 12 期
（日本）中村清	中国电影万岁	1961 年第 12 期
袁文殊	喜话新年	1962 年第 1 期
/	最早投票人袁鹰同志的来信	1962 年第 1 期
路继曾	我兄弟姐妹七人一起参加电影评选	1962 年第 1 期
/	电影评选简讯	1962 年第 1 期
/	《大众电影》读者影片评奖结果	1962 年第 4 期
本刊编辑部	祝贺《百花奖》评选揭晓，努力提高电影艺术水平！	1962 年第 4 期
/	《大众电影》读者影片评选《百花奖》授奖大会	1962 年第 5—6 期合刊
齐燕铭	文化部齐燕铭副部长在电影《百花奖》授奖大会上的讲话	1962 年第 5—6 期合刊
赵燕秦	银幕上的英雄形象在鼓舞我们	1962 年第 5—6 期合刊
崔嵬	扮演我所喜爱的人物——兼答观众的某些询问	1962 年第 5—6 期合刊
于今	花开时节——记《百花奖》授奖大会前后	1962 年第 5—6 期合刊
李玉铭	一封贺信寄崔嵬	1962 年第 5—6 期合刊
王铮	从电影评奖想到的	1962 年第 5—6 期合刊
叶良灯	我为什么投这一票——这位老奶奶把我给吸引住了	1962 年第 5—6 期合刊
黄钢	《百花奖》——群众性影评的集中表现	1962 年第 5—6 期合刊

当代“十七年”小说风景书写的诗化现象研究*

赵晶晶①

摘　要：在新的创作方向与创作准则规约下，当代“十七年”小说呈现同质化和一体化的特性，但并不排除此时小说对现代文学诗化传统的继承。主流规约下的风景描写不仅呈现诗化书写的显性特征，而且在宏大叙事中显得尤为突出与珍贵。本文从“十七年”时期部分小说文本中找寻风景描写的痕迹，通过结合当时特有的时代背景与大众的现实生活状况，对此时作品中风景描写映射的内涵展开研究。文章从小说表现的现实生活中的风景描画、理想世界中的风景构图、人物内心世界折射出的风景现象三个方面，层层递进剖析小说中外在风景现象所展现的时代局面与个体内在。透过外在的风景表现，直射“十七年”时期备受忽视的风景书写，并且从诗化传统的角度解读风景的表象及内涵。

关键词：“十七年”文学；诗化；风景书写

“十七年”时期文学创作进入“新的人民的文艺”阶段，此时文学创作的主要对象是“工人阶级、农民阶级和革命知识分子”，从而使现代文学时期作品的多维度、多流派局面转向为此时的一体化、整体性的文学环境，整个创作模式从“放”到“收”转变，作品的文学表现也跟随其发生变化。如果将现代文学时期的创作看作一种快乐原则下的狂欢式变革，那么当代“十七年”小说则是经过现实原则蜕变为理性的创作行为。“在现实原则的指导下，人类发展了理性功能：学会了‘检验’现实，区分好坏、真假和利弊。

---

* 项目基金：2022 年嘉应学院教改项目“中国现当代文学的研究性教学模式研究——以嘉应学院为例”（批准号：JYJG2022224）；2023 年嘉应学院一流本科课程“中国现当代文学作品选”；2023 年嘉应学院课程思政改革示范课堂“中国现当代文学作品选——‘十七年’时期文学概况”。

① 作者简介：赵晶晶（1986—　），女，江西九江人，博士研究生，嘉应学院文学院（客家学院）讲师，主要研究方向为中国现当代文学。

人获得了注意、记忆和判断诸机能，成了一个有意识的思想主体，并且做到了与外部强加于他的合理性步调一致。”① 在“十七年”现实原则的主流规约下，现代文学创作的众相纷呈逐渐转变为检验现实、区分是非对错的理性文艺活动。此时的创作主体以新的文艺创作标准为准则，作品导向性强，不完全以作品的审美性为主导，而是突显主流意识的指导方针，并且反映时代的真实形态。此时作品文学性并非完全处于缺失状态，一些作者从各种角度试图找寻或保留其审美特性，以期完善此时作品的美学特色。风景描写是作者抒发情感与寄托寓意最直接的外化表现，也是创作主体常用的书写手法。当代“十七年”小说的诗化书写以此为起点，打开了一扇重新审视此时期作品的窗户。

一、现实生活汇聚下的风景描画

“十七年”时期小说题材多为革命历史小说及农村小说，此时作品最基本的特性就是其真实性的表现，它们多参照真实的历史事件及创作主体的亲身经历创作而成。通过阅读这些作品，读者容易身临其中，并参与到宏大的历史进程中，感受曾经的革命激流。因此，这类作品出版之时，引起了广泛的轰动效应，成功获取了大众的心理接受。《林海雪原》根据真实的历史事件进行艺术加工，同时建立在作者曲波亲身经历的基础上，作品又以较为传奇的手法演绎而出，因此，此部作品兼具历史性及艺术性的双重特性。《林海雪原》以解放战争初期为时代背景，讲述一小撮被击溃的国民党余党逃往深山密林，与当地惯匪与恶霸相互勾结，鱼肉百姓，破坏革命，给党和人民带来了极大的伤害。因此，上级决定组建一支小分队深入“虎穴”消灭敌人，还当地百姓一个安宁的生活环境，并为革命工作扫清障碍。作者在作品中对英雄形象的塑造，赋予作品传奇色彩，让这部典型的革命历史小说摇身一变成为此时英雄传奇作品的典范。

在这部作品中，风景的描写与氛围的营造，给离奇的故事情节勾勒与传奇的英雄形象塑造提供了强大的环境后盾与书写条件。读者在跟随小说中的人物一步步逼近匪徒老巢，并与敌人斗智斗勇周旋于每一个计谋中，一同感受艰辛与刺激并举的战斗场面。作者巧妙地利用诗化风景的描写，不但淡化了残酷血腥的战斗场面，而且增添了作品阅读的现场感，并将众人的视线从残酷的战争中转移到一波三折的传奇故事上。“顺着一条石壁山沟，往正北下去，沟两旁的石头，全是吊悬，望上去眼晕头昏，风刮来石头喀喀响，好像要掉将下来把人砸烂。……奶头山的样子，真像个女人的奶头。山根底座像奶盘，座上竖起一块极大的黑石，也有百丈高下，就像奶子头。……每个水柱，每幅水帘，激冲下来，撞到山根的石头，碰得乱碎，像千千万万的珠子，四外散花，阳光照射下，五

① ［美］赫伯特·马尔库塞著，黄勇、薛民译：《爱欲与文明》，上海译文出版社1987年版，第5页。

颜六色，美得不得了！”① 奶头山地理位置的险峻显然加大了战斗的难度，战斗小分队不得不翻越此山去捣毁敌人老巢。通过老人对奶头山的描述，读者如亲临现场般感受到此次任务的千般艰难。与此同时，尽管奶头山恶劣的环境是客观存在，但从老人的描述中又能欣赏到奶头山奇特的美景，仿佛这险峻山脉又是未被开发的仙境圣地。

曲波一行人翻越奶头山的危险行动，被充满诗情画意的风景画面冲淡了其千难万阻的艰辛，人们仿佛目睹了一个个矫健的身姿穿梭在群山险峻之中，看到了慷慨就义的平凡英雄们为国奋战。“小分队战士紧紧地滑行在马后。第一次把这门新技术应用到急袭的战斗上，劲头是格外足。虽然那匹马快行如飞，可是战士们已足足可以和它竞走。真像远途滑雪的运动赛，嗖嗖刷刷！飞速前进，时常滑到马的前头。”② 虽然是在现实原则的战争环境约束下，但这些英勇的战士们将自己置身于大自然中，在茫茫林海雪原中释放了本我的意识。这种意识下的“本我不受任何构成有意识的社会个体的形式和原则的束缚。它既不受时间的影响，也不为矛盾所困扰”③。此时的战斗英雄暂时搁置限定的身份，穿越彼时的时空，凭借现实的风景释放自己的原始天性，并将有限的生命融入无限的宇宙中。在现实生活中，他们将有限的生命投入无限的革命工作中，展现此时人们对现实美好生活的向往与努力。在虚幻交互的林海雪原中，他们将肉身凡胎置于无际的大自然中，体现出人们内心始终坚守着对本真生命的追求。大量风景描写的加入，传奇故事情节的构思，以及平凡英雄形象的塑造，《林海雪原》将革命现实主义与革命浪漫主义的创作方式有机结合在一起。作者利用色彩斑斓的风景画面，最先让大众直观审视作品在现实原则下所溢出的超越现实的图景，而这些图景正是诗化书写中的表征。

《红日》以解放战争时期三次战役为主线展开创作。作者吴强时任苏中军区政治部副部长，及华东野战军六纵宣传部部长，他从军时经历了涟水、莱芜、孟良崮、淮海等多次战役，而其中涟水、莱芜、孟良崮战役是规模、影响较大的三次战役，也是历史上我军转败为胜的典范型战役。在亲历了这几次艰苦卓绝的战役之后，作者深知战争的残酷，并目睹了一群平凡战斗英雄在战场上奋勇拼搏的事迹与身姿，因此，这些素材成为《红日》创作的现实基础。作品的名字以较为显著的寓意彰显革命战争的胜利果实，更寄托了人们对民族发展的美好期待。作者善用色彩调和瞬息万变的战争带来的影响，试图展现激战之外的风景画面，将人物的心境与颜色的变化融入现实图景中，用坚硬的战斗笔调抒写柔和的诗意情节。作品开篇就用阴冷的天气、枯萎的树林、凄凉的农场等一系列画面与场景来渲染战争的失利，通过暗淡的色调表现乌云密布下的挫败心理，故事在沉重的场域中逐渐拉开帷幕。

---

① 曲波：《林海雪原》，人民文学出版社 2007 年版，第 84 页。

② 曲波：《林海雪原》，人民文学出版社 2007 年版，第 247 页。

③ ［美］赫伯特·马尔库塞著，黄勇、薛民译：《爱欲与文明》，上海译文出版社 1987 年版，第 17 页。

作者采用传统寓情于景的创作手法打开故事界面，并且在随后的情节中多次采用同样的手法展开对战争生活的描写。“碧蓝无际的天空里，翱翔着在这儿少见的羽毛光泽多彩的鸣禽，它们发出娇脆的叫声，好像是从远远的海上赶来参与盛会似的。……这些声音和嘹亮的胜利的军号声，汇合在战地的无云的上空，经过微风搏荡，形成了复杂的但又情调和谐的健壮美妙的音乐。”① 在胜利的欢呼下，整个战争氛围从情绪压抑的状态转为轻松欢快的基调。在同一片蓝天下，挫败笼罩的天空是肃静并时而伴随唏嘘的叹息声，而胜利弥漫的上空是喧嚣并充斥着欢快的鸣叫声。“太阳西下到接近了地平线，天边堆积着五颜六色的云霞。浅蓝色的天幕，像一幅洁净的丝绒，镶着黄色的金边。天幕上的那些云朵，有的像是陡峭的山峰，有的像是高背的骆驼，有的像是奔驰的骏马，有的又像是盛装艳丽的姑娘。”② 在残酷的战争环境中，肩负指挥压力的将领是难以顾及战争之外的景致，而作者透过他眼中一丝的美景，向众人展现战争中绽开苦难的芬芳。很显然，军长沈振新作为一军之首，代表着全军的权威，同时也是当代“十七年”小说革命传统中阳刚的象征，在战争中用武力获取革命自由的执行者。在宏大的革命叙事中，这种身份代表是典型的存在，也是革命历史小说中的主导型人物。从另一个角度来看，类似于沈振新这种身份所指向的是一种自我的存在。在战场上，他是如战神般存在的灵魂人物，具有超我的特性，带领队伍走向文明的前端。而下了战场，他回到人的原始方位上，带着本我的释放宣泄个体的情感。作品将五彩斑斓的景致与革命传统主导者形象融合在一起，从创作的表现风格来看，作者巧妙地借用风景描写，将诗化书写的表现穿插在宏大的叙事中，直观呈现革命战争中所溢出的一丝诗性表征。同时，透过对风景画面的想象，将人的主观情感与意向转移到革命英雄的身上，向刚硬的神性赋予了一些人性特征。在这个过程中，自我在本我与超我之间调和，或者成为人与神之间的情感调和剂，或者是革命叙事与诗化书写的耦合剂，丰富了当代“十七年”小说的叙事维度。

如果说沈振新眼中的风景描写是英雄形象的美好期待，这种诗意的表现还带有国家情怀的高位情感，那么说，风景画面在常人眼中呈现的变化就彻底落到现实生活的图景上。“麦苗兴致勃勃地繁荣生长，遍野是绿油油的一片。草木吐出了青芽、绿叶，桃花接着杏花，在山谷间、田陌上盛开怒放，喷着扑鼻的香气。清清的溪水，潺潺地流着，像仙女身上美丽的飘带，从高崖上伸展到遥远的地方去。”③ 在战士杨军妻子阿菊看来，有丈夫存在的地方，哪怕发生激烈的战争，但对于她来说依然是世外桃源的存在。繁茂的田野寄托了人们生存的欲望，潺潺的溪水浸润着年轻夫妻之间的情感，盛开的鲜花承载了普罗大众生活的期待。作品从战争失利的画面逐渐推进到胜利曙光照耀的大地上，显

① 吴强：《红日》，人民文学出版社2009年版，第187—188页。

② 吴强：《红日》，人民文学出版社2009年版，第192页。

③ 吴强：《红日》，人民文学出版社2009年版，第253页。

然是从现实原则下暗淡色调的情感压抑，转向快乐原则下明亮色调的情绪宣泄，自我的调节功能所发挥的作用是将本我的天性通过革命的喜悦表露而出。

二、理想世界建构下的风景构图

当代“十七年”小说根植于现实的土壤，不仅真实呈现战争生活，还将此时生活全貌通过作品反映而出。而物质世界对应的现实世界，与精神生活观照下的理想世界，在人类的真实生活状态下难以完全吻合统一存在。在这种情况下，文学作品成为融合两者的最佳场域。一直以来，作家总是扮演故事讲述者的角色，将现实生活中难以达成的愿望及不可实现的目标，顺理成章地在自己编织的故事中找到实现的路径。如此这般，文学作品中现实世界与理想世界虚实相生的存在，反而达到了高度和谐统一的状态，并且成为吸引大众瞩目的闪光之处。尽管当代“十七年”小说源于现实创作，很多人将其作为现实世界的表征，但不可忽视的是，此时作品依然存在对理想世界的向往，只是这种理想被添加了革命的色彩，让大众容易将其与现实生活相混淆。“十七年”时期农村题材小说将此时的现实生活与理想生活很好结合在一起，这类小说既具有现实主义特色，又彰显理想主义色彩；既描写了当时农村生活的实景，又表现了农民对新生活的向往。

《创业史》是一部反映农业合作化运动的经典作品，作者带着挖掘中国农村发生社会主义革命的缘由，及如何推进这次革命等意图来创作这部作品，借此能看出作者不仅如实呈现了合作化运动的历史进程，更多的是向世人展现了共产主义的理想蓝图。作者柳青为了能够更加真实地表现现实，他回到皇甫村，找了一个没人住的破庙搬了进去。为了和农民相融合，他把以前留的长发剪短了，剃成了庄稼汉那样的光头，并且留起了两撇小胡子；把干部服脱掉了，穿上了农民常穿的对襟大褂子；写作时戴眼镜，出门就摘了。他经常去农民家串门，往炕上一坐就聊起来。人们亲切地称他为“柳青老汉”。他几十年如一日生活在农村，有着丰厚的生活积累。《创业史》就是在皇甫村写成的，梁生宝的原型就是农业合作社的主任王家斌。很显然，《创业史》是应时代背景而产生，通过描写梁家父子两代人不同的创业道路，展现了中国农民生活的历程，反映了他们希望通过创业改变苦难命运的强烈愿望。在现实主义创作的原则下，作者以梁生宝互助组创业成功的故事为主线，以理想化方式描写出来。因此，通过梁生宝一系列的努力，大家初见成效而信服于他，事实上，梁生宝成功案例只是社会主义宏伟蓝图的缩小版，众人的信服意味着大家进入作者构造的理想世界中。

作品的开篇就将贫穷落后的蛤蟆滩置于一种桃花源式的图景下，让人很难想象如此这般乡村的现实景象。“繁星一批接着一批，从浮着云片的蓝天上消失了，独独留下农历正月底残余的下弦月。在太阳从黄堡镇那边的东原上升起来以前，东方首先发出了鱼肚白。接着，霞光辉映着朵朵的云片，辉映着终南山还没消雪的奇形怪状的巅峰。现在，

已经可以看清楚在刚锄过草的麦苗上，在稻地里复种的青稞绿叶上，在河边、路旁和渠岸刚刚发着嫩芽尖的春草上，露珠摇摇欲坠地闪着光了。"① 这些景致在梁三老汉的眼中看来，是一种对生活享受的表现，尽管现实生活将他的身躯压弯，但他依然坚持自己的价值观，沉浸在自我的世界中，认为只要按照自己的规划去劳动，就能发家致富过上自己理想中的生活。因此，从他眼中所表现出来的风景是源自他理想世界的构图，美化了现实生活中的穷苦生活，赋予自己在不可逃避的现实中一丝生活的勇气及动力。"只有在对周围外部的东西没有关心的'内在的人（inner man）'那里，风景才能得以发现。风景乃是被无视'外部'的人发现的。"② 从现代文学表现手法来看，写景即写人，景物的表现是人的内化反应，这与寓情于景的精神内核是一致的。

以梁生宝为代表的一群农民，积极投入火热的互助组生产中，以期能迅速脱贫。他们往往是站在风景之外的一群人。他们眼中的风景亦是自己，认为自己就是创造风景的人，或者说现有的风景也是由同时代的人们创造出来的。"如马克思所说，我们所看到的'自然'已经是人化了的自然，亦如柳田国男所说，风景乃是'人类创造'出来的。"③ 很显然，风景在梁生宝们眼中被打上了人为的烙印，甚至承载了主流意识，为了早日挺进社会主义国家行列，他们将风景人化为自己所服务，达到既定目标。相比之下，梁三老汉从一开始就将自己定位为这群人之外的"外部人"，他用自己的那套评价标准审视梁生宝发家致富这条路是否能成功，并未真正融入他们的集体中，也未能接受他们所创造的风景。因此，梁三老汉眼中的风景还未打上时代的烙印，他是不关心互助组生产的"内在的人"，亦是无视当时新农村建设的"外部人"，是带着自己那套致富经劳动生活的"自由人"，并对未来生活构想了一幅宏伟蓝图。这幅图景的存在并不矛盾，无论是在梁三老汉还是梁生宝看来，都是他们理想世界折射而出的，只是风景呈现的路径不尽相同，因此，在他们的理想世界中，风景存在的意义也不同。

随着互助组工作的推进，对新农村的建设步伐越发加快，梁三老汉与梁生宝之间的分歧进一步加剧，两人之间的距离渐行渐远。如果说风景即人，人创造风景，那么说，在梁氏父子眼中的风景随着矛盾的激化，外化的表现以不同的色彩展现而出。"日头用温暖的光芒，照拂着稻地里复种的一片翠绿的青稞。在官渠岸南首，桃园里，赤条条的桃树枝，由于含苞待放的蓓蕾而变了色——由浅而深。人们为了护墓压在坟堆上的迎春花，现在已经开得一片黄灿灿了。"④ "春雨刷刷地下着。透过外面淌着雨水的玻璃车窗，看见秦岭西部太白山的远峰、松坡，渭河上游的平原、竹林、乡村和市镇，百里烟波，都

① 柳青：《创业史》，中国青年出版社2019年版，第24页。

② ［日］柄谷行人著，赵京华译：《日本现代文学的起源》，中央编译出版社2013年版，第13页。

③ ［日］柄谷行人著，赵京华译：《日本现代文学的起源》，中央编译出版社2013年版，第48页。

④ 柳青：《创业史》，中国青年出版社2019年版，第30页。

笼罩在白茫茫的春雨中。”① 同样是描写初春时节乡村万物复苏、欣欣向荣的一派景象，但从不同角度赏析如此景致，所感受到的也是不一样的心境，甚至能透过感悟不一的景致看到风景背后的人。梁三老汉沐浴在春日笼罩下的光芒中，很难感受到春意盎然的田园风光，相比之下是以一种忧郁的心理感受此情此景，温暖的光芒打在他的身上稍显灼热。迎春花本是为了完成使命而被压在坟堆上，但意外的是它以顽强的生命力完成了生命的蜕变，从不起眼的植物挣脱为自然界一片不可或缺的风光，同时也成为大自然坚韧生命力的代表。人们很容易将迎春花与不甘于贫穷落后的蛤蟆滩农民联系在一起，这些农民如迎春花般顽强地生存下来，直到新中国成立后，农民们转变身份，为自己奋斗生活，自己把握命运。

梁三老汉纵使压弯了身躯，还是感恩新时代赋予的新生活，让自己离发家致富的目标更进一步。但事与愿违的是，国家政策与他预期的致富之路背道而驰，同时梁生宝又成为推动政策实行的积极执行者，而不是梁三老汉心中构想的劳动帮手。因此，本是积极向上、充满干劲的梁生宝，此时在梁三老汉眼中成为阻挡自己致富的绊脚石，成片黄灿灿的色彩象征光明的前景，反倒成为梁三老汉“落后”表现的反光板。与此同时，初春时节的秦岭伫立在雾蒙蒙的水汽中，人们难以把握秦岭真实全貌，只能在亦实亦虚的景象中摸索把脉秦岭的前景。梁生宝在春雨降临的夜晚前往城镇购买互助组的稻种，这条路尽管困难重重，但他坚信国家政策的正确性，坚守带领村民一起摆脱贫穷的信念。因此，在面对父亲梁三老汉的质疑，与自己对这条路产生疑虑的双重压力之下，他依然选择在雨中摸索前行，给大家找寻一条致富之路，内心的光明前景与外界的雾气世界形成了强烈反差。在春雨朦胧的夜色中，梁生宝在脑海中构造理想世界的图景，将迎春花作为自己生命的参照，欲成为这片土地崛起的希望。无论是置于梁生宝的社会主义理想世界中，还是沉浸在梁三老汉的传统观念的乌托邦社会中，他们都以各自理想折射出来的风景示人，试图将各自对未来生活期许呈现而出。有意味的是，作品以不同的诗化书写方式展现他们内心对现实生活的愿景，尽管都是为了发家致富这样的共同目标，但不同风景寓意之下表现出各自的理想世界，成为此时风景表现的心理效用。

三、内心世界折射下的风景显现

当代“十七年”小说的史诗性多表现在以真实的历史事件及历史人物作为创作素材，并结合当时的文化背景创作具有史传文学特性的作品。《林海雪原》《红日》《创业史》《铁道游击队》等作品以真实历史事件为创作背景，甚至作者是当时历史事件的亲身参与者，作品的构思更具有真实性，作者的艺术加工提升了作品的文学性，并形成了史诗性

① 柳青：《创业史》，中国青年出版社 2019 年版，第 74 页。

特征。而另一种作品则是作者采用自传体的形式进行创作，杨沫《青春之歌》是“十七年”时期自传体小说的典型代表。通过了解杨沫的生平经历，不难发现作者将自己的人生经历放置在林道静的人物创作上，容易让读者认为作品中林道静的经历就是杨沫本人的生活史。同时，林道静的人生经历在作品艺术加工下显得越发精彩，以至于更加吸引大众的眼球，使得人们将这部作品当作传奇的人物传记阅读。事实上，为了突显作品的真实性，作者将一小部分的生活经历负载在主人公林道静身上，赋予主人公以真实的历史背景。从创作角度来说，小说看似是一位女性知识分子的自我成长经历，实则是作者将自己的人生经验、生活经历纳入中国革命知识分子成长史中，以宏大的叙事方式记录知识分子从小资产阶级如何转变为无产阶级战士的过程，因此，《青春之歌》从个人成长史到知识分子的蜕变显现出其史诗般的创作模式。

从创作手法上来说，作者以自传体的方式创作作品，甚至让多数读者认为作品中的主人公林道静就是作者本人，显然是作者利用艺术创作手法的结果。但从创作主体的内心世界来看，作者将作品中的主人公作为镜子反射自己的内心和行为，将自身的特征、缺陷或者客观表现通过这面镜子反映而出，以便于主体不时修正自身达到满意的程度。“镜子阶段的功能就是意象功能的一个殊例。这个功能在于建立起机体与它的实在之间的关系，或者如人们所说的，建立内在世界与外在世界之间的关系。”① 如果说，林道静的前半生是杨沫有意而为之的投射，大众的阅读乐趣也取决于探知名人的生平，那么说，林道静精彩纷呈的后半生是作者在自己生命体验的基础上，结合当时知识分子对生活的追求塑造而出。而在这个过程中，作者透过林道静这面镜子看到自己前半生的失败，无论是在工作上的缺失还是在情感上的择取，林道静都在快乐原则的属性下游走。因此，作者将镜子作为内在世界与外在世界的中介以矫正生命形式，并达到无穷化解自我的目标，从而实现现实原则支配的过程。基于此，风景的外化伴随人物内心世界而存在，此时的风景不仅仅停留在人化的程度上，还被赋予了情结的认同感。

“天气晴朗，天边淡淡地飘着几朵白云，海水就像天色一样蔚蓝、明净，锦缎般闪着银色的光辉。远远的，就在这样平静的沉睡般的海面上，许多只挂着白帆的渔船随风荡漾。”② 刚脱离如魔窟般家庭的林道静，选择投奔在北戴河教书的表哥，抱着美好的愿望开启自己新的人生旅程。此时林道静的心境如她眼中见到的海水颜色一般蔚蓝、明净，从暂时平静的海面得到最直接的满足，享受这风景带来的快乐，以供个体自娱自乐般的消遣。林道静暂时脱离了外界世界，带着各色乐器闯入她眼中没有压抑的世外桃源仙境中，接受并享受大自然呈现的一切景致。她沉浸在快乐原则的本能属性中，个体与自然环境是相互融合的状态，因此林道静眼中的大海，无论是风平浪静的锦缎，还是波浪滔

① ［法］拉康著，褚孝泉译：《拉康选集》，上海三联书店2001年版，第92—93页。

② 杨沫：《青春之歌》，人民文学出版社2014年版，第21页。

天的野兽，都是她心中的寄托。作者将自己的意向投射到林道静身上，而同时林道静将此种意向投射到风景上，事实上，是作者刻意将自己与自然保持着某种关系，而这种关系是靠情感交流缔结而成，这也就出现了林道静时而与身边风景交流的场面。“人所具有的那个以为世界以一个和谐的关系和他联结在一起的思想使人猜出这个思想的基础存在在自然这个神话的拟人论中。”① 因此，作品中的风景不仅是人化的自然，更重要的是情感的负载，并通过人物内心世界的动态呈现而出。同时，当林道静与自然环境融为一体时，她排斥周边的他者，享受自己内心的孤独，将自己从有我之境拉向无我之境，徘徊在对他者的冷淡与对自我的激情之间。北戴河的风景不仅是外在形式的避难地，同时也是心灵上的归属地。她忽视外界一切的事项，沿着北戴河的海岸线平复内心的愤懑，寻求属于自己的那份宁静，成为风景下的“内在的人”。

社会的更替伴随文明的变迁，使本能的快乐原则难以再保存原本面貌，作为个体的人不能一味获取满足与快乐，经过一轮轮的调整与适应，个体逐渐适应了新的社会机制，学会压抑本能的情感外溢与宣泄，将自己演化为一个有机的自我。这个过程就是现实原则取代了快乐原则，也是人类文明发展必经的道路，同时是林道静及林道静们的成长之路。当林道静回到现实生活中，接受了一个个人生挑战，她不能如之前享受美景般沉浸在自我的世界中，在应对困难之时也是蜕变的过程。在这个过程中，她享受了生活赋予的有节制的快乐，获得了延迟的满足，通过工作获取认同感并以此在社会立足，最后成为标准的社会人，得到永恒的安全感。“在阴黑的天穹下，她摇着一叶小船，飘荡在白茫茫的波浪滔天的海上。风雨、波浪、天上浓黑的云，全向这小船压下来、紧紧地压下来……波浪像陡壁一样向她身上打来；云像一个巨大的妖怪向她头上压来。”② 当林道静用爱情来缓解生活的困难时，她得到了短暂的安宁，似乎又回到了快乐原则下的欢愉状态。

但此时的林道静已经走出那个充满原生态自然图景的北戴河，进入普通而不寻常的日常生活中，时间与琐事消磨了最初的激情，让她意识到快乐的实质已被现实生活所改变。“快乐之适应于现实原则，意味着本能满足所具有的破坏力量及其现有社会准则和社会关系的冲突已被克服和引入歧途。”③ 林道静在平凡而不平静的生活中一直找寻自己的寄托与信仰，当她接触到崇高的共产主义信仰时，意识到快乐原则下自我的平庸。为了让自己跟上时代的步伐并适应社会的发展，她一步步接近无穷力量的核心，终究踏上了娜拉出走的征途，但又逾越娜拉出走之后的困境，让自己成为一个有意识的思想主体，能识别现实，区分好坏、真假、利弊等，成为社会上独立自主的个体存在。因此，出走

① ［法］拉康著，褚孝泉译：《拉康选集》，上海三联书店 2001 年版，第 82 页。

② 杨沫：《青春之歌》，人民文学出版社 2014 年版，第 149 页。

③ ［美］赫伯特・马尔库塞著，黄勇、薛民译：《爱欲与文明》，上海译文出版社 1987 年版，第 5 页。

之后的生活被她演绎得越发精彩，梦境中在波浪滔天的海面上行驶的小船也找到停靠的港湾，内心世界的担忧在现实原则下的世界中得到平复，自此次梦境过后，林道静的平庸生活发生了裂变。“在春天的原野上，清晨刮着带有寒意的小风，空气清新、凉爽，仿佛还有一股沁人心脾的香气在飘荡。”① “初夏，北方乡村的原野是活跃而美丽的。天上白云缓缓地飘着，广阔的大地上三三两两的农民辛勤地劳动着。柔嫩的柳丝低垂在静谧的小河边上。”② 从最初携带各式乐器进入边远乡村，到现在带着心中信仰驻扎在乡村中，林道静眼中呈现出的风景尽管绽放着不同色彩，随着内心世界的景致不断发生变化，从而让她观赏世界的角度从高位式的同情转变为平等的理解，并且享受不同视角下的世界所赋予的快乐，但这种快乐是现实原则下通过个体蜕变而得到的。

当作者将林道静作为镜子反观自己的人生时，或者说将自己未能完善的人生经历放置在她身上，林道静也将卢嘉川、江华等人作为自己人生蜕变的镜子，适时修正自己从而进入涅槃状态。或者说，无论是作家还是林道静都试图给自己树立一个“理想我”，将道德的因素渗透到内心中，在超越现实原则的基础上寻求未来之路。“而辽阔的田野在静穆的沉睡中，那碧绿的庄稼，那潺潺流动的小河，那弯曲的伸展在黑夜中的土道，那散发着馨香气味的野花和树叶，那浓郁而又清香醉人的空气，再加上着传奇式的革命斗争的生活，都在这不寻常的夜里显得分外迷人，分外给人一种美的感受。”③ 这个阶段的景致不仅限于自然状态的表现，而且在风景的“素颜”上增添了人化的痕迹。“需要把作为概念（所指）的风景和脸面处于优越位置的‘场’颠倒过来。只有这个时候，素颜和作为素颜的风景才能成为‘能指’。以前被视为无意义的东西才能见出深远的意义。”④ 如果此时的风景只是单纯以“素颜”的状态出现在林道静的眼前，她很难再为之所动，而当革命信仰与革命生活介入，风景的意义远远超越其外在形式，风景的主流意识“内面”透过林道静内心世界的图景展露而出。与此同时，当林道静情不自禁地被美景触动内心之时，欲表现出快乐原则下的本我属性，高级别的道德约束让超我现身并压抑本我衍生而出的无意识。因此，她不断自省进而让自己不再沉醉于风景外向的迷离，而是成为站在风景之外的那类人。尽管如此，透过林道静的内心世界，依然可见风景之外溢出的景致，不仅能看到“素颜”的景致，甚至能看到不加修饰的林道静心性。

无论风景是“十七年”时期现实环境的表征，还是身居此时大众理想世界的显现，或者是人们内心世界的投射，它在“十七年”时期文学中的存在及意义是不可忽视的。尽管此时作品风景书写未能介入主流文化的圈层，但也并非完全成为作品创作的附庸。

---

① 杨沫：《青春之歌》，人民文学出版社 2014 年版，第 227 页。

② 杨沫：《青春之歌》，人民文学出版社 2014 年版，第 241 页。

③ 杨沫：《青春之歌》，人民文学出版社 2014 年版，第 315 页。

④ ［日］柄谷行人著，赵京华译：《日本现代文学的起源》，中央编译出版社 2013 年版，第 39—40 页。

风景描写既能展现宏大叙事下的时代背景，又能将个体内心的真情实感或隐或现地表露出来。在“十七年”时期特有的时代背景下，风景书写既承载了政治寓意，又将无法直言的情感通过它表现而出，诗化传统中的“风花雪月”落在此时作品的风景书写上。

“共和国文学”：概念提出、研究对象及文学史书写*

邬文博①

摘　要：“共和国文学”的概念经历了一个漫长的提出和建构过程，主要是社科院文学所和“民国文学”的倡议者参与其中，海外汉学界也在使用这一概念。共和国文学研究基本围绕当代文学的“一体化”特质展开，在对共和国文学范式的不断指认中，共和国文学的内涵逐渐窄化并几乎等同于红色文学，最新的研究成果表明其实际上具有强大的阐释效力和广阔的应用范围。共和国文学史书写具有兼容并包的广博气度，实现了文学史叙述中文学与政治的融通，并体现出独特的文化史、心灵史色彩，当然从中也暴露出这一命名的局限。

关键词：“共和国文学”；“一体化”；共和国文学史；文学范式

引　言

“文学概念，体现了文学史家对历史地存在过并正在发展中的‘文学事实’的归纳，表明了史家与论者对‘文学运动’的把握、描述乃至某种‘构造’，自然，还揭示了蕴含于文本、文体、文学现象及文学理念的意识形态因素和人文背景。”② 回望20世纪以来的中国文学，出现了“新文学”“现代文学”“当代文学”“20世纪中国文学”“民国文学”“汉语新文学”等命名，显示出史家立场和史观的差异以及学科内部的反思与活力。相较于诸多文学史命名或取得官方认定而进入大学教育体制，或自提出之始就产生广泛影响

---

* 项目基金：国家社会科学基金重大项目“陕甘宁文艺文献的整理与研究”（批准号：16&ZDA187）。

① 作者简介：邬文博（1997—　），女，内蒙古包头人，陕西师范大学博士研究生，主要研究方向为中国现当代文学。

② 杨匡汉、孟繁华主编：《共和国文学50年》，中国社会科学出版社1999年版，第2页。

并不断出现以之命名的文学史，"共和国文学"的境遇稍显冷清。究其原因，一是学界已习用"当代文学"，二是其强烈的意识形态色彩使研究者产生戒备心理，三是提倡者的理论建构还不甚完备。但其是否真如学界普遍感受的那般以政治性为唯一特征，可以被"当代文学"完全覆盖而没有自身优长，这都是值得怀疑的。因此有必要展开对"共和国文学"概念的知识考古，回溯这一概念的提出和建构过程，梳理其在研究中的运用情况及文学史书写实践，总结其把握和描述 1949 年后的中国文学的有效性及限度，形成对这一概念的客观认知，进而为其完善理论建构、丰富应用实践指示方向。

一、"共和国文学"概念的提出与建构过程

"共和国文学"这一概念最早出现在 20 世纪 50 年代后期，彼时即将迎来新中国成立十周年，学术界出现为新中国文学修史的高潮。修史是出于现代民族国家建构的需要，也是经济领域的"大跃进"运动在文艺研究领域的直接反映。据刘跃进回忆，1953 年，"中华人民共和国成立后创建的第一个国家级文学研究专业机构"中国社会科学院文学研究所成立，"1958 年，中华人民共和国组即现在的当代组成立"（现为当代文学研究室，笔者注），其是为共和国成立十周年编写"共和国文学史"组建的①，由何家槐任组长，最终推出《十年来的新中国文学》（作家出版社 1963 年版）。另有北京大学中文系 1955 级成立《中华人民共和国文学史》编委会，分设散文、小说等小组，集体编写了《中国现代文学史当代文学部分纲要》（内部铅印本，未正式出版）。但两批编者在最终的文学史命名中不约而同地放弃了"共和国"这一称谓，前者将之替换为更能彰显政权及其文学"新质"的"新中国"，隐含着进化论思维引导下新中国成立前后文学转折和"断裂"的意味；后者将新中国成立后的文学视作现代文学的延续，是最早一批以著作形式使用"当代文学"概念的文学史著，当然二者均主张文学的"社会主义性质"。

经过"十年动乱"时期的漫长沉寂后，新时期当代文学作为一门学科建立起来并取得长足发展，高校的课程设置、全国性的学术研究团体以及相继推出的文学史著均采用"中国当代文学"的命名。1985 年，由浙江师范大学中国现当代文学研究室编著的《中华人民共和国文学史纲 1949—1984》（以下简称《史纲》）首次提出"共和国文学"并以之为文学史命名。不沿袭通用的"当代文学"，一方面是因为"'当代'所指应是眼前切近的那些年代，不能无限止地适用各历史发展阶段"，另一方面是基于"我们的文学的社会主义性质"②，港台文学自然应该编入共和国文学史。可惜编者未能对"共和国文学"

① 参见刘跃进《从师记》，人民文学出版社 2022 年版，第 160—161 页。

② 林衍主编：《中华人民共和国文学史纲 1949—1984》，中国人民解放军金华军分区印刷厂 1985 年版，第 1 页。

的内涵做充分阐发，该书作为地方高校使用的教材影响也有限，未能引起学界反响，导致学界多将之后的杨匡汉当作首倡者。

1999年，在新中国成立50周年昂扬浪漫的时代氛围中，杨匡汉正式提出“共和国文学”。8月24日《文艺报》刊出报道《共和国文学：一个响亮的名字》，为即将出版的《共和国文学50年》一书预热，8月末该书由中国社会科学出版社出版，中国社会科学院（以下简称“社科院”）文学所杨匡汉和孟繁华主编，书中正式提出“共和国文学”这一概念。在已经被法规化的“中国当代文学”之外提出与之联系又相区别的“共和国文学”，杨匡汉的设想是这样的：

> 我们提出以五十年为相对独立时段的“共和国文学”的文学概念，着重考察的是新中国大陆文学在选择并开辟具有中国特色的社会主义发展道路上，如何经历种种探索和经受重重磨难所获得的正反两方面的历史经验，如何以时代的晴雨表与现实的多棱镜的身份感应革命、建设和改革的脉搏而留下曲折中前进的印证，如何在服务于人民、服务于社会主义的实践中传达着民族的颂歌和悲歌，如何从对各种文学思潮和创作主张的鉴别中经过反思而逐步由封闭走向开放，如何从一种绝对支配地位的文学形态发展到既肯定主流又承认多样的足可共享的文学时空，又如何有大批立志于年轻之时、追求于毕生之途的文学工作者在不无彷徨和困扰的奋斗中为共和国文学的成长贡献了宝贵的血泪、智慧和才情。①

“以五十年为相对独立时段”，为的是避免当代文学门类研究造成的破碎和割裂，将其作为一个整体置于历史长河中，发掘中国特色社会主义所决定的文学的共性。以“新中国大陆文学”为考察对象，能更好地容纳少数民族的文学创作，也是基于“港澳台地区长久以来没有回归和统一，没有改变生养于祖国、受制于异族的局面，其文学自行其道，事实上并没有纳入人民共和国的历史命运”②。杨匡汉承认“文学自然不能脱离意识形态”③，但在感应时代、服务人民和社会主义的过程中，文学自身也由封闭走向开放、由单一走向多元。其间，作家们为之付出的血汗、为之凝聚的生命体验，是“一段文学成长过程中的生命档案”，“在这份‘生命档案’中，我们可以悟到：一个民族、一种文学的最大的危险，一是集体狂热，二是集体遗忘”。④ 后人回顾这一文学历程的目的正在于

---

① 杨匡汉、孟繁华主编：《共和国文学50年》，中国社会科学出版社1999年版，第6页。

② 杨匡汉、孟繁华主编：《共和国文学50年》，中国社会科学出版社1999年版，第5页。

③ 杨匡汉、孟繁华主编：《共和国文学50年》，中国社会科学出版社1999年版，第5页。

④ 杨匡汉、邵宁宁、邓玉环：《“共和国文学”纵横谈——杨匡汉先生访谈录》，《甘肃社会科学》2005年第5期，第126页。

铭记历史，总结正反两方面的历史经验，为新世纪文学的发展提供经验和教训。

可见“共和国文学”主要是作为一种新的研究视角和思路被提出，并非要取代“中国当代文学”。杨匡汉认为共和国文学具有“当代性”，在此意义层面其与“当代文学”相通。他拒绝以往学界对“当代性”简单化、表面化的描述，认为“‘当代性’不仅流于时代的表面，更重要的是来自社会底层和心灵深处的一种精神，一种状态，一种性征，一种内在的驱动力，一种现象背后更本质的力量，一种最大程度地维系优秀传统又不断开拓新的空间，体现个体创造性的行为。文学的‘当代性’因之而成为对当代文学的精神现象进行理性归纳的知识命题”①。而杨匡汉对共和国文学的反思也由此出发，他将“当代性”的具体表现归纳为文化错位、过渡形态、心理冲突和开放姿态四个特征，要求作家和研究者把握共和国文学的这些优长或不足，作为创作和研究的起点并由此实现当代所需要的精神创造。因此在回顾共和国五十年的文学成就和贡献的同时，杨匡汉更意识到尚有许多局限和差距，正如白烨所言：“比成果更重要的是曲折而坎坷的道路，而比道路更重要的，是丰湛而深刻的经验与教训。”② 这种反思精神也成为之后共和国文学研究共同的精神向度。

实际上提出“共和国文学”的准备工作在一年前就已经开始。从 1998 年 8 月到 9 月，社科院文学所当代室和中国当代文学研究会在“共和国文学 50 年研讨”的总题目下，先后召开“关于‘十七年文学’”“关于重话‘文革’时期文学”和“关于八九十年代文学”的三次学术对话会，并召开“共和国文学 50 年”专题对话会、参与“新中国文学 50 年”第十届学术年会，在全国范围的学术对话中汲取丰富的思想资源，以使“共和国文学 50 年”课题立于坚实的学术基础之上。正式提出“共和国文学”后，1999 年 10 月 15 日，社科院文学所学术中心又举行“五十年的文学世界”学术研讨会，来自首都文艺界的多位学者，就共和国 50 年文学的性质与特征、经验与教训进行反思与讨论。随后中国当代文学研究会会刊《当代文学研究资料与信息》分别于 10 月 20 日和 12 月 20 日设“《共和国文学 50 年》小辑”和“五十年代文学研究小辑”，收录了《文艺报》的报道、《共和国文学 50 年》的绪论和结语及研讨会纪要等。

1999 年，葛红兵也发文主张以“中华人民共和国文学史”取代“当代文学史”的命名，从而突出其在中国文学发展史上的断代特点和在世界文学之林中的国别特点。③ 总体而言，主要是由社科院提出和建构“共和国文学”这一概念。社科院作为人文社科领域最权威、最前沿的机构，其政治属性优先于学术性质，提出的各种概念多具有一定的

---

① 杨匡汉：《沧桑共斟酌——关于共和国文学》，《文学评论》1999 年第 5 期，第 13 页。

② 白烨：《观念演变与文学发展——共和国文学 50 年一瞥》，《当代文学研究资料与信息》1999 年 12 月，第 7 页。

③ 参见葛红兵《关于“当代”文学史学科建设的几点思考》，《社会科学》1999 年第 11 期，第 72 页。

意识形态色彩和政治导向性，况且是在新中国成立50周年之际提出这一概念并出版《共和国文学50年》，自然有献礼的意味。这也在一定程度上导致学界在理解和运用这一概念时，均离不开文学与政治的关系。即便杨匡汉认为“共和国文学”概念“不存在意识形态色彩‘强化’或‘弱化’问题，而是试图赋予严格的学科涵义并寻找合理的解释”①，但正如郝明工指出：“共和国文学所体现的主要是政治与文学之间的关系，而这一关系不过是文学与现实之间的诸多关系之一。更为重要的是，这种政治与文学之间的关系，毕竟不只是表现为行政体系意义上的政治隶属关系，而更多地表现为政治体制意义上的政治制约关系，集中体现在政治运动与文学运动之间的主从关系上。”② 这基本能够代表学界对“共和国文学”概念的普遍感受。他也并不认可杨匡汉基于历史事实将港澳台文学搁置的策略，认为应以“新中国文学”代替“共和国文学”来指涉杨匡汉等人所实际论述的大陆文学。

2009年，新中国成立60周年之际，“共和国文学”被再次提出并进一步完善其理论建构。4月26日至29日，社科院文学所在扬州召开“回顾与展望：共和国文学研究六十年”学术研讨会，《社会科学报》《北方论丛》《文学评论》三家报刊相继刊出会议综述③，无疑对推广这一概念起到积极作用。会上不少学者从共和国这一整体性历史视野中审视60年以来的文学创作和研究历程，也不乏对“共和国文学”这一概念本身的建设与质疑。杨匡汉将新中国成立60年以来的文学研究存在的问题概括为“四个缺席”：“1. 缺席对少数民族文学的研究；2. 缺席对港、澳文学的研究；3. 对传统文学缺少敬畏的心态；4. 缺乏与西方文学的对话。”④ 这是基于他的“大中国文学”观对共和国文学及其研究进行的补充，他认为只有在“一体多元，‘五族共和’，和而不同，人本与生态协调，母语思维”⑤ 的“大中国文学”视域中，才能破除二元对立思维，真实地触摸

---

① 杨匡汉、邵宁宁、邓玉环：《“共和国文学”纵横谈——杨匡汉先生访谈录》，《甘肃社会科学》2005年第5期，第125页。

② 郝明工：《何其芳与共和国文学运动——从一个人的文学境遇看一个社会的文学运动》，《重庆师范大学学报（哲学社会科学版）》2004年第5期，第37页。

③ 参见湘君《审视与重写：共和国文学六十年》，《社会科学报》2009年5月14日第5版；马宏柏《岁逢“甲子”话研究——共和国文学研究60年学术研讨会综述》，《北方论丛》2009年第4期，第154—156页；孙永良《“回顾与展望：共和国文学研究六十年学术研讨会暨2009年〈文学评论〉编委会年会”综述》，《文学评论》2009年第4期，第221—223页。

④ 马宏柏：《岁逢“甲子”话研究——共和国文学研究60年学术研讨会综述》，《北方论丛》2009年第4期，第156页。

⑤ 杨匡汉：《我的大中国文学观》，《广东社会科学》2003年第6期，第28页。

到整体性的中国当代文学地图[①]。张中良也质疑会议主题词中的“共和国文学”有些“排他性”，关纪新则呼吁文学界建立“中华民族多元一体的文学史观”以对已有文学史观进行补充。[②] 8月22日至23日，社科院文学所又在吉林举办“共和国文学60年”学术研讨会，同样是出于总结学术史、走向新境界的期待，海外华文文学、近代文学包括通俗文学成为会上的热点议题，进一步在时空维度拓展了共和国文学的范畴。

国内学界还存在一批“民国文学”概念的倡议者，他们在建构和阐释这一概念的过程中也涉及与之相伴的“共和国文学”。最早是陈福康在1999年提出“中国现代文学史”的名称应该“退休”，代之以“民国时期文学史”，2000年张福贵也主张文学史命名要从意义概念重新回到时间概念。这表明不同于杨匡汉等人将“共和国文学”作为观照当代文学的新视角，在“民国文学”的倡议者眼中，“共和国文学”与“中国当代文学”不能共存。这种命名方式继承了中国文学史命名一贯的政治化的价值取向，又充分考虑到近代以来中国文学和政治结缘这一不争的事实，从文学史传统和文学本质特征两个层面确立起“共和国文学”概念的合法性。新的命名带来对两种不同文学时代的划分，意图破除“中国现当代文学”和“20世纪中国文学”概念影响下学界对民国文学和共和国文学的一体化认知，强调二者在文学观念与功能、文学主题、作品审美风尚、作家身份及组织机制等方面的本质差异性，凸显各自的独立性和特殊性，及其内部多有变化而又相对稳定的连续性和整体性。[③] 就共和国文学无法回避的港澳台文学的归属问题，张福贵依据政治逻辑，认为“港澳台文学也应该属于‘中华人民共和国文学’这一大的范畴，其本质上是主体与部分的关系，也是一体多元的文学关系”[④]；丁帆则考虑到各区域文学的特殊性，对于1949年后的中国文学形成了三种表述，“大陆是‘共和国文学’的表述（而非什么“当代文学”）；台湾仍是‘民国文学’的表述；港澳就是‘港澳文学’的表述”[⑤]。这一分歧反映出共和国文学的政治逻辑和实际情形之间的裂隙，同时表明相较于民国文学逐渐成为新的学术热点被不断地丰富和完善，这批学者对共和国文学的建构还比较薄弱。当然丁帆主编的《中国新文学史》（高等教育出版社2013年版）将“中国新文学”分为“民国文学”和“共和国文学”两个范畴，他还出版了五卷本的《中华人民

---

① 参见杨匡汉、邵宁宁、邓玉环《“共和国文学”纵横谈——杨匡汉先生访谈录》，《甘肃社会科学》2005年第5期，第125页。

② 参见马宏柏《岁逢“甲子”话研究——共和国文学研究60年学术研讨会综述》，《北方论丛》2009年第4期，第156页。

③ 参见张福贵《文学史分期的节点与共和国文学发展的连续性》，《文艺争鸣》2021年第2期，第36—38页。

④ 张福贵：《民国文学：概念解读与个案分析》，花城出版社2014年版，第32页。

⑤ 丁帆、施龙：《从历史的夹缝中寻找学术良知——丁帆教授访谈》，《福建论坛（人文社会科学版）》2014年第9期，第108页。

共和国文学史论》，并呼吁学界亟须对共和国文学史料进行抢救，指明史料搜集的方向和方法①，这无疑引导着共和国文学的建设方向，尤其会对共和国文学史的书写起到积极作用。

此外，海外汉学界也在使用“中华人民共和国文学”概念。这一方面是依循断代为史的史书编写体例，如《剑桥中国史》丛书包括《剑桥中华民国史》和《剑桥中华人民共和国史》，德国汉学家顾彬在他的《二十世纪中国文学史》中也使用“民国时期（1912—1949）文学”“中华人民共和国文学”为章节命名；另一方面也是由于“当代”一词内涵模糊，不少国家和地区以之为“最近”的意思，而没有中国的“当代文学”这样的概念②。1980年，美籍华人周策纵编著的《中华人民共和国文学》和许芥昱、丁望编著的同名著作由美国印第安纳大学出版，周著收录了赵树理、臧克家等作家的作品并做简要评介，许著全面介绍了1949—1976年间的小说和诗歌创作，被作为美国大学里的文学读本。1989年，苏联科学院科学出版社东方文学总编室出版了该院远东研究所人员编著的《中华人民共和国的文学与艺术（1976—1985）》，这是苏联汉学家从宏观角度研究中国新时期文学艺术的概括性总结，其中索罗金撰写的第一章《在文学镜子中变化着的现实》和博列夫斯卡娅撰写的第二章《文学中的青年主人公和关于青年主人公的文学》，从主题选择和人物塑造等角度论述中国新时期文学。③

二、“一体化”：共和国文学的研究对象

郝明工在质疑“共和国文学”时，也指出其适用场景和时间范围：“只有用共和国文学这一概念来专门描述新中国文学中特定时期的现代革命文艺传统与当代革命文艺运动，才有可能表现出学术上的某种规范性和科学性。”具体指共和国文学的革命传统从现代到当代的转换和确立，以及出于共和国文学的革命需要对作家进行的政治性改造，而这都是在文学运动中以阶级斗争方式来融为一体的，是中国当代文学运动政治化的显著标志。其所显示的时间范围，上始于20世纪20年代早期“革命文学”，下讫于20世纪70年代“文化大革命”的结束。④ 虽然郝明工仅以共和国文学为路径解释“何其芳现象”，但他涉及的当代文学的“一体化”特质，基本上预示和奠定了今后共和国文学研究的基本走向。

---

① 参见丁帆《亟待抢救的共和国文学史料》，《文艺争鸣》2016年第8期，第10—11页。

② 参见孙晓忠编《巨变时代的思想与文化——文化研究对话录》，上海书店出版社2011年版，第149页。

③ 参见李逸津《论前苏联对中国新时期文学的接受与研究》，天津师范大学中文系编《环太平洋地区文化与文学交流学术研讨会论文集》，天津古籍出版社1996年版，第289页。

④ 参见郝明工《何其芳与共和国文学运动——从一个人的文学境遇看一个社会的文学运动》，《重庆师范大学学报（哲学社会科学版）》2004年第5期，第37页。

“一体化”是洪子诚对新中国成立至20世纪90年代这一历史时段内中国当代文学的总体特征的概括，具体内涵有三：一是“文学的演化过程，或一种文学时期特征的生成方式”，二是“这一时期文学的生产方式、组织方式”，三是“有关这一时期的文学形态”。而“文学‘一体化’的实现，是在文学领域中通过有组织的手段干预‘历史’的过程”，包括“确立这种文学形态的典范文本，即标举能示范性地展示其特征的‘经典’”“对作家和读者的思想净化运动”，以及最重要的“文学生产体制的建立”。① 在“一体化”观念的指导下，洪子诚形成了研究当代文学的“历史化”范式，旨在回到20世纪50至70年代文学的历史现场，通过外部文学环境和文学制度所构筑的文学场域，来探寻或解析社会主义革命与新中国成立时期中国文学的权力话语形态与意识形态实践。采用“历史化”研究范式探究“十七年”文学的“一体化”特征，同样成为共和国文学研究的普遍模式，昭示出学界发掘共和国文学发展的潜在模式、阐释共和国文学演变的深层范型的热情。当然其中也不乏运用“文学性”范式和逸出“十七年”的研究成果。

首先，学者梳理了左翼文学逐渐成为全国范围内占据支配地位的文学规范的演化历程。辜也平将共和国文学范式作为20世纪中国文学的代表性个案，追溯其从早期革命文学到新中国成立初期通过发动各项文艺运动逐步确立起来的全过程。② 刘忠则从作家主体出发，认为自“左联”以来作家纷纷抛弃自我、投身集体并为集体发声，中华全国文艺抗敌协会成立、关于民族形式的讨论及《讲话》和整风运动几个事件表明集体主义逐渐压倒个体经验，与政治身份上皈依集体相应的，新中国成立后作家创作的话语立场及背后的思想立场也被纳入政治化、标准化的巨大工程。③ 对共和国文学范式的生成和演进历程的梳理，必然涉及文学的生产方式和组织方式，这正是共和国文学研究最为集中之处。

其次，“一体化”的文学生产和组织方式包括“文学机构，文学团体，文学报刊，文学写作、出版、传播、阅读，文学的评价等环节的性质和特征”④，研究者沿着“知识考古学”和“文学社会学”两条路径探究共和国文学的话语形态与背后的知识范型和文化语境之间的复杂关系，探讨文学创作作为一种社会文化现象的生产、传播和消费之间的关系，意图为当代文学的转轨提供平衡体制与市场的新发展思路。研究者多透过特定的文学事件或文学现象探讨共和国文学机制，如《武训传》事件反映出共和国文艺体制的

---

① 洪子诚：《当代文学的“一体化”》，《中国现代文学研究丛刊》2000年第3期，第132、135、136、137页。

② 参见辜也平《范式的建构与消解——二十世纪中国文学研究专题》，海峡文艺出版社2002年版，第90—155页。

③ 参见刘忠《作家主体的集体化和话语立场的政治化——从延安文学到共和国文学的一种考察》，《内蒙古社会科学（汉文版）》2004年第4期，第98—102页。

④ 洪子诚：《当代文学的“一体化”》，《中国现代文学研究丛刊》2000年第3期，第132页。

行政化运作特征①，文学批评话语“英雄人物”在实践中走向偏颇的原因及其历史教训②，苏联中篇小说《拖拉机站站长和总农艺师》在中国的传播中透露出共和国文学的运作方式及其对青年的意识形态化“形塑”③，新中国成立后推广普通话对作家创作语言和政治立场上的双重规范及其与共和国文学发生之间的内在联系④。这些个案研究聚焦于“十七年”并将阶段性的文学机制上升为共和国文学的整体特征，忽视了20世纪80、90年代共和国文学体制的变异。仅杨劼、李洁非回应了葛红兵关于“展开一项系统的史料梳理工程”“写出若干专题史论著”⑤ 的倡议，二人合著《共和国文学生产方式》，以历史的眼光对共和国文学机制进行了系统性剖解，包括文学体制、文学政策及监管、文学团体和机构、文学话语权、文学会议和文学批判等多个侧面，反映出著者写史的追求。当然为避免因时距过近影响文学史的公正性和完整性，著者采取“先触及‘事’，不搞成‘史’”的策略，不急于为历史下定论，自觉借助史学方法、运用新史料，详尽地梳理当代文学的办刊史、会议史、文学组织史和运动史等，呈现共和国文学机制的整体运作过程及其原理，也就相较常规以作家研究为重心的文学史更能触及当代文学的要点。

最后，“一体化”还指作品在题材、主题、艺术风格和艺术方法上的趋同化倾向，研究者不仅考察共和国文学政治叙事的表征及其构成，更深入剖析其中的话语运作机制和意义结构，揭示体制化叙述中的矛盾和裂隙。以作为共和国叙事发端和典型的“十七年”文学受到的关注最多，如共和国意识形态的规约在《青春万岁》中体现为人物凄苦身世的塑造、广场娱乐的典型空间营构和疾病的政治隐喻等⑥，共和国文学发生时期革命风景的生成和建构包含“革命本事”“革命时间”“革命主体”等维度⑦。研究者运用“再解读”的文本分析方式，“把文本重新放置到产生文本的历史语境之中，通过呈现文本中‘不可见’的因素，把‘在场’/‘缺席’并置，探询文本如何通过压抑‘差异’因素而完成主流意识形态话语的全面覆盖”⑧，并将之建立在对相关材料、现象、生产和传播体制的系统清理基础上，形成一种结合“文学性”与“历史化”的研究范式。常彬、邵海

---

① 参见王晓瑜《电影〈武训传〉事件与共和国文学语境的生成》，西南师范大学2005年硕士学位论文。

② 参见陈思广《从中心到边缘——“英雄人物”批评话语的源流及考量》，《新疆大学学报（哲学·人文社会科学版）》2010年第4期，第106—109页。

③ 参见袁洪权《共和国文学中“组织”运作下的文学阅读——以〈拖拉机站站长和总农艺师〉为例》，《海南师范大学学报（社会科学版）》2014年第1期，第29—34＋41页。

④ 参见颜同林《普通话写作与共和国文学的确立》，台湾花木兰文化出版社2014年版。

⑤ 葛红兵：《关于“当代”文学史学科建设的几点思考》，《社会科学》1999年第11期，第73页。

⑥ 参见李海燕、尚新磊《〈青春万岁〉的政治叙事解读》，《河南广播电视大学学报》2010年第4期，第44—46页。

⑦ 参见陈灵强《共和国叙事的发端与革命风景的构建》，《台州学院学报》2019年第5期，第8—12页。

⑧ 唐小兵：《再解读：大众文艺与意识形态》（增订版），北京大学出版社2007年版，第274页。

伦以《人民日报》在朝鲜战争时期刊发的战争文学作品为样本，呈现相关新闻报道和杨朔、魏巍创作中所标举的战争文学规范，同时注意到《人民日报》对巴金创作的删改现象、巴金作品影视改编的叙事转化和路翎在《人民日报》的缺席，在对比中发现共和国文学对作家主体、主题表达、形象塑造、思想情感等方面的全面规范。① 吴俊通过考察共和国之初《人民文学》中情感表达的内容方式及其评价，探究新的权利政治和主流意识形态如何引导、评价、规范基本人情的文学表达，指出言情、抒情的性质和主题必须是革命，与阶级观念相对的多样化也是多元价值取向的个人情或曰个人主义被视为非革命或反革命之情，逐渐失去了文学表达的资格和权利。②

无论是对共和国文学的演进历程、体制制度还是叙事模式的研究，均指出或是默认存在一个通过行政化手段不断进行创作调整从而生成的共和国文学范式。起初程文超将文学范式限定在叙事范畴，"指称大的文学语境和在这一语境下文学叙事的追求模式"，虽然他仅关注现实主义长篇小说，但能在共和国50年的历史进程中对其进行审视，并总结出20世纪50年代阶级话语主导的革命叙事、80年代精英的启蒙叙事和90年代个人的多元叙事这三种范式。③ 之后李海燕将共和国文学范式归结为文本内部鲜明的意识形态立场、高涨的强势话语热情和众多的政治语码，以及创作方法与文本结构的模式化特征。④ 近年常彬又对文学范式的内涵进行了极大的扩充，认为"文学范式是特定时期文学共同体所遵循的文学观念、理论原则、制度规范、话语类型、应用范例，是文学观、文学体制、文学范例的总和"，共和国文学范式指强大的国家体制主导下的文学生产和传播体系，"它借助文学进行政治动员，形塑人民的道德与灵魂，以维护新生政权为创作规约"，文本书写层面要求"塑造集体主义、英雄主义、国际主义的'大我'形象"，"书写新中国的成长，赞美人民尤其是工农兵群众在革命斗争和生产建设上的伟大业绩"。⑤ 这一界定基本上涵盖了目前共和国文学研究的主要方面。研究者关注的王蒙《青春万岁》、魏巍《谁是最可爱的人》及"三红一创"等均为共和国文学范式的典范文本，反例则如路翎《洼地上的"战役"》等被指斥为个人温情主义战胜集体主义、爱情冲破纪律约束

---

① 参见常彬、邵海伦《共和国文学范式的建立——以〈人民日报〉朝鲜战争文学文献为样本》，《吉林大学社会科学学报》2019年第3期，第219—230+236页。

② 参见吴俊《情为何物 情何以堪——共和国文学之初的情感政治》，《当代作家评论》2011年第5期，第26—40页。

③ 参见程文超《共和国文学范式的嬗变——现实主义长篇小说叙事50年》，《中山大学学报（社会科学版）》1999年第6期，第38—43页。

④ 参见李海燕、尚新磊《〈青春万岁〉的政治叙事解读》，《河南广播电视大学学报》2010年第4期，第44—46页。

⑤ 常彬、邵海伦《共和国文学范式的建立——以〈人民日报〉朝鲜战争文学文献为样本》，《吉林大学社会科学学报》2019年第3期，第227—229页。

的作品。

在对共和国文学范式的内涵建构和典范指认中，共和国文学的概念所指也渐趋窄化，其在很大程度上等同于红色文学，李掖平《共和国的文学雕像》聚焦十部红色经典长篇小说，师晓晖认为红色经典“集中地体现着‘共和国文学’的美学风格与价值取向”①。虽然洪子诚也提醒“一体化”文学格局中存在“多层”状况，可仅个别研究者注意到共和国文学中不同文学形态的对立、冲突，或是同一文本内部文化构成的多层性。况且共和国文学的历史跨度要远超于洪子诚所界定的“一体化”的时间范围，仅将其运用于“十七年”文学的“一体化”考察中，不仅遮蔽了“十七年”文学中的“潜在”文学、“主流”文学内部的多层性，更会忽视其他时段的文学，难以形成对共和国文学的整体认知，影响到这一概念更为广泛的运用。

最新的共和国文学研究成果中，其对象、主题和思路均有所拓展。卢燕娟以“新时期”柯岩的疾病书写为例，发掘出一种非体制化运作的，出于作家个人对共和国的关注、热爱和反思，在新的历史时期对共和国文学旋律的重新召唤。② 苏永延在共和国历史进程和文学脉络的参照下，梳理东南亚华文文学总体的创作情形。③ 咸立强在共和国文学视野中探究既有改革文学的叙述模式，并从题材、体裁、事件、发展阶段及艺术特质等方面对其进行重新界定。④ 王江泽认为宗璞《红豆》对“人情”的关注在趋于僵化的革命文学领域中开辟出了文学与人结合的新方向，是革命文学的另一支脉络而非共和国文艺中的异质性存在。⑤ 可见除了表明社会性质的转变及与之相应的文学新质，突出共和国的社会历史背景和文化体制因素，共和国文学强大的阐释效力和广阔的应用范围仍有待进一步发掘、拓宽。

三、共和国文学史的书写实践

文学史的命名只有在具体书写中才得以呈现，书写共和国文学史正是提出共和国文学的首要目的。目前出版的共和国文学史有：浙江师范大学中国现当代文学研究室编著《史纲》、杨匡汉和孟繁华主编《共和国文学 50 年》、杨匡汉和张文勇主编《共和国文学

① 师晓晖：《文学出版与“红色经典”的“经典化”历程研究》，东北师范大学 2023 年博士学位论文，第 1 页。

② 参见卢燕娟《共和国文学视野中的“疾病”问题——以柯岩“新时期”后的相关文本为对象》，《文艺理论与批评》2022 年第 1 期，第 12—21 页。

③ 参见苏永延《东南亚华文新文学与共和国文学 70 年》，《文艺论坛》2019 年第 6 期，第 5—14 页。

④ 参见咸立强《改革开拓与文学理想》，广东高等教育出版社 2021 年版。

⑤ 参见王江泽、郭鹏程《共和国文艺中的“人情”书写——重审〈红豆〉的文学史意义》，《大西南文学论坛》2023 年第 1 辑，第 254—265 页。

60年》（人民出版社2009年版）、杨匡汉和杨早主编《六十年与六十部：共和国文学档案：1949—2009》（生活·读书·新知三联书店2009年版，以下简称《六十年与六十部》）、张炯主编四卷本《共和国文学60年》（广东教育出版社2009年版）、张文东著《共和国文学的经典记忆》（江苏人民出版社2017年版）、白烨主编《共和国文学记忆》（湖南电子音像出版社2019年版）。考察共和国文学史书写，首先要判断其是否真正地落实以及在何种意义上落实共和国文学的旨意，并非所有共和国文学史都参与了共和国文学概念的建构，如张炯主编《共和国文学60年》仅采用这一命名而未能解释文学的“共和国”特征何在；在此基础上，其余共和国文学史都在不同程度上拓宽或是深化共和国文学的界域及内涵，共同塑造一种新的、更为完善、更加接近历史真实和现实情形的共和国文学面貌。总体而言，共和国文学及其文学史书写具有以下三个特征。

其一，共和国文学具有兼容并包的广博气度，呈多元一体格局，体现为地理空间、文学体裁、主题向度、审美趣味和标准等多个方面的包容性与多样性。杨早认为：“‘文学中国’是多元一体的客观存在。这样，《六十年与六十部》不仅有主流意识形态的，也有先锋形态和民间文化形态的；既有汉民族的，也有少数民族的；既有‘精英’的，也有‘雅俗共赏’的。”① 这是共和国文学史普遍持有的自觉意识，区别于共和国文学研究中将之与红色文学等同的倾向。而揭示共和国文学生态的丰富性，一方面有赖于文学史书写体例的创新，要求对20世纪50年代所奠定的单一的政治化文学史观和述史框架予以反拨。《共和国文学50年》《共和国文学60年》“并非按照‘当代文学史’的思路，而是用提出问题的方式来研究和书写的”②。著者没有采取传统的线性写史方式，而是抓取共和国文学中的毛泽东文艺思想、社会主义文艺体制、乡土文学、城市文学、女性写作、现代主义思潮、少数民族文学及文学批评等重要问题，甚至是网络文学这样异质性的文学现象，厘清各自内在肌理及历史脉络，继而呈现共和国文学的整体形象及其形变。另一方面，共和国文学的多元性体现为海峡两岸文学各具风采又能互相补充，因此需完善共和国的文学地图。1984年12月中国与英国就香港问题共同发表了《中英关于香港问题的联合声明》，“一国两制”解决香港问题为《史纲》书写港台文学带来信心。虽说港台文学的艺术风貌和趋向性都有别于大陆文学，“然其主体部分，应是具有社会主义的性质”③。当然作为第一部将港台文学纳入视野的文学史，由于资料方面的限制，《史纲》只能将港台文学附于大陆文学之后做概略性介绍，澳门文学则因其成就不大被忽略了，

---

① 杨匡汉、杨早主编，中国社会科学院文学研究所当代室著：《六十年与六十部：共和国文学档案：1949—2009》，生活·读书·新知三联书店2009年版，第442页。

② 杨匡汉、孟繁华主编：《共和国文学50年》，中国社会科学出版社1999年版，第520页。

③ 林衍主编：《中华人民共和国文学史纲1949—1984》，中国人民解放军金华军分区印刷厂1985年版，第1页。

造成港台文学与大陆文学之间缺乏史学结构和文学史叙述的融入感。之后杨匡汉没有将港澳台文学纳入共和国文学史的做法受到质疑，《六十年与六十部》又开始收录港台文学作品，且编者没有将港台作为独立于大陆之外的文化地理空间，而是将《史纲》中所言“同一民族，从文化渊源、精神素质、思维方式、感情结构，以及民族语言等方面，有着很深的血肉的联系”① 落实到具体的文本层面，如《野火集》既是“台湾人民所需要的呼声”，也使“许多内地大学生‘觉得那些文字竟像是专为祖国大陆而写的’”②；《少女小渔》以东方式的精神升华超越西方强势文明压迫、打破种族文化隔阂；80年代金庸在内地的风靡现象及文学界的“金庸之争”。唯有搭建起海峡两岸的文化亲缘，共和国的文学地图才得以真正完善。

其二，“共和国”为考察当代文学提供了一种整体性的历史视野，实现了文学史叙述中文学与政治的融通。《史纲》开篇引用丹纳《艺术哲学》中的一句话：“我的方法的出发点是在于认定一件艺术品不是孤立的，在于找出艺术品所从属的，并且能解释艺术品的总体。”共和国无疑就是当代文学所从属的并能够解释之的总体，该书以“社会——思潮——文学三者紧紧结合构成基本线索”③，有效地勾连文学的外部和内部因素。共和国整体性视野更为之后杨匡汉等史家“重写文学史”带来了新的思路，并促成文学史叙述体例的变革。杨匡汉有感于当代文学史很多是低水平重复，“基本上是从意识形态标准出发，对作家进行论资排辈：一等作家设专章，二等作家立专节，三等作家写一段，四等作家提一提，不合‘要求’的作家则被打入‘禁宫’，只字不提；对一些重要方面，如文学心态、生产与管理方式等研究都很不够”④，认为中国现当代文学史需要从文本出发进行重写。但他并没有落入“重写文学史”张扬“启蒙现代性”和“审美现代性”而排斥“革命现代性”的二元对立思维陷阱中，而是经由共和国文学这一命名探索出一种文学与政治相融通的书写范式。共和国文学史基本都有意地淡化“十七年”“文革”“新时期”等当代文学史的阶段性分期，在50年、60年、70年的整体历史跨度中对文学作品、现象和问题进行历时性的编排和梳理，突出共和国文学的连续性和自足性而非各历史阶段的板块性和断裂性。这一命名又道出了当代文学质的规定性，即共和国政体及其政治文化环境对文学方向、文学思想、文学态势的形成和确立的客观影响，《共和国文学50年》

---

① 林衍主编：《中华人民共和国文学史纲1949—1984》，中国人民解放军金华军分区印刷厂1985年版，第423页。

② 杨匡汉、杨早主编，中国社会科学院文学研究所当代室著：《六十年与六十部：共和国文学档案：1949—2009》，生活·读书·新知三联书店2009年版，第309页。

③ 林衍主编：《中华人民共和国文学史纲1949—1984》，中国人民解放军金华军分区印刷厂1985年版，第7页。

④ 李凤亮：《反省与超越——杨匡汉谈当代文学研究的九个问题》，《当代文学研究资料与信息》1999年1月，第14页。

《共和国文学 60 年》中先对造就共和国文学政治性特征的外部因素进行剖析，包括毛泽东思想和社会主义文艺体制，之后深入到创作主体的姿态与心态、人物形象的形成与调整、文学的主题和向度等内部因素的研究，不仅实现了对共和国文学全面、立体的观照，更直观地呈现出共和国历程中政治、社会与文学的交互性和构成性，从而纾解了文学与政治的紧张关系，并还原了一种多维度“合力”作用下的文学历史生态。

其三，共和国文学史在反映社会历史和时代现实的同时，因研究者深切的人文关怀呈现出独特的文化史、心灵史色彩。《共和国文学记忆》中认为，优秀文艺作品既是展示时代风采的艺术影像，同时也传达着人民的喜怒哀乐和所思所想，是社会意义和人性价值的统一。对文学人性侧面的重视和追溯使得共和国文学史中折射出一代代人共同的情感、体验和记忆，并总结出一条革命时期的忠贞坚守、建设时期的理想主义、特殊时期的坚韧顽强、改革时期的创新奋进、商业化时期重塑理想的时代价值理想的变迁脉络。《史纲》“把思潮列为中介地位，为的更有利于把史的考察重心放在人类的精神的发展史上”，从而在“写出历史（不管文学或艺术）的完整性中体现一个国家伴随社会变迁的心理状况及其历程”。[①] 杨匡汉通过对共和国重要文学问题、文学现象的历时性梳理，对创作主体姿态和心态及具有新闻性的报告文学的分析，透视共和国 60 载风雨变迁及民众心路历程。《六十年与六十部》更是具有鲜明的“民族心史”性质，其初衷即“是在 60 年文学风雨路上，尽力寻找文学史视野与思想史、文化史视野这三者的结合点，以问题意识为切入口，观察社会变迁，触摸主流情绪，重新发现文学史上的意义”，因此书中所选作品，“是曾经引起文学界乃至社会上普遍关注或争议的”“是不同程度地反映了当时社会的主流情绪和精神现象的”“是在回眸过往和注视当今时，仍然有思想史和文学史价值的”“是创作与批评都能对当代精神生活的变化有所展示与影响的”。[②] 对历史进程中民族灵魂的探寻和思索，最终指向当下的民族文化精神建设，昭示着共和国文学立足社会、面向当下的开放意识和责任担当。《共和国文学的经典记忆》把文学作品对经典记忆和价值理想的传播看作其参与建构社会主义核心价值理想的方式，并以社会主义核心价值理想的建构与传播为标准，衡量以往的文学创作，为当下和未来文学创作参与建构社会价值体系、涵养民族品格和人民理想指示方向。

需要承认共和国文学史书写中也暴露出这一命名的局限，恰印证了学界对其的质疑和担忧。首先，是共和国文学看重的港澳台文学和少数民族文学，在诸如《共和国文学 50 年》《六十年与六十部》这样比较灵活的“问题型”文学史或以作品为主型的文学史

---

① 林衍主编：《中华人民共和国文学史纲 1949—1984》，中国人民解放军金华军分区印刷厂 1985 年版，第 8、5 页。

② 杨匡汉、杨早主编，中国社会科学院文学研究所当代室著：《六十年与六十部：共和国文学档案：1949—2009》，生活·读书·新知三联书店 2009 年版，前言第 7 页。

中可得一席之地，但要书写系统性而非以点带面式的共和国文学史，则需进一步探索港澳台文学、少数民族文学与大陆文学、汉民族文学之间整体的、全面的、切实的内在联结与交互作用，而非粗暴地将港澳台文学排除于共和国文学史之外。且共和国文学概念的提出似乎默认了民国文学概念的合法性地位，那么将两个时代、两种政体之下的文学转换为大陆文学与台湾文学之间主流与支流的关系是否合理，又如何在政治性和学理性的平衡之间界定台湾文学的性质和归属。其次，共和国文学史突出其自足性，除乡土文学外较少述及与现代文学的关联，更不用说对跨代文学现象的历时梳理，中国现当代文学在体例和内容上的不可分割似乎被消解了，其与西方文学的关系也遭到忽略。当然共和国文学自有其“新质”，但处在中国文学演进的脉络之上，其必然受传统文学和近现代文学熏染，在开放的世界格局中西方文学也为之（包括“十七年”文学和“文革”文学）带来滋养，即便杨匡汉也意识到这些问题，但因缺乏历史的、开放的眼光，导致最终呈现的共和国文学史由自足性变质为封闭性。最后，也是共和国文学最为人诟病之处，即政治与文学关系的失衡导致共和国文学史表现出过分浓厚的意识形态色彩，这也与其编写方式有关，即多由代表国家权威意志的社科院文学所在重要的历史节点组织集体编写，或是教育部、宣传部在背后推动，如《共和国文学的经典记忆》就带有“积极推进马克思主义大众化，阐释宣传党的路线方针政策”① 的任务，近些年出版的共和国文学史中，不仅红色文艺、主旋律作品的占比变大，在选择和评价文学作品的价值尺度上，经典性和先进性要优先于文学性。更重要的是共和国文学的反思精神渐趋消退，虽然史家从未回避历史上的反面经验，却也逐渐倾向于回顾“文艺领域经典作品衔尾相随、绵延而来的繁盛景象”，重温“那些令我们热血沸腾、心潮澎湃的辉煌历史”②，使得学界更加深了对共和国文学史“颂歌”和“应景”的偏见。以上问题有待学界有针对性地进一步完善其理论建构，遗憾的是共和国文学的响应者、运用者甚至质疑者都寥寥，仅凭每隔十年推出一两部共和国文学史并不能解决其活力不足的问题，长此以往，其命运终将如昙花一现。

结　语

总体而言，共和国文学与任何一种文学命名一样，在张扬自身优势的同时，也不可避免地暴露出先天的缺陷。这一命名没有刻意回避当代文学生成和演进过程中的共和国因素，而是直面当代文学与政治的密切关系，客观分析了共和国的历史进程、政治体制、文化语境和时代精神等因素的历史作用，呈现出一种更加贴近历史真实、彰显中国特色

① 张文东：《共和国文学的经典记忆》，江苏人民出版社2017年版，总序第2页。

② 白烨：《共和国文学记忆》，湖南电子音像出版社2019年版，总序第1—2页。

的文学历史生态。共和国文学更解决了当代文学无限生长的问题，以及“现代”“启蒙”“二十世纪”“百年”“新文学”无法概括的困境，提供了一种能够容纳多元文学现象的命名方式，凡属共和国时空范畴，诸如港澳台文学、少数民族文学以及女性文学、儿童文学、通俗文学等均可被囊括在内。虽说港澳台文学由于历史原因一度游离于大陆文学之外，但随着历史不断向前推进，其终将与大陆文学完成交融，因此从长时段看来，共和国文学依然是能够有效整合和解释港澳台文学的概念范畴。至于共和国文学高度意识形态化的问题，早有学者提出“我们可以以政治事件标记历史，但又不用政治标准来过滤文学史”① 的策略，搁置其中的价值化判断，回归文学分期的中性叙述，才能更好地发挥共和国文学的包容性和开放性优势，也有益于学科的长远发展。

---

① 陈迪强：《标记历史悬置“现代”——关于“中国现当代文学”命名、分期问题的一种思考》，《商丘师范学院学报》2008 年第 7 期，第 23 页。

· 新时代文学研究 ·

历史主义危机下的红色革命叙事

——侧论孙甘露长篇小说《千里江山图》的探索性*

常智奇①

摘　要： 中国“现代派”小说创作，一直在民族文学走向世界文学的道路上做着不懈的努力。长篇小说《千里江山图》是这方面的代表作。但是，作品在历史主义危机下的红色革命历史叙事，面对现代主义、后现代主义的叙事中出现的间离、游移、拼贴和焊接感，显示出作者还没有找到中国经验理性、审美诗性与西方的科学理性、宗教理性的交叉点。

关键词：《千里江山图》；红色革命叙述；历史主义；现代主义

中国现代“意识流”“先锋派”作家的创作，从 20 世纪 20 年代末的刘呐鸥、施蛰存、穆时英、黑婴、叶灵凤等具有“新感觉”的人，到 21 世纪 20 年代初的王蒙、马原、洪峰、赵振开、刘索拉、高行健、李陀、莫言、李叔德、残雪、陈洁白、张宝发、邹月照、魏志远、北村、余华、吕新、刁斗、何顿、韩东、叶兆言、苏童、格非、东西等具有现代写作风格的人，一路走来。他们在传统与现代、具象与意象、真实与虚构、现象与本质、荒诞与反讽、变形与夸张、语言与词意、间离与重构、隐喻与象征的互逆互换、相克相生、双向对流、同步共振中，寻觅中国文学走向世界文学的绿色坦途。

孙甘露先生呕心沥血创作的红色革命历史叙事的长篇小说《千里江山图》②，就是在

＊ 项目基金：国家社会科学基金重大项目“陕甘宁文艺文献的整理与研究”（批准号：16&ZDA187）。

① 作者简介：常智奇（1953—　），男，陕西武功人，研究员，原陕西省文学院院长，主要研究方向为文艺学美学。

② 孙甘露：《千里江山图》，上海文艺出版社 2022 年版。

历史主义[1]危机的形势下，采用反向情感机制描述，以名实倒错、真假互换、隐喻反诘、明暗对比、象征意蕴的方式，创作的一部带有“境在象外”“意在言外”“音在弦外”探索性的作品。

这种历史主义危机下红色革命历史叙事的反向情感机制表达，旨在思考东西文化借鉴中的“洋为中用”，然而，读者在阅读的过程中却出现了审美感受上的形式与内容、语言与意义、情景与象征的双向对流、逆向反照、同步共振、折光间离、焊接拼贴的不适。这种粘连中的夹生现象是值得研究的。

一

受到尼采的影响。

《千里江山图》对主人公陈千里的命运安排、人物发展、相关矛盾处理，与尼采的《查拉图斯特拉如是说》对主人公查拉图斯特拉的命运安排、人物发展、相关矛盾处理，如影随形，如出一辙。

查拉图斯特拉 30 岁时，离开了故乡，去山上住了 10 年。

10 年后的一天早上，东方破晓，朝阳冲出云海，晨曦中霞光万道，查拉图斯特拉在神灵的启示下，灵感出窍，茅塞顿开。他对太阳说：“啊，你伟大的星球啊！假如你没有拯救黑暗中的人们，你的幸福何在呢?”

查拉图斯特拉怀着拯救苦难者的理想，匆匆下山了。他走在森林里，遇到了一个寻找树根的老者。老者告诉他：“上帝死了!”有一项紧急任务需要他独立去完成。

他带着这个任务，来到了一个闹市……

《千里江山图》的主人公陈千里像查拉图斯特拉一样，在恋人叶桃被杀死后，不到 30 岁的他忍痛离开了广州，到伯力训练学校去接受红色革命政党的培训。

“他在那儿住了三年。三年下来，连不近人情的教官都有了些离愁别绪，那天把正在冬泳的陈千里从冰水中叫上岸，在教官宿舍里喝了一夜酒。接着就是万里征途，先是坐六百公里火车，一路穿越西伯利亚森林，到了海参崴，没想到在那里耽搁了半个月。”[2]

“从伯力启程时，他得到的指示是潜入福建和两广地区，对国民党军阀高层做瓦解分化工作，为粉碎敌人对中央苏区的下一次‘围剿’预先作好准备。原本他应该到香港下

① 历史主义大致有四种特征：a. 注重人类这些事件的独特性。b. 试图理解这些事件与普遍但不断变化的模式或进化趋势的不同关系，视角却是动态和具体的。c. 试图检验在这一历史境遇中所有人类的经验成果。d. 在此基础上确认这种生命大地实践考察（有时则是一般的社会科学）截然不同于自然科学的科学地位；从语言词语学上讲，历史不再仅仅意味着“某物”的历史，而是意味着作为“唯一”历史的全部综合整体性的历史进程。

② 《千里江山图》，第 54 页。

船，但是在青岛，一位预料之外的客人上了船，到他的单间客舱拜访。来人让他临时改变计划，把目的地换成上海。"① 去营救被国民党反动派特务所围困的地下革命者。没有任何外来力量可以依靠，只能依靠他和当事人单线联系，独立去完成。

他辗转反侧，也同样来到了一个市场……

尼采用走钢丝象征战战兢兢、如履薄冰的人生旅途。陈千里在完成上级交给他的任务的过程中，也同样如履薄冰，像走钢丝一样，行走在生死攸关的刀刃上。"他知道，此刻的情势，逼着他不得不去走一条钢丝，竭尽他所有的能力，去保持一种危险的平衡。"②

"还有那位特派员，做事也有点神神秘秘，就像石头里蹦出来一样，突然出现在你面前。"③

"他似乎知道所有的联络方式、接头暗号，一个一个找我们见面，却不说上级有什么指示。"④

初次与董慧文见面，董慧文告诉他，凌汶让陶小姐向外面捎了一封信。他马上意识到"信被敌人换掉了"⑤。

"他猜想敌人早已监视了诊所，说不定诊所周围埋伏着大量特务。"⑥

"与那些人接头时，他几乎从不事先约定。他有自说自话闯进别人家里的习惯，或者是工作的地方。""甚至是别人家女儿的闺房里。"⑦

在短短的一个多月的时间里，"陈千里和他的战友们，不仅查清了内奸，建立了一条从上海绕道广东抵达瑞金的秘密交通线，还成功地营救了党中央重要的领导人浩瀚同志"⑧。

"在这样的条件下坚持斗争，很多时候组织的向心力只能依靠每个人的忠诚和意志。"⑨

尼采的查拉图斯特拉的影子，在21世纪初叶，被孙甘露先生巧妙地移植，映射、烙印、叠合、变形、浮游在他精心创作的长篇小说《千里江山图》中的陈千里身上。小说中的主人公陈千里的形象，是中国20世纪30年代红色革命斗争中一个深入虎穴、孤胆

---

① 《千里江山图》，第54—55页。

② 《千里江山图》，第149页。

③ 《千里江山图》，第137页。

④ 《千里江山图》，第138页。

⑤ 《千里江山图》，第116页。

⑥ 《千里江山图》，第120—121页。

⑦ 《千里江山图》，第128页。

⑧ 《千里江山图》，第381页。

⑨ 《千里江山图》，第204页。

英雄式的人物。但是，他的身上确确实实透露出一种个人英雄主义的“唯意志论”“权力论”“超人论”，这些非无产阶级社会革命家的精神气质。包括作品中反革命分子特务头子叶启年的身上，也程度不同地带有非理性的、权力意志论的色彩。

这种借用现代主义尼采的《查拉图斯特拉如是说》中主人公查拉图斯特拉命运的叙事形式，压模《千里江山图》的主人公陈千里、叶启年等人命运发展的逻辑层次，给这部小说披上了一件现代主义薄如蝉翼的纱衣。

肯定的红色革命历史叙事，否定的“超人”形象语境的模拟，反向情感机制表达的结构形式未能在一种反映历史本质的规定性下达到艺术审美的有机统一，致使叙事手段和叙事目的发生了一种间离、游移、错位，造成了认识上的模糊。

二

受到福柯的影响。

福柯认为，现代人生活在监狱般的牢笼里，直言是言说真理的人与其对话者之间的“游戏”。“真理游戏”与“人生合一”的观点，是这部作品表达的思想之一。

国民党反动派特务“抓了六个共党分子，其余跑了”①。

敌人为了放长线、钓大鱼，抓捕更多、更重要的共产党人，把这“六个共党分子”从监狱里又放了出来，企图利用这六个人在监狱外面活动做诱饵，以达到把上海党组织一网打尽的目的。

游天啸对叶启年说：“他们被关在一个无形的牢房里，我们的人在周围看着他们。只要一声令下，几分钟内就能全部捉拿归案。”②

陈千里“隐约感觉到自己身后也有人盯梢。敌人并没有释放这些同志，他们只是从有形的监狱转移到无形的监狱中。这座无形的监狱比龙华看守所更危险，外面的敌人很难看清，内部的敌人更加难以分辨”③。

这是作品故事情节发展的起点。由此，作品围绕赌博场上的玩具——“骰子”，展开了戏说人生、戏说历史、戏说真理的叙事。这里的“骰子”是道具、意象，是言说的领起、依托，是思想的隐喻、象征，是党组织暗地联系的方式，是人物身份的符号，是中国叙事和西方叙事的媒介。由此，中国红色革命历史叙事，在历史主义的危机下，打开了现代性“词语”与“意义”矛盾的话匣子。

---

① 《千里江山图》，第 16 页。

② 《千里江山图》，第 129—130 页。

③ 《千里江山图》，第 121 页。

田非“他又摸一下右边的口袋，骨牌也在里面”①。

“每个人都从口袋里摸出几只骨牌，放在桌上。”②

“桌上多出了一对骰子，他把骰子拿起来，放进口袋，定定神，刚想开口说话，房门被撞开了。”③

“看到游天啸摸出一对骰子，大家都愣住了。”④

“要是进来三个就更好了，可以凑一桌麻将——”⑤

“这样吧，董小姐，我们来做个游戏——”⑥

“滑稽戏终于结束了。”⑦

“‘你有没有在陈千元身上看到一对骰子？’

‘骰子不是你拿出来的吗？’董慧文反问道。”⑧

“他还问有没有看到一对骰子。”⑨

“游天啸把卷宗放在茶几上，坐到沙发上时，从裤袋里掉出一对骰子，他连忙俯身拾起。”⑩

“所有同志决心已定。骰子事已暴露，有内奸。”⑪

“最初只有老方知道骰子，但他却没有来开会。”⑫

“这几天，意大利山卡罗氏歌剧团在卡尔登上演《图兰朵》。”“它说的可是中国（三个谜语，笔者注）故事。”“画上有一个尖下巴的中国女人，背景上隐隐约约是一些中式宫殿。”⑬

“游天啸领着人冲进会场时，他自己拿出一对骰子放在桌上，装出一副什么都知道的样子。”⑭

---

① 《千里江山图》，第5页。

② 《千里江山图》，第9页。

③ 《千里江山图》，第11页。

④ 《千里江山图》，第11页。

⑤ 《千里江山图》，第20页。

⑥ 《千里江山图》，第24页。

⑦ 《千里江山图》，第25页。

⑧ 《千里江山图》，第26—27页。

⑨ 《千里江山图》，第29页。

⑩ 《千里江山图》，第31页。

⑪ 《千里江山图》，第38页。

⑫ 《千里江山图》，第47页。

⑬ 《千里江山图》，第70页。

⑭ 《千里江山图》，第76页。

"纸条上写着'内奸''骰子',还乱七八糟地画了一些谁也认不出是什么的图案。"①

"他老是觉得自己当年的钓鱼计划可能早就被陈千里识破了"②。

"银行保管箱里的金条就是现成的诱饵,他要再次施展钓鱼技巧,这一次他不仅要钓到特派员,钓到他们的秘密计划,还要钓到那条早就该下锅的漏网之鱼。"③

"易君年在特务冲进会场时,为了保护他,把骰子放进了自己的口袋"④。

"'没有提前告诉大家,'陈千里笑着说,'是因为担心你们事先知道,演得就不那么像了。'"⑤

中共的特派员名叫林石,"他自己的代号叫'老开',在扑克牌里是第十三张牌"⑥。

"所以站长(叶启年,笔者注)有难处。抓共产党没有任何问题,假装抓共产党就没那么容易安排。'你要找几个亲信,让他们混在行动人员当中,引导大家配合演一出戏。'"⑦

"凌汶消失以后,他可以演一出戏,欺骗老肖,让老肖把情报透露给他。"⑧

"他打算也给卢忠德演一场戏,麻痹他,让他以为他们一点也不知道广州发生的事情。他们没到过广州,没有见过莫少球和老肖,也不知道凌汶突然失踪了。"⑨

"戏演得很糟糕,不这么做瑞金来的交通员不会相信。"⑩

"卢忠德即是其中之一,这枚提前布局的棋子,后来起了极大的作用。"⑪

"昨天在码头上他演了一出戏,让卢忠德以为自己没有暴露"⑫。

"这是一盘错综复杂的棋局,他不仅需要猜到对手下一步会做什么,而且要猜到对手是如何猜想他的下一步。"⑬

"下午开始的西联会甲组第二场已赛至下半场,陈千元喜欢看球,但他们俩今天到这

---

① 《千里江山图》,第 82 页。
② 《千里江山图》,第 131 页。
③ 《千里江山图》,第 133 页。
④ 《千里江山图》,第 146 页。
⑤ 《千里江山图》,第 182—183 页。
⑥ 《千里江山图》,第 186 页。
⑦ 《千里江山图》,第 238 页。
⑧ 《千里江山图》,第 283 页。
⑨ 《千里江山图》,第 284 页。
⑩ 《千里江山图》,第 293 页。
⑪ 《千里江山图》,第 298 页。
⑫ 《千里江山图》,第 307 页。
⑬ 《千里江山图》,第 313 页。

里约会，却由董慧文提议。”①

“这手牌实在太大了。往大里说，只要打好了，你们的‘剿共’事业就完成了一半。我担心的倒是你老易打不了这手牌，却白白让我当了一回叛徒。”②

“在正元旅社那间密室里他对卢忠德说，拿浩瀚当诱饵，钓出陈千里的秘密上船地点，这一局他觉得本下得太大了。”③

“现在，卢忠德打算正式放出诱饵，不过在那之前，他要先讲一个有关老方的故事。”④

“他们义无反顾，勇敢地让自己成为‘钓饵’，为了把‘钓饵’直接下到叶启年、卢忠德的嘴边，卫达夫故意被特务抓去，假装叛变。”⑤

“凌汶消失以后，他可以演一出戏，欺骗老肖，让老肖把情报透露给他。”⑥（卢忠德给陈千里演戏，笔者注）

“他打算也给卢忠德演一场戏，麻痹他，让他以为他们一点也不知道广州发生的事情。”⑦

“戏演得很糟糕，不这么做瑞金来的交通员不会相信。”⑧

“陈千里望着黄浦江右岸，天地变得越发黑暗。他知道那些同志马上就会被敌人逮捕，还有千元。为了‘千里江山图计划’，他们义无反顾，勇敢地让自己成为‘钓饵’，为了把钓饵直接下到叶启年、卢忠德的嘴边，卫达夫故意被特务抓去，假装叛变。”⑨

在这里，红色革命历史叙事表达思想的传统形式，遭遇了福柯后现代主义叙事表达“真理游戏”与“人生合一”的文本形式。辩证唯物主义的历史与追溯权力和控制的历史发生了交错。“骰子”在游戏中的变化是无规律可循的，每一次重来，都是一次重新“洗牌”；每一次洗牌，都是理性制造混乱的游戏；每一次结局，都是上帝之手的命运安排。“骰子”是非理性的象征，是无规律的表演，是偶然性的兑现。在这里，有人说命运的巧合，有人说运气的爆炸，有人说左右在夹章，有人说直觉能单调，有人说拿着手里的、看着锅里的、想着别人的……

“骰子”，本是八卦易象、生肖数术的演绎。这里的“骰子”，是掩盖地下党组织秘密

① 《千里江山图》，第319页。

② 《千里江山图》，第359页。

③ 《千里江山图》，第366页。

④ 《千里江山图》，第368页。

⑤ 《千里江山图》，第377页。

⑥ 《千里江山图》，第283页。

⑦ 《千里江山图》，第284页。

⑧ 《千里江山图》，第293页。

⑨ 《千里江山图》，第377页。

活动的武器，是红色革命党组织秘密联系的暗号，是国民党反动派利用它抓捕共产党人的凭证，又是作者移植福柯“监狱理论”“真理游戏”的道具，是连接历史主义与现代主义的黏合剂，是拼贴现实主义与现代主义的糨糊，一祖三宗，一石三鸟，一隅三反，一板三眼，用福柯理论的移植、渗透、嫁接，消解理性文明与自由天性日趋相悖的压力，把现代精神的困惑者放在一个时间——瞬间，“非此即彼”的艰难选择中，是作品的深意。

福柯的“监狱理论”“游戏真理”，用人性消解着人的阶级性，用现代性消解着历史性，用后现代主义消解着历史主义，消解着红色革命历史叙事的结构，消解着红色革命历史叙事的精神。一场血与火的生死斗争，一场光明与黑暗的政治较量，被装载在一个“戏说”“侃聊”“猫捉老鼠”的游戏之中。作者旨在探索历史与文学、真实与虚构、荒诞与实在、词语与意义在二元对立、相向而行、逆向互照中的对立统一关系。

然而，令人遗憾的是，作者没有站在劳苦大众社会革命的立场上，透过历史变革的烽烟，在人的社会属性中映出人的自然属性，在人的历史精神中映出人的时代精神，在人种面临灭绝的危险中映出民族集体主义的智慧和力量；没有在情感反向机制表达与历史本质正向映射的“节律”中找到过去和现在的“图式”；《图兰朵》“三个谜语式”的东方元素没有稀释“普契尼天鹅之乡”西方叙事的语境，江南民歌《茉莉花》的旋律没有融进《今夜无人安睡》的低吟浅唱之中。

三

受到克尔凯郭尔的影响。

克尔凯郭尔关于瞬间现象的生存论认为：“人在世界中存在”的首要问题是要摆脱“此时此刻”“非此即彼”的两难选择。他把人生绝望放在瞬间的时间中，表现人在瞬间的时间中思维断裂、精神震荡、眩晕、失重、恍惚、惊悸、颤栗、焦虑、烦躁，以及持续不断地、“非此即彼”地艰难选择面临三种困惑。

克尔凯郭尔的这种思想成为作者表现历史真实客观性的外在特征。作品是这样开篇的：“腊月十五，离除夕也就十来天。大约九点三十五分，卫达夫走到浙江大戏院门前，对面就是四马路菜场。”①

“上午九点四十分，世界大旅社屋顶花园。游乐场看起来有些萧条，冬日阳光照在转台上，几匹木马垂头丧气，油彩剥落处看起来特别显眼。”②

---

① 《千里江山图》，第 1 页。

② 《千里江山图》，第 2 页。

“十点差五分。菜场东面，那里有一条极窄的夹弄。”①

“接近十点，一辆汽车停到菜场斜对面的街角上，有人凑近车窗，小声朝车内说了几句话，随即快步离开。”②

“十点左右，来参加会议的人陆续进入房间。”③

“上午十点左右，申新旅社日班茶房老陆把客人送进二楼房间”④。

“晚上七点不到，同福里弄口已经被燃放的鞭炮炸得烟雾腾腾。”⑤

“过了十来分钟，林石按了一下电铃”⑥。

“四点刚过，船头上就冒起了炊烟。”⑦

“贵生轮驶入吴淞口是上午十点五十分”⑧。

作者在叙事中有意用瞬间突出时间的即时性、准确性，有意用瞬间隔断时间的连贯性，有意用瞬间剖析时间的心理性：“太阳很好，有一瞬间他心里忽然生出一点空虚。”⑨

“他像是想起了什么事情，一心想要告诉他们，可就在那一瞬间，子弹射中了他。”⑩

“有那么一瞬间，他好像闻到了金条的气味。”⑪

“有那么一瞬间，这个想法在叶启年的脑海中掠过。”⑫

“叶启年脸色铁青，他抬起眼睛盯着孟老，心中瞬间动了杀机。”⑬

“只是一瞬间，叶启年就像燃尽的蜡烛开始销蚀坍缩”⑭。

“他失去了时间感，觉得这个过程无休无止，甚至可能永远也不会结束。”⑮

“但他忘记了时间，连刺眼的亮光突然熄灭到现在有多久，他也有点模糊了。”⑯

这种把时间定在了时和分的刻度，再把空间定在了“地理志式”的街道、马路、巷

---

① 《千里江山图》，第 6 页。

② 《千里江山图》，第 7 页。

③ 《千里江山图》，第 9 页。

④ 《千里江山图》，第 52 页。

⑤ 《千里江山图》，第 135 页。

⑥ 《千里江山图》，第 174 页。

⑦ 《千里江山图》，第 177 页。

⑧ 《千里江山图》，第 284 页。

⑨ 《千里江山图》，第 158 页。

⑩ 《千里江山图》，第 179 页。

⑪ 《千里江山图》，第 259 页。

⑫ 《千里江山图》，第 297 页。

⑬ 《千里江山图》，第 304 页。

⑭ 《千里江山图》，第 331 页。

⑮ 《千里江山图》，第 348—349 页。

⑯ 《千里江山图》，第 356 页。

子、弄堂、茶房、旅社的状态，定点的时间在定位的空间，自然化地透射出克尔凯郭尔“生命生存论”人性分析的精神闪光。

作者有意突出时间的瞬间性，是为了给历史的叙事涂上一层在场的、现时的、客观的、真实的色彩。其实，谁都知道，这里的时间是作者虚构出来的时间，不是当年历史事件发生的真实的时间。虚构的时间覆盖了当年历史发生的真实的时间，红色革命历史叙事的性质被克尔凯郭尔的感官听觉叙事所冲淡，后现代的语境对历史真实的时间、历史真实的精神、历史真实的本质无情地进行着现代性的割裂、拷问。瞬间镜头的切换，断裂性的跳跃，切断连贯性的知识认知，表现出一种鸵鸟埋头式的叙述。作品在精神气脉断裂、思想头脑眩晕、心灵情感失重的震荡、破碎中，表现现实与心灵、自我与他我、自律与他律、情感与意志、理性与非理性“非此即彼”的艰难选择。

凌汶是这种思想感情的化身。她失掉了自己真正的爱人，又被“组织上”派来了一个“假丈夫”所指配。她认为自己的生活呈现出一种“没有现在”的断裂状态，她只是生活在过去和将来之中。她的精神时时刻刻处在假扮、掩饰、防范、做作、警惕、压抑、忧郁、焦虑、敏感、多疑的艰难选择之中。

陈千里在执行任务的途中瞬间突变，从一个任务转换成另外一个任务。这任务的转换，象征着人生命运方向性的转换，象征着人生命运不是自己能够把握的一种客观意志。瞬间的转变，没有给陈千里这位天才的政治革命家、拥有超常智慧和力量的人带来丝毫的困扰，他完全凭借着一己之力，在短短的一个多月的时间内，不仅查清了内奸，建立了一条从上海绕道广东抵达瑞金的秘密交通线，还成功地营救了党的重要领导人。

时间在陈千里的生命流程中，叙说着“一将功成万骨枯”的英雄传奇故事。作品最后说陈千里在记者的眼里，“一点也看不出当年国民党统治最黑暗的时刻，他在对敌斗争中所表现出来的那种大无畏的革命精神，以及那种敏捷和智慧”。这种人生命运结论性的表述，把人的注意力引向了一个被假定已死的过去。它暗示着某种事物已然消失，却又不能确定随后而来的将会是什么。似乎在说 20 世纪 70 年代末现代性观念在思想界现身后，旧的思想观念、意识形态发生变化后，如何维护刚刚获取的改革开放的成果，一时成为“精神的断裂”。

作品中的时间——瞬间的情节设置、相关矛盾处理、情感表达方式，把人的语言表达威逼到了一个“失语”的空间。那是一个连正常的口语传达都无法正常交流的历史时间，那是一个虚构的历史时间，那是一个红色革命历史叙事的时间被克尔凯郭尔的生命悲剧的时间切断了革命主体性叙事的时间，那是一个血腥的时间，那是一个死亡的时间。

叶桃死了，欧阳民叛变的消息一时难以传达出去。

老方掩护中央特派员陈千里撤离时，在与敌人搏斗中死了，临死前他让陈千里照顾好自己的儿子。老方的儿子在与敌人搏斗中也死了。

无名氏，中共地下组织秘密情报网成员，潜伏在租界巡捕房。为向正准备召开秘密

会议的中共地下组织警示，1933年1月4日牺牲于上海四马路菜场。

林石，代号：老K。中央特派员，1933年2月8日，在上海繁茂昌煤栈工人宿舍与特务搏斗中中枪，后经抢救无效牺牲了。

凌汶，1933年2月2日，在广州豪贤路中央地下组织交通站原址被国民党特务杀害。

梁士超，红军指挥员，在上海疗伤期间参加上海地下工作。1933年4月4日牺牲于上海龙华监狱。

陈千元、董慧文、卫达夫、李汉、田非、秦传安等中共地下组织成员，1933年4月4日均牺牲于上海龙华监狱。

陶小姐没有信守自己的诺言，向外捎的信被敌人截走了，监狱里边的情况无法向外界传达出去。

卫达夫是“死间”，叙事是断裂的，缺乏中间环节的必要交代。

“小桃园”中叶启年与孟老的谈话不欢而散，叶启年杀死孟老的情节设置也是中断的。

陈千里下了贵生轮走上吴淞口，与卢忠德见面的时间，是卢忠德认为自己可以继续潜伏下去的时间（时间停止在他杀害凌汶的那一瞬间）。

作品中的时间，一会儿是自然的时间，一会儿是历史的时间，一会儿是客观的，一会儿是主观的，一会儿是新历的时间，一会儿是旧历的时间，时间在新旧交替、主客混杂中是无处不在的，四处弥漫的，无知扩张的，无觉存在的，漫无边际的，淹没一切的，洗涤污垢也淹死幼童。这里的时间是历史的时间与文学的时间相向而行，但中间是断裂的状态，这种断裂是一种间隔，这种间隔是一种生命感伤的悲剧与历史乐观主义精神的间隔。“西西弗式”悲剧的时间与“夸父追日”的时间在东西断裂中并立，在矛盾中互逆，内心的紧张、恐慌、自卫、防范、逃脱在瞬间历史化了。它们是心灵深处不易觉察的神秘波澜，是捉摸不定的印象的混沌，是被放大了的微妙的想象，是思想和感觉的自由发展，是大脑和心脏天马行空的旅行，是神经的奇异活动，是血液的窃窃私语和骨骼的迫切恳求，是心灵的无意识活动——微妙、自由、天马行空、无意识——这些共同构成了这部小说用现代主义的语境叙事的简明纲要。

四

受哥特文学的影响。

哥特文学的故事，一般表现的是荒原、黑暗、监狱、古墓、旧堡、残垣断壁、荒冢卧碑、秃鹰白骨，极端环境下超自然力的传奇能量，英勇男主角（王子、骑士、警员、侦探、特派员）在诡异危险环境中，用超常的智慧和力量，打败妖魔鬼怪（或者反对派），救出美丽的女主人。

该作品的故事发生在白色恐怖极其险恶的斗争条件下，代表着正义、光明力量的共产党人被代表着黑暗势力的国民党反动派所迫害。共产党人在黑暗势力的包围下，秘密地从事着创造民族光明前途的活动。国民党反动派、汪伪政府，在青天白日旗的飘扬下，明目张胆地从事着肮脏的政治交易。这里黑暗与光明颠倒，魔鬼与仙子同在，现实与历史交接，诡异危险环境与超自然力的传奇能量混沌，最终善战胜恶、美战胜丑、真战胜假的结局，表现出哥特文学的叙事风格。

凌汶为了寻找她的爱人龙冬的踪迹，把临出发前老肖对她的嘱托“任务紧急，刻不容缓”忘得一干二净，掩饰不住地问莫太太：“你说报馆街能找到旧报纸?”①

她来到了寂静无人、死气沉沉的豪贤街天宫里后街二十三号，那是一个凶宅，半疯半傻的七姑、幽暗的地下室、地下通道堆满的杂物、楼阁、迷宫般的长廊、旋转的楼梯、黑暗深处，趴在圆木栏杆上的野猫突然一声叫，令她胆战心惊。黑影、月光、摇曳的煤油灯光，“风从趟栊门吹进来，煤油灯忽明忽暗”，亦步亦趋地摸索着前进，超自然力量震慑人的主观意志，给人以阴森的、毛骨悚然的感觉。

“堂屋房梁上挂着一排草席，上面全是蛀洞和蜘蛛网。易君年拉了一下绳子，整排草席前后摆动起来，落下许多灰尘。房子几乎全空了，只剩下一些残破的桌椅。”②

此时此刻，凌汶的心里既孤独、害怕、焦虑、颤栗、恐惧，又猎奇探究，凭直觉一意孤行，不确定，茫然执着地向前走。“在黑暗中停下脚步，震惊地望着对面这个人形，本能地往后退了一步，易君年一把拽住她，把她拉进了底楼后面的尾房。那间没有窗户的巢穴背后是厨房，灶台一角裂开了，铁锅里有几片枯叶，两块碎砖。厨房后墙上有一扇门，易君年打开门，外面也是一片黑暗。”③

“他总是无法摆脱那种奇怪的感觉，就好像不知从哪里，龙冬一直注视着他。进了这幢房子，那种感觉愈发强烈。……她有些震惊，又有些恍惚。”④

这是一个在女性主义理论和克尔凯郭尔的思想影响下，受哥特文学影响，表现灵与肉、家与国、爱与恨，在诡异危险环境中，用生命直觉叩问生命价值取向的人物形象，也是一个现实主义与现代主义合成的人物形象。作品在现实主义与现代主义的“和声”中，出现了一种不协调的音调：身在“革命队伍”中，心在“爱情至上”里；“声”在红色革命历史叙述中，“音”在现代主义的节奏中。现代主义叙事语境的借鉴，与红色革命历史叙事主题陈述的分离，使这个人物身不由己地从失恋、寂寞、孤立、痛苦、焦虑、恐惧、动摇、暧昧、怀疑，走向冒险、探索、寻求、绝望的渊薮之中。

---

① 《千里江山图》，第 208 页。

② 《千里江山图》，第 219 页。

③ 《千里江山图》，第 227 页。

④ 《千里江山图》，第 224 页。

她是一个沿着克尔凯郭尔论述的“人生三个绝望”的道路，走完自己的人生道路的。第一个阶段是审美阶段，革命加爱情。第二个阶段是失“真”扮“假”的道德判断阶段（和龙冬是真夫妻，和易君年是假夫妻）。第三个阶段是宗教阶段，她在算命老头跟前抽到的第七十三号签“三春桃李本无言，苦被残阳鸟雀喧”①，带有明显的宗教象征意义。

在黑暗深处，陈千里怀着忠诚和意志，双目炯炯地窥视着流萤和闪烁不定的星光，盘算着下一次的行动。他是劈开黑暗世界的一把利剑，划过夜空的一道闪电。他的血液和骨髓里回荡着“超人”的音律。

这是一部用西方现代主义的叙事方式、语义阐释、注解红色革命叙事的作品。尼采说“上帝死了”，福柯接着说“理性人也死了”。克尔凯郭尔所抨击的基督教教会和神职人员自身腐败的结果，是19世纪末整个西方文化危机的表征，是整个19世纪末西方文化转型的结果。哥特文学表现出抑郁对哀悼仪式的崇尚，对人的本质力量的削弱，必然走向断层。这些在《千里江山图》中被简单地、机械地、生硬地拼贴焊接在一起。

五

用“命名”对本质、意义进行质疑。

后现代主义文学对现代主义文学的批判，其中一种表现形式就是言说文字不能表达主体精神，用“言不尽意”钻人的“名字”和“身份”的牛角尖，反映社会变态中的身份危机，表现现实生活中“非此即彼”的、无法摆脱的两难困境造成的艰难选择。进而用名词对现象与本质释意的不确定性，拷问历史的本质。

《千里江山图》用假名、化名、冒名顶替、张冠李戴、变换身份，以适应“游戏真理”“游戏人生”叙事的需要。用一词多义、一字多声、同音异字、异字同音、语义隐喻的特点，稀释历史主义危机下红色革命历史叙事的本质特征，给作品的价值投向蒙上了一层模糊不清的面纱。

“在党内，谁都知道使用这个工作化名的领导同志，他常常用这个名字在《向导》周报发表文章。”②

“一个做秘密工作的人，可以有好几条线路，在每一条工作线路上使用不同的化名。”③

“白区工作没法为同志建立档案……这几年，国民党疯狂发展特务组织，地下工作稍有不慎，就会被敌人发现，各系统不断遭受损失，很多同志因为原先的工作条线被破坏，

---

① 《千里江山图》，第216页。

② 《千里江山图》，第29页。

③ 《千里江山图》，第30页。

上下级关系失联……按照纪律，在新的工作系统里，相互之间不应该提到过去。”①

特务分子卢忠德冒名顶替革命者的名字，混进革命队伍，化名叫“西施”。“西施”本来是革命者龙冬的化名。龙冬被杀害后，卢忠德盗用了化名。“西施”名下还有第三个人——崔文泰。

“有人读了凌汶写的那部小说《冬》，……她把自己和龙冬的名字赋予了他们”②。

游天啸“他把那辆挂着司令部军牌的汽车停在枫林桥，步行出了华界，到云禄车行另外租了一辆”③。

“特工总部没几个人知道，这个博古正是中共临时中央的负责人秦邦宪的化名。”“他立即联想到最近听到的一些说法，特工总部驻各地分站传来的情报里，时不时会有一些只言片语，提到一幅画，也许并不是一幅画，只是用了那个名字。”④

“特工总部、党国、中共秘密计划，这些词语日日夜夜萦绕在他头脑中，但就在片刻之间，它们都失去了意义，连咬牙切齿的仇恨也变得好像十分遥远。”⑤

“把易君年调到上海前，上级把联络方式、暗号和这个化名交给他，让他到上海与地下党负责人老方接头。至于在广州时他使用什么名字，他没有跟任何人说起，当然他不能说，事关工作纪律。泄露从前的名字，可能会危及那些仍在原系统工作的同志。”⑥

“龙冬牺牲时，欧阳民被捕，端午节后欧阳民做了叛徒，直到这个时候叶启年才决定让卢忠德假冒易君年，在报纸上发布假消息。”

“龙冬才是易君年？”“易君年是一个假名字，工作化名，原本应当由龙冬同志使用，他用这个名字预订船票，预订到上海住的地方。在上海他也会使用这个名字与人联络。”

“卢忠德冒用了这个名字，我们就没人能够发现吗？”⑦

“后来龙冬告诉她，那种琴叫 ba—la—lai—ka，他一个音一个音地教她说这个词，又说那首曲子叫 tum—ba—la—lai—ka，就是弹奏这种琴的意思。”⑧

“楼道里传来乐队演奏的声音。这首曲子游天啸很熟悉，‘肚皮上有一只蟹’——他偶尔也跳跳茶舞。他当然不知道真正的曲名叫 *I belong to your heart*。”⑨

这是一首颇受年轻人喜爱的欧美舞曲，英语翻译成汉语有多种译法，“我属于你的

---

① 《千里江山图》，第 64 页。

② 《千里江山图》，第 79—80 页。

③ 《千里江山图》，第 123—124 页。

④ 《千里江山图》，第 132 页。

⑤ 《千里江山图》，第 158 页。

⑥ 《千里江山图》，第 247 页。

⑦ 《千里江山图》，第 281 页。

⑧ 《千里江山图》，第 85 页。

⑨ 《千里江山图》，第 125 页。

心”“我爱你”“你在我心中很重要”……“heart”含有“红桃K”的意思，如果用化名“老开”的名词、概念去理解这首曲子的名称，就把这首歌曲的真意理解反了。引申林石的化名叫“老K”，文本命名的叙述意义就是另外一层意思了。

“他很喜欢这支枪，人家都叫它枪牌手枪，他却常说，其实应该叫作手枪牌手枪。”①

“‘濠弦街，现在叫豪贤路，但广州人喜欢叫它原来的名字濠弦街。’莫少球解释了那两个听起来一样，字却不一样的路名。”②

“两道围墙之间有一条煤渣小路，因通往日侨聚居的千爱里，这条路就被叫成千爱路。”“庭院里种了不少樱花树，‘千爱里’就是从樱花的英语读音来的。”③“千爱里”和“樱花”在中文中是马风牛不相及的两个名词、概念。

“黎叔把那枝茄力克放进柜台后的一只木匣里，‘我早说过卢警官遇见她，就是花旦见小生——夫呀。’”“梁士超告诉陈千里，戏台上广府白话，夫、苦同音。”④

作品通过凌汶的“汶”、濠弦街（濠贤路）的“濠”等文字结构形式的不同，一字多音、同音异字，把中国语言文字的多意性、多音性的功能引向“言不尽意”“世界是文本”的方向。

在这里，名不副实、词不达意、言不由衷、王顾左右而言他、断章取义、拐弯抹角、囫囵半片，成为作者应用语言文字的特征，否定“命名”揭示事物本质的意义。

陈千里第一次和老方接触，通过剃头镜子，看到镜子里的老方，也看到身边真实的老方。

“新闸路楼上的厢房，他坐在窗下，她坐在梳妆台前，他们在说话，他看见两个她，一个在面前，一个在镜子里。”⑤

在红色革命历史叙事“失语”的历史背景下，面对“非此即彼”的两难选择，叙事主体发出了时代对历史的质疑：“世界是文本”的，还是“人本”的？

后现代主义认为，我们被监禁在语言的牢房里。语言的意义系统充满了破碎和自相矛盾性。知识、名词、概念、命名，无法为人们提供认识客观世界的意义。语言无法为我们提供真实地认识客观世界意义的途径和手段。他们企图用一种超验的武器寻找经验的主体，用亚当和夏娃偷吃禁果的恶魔的旨意，升华、凝定、消解上帝的神圣，用新历史主义解构历史主义，用词语、概念、命名、正名的焦虑，表达主观精神对客观世界认识的无解。

---

① 《千里江山图》，第232页。

② 《千里江山图》，第243页。

③ 《千里江山图》，第316页。

④ 《千里江山图》，第248页。

⑤ 《千里江山图》，第273页。

六

明显的非理性倾向。

当理性受到非理性冲击的时候，有两个价值投向：一种是积极地清洗理性中滞后的、残留的、僵化的、陈旧的思想观念；一种是消极地否定理性创造文明积累下来的一切先进文化的优秀成果，把非理性上升到一个主宰人的认识事物的主导地位。该作品似乎更多地倾向于后者。

崔文泰“那天他给一个地下党组织秘密机关送信，出来以后，发现背后有人盯梢。不知怎么回事，他一下子就决定了……站到盯梢的小特务面前，对他说：‘我有重要情报，我可以向你们投诚，但必须见你们最大的官。’”①

林石“他隐约觉得崔文泰有问题，有些直觉很难说清楚。别扭的表情、一两个过分夸张的手势、说话时使用的词句”②。

“最让易君年害怕的就是她（凌汶，笔者注）那些毫无由来的直觉，多年来他一直也没有战胜过它们。她好像总能提前知道他要做什么，他刚想对她说一句什么，还没等他说出来，她就开始打岔。她的那些直觉——你也不能说她不对。”③

“他凭直觉就能猜到那下面有金矿，挖出那条矿脉，有可能对中共地下组织造成毁灭性打击。”④

“其实他忧心忡忡，脑子里一刻不停，怀疑自己做错了什么。也许他不该让凌汶和易君年来广东，太相信直觉了，欠考虑。”⑤

“‘我和他是同事，在南京。你听说过叶老师吗?’陈千里跟随自己的直觉，试探道。”⑥

“陈千里印证了自己的直觉”⑦。

“在紧急时刻，他（陈千里，笔者注）凭借着一种独特的智慧，或者说直觉，领导着那些战友，一次又一次挫败了敌人的阴谋。”

陈千里一下子能把内奸的对象锁定在易君年的身上，靠的是直觉。

银行取金条的成功，依赖于崔文泰企图“独吞金条”的直觉造成的影响。

---

① 《千里江山图》，第 142 页。

② 《千里江山图》，第 145 页。

③ 《千里江山图》，第 218—219 页。

④ 《千里江山图》，第 235 页。

⑤ 《千里江山图》，第 240—241 页。

⑥ 《千里江山图》，第 251 页。

⑦ 《千里江山图》，第 252 页。

这里的直觉，成为作品中故事情节发展、人物形象塑造的主导性元素。这里的直觉是原始本能的、先验的，直接挤压着理性、统摄着理性、主宰着理性、左右着理性。我们不否认这种感性直觉认识功能存在的价值和意义。但是，我们强调的是，人的直觉是介于感性和理性之间的经验理性的“前意识”。它其中渗透和充盈着经验理性的生命基因在社会实践中不断地积累、发酵、繁殖，促使智商不断地增长，达到饱和状态后，复归于经验理性在感性认知情商领地的“大爆炸”。这种经验理性引爆感性情商的爆炸，产生的瞬间起悟、茅塞顿开、灵感一闪，是“长期积累，偶然得之”。

该作品中的直觉，更多地倾向于一种人在原始本能冲动下的无意识。这就把人的历史活动放在一个野性活动的区域里，进行非理性的历史性的叙事。红色革命历史的文明创造被放在了一个脱离了人性——人的社会性、人的阶级性、人的政治性、人的审美性的区域内，显然，这是有悖于红色革命历史叙事的本质的。

七

生命感伤的虚无。

该作品在“一将功成万骨枯”的咏叹中，把历史主义的陈述引向了生命感伤的虚无。

“今天开映《海外鹃魂》，主演是金焰和紫罗兰。他觉得多半不好看，一个电影，统共三个主要角色，到最后三个都死了。……他心神恍惚地琢磨着。”①

“电梯门一开就听见舒伯特，他辨出那是《未完成交响曲》。他穿过一条昏暗的走廊，地面铺着拼花瓷砖，淡绿色底子，上面有锯齿形方块，却看不出究竟是什么颜色。”②

“‘我怕你有一天突然不见了，就像水进了大海。’‘那你面对大海就能看见我。’”③

“进了玻璃转门，步入饭店大厅，脚踩着羊毛地毯，游天啸顿时有些自惭形秽。他穿过一条走廊，巨大的古铜色雕花吊灯高悬头顶，灯光照射着墙柱上金色的花纹，他觉得自己好像进了一个迷宫。走廊通向八角形内庭，拱顶玻璃的色彩变幻不定，游天啸目迷五色，他仰着头，发现向左一步，玻璃成了乳白色，向右一步则变成靛蓝，往前几步，同样一片玻璃却又闪耀着橙色光芒。”④

易君年在杀死凌汶的时候告诫她说：“过去只剩下尘土，吹一口气就全都散了。我们见过多少人在短短几年里就变成了过去，变成了尘土。”⑤

---

① 《千里江山图》，第 2 页。

② 《千里江山图》，第 3 页。

③ 《千里江山图》，第 79 页。

④ 《千里江山图》，第 124 页。

⑤ 《千里江山图》，第 223 页。

“直到这名特务吐出最后一口气，眼神里那些愤怒和不解渐渐消散。”①

“从前，作为一个无政府主义者，叶老师也是个行动派。他游历各国，专门研究无政府主义者的暗杀活动，还有各国政府和殖民地的秘密警察组织。他得出结论：未来的世界属于特务。”②

“陈千里想，一个人出于某种目的，可以把自己变成另外一个人。有些人像变色龙，随时可以变换身份、立场、外形、语调，甚至个性。他可以在不同角色间来回变换，就像穿上或者脱下一件衣服。”③

“戏已过半，检票员不知去了哪里，通往楼座的门大开，舞台上马振华痛心疾首，楼道的每个角落都能听见她悲伤的声音，她准备写完那封信就去投江自尽。”④

“‘没事的，比赛我也看不懂，我是来看人的。’陶小姐说着朝董慧文眨眨眼睛，好像已经忘了之前想要说什么。”⑤

“一封没有署名的信”。

“我一直想给你写一封信，但是不知道怎么落笔才不会泄露。”

“你大概读不到这封信，我也许已经不在了，已经离你很远，在某个我不知道的地方。我不知道我应该在哪里等你，你才能找到我。”⑥

“1979 年……我们党正处于拨乱反正的重要时刻，每个中国人的脸上都充满笑容。”陈千里却变得那么的迟钝、木讷，“对人并不十分热情，一点也看不出当年国民党统治最黑暗的时刻，他在对敌斗争中所表现出来的那种大无畏的革命精神，以及那种敏捷和智慧”⑦。

把当年白色恐怖下，共产党人为了躲避敌人的屠杀，用化名、假名、笔名隐蔽自己的真实身份，从事革命的秘密活动，与新历史主义、后现代主义的“命名焦虑”“文字演绎”联系起来，自觉不自觉地站在当下、在场的生命生存美学的角度，对历史主义危机下的红色革命历史叙事渗入一些生命、生存、生活上的感伤情调，这无意间给作品蒙上了一层虚无主义的色彩。

作品讲述的是一个“生”与“死”的故事。以叶启年为代表的他们，表面上看是操生死大权的生者，其实他们是代表着行将灭亡的死者；以陈千里为代表的他们，表面上看是随时有可能被敌人杀死的“死者”，其实他们是开创未来新世界的生者。这种生中有

① 《千里江山图》，第 234 页。

② 《千里江山图》，第 237 页。

③ 《千里江山图》，第 247 页。

④ 《千里江山图》，第 317 页。

⑤ 《千里江山图》，第 320 页。

⑥ 《千里江山图》，第 378 页。

⑦ 《千里江山图》，第 380 页。

死、死中有生、生死颠倒的叙事方式，是作者装载新历史主义、历史虚无主义的一种隐语和暗示。

“上帝死了！”尼采在焦虑中呼喊。

弗洛姆感叹：人，愈自由，愈绝无选择。

斯宾格勒认为，19世纪以来，西方文明已经进入没落时期。

柯林武德认为，一切历史都是思想史。

阿诺德·约瑟夫·汤恩比认为，历史文化有神秘主义的东西。

在这种历史主义危机的情势下，红色革命历史叙事如何紧按时代的脉搏，坚持历史唯物主义的立场，以海纳百川的广阔胸怀，兼收并蓄人类迄今为止创造的一切先进文化的优秀成果，不断地丰富、发展和壮大自己，成为时代的一个严峻课题。

八

去生活真实。

表现生活的真实性，是文学审美表达的第一要素。

该作品游离于现实主义和现代主义之间，由于没有找到这二者之间在表现历史本质上的审美形式，没有找到现代主义对现实主义不满、放逐乃至批判的“合理内核”，因此，在选择生活真实的叙事中，倒向了“去中心”“去意识形态”“去宏大叙事”“去生活真实”的一边。

凌汶是龙冬的爱人。龙冬是中国共产党地下组织的一个成熟的、杰出的、优秀的领导干部。他“才智过人，甚至能从国民党广州市公安局里获得秘密情报。只用了短短几个月时间，他就能说一口流利的广东话，简直就是个天生的地下工作者”①。物以类聚，人以群分，作为龙冬的爱人——志同道合的凌汶，应该与他有比较接近的思想水平、认识能力、兴趣爱好、理想追求。她是他心中的女神，他是她心中的白马王子。她和他各自是对方本质力量的对象化。凌汶是龙冬的“另一半”。这是人类男婚女嫁的正常秩序，是生活真实的真实反映。她不可能是一个与龙冬相差很远，靠直觉判断、凭感情办事的人。她怎么可能贸然让只有一面之交、毫不了解的陶小姐给外面党的地下组织捎信？这既不符合她的身份、性格、思想，也不符合生活的真实，在敌人的监狱里，怎么能找到写信用的药纸、笔、信封、胶水呢？

叶桃是一个中共地下工作者。她是陈千里的恋人，又是国民党特务头子叶启年的亲生女儿。（她早年失去母亲，一直是她的父亲把她一手拉扯大。）面对父亲和恋人不同的人生态度和政治立场，她在这“非此即彼”的艰难选择中，如何选择？作为常人，她在

① 《千里江山图》，第147页。

道德的评价上，心中是怎样的纠结、撕扯和熬煎？作为革命者，她在历史的评价上，又是怎样义无反顾地从“本我”走向“超我”？这二者在人性的理性选择走向审美判断中，又是怎样表现与历史本质的统一，怎样表现从一个自然人走向一个社会人的心路历程？其中人性中的善、爱与美，在一个杀戮与血腥的时代，怎样踏着血泊，背负着沉重的道德重压，打碎牙往肚子里咽，含泪选择了“弑父情结”，选择了人类理性创造文明的道路？这是作者要正面回答的。然而，作品却没有回答。

叶启年是国民党的高级特务，他面对女儿叶桃和学生陈千里，由“爱”发展到“恨”，这里的“恨”是两种不同的“恨”，对女儿是“恨”铁不成钢，对学生是“恨”其抢夺自己心爱的女儿。这两种“爱”“恨”怎样统一在叶启年人生的热情与政治的热情之中？“父爱”和“师爱”在社会历史变革的政治斗争中，在特定情景的规定下，怎样通过矛盾的处理，统一在生活的真实、情感的真实、历史的真实、艺术的真实的基础之上？作者没有触及。也由于这一点，作品把这个人物标签化了。

陈千里面对他的弟弟陈千元的感情处理也是这样：“林石望着陈千里，有些看不清坐在他床边的究竟是个怎样的人。冷静，条理清晰，甚至连亲弟弟身处险境也不动声色。”①

“陈千里有点恍惚，心中柔软，这种感觉很久没有出现过了。他克制着，慢慢地考虑着别的事情。”②

他不想回忆他和陈千元、叶桃在一起的日子里的那些事。“他不想回忆，也许还没有到可以回忆的时候。”③

这里的描写和叙事，完全从抽象的政治出发，用意志的、忠诚的、理想的信念，超人的、政治的、革命的社会性，代替人性的、生活的、自然的、真实的情感。这里的人，只有人的社会属性，没有人的自然属性；只有革命性，没有生活性。

在《老方》一章，敌人设计在兰心戏院的斜对面，普恩济世路口的一家包子铺的门口，抓捕方云平和浩瀚同志。方云平说：“我一到那里就感觉情况不对，马路上闲人太多了，一大清早，街上那种打扮的人不应该有那么多。我远远看见包子铺门外的桌子是空的，没有人坐在那里。”④ 这种“此地无银三百两”的情节描写，把敌人想得太简单了，既然是密谋设计“诱入”逮捕，敌人的生活环境设计不可能轻易地让人识破。典型环境、典型性格、典型细节的现实主义的真实，在现代主义“超真实”的叙事中，走向了一种水中之月、镜中之花的空濛，失去了精、气、神，乃至走向变形、夸张、荒诞和虚无。

---

① 《千里江山图》，第150页。

② 《千里江山图》，第112页。

③ 《千里江山图》，第113—114页。

④ 《千里江山图》，第60页。

在《小桃源》一章，说“孟老杀过人。十多二十年前，在一些激进社团里，他是赫赫有名的刺客”①。“孟老回道，‘两党之间原是意见之争，本不至于杀人。短短几年，到了必欲杀之而后快，其中缘由，国民党以大欺小也是有的。杀人杀到后来，公敌私仇就分不清了。’”② 像孟老这种杀人不眨眼的刽子手出身，此时此刻怎么能够变得如此的彬彬有礼、通情达理、言之有理？作品没有生活真实情景的交代。

作为训练有素、隐藏很深的特务卢忠德，去小商店买名牌香烟“茄力克”，“春风满面，身旁还挽着小凤凰”③。小凤凰“晚上我给他收拾箱子，看到了旅行社舱单，上面写的名字不是他，姓易”。小凤凰问他，为什么用这样的一个“假名”。小凤凰的存在，和她对他的行为方式的发现，对于卢忠德是致命的、危险的。作品中说，卢忠德仅仅威胁和恐吓了小凤凰，还让小凤凰等他回来。④ 这不符合特务身份、思想认识、情感处理的生活真实性。

至于说，“民国十八年，端午节是六月十一日，《广州民国日报》十三号发消息，说九号晚上，潜伏在公安局内的共党分子卢忠德被枪杀。可到了十一号端午节，这个黎叔却看见卢忠德活生生站在他面前，从公安局出来，好像遇见了什么好事”⑤，这种八面露风、顾此失彼的描述，表现出作者在真实与荒诞之间的无力把握。

小凤凰作为卢忠德的情人，也应该是一个不简单的人。戏子无情，一旦有情，非同常人。她面对陈千里的突然闯入，试探、冒诈，怎么能简单地交代出她和卢忠德的交往，怎么能轻易上钩？其中都缺乏一种生活真实的铺垫。

历史的叙事要求客观、真实、准确、规范、科学。文学的叙事要求虚构、幻想、想象、抒情、审美。历史小说创作是这二者的有机融合。但是，这里的结合，不是简单的、机械的、“1＋1＝2”的相加，而是“1＋1＞2”的结构主义在“二律背反”“相克相生”对立统一基点上，辩证唯物主义与历史唯物主义的审美创造；是在历史真实与生活真实的“黄金分割点”上，坚持真实与虚构辩证统一，你中有我，我中有你，在生活的虚构中表现生活的真实，在生活的真实中映现生活的本质。文学的虚构性是映现历史真实的一面镜子。在这里，文学的虚构、想象、幻想，深深地扎根于人性的历史化与历史的人性化之中。用生活真实的情感滋养、培育、发现历史真实和历史本质二者存在的血肉关系，用这种血肉关系审美地牵引住文学虚构的这只“风筝”，使其高高地翱翔于历史叙事与文学叙事相结合的万里长空。

---

① 《千里江山图》，第295页。

② 《千里江山图》，第296页。

③ 《千里江山图》，第246页。

④ 参见《千里江山图》，第257页。

⑤ 《千里江山图》，第246—247页。

当现实主义叙事的这只“风筝”，遇到鲍德利亚“超真实”理论风暴时，由于《千里江山图》的虚构丢掉了从生活的真实走向历史的真实，丢掉了反映历史本质的“艺术情景规定性”，丢失了建立在经验理性基础上的中国精神、中国叙事，未能让审美的感情沿着“生活真实的垫脚石”，跨越模糊、包容、涵盖、虚构、扭曲、象征、暗示、隐喻的“台阶”——走向审美理想表达的高地，这就大大地削弱了该作品的思想性和艺术性。

九

淡化历史本质。

西阴野史在明代万历三十七年创作的《续三国演义》（又称《三国志后传》），梅溪遇安在清代乾隆五年创作的《后三国石珠演义》（又称《石珠》），俞万春于道光年间创作的长篇章回小说《荡寇志》（又称《续水浒》），都是历史的叙事，但是，多数文学批评家和文学理论研究工作者认为，《续三国演义》《后三国石珠演义》《荡寇志》这类历史叙事没有表达出历史的本质，历史的本质不是胜王败寇。

历史的本质，是人民群众创造文明的本质，是先进的生产力与生产关系推动人类社会文明发展的本质，是人的本质力量对象化、社会化、历史化、文明化、进步化的本质。恩格斯关于悲剧的本质的论述，已经贴近了历史本质表达的文学形式。

历史小说的叙事，是反映历史本质的艺术形式。敬畏历史真实、历史本质、历史规律，是任何一个历史小说创作者应有的态度。从文学创作的规律出发，由表现生活的真实，到表现历史的真实，到表现历史的本质，到表现无产阶级社会革命的本质，这是红色革命叙事的本质。这是任何一个红色革命历史小说创作者走向成功的必由之路。

中国红色革命历史小说创作，要从中国红色革命走过的历史道路，以及社会主义革命和建设中积累的经验和教训出发，表现社会底层普通劳动者社会革命的诉求，表现被压迫、被剥削阶级打破不合理的社会制度、创造历史文明的社会变革。其中包含历史主体、历史主流、历史主导、历史主力、历史目的、历史的运动、历史的秩序、历史的趋势构成的诸多因素、缘由，特定的时空，特定对象，特定环境，特定的场景。中国红色革命历史小说创作中的审美表达，要围绕这些因素、缘由、时空、场景，总体合成内在凝聚力，形成一定的核心价值投向。用这种核心价值投向采撷生活真实与历史真实统一的艺术真实特定情境，诠释历史文明发展的趋势。这是中国红色革命历史小说反映历史本质的路径。该作品在文学的叙事与历史的叙事相结合的过程中，文学的虚构淹没了历史的真实堤坝。文学的虚构、想象、观念，突破了历史本质规定的底线。

对历史本质的认识有不同的理解：（1）唯物史观认为，江山，是人民的江山；历史，是人民的历史，人民是历史的创造者和推动者，人民是历史的本质。先进的生产力与生产关系是推动社会历史前进的动力，其所创造的人与人之间平等、和谐相处的生活方式

是历史本质对象化与人类社会美好生活的理想表达。人类的智慧和力量激活人性的二重性与货币的二重性，使这二者“合二而一”推动历史走向真、善、美的方向，是历史文明发展的方向。(2) 唯心史观认为，英雄创造历史。独立于人的主观认识之外，有一种绝对精神理念的客观存在，这种客观意志主宰着人类历史的发展。历史的本质是人类思维的演变和人类精神世界的变迁，是人的自我认识的历史。(3) 文化史观认为，文化决定人类历史发展。“以文化人”是人类社会历史发展的本质。人类社会历史的发展是文化的变迁和演进。(4) 结构主义历史观认为，历史的本质是一种结构，是一种社会和个人行动规律的系统，是一种人与人、人与社会、人与自然和谐相处、和谐发展的关系。这种结构、规律、系统、关系，是纵向的、延时的、延伸的社会体制和风俗习惯。它对个人和群体的行动产生深远的影响。(5) 统一历史观认为，英雄和奴隶共同创造历史。历史的本质是多个因素的相互作用和综合，包括经济、政治、文化、地理环境和人类行为的各种因素。它不仅仅是受某个因素的影响，而是受到相关因素共同作用的结果。

《千里江山图》倾向于第五种历史观。但是，只能说是一种倾向，因为它更多地体现了一种杂糅性，未能在一种基本人生观、历史观、价值观、美学观的规范下、支撑下，坚持辩证唯物主义与历史唯物主义的立场，对多种因素、多种思想、多种观念进行必要的过滤、筛选、提炼、整合和升华，以达到表现历史本质的需要。后现代主义的“无中心”“无本质”“无真相”的思想观点对作者有一定的影响。

“龙华惨案”发生的时间是1931年2月7日，作品扉页上写故事发生在“1933年农历新年前后”。作品后边写陈千元、董文慧、卫达夫、李汉、梁士超、田非、秦传安等革命先烈牺牲于1933年4月4日。这一前一后，相差了两年多的时间。这里历史事件发生的真实的时间，带有历史本质的规定性，带有历史本质的鲜明性，带有历史本质的鲜活性，带有历史发展方向的趋势性、历史文明的时代性。在历史具体事件的时间上做如此巨大的调整、虚构，必将动摇历史本质的根基。

陈千里、陈千元兄弟俩是有历史原型的。在当年的“龙华惨案”中，确实有汤仕伦、汤仕诠两位弟兄被国民党反动派杀害的历史事实。作品中的陈千里、陈千元是以汤仕伦、汤仕诠为原型的文学虚构。这里文学叙事的虚构，完全是历史人物的简单挪移。真实倒是真实，但是，这种真实是自然主义的临摹，没有反映出生活的本质，没有反映出历史的本质。作品应该通过历史真实的叙事，表现血缘关系在血与火的历史变革中，血怎样被火烧干、烤焦，散发出刺鼻的焦灼味？这种焦灼味怎样促使伦理关系走向一种革命关系？人性在挽救民族危难中，怎样从伦理的传统观念走向民族解放的理想追求？道德判断在人性的灭绝中怎样走向历史的判断？作品没有沿着这样的一个精神诉求去表现历史的本质。

作品中的凌汶这个人物形象也是有历史原型的。她是以“龙华惨案”中牺牲的柔石为原型，塑造的一个人物形象。这个人物形象的塑造也是观念性、标签化的。当年历史

惨案中的柔石，是一个男性，他为了追求民族的解放、革命的理想，如林中响箭一样地勇往直前，不怕牺牲，勇于献身。这是原历史事件中的真实人物形象，而该作品却无视历史精神在这个历史人物身上的真实表现，把她塑造成为一个摇摆于“革命”与“爱情”之间的“中间人物”。

作品中的“陶小姐”也是有原型的，说的是南京国民政府财政部部长宋子文的弟弟宋子良（曾任中国国货银行经理）的情人张小姐真实的事件。张小姐最后被投入大海，俗称“种莲花”，这是历史的真实。说她为革命组织送信，在赛马场见到董慧文，与银行小施的关系，等等，都是文学的虚构。问题是像陶小姐这样一个为生存所迫，不得不靠出卖肉体换取生命存在的人，怎么突然间变成有思想、有感情、有正义、有觉悟、讲义气、敢担当的正经女性，愿意接受给外面传递革命信息的任务？这里的人物形象塑造缺乏生活真实的依据。

小说第 27 章《小桃源》，叶启年说：“这一带以前叫黄泥墙，咸丰年间种有三百多棵桃树，结的蜜桃色如颊晕，甜美至极。插根麦管一吸，满口甘香，手指上就只剩下一层桃皮。可惜早就绝种，如今空余其名，连龙华浦东的桃子都敢说是黄泥墙。”① 黄泥墙水蜜桃在当年很有名，许多文人都有记述，如陈伯熙编《上海名人轶事大观·物产·水蜜桃》（泰东图书局 1924 年版）。这是历史的真实。说叶桃、叶启年和老孟生活在这里，叶启年在这里杀死了老孟，叶桃享受她的父亲从这里摘来的桃子等情节设置，是虚构的。这里的“小桃源”只是人居住的一个小院。作者没有把它历史化、政治化、意象化、艺术化。这里的小桃源，不应该只是生活存在的自在体、自然存在的还原体。它是表现历史事件、历史人物、历史精神、历史本质、历史叙事的有机物。它是小说中叶启年杀掉老孟的历史环境，也是叶启年反革命特务精神性格的外化形式。历史的本质在这个人物精神的内外统一中，小桃源是这统一中的一个因素，这个因素参与在人物性格揭示历史本质的逻辑层次之中。历史环境的描写映射着表现历史本质的价值走向。作者仅仅把它描写成一个躲避世事之乱的清闲环境。在清闲的环境中却谈不清闲的事情，给清闲的环境涂抹上了不清闲的色彩。这个不清闲的色彩应该指向：叶启年由信服马克思列宁主义转向法西斯机会主义的本质是什么？老孟由一个激进社团的杀人刺客，转变成躲避世事之乱的逍遥派的本质是什么？这二人在此时此刻汇聚在一起，其谈论问题的话语声音，在树荫的笼罩下，对爬行在绿荫深处的壁虎、螳螂、蜘蛛、秋虫之类的生命小动物有何影响？这些东西，似乎是作品都应该程度不同地涉猎和点缀的。然而，作品没有把环境的描写引向这个方向。

这里的“小桃源”应该是一个正反合的精神意象，哪怕这个综合性的意象在时代精神的冲击下，被风霜雪雨、电闪雷鸣打得七零八落、一败涂地，这里的环境描写也要在

① 《千里江山图》，第 292 页。

“人的自然化”与“自然的人化”的历史境遇的描写中，折射出一种历史精神和历史本质的光色来。表现“黄泥墙水蜜桃”既是叙述的材料，也是反思的诠释；既是建筑者的审美对象化，也是居住者的情趣陈设；既是生活的对象，也是精神的映象。叶桃、叶启年、老孟，三个人不同的政治立场、人生态度、精神气质，在这里怎样地交集在一起？怎样审美地表现历史的本质？作品没有这样的意识和觉悟。

豪贤街上算命老头说的：“自古英雄无善终，一将功成万骨枯。”① 与作品的最后，陈千里只救出了浩瀚一个领导，而其他的共产党人都牺牲了。这种情景的设置和人物命运的安排，冲洗着历史唯物主义，给全书的叙事挽了一个“结”，也给全书的思想表达挽了一个“结”。

十

在“夹层”中思维。

该作品在现实主义与现代主义、后现代主义之间的“夹层”中思维，在红色革命历史叙事的语境与新历史主义叙事的语境之间寻觅，在中国文化精神结构形式与西方文化精神结构形式之间探索，在人性的二重性与资本创造文明的二重性之间沉思，其中有令人欣慰的探索，也有令人不解的困惑。

这里讲述的是一个关于共产党员夹在南京国民党政府和日本汪伪政府之间，被一股无政府主义野心家的投机力量所围困、迫害、诱捕的革命故事。作品表现了陈千里这样一个对革命忠诚的党员，靠自己的意志、力量、胆识和智慧，明知山有虎偏向虎山行，深入虎穴，虎口拔牙，龙潭取水，大无畏的英雄主义精神。

“开会的地方在三楼和四楼之间的夹层。”“外人很少知道两个楼面中间还有这么大一块地方。这是保存书库。那儿最里面的几间，也就是走廊到底那一排的几个隔间，存放的图书要么损坏严重，要么就是因为新版复本太多而被淘汰。那几个隔间连图书管理员自己也不会去”②。

“菜场东面，那里有一条极窄的夹弄。夹弄右边是菜场后墙，左边有一道篱笆，缝隙间不时飘出古怪的香料味。”③

巡捕房的洋人，日本侵略者，国民党反动派，他们互相排斥又互相利用，矛盾错综复杂。“现在上面关系好了，国民党不再大喊大叫打倒帝国主义，有关对付共产党、交换

① 《千里江山图》，第217页。

② 《千里江山图》，第4页。

③ 《千里江山图》，第6页。

情报和引渡犯人的合作协议也签了，下面办事的人自然而然就和睦了。”①

“走廊里远远传来两声闷响，夹层房间里的人都愣住了。”②

“我们租下了徐家汇邮局一三七和一三八信箱，一三八正好在一三七下面，隔板有个机关，轻轻一拉，一三七的信就掉下来了。就算有人在旁边监视，也不容易注意到打开一三八信箱的人。”③

卫达夫对租房的客人说：“不过前楼这间，本身就宽过一丈，朝南阳光好，两边是隔壁人家的山墙，冬暖夏凉，住住还是很舒服的。”④

“陈千里想了想：‘你给我找一个房子吧，房子要大，进出要隐蔽，最好在租界和华界交界的地方。’”⑤

“这些年，虽然国民政府颁布了普用新历和废除旧历的办法，禁止旧历年庆祝活动，春节不准放假、不准拜年、不准放烟花爆竹，但民众都不加理会，到了旧历新年，该怎么过年还怎么过年。报纸上把今天叫作废历除夕，除了换个叫法，仍旧刊登各种贺岁广告，酒家年夜饭、百货公司新春大酬宾、跑马总会春节慈善赛马。租界地面上更是爆竹声不断，工部局向来禁止在街上燃放爆竹，巡捕们却照例睁一只眼闭一只眼。”⑥

“每个楼层都安排了人手，前后两扇门随时可以下令封锁。从司令部宪兵队借了一辆铁甲车，往马路中间一停就是一座堡垒，他们如果想强行突破，让他们一头撞到墙上。”⑦

“家里被敌人搜查过，所有写过字的纸都被拿去了，但信放在花盆的夹层里，花盆在外面的窗台上。”⑧

“巷子又窄又深，两边是人家的后墙，门都紧闭着。两个人走到巷子尽头，面前一大片空地，中间一棵大叶榕，新芽初冒，地下已有几片黄叶。”⑨

“两名特务一前一后躲在两个门洞里，等他过了第一个门洞才现身，这样他就被前后拦住了，老肖侧身站着，看看前面，又看看后面。两支枪对着他。”⑩

---

① 《千里江山图》，第 8 页。

② 《千里江山图》，第 10 页。

③ 《千里江山图》，第 62—63 页。

④ 《千里江山图》，第 102 页。

⑤ 《千里江山图》，第 108 页。

⑥ 《千里江山图》，第 123 页。

⑦ 《千里江山图》，第 168 页。

⑧ 《千里江山图》，第 192 页。

⑨ 《千里江山图》，第 213 页。

⑩ 《千里江山图》，第 233 页。

“还没到开戏时间，中间的桌位都空着，两侧坐席倒来了不少人。”①

“现在可不单单是共产党要抓你，兄弟国民党，也是奉命要来抓你。国共两党都要抓你，你这一把玩得可真不小。也难怪，谁让你是特工总部赫赫有名的‘西施’。”②

“几天后他才知道，保温筒盖子下面有一张纸条，上面有紧急情报。”③

“他站在后窗口向外看，后窗下是一条夹弄。夹弄很窄，另一侧是一道围墙，围墙里是染房的晒场，方形晒场上竖着一排排晾架。”④

“他上了五路有轨电车，买了票，打了洞，挤在后面三等拖车内。这洋商电车只有头等、三等，却没有二等，租界里的外国人显然觉得在他们与中国人之间，隔了不止一个等级。”⑤

“陈千里走到房门边，门是用长条木板钉成的，木板和木板之间有缝隙，他从缝隙间向外看。”“阳光从门板缝隙间照射进来，外面空地上有小孩追逐着跑过，然后又是一片沉寂。”⑥

“我爱听你讲那些植物的故事，那些重瓣花朵，因为雄蕊和雌蕊的退化与变异显得更为艳丽，而那些单瓣花朵的繁衍能力更强。”⑦

“西施”是龙冬同志的化名，卢忠德（易君年）盗用了这个化名，中间又加了一个叛变分子崔文泰，这是一个夹在国民党、汪伪政府和日本人之间的投机分子，他和人在曹营（上海汪伪政府）心在汉（南京国民党政府）的穆川队长，形成两个不同投机分子的形象。

在叶桃和陈千里、陈千元和董慧文这两对真革命的恋人之间，又夹着一对“假夫妻”叶启年和凌汶。

作为党组织的特派员“老K”——林石的身份，夹在田非的怀疑与陈千里的信任之间。

作品的主体部分，是历史的在场叙事。作品最后补充说明的一部分《一封没有署名的信》⑧、《附录·材料一》⑨、《附录·材料二》⑩，是站在当下，遥远地看待往昔的历史

① 《千里江山图》，第249页。

② 《千里江山图》，第264页。

③ 《千里江山图》，第277页。

④ 《千里江山图》，第306—307页。

⑤ 《千里江山图》，第310页。

⑥ 《千里江山图》，第312—313页。

⑦ 《千里江山图》，第379页。

⑧ 《千里江山图》，第378页。

⑨ 《千里江山图》，第380页。

⑩ 《千里江山图》，第385页。

事件、历史人物，以今天当下的视角，评价过去的历史事件、历史人物，表现作者的历史观、人生观、价值观。这里的历史档案、历史文献，以历史真实的文本形式呈现，实质上是作者文学虚构的文本形式的呈现。因为这些信件、档案材料，并非真正博物馆意义上的真实的物证。它是一种作者为了表达自己的历史观，用文学的虚构对历史的真实进行一番再创造的“历史档案、历史文献、历史信件、历史材料”。这种再创造的“历史档案、历史文献、历史信件、历史材料”，客观上对历史的真实是一种消解。

这种“夹层”的思维，企图在不偏不倚、无过无不及的态度中，获得一种精神独立的主体性。树欲静而风不止，现实生活错综复杂，事物发展千变万化，这种“骑墙中立”的想法，往往被异己的力量打破，这些破碎了的精神碎片，在时代精神的照射下，从不同的地方、不同的角度、不同的方向，在不同的时间，映显出各自不同的七彩斑斓、五光十色，令人眩晕，使人失重，让人迷茫。红色革命历史叙事是一束穿透黑夜的极光，它不是散落在黑夜中的星光。它是紧按时间轮回的秩序，在一个中心下散发出来的阳光，不是打碎镜子散落在地上的碎片，乱七八糟地反射出来的、无序的阳光。

这里的夹层思维，既不能完全地倒向新历史主义，也不能封闭、冻结历史主义。历史主义要从对新历史主义的批判和扬弃中获得一种丰富和发展自己的时代性的启示。辩证唯物主义认为，反对的力量往往是激发自己上进、前进发展的一种动力。彻底地、完全地、一概地、像清除垃圾般地否定一种社会思潮，不研究它出现的时代背景和历史原因，不研究它的出现对辩证唯物主义和历史唯物主义有何启示，这不是辩证唯物主义和历史唯物主义应有的态度。作品没有这样足够的意识。

十一

在断裂中反思。

在断裂中反思，是现代主义、后现代主义的一种做派。“子在川上曰，逝者如斯夫。”中国的历史叙事是一种“编年史式”的叙事，是一种在时间的连续性中反思人类社会文明和历史进步的叙事。该作品是认同现代主义叙事方式的，它用“意识流”的断裂，诠释中国红色革命的叙事。在这里，“编年史式”的整体叙事被“意识流”的断裂叙事所冲击，反思的思想也是靠近现代主义、后现代主义的一种价值倾向的。

1933年，鲁迅面对“龙华惨案”写下了《为了忘却的记念》：“夜正长，路也正长，我不如忘却，不说的好罢。但我知道，即使不是我，将来总会有记起他们，再说他们的时候的。”时隔百年后，孙甘露先生在日趋理性文明与人类自由天性相悖的思想背景下，重叙这一事件，用现代主义语境反思当年的历史事件、历史精神、历史本质。鲁迅的反思，是亲历者在场，眼见为实的反思。孙甘露的反思，是“士别三日，当刮目相看”，站在今天的角度的反思，二者都是建立在对国民精神的反思上。但是，鲁迅的反思是一种

民族精神的启蒙。孙甘露的反思是一种用外来文化对中国文化进行关照、进行自省的反思。鲁迅的反思是一种历史本质精神的赞美和怀念。孙甘露的反思是一种民族历史精神关照下的历史沉思。鲁迅“铁屋子”的《呐喊》，唤醒了一代沉睡者。孙甘露的《千里江山图》，用尼采、福柯、克尔凯郭尔等人的思想，反思当下的人文历史精神，表现“睡死”还是“醒死”的两难选择。

叶桃这个人物形象，看起来似乎与子君（鲁迅的《伤逝》）、英（冰心的《第一次宴会》）、范小姐（张爱玲的《五四遗事》）、林道静（杨沫的《青春之歌》）、柳真清（池莉的《凝目》）等女性形象有一种中国文学叙事学上的联系，实际上她是从非理性出发，斩断中国女性的贤能淑慧，走向“审父情结”，靠近新历史主义叙事的形象塑造。

这种非理性、非整体性的断裂，在小说的文本叙事中，往往出现一种虎头蛇尾，或者始乱终弃的现象。例如，陶小姐、小凤凰、莫少球的太太、七姑等这些人物，都是一闪而过的、拉洋片式的人物形象。

这种断裂，是一种摧毁性的、致命的打击。易君年是在报纸上发表了龙冬死了以后，凌汶和龙冬的关系断裂时，乘虚而入，打入了革命队伍内部。这个特务分子混进革命队伍，对上海地下党组织形成致命性的威胁，也造成了巨大的损失。

陈千里是在上海地下组织被敌人破坏、革命系统中断的情况下，接受了任务，又中途改道，去完成一项新的任务。在新中国成立以后，他的革命精神断裂了，思维终结了，变成一个僵化痴呆的人。笔者是希望，通过这个人物形象的反思，能够提出一些无产阶级由被压迫、被剥削阶级变为国家机器的掌握者、有产阶级以后，对伦理概念、伦理观念、伦理精神、伦理准则、伦理性质、伦理关系、伦理道德、伦理规范、伦理责任进行新的思考，从地理、天理、事理、物理、心理、道理、整理、调理、治理、法理走向超越种族、种姓，走向人类命运共同体的思考。陈千里生活、革命在“理性”与“非理性”的矛盾之中。他是一个革命英雄主义者，也是一个个人英雄主义者。

叶桃牺牲在“父亲”与“恋人”的矛盾中，她是一个忠诚于红色革命的勇敢战士，也是一个深爱着自己的恋人的形象。她在革命和恋人之间，熬煎着，撕扯着，炼狱着，纠结着，最后牺牲在矛盾的不可克服之中。

崔文泰是革命队伍中的一个投机分子，他在黑白两道的投机中，左右摇摆，上蹦下跳，最后这种投机的路线断裂了。不应该只是普通认识论上的一种断裂，还应该有一种此时此地、此情此景指向表现历史本质意义上的“断裂情景规定性”的认识论上的断裂。“独吞金条”的情节设置，在指向他本人思想性格发展方向的同时，也应该指向陈千里设计这次行动的不确定性。崔文泰思想感情发展的方向性与陈千里设计这次行动的不确定性，这中间是断裂的。它与思考偶然性是连接在一起的。表现历史的本质在这里要指向思想感情行为方式的必然性，而不是偶然性。这里“独吞金条”的情节设置，仅仅是为了完善故事情节发展的偶然性需要，为了讲解故事，而轻视了思想的表达。

从监狱里到监狱外，从新中国成立前到新中国成立后，从国民党到共产党，从新中国成立到改革开放，从中国到外国，中国红色革命叙事是一直在辩证唯物主义和历史唯物主义道路上行走。《千里江山图》受到现代主义、新历史主义的思想影响，有意无意地淡化“究天人之际，立一家之言”的春秋笔法，徘徊在断裂地带的历史叙事，这中间有太多的矛盾需要做出新的历史性的思考，有太重要的因素需要做出新时代的理性判断。然而，作品在这里没有做出应有的回答。

作品中陈千元翻译的《远方的来信》，与作品后边附录的《一封没有署名的信》，这二者是断裂的，远方的信和近前的信，在断裂中缺乏一种历史叙事的诠释，缺乏一种红色革命精神与现代主义、后现代主义在关于历史本质认识论上矛盾与分歧的思考。

在这里的反思，更多的是一种心无所系、情无所系的反思。它应该是一种民族传统文化精神在新历史主义的文化精神背景下的反思，是一种科学理性、宗教理性、工具理性对经验理性、伦理理性、合和理性的反思，是一种日常叙事对宏大叙事的反思，是一种二战后的悲观主义精神对理想乐观主义精神的反思。

在这里，断裂性的反思更多地滞留在后现代主义的基础上，未能把这种断裂性的矛盾性的思考变成一种有启示性的文本形式。作者试图用娱乐性冲击政治性，用语言形式的表演稀释红色革命历史叙事崇高与神圣的精神浓度，以达到消解现代人的精神压力的目的。然而，由于文本叙事的语言性质与表现题材内容的性质发生了认识上的矛盾冲突，出现了以生活混浊的感情代替审美清晰的感情的现象。

生活的情感夹杂着欲望燃烧的野性情感，它是一种大浪淘沙、鱼龙俱下的混浊情感。然而，文学表现的是一种清澈、透明、靓丽见底的审美的情感。审美的情感一定是被生活的时间、历史的时间所沉淀，被理性所过滤、筛选、提炼、升华了的情感。

政治的激愤在善与真的炼狱和脱水中，也可以产生审美的感受、审美的感情。有人把它称之为政治之美、道德之美、伦理之美。可惜，作者没有在红色革命叙事的政治激愤的情节设置、矛盾纠葛中，提炼出红色革命叙事应有的审美情感、审美情趣、审美观念和审美思想。

十二

在矛盾中徘徊。

叶桃徘徊在父亲和恋人之间。

陈千里徘徊在兄弟情感与革命情感之间。

凌汶徘徊在真假夫妻之间。

卢忠德徘徊在龙钟和易君年之间。

崔文泰徘徊在革命与反革命之间。

“……奇迹在自然界和历史上都是没有的，但是历史上任何一次急剧的转变，包括任何一次革命在内，都会提供如此丰富的内容，都会使斗争形式的配合和斗争双方力量的对比，出现如此料想不到的特殊情况，以致在一般人看来，许多事情都是奇迹……”①

“这些年，虽然国民政府颁布了普用新历和废除旧历的办法，禁止旧历年庆祝活动，春节不准放假、不准拜年、不准放烟花爆竹，但民众都不加理会，到了旧历新年，该怎么过年还怎么过年。报纸上把今天叫作废历除夕，除了换个叫法，仍旧刊登各种贺岁广告，酒家年夜饭、百货公司新春大酬宾、跑马总会春节慈善赛马。”②

公历1934年1月29日，“浙江大戏院……下午3点将放映金焰、紫罗兰主演的《海外鹃魂》”。有人通过查阅上海图书馆全国报刊索引的中国近代报纸全文数据库，发现那天（公历1934年1月29日）浙江大剧院并没有放映这部电影，而是《蛮女裸舞》以及电影《巴黎血案》。最后在1932年腊月十五（公历1933年1月10日）的《新闻报》广告上发现了刊登过的一篇广告说：浙江大剧院，当天下午放映《海外鹃魂》。

“‘我没有现在，只有过去和将来。’凌汶回答得很快，但她仔细想想，这话也说得不对。她怎么能没有现在，他们现在身负最重要的任务，他们这个小组，还有她和易君年，坐了那么远的船来到广州。”③

凌汶千方百计、辗转反侧地寻找龙冬的踪迹，到了豪贤路的天官里后街。“这时候，凌汶却又有点茫然，她究竟想到这里来看什么呢?”④

“有时候想起老方，他心里也不是一点愧疚都没有，但他真没想要害他送命，他只是告诉人家，老方很可能去了剃头铺。那天，他把老方送到北四川路，看着他下车后钻进了弄堂，立刻猜到了他打算去哪里。他没想要害他送命，最后这个结果不全是他造成的，虽然想起这些心里总是有点不舒服。”⑤

“你大概读不到这封信，我也许已经不在了，已经离你很远，在某个我不知道的地方。我不知道我应该在哪里等你，你才能找到我。”⑥

这是一部表现在历史大变革的时代背景下，红色革命历史叙述精神徘徊在传统的现实主义革命精神与现代性——现代化——理想型的革命精神之间的，带着探索人类推动历史文明发展的动力，沉思民族精神融入世界文明创造精神之中，充满着忧患意识、民族自强意识、时代的紧迫感和生命的忧伤感的作品。

这里的矛盾是白色恐怖，又是红色革命；是汪伪政府的青天白日旗，又是共产党的

---

① 《千里江山图》，第51页。

② 《千里江山图》，第123页。

③ 《千里江山图》，第223页。

④ 《千里江山图》，第213页。

⑤ 《千里江山图》，第260—261页。

⑥ 《千里江山图》，第378页。

《千里江山图》；是文化围剿的失语，又是红色革命的口传；是“言可尽意”的叙事，又是“言不尽意”的诠释；是历史的叙事，又是现实的反思；是名不副实的叩问，又是名正言顺的决断；是政治革命的历史纪实，又是文学创作的语言思考；是民族精神的历史叙事，又是人类文化精神的现实借鉴；是科学的，又是自然的。这里的矛盾不是对立统一，是金石相击、火花溅起，是火上浇油、狂野焚毁。

同名同姓，不是一个人。同是孪生兄弟，不是一样的性格。同样一个化名，三个人在用。即使是一个人内心的矛盾，也有两个不同的“自我”在心里互相打架。一个是“理想的自我”，想冲破现实的束缚，走向实现“理想的自我”；一个是“现实的自我”，在现实原则的制约和震慑下，妥协现实原则，回归“现实的自我”。

这里表现的是新历史主义的叙事话语，对历史主义危机下的红色革命历史叙事话语的渗透。由于作者在新历史主义思想观念的影响下，没有守住辩证唯物主义和历史唯物主义形成的中国红色革命历史叙事的底线，没有找到中国经验理性与现代主义、后现代主义在中国红色革命历史叙事上的“交叉点”，所以，在历史与现实、内容与形式、词语与意义、现象与本质的认识的天平上，最终倒向了新历史主义一边。

十三

中国红色革命历史叙事的时代呼唤。

我们正处在一个百年未遇的历史大变革的时代，机械化、电子化、信息化、大数据、云计算、人工智能、克隆技术，全球一体，知识大爆炸，各式各样、各种类型的新理论、新思想、新观念、新方法、新形式扑面而来，冲击着人们的传统观念。在这农耕文明向工业文明、村社文化向都市文化急剧转折的历史节点上，人们的思想认识出现了一种巨大的震荡，情感受到了强烈的冲击，道德滑坡、价值失衡、表达失语，这似乎是历史的必然。问题是我们要在这“变”中思“治”、“治”中持“本”、“异”中求“和”、“和”而不同、正“本”清“源”、守“正”创“新”的转换中，牢牢地守住两个底线。

一是，守住人类理性创造文明的底线。康德在他的《纯粹理性批判》中指出，理性有它二律背反性。现代主义、后现代主义对理性创造文明的本质进行怀疑。我们要坚定不移地站在辩证唯物主义和历史唯物主义的立场上，从中国历史存在的实际出发，尊重中国农耕文明五千年来的文化积淀，尊重中国红色革命政权已经建立的事实，尊重中华民族对社会主义道路的选择是历史的必然，尊重中国社会主义制度的建立，是辩证唯物主义和历史唯物主义与中国革命实践相结合的产物。结合世界红色革命社会实践的经验教训，冷静、客观、科学地分析 20 世纪 90 年代世界上出现的“三个分裂”（苏联社会主义阵营的解体、巴尔干半岛的解体、捷克与斯洛伐克的分裂）、“两个统一”（东德和西德的统一、南北也门的统一）的事实，深入研究红色革命在新的历史条件下，共产党为人

民谋幸福、建设具有中国特色的社会主义现代化面临的新问题，不断推进社会文明的深入发展。

二是，守住做真人、作真文的底线。真实地反映社会生活是文学的第一要素。不管是现实主义还是现代主义的文学观，都是建立在这一基础之上的。他们的区别是：有人正面表现，有人反面映衬；有人秉笔直书，有人寓意象征；有人肯定讴歌，有人否定反诘。无论如何，我们希望我们的作家，坚定地站在人民性的立场上，敲响自己的骨髓，为人民群众立言。在历史变革的困惑和迷茫中，直抒心里的真实感受，表现对生活在社会最底层的普通劳动者深切的同情和关爱，不掩饰，不做作，实事求是，坦率直言，冷静地分析困惑中的社会原因、历史原因，客观地分析迷茫中的文化思潮、文明走向，把人引向追求和向往美好生活的未来，而不是把人引向潮湿、阴暗和绝望。

坚持传统文化的道德修养，知行合一。知，是真知，是理性的真理感知，是自我心灵世界悲悯情怀的良知发现。行，是在真相、真知、真理认识事物本质上的正义、大道、高德、大法指导下的行为方式。知行合一，是行圣贤之道，知人善任，知己知彼，知无不言，言无不尽，言者无罪，闻者足戒。

真实地表现内心深处的熬煎、纠结、撕扯、疼痛，精神深处的裂变、失衡、眩晕、迷茫和困惑，真诚地表现困惑和迷茫的精神诉求。这种诉求哪怕是来不及艺术处理的生活第一印象，哪怕是“孟姜女哭长城式”的悲天悯人、“瞎子摸象式”的片面直说、“杞人忧天式”的呼天喊地、“精卫填海式”的望洋兴叹、“削足适履式”的舍本逐末、“刻舟求剑式”的呆板愚笨，只要他出发点是热爱共产党、热爱新中国、热爱社会主义、为人民大众谋幸福，坚持辩证唯物主义和历史唯物主义立场，从丰富和完善红色革命历史叙事性质出发，哪怕是带血的呼啸、带泥的蹒跚、带痛的斥责、带骂的讽谏、带病的呻吟，唯其悲悯情怀直通“人民性”的精髓，唯其是建立在为人民立言的基座上，唯其感情深处尚存一息真、善、美的情丝，唯其生命的呼吸带着推动人类历史文明前进的节律，我们可以理解，可以宽容，可以从其极端性中看到偏执、片面背后蕴含着的那一丝发自心灵深处的善良、美好的愿望。

中国的儒、释、道互补，奠定了中国学派对一切外来文化的态度。改革开放是我党的一贯政策。问题是我们要用建设中国特色的社会主义的思想认识去粗取精、去伪存真、内外合一，造就中国气派和中国作风的新文化、新艺术。

在这里，外来文化对我们有两个作用。一是“镜子”的作用，让我们反观自己存在着哪些不足。二是“培养基”的作用，在这种“培养基”上，植下我们本土文化精神的基因，培育出一种沐浴着新时代的阳光，茁壮成长的新时代新思想的新生命。在这种思想支配下，我们不苛求我们的作家对西方的现代化、现代性、现代主义、后现代主义的理论有多么博大精深的理解，我们只要求我们的作家，清楚别人有什么，我们有什么，别人没有什么，我们没有什么，我们需要什么，别人不需要什么，我们需要它们的什么，

我们在当下怎样才能不被新殖民主义者所殖民。

在这个过程中，我们一定要清楚，我们的历史、文化、经济、政治和别的国家的历史、文化、经济、政治是两种性质不同的历史、文化、经济、政治。这两种不同的历史、文化、经济、政治形成的社会道德、政治体制、文化思想，具有各自不同的特征。人类文明进步没有放之四海而皆准的现代化模式。中国的红色革命历史经验、历史沿革、历史规律、历史精神、历史叙事，与意大利、法国、英国、比利时、荷兰的红色革命历史经验、历史沿革、历史规律、历史精神、历史叙事是不同的。毛泽东在他的文章中早就批判过“教条主义”和“本本主义”。

我们要在表现中华民族天人合一、道法自然、厚德载物、自强不息、格物致知、经世致用、圣贤之道的民族文化精神与西方的科学精神、宗教精神、实验精神、分析精神、逻辑精神、悲剧精神的照映、对比中，思考我们民族传统文化现代性的转换，研究以德治国、依法治国、以民为本、以人为本等文化传统，在红色社会革命转变过程当中，自我革新，自我丰富，自我完善；研究中国的“阴阳五行”“天干地支”“二十四节气”，与古希腊的“水、气、火、数”，古巴比伦的十二星座，牛顿的星盘分析，在人与自然的和谐发展中，中外文化互相借鉴起承转合的规律；研究人性的“二重性”与资本创造文明的“二重性”在推动人类文明建设当中的正副作用；研究为苍生“和而不同”在新的历史条件下的新动向、新节律、新秩序、新结构、新形式。

中国文化是一种恬逸乐感、整体思维、经验理性、经世致用、内圣外王、伦理诗性的文化。它更多关注天与人、道与德、心与理、家与国的和谐关系。西方文化是一种思辨悲感、形而上学、绝对理念、宗教理性、科学分析的文化。它更多地关注人与神、物与理、光与影、真与假的矛盾关系。西方的思维方式是哲学的、逻辑的、系统的、形而上的。中国的思维方式是诗性的、整体的、形象的、道德的。西方人更多的是在历史的差异性中强调文化的个性特征，在破“旧”立“新”的断裂中表现创新精神，在个体精神分析中表现生命的价值追求，在工具理性的科学判断中表现实验理性的实证性。这种文化思想建立的历史观，往往把一种可能性打开的同时，又把它屏蔽掉了，没有人会沿着别人打开的可能性往前走，每个人都想打开一个新路子，那么，它永远处在打开的状态，没有一条路是一直往前走，一直延伸下来的。

对于这种文化的借鉴，我们要以经验理性作为基础，用整体性的人文关怀稀释绝对理念的价值判断；用“诗思”融化“哲思”，用形而下的人间烟火渗透形而上的神学信仰；用匍匐于大地的生命呼吸的生命生存精神，充实日神精神、酒神精神；以中国红色革命精神的广阔胸怀、包容精神，检索工具理性、科学理性、宗教理性在“中国化”的社会实践中自我反省、自我革新、自我转变的得失。用“立象尽意”“计白作墨”“缘情写景”“超然象外”“似与不似”“恍兮惚兮”“混沌之死”的审美判断和历史判断的统一，审视、甄别、鉴定、丰富、改造和重铸西方文化在断裂中思考、在破碎中整合、在真空

中实验、在相对中求索、在极致中重构的缺陷与不足，努力创造一种“洋为中用”“推陈出新”的新形态。这种新形态在探索过程中的某一瞬间，可能是一种幽冥仿佛、浑然天成、邈远和弦、扑朔迷离的叙事意象，也可能是一种剑戟相撞、玉石俱焚、火中栽莲、凤凰涅槃生成的情感韵律。但它不再是将叙事以散离的板块的形式进行焊接，而是将叙事作为一个有机的整体，形象的经验，理想的“境外之境”“象外之象”，看似与主题无关，实际是缘情写景、借景抒情，“一片自然风景，就是一个心灵的世界”。

中国的叙事，是一种宏大叙事与日常叙事相结合的人生沧桑的叙事。这种叙事深深地植根于人生、生命、生活、生产的天人关系、男耕女织、阴阳和谐、春种秋收、生死伦理、衣食住行、社稷苍生、锅碗瓢盆、家国情仇的人间烟火之中。孔子的“克己复礼”，孟子的“充实之美”，庄子的“技近乎道”，王守仁的“知行合一”，张载的“为民立命”，以及庖丁解牛、轮扁削车轮……都从不同的角度，表现了中华民族文化精神强调的敬天保民、以数测天、立象尽意、以技论道、学以致用、用在学前的特征。

中国的文化精神，是在“望秋云，神飞扬，临春风，思浩荡”“心于物感，物由心化”“神与物游，物我同一”“仁者乐山，智者乐水”的审美观照中，借山水以反观内心，以人性诗化自然，以自然人化生活，在“外师造化，中得心源”中，追求“苟日新，日日新，又日新”。

“西学东进”近百年了，在这借“石”攻“玉”的道路上，我们还是要坚持从《周易》《周礼》《齐民要术》《黄帝内经》《梦溪笔谈》《天工开物》《河防一览》《伤寒论》，《邓析子・无厚篇》《邓析子・转辞篇》，《公孙龙子・指物论》《公孙龙子・名实论》，《墨子・小取》，《庄子・齐物论》等经典文献中，寻找中西文化在对比、照映、折光中，“他山之石可以攻玉”的新路径。

我们正在从事着一项前无古人的伟大事业。这是一个被剥削者、被压迫者登上历史的舞台，掌握国家的机器，创建着一套全新的社会文明体制的伟大实践。这里没有前车之鉴，没有标准可循，一切都是非标性的探索，是填补空白性的创造。既承认劳动者获得成就的光荣和自豪，又不允许躺在功劳簿上的寄生和内卷；既要求生产资料进入市场的资本化，又不允许生活资料进入市场的原始野性的资本化；既通过“税政”体现管理的法权，又通过阶级的平等体现人民的平权；既要求社会生产的现代化、数字化、科技化，又要求民族性的小生产者非物质文化生产的繁荣和发展。尽管前进的道路布满荆棘，历史的风云变幻诡谲，霸权政治卡脖子，科技垄断堵道路子，但是，我们有足够的信心走出泥泞的困境，踏破坎坷成坦途，迎来人类美好的黎明。因为，我们代表了人类世界最广大的人民群众的理想和愿望，代表了推动人类历史文明前进的主体力量。我们的信心来源于我们相信人类生命基因有一定的遗传性，人类文化精神有一定的继承性。生命基因的遗传性和文化精神的继承性，一定会延续到现代精神生命的形态之中，这种人类初始农耕文明的精神文本——“历史孤本”仅存在于我们民族文化精神的宝库之中。这

种精神资源得天独厚，我们享有时代性的历史专利。唯有我们可以从人类仅存的这一种“精神脐带”中，提取精神文明的“干细胞”，补充现代人的精、气、神，克服被压迫、被剥削的自卑症，克服阶级固化的心理障碍，重构平权公正的心理，疗救现代工业文明给人类精神文明造成退化的“精神疾病”。

世界仍然处于新殖民主义的末期，人类没有完成历史的超越。我们的责任就是跻身于世界先进文化之林，完成中华民族的伟大复兴。我们要从殖民主义者手中拿回被帝国主义霸权资本控制的、无赏收割我们民族利益的那部分隐形的、红色革命主体性的主权，完成中国红色革命历史主体性的适应性、创造性的再造，用中国特色的社会主义革命和建设的实践，为人类命运共同体的实现提供新的经验。

有才华、有气魄、有胸怀、有水平的作家，一定是在自己的作品中说自己心中想说的也是经过实践检验的、代表着人民群众的根本利益的话；艺术的表现眼观六路、耳听八方，得山水清气，极风云大观，气定神凝地观察、注视、分析一切社会现象，在“吾善养吾浩然之气”的沉默中、留白处、蕴藉点、含蓄里，思考、提炼、表现自己的创作精神；在坚定的理想、坚强的意志、严格的纪律中，表现历史的评价和审美的评价的统一；在“塞翁失马”“否极泰来”中，开掘中国经验理性与科学精神方向性的探索；在中国精神与宗教精神的反照中，用凤凰涅槃、向死而生的精神点燃生命价值追求的火把，照亮历史本质的审美闪光，把人从困惑迷茫中引向春风荡漾的阳光下。

这是一个伟大的时代呼唤伟大的作家，伟大的历史呼唤伟大的作品，伟大的作家和伟大的作品一定会出现的时代。这是一个中国红色革命历史叙事，呼唤有理想的作家不忘初心、牢记使命，踏着历史的节律，不负人民的重托，在历史主义危机的形势下，赓续红色革命的历史，为满足人民群众日益增长的精神需求，创作出更多、更好的新作品的时代。

对于长篇小说《千里江山图》探索性的批评和评论，笔者也是出于这样的目的和愿望，如有苛刻之词，之语，之言，之说，之论，那也是站在21世纪初叶，红色革命历史叙事——历史的评价和审美评价的峰峦之巅，用理想主义的终极关怀，苛求这一部作品尽可能达到尽善尽美。

家国历史的真实再现和初心使命的深情呼唤

——读铁流、徐锦庚长篇纪实文学《国家记忆——〈共产党宣言〉中文首译本传奇》

李恒昌①

摘　要：长篇纪实文学《国家记忆——〈共产党宣言〉中文首译本传奇》，运用大量历史事实和创新性艺术笔法，真实地追忆了一本《共产党宣言》在中国大地上引发的中国式传奇故事，构成一部沉甸甸的"国家记忆"，主要有两大价值和意义："再现"和"呼唤"。"再现"是对那段传奇历史的真实书写；"呼唤"是对初心和使命的时代回应。

关键词：当代文学；红色中国；共产党宣言

当代著名作家铁流与徐锦庚两位先生共同创作完成的长篇纪实文学《国家记忆——〈共产党宣言〉中文首译本传奇》（以下简称《国家记忆》），是他们二人极具代表性的长篇纪实文学作品，也是当代文坛报告文学题材极为重要的作品。因其选题的重要性，及其品质的卓越和优异，这部作品获得社会的广泛关注和赞誉，并且获得中宣部精神文明建设"五个一工程"奖。该书用大量历史事实和艺术笔法，真实地追忆了一本《共产党宣言》在中国大地上引发的中国式传奇故事，构成一部沉甸甸的"国家记忆"。纵观全书，主要有两大价值和意义，也可以说是两大关键词，一个是"再现"，一个是"呼唤"。"再现"是对那段传奇历史的真实书写；"呼唤"是对初心和使命的时代回应。

一、《国家记忆》视野宽阔，复盘历史，很好地担负起"再现"历史真实的神圣职责

《国家记忆》的故事线索，看起来似乎非常简单，但是作者并没有简单地书写，而是

① 作者简介：李恒昌（1963—　），男，山东肥城人，铁道战备舟桥处原党委书记，主要研究方向为中国现当代文学。

以更宽阔的视野、更宏大的视角、更高标的站位和更细致入微的精神，艺术“再现”了一本书，一粒火种，像星星之火一样，在中华大地上燎原革命火焰的故事。深度分析其“再现”艺术，主要有三大特点。

（一）史诗性真实“再现”

作者并不是单就《共产党宣言》这一本书而追忆，而是围绕这本书，展开了更广阔的视野。首先，作者站在解决一位伟大政治家“一块心病”的角度来切入。为什么一定要寻找到这本书，只因为这本书对我们党和国家来说，实在是太重要了，党和国家领导人也实在是太牵挂了。通过作者的书写，我们知道，周恩来总理重病期间，一直对这本书念念不忘，曾紧握着陈望道的手说：这是马列老祖宗在我们中国的第一本经典著作，也是中国共产党的指路明灯。找不到它，始终是我的一块心病啊。其次，作者放在国际共产主义运动的宏大视角下来展开。透过极具历史感的文字，读者可以形象地看到，经典诞生在历史的黑夜之中。马克思和恩格斯《共产党宣言》的发表，人类由此开辟了一个新的时代，它改变了人类历史，也改变了数亿人的生活方式。这是世界历史上最恢宏壮观的史诗。再次，作者放眼于祖国神州大地和中国人求翻身求解放的命运之中来展开。作品不仅“再现”了翻译、印刷《共产党宣言》的真实历史，而且“再现”了一大批共产党人薪火传承的历史，一个红色幽灵在中国乡村“游荡”的历史，更深层面上“再现”了人们逐步懂得《共产党宣言》的价值和意义，懂得《共产党宣言》就是咱泥腿子的号角，《共产党宣言》就是本兵法，比那《孙子兵法》还好用，“枪杆子里面出政权”“好日子是靠枪杆子打出来的”真理的历史。

（二）细节性真实“再现”

《国家记忆》之所以写得好，除了其宏大的史诗性，更在于其大量弥足珍贵的细节挖掘和展现。这部著作并不太长，但书写了大量真实感人的细节，其中很多细节属于首次公开，也属于鲜为人知。这些给人印象最深刻的细节主要有三个，每一个都非常说明问题。第一个是蒋介石收藏《共产党宣言》的细节。蒋介石的南京府被攻占后，邓小平和陈毅发现蒋介石的藏书里居然有《共产党宣言》。当时，《共产党宣言》被蒋介石列为“禁书”，到处搜查，他自己却私下里偷藏偷读。这无疑是一个巨大的讽刺。一如邓小平所说的那样：他肯定是很想知道，共产党为什么凭着小米加步枪，就能把他武装到牙齿的八百万军队打得落花流水。他呀，是想从这本书里找答案呢。第二个是首次印刷错印为《共党产宣言》的细节。《国家记忆》向读者“再现”了这样一个细节——经过大家艰苦卓绝的努力，《共产党宣言》翻译和印刷马上大功告成，但是眼尖的陈望道惊叫一声：哎呀，糟糕，印错了！怎么印成“共党产宣言”了？陈独秀仔细一看，可不是嘛，封面上果然印着“共党产宣言”！快停下，快停下！陈望道连忙朝印刷工人喊。可是已经晚了，几百册都已经装好。怎么办？毁掉重印？几个印刷工人慌了。陈独秀摇摇头：不行！我们本来就缺经费，毁掉重印太浪费了。李汉俊安慰道：好在扉页和封底的书名没印错，

没关系，内容比形式更重要。这一细节从一个侧面展现了当时人们渴望《共产党宣言》在中国大地尽快面世的急切心情，同时也昭示虽然书名印错了一个字，但丝毫不损害马克思主义真理的伟大光辉。第三个是王尽美、邓恩铭等人在山东传播《共产党宣言》的历史细节。在党的第一次全国代表大会期间，王尽美说：大会结束后，我们要把《共产党宣言》带回山东，让它在山东广为传播。邓恩铭说：李大钊同志在北大搞了一个马克思学说研究会，我们也应该考虑建立一个马克思学说研究会。就这样，《共产党宣言》被王尽美、邓恩铭带到山东后，遇土生芽，临风开花，一传十，十传百，在齐鲁大地热血青年中日渐传播开来。愈来愈多的人知道了《共产党宣言》，知道了马克思主义。这些真实生动的细节，在作者笔下熠熠生辉，令人反复回味，具有韵味无穷的魅力。

（三）还原性真实“再现”

《国家记忆》在“再现”历史的过程中，坚持马克思主义历史唯物主义观点，自觉承担起还原历史真相、客观反映历史真实的责任。其中，最有说服力的是对陈望道等人的沉浮人生及其历史作用的客观评价。一方面，作者对陈望道翻译《共产党宣言》所付出的艰辛努力及其历史功绩给予充分肯定；另一方面，对于其“红头火柴”性格，对于其喜欢安静、专注研究、不服从党组织安排等问题也进行了客观“还原”，更重要的是全面展现了毛主席等党和国家领导人对他的帮助和教育，从而让历史回归历史，让真相回归真相。作者还深度还原了“谁是第一”的历史真相，让尘封的历史、属于保密的历史大白天下。当年的历史距今已经有八十多年。从广饶县第一个女共产党员把那本《共产党宣言》带到刘集村开始，那位外国人，那位大胡子马克思的手，和农民兄弟拿锄头把子的手，就紧紧握在了一起。这本影响了共产党人、知识分子、工人阶级的《共产党宣言》，也影响了日出而耕日落而息的农民兄弟。

二、《国家记忆》立足当下，着眼未来，很好地担负起“呼唤”初心使命的时代责任

忘记历史，就意味着背叛。初心和使命，需要新的追忆和召唤。《国家记忆》的价值，不仅在于对既有历史进行了真实“再现”，更在于在庆祝建党百年这样一个伟大的历史节点上，对共产党人的初心进行自觉追记和抒写，客观上担负起“呼唤”初心、强化使命担当的时代责任。

（一）突出主题，对“初心”展开深度追忆

这是该书的主题之一。回首中国革命那血雨腥风的峥嵘岁月，众多仁人志士和英雄豪杰坦然面对死神，慷慨赴死，以身殉道。他们以伟大精神和浩然气度共同谱写了一曲曲感天动地的时代悲歌。他们为什么这么做？作者以大量事实告诉我们，最根本的是他们有一颗美好的“初心”。正如作者所阐述的那样——马克思、恩格斯在《共产党宣言》

中写道：共产党是为整个无产阶级谋利益的政党，除此之外，再没有任何别的特殊利益。共产党人的理想，那就是消灭私有制，并最终实现共产主义。正是抱着这个信仰，鲁北平原上农民兄弟在战火中不畏生死，矢志不渝。作品讲述了一个非常感人的故事。当年，商村有个姑娘叫小凤，在参军动员会上，她登上台子高声喊道：谁第一个报名参军，俺就嫁给谁！小凤送出的郎不久就牺牲了。这之后，小凤又连续送出了四个后生，都为国捐躯。老人都说她命硬，要不怎么克死了那么多男人？村里的后生再没有人敢要她。小凤三十多岁的时候，才嫁到了遥远的外村。小凤姑娘为什么这么做，她傻吗？当然不是，恐怕更多的是"初心"使然。

（二）明辨义利，对"价值"展开积极引导

书中介绍，革命先驱李大钊等人，为了能有一本中文版的《共产党宣言》，曾四处物色可靠翻译，几经周折搜寻，最终确定由陈望道担当此任。陈望道在家乡茅屋，冒着危险夜以继日，靠着微弱的暖意和一杯接一杯的绿茶，还有劣质香烟，字斟句酌，每一个词，每一句话，都反复推敲，力求翻译得既准确又通俗。伴着那盏不熄的油灯，陈望道熬过了一个个不眠的长夜，终于将翻译《共产党宣言》的重任圆满完成了。他们为什么这么做？而且冒着生命的危险？难道他们不怕死么？作者给了我们最准确的答案——只因为在他们心目中，《共产党宣言》实在太重要了。她是旗帜，是方向，是长夜漫漫中的中国人的指路明灯。作者通过充满诗性的抒写，强化了《共产党宣言》的旗帜作用，肯定并赞扬了李大钊、陈望道等人的"价值判断"。作者充满深情地写道：这是注定载入中国史册的一幕，卡尔·马克思去世三十七年后，在遥远的东方国度，《共产党宣言》被译成中文。这本中国最早的中文版《共产党宣言》，在以后的日子里，影响了包括毛泽东、刘少奇、朱德、周恩来等在内的一大批开国元勋和众多的革命志士。陈氏译本，犹如一把熊熊燃烧的火炬，一下子点亮了黑暗的旧中国。中国不仅成立了共产党发起小组，而且正式出版了中文版的《共产党宣言》。中国革命的春天已经到来了。

越过历史的烟云，我们看到，在宣传、实践和保护《共产党宣言》的过程中，无数革命者通过这本书迈进革命的门槛，更有无数人为了共产主义信仰付出了宝贵的生命。据史料记载，从 1937 年至 1953 年这十六年间，仅有几百人的刘集村，就有一百九十人参军，有二十多位农民兄弟成为革命烈士。他们为什么信仰这本书，这本被国民党反动派定义为"歪理邪说"的书？最根本的在于他们与敌人截然不同的"价值判断"。在他们的价值天平上，这本《共产党宣言》"比自己的生命还重"。保护这本书，就是保护自己的旗帜，就是保护自己的生命。当时，蒋介石在武力"围剿"中国共产党的同时，也在思想和文化上展开猛烈"围剿"。蒋介石说：共产党最会蛊惑人心，要把他们手中的笔，手中的书，手中一切与文字有关的东西，统统付之一炬，片纸不留！在他的授意下，国民党政府把数百种书刊列为"禁书"，蒋介石更是把《共产党宣言》列为禁书之首。从书中有幸看到，在蒋介石白色恐怖下，革命者并没有被吓倒，也没有丝毫屈服。广饶县国

民党政府为了找到这本《共产党宣言》，派出数百人到刘集村挨家挨户搜索，连一张纸片都不放过。县长下令：所有带字的东西都没收了，全部就地烧掉。为配合搜查任务，壮大声势，韩复榘还专门给搜索队配上了喷火枪。共产党员耿贞元临死前大声喊道：我这张嘴，生来就是宣传《共产党宣言》的；我这条命，生来就是共产党的！当他被强行游街时居然高唱：说宣言，道宣言，宣言是咱穷人的主心骨；穷腿子们，你起来，我起来，手拉手，抱成团，把这个吃人的旧社会砸个稀巴烂！这是一个共产党人对一本书的宣言，也是他"价值判断"的宣言。这一事实的"再现"，实际上是一种历久弥新的"呼唤"。

（三）立足当下，对"使命"展开应有召唤

有名家说过，所有历史都是当代史。透过《国家记忆》我们看到，历史并没有远去。因为，革命者的精神，正在当下不断得以延续、传承和光大。作者在对历史进行追忆的同时，特别注重对当下的启迪和引导，一方面展现革命精神的传承，另一方面呼唤新的使命和担当。

1. "初心"在当下升华为"使命"

1973年5月，老革命延春城平静地走了。家人发现时，他手里竟还拿着那本《共产党宣言》。老伴哭着说：老头子，你还带着这本书走呀？松松手吧……老伴想给他拿出来，可试了几次，都没能扳动他的手指，书和人犹如一个整体，只得作罢。作者深情地写道，延春城享年八十岁，是带着《共产党宣言》走的。老人家为什么至死将《共产党宣言》当作至高无上的"宝贝"，始终不肯撒手？这里面有着深刻的内在原因。如果说，当年他信奉这本书是"初心"的话，那么，到了晚年，到了当今时代，他已经将守护这本已经"破旧"了的书当成了一种"责任"，一种"使命"。

2. "初心"在当下凝结为"感恩"

大王镇延集村人延伯真是一位坚定的革命者，也是该村人的骄傲。他的妻子刘雨辉是刘集人的骄傲，同样也是延集人的骄傲。延集村在建设山东省第一个党支部纪念馆的时候，延伯真、刘雨辉的生平是这座纪念馆的主要内容。提起《共产党宣言》，刘雨辉充满深情地说，是这本书让我走到今天。这句看似平常的话，其实包含着极为丰富的思想内涵。它既明确了这本书的指路明灯作用，同时也包含着刘雨辉对这本书的感激之情和感恩之心。应当看到，这种感恩之心，也是新的时代精神的应有内容。这种感恩之心，还在于革命者当革命成功后，从不居功自傲，从不给组织添麻烦。参加革命受伤的刘茂椿，后来干不动重活儿了，主动学了门补鞋的手艺，眼看日子过得凄惶艰难，老母亲抹着眼泪对刘茂椿说：儿呀，说啥你也为公家扛了几年枪，你找找组织要口饭吃吧！可是刘茂椿却跳着一条瘸腿道：当年谁家没为国家扛过枪？都去求公家照顾，那公家该多难？这展现的是另一种形式的"感恩"。

3. "初心"在当下展现为"情怀"

书中介绍，1975年的一天，一位叫刘世厚的老人，把他用生命守护了近半个世纪的

《共产党宣言》献给了国家。战争年代，这本书有时被刘世厚藏在屋檐下“雀眼”里，有时藏在粮囤透气孔里。日本鬼子进村“扫荡”，为保护它，刘世厚冒着生命危险又跑回村里，将它转移到安全地方。这本薄薄的小册子，已被国家定为一级文物，现珍藏在山东省东营市历史博物馆的一个保险柜里，三个特定的工作人员同时在场，才能打开保险柜的门。刘世厚老人为什么会将这样一本极为罕见的“宝贝”无偿地献给国家？只因为他内心有一份极为纯粹的家国情怀。只因为，他虽然是一个普通农民，但他深深地懂得，这是属于国家的“宝贝”，承载着“国家的记忆”，不能总放在自己手里。

作者最后深情地写道，当年，大王的农民因它起来闹革命，上世纪八十年代，又因它从农耕经济走上了商品经济的道路。《共产党宣言》的魅力，历久弥新。我们坚信：这段《共产党宣言》的中国传奇以及鲁北平原上农民兄弟在其引领下闹革命的诸多故事所汇聚成的国家记忆，无论再过去多少岁月，都将依然鲜活，依然璀璨，直至永远，直至永恒。这是作者对未来的热切期盼，更是他们在新的时代对“初心”和“使命”的深情呼唤。

红色精神与省域现代化先行：理论契合、实践境遇及浙江图景*

林　洋①

摘　要：红色精神是核心红色资源，其蕴含的特殊能量为经济社会高质量发展提供内驱动力与外显能力，成为省域现代化探索和创新的重要影响因素。本文以马克思主义精神动力理论为基本依据，分析精神动力的内涵要义、作用机理以及运行框架。并选取浙江省作为研究对象，探讨百余年（特别是新中国成立以来）红色精神的生成脉络及其历时型精神图谱，发现浙江红色精神因其历史基础、现实进路、价值旨归等方面的典型优势，对浙江省域现代化先行具有明显的推进作用。浙江省理应实施认同系统强化、资源供给精细、实践表达丰富、技术赋能增效、制度适配提质等方面的优化策略，促使红色精神更好推进省域现代化先行，助力民族复兴与强国建设。

关键词：红色精神；省域现代化；精神动力；浙江样本

一、问题提出

2022年浙江省第十五次党代会提出，到2027年“高水平推进文化强省建设，打造新时代文化高地”。自此，浙江开启实施“在现代化先行中实现文化先行”战略的新征程。

* 项目基金：浙江省绍兴市哲学社会科学研究“十四五”规划2021年度重点课题“‘胆剑精神’时代化与绍兴城市精神升华路径探析”（批准号：145088）；浙江省丽水市社科联“浙西南革命精神”研究课题“‘浙西南革命精神’的时代价值——以中国共产党精神家园为视角”（批准号：201912）。

① 作者简介：林洋（1991—　），男，安徽六安人，安徽师范大学法学院博士研究生，安徽师范大学法治中国建设研究院研究员，中共绍兴市上虞区委党校教研室原副主任、法学讲师，绍兴市基层治理研究中心兼职研究员，主要研究方向为社会治理与社会发展。

2022 年党的二十大报告指出，“弘扬以伟大建党精神为源头的中国共产党人精神谱系”，在“增强实现中华民族伟大复兴的精神力量”中，需要“用好红色资源”。红色精神作为一种精神性红色资源，通常被定义为“中国共产党带领中国人民在探索社会主义道路的实践中所积累的宝贵精神财富”①。因为具有文化和政治、经济、社会等多重属性，所以红色精神不仅能推动文化繁荣昌盛，而且能促进经济社会全面发展，在省域现代化实践中具有积极作用。

进一步看，源自浙江的红色精神是本省红色文化资源的内核，其价值多元化，但“精神动力才是红色精神的根本价值”②。质言之，精神动力是浙江党员干部群众充分发挥主观能动性的源头活水，也是使浙江高质量发展蓝图由理想跃升为现实的有效通道。在此意义上，守好“红色根脉”、弘扬“红色精神”正是浙江推进“八八战略”走深走实、探寻中国式现代化之路的强大精神支柱。那么，浙江可以借助哪些红色精神推进省域现代化先行？诸多推进工作的现实样态如何？在“中国式现代化的先行者”新定位③的发展背景下，对这些问题的探讨无疑具有重要意义。遗憾的是，既有文献尚未系统全面关注红色精神对浙江省域现代化先行的推进问题。有鉴于此，本文尝试对百余年（特别是新中国成立以来）的浙江红色精神进行宏观梳理，明晰中观视角下的精神动力推进情况，并针对微观层面的不足之处提出加强政策设计的建议。

二、研究回顾与理论框架

（一）研究述评

红色精神是当前学界讨论的热点话题，新近研究论及红色精神在中国式现代化中的作用，认为红色精神为民族复兴、国家富强提供持续的精神动力。④ 为整体性梳理、评析，作者将红色精神置于一个较长的时段中观察，并且将红色精神助益政治、经济运行和文化、社会进步等都理解为推动现代化进程的话，那么，现代化视域下红色精神的研究成果则相对丰富。由此，本文以中国知网数据库收录的文献为分析样本，以“红色精神”为检索词，检索篇名中包含“红色精神”的各类研究成果，检索时间为 2019 年 1 月至 2023 年 12 月⑤，理论界已刊发成果 683 篇（图 1），其中发表在核心期刊的共 41 篇。

---

① 田永静、颜吾佴：《以红色精神教育坚定大学生的理想信念》，《思想理论教育导刊》2016 年第 2 期，第 134 页。

② 陈新、曾耀荣：《试论红色精神与党的思想建设之关系》，《江西社会科学》2011 年第 2 期，第 66 页。

③ 2023 年 9 月，习近平在浙江考察时强调，始终干在实处、走在前列、勇立潮头，奋力谱写中国式现代化浙江新篇章。

④ 参见史宏波、李尉清《中国式现代化的精神力量》，《思想理论教育》2022 年第 12 期，第 30 页。

⑤ 由于政治话语等因素影响，学界对红色精神的研究集中于过去五年，作者也侧重这一时段的文献综述。

与此相关的研究主要有两类：一是对红色精神一般的理论研究，二是对红色精神的理论与应用结合型研究。

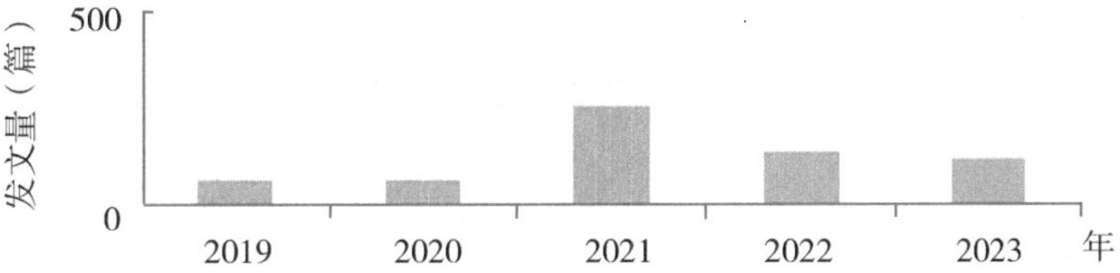

图1 2019—2023年发表成果统计

其一，关于红色精神的基础研究。理论界主要是从科学内涵、多元特征、复合功能上集中考察。从理论蕴涵来看，因为红色精神是中国共产党的伟大实践孕育形成的精神财富，所以它是一个内在联系紧密的有机整体，具体包含革命精神、奋斗精神、抗灾精神、开放精神和楷模精神等。① 在鲜明特质上，红色精神的不同之处表现在科学性、革命性、群众性、稳定性与发展性。② 例如，由于红色精神属于优秀党内政治文化③，在党的先进性层面，它是中国共产党区别于其他政党的重要标志④。就功效发挥而言，红色精神在党的伟大事业方面具有专业优势，是建设现代化强国和实现民族复兴的有力助手⑤，在党的诸多政策制定和策略实施中有突出体现。

其二，关于红色精神的实证研究。如何不断赓续红色基因、传承弘扬红色精神既是一个理论问题，又是一个重大实践课题，因而被理论界重点关注，代表性观点包括：一是思想政治教育视角的研究，主要关注红色精神融入思想政治工作的因应举措，比如红色精神的宣传教育与行动力量激发的现实转换研究⑥，以及党史学习教育对红色精神思想意蕴和时代价值的升华机制研究⑦等。二是红色资源开发利用视角的研究，这类成果

① 参见陈新、贺新春《红色精神对新时期党的思想建设的价值及其渗透路径》，《中共福建省委党校学报》2011年第2期，第33页。

② 参见黄遵斌、刘俊楠《红色精神动力论》，《理论与改革》2012年第6期，第102页。

③ 参见王增福《大力弘扬红色精神　培育健康政治文化》，《红旗文稿》2021年第2期，第16页。

④ 参见邓纯东《红色精神在保持党的先进性中的价值分析》，《马克思主义理论学科研究》2020年第6期，第108页。

⑤ 参见于慧颖、苏新宇《红色精神是实现中国梦的巨大力量》，《东岳论丛》2020年第9期，第34页。

⑥ 参见王妮《红色精神滋养时代新人：价值旨归与现实路径》，《东岳论丛》2022年第2期，第36页。

⑦ 参见胡耀南、徐思思《在党史学习教育中赓续红色精神》，《学校党建与思想教育》2021年第12期，第45页。

着重探讨红色资源的保护和传承。研究认为，红色资源作为关键载体，在主流精神塑造①、绿色转型发展②、文艺精品创作③等方面大有可为。三是将某一种革命精神作为切入点，在个案研究视角中，论及特定革命精神传承的逻辑进路，例如“红医精神”④、“遵义会议精神”⑤。此外，在算力时代⑥下，构建红色精神新媒体智能矩阵，推进红色遗产智慧建设⑦，等等，这些都是大力发扬红色精神的时代径向。

综合以上两大方面的考察可知，既有文献从核心要义、价值意义、实践要义三个层面展开研究，为本文形成研究议题提供了有益启示。但整体而言，当前研究虽有涉及“中国式现代化的精神力量”主题，但对“红色精神推进省域现代化先行”这一更具体、更现实问题的综合性讨论仍显不足，难以符合充分发挥红色精神作用的客观要求，也没有将备受关注的马克思主义精神动力理论应用于对中国式现代化省域先行的专门性研究，存在一定短板。为此，作者立足红色精神，试图对浙江省域现代化的精神动力进行内涵释析、逻辑分析、路径探析，旨在对“省域现代化先行的精神力量”的现实诉求和实践效应予以学理阐释与理论回应。

（二）分析框架

“推进中国式现代化既需要雄厚的物质力量，也需要强大的精神力量，且物质力量要靠精神力量去创造、引领和支配。”⑧ 浙江实现省域现代化先行这一中心任务，既离不开强大的物质力量，也离不开强盛的精神力量。究其原因，马克思主义社会发展动力理论强调，推动社会发展的动力由多个因素构成，是复杂系统，具体有需要、生产力、生产关系、经济基础、上层建筑及精神文化等。在动力的“精神文化”面向，“物质存在方式

---

① 参见李坤、蒋婷婷《弘扬和培育青年红色精神的路径探析》，《学校党建与思想教育》2019 年第 22 期，第 22 页。

② 参见赵月枝《“以红色精神引领绿色发展”的新闻传播学在地思考》，《当代传播》2019 年第 4 期，第 25 页。

③ 参见张玢《一曲悲歌恸天地 长征路上铸英魂——评音乐剧〈血色湘江〉的宏大叙事与红色精神传承》，《艺术评论》2019 年第 11 期，第 145 页。

④ 参见陆宏通、辛铁钢《探析红医精神在思想政治教育中的时代价值——评〈用红色精神引领大学生思想政治教育〉》，《中国党政干部论坛》2020 年第 12 期，第 102 页。

⑤ 参见刘梅《用红色精神强化学生“政治认同”——“遵义会议精神”课程开发案例》，《人民教育》2021 年第 8 期，第 10 页。

⑥ 人类生产力发展由人力时代、畜力时代、动力时代进入第四个时代——算力时代，以芯片和软件平台为主的计算能力正改变人类生产方式、生活模式和科研范式，因而算力也代表着人类智慧发展水平。

⑦ 参见张红蕾《智能技术与红色精神培育的融合之道》，《人民论坛》2019 年第 20 期，第 97 页。

⑧ 王威峰、秦在东：《中国式现代化精神力量的多维阐释》，《海南大学学报（人文社会科学版）》2023 年第 5 期，第 66 页。

虽然是始因，但是这并不排斥思想领域也反过来对这些物质存在方式起作用，然而是第二性的作用”①。这句论述首要说明作为历史活动的人，总带着一定的精神创造历史。

做进一步的延伸阐释，马克思主义精神动力理论内含自觉能动、精神需要、精神转化等内容分层。首先，“自觉能动”被学界认为是马克思精神动力论的逻辑起点，它强调人的精神在改造客观世界和主观世界的实践中具有能动作用。其次，“精神需要”是该理论的本质释义，满足精神需要，能为个体完善和社会发展提供持续的内生动力。最后，“精神转化”则是价值归宿，精神转化为物质是精神能动性的表现，即精神力量对社会实践的推动和促进。需要说明的是，马克思主义视域中的精神阐释，论证精神的能动属性，也关注精神的物质根源，因为“精神生产随着物质生产的改造而改造”②。在省域现代化进程中，最大范围找寻精神动力、最大限度发挥精神力量是战略性选择，但要重视物质生产对精神生产的前提作用。也就是说，红色精神推进下的浙江省域现代化实践，应严格遵循马克思主义关于物质与精神辩证统一的世界观和方法论原则，并注重追求物质文明与精神文明的相互依存、相互协调和相互贯通。

为更好地对“红色精神推进浙江省域现代化先行”进行必要性析理与可行性论证，本文在“生产—整合—影响”的整体框架下，对“精神动力如何推进”问题尝试进行甄别和梳理，得到表1，继而基于精神生产、精神整合和精神影响3个方面的逻辑机理探究红色精神的诸多推进路向。其中，精神生产意指通过精神生产满足普遍的精神需要，唯有精神需要被满足，省域现代化的精神力量基础才能稳固。精神整合概指通过整合精神资源生成并强化精神认同，以增加“精神交集”，连接精神纽带。精神影响意为通过大量精神活动产生深远持久的影响，促使精神的引领、牵引等统领性作用更加突出，实践性成效也更加明显。当然，表1呈现的不是一种穷尽式环节，仅是把当前理论界讨论较多的要素放到推进流程中去，初步形成要素之间交互运动的精神动力系统，以为后文讨论提供一个简明的分析框架。

表1 精神动力的阐释框架

推进层次	第一阶段	第二阶段	第三阶段
主要环节	精神生产	精神整合	精神影响
功能定位	基础作用	协同作用	统领作用
动因逻辑	回应精神诉求	塑造精神世界	聚合精神力量

① 中共中央马克思、恩格斯、列宁、斯大林著作编译局编译：《马克思恩格斯文集》第10卷，人民出版社2009年版，第586页。

② 中共中央马克思、恩格斯、列宁、斯大林著作编译局编译：《马克思恩格斯文集》第2卷，人民出版社2009年版，第51页。

续表

推进层次	第一阶段	第二阶段	第三阶段
实施路径	保护、管理、深挖精神资源等	精神主体、客体及内容，精神媒介、精神载体等	影响范围、影响频率、影响程度、影响效果等

三、浙江红色精神：省域现代化实践的精神力量之源

（一）红色精神的浙江图谱

“党的红色精神谱系生发于、内嵌于、并服务于党的伟大奋斗实践。”① 以大历史观审视，红色精神的生成过程是动态演进的。2005 年，时任浙江省委书记的习近平同志在《弘扬“红船精神”，走在时代前列》一文中，把“红船精神”作为革命精神之源，填补了 1921—1927 年期间党的红色精神谱系的空白。2006 年，结合浙江文化传统和改革开放实践，习近平同志在《哲学研究》发文并提出与时俱进的“浙江精神”，有力拓展了浙江红色精神的范围。除具有标识性、统领性的“红船精神”“浙江精神”之外，习近平同志也先后对“胆剑精神”“浙西南革命精神”“蚂蚁岛精神”“大陈岛垦荒精神”等红色精神进行不同程度的阐发和强调。加之，省内其他的红色精神在各个历史时期不断生长、嬗递，浙江百余年的红色精神图谱基本成型，详见表 2。该表主要是以官方文本和社会影响力、公众知悉度为依据，涉及 20 余种红色精神。其中，新民主主义革命时期形成的浙江红色精神共有 9 种，包括地域类 5 种，人物类 3 种，事件类 1 种；新中国成立以来形成的浙江红色精神多达 15 种，包括地域类 5 种，人物类 6 种，事件类 4 种。值得注意的是，省内有的重要人物、事件和历史关键节点上的精神②尚“缺位”，理论界与实务界也应有新的挖掘和权威认证。

---

① 冯刚、张发政：《中国共产党百年红色精神谱系引领时代新人培育》，《中国高等教育》2021 年第 5 期，第 4 页。

② 例如浙江革命武装斗争从温州平阳开始，浙江第一次省党代会也在平阳召开，尽管地方层面打响“浙南红都”文旅品牌，但对相应的红色精神内涵挖掘仍不全面，研究提炼、整理整合的程度也不够。

表 2　浙江红色精神图谱表

时期	地域类	人物类	事件类
新民主主义革命时期	“鸭兰精神” “浙东革命精神” “浙西革命精神” “浙南革命精神” “浙西南革命精神”①	“红十三军精神” “金萧精神” “红色庄余霞精神”	“红船精神”
社会主义革命和建设时期	“上旺精神” “蚂蚁岛精神”② “庙子湖精神” “南堡精神”	“千鹤妇女精神” “海霞精神”	“一江山精神” “大陈岛垦荒精神”③ “围涂精神”
改革开放和社会主义现代化建设新时期	/	“三板精神” “四千精神”④ “三能精神”	“胆剑精神”⑤
中国特色社会主义新时代	“浙江精神”⑥	“浙商精神”	/

由上观之，浙江红色精神图谱表所呈现的 20 余种红色精神，业已连缀形成一幅凸显精神风貌、蕴藏精神动力的脉络图景，并与中国共产党精神一脉相承，不仅跨越时空、历久弥新，而且特质鲜明、意义重大。一方面，这些红色精神具有历时性、共时性的主体特征。它们在浙江百余年（特别是新中国成立以来）的历史进程中，具有延续性和传承力；它们也是浙江人民进行区域性革命、建设，及改革开放等党的各项事业共享的精神财富。另一方面，重视并发挥红色精神的价值是浙江发展的重要经验。作为“红色根脉的重要生发地”，浙江红色精神图谱由一系列的优秀精神、伟大精神构成，内含理想信

① 2004 年，时任浙江省委书记的习近平同志在丽水调研时指出，丽水留有多处革命遗址，值得重视与挖掘。这为丽水弘扬践行“浙西南革命精神”活动提供重要史实支撑。

② 2005 年，时任浙江省委书记的习近平同志在“全国艰苦创业先进典型”的舟山市普陀区蚂蚁岛考察，强调“‘艰苦创业、敢啃骨头、勇争一流’的蚂蚁岛精神，不但没有过时，还要继续发扬光大”。

③ 对“艰苦创业、奋发图强、无私奉献、开拓创新”的“大陈岛垦荒精神”，习近平同志两次回信。为牢记殷殷嘱托，台州也把“大陈岛垦荒精神”升华为台州城市精神。

④ 2023 年，国务院总理李强在出席记者会时重谈浙商“四千精神”。对“四千精神”的发源地，学界仍有争议，涉及温州、绍兴柯桥、台州、义乌等地，但这一精神对浙江擦亮民营经济“金名片”具有特殊意义。

⑤ “卧薪尝胆、奋发图强、敢作敢为、创业创新”被认定为绍兴“胆剑精神”的官方释义版本。

⑥ 2016 年，习近平总书记对浙江工作提出“秉持浙江精神，干在实处、走在前列、勇立潮头”的新要求。

念、初心使命等关键精神因素，与浙江人民同质的精神追求、普遍的精神实践具有内在一致性。同理，以上20余种红色精神的集合、集成更是一个能量体系、动力系统，存在最主要的现实影响：为中国共产党领导下的浙江社会实践提供独特的精神标识和厚重的精神依托。

（二）浙江红色精神与省域现代化先行的关系勘察

现阶段，浙江在挖掘红色资源、传承红色基因上积极探索，走出新时代省域红色文化创新发展之路。如赓续红色根脉，加强红色遗产的保护；弘扬“伟大建党精神”“红船精神”等先进精神，发展红色文化事业和文化产业；以数字媒体技术赋能红色文化传承，提升革命文化的感染力和革命精神的影响力；把红色文化与新时代廉洁文化结合，积极塑造“勤廉”型党员干部①；等等。“在全面建设社会主义现代化国家的过程中，需要回归人本身，重点关照人的精神世界。”② 浙江省域现代化作为中国式现代化的先行板块，需要关注并丰富党员干部群众的精神世界。结合马克思精神动力论分析，一定条件下，当某种红色精神形成后，党员干部群众的意识能动性会显现；对某一种红色精神的需要被满足，该种精神的力量也能被激活，新的意志、新的干劲等实践力量便进行转化，实现多维运用。相应地，在红色精神的视野下，“浙江省域现代化先行的精神力量”这一研究主线、中心论点，内嵌着浙江发展的精神动力与实践目标之间的辩证关系。

第一，浙江红色精神可视为省域现代化历史积淀的精神力量。浙江人民在百余年的历史进程中形成共同的精神基因，例如“奉献”“实干”“创新”等，这些红色基因也在精神传承中显现特殊的精神动力。

第二，浙江红色精神是省域现代化实践进路的精神力量。浙江各地区、各部门整体上注重把精神力量作为物质力量的价值导向，在“红船精神”“浙江精神”等20余种红色精神的激励和鼓舞下，浙江围绕综合实力更强、城乡区域更协调、生态环境更优美、人民生活更幸福等方面，高水平全面建成小康社会取得决定性成就。当下，这些红色精神又继续跃升为“以‘两个先行’打造‘重要窗口’”的更主动的精神力量。

第三，浙江红色精神作为省域现代化价值要旨的精神力量，正致力于最终实现物质文明与精神文明协调发展，物的全面丰富与人的全面发展和谐统一。总而言之，科学理解、高度重视“浙江省域现代化先行的精神力量”，以红色精神推进省域现代化实践，其核心要义在于：把浙江百余年（特别是新中国成立以来）内孕育形成的红色精神的历史底蕴、现实基础及未来指引有机结合，发挥红色精神对省域现代化的综合作用，促使其转化为推进先行实践范例打造的内驱力与外显力。

---

① 2024年1月，浙江省委书记易炼红在省纪委十五届三次全会上强调，持续深化自我革命省域实践，加快打造新时代勤廉浙江，为勇当先行者、谱写新篇章提供坚强保障。

② 李楠：《以丰富人民精神世界推进中国式现代化探赜》，《马克思主义研究》2023年第1期，第68页。

四、红色精神推进浙江省域现代化先行的路径指向

"社会发展始终需要强有力的精神动力的推动，精神动力能充分满足这种社会需要。"① 浙江党员干部群众具备什么样的精神状态，对"勇当先行者、谱写新篇章"，具有十分重要的思想牵引与精神促力作用。为此，从马克思精神动力论角度看，基于对"精神动力如何推进"作用机理的分析，以"精神生产一精神整合一精神影响"为推进框架，探索提振浙江省域现代化精神力量的优化策略。主要思路及其整体构想是：深入学习领会习近平总书记关于运用红色资源、赓续红色血脉的重要论述，把浙江百余年（特别是新中国成立以来）内生成的 20 余种红色精神作为"本土资源"②，聚焦红色精神动力，将红色文化资源视为特殊的推进工具，促使激活红色基因、焕发生机活力叙事框架融入经济社会各领域、各方面、各环节；同时，在理念维度强化认同，在资源维度精细供给，在实践维度丰富表达，在技术维度营造场景，在制度维度提质适配。易言之，发扬浙江红色精神，使红色根脉优势转化为先行发展胜势，筑牢省域现代化的精神文化基础，寻求更多具有自主性、内生性省域现代化道路③的机会与路径。

（一）理念塑造向度：强化红色精神的认同建构

红色精神推进省域现代化需要对红色精神科学理解、运用自如。唯有如此，浙江红色精神才能真正融入、融贯省域现代化先行进程。"认同是个体行动意义的重要来源，它为个体的价值判断和价值选择提供了基本参照，决定着其行动的方向和力量。"④ 在红色精神生产、整合及影响的实质阶段中，精神动力的推进层级和质效始终建立在必要的思想认同、价值认同、文化认同等认知前提下。同理，应完善精神动力作用发挥的思想条件，引导浙江党员干部群众树立正确的精神动力观，把精神动力上升为浙江现代化先行的经常性力量、习惯性力量。

第一，从高度上，认识和把握红色精神的重要性。建党 100 周年之际，中央宣传部发布第一批纳入中国共产党人精神谱系的伟大精神，20 余种浙江红色精神未被选入，理论界与实务界对"浙江红色精神谱系"的重视程度有所降低。但是，从"红船精神"⑤迈向"浙江精神"，20 余种红色精神是共产党人理想信念和政治品格的积极写照，蕴藏

---

① 骆郁廷：《精神动力论》，武汉大学出版社 2003 年版，第 123 页。

② 结合"本土资源"论，20 余种浙江区域红色精神既是历史资源和现实资源，也是经济资源和文化资源，更是制度资源和理论资源。

③ 依学界通说，自主性问题是中国现代化的核心议题，"自主探索"被认为是决定中国现代化的内部因素。

④ 吴玉军：《思想政治教育中的价值认同问题》，《马克思主义与现实》2016 年第 2 期，第 8 页。

⑤ 以"红船精神"为例，尽管这一红色精神未被正式纳入第一批中国共产党人精神谱系，但"红船精神"仍是时间概念上的"中国革命精神之源"，与伟大建党精神不可相互替代，也不能简单等同。

宝贵的政治灵魂和红色基因，体现浙江百余年历史是奋斗史与精神史的有机统一。我们应从更宏观和整体的角度理解和重视这些红色精神，它们与中国共产党人精神谱系具有同一性，是党的伟大精神的“浙江板块”，在“救国”“兴国”“富国”“强国”，或者说革命、建设、改革、复兴意义上具有共同之处，对提升浙江党员干部群众的思想境界有独特作用。

第二，从广度上，认识和把握红色精神的全面性。内涵表述语是红色精神的基本面，也是发扬红色精神的大前提。近年来，浙江省内不同地区围绕相关红色精神进行不同程度的挖掘、提炼，形成相对固定的官方表达。① 然而，有的地区对红色精神的表述内在逻辑不够鲜明，表述内容与地方发展现实之于精神的内在要求尚未高度统一。有的部门在词句使用上，相对缺少重点内容、语言较为晦涩，未能全面按照“渐次递进”的语义要求表述。地方层面及职能部门应结合不同时间、场域、要素的具体情况，有效提炼特定红色精神的内涵要义，既言简意赅又意蕴丰富，更能易读、诵记，继而在政治传播、社会传播中形成具有广泛价值的精神符号，使弘扬红色精神成为普遍价值追求，凝聚全社会的价值共识。

第三，从深度上，认识和把握红色精神的关联性。在浙江红色精神图谱内，一些红色精神虽各具特性，但在基础研究和政策实践等方面存在共性。比如绍兴与台州各传承越文化、和合文化，分别发扬“胆剑精神”“大陈岛垦荒精神”，并提出谱写“胆剑篇”、续写“垦荒史”的发展使命，而这两种红色精神均有“图强”“创业”“创新”的鲜明特质。再如“围涂精神”源于杭州湾南岸的大围涂文化，被杭州萧山、绍兴柯桥、绍兴上虞及宁波余姚、宁波慈溪等地重视和应用，并不限于某一城市及辖区。针对此，应有意识将原本某一特定区域的红色精神与民族精神、时代精神结合，与其他类型的红色精神结合，形成被更大范围、更多群体认可、践行的红色精神集合，为“省域现代化的文化先行”聚势、聚力。

（二）资源配置向度：提供红色精神的精细供给

如前所述，浙江省域现代化应回答“自主性”这个中国式现代化的根本命题，就精神文化而言，实现“精神上的独立自主”② 是应然举措，就是把自身特有的精神资源转化为精神动力，推动社会进步。红色资源作为一种全局作用比较明显的资源，具有能动性、可再生性和共享性等基本特征，这决定其是地方发展的重要资源，甚至是战略资源。

---

① 2019 年，浙江省新闻办举行“浙西南革命精神”研究成果发布会，“忠诚使命、求是挺进、植根人民”被确定为“浙西南革命精神”的官方表述，这为丽水开展“浙西南革命精神”弘扬践行活动提供了有力依据。

② 2023 年，习近平总书记在文化传承发展座谈会上要求，坚持走自己的路，实现精神上的独立自主。

“文化认同是资源供给和制度保障的基础性因素。”① 在红色精神的文化认同建构之后，进行第一阶段的精神生产，就是加大对红色资源保护管理和挖掘运用的力度，为浙江党员干部群众提供优质、细微的红色精神产品和服务，促使其在主观能动性充分发挥中破除各种精神障碍、精神束缚，并获得更多的精神能量。

第一，时间细节化。把握重大时间节点和重要纪念活动等，依托器物性红色资源，如革命博物馆和纪念馆，以及制度性红色资源，如党的路线方针政策、先进人物的文献著作，开展集体参观瞻仰、专业调查研究，实现历史厚重感与体验直观性结合，引导社会大众触摸红色历史符号，体悟红色精神“源于历史、融入现实、引领未来”的初衷初心。

第二，地域细节化。针对红色资源分布相对“离散”、研究开发能级有待提升等现实困境，省级层面注重顶层设计，发挥整合优势，立足总括性政策——《浙江省文化改革发展“十四五”规划》，实施并完善《浙江省红色资源保护传承条例》② 及《浙江省烈士纪念设施保护管理办法》等具体文件，在统一布置中突出重点、稳步推进。市县层面着重中层执行、基层落实，根据不同地区、部门的红色资源运用需求，加强沟通交流，实现多赢。在红旅研学、学术研究等方面多域合作，在党性教育、党史学习教育等方面实现共办，将红色资源串点成线，发挥集群效应。尊重地方特色和部门差异性，避免标准化产生的形式化问题，倡导多元化开发；遵从“地方性知识”③，激活和鼓励广大基层群众积极自主地参与。

第三，对象细节化。例如以青少年群体为切入点，主动探索符合该群体的红色资源利用方式，支持多方参与，打造红色基因铸魂育人共同体。如结合年龄层次、心理发展规律及认知特点，多提炼升华青少年易理解、易接受的“红色元素”；创新形式，制作更多青少年题材电视和电影产品，创作红色歌曲、报刊、图书等。最终，构建独具浙江特色的红色资源体系，形成红色资源的“浙江标识”，激活红色资源的“浙江动能”。

（三）实践要领向度：丰富红色精神的表达方式

以马克思精神动力论为视域参照，依据“精神生产—精神整合—精神影响”的解释框架，精神整合则属于第二阶段，精神整合的路径指向在于“内容形式”“平台载体”等方面。相应地，推进浙江红色精神动力的发挥方法创新、作用形式多样，坚持集中和分

① 石国亮：《中国社会组织成长困境分析及启示——基于文化、资源与制度的视角》，《社会科学研究》2011年第5期，第65页。

② 2024年3月29日，《浙江省红色资源保护传承条例》经浙江省第十四届人民代表大会常务委员会第九次会议通过，自2024年7月1日起施行。

③ 地方性知识是指与特定地区关联的知识，通常包含对该地区文化、历史传承、地理特性、风土人情及语言等方面的独特认识和掌握。

散、理论和实践、内化和外化结合的关键原则，从政治型引导、学理性阐释和大众化传播等推进理路激发浙江党员干部群众的精神动力，从而丰富发扬浙江红色精神的话语表达，体现红色精神的引领力、渗透力、感召力，构建话语内容体系，拓新省域现代化先行的文化意蕴。

第一，丰富政治话语内容。“坚持和加强党的全面领导，是中国国家成长与政党建设必须秉持的基本原则。”① 在党的集中统一领导下，以强大组织力牵引红色精神弘扬。指导思想上，聚焦中心大局，浙江各级党组织以习近平文化思想为引领，落细落小落实习近平总书记对弘扬革命精神的一系列重要指示。组织体系上，各地区、部门明确权责归属、发挥比较优势，构建全方位、常态化的红色精神弘扬格局。人本基础上，打造红色文化专业人才基地，专项培养、柔性引进等多措并举，形成人才素质高、数量足、队伍稳的局面。财力支撑上，增加红色资源调查和文物征集专项资金，摸清“红色家底”；扩充革命文物保护专项资金，做好修缮维护工作，擦亮“红色招牌”；引导社会力量参与红色资源保护，以家族集资、“以奖代补”等形式筹措资金，实现红色文化的可持续发展。

第二，丰富学术话语内容。对浙江红色精神所蕴含的科学内涵再挖掘、研究，使其适应时代发展和社会节奏；也透析其现实价值，尽管在思想文化、意识形态、精神文明建设、社会主义核心价值观践行等领域探讨应用策略是主要研究方向，但应增加新方法。例如，为实现更广领域的红色精神传承，部分地区已将红色精神培育纳入思想政治教育工作范畴，但顺应数字化、信息化发展趋向，有必要借助现代技术建立红色论坛、红色社区。此外，可引入“中华民族现代文明”②、“国际传播能力建设”等新视角，借助高校、党校、社科院等红色文化研究机构的平台优势、智力优势，尝试与上海市、江西省、湖南省、河南省等红色资源大市大省组建研究阵营、打造学术联盟，强化科研成果应用。通过一系列、链条式学理研究，提升学术影响力、增加学术生长点，推进浙江红色精神应用面更广、渗透度更高，成为更完整、有品质的理论体系。

第三，丰富大众话语内容。“人民对美好生活的向往不仅包含着物质文明的繁荣，更蕴含着对精神文化的需求。”③ 面向社会大众发扬红色精神，“回归生活、融入日常”是题中应有之义，即在显性灌输与隐性涵养融汇中释放红色文化的生动感染力，推进浙江红色精神动力内化于心、外化于行。围绕浙江省“中国革命红船起航地”红色标识，在

---

① 张振、杨玉城：《制度哲学视域下党的全面领导制度结构与功能探析》，《理论探讨》2024 年第 1 期，第 22 页。

② 浙江是中华文明重要发祥地，习近平总书记在 2023 年考察调研时，赋予浙江“在建设中华民族现代文明上积极探索”的重大使命。

③ 段虹：《论习近平文化思想的四重维度》，《浙江学刊》2024 年第 1 期，第 12 页。

传统文化资源丰厚地区，坚持“红古融合”，侧重传承众多古迹遗址中的宝贵红色基因，促进红色博物馆、纪念馆与古村落、古建筑融合联动；生态环境优美地区，坚持“红绿融合”，注重红色资源与自然资源融合，打造更多“红色文化＋民族风情”“红色文化＋健康养生”等特色发展范例；近海片区，坚持“红蓝融合”，依托沿海红色资源，讲好红色文化故事，点亮“红色风景线”；市场经济活跃区，坚持“红商融合”，在小商品、轻纺、塑料、皮革、电器等专业市场有条件建立、升级主题博物馆，见证红色精神力量对浙江跨越发展、先行探索的内生驱动。

（四）技术支持向度：营造红色精神的智慧场景

“技术是人类社会物质和精神文明演进的重要推动力。”① 时下，现代智能技术业已进入与经济社会深度融合的新阶段。在精神文化领域，发扬浙江红色精神具有深刻的“技术—文化”逻辑，“智能＋文化”模式有益于形成大数据、云计算、物联网、区块链等新技术浪潮推动精神整合的有效方式，在精神动力功效产生的第二阶段实现多媒介、多载体“智慧传播”，这为满足红色精神的新需要、不断丰富浙江人民的精神世界和昭示省域现代化先行的精神特质创造了新条件。

第一，普遍运用智能技术。从技术角度观察，经验思维是由原材料驱动的，而智慧思维则是数据驱动的。传承浙江红色精神，不能过度依赖图书借阅、资料分享等传统方式，可多用大数据技术，赋能浙江红色精神弘扬。例如由于红色资源不可复制，采用数字化加工归档、大数据算法识别等技术建立红色资源数据库、建强红色文化基因库②，实施专业性强、精度要求高的数字化保护。依托新兴的云存储技术，分布式存储红色资源；因地、因人制宜，运用物联网系统呈现虚拟红色资源。比如开展党员干部红色精神教育时，通过3D建模、720°全景展示、弹性动画等技术，打造沉浸式学习空间；对可塑性强的少年儿童，提供“红色课堂”，除专家讲座之外，开发红色主题小游戏等趣味课程，培育其红色理想，发扬红色精神。另外，借鉴红链（HJZ Token）模式，发挥区块链技术去中心化、透明等优势，开发红色数字藏品，建立管理与交易平台；使用区块链存证功能，进行红色资源版权登记；提升可溯源性，推动红色公益活动落地众筹；等等。

第二，高效打造智慧场景。辩证地看，红色文化也是新技术发展的知识支撑，日益成为技术变革的应用场景。选取视频场景作为例证，在内涵式发掘环节，结合视频关联技术，数据化处理红色视频，挖掘红色精神的更多价值、意义，显现其思想核心，适时与现实故事联结，推进红色精神传承。便捷式传播环节，分析用户需求，精准定位粉丝群；筛选内容，获取有效流量；挖掘红色文本，关联时代语义，促使红色视频与社会大

---

① 江小涓：《数字时代的技术与文化》，《中国社会科学》2021年第8期，第4页。

② 2023年，丽水开发浙江省首个革命遗址保护类数字应用场景——“红立方”，该市率先构建“多维红色资源新平台”。

众“无缝对接”。情景式特展环节，对浙江相关党史、新中国史、改革开放史、社会主义发展史中的红色事迹进行情景再现，利用数据检索技术，设立红色遗产节目，填充图片、影像，改造升级为“红色遗产 3D”节目，让浙江人民更深入了解红色故事。当然，继续营造其他智慧场景，推进文化内涵的积淀与演进，并与数字技术这个快变量“嫁接”，呈现浙江红色精神整合的新形态。

（五）制度保障向度：提质红色精神的适配机制

制度学语境下，一项制度若无一定的结构支撑与适量内容，则会形同虚设、空有其表。在“精神生产—精神整合—精神影响”的分析模式中，前两个阶段侧重方向把握、特色突显，以及提升可操作性、可执行度。那么，红色精神作用发挥的后期阶段，即第三阶段——精神影响，应建立精神转化运用实况的适配机制，增强浙江红色精神宣传研究、传播践行的科学性、有效性，尤其是使精神动力的适配机制与红色精神影响范围、影响频率、影响程度等指标体系互嵌与耦合，实现不同层次的精神动力推进阶段之间的融合互促。

政治哲学层面，制度被界定为“一种公开的规范体系”①，为继续维系和提质“红色精神推进浙江省域现代化先行”的制度设计，有必要对一系列政策、策略实施后的相应环节进行综合研判和适度完善。

第一，执行监督机制。实行靠前监督，发挥“前哨”作用，纪检监察、意识形态等职能部门主动监督，对浙江红色精神宣教范围、精神动力发挥效力等情况全面把控。实行精准监督，建立整改工作调度机制，列出问题清单，实行台账管理。

第二，结果评估机制。设立规范评级指标，包括理想信念是否坚定、政治能力表现如何，及红色精神动力转化效果、推进阶段等。发挥考评专家和专业人员优势，参与日常监测、评价计分等考核管理。创设《考核要情》等专报，编制多领域考核评价分析简报，为服务党委政府决策提供一手资料。

第三，反馈调节机制。对有益经验及时总结提炼，借助“政策试验”“政策试点”等中国特色运作模式，形成一批可复制、可推广的启示性举措。对推进阻力全面分析、精准论证，形成破解思路，如精神动力的弱化问题，动态调整发挥方法，最大程度增强精神动力作用于党员干部群众的实效。

第四，法治巩固机制。基于“为中国式现代化提供有力法治保障”②，使“省域之治”成色更足、优势更彰显的现实考量，把握好《中华人民共和国爱国主义教育法》的

---

① 彭和平：《制度制胜之道：制度学的故事和原理》，国家行政学院出版社 2019 年版，第 7 页。

② 蔡长春：《为中国式现代化提供有力法治保障》，《法治日报》2024 年 1 月 18 日第 1 版。

法治原则、法治精神，坚持“小切口、有特色”的浙江立法理念，引导各地开展条例立法①，推广保护名录制度等分级分类保护措施。针对违法行为也设定不同类型的法律责任。推动红色资源保持历史风貌，以法治方式更好守护红色根脉。

结　语

精神的信仰似水波相推，精神的力量如薪火相传。百余年来，特别是新中国成立以来，浙江红色精神在革命、建设和改革实践中，逐渐成为进行伟大事业的精神纽带。当前和今后一个时期，浙江最为重要的中心工作，就是“在奋力推进中国式现代化新征程上勇当先行者、谱写新篇章”。应当看到，已有的20余种红色精神价值独特、作用明显，新的红色精神也在孕育与生发，这些精神让省域现代化的红色文化形态生机盎然，红色文化传承发展示范区建设如火如荼，浙江逐步成为精神标识鲜明的省份。因而在锚定战略坐标、构筑发展坐标后，找准价值坐标、升华精神坐标，并激活“红色细胞”、催生“红色动能”，保持中国式现代化浙江实践的精神展现与精神指向，不仅是必要的，而且是必须的。

“中国现代化既是一个综合性理论命题，亦是一项系统性实践工程。”② 本文初步提供一种视角，即从精神文化的角度来认识现代化，这种视角并不否认物质力量的作用。总之，本文以浙江红色精神的实践回应为基础，并非有所侧重分析某一特定的红色精神，而是从整体论证浙江红色精神对省域现代化先行产生的精神力量价值；并以马克思精神动力论为理论背景，以精神生产、精神整合、精神影响为研究进路，尝试构建浙江红色精神推进机制的学理框架，逻辑上存在合理性，现实中也蕴含着实践性。这种思路或许能为理论界继续开展中国共产党精神与中国式现代化的结合型研究提供一些视角，也对其他省市进一步探索二者深度融合路径产生一定的启迪意义，以期在更多现代化实践中更好释放红色精神的强大能量，实现民族复兴与强国建设的美好愿景。

① 2023年7月，在《共产党宣言》中文全译本的首译地——浙江省金华市，《金华市红色资源保护利用条例》正式施行，红色资源保护利用工作迈入法制轨道。

② 刘吕红：《中国现代化自主性问题研究：一个核心议题的再探讨》，《马克思主义研究》2023年第7期，第34页。

红色文化网络关注度考察

——基于百度指数的大数据分析*

董　明　马修兰①

摘　要：利用百度指数的大数据对红色文化网络关注度进行考察，为我们从宏观角度了解红色文化的学习传播情况提供了新思路。研究发现：广大网民对红色文化的关注度逐渐提高，且有继续增温的态势；在时间分布上，受国家重要庆祝或纪念活动举行和国家领导人重要讲话影响，存在明显的时段性特征；在地域分布上，华东、西南、华南地区高于西北、东北地区，江西在省份与城市排名上名列前茅，表明区域红色资源丰富程度对网民关注度有较大影响；在人群属性分布上，随着年龄增长，关注度明显减弱，30岁以下年龄群体是红色文化关注主体；在关注内容分布上，主要集中在“什么是”“是什么”“有哪些”等基本问题层面，表明广大网民对红色文化还缺乏基本了解，应当引起关注。

关键词：红色文化；网络关注；百度指数；大数据

“红色文化是中国共产党百年奋斗史的标志性精神产物，它与中国共产党的革命发展历史紧密相连，属于中华民族的独特文化。”② 许多学者对红色文化的内涵、价值和传承发展进行了充分研究，研究成果十分丰富。除大量的研究著作和教辅材料出版外，据中国知网数据显示，截至2023年底，中国知网收录的篇名中含有“红色文化”关键词的文

---

* 项目基金：南昌师范学院博士科研启动基金项目（批准号：NSBSJJ2022002）；南昌师范学院校级人文社科项目“媒体融合背景下高校基层党组织理论学习路径研究”（批准号：23XJZX51）；南昌市元宇宙生成式人工智能教育重点实验室（Metaverse Key Laboratory of AI-Generated Content Education in Nanchang City）（批准号：洪科字〔2023〕335号）阶段性成果。

① 作者简介：董明（1977— ），男，安徽定远人，博士，南昌师范学院马克思主义学院教授、硕士生导师，主要研究方向为中共党史党建。马修兰（1987— ），女，安徽灵璧人，硕士，南昌师范学院助教，主要研究方向为红色文艺。

② 陈铟莹：《表征与记忆：红色文化的具象化建构》，《思想理论教育》2022年第10期，第67页。

章近15 000篇，平均每年有250多篇，且呈迅速增长趋势。与学术界日趋高涨的研究热情相比，广大网民对红色文化的关注度如何？关注内容是什么？有什么具体特征？限于资料文献及调查统计的局限，学术界尚没有开展相应的研究。而基于网络的大数据调查为了解广大网民对红色文化的关注情况提供了可能。本文以百度指数的大数据为依托，对红色文化的网络关注度进行考察，初步了解谁在关注红色文化，关注程度如何，关注哪些方面内容，以期为红色文化的学习传播和纵深研究提供参考。

一、利用百度指数研究红色文化网络关注度的必要性与可行性

利用百度指数分析我国网民对红色文化的关注是必要的，它弥补了我们现有官方统计数据的缺失，符合大数据时代条件下“样本＝总体”的统计要求①，有助于更为宏观全面地了解红色文化的社会关注度，这对红色文化的普及推广与传承发展具有重要的促进作用。利用百度指数分析网民对红色文化的关注度也是可行的，它所覆盖的区域、涉及的人群、关注的内容等海量信息都为百度指数分析结果的客观性与可信度提供了有力支撑。

（一）研究的必要性

红色文化是我国众多宝贵精神文化中的一种，它有着自己独特的价值和作用。虽然学术界有关红色文化的研究成果较多，但是由于其专业性、学术性和针对性较强等特征，使得这些研究成果往往局限在一定的学术研究和学习群体范围之内，与广大网民群体的关注需求存在较大的差异。也就是说，在红色文化领域，学术研究探索与社会认知接受实际存在一定程度上的脱节，这对红色文化的普及与传播十分不利。通过百度指数，可以从更广泛的社会群体角度探测红色文化在民众中被了解和接受的程度，这对红色文化的学术研究和实际传播发展来说都有重要的作用和价值。

（二）研究的可行性

据中国互联网络信息中心（CNNIC）发布的第52次《中国互联网络发展状况统计报告》显示，截至2023年6月，我国网民规模为10.79亿，互联网普及率达76.4%。② 这一庞大的网民用户群体基于自己的兴趣爱好和知识需求，常常通过网络搜索引擎来获取信息和知识，而百度作为全球最大的中文搜索引擎自然就成为众多网民的首选搜索工具。网民在搜索引擎中留下来的搜索痕迹也会被平台如实地记录下来，并形成海量的数据信

---

① 参见［美］维克托·迈尔·舍恩伯格、肯尼思·库克耶著，盛杨燕、周涛译注《大数据时代：生活、工作与思维的大变革》，浙江人民出版社2013年版，第27页。

② 参见中国互联网络信息中心（CNNIC）《第52次〈中国互联网络发展状况统计报告〉》，https://www.cnnic.net.cn/n4/2023/0828/c88－10829.html，(2023-08-28)[2024-05-01]。

息。这不但为百度指数的开发与使用提供了重要的数据基础，也为科学研究和社会观察提供了新的研究思路。

二、红色文化网络关注度分析

百度指数目前设有趋势研究、需求图谱和人群画像等主要功能，在百度指数官网“开始探索”栏中输入关键词“红色文化”，就可以明了网民对红色文化的关注程度、时间分布、地域特征、人群属性、主要内容等数据分布，为我们总体了解网民对红色文化的关注情况提供了重要的参考信息。

（一）关注程度

在百度指数官网，通过搜索指数（TGI）① 可以了解互联网用户对关键词搜索关注程度及持续变化情况。百度指数分为 PC 端指数和移动端指数，其中 PC 端数据记录自 2006 年 6 月 1 日开始，移动端数据记录自 2011 年 1 月 1 日开始。

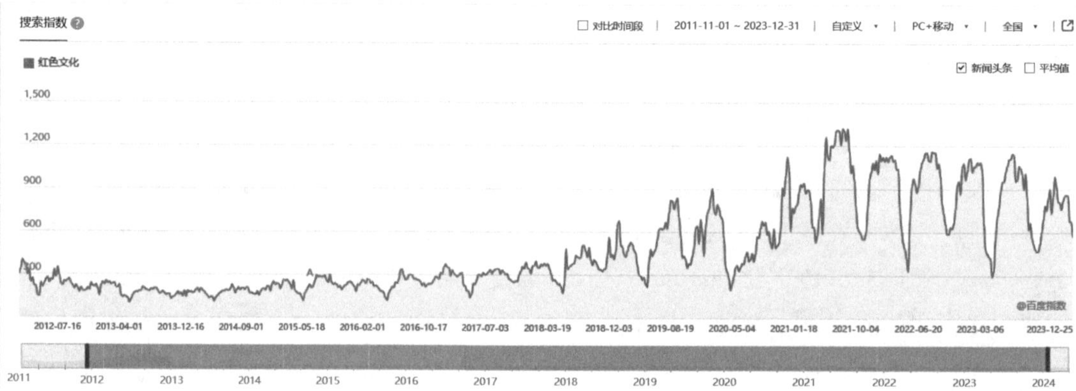

图 1　“红色文化”网民关注度总体趋势走向图

为了解“红色文化”一词搜索热度的总体趋势情况，笔者运用灰色理论的灰生成方法进行大数据处理。从百度指数曲线图上获取到 2011 年 1 月 1 日至 2023 年 12 月 31 日“PC＋移动”端“红色文化”一词以周为单位的搜索指数。共获得 13 年 681 周的搜索指数数据。通过分析其数据结果可知 681 周的整体日均值为 452 点（图 1）。为了进一步阐明网民对红色文化关注的整体热度变化，再将 13 年搜索指数分为前后两组，得出前组搜

① TGI 是反映目标群体在特定研究范围（如地理区域、人口统计领域、媒体受众、产品消费者）内强势或弱势的指数。TGI 指数＝［目标群体中具有某一特征的群体所占比例/总体中具有相同特征的群体所占比例］ * 标准数 100。

索指数日均值为221点、后组搜索指数日均值为719点，从221点上升到719点的数值变化表明搜索指数呈快速增长趋势，增长率达225.3%，这说明网民对红色文化的关注度迅速提升，而且在未来还有继续增长的可能。

（二）时间分布

从图1可知，网民对红色文化的关注在时间分布上呈现出明显的时段性特征。大体可分为缓慢发展期和快速增长期两个阶段。

第一阶段为缓慢发展期，自2011年1月1日至2018年2月25日，搜索指数均在日均值452点以下。这一阶段中的2011年曾有两周接近整体日均值，时间为5月9日至15日和11月14日至20日，搜索指数分别为408点和395点。考察搜索指数增长背后的因素，应与该年庆祝中国共产党成立90周年和纪念辛亥革命100周年等活动隆重举行有关。在这样的特殊时间内，作为“中国共产党领导全国人民在革命、建设和改革开放时期实现民族独立和国家富强过程中凝聚的、以中国化马克思主义为核心”① 的红色文化也受到网民的高度关注。当时就有网络媒体报道说，“2011年是中国共产党建党90周年，红色文化热在全国城市广泛散布。唱红歌、读红书、看红色电影、写红色励志格言、办红色专题讲座等红色文化休闲活动已经成为城市流行的新风尚”②。10月9日，纪念辛亥革命100周年大会在人民大会堂举行，胡锦涛发表重要讲话，强调“我们隆重纪念辛亥革命100周年，深切缅怀孙中山先生等辛亥革命先驱的历史功勋，就是要学习和弘扬他们为振兴中华而矢志不渝的崇高精神，激励海内外中华儿女为实现中华民族伟大复兴而共同奋斗”③。该年11月初，求是《小康》杂志社与南京市人民政府还联合举办了“2011中国（国际）休闲发展论坛”，会上进行了“2011中国红色文化休闲名城”的评选活动，引起了广大网民对红色文化的高度关注。随着庆祝纪念活动的结束，有关“红色文化”的搜索热度明显降温，2013年2月4日至10日达到最低值101点，之后虽有缓慢增长的趋势，但是一直处在整体日均值水平之下。

第二阶段为快速增长期，自2018年2月26日至2023年12月31日，基本都在日均值452点以上。其中2021年度搜索指数值相对较高，峰值1320点也出现在该年度。该年的关注热潮，与2月20日习近平总书记在党史学习教育动员大会上的重要讲话有关，习近平总书记在讲话中强调：“要教育引导全党大力发扬红色传统、传承红色基因，赓续共产党人精神血脉，始终保持革命者的大无畏奋斗精神，鼓起迈进新征程、奋进新时代

① 沈成飞、连文妹：《论红色文化的内涵、特征及其当代价值》，《教学与研究》2018年第1期，第97页。

② 《武乡、庆阳获2011中国红色文化休闲名城》，https://travel.ifeng.com/news/china/detail_2011_11/21/10803933_0.shtml，(2011-11-21)[2024-05-01]。

③ 胡锦涛：《在纪念辛亥革命100周年大会上的讲话（2011年10月9日）》，《人民日报》2011年10月10日第1版。

的精气神。"① 随后多家媒体对习近平总书记的重要讲话进行了转载和发布，许多专家学者也在报纸杂志和网络媒体进行了相关阐释和研究，掀起了一股"红色文化"研讨热潮，这势必会引起网民对红色文化的关注和兴趣，因此搜索指数呈快速增长趋势。此外，2021年为中国共产党建党100周年，全国上下都在进行各种庆祝活动。7月1日，习近平总书记发表《在庆祝中国共产党成立一百周年大会上的讲话》，讲话阐述了我党先驱在一百年前形成的"坚持真理、坚守理想，践行初心、担当使命，不怕牺牲、英勇斗争，对党忠诚、不负人民"的伟大建党精神，并提出"我们要继续弘扬光荣传统、赓续红色血脉，永远把伟大建党精神继承下去、发扬光大"的伟大号召。之后，有关习近平总书记的"七一讲话"引起社会各界的广泛关注，其中有关红色文化和红色资源的表述成为热门金句。在社会各界高度关注的背景下，"红色文化"成为2021年度的高频热搜词语。从图1《"红色文化"网民关注度总体趋势走向图》可以看出，2021年度有关"红色文化"的搜索指数也明显高于其他年份。2022—2023年，有关"红色文化"的搜索指数有所下降，但依然高于日均值，表明公众对"红色文化"继续保持着浓厚兴趣。

（三）地域分布

百度指数有"人群画像"功能，它采用数据挖掘方法，对关键词的人群属性进行聚类分析，给出用户所属的省份、城市、区域分布等信息。其数据采集信息自2013年7月1日开始。本文选取2013年7月1日至2023年12月31日的数据为分析对象，制作了《"红色文化"百度搜索指数地域分布表》，具体见表1。

表1 "红色文化"百度搜索指数地域分布表

排序	省份	城市	区域
1	江西	南昌	华东
2	广东	北京	西南
3	山东	赣州	华南
4	四川	成都	华北
5	江苏	广州	华中
6	贵州	长沙	西北
7	湖南	上海	东北
8	浙江	杭州	/
9	河南	重庆	/
10	北京	贵阳	/

① 习近平：《习近平著作选读》，人民出版社2023年版，第424—425页。

省份分布指数分析。从排名前十位的省份来看，江西省的搜索指数最高，排名第一，表明江西网民对红色文化的关注度领先其他省份。江西具有丰富的红色文化资源，被誉为“没有围墙的历史博物馆”，是中国革命的摇篮——井冈山、人民军队的摇篮——南昌、共和国的摇篮——瑞金和中国工人运动的摇篮——安源所在省份。在挖掘这些红色故事的现代化价值与文化内涵方面，江西也走在全国前列。① 作为早期马克思主义传播地，也是国共合作、工农运动和国民革命兴起地的广东紧随江西之后，排名第二。广东拥有宝贵的红色文化遗产，该省网民对红色文化的关注度明显较高。排在第三位的是革命老区、红色圣地山东。据《山东省重要革命遗址通览》（山东人民出版社 2014 年版）一书统计，山东省现有革命遗址 2449 处，其中国家级遗址保护 22 处、省级遗址保护 96 处、市级遗址保护 97 处、县级遗址保护 218 处。基于丰富的红色文化资源，山东网民对红色文化的搜索指数高于其他许多省份。四川、江苏、贵州、湖南、浙江、河南依次排在第四、五、六、七、八、九位，北京则位居末位。

城市分布指数分析。从排名前十位的城市来看，依次是南昌、北京、赣州、成都、广州、长沙、上海、杭州、重庆和贵阳。值得一提的是，排名第一的南昌和排名第三的赣州均属江西省。南昌作为江西省的省会城市，红色资源尤为丰富，南昌八一起义纪念馆、江西省革命烈士纪念堂、方志敏烈士陵园、小平小道等红色资源使南昌成为红色旅游的重要城市。赣州是中华苏维埃共和国政权的诞生地、举世闻名的二万五千里长征的出发地、艰苦卓绝的南方三年游击战争的起源地，赣州网民对“红色文化”的关注明显高于其他城市，也是非省会城市中关注度最高的城市。成都是“历史上最大规模的民族战争之大后方的主要基地”的核心区域，是宣告国民党蒋介石在大陆统治的彻底结束之地，是“三线”建设西南地区的指挥中心，是全国第一个农工商联合体、第一家民间股份制金融企业、第一家农村产权交易所、发行新中国第一张股票所在地，其红色资源具有与其他地区明显不同的特征。② 因而，成都网民在对红色文化的关注上表现出了较高热情，排名第四。广州、长沙、杭州和贵阳作为广东、湖南、浙江和贵州的省会城市，集中了为数众多的红色资源，所在城市的网民对红色文化也表现出来浓厚的兴趣，搜索指数也相对较高。

区域分布指数分析。从全国七大地理分区来看，华东地区网民对红色文化的关注度最高，排名前十位的省份中，江西、山东、江苏、浙江等四省都属华东地区。西南地区排名第二，省份排名第四和第六的四川和贵州归属这一地区。华南地区排第三，西北和东北地区关注度较低，排在最后两位。

---

① 参见韩春萌、熊剑琴《江西重大革命历史影视剧的精神内涵与文化价值》，《南昌师范学院学报》2023 年第 5 期，第 12 页。

② 参见吴欣《成都如何创新传承红色资源?》，《四川日报》2022 年 6 月 20 日第 20 版。

(四) 人群属性

人群属性是通过百度用户搜索数据，采用数据挖掘方法，对关键词的人群属性进行聚类分析，给出用户所属的年龄及性别的分布及排名。

性别指数分析。据中国互联网络信息中心发布的第 52 次《中国互联网络发展状况统计报告》显示，我国男女网民比例为 51.4：48.6，男性网民略多于女性网民。但从红色文化网络关注度的性别搜索指数值来看，男性网民和女性网民的搜索指数值差距较大。据 2013 年 7 月 1 日至 2023 年 12 月 31 日数据显示（图 2），女性对红色文化关注指数值为 128.45，男性则为 73.08，女性高出男性 76 个百分点。由此可见，女性对红色文化的关注度明显高于男性。

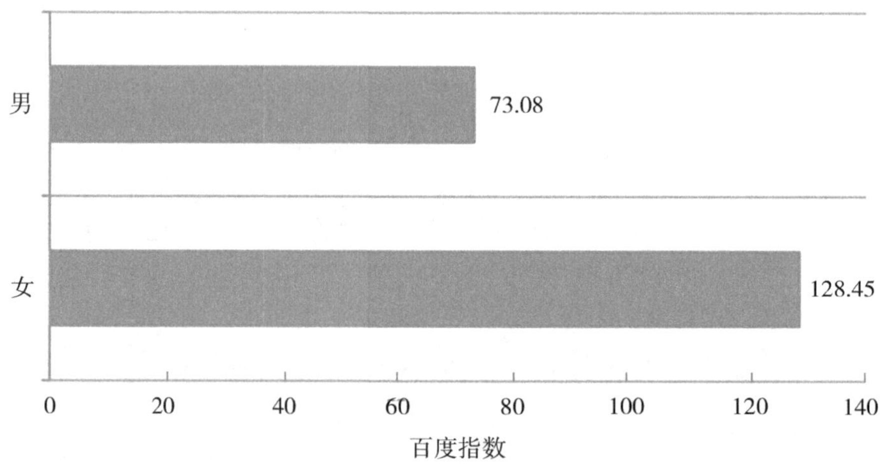

图 2 “红色文化”百度指数性别搜索指数分布图

年龄指数分析。从年龄搜索数据来看，呈随着年龄增长而对红色文化关注度逐渐减弱的趋势（图 3）。19 岁以下人群为全网人数分布最少群体，占比仅为 8.37%，但对红色文化却有较高兴趣，其 TGI 指数为 228.08，位居第一，这一年龄群体应以初高中和大学初年级学生为主，出于个人兴趣、课程学习和旅游度假的需求，他们对红色文化表现出极大的兴趣，因而搜索指数最高。20—29 岁人群占比 23.68%，TGI 指数为 164.38，位居第二，对红色文化也表现出了浓厚的兴趣和较高的关注。30—39 岁人群占比 33.65%，是全网人数分布最多的群体，但他们对红色文化的关注却较低，TGI 指数只有 77.11。40—49 岁人群占 20.51%，TGI 指数为 59.63，排序第四。而 50 岁以上人群占比不是最低，但是 TGI 指数为最低值，仅为 26.19，是红色文化网络关注度最弱的年龄群体。由此可见，30 岁以下的人群是红色文化关注度较高的群体。

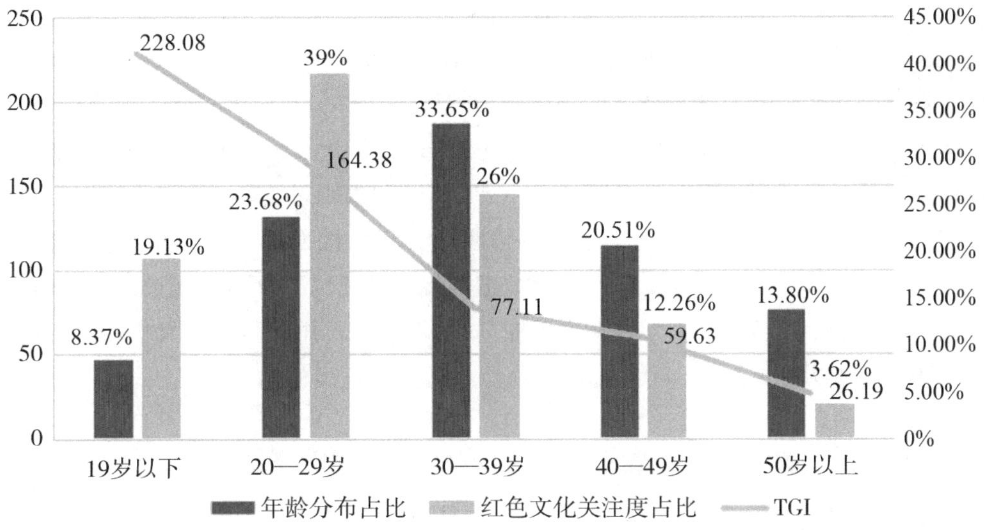

图3 “红色文化”百度指数年龄搜索指数分布图

（五）关注内容

“百度一下，你就知道”成为众多网民耳熟能详的广告词，百度成为网民答疑解惑的重要工具。基于百度知道平台，网民可以进行互动式问答和交流，这对红色文化的传播与普及具有重要的促进作用。

百度知道问题分析。笔者依据百度指数的大数据，将网民有关红色文化的问题按照提问频率及回答次数多少进行归类整理，发现提问主要集中在以下几个问题上①：排在第一的问题是“什么是红色文化”，这是网民在百度知道平台提问最多的问题，该问题既反映了广大网民对红色文化的关注度，也反映了他们对红色文化还存在缺乏基本了解、概念认知不清等问题。排在第二的问题是“红色文化有哪些内容”，这个问题表明网民对红色文化的具体内容、表现形态等基本问题缺乏一定的了解，从网民的回答来看，答案多种多样，并没有给予提问者较为准确的答案。排在第三的问题是“红色文化的重要性和意义是什么”。作为在中国革命和建设中形成的宝贵精神财富，红色文化的作用和意义非常重要。从网民在百度知道平台的提问及回答可以看出，许多网民对红色文化的重要意义还缺乏必要的了解。上述问题反映出广大网民对红色文化的认知相对缺乏，希望进一步了解红色文化的科学内涵、主要内容和价值意义。

相关检索词分析。百度指数需求图谱显示了网络用户在搜索中心关键词时还对其他相关词进行了检索，平台将所有与中心关键词相关的需求按不同衡量标准排序区分展现，

---

① 同一问题，由于网民的问题表述并不一样，百度知道均作为不同问题来处理，此处合并处理。如，“红色文化是什么”，有的网民提问为“什么是红色文化”“红色文化是什么意思”等，其所提问题是相同的。

形成了相关词搜索热度。依据百度指数中有关“红色文化”相关词热度的数据信息，笔者将排名前十的相关词进行了整理汇总，它们主要有：①红色教育；②红色经典；③红色资源；④缅怀革命先烈，传承红色精神；⑤革命英烈；⑥湖南旅游线路；⑦红色经典小故事；⑧传承红色精神的句子；⑨中国红色旅游；⑩八一南昌起义 PPT。从与“红色文化”中心词相关的检索词来看，网民在红色教育、红色故事、红色旅游等方面表现出了较大的兴趣，这也比较符合一般民众对红色文化的基本认知和兴趣指向。但是在更深层次上对红色文化的关注显得较为肤浅。

三、研究结论与相关建议

网民对红色文化的关注度是衡量社会对其认知和了解程度的重要指标，通过对百度指数的大数据考察，可以折射出红色文化的网络关注特征和趋势，并可从中查找目前我们在红色文化学习传播中存在的问题与不足，据此寻找有关问题的解决方案和有效对策。

第一，红色文化的网络关注度总体呈上升趋势，国家重要庆祝或纪念活动的举行和国家领导人的重要讲话影响网民的关注热情。经历了 2011 年短暂的搜索热潮之后，红色文化网络关注经历了缓慢发展期，2018 年 2 月底，红色文化迎来了网络关注度快速增长阶段。在这期间，庆祝中国共产党成立 90 周年、100 周年和纪念辛亥革命 100 周年活动的开展以及习近平总书记有关党史学习教育的重要讲话，激发了网民对红色文化的较高关注，搜索指数快速增长。有研究称，建党庆祝等国家重要活动的举行，有利于人民对中国共产党和中国特色社会主义的认知强化、情感凝聚、意志塑造和行动指引①，这在网民对红色文化关注度的变化上得到了印证。因此，国家和地区可以通过重要庆祝或纪念活动的开展以及定期组织学习国家领导人相关讲话的方式来推动和促进网民对红色文化的持续关注。同时，也要发挥全媒体时代多方主体跨界融合参与的积极性，形成全社会成员普遍关注红色文化的良好态势。

第二，30 岁以下群体是红色文化网络关注主体，随着年龄增长，关注度逐渐减弱。20—29 岁群体对红色文化的关注度最高，其次是 19 岁以下群体，其 TGI 指数最大。作为全网分布占比最高的 30—39 岁群体，对红色文化的关注度却不高。40 岁以上中老年群体对红色文化的关注明显减弱，搜索指数较低。作为全面建设社会主义现代化国家的生力军，青年群体责任重大。然而，面对多元文化冲突，部分青年对红色文化产生了怀疑甚至抵触情绪，这与“红色文化传播在实际生活中面临形式多样、缺乏深度、情感共鸣

---

① 参见李彩云、米增沛《建党庆祝活动的思政教育价值探析》，《中学政治教学参考》2022 年第 35 期，第 46—48 页。

等方面的问题”有关，也导致“青年主动参与和分享红色文化的现象尚未普及”①，这个问题值得我们深思。笔者认为，要让青年一代高度关注红色文化，奋力传承红色精神，接续改革开放伟大事业，就必须在“心”“情”“力”三个方面下功夫：一是要用心打造精品陈展，吸引广大青年关注，使红色资源具象化，让红色资源“活”起来；二是要用情创作喜闻乐见的红色产品，真心打动青年群体，让红色资源“火”起来；三是要用力开展系统科学研究，对历史虚无主义进行旗帜鲜明的反对和批判，让红色资源“立”起来。

第三，区域省市差异较大，红色资源分布较多地区关注度明显较高。江西为红色文化资源大省，红色文化关注人群较为集中，搜索指数最高。在城市排名中，南昌与赣州因其丰富的红色资源，搜索指数名列前茅。广东、山东、四川、江苏等省以及成都、广州、长沙等市搜索指数也较高，从侧面反映出这些省市的红色资源较为丰富。地区分布呈由东南向西北逐渐减弱趋势，华东、华南、西南地区对红色文化的关注度明显高于西北、东北地区。实际上，我国红色资源分布广泛，内容丰富，但是由于部分地区对其重视程度不够，导致许多红色资源淹没在山野市井之中，无人问津。鉴于此，对红色资源的认真整理与宣传营销就显得尤为必要，只有让大量的红色资源“露”出来、“活”起来、“火”起来、“立”起来，才能够真正发挥其巨大的文化价值和思想教化作用。

第四，网民对红色文化的认知存在明显不足，红色文化的传播效果不佳。网民对红色文化的关注大多停留在“什么是”“是什么”“有哪些”等基本问题层面，反映了网民对红色文化的基本内涵缺乏一定了解。笔者认为，提高网民对红色文化的认知度，目前尤为重要的是给红色文化下一个为众人所认可的相对准确的定义，科学概括其内涵与基本内容，让广大网民对红色文化形成准确清晰的认知，这对红色文化的科普与宣传无疑有着积极的作用和意义；其次要注重红色文化的传播技巧，依据不同受众，在传播内容、形式和方法上寻求突破，让红色文化真正入脑入心。

概言之，红色文化是中国共产党人创造的宝贵文化精神财富，是中国特色社会主义先进文化重要的组成部分，在民族进步、国家发展和社会繁荣中发挥着重要的精神引领作用。从红色文化网络关注度大数据呈现的特征和趋势来看，广大网民对红色文化的关注度总体态势向好，但是还存在对红色文化了解不够、群体范围偏窄、区域差异较大等客观问题，这对红色文化的学习与传播有明显的阻碍作用。习近平总书记对红色文化传承高度重视，党的十八大以来多次发表重要讲话，特别强调“用好红色资源，传承好红色基因，把红色江山世世代代传下去”②，“要用心用情用力保护好、管理好、运用好红

① 曾昕：《青年流行文化中的红色文化传播》，《中国社会科学报》2022 年 7 月 28 日第 6 版。

② 习近平：《用好红色资源，传承好红色基因，把红色江山世世代代传下去》，《求是》2021 年第 10 期，第 4 页。

色资源”“增强表现力、传播力、影响力，生动传播红色文化”①。习近平总书记的重要讲话为红色文化的进一步发展指明了方向路径。“只有为最广大的人民群众所认同所接受，红色文化的生命力才能真正被激活，也才能顺利地激发其自身的终极价值和历史使命。”② 从红色文化的网络关注度现状来看，我们在红色文化的学习宣传和发展研究上还存在着诸多不足，这是我们当前以至将来都应该重点关注的方面。

① 《习近平总书记关切事：运用好红色资源　传播好红色文化》，https://m.gmw.cn/baijia/2022－06/30/35851856.html，(2022-06-30)[2024-05-01]。

② 张志强：《中国红色文化精神特质及教育传承机制》，《河南社会科学》2022 年第 10 期，第 114 页。

红色文化视域下的中华生态文化体系建设

周围光①

摘　要：绵延5000多年的中华文明孕育着丰富的生态文化，为进一步推进“两个结合”，助力我国生态文明建设，应该构建红色文化视域下的中华生态文化体系，系统性地整合中华优秀传统文化中的生态文化资源。中华生态文化体系以“天人合一”为代表的生态思想、“斧斤以时入山林”为代表的生态生产生活方式、“感物吟志，莫非自然”为代表的生态文学艺术成果为核心话语，以中华传统文化中与生态相关的物质载体、精神智慧、制度安排为文化结构，展现中华民族悠久历史中的生态智慧和生态实践。

关键词：生态文明；生态文化；红色文化；中华生态文化体系；习近平生态文明思想

2021年10月12日，习近平总书记在《生物多样性公约》第十五次缔约方大会领导人峰会上的主旨讲话中表示：“‘万物各得其和以生，各得其养以成。’生物多样性使地球充满生机，也是人类生存和发展的基础。”② 习近平总书记多次在重要场合引用中华优秀传统文化中的语句阐述新时代中国特色社会主义生态文明建设的内涵，展现了中华文明悠久历史中丰富的生态文化资源。

中华优秀传统文化中丰富的生态文化资源是生态文化体系建设的重要组成部分，是中国特色社会主义生态文明建设的重要保障。在红色文化的视域下，构建中华生态文化体系，是推进“两个结合”的重要发力点。2018年5月18日，习近平总书记在全国生态环境大会上的讲话中阐述了对生态文明体系的构想，包括五个方面：以生态价值观念为

---

① 作者简介：周围光，清华大学法学博士，中国传媒大学马克思主义学院讲师，主要研究方向为新时代中国特色社会主义生态文明理论与实践、当代中国生态文化的理论构建与传播路径、大中小学思政教育一体化的理论与实践。

② 习近平：《共同构建地球生命共同体——在〈生物多样性公约〉第十五次缔约方大会领导人峰会上的主旨讲话》，《人民日报》2021年10月13日第2版。

准则的生态文化体系；以产业生态化和生态产业化为主体的生态经济体系；以改善生态环境质量为核心的目标责任体系；以治理体系和治理能力现代化为保障的生态文明制度体系；以生态系统良性循环和环境风险有效防控为重点的生态安全体系。[①] 以生态价值观为核心的生态文化体系，既蕴含着马克思关于人与自然关系的重要思想，也蕴藏着中华优秀传统文化中的生态智慧，建立在中国共产党在社会主义革命和建设时期以及改革开放时期一系列环境保护实践的基础上。

习近平总书记指出："绵延 5000 多年的中华文明孕育着丰富的生态文化。"[②] 如何利用好中华优秀传统文化中的生态文化资源，为构建生态文化体系发挥作用，推动马克思主义基本原理与中华优秀传统文化相结合，是生态文化体系建设中的重要问题。

2016 年国家林业和草原局在《中国生态文化发展纲要（2016—2020 年）》中曾计划，"组织开展关于森林（竹藤、茶、花卉）、海洋、湿地、沙漠、草原、园林等生态文化，以及华夏古村镇生态文化研究，构建完整的中华生态文化体系"[③]。其中"构建完整的中华生态文化体系"的主张对于这一问题颇有借鉴意义。以马克思主义基本原理为指导，将中华优秀传统文化中丰富的生态资源体系化，构建红色视域下的中华生态文化体系，理论化、系统化地展现生态环境议题下的东方智慧与东方实践，不仅能够为我国生态文化体系的建设提供重要支撑，也是"两个结合"的重要实践。

一、构建中华生态文化体系的必要性

文化的本质是文明的普遍化，是对人类活动在精神意识层面的表达。生态文化既是生态文明建设的重要组成部分，与生态文明建设的其他部分相辅相成，也是独立发展的文化形态。生态文明建设不断普及的过程就是生态文化不断传播的过程。生态文明为生态文化提供物质基础和实践依据，生态文化为生态文明的扩张凝聚共识，提供精神支撑。

悠久的历史带来的丰富的传统文化资源是新时代生态文化体系的重要来源。考虑到中国古代并没有形成完整的生态文化体系或者生态思想体系，生态文化更多的是以零散的形式存在于中华传统文化的各个方面。构建红色文化视域下的新时代生态文化体系，对中华传统文化中的生态文化资源进行系统的研究和整合，能够更好地展现中华民族的生态智慧，展现我国生态文化的民族性、时代性、科学性。在习近平生态文明思想的引领下，深入理解"两个结合"，对中华优秀传统文化中的生态文化资源进行创造性转化和

① 参见习近平《推动我国生态文明建设迈上新台阶》，《求是》2019 年第 3 期，第 14 页。

② 习近平：《推动我国生态文明建设迈上新台阶》，《求是》2019 年第 3 期，第 4 页。

③ 尚文博：《〈中国生态文化发展纲要（2016—2020 年）〉出台》，《中南林业科技大学学报》2016 年第 9 期，第 2 页。

创新性发展，对其中的思想体系、生产生活实践、制度构建、文学艺术作品等内容进行理论化、系统化的梳理，对传承发展中华优秀传统文化、推进新时代中国特色社会主义生态文明建设具有重要意义。由此，构建红色文化视域下的中华生态文化体系至少有以下三个维度的必要性。

其一，在理论层面的必要性。构建中华生态文化体系能够帮助我们更好地挖掘中华传统文化中的生态文化资源。中华优秀传统文化中有着丰富的生态文化资源，但是受限于时代背景，其中有相当多的内容零散且模糊，甚至不被当时的人所重视。以习近平生态文明思想为引领，以当前生态文明建设工作的现实需求为导向，开辟中华优秀传统文化的生态维度，整理中华传统文化中蕴藏的生态文化资源，发掘其中的生态智慧，丰富生态文明建设的理论和现实依据，是马克思主义基本原理与中华优秀传统文化相结合的必然要求，也是探索应对全人类生态危机的“中国方案”的必然要求。

其二，在实践层面的必要性。构建中华生态文化体系能够更好地为当今的生态文明建设实践提供智力支持。习近平总书记指出：“生态环境问题归根结底是发展方式和生活方式问题。”① 中华文明是历史悠久的农耕文明，历史上中华民族与自然进行了丰富而深刻的实践，中华优秀传统文化中存在着大量与自然和谐共生的实践经验，比如古代城市建设中对江河水系的改造和利用、农业生产中对自然资源的循环利用等。这些实践经验中蕴藏的生态智慧对当今的生态文明建设仍然有很大的借鉴意义。构建中华生态文化体系，一方面能够推进中华传统的生态生产方式研究，展现古代中国在协调经济发展和生态保护上的生态智慧，为现阶段生态经济、绿色经济的发展提供借鉴；另一方面也能够推动生态文化资源的开发，依托生态文化的物质载体，打造可持续发展的生态文化产品，发展各类生态文化旅游观光，以生态文化大繁荣带动生态产业大发展，加快推动经济发展方式转型升级。

其三，在文化层面的必要性。构建中华生态文化体系能够推动全民生态价值观的培育。习近平总书记指出：“加强生态文化建设，在全社会确立起追求人与自然和谐相处的生态价值观，是生态省建设得以顺利推进的重要前提。”② 生态文明建设有赖于广大民众的自觉参与，有赖于人与自然和谐共生的价值理念在全社会扎根，需要生态文化在我国的土地上蔚然成风，引导我国广大民众形成节约资源、保护环境的自觉意识。中央六部委联合刊发的《“美丽中国，我是行动者”提升公民生态文明意识行动计划（2021—2025年）》中明确指出：“充分发挥生态文化引领风尚、凝聚共识、精神支撑的重要作用。加强生态文化基础理论研究，挖掘中华传统文化中的生态智慧，不断丰富新时代生态文化

① 习近平：《推动我国生态文明建设迈上新台阶》，《求是》2019年第3期，第11页。

② 习近平：《之江新语》，浙江人民出版社2007年版，第48页。

体系的内涵和外延。”① 构建中华生态文化体系，传递先人对生态环境的深厚感情，继承先人对人与自然关系的深邃理解，让中华优秀传统文化中的生态智慧穿越历史的长河触及民众心灵。构建中华生态文化体系能够丰富新时代生态文化体系的内涵和外延，为生态文化宣传教育提供更多的素材，让生态文化宣传教育更为生动立体，更好地激发民众的使命感和责任感，推动勤俭节约、绿色低碳、文明健康的生活方式和消费模式的形成，让更多民众共同参与到“美丽中国”建设中来。

当前正处于实现中华民族伟大复兴的关键时期，而传统文化的复兴是其中关键的一环。“只有文化的复兴，才标志着民族的全面复兴。”② 构建中华生态文化体系，推动传统文化研究是中华传统文化复兴的重要途径。生态文明建设是当今全人类面临的重要议题，我们应该以高度的文化自觉，构建起源于中华优秀传统文化的中华生态文化体系，在与西方生态文化的交流和对话中展现中华传统文化的深厚底蕴和内涵，使之走向世界，为中华传统文化在世界上争取更多的认可和掌声。

二、中华生态文化体系的话语体系

文化体系的核心是话语体系，中华生态文化体系的话语体系主要由三部分构成：“天人合一”为代表的生态思想、“斧斤以时入山林”为代表的生态生产生活方式、“感物吟志，莫非自然”为代表的生态文学艺术成果。

（一）“天人合一”为代表的生态思想

生态思想是生态文化体系的基石，统领整个生态文化体系建设。在中华生态文化体系中，“天人合一”的思想是生态思想的代表。

首先，“天人合一”的思想是中华优秀传统文化的核心理念之一。尽管“天人合一”思想内涵复杂，但是一般认为，“天人合一”中的“天人”在中国文化中的基本含义是指人与自然的关系③；而“合一”指的是天与人达到统一，也就是人与大自然达到统一。“天人合一”的思想是《周易》的核心思想，后被各个学派所广泛继承和发展。道家的“天人合一”更多强调天和人本源的一致，《庄子·齐物篇》有“天地与我并生，而万物与我为一”；儒家的“天人合一”讲求对于规律的认识和理解，《荀子·天论》有“天行有常，不为尧存，不为桀亡”，程颢说：“仁者以天地万物为一体。”基于“天人合一”的

① 《“美丽中国，我是行动者”提升公民生态文明意识行动计划（2021—2025 年）》，《中华环境》2021 年第 1 期，第 23 页。

② 赵昂、孙墨笛：《思想者对国家意味着什么——专访中央编译局副秘书长杨金海研究员》，《人民论坛》2009 年第 18 期，第 19 页。

③ 参见方克立《“天人合一”与中国古代的生态智慧》，《社会科学战线》2003 年第 4 期，第 208—209 页。

思想在历史上的重要地位，钱穆认为："我以为'天人合一'观是中国古代文化最古老最有贡献的一种主张。"① 张岱年认为："中国几千年来文化传统的基本精神其主要内涵有四项基本观念，即：（一）天人合一；（二）以人为本；（三）刚健自强；（四）以和为贵。"② 可见"天人合一"的思想在中华优秀传统文化中的核心地位，历代学者都认为，"天人合一"的思想是中华优秀传统文化的代表性思想之一。

其次，"天人合一"的思想是习近平生态文明思想的重要理论来源。推动"两个结合"，体现在中华生态文化体系的构建中，就是要以马克思主义基本原理为指导，对中华优秀传统文化中的生态思想进行系统性的整合。习近平生态文明思想是马克思主义中国化时代化的重要理论成果，"坚持人与自然和谐共生"是习近平生态文明思想的重要组成部分。习近平总书记在论述"坚持人与自然和谐共生"时引用"天地与我并生，而万物与我为一"加以阐释③，可见"天人合一"的思想与习近平生态文明思想的高度契合，亦是其重要理论来源。从内涵上看，"天人合一"的思想强调人与大自然达到统一，这种"统一"的现实状态正是"人与自然和谐共生"的最佳写照："人与自然的和谐共生，是中国古代生态思想传统的独特价值之一，虽然它以天人合一这种比较原始和朴素的形式表现出来。"④

再次，"天人合一"的思想是中国古代生态智慧的核心。中国古代生态智慧是在农耕文明长期人与自然关系的实践基础上形成的，由于古代农业生产对于自然生态条件的高度依赖，中华民族很早就认识到了重视自然条件、顺应自然规律的重要性，继而展开了对"天人"关系的思考。而思考的结晶就是"天人合一"的思想。在中华文明不断发展的过程中，"天人合一"的思想也不断完善和成熟，成为中国古代生态思想的核心命题，指导着中国古代的生态实践。故而一般认为，中国生态思想传统以"天人合一"为基调，"天人合一的命题，贯穿于中国古代生态思想的各个方面"⑤。

（二）"斧斤以时入山林"为代表的生态生产生活方式

生态思想指导生态实践，"天人合一"指导下的中国古代的生态实践就是以"斧斤以时入山林"为代表的生态生产生活方式。

首先，"斧斤以时入山林"为代表的生态生产生活方式是中华传统生产生活方式的重要组成部分。中华文明是典型的农耕文明，中华文明的人与自然关系实践主要凝聚在农业生产活动中。"斧斤以时入山林"就是农业生产中生态智慧的重要体现，是对可持续发

① 钱穆：《中国传统思想文化对人类未来可有的贡献》，《中国文化》1991年第1期，第93页。

② 张岱年：《中国文化的基本精神》，《齐鲁学刊》2003年第5期，第5页。

③ 参见习近平《推动我国生态文明建设迈上新台阶》，《求是》2019年第3期，第10页。

④ 佘正荣：《天人复和：中国生态思想传统的理性重建》，《科学技术与辩证法》2001年第3期，第4页。

⑤ 魏云涛、乔清举：《论中国古代生态思想的现代价值》，《理论与评论》2020年第6期，第85页。

展理念的朴素理解。正是这种生态实践引领中华民族延续了五千年的文明，实现了人与自然关系的长期协调稳定。随着文明的发展，这种生态实践逐渐从农业生产的经验上升为制度化的安排，诞生了虞衡制度和中国古代一系列保护生态环境的生态律令。同时，这种生态实践推动了相关科学技术和经济模式的发展，诞生了更为复杂的农业工程系统和农业经济模式，比如以“都江堰”为代表的古代生态工程体系和以“桑基鱼塘”为代表的古代农业生态经济模式。伴随着农耕文明的不断发展，中国古代的生态实践从生产活动逐渐向日常生活扩张，集中体现在村落城市选址建设和传统生活习俗中。举例来说，中国古代传统村落具有遵循周而复始的自然循环营建法则、根植于地形地貌和自然环境的形制格局、空间的多功能完美叠合、材料的全方位物尽其用这四大生态实践智慧。① 各地域、各民族逐渐形成了各式各样的保护山川河流的风俗习惯。

其次，以“斧斤以时入山林”为代表的生态生产生活方式与“绿水青山就是金山银山”的内涵高度统一。习近平总书记高度重视中国古代的生态智慧与制度安排，他就曾引用“斧斤以时入山林”来阐释中国古代依照自然规律活动，对自然资源取之有时、用之有度的生态智慧。② 从内涵上看，以“斧斤以时入山林”为代表的生态生产生活方式强调尊重自然规律，善待自然，发展与自然友好的科学技术，培育与自然友好的生活习惯和经济发展模式，确保自然资源长久不息，周而复始，满足后代子孙的需要。“绿水青山就是金山银山”强调协调经济发展与环境保护之间的关系，要为子孙后代留下天蓝、地绿、水清的美丽家园，坚持保护生态环境就是保护生产力、改善生态环境就是发展生产力。“绿水青山就是金山银山”指导下的绿色发展道路与“斧斤以时入山林”的生态生产生活方式内涵高度一致。受限于时代背景和社会发展水平，中国古代的生态生产生活方式稍显朴素和原始，但是其中蕴藏的生态智慧仍然有着较高的潜在价值，对新时代我国社会主义生态文明建设具有一定的指导意义。

（三）“感物吟志，莫非自然”为代表的生态文学艺术成果

中国古代的生态思想诞生于农耕文明的生产生活实践当中，由于农耕文明的生产生活高度依赖自然条件，对自然环境的朴素感情一直贯穿中国传统文学艺术当中，形成了以“感物吟志，莫非自然”为代表的生态文学艺术成果。

首先，“感物吟志，莫非自然”为代表的生态文学艺术成果是中华优秀传统文化的重要组成部分。“感物吟志，莫非自然”出自刘勰《文心雕龙·明诗》，意为人感受到外物继而吟咏，是自然而然的事情。生态环境是中国古代文学艺术的重要创作源泉与灵感来源，文学、音乐、美术等领域都存在大量以生态环境为对象的优秀作品。谢灵运、王维

① 参见赵宏宇、解文龙、卢端芳等《中国北方传统村落的古代生态实践智慧及其当代启示》，《现代城市研究》2018 年第 7 期，第 21—23 页。

② 参见习近平《推动我国生态文明建设迈上新台阶》，《求是》2019 年第 3 期，第 4 页。

等诗人的山水诗，李成、张宏等画家的山水画，以《高山流水》《梅花三弄》为代表的古代乐曲，都展现了对自然环境的深厚感情和对人与自然关系的深刻理解。从审美角度来说，这些优秀的文艺作品体现了文学艺术审美创造和审美体验发生过程中人与自然和谐共生的关系，形成了一套中华文明独有的生态美学的范式。这种生态美学的范式，或被总结为“生生美学”①，或被总结为“感物美学”②，建立在中国传统文学艺术中大量秉承“天人合一”理念创作的文学艺术作品的基础之上。尽管这些文学艺术作品并非力图从客观角度去理解和认识自然，往往将人的感情寄托其中，但是无法否认的是，这种寄托感情的过程也是人与自然之间精神互动的过程，本身就蕴藏着人对自然的感情和认知，体现了人与自然的和谐统一。

其次，“感物吟志，莫非自然”为代表的生态文学艺术成果展现了“良好生态环境是最普惠的民生福祉”的生态民生观。文学艺术创作讲求有感而发，“感物吟志，莫非自然”为代表的生态文学艺术作品在创作时就蕴藏着创作者对自然万物的深厚感情和对“天人合一”崇高境界的向往。而这些优秀的生态文艺作品之所以能够广泛流传，成为普罗大众耳熟能详、欣赏喜爱的中华文化的代表性作品，除了本身高超的艺术水平之外，也因为其体现了人对于自然环境的本质需要，展现了根植于广大民众内心对优美生态环境的渴望。“感物吟志，莫非自然”为代表的生态文学艺术成果生动展现了习近平生态文明思想中“良好生态环境是最普惠的民生福祉”的生态民生观，具象了人民群众对优美生态环境的深厚感情。通过传承“感物吟志，莫非自然”为代表的生态文学艺术成果，让广大民众深切感受到自然之美，感受到中华民族对大自然的深厚感情，激发民众自发参与生态文明建设的积极性，进而实现生态文化为生态文明建设引领社会风尚、凝聚社会共识的作用。

三、中华生态文化体系的文化结构

在话语体系之外，文化体系需要有自身的文化结构。一般认为，文化可以划分为物质、精神、制度三个层面，构建中华生态文化体系的文化结构也应分为这三个方面。物质载体、精神智慧和制度安排等共同构成了中华生态文化体系的文化结构，也是中华生态文化体系的主要研究对象。

（一）中华生态文化体系的物质载体

中华生态文化体系的物质载体，主要指的是承载有生态文化的各类有形物质。具体

① 曾繁仁：《我国自然生态美学的发展及其重要意义——兼答李泽厚有关生态美学是“无人美学”的批评》，《文学评论》2020年第3期，第31页。

② 李健：《中国古代感物美学的生态意蕴》，《南华大学学报（社会科学版）》2018年第5期，第105页。

包括中国古代生态文学艺术、生态工程等。（详见表 1）

表 1　中华生态文化体系的物质载体一览表

类型	举例
记载有中国古代农业技术、生态文学艺术、生态思想的古代典籍	《天工开物》《文心雕龙》《荀子》
承载有中国古代生态生产和生活方式的华夏古村镇与古城	云南丽江古城龙泉村、苏州古城
承载有中国古代生态技术或者生态文学艺术的古代器物	江南传统民居、宋代山水画《寒林平野》
承载有中国古代自然情感的自然遗产与文化遗产	泰山、黄河
承载有中国古代生态实践的生态工程	都江堰、灵渠
承载有中国古代生态实践的生态生产经营模式	湖州桑基鱼塘系统
其他具有代表性的动植物与生态环境系统	梅兰竹菊、腾格里沙漠

举例来说，承载着中国古代生态实践的生态工程是中华生态文化的重要物质载体，以都江堰为例。公元前 256 年，蜀郡太守、科学家李冰为了治理岷江水患并用于灌溉，在四川都江堰兴修了大型水利工程，创造性地建设了渠首三大工程：一是在江中建设了“鱼嘴”分水堤，成功地将岷江分成内外二江；二是创造性地凿开了玉垒山的虎头岩，形成“宝瓶口”，将内江江水顺利导入成都平原做自流灌溉；三是科学地建设了“飞沙堰”低坝，使内江在洪水期间可以进行高效分流，较好地解决了洪水期的防洪困境。上述三大工程的建设极为成功地实现了三大功能：一是无坝引水；二是自动调控流量；三是充分利用水势。都江堰融山、水、城、林、堰为一体，不仅是中国历史上经典的水利工程，也是极具代表性的生态工程范例，由此营造而生成为中华生态文化发展史上最为亮丽的生态文化物质载体。

需要特别指出的是，众多物质载体普遍体现了中华民族独特的美学倾向。从历史传承的众多经典作品中，我们可以看出，中华民族在长期与自然万物相关的艺术创作中，形成了一套中华文明独有的生态美学的范式。如前文所述，这种被称为“生生美学”或“感物美学”的美学范式，在“天人合一”的思想指导下呈现出两个重要的特点。一是对生命万物本身的欣喜和向往。大量对生命描摹的文学和艺术作品中，我们能看到强烈的生命意识，这种生命意识和生命意象是值得观赏、描摹和歌颂的。而人们在这种观赏中，体验到生的价值和意义，得到了极大的精神愉悦。二是对人与万物一体的强烈感知和向往。在描摹自然界以及人与自然的实践活动的过程中，人们强烈地感受到人与万物是同

类的，人与万物浑然一体，和谐共生。因此人应该对万物心怀怜悯而不是主宰万物，让万物都能按照它们的自然本性得到生存和发展，正所谓“万物与我共生”。叶朗先生认为，“这种对天地万物‘心心爱念’和观天地万物‘生意’的生态意识在中国古代文学艺术作品中有鲜明的体现”①，这对新时代以生态文化为主题的文艺创造有着积极的影响，并为当代生态文化的日渐完善发挥着指导性作用。

（二）中华生态文化体系的精神智慧

中华生态文化体系的精神智慧，主要是指中华民族在悠久的历史中凝聚而成的生态思想、生态智慧、生态文学艺术等，具体包括中华传统生态思想、中华传统生态生产生活方式等。（详见表 2）中华民族悠久的历史生成了丰富的传统文化资源。在中华文明发展的早期，由于长期存在生产力落后、对自然环境缺乏认识的客观情况，人类产生对自然的崇敬和敬畏，为自然界的种种现象蒙上了一层神秘的色彩。人类通过各种风俗习惯将自然赋予神性，认为上天是万物的主宰，违逆上天的旨意将受到严厉的惩罚。在这种思想观念的作用下，人类缺乏全面挑战和改造自然界的意愿。同时，由于当时的人类社会生产力水平落后，也不具备挑战和改造自然界的能力。传统的农耕文明非常依赖自然环境的基础性作用，改变自然条件的能力有限。春种夏长，秋收冬藏，在长期与自然的合作和对自然规律的探索中，中华民族逐渐形成了一整套包含衣食住行各个方面的顺应自然环境的生活方式和因地制宜持续发展的生产方式，保持了人与自然的关系长期相对和谐。这一套生活方式和生产方式，体现了中华民族对人与自然关系的深刻理解，也饱含中华民族对自然环境的深厚感情。这些思想理念、生产生活方式和深厚感情，共同构成了中华优秀传统文化中的生态智慧。新时代中国特色生态文明思想受到这些生态智慧的重要影响。同时，我国的生态文化受到这些传统文化的滋养，展现出了鲜明的民族性，对我国民众生态意识的建立起到了很大的作用。

表 2　中华生态文化体系的精神智慧一览表

类型	举例
中华传统生态思想	“天人合一”“道法自然”
中华传统生态文学艺术	“生生美学”、山水画、山水诗
中华传统生态生产生活方式	桑基鱼塘模式、“涝池”的多功能利用
中华传统生态风俗习惯	“岜沙苗寨”禁止盗伐树木的风俗、哈萨克族禁拔青草的风俗
中华传统生态技术	江南传统民居构造技术、北海团城蓄水排水技术

① 叶朗：《中国传统文化中的生态意识》，《北京大学学报（哲学社会科学版）》2008 年第 1 期，第 12 页。

（三）中华生态文化体系的制度安排

中华生态文化体系的制度安排，主要是指中华民族历代形成的保护生态的制度和法律体系，具体包括中华传统生态保护制度、中华传统生态保护律令等。（详见表3）而保护山川河流的风俗习惯在各地域、各民族中比比皆是。其中既有基于生产生活活动的风俗习惯绵延至今，也有各种宗教习俗的深刻影响。前者有包括西双版纳基诺族“五种林区不砍”和“五种树不砍”的规定、蒙古族和哈萨克族等民族保护草原的各种习俗、东北鄂伦春族不得狩猎交配怀孕哺乳期的禽兽的习俗等，后者则有受藏传佛教影响较大的彝族、普米族、傈僳族、纳西族、白族等民族对神山或者神树长期保护、定期祭祀。还有部分少数民族在图腾崇拜的影响下，主动保护野生动植物，甚至形成了某些制度性的约束，这些都对我们今天的生态文明建设有一定的借鉴意义。

表3　中华生态文化体系的制度安排一览表

类型	举例
中华传统生态保护制度	虞衡制度、时禁制度
中华传统生态保护律令	周文王《伐崇令》、清黄德濂《劝种树株檄》

新中国成立以来，中国的生态文化有着诸多表现，但其核心是习近平生态文明思想。2018年5月，党中央在北京召开全国生态环境保护大会，正式提出习近平生态文明思想。① 习近平生态文明思想系统阐释了人与自然保护与发展、环境与民生、国内与国际等关系，就其主要方面来讲，集中体现为“十个坚持”，即：坚持党对生态文明建设的全面领导，坚持生态兴则文明兴，坚持人与自然和谐共生，坚持绿水青山就是金山银山，坚持良好生态环境是最普惠的民生福祉，坚持绿色发展是发展观的深刻革命，坚持统筹山水林田湖草沙系统治理，坚持用最严格制度最严密法治保护生态环境，坚持把建设美丽中国转化为全体人民自觉行动，坚持共谋全球生态文明建设之路。这“十个坚持”深刻回答了新时代生态文明建设的根本保证、历史依据、基本原则、核心理念、宗旨要求、战略路径、系统观念、制度保障、社会力量、全球倡议等一系列重大理论与实践问题，标志着我们党对社会主义生态文明建设的规律性认识达到新的高度。围绕习近平生态文明思想的贯彻落实，国家先后出台了《关于加快推进生态文明建设的意见》《生态文明体制改革总体方案》，并制定了数十项涉及生态文明建设的改革方案，从制度保障等方面对新时代生态文明建设进行了全面系统部署安排，由此逐步建立并日渐完善了新时代中国生态文化的政策体系。随着“美丽中国”建设的推进，相关的政策制度保持科学制定和

① 参见中共中央宣传部、中华人民共和国生态环境部《习近平生态文明思想学习纲要》，学习出版社、人民出版社2022年版，第2页。

持续丰富的态势。“生态文明建设，重在建章立制，用最严格的制度、最严密的法治保护生态环境。我国生态环境保护中存在的突出问题大多同体制不健全、制度不严格、法治不严密、执行不到位、惩罚不得力有关。只有实行最严格的制度、最严密的法治，才能为生态文明建设提供可靠保障。”①

结　语

中华生态文化体系建设是一个系统性的工程，有赖于各个领域的研究不断深入和发展。从红色文化的视域看，随着未来中华传统生态美学、生态思想、生态实践研究不断深入，中华生态文化体系也将不断完善，并将极大地丰富和支撑中国的红色文化体系。同时，在习近平生态文明思想的引领下，中华生态文化体系不仅将为中国特色社会主义生态文明建设添砖加瓦，还将把中华民族的生态思想、生态美学、生态实践介绍给世界，为全人类生态危机的解决贡献力量。

① 中共中央宣传部、中华人民共和国生态环境部：《习近平生态文明思想学习纲要》，学习出版社、人民出版社2022年版，第84页。

• 书评 •

重返延安文艺

——评《书写劳动人民——延安时期重要作家作品研究》*

郄文博①

摘　要：李继凯等著《书写劳动人民——延安时期重要作家作品研究》，通过研讨延安文艺作品中劳动人民形象范式的典型性塑造、叙事主题的整体性把握以及审美风格的形成趋向，彰显了延安文学独具特色的人民文学的历史意义与美学价值。该书秉持历史化的态度重返延安文艺，以呈现延安文艺的历史全貌并做出历史的、社会的及美学的阐释和评价，为重建延安文艺人民性、民族性和现代性的价值体系及其内在联系提供支撑，因此也具有了广阔的文化视野、厚重的史著气度和深切的现实关怀特质。

关键词：延安文艺；书写劳动人民；历史化；人民性

毛泽东《在延安文艺座谈会上的讲话》（以下简称《讲话》）中提出文艺应为最广大的人民服务，由此，“书写劳动人民”成为中国现代文学史上持续时间最长、影响范围最大的文学书写行为，进而铸就了延安文艺的人民性和革命性品格。李继凯、冯超、王奎等学人所著《书写劳动人民——延安时期重要作家作品研究》（陕西师范大学出版总社2022年版，以下简称《书写劳动人民》，系国家社会科学基金重大项目、“十三五”国家重点图书出版规划项目、国家出版基金项目成果）一书就选择回返延安文艺本体，结合对解放区劳动书写的历史性宏观审视和代表性作家作品的个案分析，以接近延安文艺的历史真相，揭示延安文艺发展过程中呈现出来的本体属性及其复杂内涵，为当代人民文艺的健康发展提供借鉴与审思。

---

* 项目基金：国家社会科学基金重大项目“陕甘宁文艺文献的整理与研究”（批准号：16&ZDA187）。

① 作者简介：郄文博（1997—　），女，内蒙古包头人，陕西师范大学博士研究生，主要研究方向为中国现当代文学。

一、历史视野中的延安文艺

延安文艺自身具有非常复杂的政治、文化和艺术属性，进入21世纪，为揭示其复杂性内核、还原历史本真，延安文艺研究出现了历史化趋向，这既彰显出延安文艺研究的学术自觉，也体现了一代学人拓展、深化及其重建学术范式的努力。《书写劳动人民》顺应这一趋向，以各类文艺、各种文体的重要作家作品的重读为依托，具体展开对延安文艺的重返，不仅破除那些已经被普遍化自明化的理论前设与概念体系，而且避免既往单纯的“政治化”或“文学性”原则造成的视野遮蔽和价值误判，形成对延安文艺客观的、历史的认识和评价。

《书写劳动人民》肯定延安时期文人作家通过文艺创作参与历史的积极意义，“人民的‘天下’固然是‘打’出来的，也是‘写’出来的”①。著者从“人民的立场”“人民的故事”“人民的生活”“人民的情感”“人民的舞台”和“人民的声音”这六个方面全面、立体地呈现延安时期文艺创作的热烈景象，以延安人民文艺的理论建构为先导，依次论述延安时期的小说、散文、诗歌、戏剧和民间文学创作，涉及赵树理、丁玲、艾青、孙犁、马健翎、刘白羽、吴伯箫、陈学昭、柳青等作家文人。著者主张从新的角度关注延安时期重要作家作品，如发掘丁玲《太阳照在桑干河上》中将妇女儿童作为整体来叙述的政治意味和审美价值；以“五四”文人的“新写作作风”、国统区记者的“他者”审视和继承鲁迅遗风的杂文写作建构起延安散文创作的多重面相；以及从戏剧的本事改造和版本流变透视政治意识形态及现代文学规范的需要等，显示出著者对学界既往研究成果的“杂取”和长期学术积淀带来的新视野和新思路。

延安文艺作为中国现当代文学演进脉络上一个承上启下的历史坐标，并且“完成了将战时特殊的区域化文学实践与一般意义上的民族/国家文学的创构目标相联结的巨大的文化实验”②，成为认识中国的过去、当下和未来的基点，因此《书写劳动人民》沿着两条路径重返延安文艺。一方面，该书通过还原文艺作品产生的历史语境，不仅厘清了延安文艺的产生和发展过程，更是打通文学与历史，“不失为延安文艺研究中突破政治与文学的二元对立模式，凸显革命政治文化与文学文化之间的互文，积极尝试重构一种文人与政治、政治与文学之间相互独立、相互融通、相互创造关系的研究范式”③。另一方面，与还原历史语境密切相关的，是该书将延安文艺置于广阔的文学史视野中考察其生

---

① 李继凯、冯超、王奎：《书写劳动人民——延安时期重要作家作品研究》，陕西师范大学出版总社2022年版，第8页。

② 《书写劳动人民——延安时期重要作家作品研究》，总序第1页。

③ 《书写劳动人民——延安时期重要作家作品研究》，总序第3页。

成和发展，进而重建各个时期文学之间的历史关系，具体而言是延安文艺在创作群体、文学建构和批评思维等方面，上对“五四”新文学和左翼文学传统的承续和改造，下对“十七年”“文革”以及新时期文学的开创和规范。共时性的文学场域考察和历时性的文学史视野的综合运用，展现出延安文艺的原生样态及其复杂性和多层面特征，丰富了我们对被主流文学史叙述“简化”的文学史景观的再认识。

以历史的意识和方法切入延安文艺研究，目的在于对其做出历史的、社会的及美学的阐释和评价。《书写劳动人民》持守历史的实事求是的学术精神，在历史语境里、历史范围内和历史结构中展开对延安文艺的多维价值判断，“充分肯定延安文学经验的历史意义和审美价值，也进行一些必要的学术性回顾和反思”①。作者总体上肯定延安文艺在形象建构、主题表达、美学风姿等方面取得的成就，但也指出其在艺术和审美方面存在一定局限，如知识分子劳动改造叙事轻视甚至抹杀脑力劳动意义的价值取向为之后的文学带来负面影响；叙事诗作为战时新诗向民歌民谣学习的成功实践，也存在较为严重的艺术缺陷；还有“整风后的延安作家在迎合主流意识形态的同时，忽视或者遮蔽了女性主体意识的建构”②。只有吸取延安文艺正反两方面的历史经验，才能更好地为当前的社会主义文艺提供有益借鉴。

当然需要承认的是，完全意义上的重返历史可能对于任何学科而言都只是愿景，特别是就我们身处其中的当代史而言。但时过境迁，随着相关档案的披露和史料钩沉工作的不断推进，许多重大敏感的历史事件基本尘埃落定，为我们贴近和还原历史提供了可能。《书写劳动人民》正是依托大量的原始文献文本，在求真去蔽的学术精神推动下最大限度地触到了延安文艺的核心与本真。

二、人民性、民族性和现代性的追寻与关系重构

延安文艺的人民性特质作为一种事实和共识，是《书写劳动人民》研究延安文艺的入手点与统摄性理念。而“重返”带来的创见在于该书对延安文艺民族性的重视及现代性的指认，继而建构起三者之间相互勾连、相互促进的整体关系，即人民性是延安文艺的底色，民族性和现代性是人民性的内在要求下自然演化出来的特性，是延安文艺之两翼。书中大量涉及延安时期作家文人书写人民的文艺行为和重要作品，为重建延安文艺的价值体系及其内在联结提供了丰富且坚实的例证。

《书写劳动人民》将人民性作为进入和阐释延安文艺的核心概念，第一章即详细论述其历史建构、理论基础和具体表现。首先，该书在“大现代”历史进程中多元文化磨合

---

① 《书写劳动人民——延安时期重要作家作品研究》，第 399 页。

② 《书写劳动人民——延安时期重要作家作品研究》，第 69 页。

创新的宏阔视域下考察延安文艺人民性的生成，追溯其理论资源、“五四”以来的探索实践和内涵变迁，并将之延展至近些年以邓小平和习近平的文艺理论为主的主流文艺思潮，做出“人民文艺思想业已构成一个重要的文艺文化传统”① 的重要价值判断。其次，毛泽东的《讲话》作为人民文艺创作及书写实践的重要理论基础，著者梳理了其“为群众”及“如何为群众”的中心线索，并由此发现其中包含着的启蒙维度。最后，著者将延安文艺的人民性归纳为崭新的人民形象塑造、人民革命斗争和劳动生产的主题表达及大众化的审美主调三个方面，之后对于不同作家和各类艺术形式的人民性的论述基本围绕这些方面展开，也涉及对吴伯箫、艾青、韩起祥等作家同中有异的人民文艺观的剖析，对彰显人民主体性的枪杆诗、陕北说书和陇东红色歌谣等人民创作的关注，体现出人民性精神对延安文艺创作的多方位渗透。

抗战背景下为使文艺更好地服务于革命，《讲话》中提出“文艺工作者的思想感情和工农兵大众的思想感情打成一片”② 的大众化要求，旧形式、民间形式被视作实现大众化的主要途径，因此造就了延安文艺的民族性气度。《书写劳动人民》十分重视“延安文艺与民间文化、民间文艺、民间形式直接而又深切的关联性”③，不仅论及新评书体小说、民歌体叙事诗、新秧歌运动等，还注意到知识分子书写行为之外，为学界所忽视的隐性的、地下的、边缘的人民自己的创作，设置“人民的声音：延安时期民间文学创作”一章，呈现延安文人对陕北说书、剪纸、民歌、秧歌和安塞腰鼓的政治性改造，并全面考察韩起祥的“新书”创作、陇东红色歌谣和延安音乐创作的发生过程、主题内容及艺术特征等。正是在深入民间大众文艺创作的过程中，著者揭示出其革命共同体叙事背后对现代民族国家的想象与建构，而这一指向实际上继承了“五四”以来的历史任务和社会功利主义思想，是对“五四”新文学的现代性追求的延续、深化和完善，由此破除了左翼文艺对“五四”新文学的“断裂论”，建立起民族性与现代性之间相辅相成的关系。

《书写劳动人民》还通过对延安文艺理论“元典”《讲话》的重读，进一步在理论层面确立起延安文艺的现代性。这首先建立在对李泽厚“救亡压倒启蒙”命题反思的基础上，著者没有将中国近现代史简化为政治救亡和思想启蒙的此消彼长，而是在对立中寻求二者间的契合与统一。著者认为，虽然毛泽东在《讲话》中指出抗战救亡形势下知识分子与群众的隔断现象，但他并没有否认近代以来文化启蒙的进步性，而是要求对之前的启蒙结构进行改造，这种改造是近代以西为师的启蒙路径在抗战背景下遇阻后分化的一种结果，开启了一场规模宏大的、别样的启蒙运动。因此虽然中国共产党的意识形态话语中没有标举启蒙旗帜，但事实上包含着启蒙的维度，救亡、革命、政治同时就是启

① 《书写劳动人民——延安时期重要作家作品研究》，第6页。

② 毛泽东：《毛泽东选集》第3卷，人民出版社1991年版，第851页。

③ 《书写劳动人民——延安时期重要作家作品研究》，第7页。

蒙。改造后的启蒙依赖的是中国传统和民间文化资源，但也不乏西方现代思想文化和艺术技巧的融入，书中所论及延安文艺各种形式的创作，无一不是其在艺术资源、形式技巧和政治诉求方面融汇人民性、民族性与现代性的例证。

三、文化视野、史著气度和当下关怀

笔者在阅读《书写劳动人民》的过程中，时能感受到书中著者个人的气质、观念和感情的显现，感慨著者治学已达化境。作为一种学术启示，笔者将之归纳为该书广阔的文化视野、厚重的史著气度和深切的当下关怀三个特点。

其一，跳出单一学科立场，在广阔包容的文化视野中对延安文艺进行全方位考察，从而见他人所未见。著者李继凯综合个人的人生体验和长期的学术积淀，形成了“古今中外化成现代”的“大现代”文化视域，主张“在观照个别作家和地域文学时自然也应该从这个大现代文化视野中进行研究”①。延安文艺作为一个新旧兼收、雅俗并包又逸出文学范畴的文化现象，蕴含着超越“现代文学”的复杂内涵，恰印证了文学研究的“大现代”文化视域的必要性和有效性。这一视野为《书写劳动人民》带来的创见有三：首先，书中审慎地使用了“文人”而非习见的“作家”这一称谓，是基于“延安文人往往涉足政治、文学、书画三个领域”② 的事实，将以文学创作、书画艺术或政治活动为主的文人均纳入论述范畴，如作家的作品之外，毛泽东、朱德、叶剑英等革命家的旧体诗词创作和普通战士的枪杆诗创作；文学之外，陇东红色歌谣、延安音乐和文人书法。其次，延安文艺具有突破传统文本形态的多媒介创作和传播特征，著者有意识地运用多媒介视角，附录中《媒介视域中“在场”的“延安作家鲁迅”》一文正是以媒介建立起延安、延安文艺和鲁迅的历史关联。最后，著者以文化磨合而非文化冲突或文化融合审视延安文艺的生成，破除了中/西、新/旧、雅/俗、传统/现代、救亡/启蒙、文明/愚昧、文学/政治等一系列二元对立概念，由此赵树理的小说是融合了中国性的现代性、艾青诗歌中歌颂人民大众与个人情感底色和谐共存、红色歌谣实现了革命政治权力与人民日常文艺活动在思想上的高度统一，延安文艺才能是一个多元、和谐的文化综合体。面对当下渐趋窄化、同质化和简单化的延安文艺研究，著者的文化视野极大地拓展了延安文艺的界域，丰富了其内涵，为延安文艺研究的守正创新做出了可贵的路径探寻。

其二，著者秉持史家实录精神、借鉴文学史著体例，使得这部文学研究著作呈现出史著气度与风范。《书写劳动人民》参考文学史著作通常采用的“文学运动或思潮＋四大

---

① 李继凯、张旖华：《文化磨合视域中的文学研究——李继凯教授访谈录》，《当代文坛》2021 年第 6 期，第 27 页。

② 《书写劳动人民——延安时期重要作家作品研究》，第 8 页。

文体”的五板块的流行体例，以人民性文艺思潮为延安文艺的主潮，分述延安时期的四大文体创作，又根据当时实际的创作情形加入了民间文学。同时著者吸收“重写文学史”学术风潮后新的文学史书写样态，和陈思和主编的《中国当代文学史教程》一样是以文学作品为主型，因此能在有限的叙述空间内要点突出地展示延安文艺的丰富性和复杂性。著者并没有对个性化的阐释过分张扬，做到了王瑶先生要求的“把作品放在历史过程中来考察，不能只分析作品的思想性、艺术性，还要探讨它的历史的地位和贡献”①，如著者联系民族解放的时代背景和延安的政治社会氛围，评析延安革命家诗词创作的主题向度、精神面向及审美特征，站在文学史的高度品评其诗体探索及诗史意义。同时该书也不乏对延安文艺发展历史的勾勒，书中梳理了刘白羽、丁玲、吴伯箫等作家在投奔延安之前的创作历程和他们在延安时期对旧我的批判以及随之而来的创作上的成熟或转变，包括延安文人对陕北民间艺人的改造，表明延安文人在不断地被予以意识形态化形塑，在对知识分子的生命历程及精神史的探寻中，延安文艺的形成和发展历程也间接显现出来。

其三，著者没有将学术研究限定在历史的框架之内，而是将其与当代社会建立有机连接，展现出人文知识分子对现实的高度关注和介入社会文化建设的责任担当。“延安文艺尤其是后期延安文艺既是非艺术的又是艺术的，既具有历史性也具有超越性，因而是一个非常复杂的综合体。所以，在当代和未来中国，延安文艺作为一种非常重要的红色文化资源值得人们深入关注和思考。”② 对延安文艺进行重新爬梳及经验总结，有助于解决新时代出现的诸如大众文化的崛起、底层书写的兴盛、民间资源的流失、全球化与本土化的对峙等文化问题。另外面对新时代重振和构建中国新文艺的任务，习近平总书记“多次强调和号召文艺工作者要坚持以人民为中心的创作导向，创作更多无愧于时代的优秀作品，要把文艺问题放在实现中华民族伟大复兴中国梦的历史任务中来思考”③。因此著者选取延安文艺中的劳动人民书写及显现书写者自身笔耕墨舞的劳动成果为研究对象，揭示延安文艺全方位为人民的书写范式和宝贵经验，为新时代坚持以人民为中心的创作带来启示。

可见《书写劳动人民》的意义及其带来的启发是多方面的。就延安文艺研究而言，该书重返延安文艺的研究路径证实了延安文艺研究历史化范式的有效性，书中对大量创作实绩的分析，为构建延安文艺的人民性、民族性和现代性的价值体系提供了有力支撑。

---

① 王瑶：《关于中国现代文学研究工作的随想——在中国现代文学研究会学术讨论会上的发言》，《中国现代文学研究丛刊》1980 年第 4 期，第 3 页。

② 《书写劳动人民——延安时期重要作家作品研究》，第 398 页。

③ 李继凯：《在文化磨合与创化中开拓革命文论新境界——重识〈在延安文艺座谈会上的讲话〉》，《中国高校社会科学》2022 年第 3 期，第 87 页。

同时，著者广阔包容的学术视野、严谨踏实的治学态度和深切的社会关怀，又超越了某一具体研究领域，具有治学为人的普遍性启发价值。当然，少概述、择重点的论述方式使得该书对延安文艺的呈现必然不似文学史那般面面俱到，且择取重点作家作品本身就隐含着作者个人的价值评判，一家之见的不自觉渗入为其他学人循该书的研究范式和视角进一步触碰延安文艺的历史面孔留下多种可能，召唤着学界对延安文艺进行更深入的挖掘和更多维的拓展。

编后记

我们的辑刊进入第三个年头，由年刊改为了半年刊，稿源更加充足，质量逐辑提高。

本辑内容仍以红色文艺特别是文学研究为主体。栏目设置，除了原有的《解放区文艺研究》，又将《新中国红色文艺研究》具体分为《“十七年”文学研究》和《新时代文学研究》。以后根据稿源情况，还可增列其他时段红色文学艺术研究的栏目。

《解放区文艺研究》方面，由安徽师大博导方维保教授牵头，陕西师大钟海波副教授压阵。方教授的文章是其系列论文之一，该篇联系当年世界范围的“到民间去”思潮，梳理了延安文学中“深入群众”叙事的历史谱系，认为它启发了20世纪五六十年代和新时代的相关叙事。钟海波老师对土改叙事经典文本《暴风骤雨》的解读一改新时期以来从“人性”或“纯文学”切入的角度，而从书写党的辉煌历史和重大成就方面对这部小说予以高度评价。景兴燕和苗家豪的成果显示了陕西师大相关领域的导师在培养红色文艺与文化研究新生力量方面所取得的实绩。听觉美学和听觉文化的研究是近年来文学研究新的研究思路和生长点，景兴燕博士的论文从“听觉空间”理解延安文艺，颇有新意。苗家豪博士对孙犁抗战后期创作与延安文艺主流关系的理解是“疏离中的靠近”，于“革命文学多余人”和“内在于革命”之外另立一说，且以此观察“晋察冀”与“陕甘宁”文艺的互动，可资相关研究者参考。王平博士立足河北，总结晋察冀乡村文艺运动的社会动员经验，在已有相关研究成果基础上有自己新的思考。

梁斌的《红旗谱》三部曲是“十七年”红色文学最著名的代表作之一。今年是梁斌诞辰110周年，《“十七年”文学研究》专栏有两篇梁斌研究方面的文章。天津梁斌研究会副会长、天津师大博导刘卫东教授承担了梁斌年谱的研究课题，本辑所收文章是他对梁斌研究历史的回顾与现状的分析，具有资料价值和启发意义。马笑楠的论文则以当年《大众电影》的相关报道为中心，专门研究《红旗谱》的电影改编，考察其创作与接受背后多重话语的交织互动。从“风景”书写角度分析文本、研究“十七年”小说，近年已见相关成果。赵晶晶博士的论文其独创性在于具体研究“十七年”小说对中国现代文学诗化传统的继承，并进而剖析了外在风景现象所展现的时代局面与个体内心世界。邬文博的论文梳理“共和国文学”概念提出的来龙去脉，属于学科史研究范畴。作为在读博

中央民族大学“985”、“211”工程项目成果
青年学者论丛

GONGMIN YU XIANDAIXING ZHENGZHI
YI LUSUO WEI ZHONGXIN DE KAOCHA

公民与现代性政治

以卢梭为中心的考察

袁贺 / 著

中央民族大学出版社
China Minzu University Press

图书在版编目（CIP）数据

公民与现代性政治：以卢梭为中心的考察/袁贺著. —北京：中央民族大学出版社，2013.10

ISBN 978 - 7 - 5660 - 0317 - 1

Ⅰ. ①公… Ⅱ. ①袁… Ⅲ. ①公民学—研究 Ⅳ. ①B822.1

中国版本图书馆 CIP 数据核字（2012）第 289443 号

公民与现代性政治：以卢梭为中心的考察

著　　者　袁　贺
责任编辑　杨爱新
封面设计　范　凡
出 版 者　中央民族大学出版社
　　　　　北京市海淀区中关村南大街 27 号　邮编：100081
　　　　　电话：68472815（发行部）　传真：68932751（发行部）
　　　　　　　　68932218（总编室）　　　　68932447（办公室）
发 行 者　全国各地新华书店
印 刷 厂　北京华正印刷有限公司
开　　本　787 × 1092（毫米）　1/16　印张：15.5
字　　数　330 千字
版　　次　2013 年 10 月第 1 版　2013 年 10 月第 1 次印刷
书　　号　ISBN 978 - 7 - 5660 - 0317 - 1
定　　价　46.00 元

目　　录

绪　　论

本书主要是以卢梭为考察对象，思考现代性和公民问题的关系。卢梭的公民观和晚清中国的新民说风潮是引起笔者思考这个问题的契机。

笔者是从阅读卢梭的作品着手的。当比较系统地读过卢梭的著作之后，笔者发现卢梭的思想是具有很强的一贯性的。但当时令我疑惑的是，为什么卢梭在《忏悔录》里反复申说他的思想是具有连续性的，难道当时就有人对此有不同的看法？笔者带着这个疑惑去找资料，发现解读卢梭政治思想的学者之间的歧见不是在缩小，反而有扩大的趋势。由是，笔者产生了把自己的见解阐发出来的愿望。

我的看法简单地说，就是认为解读卢梭思想的关键在于卢梭的公民观。笔者的专业方向是近代中国政治思想史，按要求应当作和中国有关的课题，笔者起初准备在阐释完卢梭的公民观以后，接着作卢梭公民思想在中国的传播。经过资料爬梳，笔者认为，卢梭在近代中国的确是一个有影响的西方思想家，但他的公民观才是他的政治思想的核心，这个观点在目前的政治学界和历史学界仍然是有待阐释的。卢梭在晚清中国是以革命思想家的形象出现并被传播的，夏良才等先生对此作了详尽的梳理。但这似乎只是当时政治思想现象的一个方面。如果从革命思潮推及更广泛的社会思潮，比如通过《大公报》，可以看到在19世纪末20世纪初，中国曾经出现过一个新民说风潮。这和卢梭有什么关系吗？Leo. Strauss学派把卢梭置于现代性背景下来解读的方式极大地启发了笔者思考方向的转换。卢梭公民思想的出现和他抗拒现代性的企图是密切联系在一起的，他是西方第一个对现代性的后果进行深刻反思的思想家。他抗拒的方式就是造就新人、改造社会；反观近代中国的新民说，恰是在西方侵略势力在中国的影响日益深入的背景下，中国思想界的先行者生发出强烈的危机意识时出现的。卢梭和晚清中国思想界提出问题的背景的交叉之处不言而喻。由此，探讨现代性的普遍意义及其在中国的特殊意义成为一个有价值的思考路向。

然而要讨论这个问题，如何阐释卢梭就成为笔者必须面对的首要问题。由于对卢梭思想的属性争议颇多，他主要的思想是不是集中在政治领域，学术界都有争议，怎样定位他的政治思想争议也很大；另外，卢梭的政治思想是不是有一个系统的结构，这是一个争议更大的问题。而笔者认为，不仅从根本上来说卢梭是一个政治思想家，而且他的公民观是统系其政治思想的核心，公民观是卢梭思考政治秩序

的主要内容。这会不会只是人言人殊的一人之说？如果只是做成这个样子，那它的价值不大。

笔者根据 Karl Mannheim 对政治思想史研究的知识社会学（历史学—社会学）思路，把这些问题放在一个较为客观的社会背景下予以考察：在纵向上对卢梭以前关于政治秩序的思考的主要脉络予以交代；接着，考察古典政治秩序的崩溃和现代政治秩序的兴起；然后考察新政治——社会秩序的变迁在政治思想史上的反映。通过这种考察，笔者认为公民问题是现代性兴起以后，思考政治秩序的现代主要思想家共有的核心论题，卢梭是其中极为关键的一员，在历史背景上印证了笔者判断卢梭的主要议题集中在公民观是合适的。

笔者拟解决的第二个问题是，卢梭是不是政治思想家，他的自传所反映的内容是否可靠。如果笔者要证实卢梭的思想是集中在一定的论域内的，他不是一个散漫的思想者，那么就必须解决这个问题。笔者借助经典作家的作品，对卢梭生活时代的法国的社会和经济状况、法国（一定程度上包括欧洲）的社会风尚、当时思想界活动的场所和关注的主要问题进行了梳理，从多个角度证实了卢梭的自传是可靠地反映了当时社会的情况以及他被他的朋友和社会所孤立的处境的真实性，它们是可以被当成可信的史料予以采用的。

由于上述两个问题是从历史学—社会学的视角进行的，它是相对客观的，对它们进行的梳理也印证了笔者对卢梭政治思想的看法。不仅如此，它还支持了笔者提出另一个解读卢梭思想的观点：必须重视卢梭的小说。在很大程度上讲，卢梭的小说是比其他的几部经典作品——通常人们认为它们才是反映卢梭学术思想的著作——更重要的。在这个基础上，笔者按照卢梭主要著作的写作次序，更主要的是按照它们的主题所反映出的思想系统性，对它们加以评注性释读，离析开科学理性思想和生活所固有的矛盾——生活不是科学的产物，但人们总会按照理性的模式去解读人类文明史——与卢梭自己的论证逻辑的关系，论证了笔者解读的卢梭的主要观点是合乎卢梭的原意的。

完成了这些之后，笔者讨论了卢梭和现代性的关系。笔者发现，施特劳斯从政治哲学的角度对卢梭的评判是合乎历史事实的，本书只是简略地结合他们学派的观点和笔者对卢梭思想的解读对卢梭的这一特征予以简略的评论。之所以如此，乃因为论题的目标所限，本书的核心努力目标乃是先从知识社会学角度论证出卢梭的核心论题为何，确定卢梭思想研究的主脉，从而为卢梭政治思想研究的重心画出一个阈限。

最后笔者对本书的章节安排和主要内容做一点介绍。本书按论题的集中程度共分上、下两部分：第一部分为研究的方法论及介绍卢梭时代的舆论气候，第二部分为对卢梭论题重心的系统论证。

第一部分乃是笔者考察卢梭致思主脉的基础。通过对中外卢梭政治思想/哲学研究主要路径的考察，笔者发现这些研究基本上很少关注这个问题。西谚有云：一

个人像他的时代甚于像其父亲。研究者如果忽视“时代的舆论气候”对一个思想家的影响，而只重视对其作品的考察，很容易出现对思想家议题重心的侧滑，呈现出“公说公有理，婆说婆有理”的混乱现象。毫无疑问，既有的卢梭研究呈现出了这种状况。本书考察的一个基本雄心就是试图终结这种过于分散的纷争。这一目标之所以可能实现，乃是因为卢梭和许多其他重要的思想家有不同之处，即他有三部自传体作品。在笔者过目的既往研究中，多数有分量的研究都很重视这些自传体作品的内容，但几乎没有发现有人对这些自传的可靠性进行勘察。笔者认为本书核心贡献即在于留意到这个缺憾，并对此进行了有相当新意的考察。既有的大部分思想史研究——特别是中国的思想史研究，惯于采用宏大叙事，以社会—经济—政治状况之类的大写意手法介绍所考察思想家的时代，试图以此确定思想家的致思范围。笔者认为这样的宏大叙事是远远不够的，因为这种宏大叙事远远不能框定特定思想家个体的特殊感受。本书借助时代的“舆论的气候”这个概念，引入相关时代的家庭—社会风尚史考察，这种考察相对更为微观，因为它深入到家庭和微观社会关系领域，理当与理解思想家个体的特殊性更为贴合。卢梭的自传体作品特别是其《忏悔录》有诸多的社会风尚的描述，而这些风尚是否真实，显然涉及对卢梭“忏悔”之坦诚性的接受与否。笔者注意到，既往对卢梭政治思想进行研究的诸多学者对卢梭的争议往往集中在这个问题上，而对这个问题的信任/质疑又往往决定了学者们对卢梭思想处理的路向。有意思的是，在笔者看到的既有研究中，却恰恰缺少对这个问题的处理。本书对卢梭的考察首先试图解决的问题即在此：通过对卢梭时代的“舆论的气候”的考察，证实卢梭所描述的其时代的风尚的真实性，终结“信任/质疑”卢梭的主观性，从而为阐释卢梭思想的主脉提供一个更为客观可靠的社会根基。这是本书对类似思想家研究的一个方法论上的创新。

本书的第二部分则在第一部分的基础上，着重对卢梭的著作进行重新考察，从而揭示出对现代新“公民”问题的关注，将能体现出卢梭政治思想致思体系的一贯性。这就是本书的全部努力。本书写作的具体框架安排如下：

第一部分：第一章为导论，主要介绍本书写作的方法论和学术史爬梳，侧重对卢梭政治思想研究状况的整理，这里主要察看卢梭政治思想研究的方法论转向的实质。

第二章从政治秩序角度考察卢梭之前的舆论的气候的发育。本章分三节，第一节考察古典时期（农业社会）政治秩序思想的主要观点，特别是古希腊思想家苏格拉底、柏拉图和亚里士多德以及古罗马的西塞罗等关于政治秩序的思考。这些思想家提出的关于政治秩序的许多观点奠定了后来整个西方思想界讨论该问题的方向，其中许多思想为卢梭所借鉴，并在他的著作中有明显的体现；第二节，主要梳理西方现代政治秩序的兴起，也即广义的商业社会秩序的兴起取代古典秩序的过程，侧重考察了商人阶级如何利用欧洲的政治形势，利用基督教会和王权的矛盾并根据情势依违离合壮大自己的力量。笔者认为，体现在政治实践中，法律至上观念与个人

主义观念的结合和新兴民族国家的诞生是一个过程的不同侧面，其中基督教会势力的消减是一个明显的趋势，但基督教会为这一新秩序的确立作了巨大的贡献；第三节，考察新的社会秩序的形成对思想家思考政治秩序路向的影响，其中理性至上观念的确立对基督教会权威地位的消减起了推动作用，而对个人主观权利的重视是对个人主义的回应，科学主义的兴起则使公民问题变成在现代性前提下讨论政治秩序的主要问题，霍布斯、洛克等的思想都鲜明地反映了对新秩序的承认和赞赏。这些梳理展示出在卢梭的著作中曾经提及、但是没有展开的诸多思想其实是有历史渊源的，卢梭不必一一予以强调，但不妨碍这些思想在卢梭著作中的重要地位。本章的目标是要说明卢梭何以能提出他所关心的问题的解决思路。第三章，笔者先讨论了法国当时的经济—政治状况，以及巴黎的社会风尚和法国启蒙思想家群体的活动模式。

本书的第二部分主要目标是说明卢梭为什么要提出公民问题以及他的论证体系，接着依照卢梭著作文本的顺序对卢梭公民观进行评注式解读，这些章节按“公民问题的提出”、“勾勒人类历史”、“公民生活的合法秩序”、“公民的培养”、“公民的生活方式”等内容排列，结语讨论了现代性问题以及卢梭和现代性的关系。笔者的主要观点是：卢梭的公民观是抗拒现代性的尝试，但是他的抗拒却推动了现代性的深入发展。

上部：“舆论的气候”与卢梭研究

第一章　卢梭研究的方法论讨论及本书的考察框架

第一节　研究政治思想家的方法论思考

一、研究政治思想家的意义

在政治思想史研究中，对政治思想家的思想诠释是一个非常重要的领域。这不仅因为思想家经常能敏锐地觉察他们所处时代的特点和病症，而且往往也会提出自己的纠治方案，不管这些方案是否有机会付诸实施——事实上，一个时代不可能只有一位思想家的智慧在发挥作用，但有一点是无疑的，即，它们都是人类思想的宝贵财富；倘若仅止于此，那么思想家的重要性对后来人而言，也就是一种精神上的娱乐，或者在最严肃的层面上，是出于增长知识的乐趣，即为知识而知识。在历史和现实中，尤其是在现代社会，以研究一位思想家的思想作为终身职业的学者难以胜数，我们若不往低俗的层面想，这些研究者不钟情于能直接产生经济效益的应用研究，而着力于此，自有其合理性。

笔者认为，大思想家们的思想不止于他们看到了他们所处时代问题的症结，而且他们更看出了属于人作为人的存在所共有的症结。相应的，他们提出的纠治方案，也就不只是可以为他们的时代所吸纳，更可以镜鉴后人。虽然随着时代的变迁，社会的经济状况和社会结构都会发生新的变化，但人作为个体的存在和群体的聚集总有不变的基本需要；另外，即便是社会有革命性的变迁，其结构的演化也不会是无序的，而且随着革命的结束，社会秩序的恢复，许多属于刚过去的社会的基

本属性仍然会发生缓慢而持久的影响。① 对政治思想家来说，他们的学说具有长久魅力就不足为奇了，因为他们的思想不仅触及基本的人性，还关注人类社会对秩序的基本需求。② 他们学说中属于操作层面的部分或许会失去光泽，但学说的基本精神，却完全可能历久弥新，给后人以永久的启迪。政治思想家的思想，在现代社会，我们主要通过他们的著述去了解。在把传统理解为时间的线性延续的意义上，冈纳尔认为："所谓的传统的政治理论著作的特点之一就是它的非传统性质，这句话的意思是说这些著作不但富有创新精神，而且与政治共同体也没有不可分割的联系，它们脱离了政治共同体。"③ "某些经典著作是创造性的心灵与政治秩序中的问题碰撞的典型结果。就其内容和产生的环境来说，它们带有相似性，具有某些共同的主题，这些相似之处使它们有理由组成一个政治理论和政治理论家的范例。许多著作不同程度地归属于它。"④

不仅如此，政治思想家们的价值往往更多的是依靠后人的重新发现来实现的。从这个意义上来说，思想家作为各自时代的先知，其角色主要的是社会的观察者，而未必是当事人。他们也许针对时代提出过救治方案，但不少人是相当清醒的，他们并不——甚至拒绝——认为他们找到了唯一的药方。更确切地说，真正的思想家很少会轻率地相信他所生存的社会里存在着有资格履行他所提出的方案的合格行动者。因此，笔者认为，对政治思想家，尤其是那些作为单纯的时代观察者的思想家，不必为他们时代的悲剧承担责任，更不必为在他之后的时代所发生的政治灾难——特别是那些建立在对他的精神错误领会的基础上的悲剧——背负骂名。下面的事实经常在历史场景中出现："理论家和他带来的信息常常遭到社会的排斥……用卢梭的话说，理论家把自己的事业看做是'与当今人们最崇拜的一切的对抗'，他期待的'不过是对我普遍不满的怒吼'。只有在回顾往事的时候，他的洞察力的意义才明显地显现出来。"⑤ 虽然思想家们的精神，经过一定时段之后，或许会通过一定的渠道渗入政治行动的范畴，从而改变人们的政治思维和政治行为，但理论

① 伯尔曼认为，革命一词适用于欧洲历史上的伟大革命时有四种主要特征，即革命的总体性、革命的迅速性、革命的暴力性和革命的持续性。参哈罗德·J. 伯尔曼著，贺卫方等译《法律与革命》，第119页，中国大百科全书出版社1993年版。关于革命的第四个特征，即革命的持续性，他说："它持续两代人或三代人的时间，直到创始者自己的孙辈承认忠诚于他们祖辈的事业为止，在这期间，面对与革命初期的乌托邦理论的必要妥协，革命的基本原则获得重新确认和重构。"笔者认为，这一论述对革命而言，具有相当的普遍性意义，而不只适用于欧洲。政治斗争的精义不是一条道路走到头，而应包含必要的妥协，这应当是政治学的常识。

② 沃林认为，长久看来，"人类生存不能依赖于低层次的小联合体，生活在面临无数毁灭的可能性的时代，人类生存的命运将由政治秩序决定"。Sheldon. s. wolin, politiccs and vision, Boston, little Brown, 1960, PP434.

③ J. 冈纳尔，《政治理论：传统与阐释》，王小山译，浙江人民出版社，1988年版，第92页。

④ J. 冈纳尔，《政治理论：传统与阐释》，第137页。

⑤ J. 冈纳尔，《政治理论：传统与阐释》，第155页。

和实际状况之间的联系应该是不明显的。政治思想家若不是单纯出于一己之私的利益，也不是为某个具体的行动出谋划策，就没有为后人承担责任的义务。政治理论无论多么完美，那也只是有局限的理想，葡萄牙谚语说，“地狱的道路是由良好的意愿筑成的”，它并不具备充分实践的根基。[①] 由于现实生活中众多欲望无法充分得到满足，文明社会里的人，对美好生活的向往成为思考生存意义的一项重大内容。政治思想家们只是利用他们超人的智慧，构造尽可能完备的理论体系，向人们展示最可能具有普遍意义的美好生活的图景，以及或许可行的实践路径。这些学说之所以具有独特的价值是由于它们更具有代表性和完备性，通过它们人们可以看清更明确的值得努力的目标。人们要得到的是通过个体和社会的努力去逼近美好的生活，而不是抽空这些诉求去实现一个理论。这应该是相当简明的道理。

然而，现代社会的不幸，就在于人经常在通向目标的过程中为手段所遮蔽。西美尔认为，这是所有较高程度的文明的一个主要特征和主要问题。他说：“这种文明的本质在于：与原始的社会关系不同，人类的愿望不再是简单的、近在眼前的、用直接行动能够实现的愿望，而是逐渐变得如此困难、复杂和遥远，以至于它们需要对手段和设备进行多环节的建设，在做准备步骤时进行多层次的迂回。”由于社会关系比较复杂，因而需要许多的手段来实现人们的目标，但是“这种手段的获得本来就经常难以一下子实现，而是还需要许多手段，这些手段彼此相互支撑，最终汇集为最后的目标。但是，越这样就越容易导致这样的危险：陷身于这些手段的迷宫中并由此遗忘了最终目标”[②]。政治思想家的学说，对追求美好生活的人群来说，是能起到某种手段的作用。作为实践者，人们本来对此应该有足够清醒的认识，如果把手段当目的去执行，由此若造成不幸后果，应该反思的是自己和相关的人群，而不是思想的创造者，因为思想家自身并没有被遮蔽。

因为人们容易自己迷惑自己，这决定了对政治思想家的研究就有了现实的意义。即我们需要结合自己时代的变迁所产生的问题，不停地从卓越的思想家那里去寻求智慧的启迪。一般来说，政治思想家的精神气质，经常是综合前人智慧的结晶，加上对自己时代问题的非凡思索养成的。他们的著作给后人提供的最有价值的部分，就在于他们综合思考的方式、方法以及其中所蕴涵的精神关怀，而不在于所提供的现成的技术性操作方案——实际上，普适不变的技术构建方案的现成答案永远不会存在。了解了这一点，我们就可以前进一步：研究政治思想家，应该如何作？笔者认为，虽然不可能有一律的答案，但是提出一些基本看法却应该是可能而且必要的。

---

① 冈纳尔认为，“政治理论最明显的特征之一是缺乏成功的根基，在它的时代尤其是这样。”说明政治学理论也能印证这个生活的常识。见 J. 冈纳尔，《政治理论：传统与阐释》，第 155 页。

② 见西美尔著，刘小枫编，《金钱、性别、现代生活风格》内的文章《现代文化中的金钱》，学林出版社，2000 年版。

二、研究政治思想家应该注意的基本问题

一位重要的政治思想家，可能有多方面的才具，但如果他集中地谈论政治问题，应该有一个一以贯之的思想——若只具有零星的火花，那么其人不足以定义为一位重要的政治思想家。不管是逻辑严谨、理智控制能力极强的著述者，或是情感充沛的鼓动者，都应该具有这一特征。即使其流传的著作中有很大的风格变化，那也应该是可以解释的——即便我们不必为了寻求一个统一的有完整思想的人而去注经式地牵强附会，也能够显示这个特色。比如，一个人前后期著作的写作风格出现了差异，或者论述的重点出现了转移，从最简明的角度思考，这就像一个人的成长，不同时期有不同的样貌，但这个人总有相对稳定的方面，他的变化也许正展示其之成长、进步，而这肯定是可以解释的；再有一些思想家，因其丰沛的情感充溢于其写作过程，因此其著作中的文字表达可能在表象中会出现前后矛盾，但如果我们只在这方面纠缠，可能会买椟还珠，失落了研究目标。这就提出了一个基本的要求：研究一位思想家，以一种同情的姿态进入是必须的。同情地进入作者的文本，不仅对研究是必须的，而且是对读书的一个基本要求。20 世纪 40 年代钱穆在一次以“我提倡的一种读书方法”为题的讲演中就提到，“读一书，先要信任它，不要预存怀疑，若有问题，读久了自然可发现，加以比较研究；若走来就存怀疑态度，便不能学。最后主要一点，读一书，不要预存功利心，久了自然有益”①。这不单纯是个人读书经验，而是能不能或适不适合读书的问题，如果连书都不会读，那就遑论研究了。同情地进入，是一种平静的辨析求知心态，并不是要求因此就爱上它，这是另一个极端，显然也是应当注意的。

笔者已经提到不少重要思想家著作中存在着“矛盾”的问题。它是不是真矛盾呢？笔者认为下结论之前，最好考虑一个思想家成长的过程，最笨的办法就是考察思想家的阅读经历，除此以外还要注意思想家的生活经历对他的影响。这就连带出一个更重要的问题，即在横向上，研究者应该注意被研究者的社会关系的小环境以及他所处的社会的大背景，对后者，一个固定的理论模式是套不住的；另外，还有一个纵向的历史师承问题，这不是简单地要求考察其求学的师承，而是要对他的时代处于一个什么样的学术以及历史氛围中，思想家是不是受制于或是突破了这个氛围，有一个基本的了解或是判断。这不仅要求我们留意思想家们前面的时代，还要求我们注意稍后于其时代的社会和历史状况。若是能较为全面地考虑到这些问题，大部分矛盾应该是能够得到较好解释的。

接下来的问题是，研究一位思想家，不管从哪一方面着手，都应该注意其思想的完整性。片段总是整体的一部分，如果热衷于读了片段，就推论一位思想家的精

---

① 严耕望，《治史三书》之《从师问学六十年》，辽宁教育出版社，1998 年版。

神实质，恐怕会厚诬前贤，贻误后学。钱穆曾说："现在人太注意专门学问，要做专家。事实上，通人之学尤其重要。做通人的读书方法，要读全书，不可割裂破碎，只注意某一方面；要能欣赏领会，与作者精神互起共鸣；要读各方面高标准的书，不可随便乱读"。[①] 作为研究者，即便我们不能达到那么高的悬格，但下点死工夫，做到"虽不能至，心向往之"，应该是基本的研究态度。

研究政治思想史，虽不至于像研究学术史那样必须要精细地钩沉稽玄，但不相当完整地解读文本，却更容易流于玄想——远远偏离思想家的真实，变成研究者的真实。桑兵认为，研究学术史的求真有二，一是所评学案的真，一是学者心路的真。[②] 我们暂时不管第一条，第二条与思想史研究却是相通的。他说："追求事实真相，必须掌握各自的心理。其主要途径，并非借助心理学理论，而是了解相关人事的复杂关系，明了各人态度立场有别的原由，在此基础上，形成综合印象。""求学案之真虽为研究的目的，求学者心路之真更为重要。欲达此了解同情的境地，须追踪事情发展的客观过程，不以牺牲事实真相为代价去寻求规律，更不能削足适履地迎合模式。"[③] 这里的重点是讲摸清思想者站在什么时代、什么位置上，主要说了什么，以及其思想的承前继后的演化。我们若不学习研究学术史的基本方法，只能是各执一词，千人千见，思想家就面目模糊了，其思想就成了残金碎玉，这就失去了研究政治思想史的根本意义。

历史研究之所以重要，关键是它为现实提供了一个可观照的坐标。有学者认为："我们的历史兴趣之一是为了要理解现状，是要追溯现状的由来，众史事和现状之'发生学的关系'有深浅之不同，至少就我们所知是如此。按照这个标准，史事和现状之'发生学的关系'愈深则愈重要，故近今通史家每以详近略远为旨。"[④] 对政治思想家的研究服从现实需要的特征应该更加明显。由于对思想家的研究，最终还得对其思想进行诠释，因此如何解释才不会大幅度地偏离思想家的本来意义——完全符合思想家自身想法的解释在我们看来是不存在的，但不过分违背却是可以做到的——就是一个很严肃的问题。在这个问题上笔者坚持，即便我们的研究是为了现实服务，但学术的严肃性应当是优先得到考虑的。这样，一些后现代主义思想家的看法——"文本一旦出版，作者自己就死亡了"——在本考察中得不到任何支持。笔者认为，依据作者自己提供的表达自己看法的可靠材料来发现其对我们的启示是第一位的，相对于读者，作者本身的看法更重要。言而有据，对研究政治思想家的思想来说，和其他史学研究一样，是格外重要的。

最后，必须提到的是，所有对前人的研究，我们的最大优势其实是因为我们是

---

① 严耕望，《治史三书》之《从师问学六十年》。

② 桑兵，《国学与汉学》，绪论，浙江人民出版社，1999 年版。

③ 桑兵，《国学与汉学》，绪论。

④ 张荫麟，《中国史纲》之"自序一"，辽宁教育出版社，1998 年版。

事后诸葛。这个意思是，我们研究过去的人或事，通常是站在一个立体的视野来看问题的。如果是历史当事人，通常只能是平面的；但对思想家来说，他们的价值却恰恰在于，相对于自己的前人，他们也是有一个立体视野的。他们的文本通常着眼甚大，有一个宏大的关怀。当我们进入他们文本的世界时，是把思想家的著作当作平面的还是当作其本身是立体的视界来看待，这就可能决定我们研究的可靠性问题。

笔者的这些看法主要得自曼海姆的启示，他认为研究思想史首先要确定问题的"位系"，"我们需要的不仅是现存潮流和趋势的概要，而且还需要一种最基本的对于特定时期提出的问题的结构分析，该分析不仅要告诉局外人研究的内容，而且要指出文化科学家在工作过程中面临的终极选择，以及他的生存环境中的压力，这种压力有意识或无意识地影响他的思考"①。他的意思是研究思想史应该注意历史学—社会学的视野。笔者将努力按照这个启发展开本课题的考察。

第二节　本书的选题进路

本书的写作源于对"西学东渐"问题的关注：近代中国存在历史和社会的转型，在转型过程中，西方的介入，不管其后果的好坏，都起着重要的作用，这是不可抹杀的事实。这其中，西方政治思想传入中国，对中国晚清思想家的政治思想产生了极为重要的影响；随之，由于他们的鼓吹，这些思想对中国社会各阶层又形成了辐射作用，并对中国政治的发展产生了切实的影响；然而，近代中国并没有成为一个像样的现代宪政国家。现代宪政国家是自工业革命以来西方发达国家共享的成果，尽管其形式有诸多不同，但市场经济和法治国家以及达到这两点的一系列相关制度却共享一种精神实质，表现在政治层面，粗略地说，就是所谓的民主政体。民主宪政思想在晚清传入中国，许多政治思想家，都曾对西方民主政体的建立，作过深刻的理论探讨，并且在运作层面留下了鲜明的烙印。但这些实践并没有产生像西方发达国家一样的成果，这是什么原因？笔者认为，现代性的普遍性和特殊性是一个值得思考的角度。

这个问题构成了本课题的起点。要考察这个问题，对研究近代中国政治思想史来说，首先要解决的是重新检查近代中国思想家们传播的西方政治思想：他们是怎样理解西方的政治思想的？又是怎样传播，或者说传播了些什么？到了这一步，笔者发现研究问题的视野就开阔起来：这意味着，我们必须首先弄明白西方思想家到

① 见卡尔·曼海姆，《卡尔·曼海姆精粹》之《知识社会学问题》，徐彬译，南京大学出版社，2002年版。"位系"一词乃曼海姆借自星象学的术语，其意思也参该文。

底说了些什么，然后才能够进一步探讨中国近代思想家们接受了什么。只有先作了这些工作，我们才能发现这里面是否有出入。如果有差异，又是什么导致了这些差异，它们是不是具有相当普遍的意义？这就成为一个看来很小却很关键的问题。在检索到的资料中，笔者发现，现有研究中注意到近代中国思想家所受到的西学影响和其来源的差异的比较多，但在探讨是什么导致了这些差异以及这是否有普遍性这个问题上，还没有特别典型的著作。这一“发现”导致了笔者考察问题的转移：要研究近代中国的政治转型，必须先研究影响了近代中国先贤的西方思想家。由于致思重心的偏移，限于篇幅，本考察只完成了对卢梭思想的考察。

虽然一开始，笔者决定研究的重点是探讨近代中国思想家接受西方政治思想的模式，而至少有两种方式：第一种是考察近代中国思想家受西方政治思想家影响的成分。由于近代中国处于一个重要的转型期，事实上，没有一位思想家只受一位西方思想家的影响，相反，不少思想家倒是很有“趋新意识”。[①] 也许正是这个原因，不少现有的研究作品挑选的正是这个路向。但这个路向最终反映的只能是一个个个案的相对完整的面貌，而对这些个案中的共性方面难以贸然归纳，因此，对这个时期的西学东渐是否有某种模式，看不真切；另外一种方式是重点考察一种重要的西方思想家的政治思想对中国近代思想家的影响情况，这样或许能够发现某些共性的内容。但是这种作法有一个困难，即，作为一位思想家，他所吸纳的思想养分多半已经融入自己自洽的思想系统中，如果寻章摘句地考察某一位思想家对他的影响，不仅其思想的完整性可能遭到阉割，更难免有附会之嫌，因此这是一条畏途。笔者推测这可能是目前此种考察的文本不多见的重要原因之一。然而，尽管这样做的风险很大，但它是解释某种共性的必要途径，如果不加尝试，我们就无法确认有些思想家的共性是不是有内在的联系。如果尝试成功，我们就可以有效避免研究的琐碎化，得出一个宏观的解释。这会有助于发现不少我们过去未曾注意到的问题。

为慎重起见，在翻阅旧报刊期间，笔者认识到在晚清有一个时期关于“新民”的讨论是普遍的。参与讨论者还不限于思想家，许多士大夫都在这个问题上各抒己见，这是一个非常重要而有趣的现象。在晚清，报刊上讨论这个话题，据我比较详细地翻阅过的《大公报》显示，除了明显地依据进化论思想外——这显然和严复的贡献有关，“教化”和“民权”这两个词出现的频率相当的高。相应的，许多18世纪西方启蒙思想家的名字也经常出现，卢梭就是其中的一个重要人物。在中国近代先贤所刻画的卢梭的政治思想中，“人民主权”在人们的印象中占据着核心位置，也即公民问题在卢梭的思想体系中占据极为重要的位置。晚清思想界讨论新民和卢

---

① 罗志田，《权势转移：近代中国的思想、社会与学术》之《新的崇拜：西潮冲击下近代中国思想权势的转移》，湖北人民出版社，1999 年版。这篇文章从晚清存在一个“学战”的角度出发，认为到清末逐步生成一种趋势：“新旧和进步与保守渐成价值判断的依据，新即是善，旧即是恶；思想界和整个社会逐渐形成一股尊西崇新的大潮，可以称作‘新的崇拜’。”该书第63 页。我们认为这个现象是存在的，但对它的分析的深度还值得考虑。本书的最后一章还会涉及此问题。

梭谈论公民有没有关联？这个问题引起笔者的兴趣。

在晚清思想家中，在传播西方思想家的政治思想方面，严复和梁启超占据着举足轻重的地位。巧的是，二人都对卢梭有过特别的关注，而且都完整地论述过新民的培养问题。梁启超的《新民说》时人皆知，而对严复新民观的系统深入的研究还有待我们的考察。[①] 这个现象，在晚清思想家中尚不多见。笔者认为这是个很好的切入点，如果能通过对严复和梁启超的新民观念的考察，对比他们不同时期对卢梭之评价的变化，并因此和卢梭的公民观作一个比较研究，可能会取得有价值的成果。

在考察卢梭政治思想的过程中，笔者发现，当西方由古典（农业）社会向现代社会迈进的时候，正是公民问题成为思想家思考的主题之时，卢梭是其中非常独特的一位思想者。反观晚清中国讨论新民问题之时，恰也是中国社会传统的社会秩序崩解的时候，而且刚好是在西方势力深入侵入中国之时。在相似的历史时段讨论相似的问题，笔者认为这不是巧合，本书的考察就是力图发现其中的联系。现代性和公民观之间的关系成为本书考察的中心问题。遗憾的是，由于时间和篇幅的关系，在笔者仔细考察完卢梭的公民观之后，未及去整理严复和梁启超的相关思想。至于卢梭思想对近代中国的影响，笔者只能以一个后续的简略梳理作为附录放在本书的结尾部分。

第三节　卢梭政治思想研究的主要脉络

笔者对卢梭的兴趣是从阅读其著作的中文版开始的。在比较系统地读过他的著作以后，卢梭的激情和他的遭遇让我印象深刻。尽管隔着语言，我仍然深切地感受到这的确是一位有其一贯思想的巨人，他表达出的不被他同时代人所理解的困境引起了我的兴趣。在写《忏悔录》时，他就清楚地说过他的文笔所具有的特色：“我的文笔自然而多变，时而简练时而冗长，时而理智时而疯狂，时而庄重时而欢快，它是构成我历史的一部分。”[②] 他所说的虽然主要是针对他的回忆录，但事实上，由于卢梭是一位自学成才的思想家，而且情感丰富，他所有的著作中或多或少都存在类似问题。不过，这并不妨碍卢梭有其一贯的思想，他自己曾经说：“我的感情和思想有某种连续性，以前的思想感情可以影响以后的思想感情，所以要很正确地评价后者，必须理解前者。”[③] 他在晚年达到通明境界以后更曾夫子自道：“我们应

---

① 参林家有、赵立彬，《论严复的“三民”思想》注释2，载《广东社会科学》，1999年第4期。

② 卢梭，《忏悔录》附录，黎星等译，人民文学出版社，1992年版。

③ 卢梭，《忏悔录》，第219页。

做的事在很大程度上取决于我们的信仰；而除了与我们基本的自然需要有关的事物外，我们的观点是我们的行为准则。根据我一贯坚持的这个原则，我经常长时间地探索我生命的真正目的究竟是什么，以便指导我一生的工作。而我很快就不再为自己处世的无能而痛苦，因为我根本就不该在世上追求这个目的。我……从幼年起就接受了以后从没完全抛弃的原则和格言。”“我感到外表的改革本身就要求另外一种显然更痛苦、但却更有必要的改革，那就是思想的改造。我决心把我的内心来一番彻底的严格的审查，并予以调整，使今后余生一直保持我死前希望保持的那个样子。”“趁为时尚早，让我自己全力去探索我自己的哲学，以便今后余生尚能遵循一条确定不移的处世准则……我要把我的种种见解、我的种种原则一劳永逸地确定下来；让我在余生成为我经过深思熟虑后决心要做的那种人。”①

从这里我们可以看出，尽管卢梭在写作时有着某种不协调，但他一生的活动和写作有其一贯的原则，甚至是一种信仰，其思想的连贯性不容怀疑。其中最重要的是对人作为人之存在应当是什么样子的关注，这贯穿了卢梭的全部思想。卢梭和18世纪的其他思想家有很大的不同，恐怕主要的是从对自身的反省着手来探讨这个重要的问题。他对这点有着清醒的认识。他说：“他们研究人性是为了能夸夸其谈一番，而不是为了认识自己；他们学习是为了教育别人，而不是为了启发自己的内心……至于我，当我想学点什么东西的时候，那是为了使自己得到知识而不是为了教育他人；我一贯认为，要教育他人，自己首先得有足够的知识；而我一生中想在人群中进行的全部学习，几乎没有哪一项是我不能在原打算在那里度过余年的荒岛上独自进行的。”②

这段文字引人注目的还有它最后一句话，如果不了解18世纪的欧洲特别是法国社会的特点——在后文将会涉及，人们很容易地就会认为卢梭的表达是自相矛盾的。但实际上，卢梭想要说明的是：在当时欧洲繁华的都市里，尤其在巴黎，在君主专制时代，社会不公使人们分裂为鸿沟极深的等级，在那里“大人物只认得大人物，小人物只认得小人物。小人物看大人物只从他们那令人仰慕的身份地位去看，而自己则身受不公正的蔑视。在这极其疏远的关系里，双方具有的那个共同本质——人，却失去了”③。卢梭不可能在这种关系下去发现人性的本来面目——至少对思想家本人来说，他不认为这样的状况下体现的人性是人应该有的本性，因此他必须重新探讨人性的本原，而他所处的环境和处在荒岛没什么两样。对这个问题的研究，他具有其他的启蒙思想家没有的优势，“我处在一个人所能达到的也许是最有利的处境。我没有社会地位，然而却熟悉一切等级，曾在除王室以外的最低至

---

① 卢梭，《漫步遐想录》，徐继曾译，人民文学出版社，1986年版，第25、第27、第29页。

② 卢梭，《漫步遐想录》，第24页。

③ 卢梭，《忏悔录》，第824页。

最高的各等级中生活过”[①]。但是，卢梭并没有留恋显赫的生活，他选择的是对人进行观察和思考的观察家的角色，“我考虑和比较过他们各自的兴趣、意愿、成见和道德行为的准则”，“我进入各界而无所留恋，有时早晨和亲王共进早餐，而晚上则和农民分享晚饭”[②]。卢梭这种“我一无所求，既不使人为难，也不使人厌烦”[③]的介入各阶层的姿态，也许能够获得下层人民的欢迎，但是对上层人士来说，在那个时代，却容易被认为是对他们公然的侮辱。不仅像霍尔巴赫、伏尔泰等富贵人士如此，[④] 即便是狄德罗这种贫贱之交也不大能理解他。卡西尔准确地把握了连狄德罗都不能理解卢梭的原因，那是因为“狄德罗的全部运思都圈定在一种特定的社会秩序之内，他的所有念头都与此种秩序密切相关……他的工作只有在巴黎沙龙的氛围中才能成功”[⑤]。

显然，卢梭和这些人截然不同。在那时的巴黎，“什么事都要靠女人才做得起来：女人仿佛是些曲线，而聪明人就是这些曲线的渐近线；他们不断地接近她们，却永远不触及她们”[⑥]。卢梭是聪明人，进过巴黎的沙龙，但他的性格和原则决定了他不适合沙龙的生活。而卢梭观察到的法国下层百姓对上层阶级的态度，又决定了卢梭其实也不能够真正得到下层人的理解。根据政治的常识，表现权力的话语权，在一个尚能运转的社会中，往往还是掌握在上层社会的手中的，下层人民其实一直扮演着“沉默的大多数”的角色。卢梭的选择其实就决定了他无论在哪个阶层都是边缘人，因为他只是个观察者。[⑦] 他的思想得罪的不是一个人，而是法国乃至欧洲的统治阶级，甚至是当时的整个欧洲社会！他对其他同时代的启蒙思想家来说，是一个异端，他是孤立的。这样，对他的诬蔑和蓄意伤害伴随其一生就非常好理解了。对这点，卢梭至少是感觉到了。“我终于感到我的一切努力全归于无效，徒然自苦而一无所得，于是决心采取唯一可取的办法，那就是一切听天由命，不再跟这必然对抗。”[⑧] 他对他的时代是绝望了，然而他对未来充满信心：“但我还是寄希望于未来，希望教优秀的一代在更好地考察这一代对我的评断、更好地考察这一代对我的所作所为时，将不难看清我的本来面目。”[⑨]

卢梭实在是高估了他后面的时代。在西方，两百余年来，关于卢梭政治思想的诠释和争论也一直没有停歇，至于他是否有一个统一思想的问题反倒退居次要地

---

① 卢梭，《忏悔录》，第 824 页。

② 卢梭，《忏悔录》，第 824 页。

③ 卢梭，《忏悔录》，第 824 页。

④ 参《忏悔录》第 480 页以后。在整个《忏悔录》的第二部，大部分都体现了这个特点。

⑤ 卡西尔，《卢梭 · 康德 · 歌德》，刘东译，三联书店，1992 年版，第 9 页。

⑥ 见《忏悔录》第 362 页卡斯太尔神父对卢梭的开导。这种风尚决非卢梭的杜撰，后文还将涉及。

⑦ 卢梭在《我的自画像》一文中明确指出，“我是观察家，而不是道德家”。见《卢梭自选书信集》，刘阳译，译林出版社，1997 年版。

⑧ 卢梭，《漫步遐想录》，徐继曾译，人民文学出版社，1986 年版，第 2 页。

⑨ 卢梭，《漫步遐想录》，第 5 页。

位，这是一个颇让人费解的现象。争论的各种主要观点，有西方学者将之汇成了集子，其中较有代表性的是道奇编辑的《让—雅克卢梭：权威主义的民主主义者?》，通过题名，就大致可以看出卢梭思想被分割的迹象。实际上这本集子就是按时间序列，列出从18世纪到20世纪主要的讨论卢梭政治思想的有时是截然相反的论点。除了18世纪部分是卢梭的著作选外，争论内容包括卢梭是保守主义的还是自由主义的（19世纪），或者是自由主义的还是权威主义的（20世纪）。其中，在20世纪部分，有塔尔蒙影响深远的论证卢梭是极权主义政治思想的精神源头的著名文章。① 对这些观点的评论后面再叙。笔者认为，首先应该考察的是西方对卢梭是否有一个统一的政治思想的研究状况，只有完成了这关键的一步，更深入地探讨才有意义。

西方诠释卢梭的政治思想有两个传统：一是依靠几部卢梭的专论其政治观念的著作，结合其他同时代及稍后思想家群体对卢梭的评论来评判卢梭，这正是造成多重卢梭形象的原因；② 另外一个传统是在20世纪后兴起的，学者们逐渐发现，前面一个传统对卢梭来说，主角有自己的声音，却通常处于缺席状态，这是缺少起码的公正的，因此主张返回卢梭著作的文本，这才开启了卢梭研究的新局面。笔者先谈后一个传统，因此这里着重注意的是对卢梭思想的一贯性进行论证的文本。在笔者所查阅到的资料中，多数研究者由于发现卢梭论述的范围过于广泛，加上他的主要著作中确实存在着表达的变异性，比较难以系统地加以研究，因此人们乐于把卢梭著作中所涉及的领域进行分割研究，这样就出现了哲学家卢梭，政治思想家卢梭，教育思想家卢梭，法学家卢梭，文学家卢梭，甚至植物学家卢梭——卢梭一生对植物学充满不倦的兴趣，音乐家卢梭。笔者不否认卢梭具有多方面的才华，他具备广博的各方面知识，因此在他所涉及的诸多领域都有独立研究的价值。然而，卢梭既然说他探讨问题是为了扩充自己的知识，为自己的内心服务，那么无论从他年近40才开始他的著述生涯这一角度考虑，还是从他追求知识的原则出发，其思想都应该具有系统性。因此，他的许多知识领域经受不起现代高度专业化的知识解剖刀的精细切割。即便是在卢梭有着专深造诣的政治哲学思考领域，人们也能发现在这里有一个分裂的卢梭存在。③ 实际上卢梭本人拒绝人们把他看做是哲学家，甚至拒绝人们对他进行严格的定位。他曾经明确地提醒说："读者诸君，你们要经常记住，同你们讲话的人既不是学者，也不是哲学家；他是一个普通的人，是真理的朋友，既

---

① JEAN－JACQUE ROUSSEAU：Authoritarian Libertarian?，edited and with an introduction by Guy H. Dodge，1971，by D. C. Heath and Company. 另外，类似的争论汇编还可见 ROUSSEAU' S POLITICAL WRITINGS 之 BACKGROUNDS AND COMMENTORIES 部分，edited by Alan Ritter and Julla Conaway Bondenella，1988 by W. W. Norton&Company，Inc.

② 该传统由百科全书派特别是伯克创立，具体探讨见第四章。

③ 例如，THE SOCIAL PROBLEM IN THE PHILOSOPHY OF ROUSSEAU，INTRODUCTION 部分，by JOHN CHARVET，pulished by the Syndics of the Cambridge University Press，1974.

不抱什么成见，也不信什么主义……”① 这就证明了对卢梭进行分割研究是一种最不好的作法，由此，限定卢梭的头衔然后展开论证也就不可取了。

那么究竟如何研究卢梭呢？笔者的看法是应该选择一种新的路径，那就是去发现卢梭所关注的核心问题，去追随他所关心的“真理”。只有这样，我们才有机会逼近卢梭自己的看法；也只有这样，我们才会发现卢梭是不是有一个连贯统一的思想。确如彼特·盖所言：“差不多将近两百年来，卢梭哲学的问题困扰了它的诠释者。在这么多试图处理这个问题的批评家中，其中最伟大的一个——但是长期以来最被忽视的一个——是卢梭自己。”② 的确，笔者认为尊重卢梭对自己作品的解读的时机已经成熟。笔者把卢梭关注的核心问题放在后文来讨论，先看卢梭对他的核心著作是怎么说的。他说：“《新爱洛伊丝》还是同样顺利地出版了……而且几乎令人难以置信的一点是：这个爱洛伊丝临终时的那番表白与萨瓦助理司铎所表白的完全一样。《社会契约论》里的一切大胆的言论也早在《论不平等》里就有了；《爱弥尔》里的一切大胆的言论也早在《朱莉》（即《新爱洛伊丝》——笔者注）里就有了。”③ 实际上，我们稍微留心一下就会发现，在《爱弥尔》的最后一卷中，“游历”部分探讨的问题正是《社会契约论》所关注的中心问题。由于《爱弥尔》本身是一部有连贯思想的著作，因此我们可以判定，卢梭对自己的主要著作存在一个系统连贯的思想也是自觉的。卢梭晚年时，更明确地总结自己的著作道：“（它们）有一个大的原则。”④

由于这一事实的发现，有关卢梭的研究开始获得了实质性的突破，这些研究基本上确立了卢梭主要是作为政治思想家而存在的事实，并在这个基础上来论证卢梭思想的系统性。首先是伏汉，他编辑了卢梭的政治著作，他坚定地认为卢梭的智力活动只能这样来理解，即他的思想反映了卢梭从个人主义到集权主义的发展过程。⑤ 伏汉摆脱了把卢梭当作极端个人主义者来理解的窠臼，⑥ 但仍然是从卢梭是个人主

---

① 卢梭，《爱弥尔》，李平沤译，商务印书馆，1978 年版，上册第 124 页。同书下册，“信仰自白”部分开篇再次强调，“我不是一个大哲学家，而且也不想做大哲学家”，第 377 页。卢梭不愿意人们把他当哲学家看待，有个人遭遇的理由，他的确和当时的哲学家有显著的差别；但笔者认为更重要的是他关注问题的重点不在于纯粹的哲学，而是在那些对他所处时代的社会和人的存在具有根本意义的问题上面。他关注的是解决这些问题“真理”，真理的指向才是他的方向。因此问题的关键不在于争论他是不是哲学家，而是重视他面对和要解决的问题。

② Ernst Cassirer, The Question of Jean – Jacques Rousseau, 1963 by Indiana University Press, P3.

③ 卢梭，《忏悔录》，第 507 页。

④ Rousseau judge Jean – Jacques, Troisieme Dialogue (Hachette ed., IX, 287).

⑤ See, The Question of Jean – Jacques Rousseau，第 11 页。

⑥ See, Alfred Cobban, Rousseau and the modern state, printed in Great Britain, by Unwin Brother LTD., working, 1934. P33 – 43. When Vaughan published his celebrated edition of The Political Writings of Jean – Jacques Rousseau (2vols Cambridge University Press, 1915), he said in the Introduction: The work of Rousseau is little known in this country and less understood. The title of the Contract Social is familiar. But to most men it suggests an extreme of individualism.

义者这个立场出发的。正因为这样，他甚至无法把卢梭政治著作的统一思想揭示出来：他认为《社会契约论》在卢梭的政治著作中代表着一个非常不同的思想——（相比于其他的著作）它不那么抽象，也不那么个人主义。[①]

在伏汉之后，许多20世纪的研究者开始返回卢梭本人的著作，尽管他们仍然没有放弃对卢梭是个人主义或是集权主义这个问题的兴趣，但这些已经不占据他们注意力的中心位置，他们努力寻求更宽的解释平台。这些研究者不否认卢梭思想中的矛盾之处，但他们认为这些矛盾不损害卢梭基本思想的连贯性。他们转而寻求卢梭的“一个大的原则”是什么。这些人的代表有古斯塔夫·兰森，E·H·赖特和E·卡西尔。兰森认为卢梭的主要原则是在《爱弥尔》开篇就提示出的第一句：“出自造物主之手的东西，都是好的，而一到了人的手里，就全变坏了。”[②] 在赖特看来，卢梭的最大原则是“自然（本质）”，他是在一个很宽泛的意义上来理解自然的，“如下观念——人必须依靠他的理性和自然本质来完善自我——贯穿了卢梭的所有著作，而且决定性地奠定了其思想之完整性。”[③] 赖特在兰森之前表达了这个观念，并直接启发了后者的探索。卡西尔作为新康德主义的大师，很好地吸收了这三者的经验，他认为理解卢梭的关键在于卢梭的理性主义的自由概念。[④] 另外彼特·盖也认为：“卢梭的‘一个大的原则’——人是好的，社会使他变坏，但只有社会，这个毁灭一切的动因，才是得到最后救赎的动力——是（分析卢梭思想的）一个关键性工具。”[⑤] 他们较好地摆脱了对卢梭的政治倾向进行定位的先入之见，把关于卢梭政治思想的研究推进到了一个新的高度。

与这一研究趣向不同，但同样是以论证卢梭具有一贯思想的路向尚存在。首先要提及的一位重要作家是A·科班。科班仔细地梳理了自伯克以来西方对卢梭的不

---

① See, Vaughan, The Political Writings of Jean Jacques Rousseau, I, 第80—81页, he said: “Save for those opening sentence, the Contract Social represents a very different—and assuredly a less abstract, as well as a less individualist—idea.” 另外德拉·沃尔佩也从个人主义的角度理解卢梭，参氏著《卢梭和马克思》，赵培杰译，重庆出版社，1993年版。

② See, The Question of Jean Jacques Rousseau, Introduction, by Peter Guy, V, P18.

③ See, The Question of Jean Jacques Rousseau, Introduction, by Peter Guy, V, P20.

④ See, The Question of Jean Jacques Rousseau, Introduction, by Peter Guy, VI, p21.

⑤ See, The Question of Jean Jacques Rousseau, Introduction, by Peter Guy, VIII, P27. Peter Guy said: Rousseau's “one great principle ” -that man is good, that society makes him bad, but that only society, the agent of perdition , can be the agent of salvation-is a critical tool.

公正评论，他批评了对卢梭进行先行的政治定位的传统。① 他以伏汉的努力为起点，认为研究者必须记住“卢梭并没有构想个人可以离开社会（community）而作为实体的事实的存在，而是相信：除非社会是这样组织的，即，他可以奉献其中而能享受道德自主（moral freedom）和自由（liberty），尽管他可能没有意识到这些，这样，国家（state）才在实践中具有对个人的优先地位。”② 以此为基础，科班论证了卢梭的具有一贯性的政治思想对现代国家仍然具有重要意义。法国的让·斯塔罗宾斯基在他1962年发表的《让·雅克卢梭的政治思想》中按卢梭著作出版顺序，认为卢梭的政治思想有四个发展阶段。第一阶段，对（卢梭所处）当前时代的批评，这反映在他的第一论文（即《论科学与艺术》——笔者注）中和《新爱洛伊丝》和《爱弥尔》中；第二阶段，历史哲学，它奠基于《论不平等》（即中译《论人类不平等的起源和基础》——笔者注）；第三阶段，对社会机体的基本原则的一个界定，这反映在《社会契约论》中；最后，试图把这些原则应用到一定的具体条件上，这反映在《论科西嘉》（即《为科西嘉制宪》——笔者注）和《论波兰》（即《对波兰政府的思考》——笔者注）中。③ 这个研究路向鲜明地展示了卢梭思想的连贯性，至于这样按年代顺序划分卢梭的思想是不是很合理，这是另外的问题。茱迪丝·希克拉从心理学的角度论证了卢梭思想的统一性。“我迄今认为卢梭首先而且最终是一个心理学家，‘人类心灵的史家’，如果说柏拉图是他的前辈，那么弗洛伊德就是他的后继者。”“他的伟大目标是搅动、唤醒以及摇撼着我们对生活实存的认知。”④ 虽然是从心理学角度出发，但希克拉着重研究的是卢梭思想中如何把人培养成公民这一政治主题，而这却是上述所有作者都没有关注到的。在20世纪90年代，梅尔茨对卢梭思想的系统性作了进一步的论证，他认为“人的自然良善”是统系卢梭思想的关节点。其研究的重要性在于他注意到卢梭是抗拒现代性的代表人物，“当然，卢梭不单是第一个对现代化喊停的人，因为许多先于他的人在旧制度、旧君主制以及基督徒原则的名义下这么做过了。但是，他是第一个在和新的现代思想有更密切联系的高度上这么做的人”。然而他依然把卢梭归类于激进

① Alfred Cobban, Rousseau and the Modern State, preface, “(in research on Rousseau's political thought) There have been two main schools of thought in this respect. According to the one Rousseau should be regarded as a disciple of Locke and the philosophes, and the Contract Social as the last and greatest of the works of the ‘artificial’ or individualistic school of politics, against which Burke fulminated so effectively that he demolished apparently for ever its intellectual foundations. A later and now perhaps more influential school of thought attached Rousseau more closely to the German Idealism of the following century, and attempted to make him in part responsible even for the metaphysical madness of its wildest disciple.”

② Alfred Cobban, Rousseau and the Modern State, preface , P7.

③ See, Jean Starobinski, The Political Thought of Jean - Jacques Rousseau, translated by Julia Conaway Bondannella. From Rousseau's Political Writings, edited by Alan Ritter. , part of Commentaries.

④ See, Judith N. Shklar, Men and Citizen, Preface, First paperback edition 1985, printed in Great Britain at the University Press, Cambridge.

主义者行列，他说："在考察了社会或个人要么被改变或是得到保存的各种不同的方式之后，卢梭的著作差不多种下了其后各种激进主义的种子：共产主义，无政府主义的左翼，同样还有浪漫主义以及法西斯主义的右翼。"①

相比西方对卢梭政治思想研究的深度，中国此类研究显得相当薄弱。在新中国成立以后，有关卢梭思想的研究不绝如缕，但涉及卢梭政治思想的不多。代表性的作品有于凤梧的《卢梭思想概论》，夏良才的《卢梭》。② 它们的特点是全面论述卢梭各方面的思想成就，但没有涉及卢梭是否有一个统一的思想的讨论。另外，李平沤的《主权在民 VS "朕即国家"》③ 是中国卢梭研究中比较能够反映国际前沿研究动向的作品，集中澄清了《社会契约论》中曾被人们理解为极权主义思想起源一些具有"多义性"的表达，论证了该书具有连贯统一的指导思想。《社会契约论》在卢梭政治思想的研究中具有重要地位，在这里顺便提一下中译本的一处值得商榷的翻译。该书第一卷第七章最后一段话的中译原文是："因而，为了使社会公约不至于成为一纸空文，它就默契地包含着这样一种规定——唯有这一规定才能使其他规定具有力量——即任何人拒不服从公意的，全体就要迫使他服从公意。这恰好是说，人们要迫使他自由……"④ 这段引文最后一句和前面有一个微小的却很严重的

① See, The natural goodness of man: on the system of Rousseau's thought/Authur. M. Melzer, 1990 by The University of Chicago Press. Part of Preface.

② 于凤梧，《卢梭思想概论》，北京师范大学出版社，1986 年版；夏良才，《卢梭》，开明出版社，中华书局（香港），1997 年版。

③ 李平沤，《主权在民 VS "朕即国家"》，山东人民出版社，2001 年版。西方同一主题的出色著作见 Gildin, Hilail. Rousseau's Social Contract, 1983 by the University of Chicago.

④ 卢梭，《社会契约论》，何兆武译，商务印书馆，1980 年 2 月修订第二版，1996 年第七次印刷，第 29 页。

意义断裂，应该属于误译。①

现在，笔者讨论一下两本着重研究了卢梭政治思想的中国内地的博士论文。一本是朱学勤的《道德理想国的覆灭》，其副标题是“从卢梭到罗伯斯庇尔”，复旦大学史学博士论文。由这部著作开始，朱学勤成为中国内地及港台地区很有影响的卢梭研究学者。在香港中文大学比较文学系教授黄德伟编辑的《卢梭在中国》② 的文集中，中国内地当代学者只有夏良才和朱学勤的文章入选。朱学勤在此书序言的第一部分就表明了他写作的动机是要推动中国内地反思极“左”思潮的进程，突破

---

① 笔者不谙悉法文，但这段引文的最后一句经常被中国的研究者作为卢梭是极权主义思想的源头来引用，因此不得不特别加以关注。我查对两个英文版本的翻译来核对，它们的版本和相应译文如下。“In order, therefore, that the social pact may not be an empty formula, it tacitly includes the commitment, which alone can give force to the others, that anyone who refuses to obey the general will shall be compelled to do so by the entire body; this means nothing else than that he will be forced to be free,…” see, Rousseau's political writings, P95 translated by Julia Conaway Bondanella, edited by Alan Ritter, published by W. W. Norton&Company, Inc. Another version is “Hence, in order that the social pact shall not be an empty formula, it is tacitly implied in that commitment-which alone can give force to all others-that whoever refuses to obey the general will shall be constrained to do so by the whole body, which means nothing other than that he shall be forced to be free;…” see, The Social Contract, Copyright by Maurice Cranton, 1968, reprinted from the English Edition by Penguin Books Ltd. 1974，中国社会科学院1999年引进版。这两个版本对这段引文的最后一句都采用被动式译法，译成中文应该是：“这意味着没有别的（选择），他不得不自由”，这就和何本译文意义相差很远。它的本意应该是拒绝服从共同意志者，考虑到加入契约的条件，在这个前提下，他有权衡的权利，结果仍然会发现只有服从公意，他才是最自由的，即“不得不自由”。用现代经济学术语最能表达这个意思，即一旦他加入契约，公意有权力不允许个体的寻租行为。何译采用主动式译法，彻底丧失了这个涵义，加入“人们”代替“公意”则是明显误解。不是别人，而是公意契约的全体和考虑到公意的想寻租的“自我”共同决定“他不得不自由”。若是允许“人们”——这是一个具有很强的实体行为意义的词——去操纵别人的命运，那就不是卢梭的社会契约，因为在这个契约里，任一个人或集体都不具有支配别人的权力，这点在该著作以及卢梭的所有相关著作中是被反复强调过的。中文现有的权威译文，恰好为中文世界攻击卢梭的政治哲学的人们留下了卢梭是极权主义思想源头的把柄。这一问题西方学者已经澄清过，雷在他撰写的专门论证《社会契约论》不是推进了“极权主义”的文章中——主要是针对塔尔蒙对卢梭的误读而展开，明确地说：“We should recall what Rousseau means by ‘sovereign state’. He doesn't mean a group of individuals which imposes its will on the people.”（See, R. A. Leigh, Liberty and Authority in ON SOCIAL CONTRACT, from Rousseau's political writings, ed. by Allan Ritter）连主权国家都不可能有实体的个人把意志强加给人，那么全体这个概念也是虚指是很明确的。笔者后文还将论及。中国学者较早留意到这点的是崔之元，见氏著《卢梭新论——彻底的自由主义必须关心公意》，网络文章新青年 > > 中国学术城 > > 当代思潮，2001年6月1日更新，该文曾于《读书》1996年第七期上发表过，但对这个问题的探讨说服力仍然有限。在后文即将评论的两本博士论文中，就因为这段译文的引用出现了比较荒唐的情况。朱学勤引用这段文字恰是为了攻击卢梭的“道德王国”没有个人的生存空间（见氏著《道德理想国的覆灭》，上海三联，1994年版，第79—80页）；而钱弘道则试图为卢梭辩护，可是他一开始就肯定了卢梭思想中存在着“强迫自由”这一概念，因而随后的辩护就显得勉强（见氏著《为卢梭申辩》，北京大学出版社，1999年版，第210—212页）。

② 黄德伟编著，《卢梭在中国》，香港大学比较文学系文化研究丛刊第十集，1997年版。该文集择要选辑了自中国近代以来有代表性的研究卢梭政治思想的作品，其不完备性可以想见，但其辑录作品代表了中国卢梭政治思想研究已有的水平则毋庸置疑。2009年，笔者和谈火生博士重新编辑了《百年卢梭》（吉林人民出版社）一书，对近百年中国卢梭研究的代表作品做了一次清理。

意识形态的束缚。[①] 调子已定，接下来接受罗伯斯庇尔的失败与其实践卢梭思想关系密切的成说就顺理成章，这与该书结束语中富于诗意的呼吁“法国革命中的卢梭应该死，因为法国革命后的卢梭需要生！”[②] 相映成趣。在这里需要点出朱学勤的一个值得斟酌的说法。他说：“中国人普遍以《忏悔录》理解卢梭之生平，而卢梭本人却早已声明，《忏悔录》是失败之作，正是为了弥补这一失败，他四年之后方写作《让·雅克审判卢梭》，以抵消《忏悔录》之影响。”[③] 笔者不谙悉法语，但后一本书的英文名字是《ROUSSEAU JUDGE OF JEAN JACQUES：DIALOGUES》，应该是《卢梭——让·雅克的评判：对话》（下文简称《对话》，不再注明——笔者）；卢梭的《漫步遐想录》的写作还在《对话》之后，而《漫步遐想录》一直被人们肯定为《忏悔录》的补篇。在这里，卢梭说：“我怎能以我的常识来设想，我过去是这样一个人，现在还是这样一个人，怎么会被别人看着是，被毫无疑问地肯定是一个没有心肠的人，一个下毒害人的人，一个……激动与愤怒使我陷于谵妄状态中达十年之久，随后才慢慢平静下来；这期间，我一错再错，一误再误，做了一件又一件的傻事，以我的鲁莽行为为操纵我命运的人提供了一件又一件的武器，他们巧妙地加以利用，使我的命运陷于万劫不复的境地。我曾长期挣扎，但无济于事……我终于感到我的一切努力全归无效，徒然自苦而一无所得，于是决心采取唯一可取的办法，那就是一切听天由命，不再跟这必然对抗。”[④] 这清楚地显示出卢梭认为自己的品质一直没有改变，而且这部自传还是心灵彻底平静以后的作品，其可靠性不会比以前的差。从这段话来看，他过去的所作所为是为了让人们更好地理解他，但效果不彰。无论如何，没有证据表明卢梭在否定自己以前作品内容的可靠性，思想的背反性，倒是可以发现，他认为其过去的作品本来是为了让人们更好地理解他的思想的，可是效果上适得其反，因此很可能他认为《忏悔录》的失败是因其反抗的形式而不是内容。

我们再来看看在《对话》这部书中卢梭自己是怎么说的。这部书中，卢梭设想自己是让·雅克，他受到卢梭和一个法国人的审判。这两个人中一个系统阅读过卢梭（即文中的让·雅克）的著作，一个只是闻其大名，但听过不少有关雅克的评论。卢梭通过法国人之口宣称：“让·雅克（即事实上的卢梭）作品中所谈论的东西，都是经过深思熟虑的，形成一个连贯的系统，虽然可能不是真实的存在，但其

① 参朱学勤，《道德理想国的覆灭》，序。

② 朱学勤，《道德理想国的覆灭》，上海三联，1994 年版，序言的第一部分和第 284 页。

③ 朱学勤，《道德理想国的覆灭》，上海三联，1994 年版，序，第 2 页。

④ 卢梭，《漫步遐思录》，徐继曾译，人民文学出版社，1986 年版，第 2 页。另外在该书第 6—9 页卢梭清楚明白地谈到他对《忏悔录》和《对话》同等重视，也能辅证下文的论证。卢梭被人下毒是事实，见《卢梭自选书信集》之《回忆笔记》，译者注释①。这也从侧面表明卢梭在其自传里没有撒谎。

中没有什么相冲突的。”[1] 可以看到，这部书其实是卢梭想告诉读者如何阅读理解他的作品。他确实提到了写此书的目的是（帮人）重新认识《忏悔录》所造成的失败，但是他是这样说的：“对那些只愿意进行愉快的快速阅读的人，对那些在《忏悔录》中只寻找和发现什么的人，以及对那些不愿意费一点力气或对公正和真相保持一点兴趣的人，他们可以腾出一点时间，麻烦他们读读这个。对他们我不是想说什么，更不是为了讨好他们，我仅仅是为了避免看到我生活中遭遇到的悲惨景象成为任何人嘲笑取乐的对象这种极大的侮辱。”[2] 很清楚，卢梭写《对话》并没有否定《忏悔录》的可靠性，事实上也没有否定他的任何著作中内容的可靠性。正如有学者正确地评论道：卢梭写的《对话》“不是如福柯所说的它是‘反忏悔录’。我们必须牢记在心，在这里，卢梭的表达不是对《忏悔录》内容的批评，而是对那些读该书的读者的失败之描绘”[3]。

接下来朱学勤讨论了卢梭思想的属性和政治取向，他执著于那些批评卢梭有集权（朱文用的是集体）主义倾向的作家，因此顺当地认为伏汉的评论是“比较公允的”；[4] 又因为朱学勤认为卢梭的语言风格对于史学、哲学的理论分析是极大的障碍，[5] 这就出现了如下一幕：朱学勤认为是这个原因，导致20世纪西方卢梭研究的方法论转向。因此他用了带有很强情感色彩的词语描述这个变化：“正是为了克服这一障碍，20世纪西方研究者或主动或被迫摸向卢梭文本的背后，试图……”[6] ——以这样一种解释路径来理解西方卢梭研究方法论转向，对朱学勤下面的行文至少有如下好处：首先，不必管卢梭是不是有一个系统的思想。在该书的第五章中，他以赞同性的语调引用卡西尔和汉肖尔的评论，证明了卢梭是一个无系

① Rousseau, Rousseau Judge of Jean Jacques: Dialogues, translated by Judith R. Bush, Christopher Kelly and Roger D. Masters, edited by Roger D. Masters and Christopher Kelly, published for Dartmouth College by University Press of New England Hanover and London, 1990., P209. The original sentence is "(that the content of Jean - Jacques books) were things that were profoundly thought out, forming a coherent system which might not be true, but which offered nothing contradictory."

② Ibid, P7. the original words is: "As for those who want only some agreeable rapid reading, who sought and found only that in my Confession, and who cannot tolerate a little fatigue or maintain their attention in the interest of justice and truth, they will do well to spare themselves the boredom of reading this. It is not to them I wished to speak, and far from seeking to please them, I will at least avoid the ultimate indignity of seeing that the picture of the miseries of my life is an object of amusement for anyone."

③ Ibid, Introduction, xvii.

④ 见朱学勤，《道德理想国的覆灭》，上海三联，1994年版，序，第5页。至于对伏汉的评论所处的地位，上文已经说明。

⑤ 朱学勤，《道德理想国的覆灭》，序，第6页。

⑥ 朱学勤，《道德理想国的覆灭》，序，第6页。

统的思想家，或者说卢梭的许多东西正证明他有病。[①] 既然卢梭是个病人，他的许多东西就是荒诞的梦呓，本不值得重视，这么多人认为卢梭很重要，那是人们没能认识到其真面目，那就揭露出他的“马脚”（朱学勤用语）。他承接西方后现代主义作家的方法论去摸卢梭文本的背后，鲍曼尤其是阿尔都塞的“解剖刀”就用得得心应手了。卢梭著作的文本风格我们已经谈过，这使他在同时代就已经饱受其苦，再用现代最新的“手术刀”去宰割，卢梭不可能不“无地自容”（朱学勤用语）。朱学勤关注的是卢梭政治理论的谵妄性，卢梭的政治理论著作在他的解析下到处硬伤累累，最后卢梭就是千面魔王：暗含魔心的教士、精神病患者、恋母情结者、民粹主义者……总之，卢梭什么都是，就是不是正常人。[②] 一个正常社会秩序的“叛逆者”，卢梭作为暴徒的形象就这么树立起来了。

朱学勤这样研究卢梭，可能有他自己的考虑，笔者对此不宜妄加评论，我们只能看看他自己的说法：“从精神履历上说，我属于1949年以后出生的大陆第三代人。这一代人的精神觉醒，大致可以1968年为界……就我而言，1968年问题中最令人困惑的焦点，也就是延续至本书写作时还在思考的这样一个问题：为什么法国革命与文化革命如此相近?”在写作中，他给友人写信：“我哪里是在批判卢梭？我是在我自己和同代人的心里剥离出一个卢梭。”他意识到写历史这样投入是犯忌的，但他立刻为自己辩护说：“但是，一代人本身有怎样的历史，总是影响这代人如何理解以往的历史。兰克和他的学派当然可以要求纯客观，但未必能够做到纯客观。人们走不出自己的历史，犹如走不出自己的皮肤。在这方面，我相信克罗齐的名言——一切历史都是当代史，一切历史都是思想史——似乎更为坦率，也更为诚实一些。因为诚实，坦诚实言自己的主观局限，反而更显客观。”他记得克罗齐的话不能脱离语境来理解，“当然，克罗齐的观点不能作实用主义解，以此放言无忌，任意曲解历史。它只不过公开承认一切历史著作的局限，以及历史写作者走不出自己皮肤的一份无奈”。[③] 从中我们可以清楚地看到朱学勤研究的前在的感情进路，以及他对思想史的理解。在本章的第一节，我已经阐述了我自己作政治思想史研究的理念，二者之间的不同是明显的。笔者无意以自己的理解去衡量朱学勤的作法，而且强调研究问题有现实关怀是正常的。但即便如此，我们就他的陈述还是应该提

---

① 参朱学勤，《道德理想国的覆灭》，第137—144页。另外在第一章中，朱学勤在探讨卢梭的思想入口的时候，他是这么写的：“（卢梭作为先验论传统的继承者）从这一线走来的卢梭，对教会中人，他像哲士，思凡心重；对哲学中人，他又像教士，救赎心切。他有讨论起源问题的顽病，更有把人再次拖到祭坛脚下的危险癖好。”第30页。卢梭作为变态的病人形象在朱学勤正式探讨卢梭之前已经牢不可破，若还要费力去探讨卢梭思想的系统性看起来反倒不正常了。

② 有兴趣请特别参看《道德理想国的覆灭》第2—4章；另外可以参看朱学勤《书斋里的革命》，第三辑“教士和帝国一致的制度”，长春出版社，1999年版；另还可以参阅朱学勤《风声、雨声、读书声》里关于卢梭的论文，三联书店，1994年版。

③ 见朱学勤，《道德理想国的覆灭》，序，第10页。

出如下问题：卢梭作为朱学勤研究的传主，[①] 他为自己辩护的言论不值得考虑吗？只有这样作才不会任意曲解历史吗？笔者没有在该书中看到卢梭为自己辩护的内容。不过卢梭倒是对自己的这种命运习以为常了，按照朱学勤的作法，笔者认为也可以把卢梭定位为一个伟大的预言家，是加缪存在主义作品《局外人》的先驱，因为他曾经说过："大家都在读我的书，都在批评我，都在议论我，但是我却不在场。我远离这些人，远离这些议论。人家说些什么我一无所知。每人都按自己的想象来描绘我，也不怕这原型会出来戳穿他。"[②] 这样的研究不很正常，笔者只能判断：朱学勤这样研究卢梭是缺乏最起码的公正和客观的。这样的卢梭更可能是朱学勤的卢梭，而不必是一个时代人的卢梭。卢梭不只是政治象征，他是一个有自我解读记录的独特的思想家，他只生活在他的时代，在诠释他的政治思想之前，笔者仍然坚持：先听听卢梭自己的声音乃是必要的前提。

在博士论文之后，朱学勤写了一系列关于卢梭的论文，其中有一篇这样开头："到如今，让人们承认卢梭在临终前已是一个深度精神分裂症患者，已不很困难。既然如此……"不加论证，就说卢梭有病，这是一种奇特的研究方式。但是，中国不少其他有影响的卢梭思想的研究者也这么看。[③]

如果说朱学勤研究卢梭而不觉得卢梭自己的辩解如何重要，但他的研究有另外的价值，这点应该是肯定的，然而这已逸出了本书讨论的范围。相比朱学勤的研究进路，钱弘道的博士论文有一个引人联想的出版书名《为卢梭申辩》，其副标题是"卢梭政治法律思想评判"。他研究的是卢梭这两方面的思想，但也有附带目标。钱弘道提出："我无意故意拔高卢梭。我只想为思想革命者的先驱，说几句公道话。我唯一的目的是努力将一个完整的卢梭，包括他的政治法律理论功绩和弱点，公正

---

① 见《道德理想国的覆灭》封背的一段题词，应该是朱学勤自己的话。题词中说："本书可读为卢梭思想传记，也可读为作者本人的思想淘洗记录。"另见该书序言。

② 见卢梭，《忏悔录》，第821页；另外类似的话还可见卢梭《我的自画像》、《卢梭自选书信集》。卢梭是这样说的："我看见，与我最亲密地生活在一起的人并不了解我，他们把我的大部分行动，无论好的还是坏的，归结为与那些引起我的行动的动机完全不同的动机。这使我想到，人们在历史学家中发现的性格和写照大部分只是空想，一个作家以其才智就能轻易地使他貌似真实，将它与一个人的主要行动联系起来，正如一个画家在五个点上描画调整一个想象的形象。"这就怪不得在同集的《自传片段》中卢梭感慨："我发现，在所有文学争论中，问题从来不在于谁有理，而在于谁最后一个说话，不在于真实，而在于获胜……"真是有先见。

③ 朱学勤《书斋里的革命》之《卢梭和他的恋母情结》一文的第一句，并以此为基点展开他的论述。需要说明的是，另外如夏良才（氏著《卢梭》之第二章《卢梭的生平》，香港开明出版社，1997年版，第61页）、徐继曾（氏著《漫步遐想录》中的译者前言，第8页）这些极有影响的卢梭研究者一致认为卢梭患精神分裂症；其他的许多研究者都沿袭类似说法，这里不具举。这样的作法，对目前中国的卢梭政治思想研究出现某种程度上的"一边倒"倾向负有责任。笔者认为，时下人们习惯把卢梭当成迫害妄想症患者来看待，这完全是用现代人的眼光去轻松地看待过去的事情。如果我们考虑到卢梭的边缘地位和多次被迫害的事实，那么他受伤的心灵变得非常敏感应该是很好理解的事情。一个简单的事实是，若卢梭是精神病患者，那么他后期还写出如此有条理而深刻的著作就令人难以置信。心理分析应该有一个限度。

地、实事求是地呈现在人们面前。”① 显然，他非常重视卢梭自己的看法，笔者也认为这样做是更符合常理的。

钱弘道研究卢梭的现实关怀可以体现在下面的论述中：“在道德颓废极为严重的今天，卢梭追求美德的理想必将成为今天人类共同的愿望和行动；在人的异化被严重忽略的今天，包括卢梭在内的伟大思想家们留给后人的民主、自由、平等的精神应该是人类不断高扬的旗帜……”② 今天我们是不是面临这么严重的道德问题，这不是本书的探讨对象；他认为：“我们今天站在跨世纪的角度重新评判卢梭，其意义不是总结过去，而是着眼于人类彷徨的未来。”③ 他努力把卢梭的主要著作都纳入卢梭的政治法律思想中，然而却无法把和《爱弥尔》同样重要的《新爱洛伊丝》归进去，只能剿袭成说，判定“这部小说使当时巴黎妇女达到醉心的程度。人们称它为绝妙作品”④。如果这还只是一个小问题，那么下面的话最能反映钱弘道是如何研究“完整的卢梭”的。他说：“卢梭激进思想里面所暴露的矛盾和弱点无损于一位伟大的思想家的光辉。”⑤ 结合他在该书第四篇所说：“卢梭的贡献和高于他人之处在于，他把资产阶级人道主义的基本原则进一步具体化为自由、平等的社会政治要求，为推翻封建统治的斗争提供了最响亮、最打动人心的口号。他较多地反映了平民阶级也就是第三等级中较下层的群众要求，提出了‘社会契约’的学说，为资产阶级革命后共和主义的政治蓝图提供了理论基础……大革命采用了他的体系……”⑥ 一个政治革命家卢梭的形象已经栩栩如生。先把卢梭的思想局限在这个位置上，他为卢梭思想所作的辩护在很多方面显得牵强就不难理解。虽然他的出发点和朱学勤迥异，但他的辩护其实和朱学勤殊途同归。他解析卢梭思想的各个方面，都没有摆脱把卢梭定位为小资产阶级革命家的窠臼。这样，他所谓的“完整的卢梭”的意义其实等同于“全面的卢梭”，而对卢梭自己的思想是否存在一个完整的统一的体系则未予完满解释——虽然他努力把卢梭的著作都归结到政治法律思想下面，但是很不成功，该书的结构和内容都显示了这个特征。他给人的印象是要站在西方的第二个传统中来展示卢梭的风采，运用的却仍是那种先给思想家卢梭定位的旧的研究模式。

---

① 钱弘道，《为卢梭申辩》，北京大学出版社，1999年版，第6页。

② 钱弘道，《为卢梭申辩》，第6页。

③ 钱弘道，《为卢梭申辩》，第4页。

④ 钱弘道，《为卢梭申辩》，第6—8页。关于《新爱洛伊丝》属于卢梭政治思想的重要组成部分的证据，后文再提出。这里仅就钱氏这句话略作评论。它来源于《忏悔录》第676页，按卢梭的说法这是法国太子妃的评论，不知出于什么原因，人们倒是记得别人的评论，而忽略了卢梭对写作该书出发点的自述。经过上文的论证，笔者有足够的理由把卢梭的自传作为可以反映卢梭思想的旁证来加以利用。

⑤ 钱弘道，《为卢梭申辩》，第6页。

⑥ 钱弘道，《为卢梭申辩》，第228页。

综合考虑东西方卢梭思想到目前的研究状况①，笔者认为，研究的主题不管属于哪种传统，都集中在如下讨论的基础上：卢梭的政治思想是一致的还是分裂的，是激进的——这和研究卢梭与法国大革命的关系相关联，还是保守的。我们可以很清晰地看到卢梭政治思想的统一性成为各方研究的焦点，这说明了卢梭作为政治思想家和别的经典作家有很大区别。笔者推测这和卢梭为了阐明自己的学说应该如何解读作了不少努力——主要反映在他的三部自传上——有关，而大多数争议正是出现在是否重视卢梭对自己文本的解读这个问题上，这反过来也证明了20世纪西方卢梭思想研究方法论上的转向是必然的。

通过上面的梳理，笔者大致可以判定：澄清卢梭的政治思想是否具有系统性是进行进一步诠释的前提，只有先完成了这一步，后续研究才可能是坚实的，这一点正是本书的重点。但如何切入，希克拉和列奥·施特劳斯等提供的视角给了笔者很大的启示。在上文引用的卢梭的自我说明中可以看到，卢梭关心的主题是人存在的意义，而"人"又是政治社会里的存在，因此希克拉从"人"到"公民"这个角度正好契合了卢梭所关注问题的核心。但是，希克拉主要是把卢梭当成心理学家而不是政治思想家来考察的，这就有违卢梭的本意；施特劳斯给笔者的启示是如何评价卢梭在政治思想史上的位置。当他把卢梭置于现代性这一背景下来考察时，② 如何理解卢梭的问题就立即豁然开朗了。以往的研究主要集中探讨卢梭思想对后来政治思想和实践的影响——主要是负面的，这种研究的重要遗漏是忽视了卢梭本人对自己思想的诠释；到了20世纪，研究者才正视这一缺失，导致了卢梭思想研究方法论上的转向。笔者认为，应该将卢梭的政治思想置于对现代性的第一次反抗的平台上来理解，只有这样，卢梭以公民为中心讨论政治秩序才能得到更好的解释。

---

① 需要说明的是，本书原稿为笔者2004年的博士论文。在此后，汉语学界又有若干研究卢梭的博、硕士论文出现，另外，笔者又搜集到不少西方的研究成果。但正如笔者在摘要中所言，本书的研究目标有限，只是用知识社会学的方法为卢梭主要致思方向确定一个阈限。而这些年笔者新搜集到的资料，依然罕有作者触及笔者的方法，因而也没有从根本上动摇笔者的研究结论。这也是本人今天依然有意出版本书的原因。

② 列奥·施特劳斯，《自然权利与历史》，彭刚译，三联书店，2003年版，第257页。施特劳斯说："现代性的第一次危机出现在让·雅克卢梭的思想中。感受到现代的历险是一个巨大的错误，并返回古典思想中去寻求解救之道的，卢梭并非第一人……" 古典政治思想研究的泰斗施特劳斯很清楚地抓到了卢梭思想的源头，这就为卢梭在政治思想史上的定位提供了清晰的参照。

第四节　本考察的方法论补充说明、难点及框架安排

一、本研究的方法论问题——补充说明

展开本研究的方法基本上依据本章第一节探讨过的思路，这里需要做一些补充说明。首先是有关卢梭政治思想研究的角度。由于笔者不谙法语，隔着文本对卢梭的思想进行精细解读就有很大的风险。因此本研究采取了（曼海姆意义上）知识社会学方法（具体参第二章开篇的讨论），确定卢梭致思的主要方向。其次，尽量着力于描述卢梭公民观结构之轮廓，尽量按照卢梭自己的逻辑，顺次、完整地引证卢梭的言论；另外，笔者认为，作为思想史研究，在许多方面对思想家思想的领悟比注经式的解读要重要，这种文化沟通是可能的。斯皮罗认为："文化的可变性并不意味着一系列无联系的状态跨时空分布，相互之间没有共同的尺度；相反，由于文化以人所共知的一系列交互重叠的状态分布；……总之，由于文化即使有可变性，但仍可清楚地分辨得出一种'普遍的文化类型'，因此，如果个性是由文化决定的，那也一定有一种普遍的个性类型——由所有文化产生的一组不变的心理特征。"①再次，卢梭和别的思想家不同，他有很严肃的自传，里面有大量内容是教导读者如何去理解他的思想的。这就意味着，遵从卢梭本人的看法是非常必要、而且相当可靠的——其可靠性笔者在后文将进一步予以论证，自己去进行注经式的考察，其风险反倒更大。笔者认为上面的三个考虑能有效地避免语言隔膜问题。

二、本研究的难点

本研究的第一个难点是研究卢梭思想时必然遇到的语言问题，上面已经提及。尽管我们认为可以克服，但具体的办法还得予以交代。这个办法就是在一些无法绕开的疑难问题上，尽量借助英文文本去核对；再就是摆脱过去研究窠臼，不去刻意考虑卢梭文本中语言的枝节的"矛盾"，换个角度，借鉴吉本研究罗马衰亡的态度，不急于去评判卢梭的某一思想，而把重点集中在理清卢梭公民观的结构上。这样就能最大限度地避免陷入对字句的精微解释。如果还有不能解决的语言问题，笔者相信这是多数跨文化研究难以避免的。笔者之所以这样说，主要的原因是，卢梭不是一位纯粹意义上的哲学家，对他的理论进行过多的哲学推导反倒是不合适的。正如

① M. E. 斯皮罗，《文化与人性》，徐俊等译，社会科学文献出版社，1999 年版，第 28—29 页。

上面引证过的，卢梭本人已经提示过这个问题。现代研究的特点也有助于笔者缓和这个困难：我们的研究属于事后诸葛，这意味着，在卢梭时代尚不明显的问题，在我们的时代已经发育得相当成熟，他们是感知的，而我们却是已经自觉地认识到了，我们可以利用这种优势，去补充对文本诠释的不足。

第二个难点是材料的把握问题。由于选题涉及的资料数量相当大，在有限的时间内完成阅读本来就不容易，加上本人禀赋有限，写作经验不足，能否驾驭这些材料，尚待检验。

第三个难点是知识背景问题。由于学养有限，在卢梭研究方面，笔者虽然关注时间相对充裕，但只能检阅主要的资料。尽管笔者找到了一个研究的平台，但是不是在具体操作上能够贯彻下去，笔者并没有十分的把握。从理论上，它是可行的，但实践中仍有发生逻辑断裂的危险。这是必须要先说明的。

第一部分乃是笔者考察卢梭致思主脉的基础。通过对中外卢梭政治思想/哲学研究主要路径的考察，笔者发现这些研究基本上很少关注这个问题。西谚有云：一个人像他的时代甚于像其父亲。研究者如果忽视“时代的舆论气候”对一个思想家的影响，而只重视对其作品的考察，很容易出现对思想家议题重心的侧滑，呈现出“公说公有理，婆说婆有理”的混乱现象。毫无疑问，既有的卢梭研究呈现出了这种状况，本考察的一个基本雄心就是试图终结这种过于分散的纷争。这种结果之所以可能，乃是因为卢梭和许多其他重要的思想家有不同之处，即他有三部自传体作品。在笔者过目的既往研究中，多数有分量的研究都很重视这些自传体作品的内容，但几乎没有发现有人对这些自传的可靠性进行勘察。笔者认为本书核心贡献即在于留意到这个缺憾，并对此进行了有相当新意的考察。既有的大部分思想史研究——特别是中国的思想史研究，惯于采用宏大叙事，以社会—经济—政治状况之类的大写意手法介绍所考察思想家的时代，试图以此确定思想家的致思范围。笔者认为这样的宏大叙事是远远不够的，因为这种宏大叙事远远不能框定特定思想家个体的特殊感受。本文借助“舆论的气候”这个概念，引入相关时代的家庭—社会风尚史考察，这种考察相对更为微观，因为它深入到家庭和微观社会关系领域，理当对理解思想家个体的特殊性更为贴合。卢梭的自传体作品特别是其《忏悔录》有诸多的社会风尚的描述，而这些风尚是否真实，显然涉及对卢梭“忏悔”之坦诚性的接受与否。笔者注意到，既往对卢梭政治思想研究中的诸多学者对卢梭的争议往往集中在这个问题上，而对这个问题的信任/质疑又往往决定了学者们对卢梭思想处理的路向。有意思的是，在笔者看到的既有研究中，却恰恰缺少对这个问题的处理。本书对卢梭的考察首先试图解决的问题即在此：通过对卢梭时代的“舆论的气候”的考察，证实卢梭所描述的其时代的风尚的真实性，终结“信任/质疑”卢梭的主观性，从而为阐释卢梭思想的主脉提供一个更为客观可靠的社会根基。这是本文对类似思想家研究的一个方法论上的创新。

本书的第二部分则在第一部分的基础上，着重对卢梭的著作进行重新考察，从

而揭示出对现代新“公民”问题的关注，将能体现出卢梭政治思想致思体系的一贯性。这就是本文的全部努力。本书写作的具体框架安排如下：

第一部分：第一章：导论，主要介绍本文写作的方法论和学术史爬梳，侧重对卢梭政治思想研究状况的整理，这里主要察看卢梭政治思想研究的方法论转向的实质；

第二章，从政治秩序角度考察卢梭之前的舆论的气候的发育。本章分三节，第一节考察古典时期（农业社会）政治秩序思想的主要观点，特别是古希腊思想家苏格拉底、柏拉图和亚里士多德以及古罗马的西塞罗等关于政治秩序的思考。这些思想家提出的关于政治秩序的许多观点奠定了后来整个西方思想界讨论该问题的方向，其中许多思想为卢梭所借鉴，并在他的著作中有明显的体现；第二节，主要梳理西方现代政治秩序的兴起，也即广义的商业社会秩序的兴起是如何取代古典秩序的过程，侧重考察了商人阶级如何利用欧洲的政治形势，利用基督教会和王权的矛盾并根据情势依违离合壮大自己的力量。笔者认为体现在政治实践中，法律至上观念与个人主义观念的结合和新兴民族国家的诞生是一个过程的不同侧面，其中基督教会势力的消减是一个明显的趋势，但基督教会为这一新秩序的确立作了巨大的贡献；第三节，考察新的社会秩序的形成对思想家思考政治秩序路向的影响，其中理性至上观念的确立对基督教会权威地位的消减起了推动作用，而对个人主观权利的重视是对个人主义的回应，科学主义的兴起则使公民问题变成在现代性前提下讨论政治秩序的主要问题，霍布斯、洛克等的思想都鲜明地反映了对新秩序的承认和赞赏。这些梳理展示了在卢梭的著作中曾经提及、但是没有展开的诸多思想其实是有历史渊源的，卢梭不必一一予以强调，但不妨碍这些思想在卢梭著作中的重要地位。本章的目标是要说明卢梭何以能提出他所关心的问题的解决思路。第三章，笔者先讨论了法国当时的经济—政治状况，以及巴黎的社会风尚和法国启蒙思想家群体的活动模式。

本文的第二部分主要目标是说明卢梭为什么要提出公民问题以及他的论证体系。接着依照卢梭著作文本的顺序对卢梭公民观进行评注式解读，这些章节按“公民问题的提出、勾勒人类历史、公民生活的合法秩序、公民的培养、公民的生活方式”等内容排列，结语讨论了现代性问题以及卢梭和现代性的关系。笔者的主要观点是，卢梭的公民观是抗拒现代性的尝试，但是他的抗拒却推动了现代性的深入发展。

第二章　卢梭时代之前“舆论的气候”之发育

——对于公民和政治秩序关系的知识社会学考察

笔者认为在政治哲学成为政治学思考的核心问题之前，对政治秩序有一个认识是更基础的问题，简单地说就是“人和政治秩序和谐共存的问题”，对“人存在的价值”这个问题的思考就在其中。因此，在描述卢梭公民观的结构之前，我们必须了解卢梭为什么会关心“人的存在”问题。尽管在东西方文明传统中，几千年来这其实一直是思想者关心的核心问题，但卢梭的讨论却引起后代人特别的关注，原因何在呢？笔者认为，要解开这个谜底，首先必须了解卢梭及其所处时代所具有的独特条件。这些独特条件我们可以归纳为时代“舆论的气候”，① 在本书中它含括政治思想的变迁、时代的经济—社会状况和社会风尚。笔者希望通过对这些条件的描述，能对卢梭政治关注的起点作出一个合理的解释；进而可以帮助人们理解为什么卢梭著作的文本是可靠地反映了卢梭政治思想的系统性的。

笔者的目标除了要理解卢梭显在的开阔视野，更重要的是要发现为什么卢梭所处的时代能允许他作出这样的思考。施特劳斯把卢梭置于第一次意识到现代性的危机的背景下来展现其在政治思想史上的重要地位，他是从卢梭和此前的政治思想家——特别是霍布斯和洛克——在政治哲学思想上有一个转折这个角度来阐述此问题的。② 笔者认同施特劳斯提供的这个广阔的视野，但认为他的论证方法由于没有一个纵深的历史背景，而不足以令人信服地看到卢梭的独特之处。施特劳斯虽然深刻地展示了卢梭反思现代性的自觉的一面，但对本书的任务来说，它还是没能解决

---

① 这是一个17世纪的名词，意指“那种在广义上为人们本能地所坚持的先入为主的成见、那种世界观或世界模式”。近代由怀特海教授恢复使用。卡尔·贝克尔，《18世纪哲学家的天城》，何兆武译，三联书店，2001年版，第15页。笔者认为这个术语很适合本书的含义，因此加以采用。不过，笔者不认为只用本能就可以解释它，而宁可用社会学的“内化”概念来说明成见和世界观等是有历史脉络可循的。人和政治秩序的关系问题是政治思想的首要问题，这也是卢梭的思想的侧重点。因此本书首先要完成对政治思想的“舆论的气候”之发育这个问题的梳理。

② 参施特劳斯，《自然权利与历史》第六章及贺照田主编《西方现代性的曲折与展开》，吉林人民出版社，2002年版，内中施特劳斯的文章《现代性的三次浪潮》，该文更直接。

长久以来在阐释卢梭政治思想问题上的一个根本的困难，即所谓的“卢梭悖论”问题，[①] 它真是一个无法解决的悖论吗？卢梭为什么要提出这个问题，又何以能够提出这样一种解决方式？对“为什么”这个问题，笔者接受施特劳斯的看法，即卢梭意识到现代性对“人存在的价值”构成了新的威胁；但对“何以能”这个问题，上面的回答则不能提供一个坚实的基础。当发现这点的时候，笔者意识到，它是一个先于“为什么”的问题，若思考它，则不仅要对“为什么”的历史基础——即“现代性”问题是如何出现的——有一个了解，而这种了解本身有助于解释笔者为什么可以接受施特劳斯提供的这个视野；而且它还能直接地帮助笔者了解卢梭的前贤对政治秩序的思考都给他（当然也包括与卢梭同时代的其他思想家，但本书只能侧重卢梭）留下什么样的精神遗产，可以让他这样致思；而这又直接关涉到对“卢梭悖论”的阐释。在提问题的序列上，“何以能”在“为什么”之后；但在论证序列上，“何以能”属于更基础的问题，对它的论证必须在回答“为什么”之前。总而言之，由于这样的一个思考路径，笔者发现书文必须要从知识社会学的角度勾勒

① 笔者在梳理卢梭政治思想研究概况的过程中发现，卢梭引起巨大争议的一个核心问题其实是对他的自传的诚实度的质疑，并进而影响到对他的思想的阐释路径。笔者把它归纳为“卢梭悖论”问题。该问题照搬卢梭自己的表述即是（在卢梭设想的共和国中理想的政治秩序是）“要寻找出一种结合的方式，使它能以全部共同的力量来卫护和保障每个结合者的人身和财富，并且由于这一结合而使每一个与全体相联合的个人又不过是服从自己本人，并且仍然像以往一样自由”。见卢梭，《社会契约论》，何兆武译，商务印书馆，1980 年版，第 23 页。卢梭在他的《论政治经济学》和《论波兰政府》里均提及相同的关怀。中国的一位研究者把它称为“政治学和法学理论的‘哥德巴赫猜想’”，参佟德志，《民主与法制的冲突及其均衡》，中国人民大学—中山大学 2003 年国际政治学会议论文集《政治思想与政治转型》，未出版。笔者认为这的确是理解卢梭政治思想的一个关节点，但需要换一个角度思考：如果不是一开始就去质疑该“悖论”，而先考虑“卢梭为什么能够构思出这么一个理想的政治秩序，卢梭的前贤关注过这个问题没有？”笔者认为如果这么思考，视野会焕然一新；而且由于卢梭在《社会契约论》里明确地说该书是“一部长篇著作的撮要”（《社会契约论》第 5 页），这意味着许多问题卢梭是没有展开详细论证的，此问题即是其中最大的一个，因此做一个视角转换的思考是有价值而且必要的，本书就是为更好地理解卢梭的政治思想的系统性做点努力。

一下有关西方政治秩序思想发展的精神脉络。[①] 笔者希望通过这些爬梳能说明：是西方久远的精神遗产累积和欧洲特别是法国18世纪的社会环境共同形成的“舆论的气候”允许卢梭发展出了他深刻的思考。本章先试图解决“何以能”的问题。

第一节　古典政治秩序思想的演生

一、古希腊的政治秩序思想

思想者在政治哲学的讨论中，在人类文明史上源远流长的做法是：先确定人构成了社会，并要生活在一定的秩序内，这经常是问题探讨的起点。这种自觉而明确的讨论，在西方文明的初始阶段就发育得极为成熟，考虑到卢梭是系统地继承了这个传统的，本书侧重对这一问题有比较系统看法的思想家之思想的勾勒。希腊文明是公认的西方文明的源头，公元前12世纪，随着多里安人的入侵，希腊堕入“黑暗时代”。这一时期的希腊以农业为主，实行部落制和贵族政治，活动范围限于爱琴海区域。到公元前6世纪末，这一切都改变了。部落组织让位于城邦；其他社会等级起来向贵族阶层挑战；工商业开始发挥重大作用；希腊殖民地逐渐遍布整个地中海沿岸一带。所有这些发展构成了新政治秩序形成时期的希腊世界的全面转变，为后来的古典时代打开了通途。希腊地区的地理特点和社会政治经济状况是促成这

---

① 本书参考的是卡尔·曼海姆研究政治思想史的知识社会学方法。他认为“知识社会学所探求的是理解具体的社会——历史情况背景下的思想，在此过程中，各自不同的思想只是非常缓慢地出现。因此，一般来说不是思维的人，或甚至进行思维的孤立的个人，而是处于某些群体中发扬了特殊思想风格的人，这些思想是对标志着他们共同地位的某些典型环境所做的无穷系列的反应。”（第3页）卢梭显然属于这种特殊风格的人，他本人的思想也是西方文明的时代产物；“标志着知识社会学方法特征的第二个特点是它并不中断从集体行动的背景产生出来的具体的现存思想方式，因为通过这种方式，我们第一次发现了这个理性意义上的世界。”（第4页）这表明梳理卢梭之前的思想图景是必不可少的；另外，“知识社会学的基本认识之一，即，集体无意识动机变成有意识的过程，并不是在一切时代都可能发生，而是只有在十分特殊的环境中才成为可能。”（第6页）因为只有“在社会地位的上升或下降意义上的阶层之间的迅速变动时，人们对于自己的思维方式是普遍的、永恒的有效信念才会动摇”。（第7页）“只有在基本的新价值正在被创造出来而旧的价值正在被粉碎的大动荡的世界中，思想冲突才会发展得如此严重，以致对抗的各方不仅寻求消除对方特有的信仰和态度，而且还试图摧毁这些信仰和态度赖以存在的基础。”（第65页）因此，在不中断思想传承连续性的前提下，注意历史大变动时期，将是本书的重点；基于上述理论支撑，曼海姆认为：“思想史的研究能够而且必须以如下方式来进行，即要更多看到连续的和共存的现象，而不仅是偶然的关系，并且在历史的整个复合体中要寻求发现每一构成因素的作用、重要性和含义。”（第94页）这些引文提示曼海姆提供的知识社会学方法其实就是历史学—社会学方法。以上均参卡尔·曼海姆，《意识形态和乌托邦》，黎鸣、李书崇译，商务印书馆，2000年版。笔者的思路和该认识一致，不过我宁愿采用“舆论的气候”这个更简洁的术语来阐明这个问题。

些发展的一个基本因素。[①] 城邦政治的出现，为希腊思想家思考政治秩序的问题提供了便利的条件。[②]

古代城邦的规模都很小，一般不足以和现代民族国家所统辖的区域相提并论，但以古希腊为代表的古典思想家对政治秩序的思考确实对启蒙时代影响深远，对卢梭而言，尤显重要。所以，简要勾勒一下古代思想家的相关思考是极有必要的。

现在为大家熟知的希腊城邦的代表是雅典和斯巴达，前者由于其对以后西方国家影响深远的政治制度和辈出的关注政治思考的思想家而尤其为现代人所注意。雅典政治的特色是它的公民政治。雅典的绝大多数公民都是商人、工匠或农民，他们依靠从事各自的行业来维持生活，别无其他生计。他们像现代社会的大多数人一样，只有在个人职业的余暇时间里才能进行政治活动。[③] 由于其特殊的环境和生活方式，以雅典为代表的希腊人发展出了惊人的自立门户的意识，并不停地采取“分裂繁殖”的扩张路线。这种政策选择，决定了殖民城邦很难团结对敌，而是互相竞争。[④] 雅典是这种城邦的代表。因此，他们的公民政治呈现出独特的精神气质，那就是，希腊人认为他的公民资格不是拥有什么而是分享什么。这意味着希腊的公民不在于为一个人争得他的权利，而是保证他处于他有资格所处的地位，这就很像一个家庭。人们会看到这对希腊思想家发展其政治哲学具有深远的影响，在他们看来，政治问题就是去发现“每一种人或每个阶级的人应处于什么样的地位才能构成一个健全的社会，从而使各种具有重要意义的社会工作得以进行”[⑤]。换言之，人在政治秩序中求得一种共同的和谐，成为希腊政治思想家政治学说的基本思想。

雅典对这个思想的实践作出了独特的贡献。“在公民的和睦相处并参与共同生活这样的概念所确定的范围内，雅典人的这一理想为政治上的两个基本原则找到了适当的位置。这两个基本原则就是自由和尊重法律。在希腊人的思想中，这两个基本准则总是紧紧地联系在一起的。”雅典伟大的政治领袖人物确认了该原则，并认为开展城市活动依靠公民们的自愿合作，而实现这种合作的主要手段在于对政策的各个方面进行自由而充分的辩论。“正是这种信念，认为辩论是制定公共措施和推行这些措施的最好方法——这种认为一项明智的措施或一种良好的制度应能经得起

---

① 见斯塔夫里阿诺斯，《全球通史——1500 年以前的世界》之第八章《希腊和罗马的文明》，吴象婴、梁赤民译，上海社会科学院出版社，1999 年版。

② 萨拜因认为“政治理论正是在这种城邦中出现的”。见氏著《政治学说史》，盛葵阳、崔妙因译，商务印书馆，1990 年，第 20 页。

③ 萨拜因，《政治学说史》，第 23—24 页。

④ 参顾准，《希腊城邦制度》第三章之“自立门户制度与‘分裂繁殖’”，载《顾准文集》，贵州人民出版社，1994 年版。卡尔・施密特也说：“同治安一样，政治也派生于同一个希腊文单词 POLIS。具有伟大意义的政治，崇高的政治，当时仅仅意味着对外政治。这种政治以一个主权国家承认其他与其对立的主权国家为基础。”见氏著《政治的概念》，刘宗坤等译，上海人民出版社，2003 年版，第 117 页。

⑤ 萨拜因，《政治学说史》，第 25 页。

许多才智之士推敲的信念——使得雅典人成为政治哲学的创始者。”① 这样，自由和法治被雅典人认为是城邦政治获得成功的秘诀，而自由是尊重法律前提下的自由，因此他们的理想可以总结为“关于一个自由国家中的自由公民身份的设想”②。雅典人的政治追求成为以后政治思想家发展其政治理论的起点，雅典的城邦政治不时地成为后世思想家所设想的黄金时代。

群众性的政治辩论成为希腊城邦政治一个鲜明的特色，这个过程，激发了希腊人对生活世界的各种法律和制度的强烈的好奇心；更重要的是，通过探讨，以雅典为代表的希腊人养成了探讨这个世界的兴趣和习惯；再加上多变的希腊半岛的政治形势，自然和上帝——永恒的——的秩序和人间的常规秩序之间是什么关系这个问题浮现出来。在公元前 5 世纪结束以前，自然和常规相对的观念就已按两个主要方向发展：一是认为自然是人类和宇宙所固有的公道和权利的法则；另一是认为自然与道德无关，自然就是人类所表现的坚持己见或利己主义，是对享乐和权力的追求。③ 我们可以看出以后西方政治哲学争论的核心问题和主要立场的分歧在这时已经出现。

苏格拉底和柏拉图是古希腊进行政治哲学思考的首要代表人物，前者的思想主要通过后者的著述反映出来。秉承雅典人最早发展出的探讨人如何和政治秩序和谐共存的理念，在雅典帝国衰落以后，对如何适应新的政治秩序的焦虑，鲜明地反映在柏拉图的著作中。在这一时期，雅典城邦养育出的哲人进行了政治学思考。柏拉图的著作鲜活地展示了雅典人擅长辩论的风格，全部内容以对话的方式呈现。在《理想国》第一卷中，探讨了三个问题。苏格拉底的讨论从探讨什么是正义开始。苏格拉底反驳了从希腊政治现实出发的三种正义观，他认为“正义不允许伤害任何人”。④ 接着，又讨论了正义是愚蠢还是智慧的问题，苏格拉底的结论是“正义是智慧”。进而，苏格拉底论证了正义会促进人们之间的友好、和谐，而不正义会使人们分裂、仇恨；而且正义者会比不正义者生活得更好更快乐。⑤ 这样苏格拉底成功地把探讨的结论导入了他的“知识即美德”的判断。在第一卷中，苏格拉底讨论这三个话题的同时，附带说明了“技艺即正义”这个论断，这暗示了在随后进行的关于城邦的讨论中，正义的城邦将是一个各司其职，为公共利益而存在的工匠社会。这一导向贯穿于《理想国》的全部学说中。⑥ 这正是苏格拉底要探讨正义的

---

① 萨拜因，《政治学说史》，第 37—38 页。

② 萨拜因，《政治学说史》，第 40 页。

③ 萨拜因，《政治学说史》，第 56 页。

④ 参列奥·施特劳斯、约瑟夫·克罗波西编，李天然等译《政治哲学史》，河北人民出版社，1993 年版。第二章《柏拉图》第 30—35 页之分析。也可直接参考柏拉图《理想国》之卷一，郭斌和、张竹明译，商务印书馆，1986 年版，苏格拉底的结论见该书第 15 页。

⑤ 见柏拉图，《理想国》，第一卷第 15 页以下的讨论。

⑥ 参列奥·施特劳斯、约瑟夫·克罗波西编，《政治哲学史》，第 36 页。

目的。

既然正义是可遇而且可爱的，那么捍卫正义就是理性要求人们作出的选择，构造一个稳妥的政治机构来保证正义是必然要出现的话题，城邦是当时唯一可能的选择。尽管苏格拉底论证了正义高于不正义，但阿得曼托斯坚持要他具体说明“正义和不正义本身对它的所有者有什么好处，有什么坏处”。[①] 苏格拉底就把他的话题转向了城邦。他假定，正义有个人的和城邦的，城邦比个人大，大的东西里有较大的正义，因此先探讨城邦里的正义，再转到个别人身上来考察，由大见小的考察是合理的。[②] 苏格拉底设计的城邦没有多余的人，尽管它包括各种职业，但更重要的是它是有秩序的。“在有秩序的城邦里，每一个人都有他应尽的义务。”“全体公民无例外地，每个人天赋适合做什么，就应派给他什么任务，以便各就各业，一个人就是一个人而不是多个人，于是整个城邦成为统一的一个而不是分裂的多个。”[③] 而且，根据苏格拉底的设想，城邦的规模也不会很大，“国家大到还能保持统一——我认为这就是最大限度，不能超过它……这是我们必须交给我们国家的护卫者的又一项使命，即尽一切办法守卫着我们的城邦、让它既不要太小，也不要仅仅看上去很大，而要让它成为一个够大的且又统一的城邦。”[④] 我们会看到，这种国家的设想在卢梭的思考中得到非常明显的回应。

由于城邦具有这样的特点，因此在苏格拉底的设想中，他的城邦中公民天赋有别，必然具有等级色彩，而且必须尊重规则。苏格拉底论证了城邦的三个层次：猪的城邦，好的城邦和哲学王统治的城邦。这三者是递进关系。[⑤] 最高的当然是哲学王统治的城邦。在城邦里，苏格拉底按公民天赋的不同，认为不同的等级有不同的特征：统治者生来就被加入了黄金，而辅助者（军人）的身上被加入了白银，农民及其他技工身上被加入了铁和铜。[⑥] 等级不可错乱，苏格拉底引用神谕说，“铜铁当道，国破家亡”。[⑦] 可以看出，苏格拉底最期望的国家是哲学王统治的城邦，在这个城邦里，存在着等级（阶级）差别，而且决定各等级不平等地位的是天赋，而不是人为的因素。

既然有等级存在，等级的成员如何确认并安于自己的等级（尊重秩序）而不寻求更高的承认呢？苏格拉底给出的答案是通过教育来发掘人们的自然本性。这要求从儿童作起，苏格拉底认为：“儿童阶段的文艺教育最关紧要。一个儿童从小受了良好的教育，节奏与和谐没入了他心灵深处，在那里牢牢地生了根，他就会变得温

① 柏拉图，《理想国》，第二卷，第44—56页。
② 柏拉图，《理想国》，第二卷，第57页。
③ 柏拉图，《理想国》，第四卷，第138页。
④ 柏拉图，《理想国》，第四卷，第137页。
⑤ 参列奥·施特劳斯、约瑟夫·克罗波西编《政治哲学史》第40—45页的精湛分析。
⑥ 柏拉图，《理想国》，第三卷，第128页。
⑦ 柏拉图，《理想国》，第三卷，第129页。

文有礼；如果受了坏的教育，结果就会相反。”他期望，通过教育，儿童就会和天性相切合，“对丑恶的东西会非常反感，对优美的东西会非常赞赏，感受其鼓舞，并从中吸取营养，使自己的心灵成长得既美且善”。最后，城邦的公民“等到长大成人，理智来临，他会似曾相识，向前欢迎，因为他所受的教养，使他同气相求，这是很自然的嘛。”① 由于良好教育会达到这样的效果，所以苏格拉底坚信，以从儿童阶段就接受良好教育成长起来的公民作为主体建起的城邦就是正确的，那么“它就应是善的”。这样培养起来的公民构成的国家必然具有如下美德：智慧，勇敢，节制，正义。② 根据苏格拉底从大到小探讨正义的前提可知，显然，他的公民也具有这些美德。

不过，公民比国家小，而且他们分属于不同的等级，那么落实到个人，这些美德应该有不同的功能。按苏格拉底的意思，显然勇敢是每个层级的公民必备的，因为在他的教育构想里，保证国家的秩序能够正常运转是目的，公民必须能保卫国家；节制的主要目的是要控制激情。③ 换言之，节制是为了控制本性可能向不好的一面发展，苏格拉底的目标是通过节制达成整体的和谐。正因为有了节制，在城邦中，“除了绝对的必需品以外，他们任何人不得有任何私产……任何人不得有不是大家所公有的房屋或仓库”④，这种状况才可以为各阶层所接受。这种贴近自然需求、遏制欲望的思想在卢梭的政治思考中得到了回应；智慧，显然只属于统治者。因为，既然公民是各司其职的，那么只需要统治者具有智慧，因为协调不是工具性的技艺；而正义，应该和节制的性质是一样的，不过按苏格拉底的意思，其实只有统治者才可能真正是正义的，因为判断正义需要智慧。⑤

一个正确的城邦建立起来了，而且公民具有这些美德，沿着这个思路，那么秩序就是可期望的。然而，根据生活的常识，人并不总是那么安分守己，怎么办呢？苏格拉底认为勇敢会帮助人们保证法律的最终裁决。“保持住法律通过教育所建立起来的关于可怕事物——即什么样的事情应当害怕——的信念。”⑥ 人们可以发现，在哲学王统治的城邦里，法律只是一种消极的防卫手段。苏格拉底说：“真正的立法家不应当把气力花在法律和宪法方面做这一类的事情，不论是在政治秩序不好的国家还是在政治秩序良好的国家；因为在政治秩序不良的国家里法律和宪法是无济于事的，而在秩序良好的国家里法律和宪法有的不难设计出来，有的则可以从前人

① 柏拉图，《理想国》，第三卷，第108页。

② 柏拉图，《理想国》，第四卷，144页。

③ 苏格拉底说：“天性中的激情部分的确会产生野蛮；如果加以适当训练就可能成为勇敢，如果搞过了头，就会变成严酷。”见柏拉图，《理想国》，第三卷，第121页。可见不节制激情会导致教育走向坏的一面。

④ 见柏拉图，《理想国》，第三卷，第130页。

⑤ 柏拉图，《理想国》，第四卷，第144页以下的讨论。简洁的分析可参列奥·施特劳斯、约瑟夫·克罗波西编，《政治哲学史》，第44—45页。

⑥ 柏拉图，《理想国》，第四卷，第148页。

的法律条例中很方便地引申出来。”① 这段话很重要，它清楚地表明，在哲学王的城邦里法律是起消极作用的，但他的公民也是最自由的；另外，苏格拉底尊重了雅典政治传统的理念，它直接导引出了中世纪西方关于立法的一个重要观念，即法律不是制定的，而是发现的。在卢梭的共和国里，这两重意义都得到了重视。

尽管到现在为止最好的城邦结构看起来已经美轮美奂，但苏格拉底显然忽视了生活中最重要的一个枢纽：家庭——人类生活中最具有自然性质的需求。这是苏格拉底和柏拉图政治哲学逻辑中一个有意的忽视，若考虑到家庭的作用，这个城邦构造的美妙逻辑就可能出现断裂。因为有了家庭，父母对儿童的影响将难以避免，考虑到这个更本源的事实，有关政治秩序的讨论就完全可能是另一种路径。苏格拉底（柏拉图）出于他的逻辑需要，不可能给家庭留下空间，但又不得不予以考虑。为此他构造这样一个社会结构以解决其困难：“这些女人应该归这些男人共有，任何人都不得组成一夫一妻的小家庭。同样的，儿童也都共有，父母不知道谁是自己的子女，子女也不知道谁是自己的父母。”② 在这个问题上，苏格拉底的技艺至上的功用色彩非常浓烈，他的考虑剥夺了人类基本的情感，可能导致他的城邦其实根本不可能达成他的优生优选的目标，虽然在逻辑上他还可以继续。实际上，苏格拉底认为这样有助于达成“全体公民对于养生送死尽量做到万家同欢万家同悲”，这种同甘共苦会是维系团结的纽带。按他的意思，这样就曲折地弥补了家庭亲情的损失；更重要的是这样做有助于城邦，“当一个国家最像一个人的时候，它是管理得最好的国家”，“管理得最好的国家最像各部分痛痒相关的有机体”③。国家就像有机体这种比喻在18世纪的欧洲非常流行。

理想国的各个部件都已经完美地安装起来，接着就要考虑它如何运转了。根据上述考察，我们知道，“银”和“铜”铁明显的是属于技术部件，他们不需要思考，是螺丝钉；剩下最重要的是要说服善于运用智慧的哲学家来统治城邦。苏格拉底认为：“除非哲学家成为我们这些国家的国王，或者我们目前称之为国王和统治者的那些人物，能严肃认真地追求智慧，使政治权力与聪明才智合而为一；那些得此失彼、不能兼有的庸庸碌碌之徒，必须排除出去。否则的话……对国家，甚至我想对全人类都将祸害无穷，永无宁日。”④ 凭什么要哲学王来统治城邦呢？那是因为哲学王具有如下品质：天赋具有良好的记性，敏于理解，豁达大度，温文尔雅，爱好和亲近真理、正义、勇敢、节制，⑤ 这样才可以学习哲学。由此，苏格拉底（柏拉图）引出了他极其著名的关于知识和意见的讨论。苏格拉底（柏拉图）在探讨世界本原的意义上，把人探讨世界得到的东西分为知识、理智、信念和想象四个

① 柏拉图，《理想国》，第四卷，第143页。
② 柏拉图，《理想国》，第五卷，第190页。
③ 柏拉图，《理想国》，第五卷，第197页。
④ 柏拉图，《理想国》，第五卷，第215页。
⑤ 柏拉图，《理想国》，第六卷，第233页。

部分，前两者合称“理性”，后两部分合称“意见”。意见是关于如何产生世界的，理性是关于实在的。① 而“洞穴”比喻，明确地说明了只有哲学家才可能掌握知识。②“只要让真正的哲学家，或多人或一人，掌握这个国家的政权。他们把今人认为的一切光荣的事情都看做是下贱的无价值的，他们最重视正义和由正义而得到的光荣，把正义看作最重要的和最必要的事情，通过促进和推崇正义使自己的城邦走上轨道。”③ 至此，就清楚地显示了《理想国》的着眼点不是去论述一般的国家，而是去发现这些国家所具有的实质性的和典型性的东西——一些普遍的社会原则，即目的在于探寻追求完善生活的任何人类社会所依靠的原则。④ 也就是说，柏拉图所企图构造的理想国要努力追求尽可能地符合自然秩序，而少借助人为的秩序，这和理想国的公民按天赋分等级的设想在逻辑上是一致的。完成了这个构造之后，柏拉图转而探讨什么样的政体最适合他的理想国的维持，这就有了他著名的政体分类，还探讨了僭主和要把诗人逐出城邦的理由。⑤ 由此柏拉图完成了一个完整的政治秩序构造的理论体系。

发人深省的是，柏拉图对这个理想国是否可能现实存在的认识是相当清醒的。接着格拉孔“我想这种城邦在地球上是找不到的”说法，苏格拉底（柏拉图）也认为“或许天上建有它的一个原型”⑥。这是为什么呢？问题应该出在柏拉图对家庭的处理方式上，它让人想起斯巴达的严酷。不过现代思想家顺着柏拉图的逻辑还发现，不仅对家庭问题这样处理，必然造成如此费心地试图按照自然而建立的城邦，其生活的一个最重要的方面会更加依赖法规而不是自然⑦，这就和柏拉图设想的理想国最终要依靠自然而不是法规来治理相背；而且更严重的是，柏拉图设想的哲学王根本不可能参与统治，因为哲学家不会甘心于自己被当作工具；而且哲学本身和诗歌一样和城邦的倾向是背道而驰的，因为其他等级的公民将拒绝它。因此正义的国家是不可能存在的。⑧ 笔者推测，柏拉图意识到的可能只是第一个困难，否则他后面的设想难以为继，因为《理想国》的补篇《政治家》就是在逻辑上论述作君王的技艺。⑨

不过柏拉图只要发现第一个困难，就足以激发他思考一个现世的最好的国家如何可能的问题，这反映在他晚年的《法律篇》中。该书是柏拉图的对话中唯一没有

---

① 柏拉图，《理想国》，第七卷，第300页。

② 柏拉图，《理想国》，第七卷，见第272页以下的讨论。

③ 柏拉图，《理想国》，第七卷，第310页。

④ 列奥·施特劳斯、约瑟夫·克罗波西编，李天然等译《政治哲学史》，第74页。

⑤ 见柏拉图，《理想国》，第八、第九、第十卷的讨论。

⑥ 柏拉图，《理想国》，第十卷，第386页。

⑦ 列奥·施特劳斯、约瑟夫·克罗波西编，李天然等译，《政治哲学史》，第50页。

⑧ 列奥·施特劳斯、约瑟夫·克罗波西编，李天然等译，《政治哲学史》，见第53页以下的分析。关于哲学王不可能出现的结论，另外可参萨拜因，《政治学说史》，第103—104页。

⑨ 见柏拉图，《政治家》，黄克剑译，北京广播学院出版社，1994年版。

出现苏格拉底的作品。按笔者的看法，该书从结构上看也是独立完整的国家构造之理论体系，不过它更注重现实的考察。因此它的详细考察我们不必重复，只略作交代，因为本书的主要目的在于说明自古希腊以来，对人和政治秩序的和谐共处进行体系性思考是一个传统，而这个模式是自柏拉图形成的。笔者对《理想国》进行较详细的勾勒，是为了提示西方伟大思想家的政治思考通常有一个完整的层次结构，模式是类似的。卢梭继承了这个特点，并借鉴了古希腊的许多思想。《法律篇》第三卷比较了波斯和雅典的两种政体；第四、第五卷讨论了不同政体对公民的共性要求；第六卷讨论了如何安排国家职位的问题；第七卷讨论了孩子教育问题；第八卷着重讨论了家庭和婚爱问题，显见是对《理想国》的一个修正性补充；第九、第十卷有了新的特色，着重讨论了法律问题；第十一卷讨论了财产权问题；第十二卷讨论了国家管理中会遇到的核心问题。[①] 我们可以看到在《法律篇》的论述结构中，由于柏拉图开始注重现实的可行性，就特别重视法律问题。柏拉图按着《理想国》的路径，从美德开始讨论——而不是正义，因为《理想国》里已经解决正义问题，他认为人的美德首要的是正确对待享乐和痛苦——这是该书第一、第二卷的主要内容，或适当节制享乐与痛苦；适当的节制是受正确推理影响的节制。如果正确推理的结果被城邦所采用，这种结果就成为法律；明智的法律是正确推理的命令，它首先是针对享乐和痛苦的。正确的推理与好的法律相近。[②] 可以看出它和《理想国》中的法律观一脉相承，即在雅典的传统中，法律是正义的反映，理想国不能在地球上存在，但法治国却可以而且应该存在。相对于理想国，它是次优的国家。正因为这个信念，所以柏拉图对新的法治国的思考，在内容上更偏重现实的可操作性，但对一个国家政治生活的主要方面仍然都予以充分的考虑——如笔者对它的内容归纳所显示的。这表明人会在政治秩序中求得一种共同的和谐，这一希腊政治学说的基本思想在柏拉图的视野里再次得到了强调。由于侧重于现实性，柏拉图想在什么地方建立他的城邦问题显露出来。正如有学者归纳的：“其理想是一个建立在能够自给自足但崎岖不平的土地上的以农业为主的社会，因为这块土地是那些最勤劳而又最节制的居民发祥地。”[③] 这明显的是以希腊半岛为根据地的。这种植根于农业社会的理想，在18世纪，为卢梭所借鉴。不过由于在柏拉图的逻辑中坚持了理性优先的原则，他的《法律篇》的制度将必然地逐步转到《理想国》的制度，从而使《法律篇》的终点又构成了《理想国》的起点。[④] 简单地说，《法律篇》里所设想的国家仍然不可能存在。

和柏拉图的哲学演绎路数相比，亚里士多德更像一个经验主义的研究者，他所

---

① 参柏拉图，《法律篇》，张智仁等译，上海人民出版社，2001年版。这里需要说明的是，这种归纳是笔者从政治秩序角度思考而得出的结论。

② 列奥·施特劳斯、约瑟夫·克罗波西编，李天然等译，《政治哲学史》，第80页。

③ 萨拜因，《政治学说史》，第109页。

④ 萨拜因，《政治学说史》，第87页。

关注的倒和《法律篇》有相近的地方，就是注重“实践的政治”。在《理想国》中被（迫）忽略的秩序环节，也是比城邦更本源的家庭成了他致思的重点。亚里士多德仍然是从人的幸福、美德和自由人的品格入手来讨论政治秩序的。“一切技术，一切规划以及一切实践和抉择，都以某种善为目标。”① 这是《尼各马科伦理学》开篇的第一句话。这种善具有什么特质呢？亚里士多德认为：“如果在实践中确有某种为其自身而期求的目的，而一切其他事情都要为着它，而且并非全部抉择都是因它物而作出的，那么，不言而喻，这一为自身的目的也就是善自身，是最高的善……人们也许认为它属于最高主宰的科学，最有权威的科学。不过它显然是种政治科学。”② 亚里士多德把他关于最高的善的讨论很简洁地和政治学联系了起来，而没有纠缠于琐碎的追问。他认为政治学“它自身的目的含蕴着其他科学的目的。所以，人自身的善也就是政治科学的目的。一种善即或对于个人和对于城邦来说，都是同一的，然而获得和保持城邦的善显然更为重要，更为完满”③。这样，他把人自身的道德完善和政治秩序的完善直接地联系了起来，换言之，亚里士多德明确地告诉人们，他探讨个人伦理的目的是继承了古希腊探讨“自由公民和政治秩序和谐共存”这个伟大传统的。

由这个前提开始，亚里士多德先展开了他对一个自足的自由人应该是什么样子的讨论。他努力从人们可以接受的常识着手：“对我们来说，研究还是从我们所知道的东西开始为好。所以那些想学习高尚和正义的人，也就是学习政治事物的人，最好是从习性或品德开始，才可取得成效。始点或本原是一种在其充分显现后，就不需再问为什么的东西。”④ 这就明示了他和他的老师柏拉图的差别。他认为生活主要有三种选择：享乐的生活，政治生活，思辨的、静观的生活。平庸的人热衷于享乐的生活，为亚里士多德所不取。但什么是政治生活呢？“那些崇尚名声，喜欢活动的人认为善就是荣耀。也可以说，这就是政治生活的目的。然而，对我们所求索的东西来说，这未免太肤浅了。”亚里士多德认为，“在政治生活中，德性比荣誉是更高的目的”⑤。至于第三种生活，笔者预先作一个交代。亚里士多德认为思辨活动和理智相关，是属于哲学的生活。“思辨活动是最强大的（因为理智在我们中是最高贵的，理智所关涉的事物具有最大的可知性），而且它持续得最久。我们的思辨比任何行为都更能持续不断。我们认为幸福应伴随着快乐，而德性活动的最大快乐也就是合于智慧的活动。所以哲学以其纯洁和经久而具有惊人的快乐。很有理由认为，对知识的享受比对知识的探索更为快乐。所说的自足，最主要须归于思辨

① 亚里士多德，《尼各马科伦理学》，苗力田译，亚里士多德全集第八卷，中国人民大学出版社，1992年版，第3页。

② 亚里士多德，《尼各马科伦理学》，第4页。

③ 亚里士多德，《尼各马科伦理学》，第4页。

④ 亚里士多德，《尼各马科伦理学》，第7页。

⑤ 这些阐述参亚里士多德，《尼各马科伦理学》，第7—8页。

活动……只有智慧的人靠他自己就能够进行思辨，而且越是这样他的智慧就越高。”“理智的活动则需要闲暇，它是思辨活动，它在自身之外别无目的可追求，它有着本己的快乐（这种快乐加强了这种活动），它有着人可能有的自足、闲暇、孜孜不倦，还有一些其他的与至福有关的属性也显然与这种活动有关。”“这是一种高于人的生活，我们不是作为人而过这种生活，而是作为在我们之中的神……如若理智对人来说就是神，那么合于理智的生活相对于人的生活来说就是神的生活。”① 对亚里士多德而言，他是从常识着手探讨人和政治秩序的和谐的，这种高于人的生活，不可能是他的重点。通过以上引文，我们可以发现，亚里士多德的观点暗示了他不采取柏拉图的论述路径的原因，即，他可能发现哲学家不大可能是城邦生活的主体力量，因为政治学“这门学科的目的不是知识而是实践”②。

这样笔者可以认定，政治生活乃是亚里士多德探讨的重点。亚里士多德认为，一切知识，一切抉择都是追求某种善，政治学是关于实践的科学，那么它追求的善，就是行为的善，而这种善的顶点是幸福。③ 幸福是什么呢？亚里士多德从一般大众和个别优秀人物的常识“生活优裕，行为良好就是幸福”④ 开始他的考察。通过确认在政治生活中“德性是比荣誉更高的目的”，他认为“财富不是我们所追求的善，它只是有用的东西，并以它物为目的”⑤。那幸福到底是什么呢？通过继续探讨，他认为“人在本性上是政治的”，因此“我们主张自足就是无待而有，它使生活变得愉快，不感匮乏。这也就是我们所说的幸福。它是一切事物中的最高选择，我们不能将它与其他的善事相混同”。“幸福是终极的和自足的，它是行为的目的。”⑥ 亚里士多德为了避免人们对他论证的把幸福称为最高的善看成是同义反复，通过区分善的三个部分，进一步论证了幸福是“合乎德性的灵魂的现实活动”，而且幸福只可能是属于人的，因为“政治目的是最高的善，他更多地着重于造成公民的某种品质，即善良和美好的行为”⑦。而只有人是政治的动物。

那德性又是什么呢？在亚里士多德的视野里，“我们所说的德性并不是肉体的德性，而是灵魂的德性”⑧。在这个意义上，他把德性分为两种：理智的和伦理的。“理智德性大多由教导而生成、培养起来的，所以需要经验和时间。伦理德性则是由风俗习惯沿袭而来……我们的德性既非出于本性而生成，也非反乎本性而生成，而是自然地接受了它们，通过习惯而达到完满。”⑨ 由于德性和灵魂相关，而在灵

① 亚里士多德，《尼各马科伦理学》，第 226—228 页。
② 亚里士多德，《尼各马科伦理学》，第 5 页。
③ 亚里士多德，《尼各马科伦理学》，第 6 页。
④ 亚里士多德，《尼各马科伦理学》，第 6 页。
⑤ 亚里士多德，《尼各马科伦理学》，第 8 页。
⑥ 亚里士多德，《尼各马科伦理学》，第 13 页。
⑦ 亚里士多德，《尼各马科伦理学》，第 13—19 页。
⑧ 亚里士多德，《尼各马科伦理学》，第 24 页。
⑨ 亚里士多德，《尼各马科伦理学》，第 27 页。

魂中有三者生成：感受、潜能和品质。德性是这三者之一。他认为德性只能是品质，而且“是种使人成为善良，并获得优秀成果的品质”①。以此为基调，最后他得出德性本身的品质是“中庸”，“不论就实体而论，还是就其所是的原理而论，德性就是中间性，中庸是最高的善和极端的美”②。人作为一种生物和政治的存在，他有激情和欲望，面对生活会有不同的感受和活动，有可能都有中间性，是不是都是德性呢？由于德性是政治品质，所以“并非全部行为和感受都可能有个中间性。有一些行为和感受就是和罪过联系在一起的”，这些就不在政治考虑之列。但是，“一切可称赞的感受和行为中，都有着中间性”③。它们才是亚里士多德关心的重点，接着他就讨论了和政治相关的个体的德性。

因为德性是关于感受和行为的，对那些自愿的就不必深究，重点应该放在需要选择的非自愿的方面。他认为，“非自愿的行为是被强制的或由于无知”④。由于他把选择看成是“我们通过考虑所期求的对象，那么，选择也就是我们经过考虑力所能及的期求”⑤。因此无可避免地，亚里士多德要求他的公民必须是明智的。“因为每个明智的人的判断都是正确的，每件事物中的真理都向他显现。每一种品质都有自己的美好与快乐，而最大的区别似乎就是明智的人能在每一事物中看到真理。所以他们就是准则和尺度。”⑥ 我们可以注意到，虽然亚里士多德从常识着手探讨他的公民应该是什么样子，但现在，在结构上，他的公民渐渐地具有了哲学家的色彩：一个明智的为真理而生活的人。他的公民虽然不必像哲学家那样去思考人和政治秩序的永恒和谐问题，但必须具有十分敏锐的判断力，能发现生活变迁中的永恒真理的踪迹并追随它。⑦ 这一思想为卢梭所继承。

在此基础上，亚里士多德论述了勇敢、节制（以上卷三）、慷慨、大方、大度、温和（以上卷四）、公正（卷五）、体谅（卷六）等和善良品质相关的德性。他认为公正是一种对待他人的、完全的德性。⑧ 很明显，这是良好城邦最必需的德性，不只是城邦的本质应是这样，其公民之间也必须如此相互对待。他认为公正首先是某种比例，这种比例的特质不仅由抽象的单位数目形成，而且由普遍数目形成。其余一类是矫正性公正，它生成在交往之中或者是自愿的，或者是非自愿的。⑨ 按上

① 亚里士多德，《尼各马科伦理学》，第 33—34 页。

② 亚里士多德，《尼各马科伦理学》，第 36 页。

③ 亚里士多德，《尼各马科伦理学》，第 36、43 页。

④ 亚里士多德，《尼各马科伦理学》，第 47 页。

⑤ 亚里士多德，《尼各马科伦理学》，第 52 页。

⑥ 亚里士多德，《尼各马科伦理学》，第 53 页。

⑦ 亚里士多德认为“明智是实践的”，《尼各马科伦理学》，第 128 页；“人们只能合乎明智以及伦理德性才能取得成果。德性确定一个正确的目标，明智则提出达到这个目标的手段。”亚里士多德，《尼各马科伦理学》，第 134、第 136 页。

⑧ 亚里士多德，《尼各马科伦理学》，第 96 页。

⑨ 亚里士多德，《尼各马科伦理学》，第 100—101 页。

述考察，亚里士多德的政治当然是公正的，“政治的公正，或者是自然的，或者是传统的。自然的公正对全体公民都有同一的效力，不管人们承认还是不承认。而传统的公正在开始时，是既可以这样也可以那样，然而一旦制定下来，就只能这样了”①。显然，亚里士多德所说的第一种公正对应着自然的政治公正，而矫正的公正和传统的政治公正相适配。这样，德性的功用性质就很明显，他关心的德性又是灵魂的德性，“而灵魂中有三种因素主宰着行为和真理，这就是感觉、理智和欲望”。三者之中，亚里士多德认为感觉绝不能是行为的开始点，“行为以选择开始，而欲望和有所为的理性则是选择的始点，所以品质的选择既离不开理智和思考，也离不开伦理和品质”②。这样，亚里士多德就完成了幸福是“合乎德性的灵魂的现实活动”的论证。

通过上述梳理我们看到两组对应关系：理智的德性——自然的公正；伦理的德性——传统的公正。理智的德性由教导而生成，需要更多的时间和经验，它更像属于哲学家关心的范围；而公民只需要明智的德性，和伦理的德性关系更密切，而城邦是公民政治，因此亚里士多德的重点是探讨伦理的德性。他认为在伦理方面有三类须避免的事情：邪恶、不自制和兽性。③ 与此相应，政治上伦理的德性需要强调友爱。亚里士多德认为，“友爱把城邦联系起来，与公正相比，立法者更重视友爱”。“友谊也出现于各种政体之中，与公正并存。”④ 而“公正似乎可分为两类，一是不见于文字的，一是以法律为依据的。基于利用的友谊也分为伦理的和法律的”。⑤ 至此，顺理成章的，亚里士多德得出如下看法：人是政治动物，天生要过共同的生活。这也正是一个幸福的人所不可缺少的，他具有那些自然而善的东西，但还要和朋友在一起，和高尚的人在一起……所以，幸福应该有朋友。⑥

现在可以对一个幸福的人应该有何种状态作一个描述了。亚里士多德认同梭伦的描述：“幸福就是具有中等的外部供应，而做着高尚的事情，过着节俭的生活。”在他看来，“只要有一个中等的财产，人们就可以做他所应该做的事情了。”⑦ 这就是亚里士多德将在《政治学》里着重关注的中产阶级人士的雏形，私有财产的重要意义是可以保障和维持这种生活。实际上卢梭属意的公民一直不放弃私有财产的权利，原因也在此。

这种公民如何可能出现呢？亚里士多德认为：“一个想要做好事的人，就要受高尚的教育和训练，并从事高尚的职业，既不自愿地，也不非自愿地去做卑劣的事

① 亚里士多德，《尼各马科伦理学》，第 108 页。
② 亚里士多德，《尼各马科伦理学》，第 121—122 页。
③ 亚里士多德，《尼各马科伦理学》，第 138 页。
④ 亚里士多德，《尼各马科伦理学》，第 165 页、181 页。
⑤ 亚里士多德，《尼各马科伦理学》，第 186 页。
⑥ 亚里士多德，《尼各马科伦理学》，第 205 页。
⑦ 亚里士多德，《尼各马科伦理学》，第 231 页。

情。但要达到这一点，他还必须合乎理性的生活，遵守正确而有力的秩序。”这种秩序显然不是个人能够提供的，因此亚里士多德说：“总的来说，任何一个男子，除非是个君主，否则他的安排都没有强制性。法律，作为一个出于思考和理智的原理，具有强制性的力量。一个人违反了潮流就要为人所憎恨，即使他所做的事是正确的。法律对有关高尚的行为进行规定，则不会引起反感。”① 但法律如何出现呢？亚里士多德认为，“法律似乎是政治活动（经验）的成果”意味着习惯法比成文法更重要。那这些经验由谁来总结呢？哲学家就该出场了，“那些法律和法典的汇编，对有思辨能力的人，去判断什么好、什么坏、什么和什么相搭配也许很有用处”②。这样，亚里士多德从常识出发，终于又回到古希腊的传统，尊重法律的传统。

至此，亚里士多德探讨人和政治秩序的和谐的路径已经很明确，即，从常识出发，经由严密、规范的推理得出结论：由有德性、以追求幸福为目的的具有中等财产的公民——这些条件保证个体是自由的，组成一个以善为目的的公正的城邦，这个城邦由法律来维持。以后我们还会发现，亚里士多德探讨这个问题的着手点和结论为卢梭所借鉴。这个探讨是在伦理学里完成的，而亚里士多德认为，“立法问题是一个被前人留下来尚没有研究的问题……整个说来这是一个政制问题”。而“每一城邦怎样维持秩序，用什么样的法律和风俗，那么，让我们从头说起吧”。③ 这就非常明显地告诉我们，《政治学》和《雅典政制》是《尼各马科伦理学》的后续研究，专门讨论在法律治理下，什么政制的城邦是能够达成亚里士多德在其伦理学里所设想的良好结果的。只有在这个前提下来理解《政治学》才不会是割裂的。仅从伦理学就可以看到亚里士多德和柏拉图的根本不同：他更侧重现实的可操作性，在他的城邦里，公民是更重要的探讨对象，财产权得到充分的重视，因此他的公民以城邦中产阶级为主体，而柏拉图的城邦以哲学家为主体；相应的，亚里士多德的城邦和柏拉图《法律篇》里的城邦更接近。这反映在他的《政治学》中。

在《政治学》开篇，亚里士多德就确认了《尼各马科伦理学》的结论，认为城邦就是以善的目的结成的“至高而广涵的社会团体”④。在伦理学中，亚里士多德已经说明了是从常识的角度展开他的考察的，因此，他毫不费力地抛弃了柏拉图在《理想国》中不给家庭以地位的作法。在他的考察框架中，已经觉察到柏拉图的困难，因为家庭的重要性是得到了现实的认同的，因此在他的框架里必须把家庭当作城邦重要的一环予以考察。他认为“由于男女和主奴这两种关系的结合，首先就组成家庭”，“家庭就成为人类满足日常生活需要而建立的社会的基本形式”；“为了适应更广大的生活需要而由若干家庭联合组成的初级形式便是村坊”，“君王正是

① 亚里士多德，《尼各马科伦理学》，第 234 页。

② 亚里士多德，《尼各马科伦理学》，第 237 页。

③ 亚里士多德，《尼各马科伦理学》，第 237 页。

④ 亚里士多德，《政治学》，吴寿彭译，商务印书馆，1965 年版，1996 年重印，第 3 页。

家长和村长的发展”；“等到若干村坊组合而为城市（城邦），社会就进化到高级而完备的境界，在这种社会团体以内，人类的生活可以获得完全的自给自足；我们也可以这样说：城邦的长成出于人类‘生活’的发展，而其实际的存在却是为了‘优良’的生活”。正是这种常识能认可的三级政治国家发展模式奠定了亚里士多德对城邦的判断：“城邦出于自然的演化，而人类自然是趋向城邦生活的动物（人类在本性上，也正是一个政治动物）。”① 这是该书第一、第二章的主要内容。如果我们不了解亚里士多德在伦理学里的讨论，那么这个简单推理得出的判断是很难让人信服的。

下面的内容属于亚里士多德对在伦理学结尾提出的未解决的问题的回答，我们可以借助中译本对它各卷和各章内容的归纳来考察他论述的结构。接下来章三至十三，论述家庭及其组成。这部分内容探讨了如下主要问题：城邦始于家庭；家庭由主奴、夫妇、父子三伦组成，家务管理的主要内容在于治产；接着论述奴隶的地位及性质，讨论它是为了说明财产是如何获得以及维持——即治理的问题。家政管理的目的在于培养善德，落脚点是以家喻国，夫妇类似政治家治理其自由人民，父子类似于君主统治。逻辑地，卷二侧重讨论了理想城邦和优良城邦。先批评柏拉图（该卷章一至八），接着比较了斯巴达、克里特、迦太基、雅典的政体，得出结论：雅典由梭伦创制的民主政制是更可取的（该卷第十一章得出结论：“真想解除一国的内忧，应该依靠良好的立法，不能依靠偶尔的机会。”②）。卷三就进入了对公民和政体理论的讨论。该卷前五章主要论述了公民的资格和公民的责任；章六至八，论述政体及其类别；章九至十三，论述寡头和平民政体的建制原则，进一步说明无论哪一种形式的统治都应当遵循法律（章十一）；章十四到十八，论述君主政体的各种类型。卷四，论述现实政体的类别。该卷一个重要的论断我们不可忽略，亚里士多德认为，“一个城邦作为一个社会而存在，总应该尽可能由相等而同样的人们所组成；这里，中产阶级就比其他阶级较适合于这种组成了。据我们看来，就一个城邦各种成分的自然配合说，唯有以中产阶级为基础才能组成最好的政体”③。这可以说是亚里士多德探讨问题最重要的结论，它明显的是对其伦理学论述的一个回应。卷五的主要内容是探讨政变和革命的问题，依笔者看，这是对卷四上述论断的一个补充论述，它主要论证了专制是无法持久的。卷六承接上两卷的论证，探讨建立较为稳定的平民和寡头政体的方法，这里需要注意的是，在亚里士多德的视野里，这两种政体是最合适以中产阶级为主体的城邦的。最后两卷，亚里士多德提出了他对理想城邦的意见，笔者认为该卷的内容几乎是对其伦理学的一个简述。他阐述了城邦政治生活的理想是追求至善和幸福的生活，公民达德成善要依赖于禀赋、

① 亚里士多德，《政治学》，第5—7页。
② 亚里士多德，《政治学》，第102页。
③ 亚里士多德，《政治学》，第206页。

习惯和理性，即，是理智的德性和伦理的德性的完美结合。为此，城邦规模不可能很大，它必须倚赖法律。而法律是过思辨生活的人才有能力汇编的，普通公民没有必要做到这点，但他们必须理解，由此，公民的培养问题就不可避免地出现了。按亚里士多德在伦理学里的考察，由于理智的德性要求培养而成，需要经验和时间，因此，青年人是不合适政治生活的。但公民总是由年轻人成长起来的，所以对于青年培养问题，亚里士多德给予了特别的关注——这部分亚里士多德没有完成。① 我们会看到，卢梭对这点简直心领神会，完成并扩展了亚里士多德未竟的事业。②

花费如此多的笔墨来简述古希腊探讨政治秩序的思考及其不同路径，是因为笔者尚未找到可以直接借镜的从政治秩序角度来系统考察西方古典思想的作品，而该角度对我考察卢梭政治思想的结构来说至关重要。在完成了上述考察以后，笔者认为从古希腊开始，思想家们就已经发现人和政治秩序的关系其实是所有探讨美好政治蓝图的起点。不仅如此，他们还开出了两条后人难以超越的探讨路径：以柏拉图为代表的从规范演绎的角度来观照现实，用现代学科细分的话语粗略地说是一条哲学的形而上的路径，尽管他的理想国和法治国是无法存在的，但他揭示的理念却是所有政治社会里的思想者所不能忽视的；以亚里士多德为代表的从经验（常识）的角度切入的路径，或许可称为社会学——哲学的路径。尽管他对公民的要求也不具有现实的可能性，但由于他也和柏拉图一样，对城邦的规模作了严格的限定，使人们可能会认同，在非常有限的现代局部团体里仍然存在着实现的可能性——只是非常有限的局部团体。除公民的基本素质以外的思考，则因为具有一定程度的制度安排上的可操作性而仍然具有现代意义的启示性。柏拉图和亚里士多德最终认为可能实现的最好的国家是法治国，公民必须接受教育的观念，可以说在现代西方国家得到了切实的反映——尽管和古典的理想相差甚远；而亚里士多德独自发明的中产阶级占主导的民主性质的国家则在当今西方发达国家得到了真实的体现，尽管现代自由与古典民主（也是自由）含义相比已经有了很大的变化。③ 在某种意义上，柏拉图和亚里士多德理念的相同处和亚里士多德的单独发明，现在已经有蔓延到全世界的趋势。以该讨论为基点，笔者就可以借助一些经典研究来简述卢梭以前系统探讨相似问题的脉络。

① 亚里士多德，《政治学》，第434页注释3。

② 亚里士多德，《政治学》，附录一，“本书章节摘要”，除了笔者加强说明的地方以外，本段内容取自对该书附录的归纳。

③ 关于古典民主（自由）和现代自由的巨大差别，参贡斯当著《古代人的自由与现代人的自由之比较》，李强译，载《自由与社群》，三联出版社，1997年版。笔者关于二者对现代社会影响的归纳也可参萨拜因，《政治学说史》，第159页。

二、古罗马的政治秩序思想

在希腊之后，西方文明的第二个重要阶段是和罗马帝国的兴起密切相关的。和希腊人尊重理性的力量不同，罗马人最显著的特点是其对武力的迷恋。按孟德斯鸠的说法，“为了争夺公民、妇女和土地，罗慕露斯和他的继承者几乎永远是和他们的邻人作战的”①。享受战争是罗马帝国公民极大的乐趣，不过重要的是罗马人珍爱自由的传统。② 孟德斯鸠和吉本都确认这首先归功于罗马拥有伟大的国王。“它的国王都是伟大人物……在社会制度刚刚产生出来时，共和国的首脑们就缔造了共和国的制度，而后来则是共和国的制度造成了共和国的首脑。”③ 另外就是罗马的制度。在罗马征服时期，为了保证团结，“古代共和国的缔造者是把土地平均分配的”④。这是罗马公民享有自由的基本保证，罗马人把这用法律规定下来，在早期，罗马的元老院是维持这一制度秩序的重要力量。⑤ 罗马对法律的依赖，不只在罗马的核心部分，对它的征服地同样如此。罗马人征服的一个重要目的是，“他们所征服的每一个民族都要被他们用来制服另外的一些民族”。因此奴役是次要的，它会给征服地自由，不过“当它们把自由给予某些城市的时候，他们很快地就在那里制造两个派别：一派维护本地法律和自由，另一派则承认只有罗马人的意志才是他们的法律”。一般来说，后一派的力量更为强大。⑥ 由于各被征服民族之间有矛盾，但各自相对于罗马却很弱小，这样各被征服民族便被迫受控于罗马，而罗马在被征服地的这种分而治之的作法，导致了各个民族“他们虽不是同国人，却都是罗马人”⑦。这反过来又强化了罗马对法律的依赖。

当罗马停止征服的时候，它的势力达到了鼎盛时期。奢侈的毒素就开始腐蚀它的肌体，“胜利的罗马本身已受到了希腊艺术的诱惑”⑧。孟德斯鸠说：“我以为在

① 孟德斯鸠，《罗马盛衰原因论》，婉玲译，商务印书馆，1962 年版，1995 年印刷，第 1、第 47、第 110 页。

② 吉本认为，即便在罗马帝国接连出现了邪恶的统治者时期，“在这些恶魔的统治之下，还有两种特殊情况伴随着罗马的奴隶制，一是昔日的自由观念的影响，一是他们所取得的广泛的土地扩张。”吉本，《罗马帝国衰亡史》（上），黄宜思等译，商务印书馆，1997 年版，第 15 页；另孟德斯鸠《罗马盛衰原因论》第 7 页也有类似论述。

③ 吉本，《罗马帝国衰亡史》（上），黄宜思等译，商务印书馆，1997 年版，第 2 页。吉本也认为，甚至在帝制时期“（从图密善到康茂德）那时广袤的罗马帝国按照仁政和明智的原则完全处于专制权力的统治之下”。《罗马帝国衰亡史》（上），第 13 页。

④ 孟德斯鸠，《罗马盛衰原因论》，第 17 页。

⑤ 孟德斯鸠，《罗马盛衰原因论》，第 17 页，“在法律统治之下的罗马，人民允许元老院领导国家大事”。

⑥ 孟德斯鸠，《罗马盛衰原因论》，第 35 页。

⑦ 孟德斯鸠，《罗马盛衰原因论》，第 41 页。

⑧ 吉本，《罗马帝国衰亡史》（上），第 38 页。关于希腊文明影响复活的精彩论述见该书第 36—38 页。

共和国末期传入罗马的伊壁鸠鲁学派大大地有助于腐蚀罗马人的心灵和精神。在它们之前，希腊早已受到了这个学派的侵蚀：因而他们腐化堕落得更早些。”“国家的伟大给个人也带来了巨大的财富……所以罗马人那无限多的财富就引起了一种空前的奢华和浪费。”① 这导致了严重的后果，“在风俗败坏之前，国家最初的收入是在士兵中间分配的，这就是说，在农民中间分配；当共和国的风俗败坏之后，土地立刻就转到富人手里去，富人又把土地交给奴隶和手工业者，再向他们抽取土地的一部分作为租税，用来维持士兵”②。“人的头脑渐渐都降到了同一水平，天才的火花渐次熄灭，甚至连尚武精神也烟消云散了……他们过去那些最勇敢的领导人的后代，全都安心于做一个普通的子民和公民。”③ 由于平民对贵族的贬斥，元老院的力量被削弱，成了专制者的棋子。“一旦立法机构由行政官来任命，自由立宪的原则便从此不可挽回地消失了。”④ 作为一个靠武勇和自由精神维持的民族，到了这个份上，罗马虽没有立即崩溃，但它的衰败已经不可避免了。

罗马人不擅长哲学，热爱行动，但对希腊学术发生兴趣以后，当然就不限于艺术和伊壁鸠鲁学派了。按萨拜因的说法：“没有任何其他的希腊思想体系像斯多噶主义那么适合于罗马人特别引以为自豪的一些固有的德行，如自制、忠于职守和公德心；也没有任何一种政治概念像斯多噶派的世界国家那么适合于把某种程度的理想主义的精神引入罗马征服这一十分卑鄙的勾当。”⑤ 斯多噶主义对西皮奥集团的影响具有重要意义，它对最早研究罗马法的人是一种促进。由于罗马不停地和蛮族打交道，决定了其政策要求法学家发展出普遍的法律。万民法由此产生，它有助于使全部罗马法的实践变得开明。⑥ 斯多噶派自然法的概念融入到罗马法之中。⑦ 随着法律至上的地位确立，一种生而平等的观念发展出来，这是对古希腊人生而属于

① 孟德斯鸠，《罗马盛衰原因论》，第 52、第 54 页；另吉本也进行了同样的阐述，见《罗马帝国衰亡史》（上），第 59 页。

② 孟德斯鸠，《罗马盛衰原因论》，第 13 页。

③ 吉本，《罗马帝国衰亡史》（上），第 55 页。

④ 关于这一变迁参吉本，《罗马帝国衰亡史》（上），第 59—60 页；也可参孟德斯鸠，《罗马盛衰原因论》，第 8 章。

⑤ 萨拜因，《政治学说史》，第 191 页。

⑥ 萨拜因，《政治学说史》，194—197 页。

⑦ 萨拜因，《政治学说史》，第 200 页。关于斯多噶派的自然法之精神的具体阐述参列奥·施特劳斯、约瑟夫·克罗波西编、李天然等译《政治哲学史》之第五章《西塞罗》。

不同阶级的观念的一个巨大突破。① 不仅如此，古罗马法学家还对国家的性质进行过深入的探讨。“国家是一个民族的财产。但是一个民族并不是随随便便一群人，不管以什么方式聚集起来的集合体，而是很多人依据一项关于正义的协议和一个为了共同利益的伙伴关系而联合起来的一个集合体。这种联合的第一原因并非出自个体的软弱，更多的是出自自然植于人的某种社会精神。”② 权力来自人民公意和社会契约的观念是如此明显，可以看到这对以后的世纪产生多么深远的影响。考虑到卢梭经常提及他对罗马的景仰，联系他的公意理论所引起的巨大争论，若是能想到在西塞罗时期即有相关的思想出现，笔者认为很多争议本来是不必存在的。另外一个重要的事实是，西塞罗政治哲学的主要观点，在根据罗马皇帝查士丁尼的敕令编纂的《法学汇纂》里得到重新确认。③

在罗马帝国由于外敌入侵、内部腐败而逐渐衰败的过程中，“一种纯洁、低级的宗教却于不知不觉中深入人心，在沉静和隐蔽中逐渐成长，因遭到反对而精力倍增，终于在朱庇特神庙的废墟上竖起了胜利的十字架的旗帜”④。基督教的兴起是人类社会尤其是西方社会的一件具有里程碑意义的大事。关于它兴起的原因和过程，有兴趣的读者可以参阅吉本在《罗马帝国衰亡史》里的精彩描述。笔者这里强调的是，基督教的兴起，并不是以反国家的形式出现的，“基督教的创立者甚至也把基督教徒尊重合法当局的义务深深地置于基督教的教义之中”⑤。但基督教有它最革命的部分，作为取代罗马多神教而出现的具有普世性质的宗教，它对人的存在提出了一个“一仆二主”的新问题。“它设想人具有双重性格并按照人生的双重命运对之实行双重的监督。”即，一个人必须履行双重义务，对上帝的（教会）和对恺撒的（世俗政权）。也因此，它“提出了一个古代世界闻所未闻的问题，即，教会和国家的问题；这个问题意味着可以有多种多样的忠诚及不包括在古代公民权思

---

① 西塞罗说：“真正的法律是与本性（nature）相合的正确的理性；它是普遍适用的、不变和永恒的。它以其指令提出义务，并以其禁令来避免做坏事……罗马和雅典将不会有不同的法律，也不会有现在与将来不同的法律，而只有一种永恒、不变并将对一切民族和一切时代有效的法律。对我们一切人来说，将只有一位主人或统治者，这就是上帝，因为他是这种法律的创造者、宣告者和执行法官。无论谁不遵从，逃避自身并否认自己的本性，那么仅仅根据这一事实本身，他就将受到最严厉的刑罚，即使是他逃脱了一般人所认为的那种惩罚。”从这一阐述中，可以清楚地看到自然法（西塞罗观念中的罗马法律）至上、人生而平等的观念。西塞罗是斯多噶主义者，曾任罗马最高执政官，足以见其观点的代表性和影响力。见西塞罗，《国家篇法律篇》，商务印书馆，1999 年版，《国家篇》卷三，片段 22。

② 西塞罗，《国家篇法律篇》，《国家篇》之卷一，片段 25。

③ 萨拜因在《政治学说史》第 208 页中说：“包含在这部法学著作汇编（《法学汇纂》）中的政治哲学就是人们在西塞罗的著作中看到的那些理论的重复和加工”。卢梭对《法学汇纂》很熟悉，见《社会契约论》，商务印书馆，1980 年版，1996 年重印，第 196 页。该书也显示卢梭对西塞罗也相当熟悉，第 158 页以下。

④ 吉本，《罗马帝国衰亡史》（上），第 233 页。

⑤ 萨拜因，《政治学说史》，第 223 页。

想之内的内在判断问题"①。我们会看到，教会的这种相对于王权的独立性的思想，在罗马帝国崩溃以后，对现代西方社会的发展产生了极其深远的影响。

奥古斯丁对教会的这种思想的发育成型作出了决定性的贡献。当罗马衰落以后，特别是罗马城在公元410年遭到洗劫，作为国教的基督教自然地受到了异教的指控，要求基督教对此负责，奥古斯丁对此作了理论上的辩护。"天启宗教的诞生及其在希腊罗马世界中与哲学的遭遇使形势发生了变化"，奥古斯丁由此成为新形势下论述公民社会问题的第一位作家。② 具体论证内容不必细述，我们只需知道，这一辩护造成了如下结果：奥古斯丁明确提出了基督教共和国的设想。"通过给予世界性社会以一种宗教上的解释，即，它参与拯救人类的神圣计划，基督在世俗国家的正义要求之外又加上了一项保持崇拜的纯洁性的义务……在世俗权利的思想之上，它加上了基督教的义务的思想，并且在国家的公民权之旁又加上了天国成员的身份。这样它就把基督教徒置于双重法律和双重政府之下。"这就是西方政治思想史上著名的"两把剑"问题。两种权力之争的出现从此成为西方现代国家发育的一件大事，它具有特别的意义，"对于宗教自治和宗教自由的权利的信念还留下了它的残存物，而如果没有这种残存物，则关于个人私生活和自由的现代思想就几乎是无法理解了"③。

第二节　现代政治秩序的演生

不管如何，基督教的强盛和罗马的崩溃最后造成一个事实："蛮族征服本身以及随之而来的社会与经济的变化，使得大范围的政府不可能存在。"④ 但教会却"居于显赫而重要的地位，并曾掌握着经济上与道德上的支配权，教会拥有的无数大地产，其范围超过了贵族……而且，在一个已经退化到普遍愚昧的社会里，只有教会保持着文化上的两个不可缺少的工具：读与写。……国王与诸侯们只能从教会里招聘他们行使职权时所必需的一切有文化的成员"⑤。由于"从各种观点看，9世纪以后西欧在本质上是一个农业社会"⑥，这样，"从9世纪到11世纪，政府的全部

① 萨拜因，《政治学说史》，第228页。

② 列奥·施特劳斯、约瑟夫·克罗波西编，李天然等译，《政治哲学史》，第195页。

③ 萨拜因，《政治学说史》，第239—240页。对于奥古斯丁思想完整的评论可同时参列奥·施特劳斯、约瑟夫·克罗波西编、李天然等译《政治哲学史》第六章。

④ 萨拜因，《政治学说史》，第242页。

⑤ 亨利·皮朗，《中世纪欧洲经济社会史》，上海世纪出版集团、上海人民出版社，2001年版，第9页；关于教会在欧洲的这种绝对优先地位的清晰描述也可参汤普逊，《中世纪经济社会史》，耿淡如译，商务印书馆，1963年版，1997年重印，下册，第260页。

⑥ 亨利·皮朗，《中世纪欧洲经济社会史》，第9页。

事务都掌握在教会手里”，它形成这样一种现象，“在当时，教会不仅是伟大的道德权威，也是巨大的金融力量”[①]。中世纪基督教会拥有的广大地产和伟大权威对以后欧洲社会的发展所具有的重要意义是根本性的。

欧洲处于分裂状态，基督教会之所以有如此大的权威，和一个重要的外部因素相关，此即阿拉伯帝国的存在。由于阿拉伯帝国信仰伊斯兰教，它攻击性的教义使它和东罗马帝国难以共存，这里蕴涵着两种宗教信仰的冲突。罗马没落了，但阿拉伯帝国扩展的极锋也影响不到意大利南部诸海、亚得里亚海和爱琴海，[②] 更不用说由这以西的欧洲了。尽管在西欧土地就是一切，商业毫不重要，但威尼斯是个没有土地的城市，只能完全依赖贸易来维持。[③] 同样的原因，意大利（是地理上的，而非现代民族国家意义的）诸多海港成了现代西方巨变的入口，它最终决定性地改变了已经存在的生活秩序，“每一种具体的‘发挥作用的生活秩序’，都要通过建立其上的特殊的经济和政治结构来最清楚地构想和表示其特征”。因为“这种生活秩序还包含代表这一社会体系并因而与之相一致的那些经验和思维模式及方式”[④]。这样，考察一下这个新生活秩序如何诞生意义重大。

这个巨变的导因就是商业城市的兴起。意大利商业城市具有不同的取向：威尼斯极具赢利精神，这和基督教会始终认为“商业利润是得救的障碍”的道德禁欲观念是格格不入的。[⑤] 威尼斯人在信仰与利润的冲突中似乎偏向于利益；但比萨和热那亚人就不同了，他们偏向信仰，他们的商业扩张在信仰的鼓舞下和伊斯兰教展开了战争，十字军东征和这密切相关。十字军东征获得的伟大成果是，整个地中海向西方航运开放了，由此导致的一个教会无法控制的结果是在中世纪晚期西欧发展出了严密的资本主义经济活动，“随着海运商业复兴而来的海运商业向内地的迅速深入”[⑥]。这一变化有一个革命性的后果：商人阶级的出现，这一阶级引发的“伟大的经济革命已经使工商业广泛地取代农业成为基本财源，因而地产的价值在此影响下锐减”[⑦]。一些历史学家认为，十二、十三世纪的这场经济社会变革比以后任何一场革命都更为重要，甚至比文艺复兴或宗教改革运动更为重要，因为它比这两场运动更深刻地改变了欧洲的经济环境和社会结构。[⑧]

① 亨利·皮朗，《中世纪欧洲经济社会史》，第 11 页。

② 亨利·皮朗，《中世纪欧洲经济社会史》，第 16 页。

③ 亨利·皮朗，《中世纪欧洲经济社会史》，第 16 页；关于意大利商业港口的这一特点的描述也见汤普逊，《中世纪经济社会史》，下册，第十七章“十字军时期的意大利”。

④ 卡尔·曼海姆，《意识形态和乌托邦》，第 198 页。

⑤ 亨利·皮朗，《中世纪欧洲经济社会史》，第 26 页；汤普逊，《中世纪经济社会史》，下册，第 323 页也提到基督教会的这一信条。

⑥ 这一过程参亨利·皮朗，《中世纪欧洲经济社会史》，第 25—31 页。

⑦ 汤普逊，《中世纪晚期欧洲经济社会史》，徐家玲等译，商务印书馆，1992 年版，第 389 页。

⑧ 汤普逊，《中世纪晚期欧洲经济社会史》，第 7 页。这一论断的另一表达方式见汤普逊，《中世纪经济社会史》，下册，第 407 页对西摩勒著作的引用。

这一变革得到如此高的评价一点也不过分，笔者认为有必要通过对此过程的简单勾勒来更细致地察看为何现代性只可能在欧洲率先生发，而它对整个现代西方政治秩序的转向产生了决定性的影响，并最终产生了控制整个世界的欲望。笔者还是从追溯城市兴起的过程着手。在罗马帝国后期的3世纪，由于遭到劫掠和侵犯，曾经形成过许多卫城性质的堡垒，这是最早的城市。它不是现代意义的城市，只是庇护所。在西罗马崩溃以后，除了教会，分裂的欧洲产生了许多封建诸侯，这些诸侯经营着自己的庄园。城市成为基督教的宗教中心和庄园行政中心。由于都依靠土地财富生活，诸侯之间以及诸侯和教会互相独立又充满矛盾。10世纪商业的复兴迅速地改变了城市的性质。由于人口的增长，而欧洲的封建制实行的是长子继承制，特别是不少小贵族，他们的庄园没法养活许多幼子，因而产生了许多流浪汉，他们极富冒险精神，商业的巨大利润吸引着这些无地的流浪汉。① 商人的生活具有流浪性质，贫穷的小贵族则把劫掠当作谋生手段。商人被迫寻求城堡的保护，新兴的城市出现了。这种新城市也吸引着大量的有技术的手工工匠。商人和技术工匠成了新的市民阶级。② 商业的兴起，促使货币经济出现，它的一个重要影响是物价的上涨，而这一上涨又和奢侈的生活方式同时发展。③ 由于贵族相对于教会在土地占有上处于劣势，在这一趋势下，庄园的自然经济纷纷破产，庄园领主制这种具有宗法制性质的制度逐步崩溃了。④ 大量土地转入了新兴的市民阶级之手，而庄园的农奴成为农民或商人或雇工。⑤ 这一分化导致“在后期中世纪——从1300年起——欧洲社会产生了无产者的问题、贫困的问题、房屋居住的问题、资本与劳动的问题”⑥。

新兴的市民阶级对土地的贪婪是一个值得注意的现象。他们除了把利润投入贸易，还把剩余积蓄投入土地。“土地仍然是最安全的投资，在12、13世纪，商人们

---

① 亨利·皮朗，《中世纪欧洲经济社会史》，第三章描述了流浪汉的产生，第二章描述了流浪汉与技术工匠参与商业的情况。

② 亨利·皮朗，《中世纪欧洲经济社会史》，第40—43页。市民和商人是同义词，见该书第二章之二《商人与市民阶级》的分析，第47页。对这一过程的简略描述也见汤普逊，《中世纪经济社会史》，下册，第419页。文化史学者则从词源学上进一步确认说：“资产阶级的兴起不是在19世纪，而是12世纪……从事贸易的人们居住在Burg，即城镇里，故此得名资产阶级（Bourgeois）。”也就是说市民、商人、资产阶级在此时是指同一个群体，本书正是在这个意义上按需要选用这几个词。引文见雅克·巴尔赞，《从黎明到衰落——西方文化生活五百年（1500年至今）》，林华译，世界知识出版社，2002年版，第245页。

③ 亨利·皮朗，《中世纪欧洲经济社会史》，第75—76页。对物价上涨与奢侈品的消费这一趋势是同步的这一现象的精湛分析也见汤普逊，《中世纪经济社会史》，下册，第454页。

④ 亨利·皮朗，《中世纪欧洲经济社会史》，第60—61页，对庄园制的这种性质进行了语言起源的分析。

⑤ 亨利·皮朗，《中世纪欧洲经济社会史》，第46页，以及第三章对这一过程的详细描述。对庄园的这一分化过程更详细的分析见汤普逊，《中世纪经济社会史》，下册，第二十七章“庄园：中世纪时代的农民状况”。在这一分化中，成为农民的那部分仍然处于最悲惨无权的境地。

⑥ 汤普逊，《中世纪经济社会史》，下册，第442页。

购得了城市中大量的土地。”[1] 虽然这些土地以后成为资本主义发展的基本建筑用地，但还很少触及广大农村的土地问题，这表明中世纪在本质上仍处于农业社会，不过它正在发生改变。[2] 问题的关键还在于教会控制着最大的地产，而教会是反对牟利的。教会作为晚期罗马帝国国教所获得的馈赠，后来“蛮族”国王对教会的特权、独占性的管辖权和免除权予以进一步的扩大。教会获得巨大的世俗利益和世俗权力，并成为一个大地主。[3] 由于教会在精神上和世俗上的巨大权威，它获得了超越封建诸侯的权力，而且它对此还是自觉的。汤普逊认为威廉·拉姆塞勋爵就罗马帝国内教会所说的话，同样可适用于中世纪的教会：“把教会逐渐组织起来的行政形式，是由社会的状态和时代的精神所决定的……这些形式，在某种意义上，是强制加在它身上的；［但是］……教会是主动地而非被动地接受它们的。教会逐渐意识到它所承担的任务的真正性质。它逐渐认识到：它是一个世界性的机构；因而必须组织一种世界性的行政制度。它成长为一个有活力而又健康的有机体；这有机体实现了它自己的目的，并得（以）保持了自己的地位，来反对周围力量所起的分裂作用；但它发展的路线是由它的环境所决定的。”[4]

教会到底是如何做到这点的呢？笔者认为，教会的组织化特征和教职选择的某种民主性质以及它的独身制度，是政治思想史上不可忽视的优越于封建等级制的，是对现代政治思想的巨大贡献。汤普逊的考察表明，由于教会巨大的世俗利益，“在中世纪时代世俗僧侣（主教团）和正规僧侣（寺院团）之间，为了争夺地产存在着非常尖锐的竞争……在竞争中，一般说，正规僧侣较为成功。因为他们的修道禁欲生活给了公众很深刻的印象，而且他们所宣称的‘出世主义’使他们享有那拒绝给予世俗的圣洁的名誉”。由于“主教比起正规僧侣，更被视同世俗统治者，并在很大程度上是由国家维持的，而寺院是属于私人专有的或私人用捐款创办的”[5]。另外一方面是什一税征收权之争。自查理曼时代以来，该权归于主教，在中世纪是加在土地上的，因此该税被封建化了，其收益被拿去用于世俗的和封建的目的。这一来，就使教区教士（寺院团）很贫困，他们起而和主教争权，并得到教皇的支持——因为教皇给寺院以免除主教管辖权状的作法有利于教廷勒索大量的酬费和年贡，从而削弱主教力量而加强教廷的权力。[6] 最后是古老的封建宗教惯例——庇护权和僧职授予权。依照这一权力，一所寺院的创立人或一所教区教堂的建造者，得

---

① 亨利·皮朗，《中世纪欧洲经济社会史》，第156页。

② 汤普逊，《中世纪晚期欧洲经济社会史》，在“近代社会的开端”这一章论述无产阶级兴起的时候明确地说“中世纪是农业社会”，他的考察表明，直到1500年，随着大城市的兴起，无产阶级问题才成为真正的社会问题。见该书第676页。下文的论述将继续证明这点。

③ 见汤普逊，《中世纪经济社会史》，下册，第二十五章“教会和封建社会”，第261—262页。

④ 汤普逊，《中世纪经济社会史》，下册，第262—263页。

⑤ 汤普逊，《中世纪经济社会史》，下册，第365页。

⑥ 汤普逊，《中世纪经济社会史》，下册，第366—367页。

以保留对该寺院或教区财产的控制。它的弊端是不可避免地导致俗人控制教区的财产，在10世纪初导致教会和政府与世俗社会一样地封建化了。这对教会当然是很不利的，终于引起了喜尔得布兰宗教改革运动，其目的是要纠弊，并使教堂财产从俗人所有权或控制权里解放出来。这就使不少教堂和寺院，为防止封建主的掠夺，逐渐走上了接受教廷保护的道路——这之所以可行，是因为教会有作为整个欧洲精神权威的威慑力，它关涉到人的得救问题，这在一个混乱的世界里几乎是不可抗拒的；更不用说教会本身有很大的世俗力量。教廷把这一制度推广到了德意志、法国和意大利的千百所教堂和寺院中。格列高里七世看到了这对教廷的好处，把它推向了极致。“最终因为土地占有制和庇护制使教会庄园化，所以封建制度也使教会军事化了。”这样教会就有效地高度组织化了。[①]

仅仅是组织化还不足以标示教会和封建诸侯的差别，教会相对于诸侯的极大魅力还取决于其组织化以外的制度。教会的庄园化，难以抵抗贵族对它的侵蚀，从而导致世袭状况的出现，事实是已经出现了。“为了阻止教堂财产的让与和教职的世袭，最可靠的，虽是最困难的方法是：禁止全部教士结婚和创立一个独身的教士阶层。”该制度“在那个时候，在使宗教界与世俗分开，使教会纯洁化和它对世俗的影响方面是必要的；僧侣的独身制度，事实上是使欧洲社会宗教化的一个必要阶段”[②]。与这相配合，“教会又是一向实行那可以称为‘选择的民主’的。极为贤明的是，教会的尊荣职位始终是开放给有才能的人，不管他的出身或社会地位如何。罗马教会历来相信机会平等的民主。罗马教会历来是重视功绩的”[③]。由于这两点对世俗的封建诸侯来说基本上难以做到，因此教会除了实际的世俗权力，还获得了空前的道德优势，教会的力量得到空前扩张。

由于教会的这一制度优势，使得教会和世俗政府之间的冲突不可避免。教会权力的扩张，使得教会力图摆脱对世俗政权的义务。“格列高里七世和他的后继者力图撤销教会对政府和社会的那种封建职务和义务，这些义务是跟着教会占有大量地产而自然地又合法地伴随而来的。”[④] 这对世俗王权来说简直难以忍受，终于导致了“授职权战争”，汤普逊深刻地指出：“他们斗争的目的，大多在于财富与权力，就是在于土地。那在封建时代是体现财富与权力的主要形式。”[⑤] 欧洲当时的分裂状况很不利于封建王权。由于导源于日耳曼族的“决斗权”传统深入到罗马崩溃后的欧洲，导致私斗成为封建制度一个最恶劣的暴行。“而在封建时期，国王的地位已被削弱到一个名义上的宗主地位因而没有中央权力的时候，这种私斗达到了高

① 详细分析见汤普逊，《中世纪经济社会史》，下册，第267—276页。
② 汤普逊，《中世纪经济社会史》，下册，第278页。
③ 汤普逊，《中世纪经济社会史》，下册，第296页。
④ 汤普逊，《中世纪经济社会史》，下册，第283页。
⑤ 汤普逊，《中世纪经济社会史》，下册，第283页。

峰。”[①] 在这种状况下，受害最深的当然不是贵族，而是广大农民。教会不失时机地提出了“上帝和平”的倡议，并迅速地成为一种运动。由于它“是符合于封建社会僧侣、贵族和农民各阶层的要求的；它使他们为了社会利益的共同事业而团结在一起。它反映封建制度下的集体精神和合作的社会的觉醒；这种情绪非常强烈，以致当运动继续的时候，它在某种程度上打消了那存在于阶级之间的矛盾。”[②] 这神奇地表现了封建制度的建设性一面。这一运动的一个影响更深远的成果是，“它表达了一种新的理想，它宣布了一项更好的法律原则和一种更高级的伦理，公布了关于一个非基于强权而基于公理、正义、法律保障、人身和财产的不可侵犯性的封建社会之理论”[③]。该运动直接导致了“上帝休战”的出现。“在十二世纪‘休战’的立法转化为教会法、转化为国王和皇帝的法令。它成为欧洲的国内法，并继续有效，直到民族王国组成以后，它们有效力的行政制度使它成为过了时的东西。”[④] 人们可以推知这对现代西方法治秩序习惯的形成作出了多么大的贡献。

教会对世俗王权的成功侵夺，很快引起了民众对宗教的狂热，这种狂热特别表现为建新教堂的热忱。最终出现了如下现象：“一所中世纪大礼拜堂，是一个城市市民自豪的对象，也是一个规模宏大的社会企业……教堂是当地社会中最大而又最好的建筑物，又是一所大家都有一份的和共同利益的建筑物……在战争时期，村民到那里避难。在和平时期它是社会的和贸易的中心。”[⑤] 教会世俗权力的扩张，刺激了教会的野心。“上帝休战”刺激了一种团体意识的觉醒；而在这时，欧洲的人口也持续增长，给社会带来沉重的压力；[⑥] 随着经济发展的需要，一种商业冒险精神也发育起来。1095—1291 年之间，欧洲“十字军东征”运动赫然兴起。据汤普逊的考察，整个过程是由教会有意识地主导的。首先不可忽视欧洲根深蒂固的私斗恶习，虽然在欧洲造成了“上帝和平”，但恶习需要发泄渠道，“教会，尤其是克里尼教派，把反对伊斯兰教战争理想化为正义战争”[⑦]。另外，“把封建贵族中大批最残暴倔强之徒转到外地去，使西欧社会免于劫掠，那无疑的是僧侣们之所以提倡十字军的一个动机”[⑧]。教会以“朝拜圣地作为忏悔某种罪行的行为”为号召，引发了轰轰烈烈的东征狂热。[⑨] 第一次十字军运动就产生了这样的效果：“封建欧洲

---

① 汤普逊，《中世纪经济社会史》，下册，第 284 页。

② 汤普逊，《中世纪经济社会史》，下册，第 285 页。

③ 汤普逊，《中世纪经济社会史》，下册，第 286 页。

④ 汤普逊，《中世纪经济社会史》，下册，第 289 页。

⑤ 汤普逊，《中世纪经济社会史》，下册，第 293 页。

⑥ 亨利·皮朗，《中世纪欧洲经济社会史》，第 64 页，“在 12 世纪初，（欧洲）人口的增长更为惊人，而且到 13 世纪末一直在不断增长中。”

⑦ 汤普逊，《中世纪经济社会史》，耿淡如译，商务印书馆，1963 年版，1997 年重印，上册，第 482—483 页。

⑧ 汤普逊，《中世纪经济社会史》，上册，第 483 页。

⑨ 汤普逊，《中世纪经济社会史》，上册，第 473 页。

的整个社会被投入了一种流动的状态里。”① 这样一种状态，对社会经济产生了巨大的影响，“十字军，对欧洲的尤其是法国的农民，在经济上产生了有力的影响。大批平民以非常的热情，投入了运动”，“第一次十字军空前地需要提取现款，这一点终于打破了这个时代的‘自然经济’状态”②。商业无疑是该运动的最大受益者。“十字军东征带来的较为自由的交通、城市运动的进展、城市间以及国际商业的迅速发展，造成了使经营方式必须改进以适应新型商业交易的性质和范围的条件，这样说就够了。”③

十字军运动由教会发起，教会采取的一些政策，使得该运动得以持续那么长的时间，教会成为最大的获利者。为了贯彻教会的意图，1215 年时，英诺森三世规定：所有的十字军战士概将豁免捐税、关税及其他的赋税；如果有人对十字军战士的财产进行诉讼，将处以宗教谴责的处分。到期的利息积累，连利息的欠款在内，都被专横地取消。④ 这些规定是符合教会的信条和利益的，但它却是“不符合商业常规的立法，使欧洲的统治阶级、拥有产业的阶层以及爱钱若命的中产阶级对教廷的不满情绪大大地加剧起来”⑤。教会所作的还不止于此，由于它的道德信条以及民主关怀色彩，它坚决地反对长子继承法；反对世袭君主制而赞助选举君主制；拥护女系继承权；总而言之，教会在打破习惯法和推翻传统方面，是很激烈的。“教会的影响，似可说通过一个社会腐蚀的过程，渐把封建家族打破，甚至把它们毁灭了。”⑥ 所有教会采取的这些措施，毫无疑问的是一种献媚于群众的行为；同时，从这些措施中，教会立刻获得了巨大的现实利益。但它对教会是一把双刃剑，明显的是，教会的短见使其只看到了对它有利的一面。十字军东征导致的一个奇特的经济现象是“凡在路上可以应用的现款和动产是‘高价的’，而不动产和不可搬运的财产，尤其是土地是‘廉价的’。由于十字军兵士的财产几乎全部是土地，所以它们必须用不动产来换取现款。因此地产的价值跌到远在它的通常水平之下……那些有现款的地主，特别是寺院，在有利的抵押条件下，攫取了这种财产”⑦。十字军运动使教会在东方也得到了最多的利益。“新建立的寺院收到大批土地赠予，因而在东方和在西方早已存在的情况那样，僧侣也成了大地主。”⑧

教会的贪婪远不止于此。由于十字军运动是在“朝拜圣地作为忏悔某种罪行的行为”的旗号下进行的，“赦罪”这一宗教义务始终存在。早在 9 世纪后期就出现

① 汤普逊，《中世纪经济社会史》，上册，第 504 页。
② 汤普逊，《中世纪经济社会史》，上册，第 485—487 页。
③ 汤普逊，《中世纪晚期欧洲经济社会史》，第 13 页。
④ 汤普逊，《中世纪经济社会史》，上册，第 506 页。
⑤ 汤普逊，《中世纪经济社会史》，上册，第 506 页。
⑥ 该归纳和引用见汤普逊，《中世纪经济社会史》，下册，第 297—299 页。
⑦ 汤普逊，《中世纪经济社会史》，上册，第 506 页。第 487 页。
⑧ 汤普逊，《中世纪经济社会史》，上册，第 506 页。第 502 页。

了一种源于爱尔兰的新忏悔制度，它批准了原来为法兰克教会所拒绝的一整套捐税。[①] 通过金钱来赎买罪行已经制度化了。汤普逊评论说，如果要教会对这种卑鄙行为负全责是不公平的；[②] 但同时，教会泛化了这一卑鄙行为却是不争的事实。教会通过它的慈善事业，在社会救济方面作了大量的活动，但这不是无私的。因为在这一过程中，"教会的行政组织转变为敛钱的精密机构"。"为了慈善事业所发给的万千赎罪符对社会和经济的情况起了巨大的影响。"[③] 在十字军期间，"1184 年，教会训谕那些不能亲自参加十字军者，应捐款来支持十字军，并为了酬报这些捐款和为了三次重复'主祷'，允给他们部分的赦免……1215 年，第四次拉特蓝会议再前进一步，约许那些按照他们财产比例而捐助十字军经费的人们赦免全部罪孽"[④]。"十字军运动，特别通过赦罪符的销售，证明是替教会赚进了大量金钱。"[⑤]

基督教会基于野心的贪婪而发动的十字军运动终于导致了教会无法控制的后果。按照教皇乌尔班二世原来的计划，第一次十字军队伍完全由欧洲武装骑士来组成，但是，他没有预见到下层群众在这场运动里已经大大地觉醒。[⑥] 如上文提到的，大批平民以非常的热情投入了运动，使欧洲的整个社会被投入了一种流动的状态里；而且，"很多农夫利用空前需要现款的机会来从农奴制中赎买他们的自由，或者想法使麻烦而变化无常的庄园租税改成为固定的货币租；许多村社整村整村地受到团体精神的鼓舞，从它们的领主那里购取了特权状"[⑦]。这意味着，欧洲封建体制开始在农村瓦解。和农奴购买自由的热望相比，市民阶级更渴望自由。"市民阶级最不可少的需要就是个人自由。没有自由，那就是说没有行动、营业与销售货物的权利，这是奴隶所不能享有的权利，没有自由，贸易就无法进行。他们要求自由，仅仅是由于获得自由以后的利益。在市民阶级的思想里，根本没有把自由视为天赋权利。在他们看来，自由不过是一种很方便的事情。"[⑧] 这一需求是如此强烈，原因在于大量市民本身出身于流浪汉，本来就具有很强的冒险精神，欧洲的政治分裂状态给他们的自由需求提供了机会。财富和暴力是他们的两把剑。"城市在 12 世纪初及整个 12 世纪，用公正的手段，也用不公正的手段，用武力，也用和平的方法先后获得了适合于居民生活的城市组织。"[⑨] 这一时期正属于十字军运动高潮期，显然，该运动为城市独立作出了重要贡献。十字军运动具有如此大的吸引力，能持

① 汤普逊，《中世纪经济社会史》，下册，第 309 页。
② 汤普逊，《中世纪经济社会史》，下册，第 310 页。
③ 汤普逊，《中世纪经济社会史》，下册，第 307、310 页。
④《剑桥中世纪史》第五卷，第 323 页。转自《中世纪经济社会史》，下册，第 309 页。
⑤ 汤普逊，《中世纪经济社会史》，下册，第 309 页。
⑥ 汤普逊，《中世纪经济社会史》，上册，第 488 页。
⑦ 汤普逊，《中世纪经济社会史》，上册，第 488 页。
⑧ 亨利·皮朗，《中世纪欧洲经济社会史》，第 48 页。
⑨ 亨利·皮朗，《中世纪欧洲经济社会史》，第 52 页；另参汤普逊，《中世纪经济社会史》，下册，第 424—426 页。

续如此长的时间，如果只将其理解为是为了向上帝献忠诚，那是过于浪漫的想法，更实际的是它是一项有利可图的事业。汤普逊认为，“从社会经济史的观点看来，十字军的利益和重要性，在于它是欧洲国家第一次向欧洲境外的扩展，是欧洲人在外国土地上和外国人民中最早一次向外殖民的试验，也是一次又庞大又复杂的商业冒险行动”[①]。这样一个过程，有利于市民阶级。“城市正在要求特许状；市民阶层成长为一个人数众多而突出的阶级。”[②] 城市获利非常之大，“在所有的王国港口内，意大利城市获得了大量的完全特许的租让权和封建义务的豁免权。”[③] 在开始的时候，城市的独立倾向是削弱了封建诸侯而有利于教会的。在12世纪，“大财产的建立是一切正在发展其对外贸易的商业中心的共同现象。正像昔日的土地所有者把土地施舍给寺院一样，商人们……简言之，为了同胞的利益，为了自己灵魂的幸福，在宗教慈善事业上花钱。的确，宗教也许大大刺激了许多商人去攫取财富，然后再把它奉献给上帝。”[④] 教会当然支持这有利可图的事业。市民阶级也不会错过这一机会，意大利城市“热忱地”支持十字军运动。“十字军队的侵入‘圣地’，原来是经由陆路的，所以必须获得海口来维持通达欧洲的交通线。意大利城市的舰队之所以帮助他们这样做，不是由于什么宗教的观念而是由于要获得商业利益的动机。对威尼斯、热那亚和比萨来说，十字军似乎是替它们‘开放门户’。它们从开始时起，即抓取这种机会。”[⑤] 对这种相互利用，汤普逊客观地评论说：“十字军虽没有建造西欧的城市，但他们刺激了城市的生活，使城市扩大并富裕起来。”[⑥]

欧洲人逐步放弃了宗教狂热而以逐利为目的这是引人注目的现象。韦伯解释说：“自从禁欲主义者着手重新塑造尘世并树立起它在尘世的理想的时候，物质产品对人类的生存就开始获得了一种前所未有的控制力量，这力量不断增长，且不屈不挠。”[⑦] 该说法具有极大的影响，但其前提显然高估了新教伦理的作用。从市民阶级的出身来说，我们已经知道，他们是社会的边缘群体，并不是禁欲主义的——毋宁说是市民利用了教会的禁欲主义的意象；[⑧] 而且教会在市民阶级成长的过程中，

---

① 汤普逊，《中世纪经济社会史》，上册，第491页。

② 汤普逊，《中世纪经济社会史》，上册，第504页。

③ 汤普逊，《中世纪经济社会史》，上册，第498页。

④ 亨利·皮朗，《中世纪欧洲经济社会史》，第47页。

⑤ 汤普逊，《中世纪经济社会史》，上册，第496页。

⑥ 汤普逊，《中世纪经济社会史》，上册，第534页。

⑦ M·韦伯，《新教伦理与资本主义精神》，于晓等译，三联书店，1987年版，第142页。但这个事实的出入并不影响韦伯论述的深刻性，原因是它恰好表明批判工具理性不是韦伯的目的，价值关怀才是最根本的。同样的判断参刘小枫，《施密特论政治的正当性》，载《施密特：政治的剩余价值》，上海人民出版社2002年版。

⑧ 亨利·皮朗，《中世纪欧洲经济社会史》，第154页，“如前所指出，这些商业资本家大多出身于社会渣滓。”这样一群人当然很难说他们是禁欲主义的，但欢迎禁欲主义却很正常，因为他们本来就一无所有。泰格、利维，《法律与资本主义的兴起》，纪琨译，学林出版社，1996年版，第5页中也说“商人乃是社会的弃儿，他将法律体制——即发布各种受到习惯力量支持的命令的那个体制——看做是异己的……”

总体上也没有表现出禁欲主义的道德，不如说它是野蛮而贪婪的。十字军运动的出发点以及表现本身就是劫掠性质的，体现了对财富的渴望。教会的“禁欲主义”更多的是一种对内、对外掠夺的方便的幌子，十字军东征戳穿了这个幌子。“东方灿烂的文明，在基督徒看来，是如此新鲜，如此不同于他们在西欧城堡里所过的狭窄而又单调的生活，所以，不久就向它屈服了。”“总之，十字军增加了欧洲人的知识，扩大了他们的兴趣，刺激了他们的思想。”“欧洲人对它（教会）的尊敬已经丧失，而对它的畏惧也开始下降。”①

教会的贪婪一直没有收敛，“教会在东方所得的利益最多，而所给予社会的报答却最少。”② 教会把它的制度优势转化为腐败的力量之源，引起了内部的分裂，“在十三世纪教会的腐败大多是异端流行的原因。”③ 但教会不去纠正内部制度的腐败，相反，它去加强并加紧它反对异端的政策。“更恶劣的是，教会竟掉转它的狂热和武装队伍来反对发尔多教派、亚尔比教派及其他异端教派，把十字军完全糟蹋、侮辱了。”最后出现了大屠杀和对宗教裁判所的采用，“教廷一向是十字军最热心的提倡者，而现在亲眼看到它所提倡的运动反过来竟然打到自己头上了。”④ 历史的讽刺莫过于此。

然而教会的麻烦还不止于此。由于教会支持城市的独立，保护了欧洲特别是意大利大量商业城市共和国的兴起，打击了地方封建诸侯；但是，在十字军期间，教皇英诺森三世颁布的法令，却又触犯了商人的利益；而且，教会把收取利息作为违反基督教义的和不道德的行为而予以禁止，“它在理论和实际上否认了资本的活动性”。到了12世纪，当商业和工业已苏醒过来而无限活跃的时候，这些理论变为具有实际意义的值得争论的问题了。⑤ 商人已经足够强大，这时教会对他们来说已经是一个羁绊。与此同时，“世俗的诸侯很快就发现了城市兴起对他们的好处。因为随着城市水陆两路的商业的发展，交易的增加，要求货币有相应的增加，从各种税收、各个铸币厂所得到的收入，自然日益增多地流入诸侯的财库。”相反，这时，宗教诸侯（主教们）却几乎一致反对城市运动。⑥ 在这场斗争中，历史事实很清楚，教会是失败的一方。商人和封建诸侯及教会的依违离合，充分地体现了商业的机狡，他们是最后的胜利者，这对欧洲社会的近代转折具有决定性的意义。

商人阶级的崛起得益于欧洲的分裂状况，中世纪商业活动不是一种地方贸易，

---

① 汤普逊，《中世纪经济社会史》，上册，第538、第539页。

② 汤普逊，《中世纪经济社会史》，上册，第502页。汤普逊，《中世纪经济社会史》，下册，第313页。

③ 汤普逊，《中世纪经济社会史》，上册，第502页。汤普逊，《中世纪经济社会史》，下册，第313页。

④ 汤普逊，《中世纪经济社会史》，上册，第540页。

⑤ 汤普逊，《中世纪经济社会史》，下册，第323页。

⑥ 亨利·皮朗，《中世纪欧洲经济社会史》，第51—52页。值得注意的是，汤普逊对封建诸侯支持商人的解释是有利于收租。见汤普逊，《中世纪经济社会史》，下册，第427—428页。笔者认为这两种说法可能是互为补充的，因为基调都是出于对经济利益的考虑。

而是跨区域的输出贸易。“中世纪的商业，一开始就不是在地方贸易的影响之下，而是在输出贸易的影响之下发展起来的……远程贸易是推动的力量。”① “香料是这种贸易的首要商品……需要巨额运费与大量资金的大批原料和日用消费品的贩运，在中世纪是没有的。”② 也就是说，中世纪贸易是从奢侈品贸易开始的。随着商业的扩展，十字军运动又促进了城市独立运动的发展，商人阶级变得日益强大，这一变化导致了许多新情况的出现。在商业史初期，贸易仅仅是一种产品交换，但到十字军时期，商业变得如此庞大，对货币的需要是空前的，它直接导致货币经济逐渐取代昔日的自然经济。由于远程贸易的扩展，在12世纪，如何大量运输钱币仍然成为一大难题。该问题的解决得益于十字军期间形成的有势力的骑士团。其中特别是圣殿骑士团，由于“它那无数设防的骑士团辖区遍布欧洲和东方；它拥有数千武装骑士，有自己的海上船队”③。许多参战的诸侯和个人，甚至连教皇都通过这种强大的势力团体运送金钱。“在这种实践过程中，人们开始用活支汇信或汇票，而不再把现金运来运去……一纸票据代替了现金的周转流通。”④ 从此，货币逐渐地变成了一种自为的力量，这是一种革命性的变化，它意味着商业信用概念的出现。“信用概念的出现以及它成为经商惯例，这实在是欧洲经济史上的最重大的事件之一。”⑤ 信用和契约有关系，要完成此类工作，必然需要大量的文字工作者。“时至1300年，欧洲商业的兴旺发达程度之高，已经使商人们需要兼能读写拉丁文和本民族文字的秘书人员了。”它的直接后果是要求打破教会对文化的垄断，创办世俗学校。“结果，不久之后，我们就看到，许多像佛罗伦萨和布鲁日那样的先进城市创建了公共世俗学校。”⑥

与大商业相关的就是对法律的渴望，因为商业发展到信用阶段，商人不必是相互熟悉的人群，他们主要是以利益为轴心运作的，为了维护他们的契约，需要相应的不基于个人意志的硬性制度来保证其可行性，这就呼唤着合乎新商业需要的法律出现。但法令的产生不是朝夕之间的事情，它必然要吸收以往的法律。在中世纪，“随着罗马和日耳曼民族不断地合为一体，认为法律属于个人的看法便逐步让位于这样的看法，即法律是居于地点或领土之后的”。随着商业的发展，社会结构发生了巨大的变化，独立城市的力量在扩张，商人阶级空前壮大，民族国家在孕育之中；随之，社会意识也发生了很大的变迁。相应的，“法律从部落的实践变为个人

① 亨利·皮朗，《中世纪欧洲经济社会史》，第136页；另汤普逊，《中世纪晚期欧洲经济社会史》，第451、第565页也作了相同的判断。

② 亨利·皮朗，《中世纪欧洲经济社会史》，第136—137页。

③ 汤普逊，《中世纪晚期欧洲经济社会史》，第589页。

④ 汤普逊，《中世纪晚期欧洲经济社会史》，第590页。信用汇票的产生不仅和这些骑士团有关，还和当时欧洲贵重金属的缺乏和银行业的发展密切相关。这一说法参熊彼得《经济分析史》第一卷第三章（商务印书馆，2001年版），感谢学兄任志勇博士的提醒。

⑤ 汤普逊，《中世纪晚期欧洲经济社会史》，第590页。

⑥ 汤普逊，《中世纪晚期欧洲经济社会史》，第588页。

所有物，又从个人所有物变为地方风俗的整个过程中，认为法律主要是属于一个民族或民众的这一观点以某种方式坚持了下来”。由于民族和个人的意识逐步占据主导地位，法律是超越于任何个人之外的力量的自然法观念得到强调。“人们并不认为法律是由任何个人、无论是由个人或一个民族制定的。人们认为它和自然界的任何事物一样，是永恒不变的……中世纪的每一个人，无论是专业律师还是外行，都相信自然法是确实存在的，但这一信仰绝不曾消灭人们对法律的特殊尊重。”① 在这时候，一个自古希腊以来没能得到调和的人法（习惯法）和神法（永恒法）的矛盾消失了。“当再度出现一种法律职业的时候，确实无论平民还是宗教法规学家都认为，法律和正义与平等是一回事，而人的和神的法律也都被认为是一回事。”因此下述观念得到坚持：“法律是‘被找到的’，不是被制定的，而认为存在着其任务在于制定法律的任何集团肯定是不恰当的。”② 法律至上的观念在西方社会彻底确立。最先“被找到的”是教会法，③ 还有罗马法。④ 不过由于商人阶级（新兴的资产阶级）的壮大，这些被借鉴的法律已经被赋予了新的内容，“商人也有一些为本身而订立的法律……这些法规，乃是在下列法律意识形态的背景下形成的：它把商人活动的自由认同于自然法和自然理性……毋宁说资产阶级寻求的是，对旧法律形式和原则，主要是古罗马的，赋予一种新的商业内容”⑤。这意味着，习惯法逐步地侵蚀神法的空间必定变成事实，古典农业社会基于人和政治和谐的关怀正在褪去它的魅力，代之而起的将是基于商业利益关怀的政治—社会秩序，社会结构正在发生根本的变化。⑥

伴随着商人阶级的壮大所发生的政治—社会结构的变化还远不止于此，民族国家的兴起至少和法律至上观念的彻底确立具有同等重要的意义，这一过程和独立城市抛弃已经阻碍商业进一步发展的教会，转而和世俗诸侯结盟有密切关系。城市在

① 萨拜因，《政治学说史》，第245、第246页。

② 萨拜因，《政治学说史》，第246、第247页。

③ 哈罗德·J·伯尔曼，《法律与革命》，贺卫方等译，中国大百科全书出版社，1993年版，1996年第二次印刷。内中说：“第一个近代西方法律体系就是近代的教会法律体系。”“教会法常常与世俗法整个结合在一起，而世俗法本身在很大程度上分散在政治、经济和社会的习惯之中。”该书第139、第140页。

④ 哈罗德·J·伯尔曼，《法律与革命》，第413页，“说近代西方商法的基本概念和制度形成于11世纪晚期和12世纪，并非忽视这些概念和制度的创造者们得益于反映在新发现的查士丁尼法律文本中的罗马法。”汤普逊，《中世纪经济社会史》，下册，第443页也说：“（在13世纪）封建法开始让位给复兴的罗马法。”

⑤ 泰格、利维，《法律与资本主义的兴起》，纪琨译，学林出版社，1996年版，第5—6页。哈罗德·J·伯尔曼，《法律与革命》，第143页也作了类似表述。

⑥ 汤普逊，《中世纪经济社会史》，上册，第535页证实，“在十字军开始时，（是）没有贸易习惯法的。商业法的制定和编纂，是由十字军逼迫出来的……意大利人是先驱。他们在西欧首先编订管理商业往来的习惯法。其他国家采用并模仿他们的法律。于是，商业法院和通商法出现了，而商业法的大部分，是从拜占庭法律和出名的‘罗得西亚岛法典’得来的。”另外，道格拉斯·诺斯、罗伯特·托马斯，《西方世界的兴起》，厉以平等译，华夏出版社，1999年版，第73页的归纳也确认了这一点。合乎商业需要的习惯法占据主导地位的事实很明显。

民族国家的形成过程中发挥着独特的作用。“城市运动，比任何其他中世纪运动更明显地标志着中世纪时代的消逝和近代的开端。”“城市运动不是一个全国性的运动，它是出现于中欧和西欧的各个地区和民族之间的一种社会经济现象，无关种族、语言或边界的。”① 我们已经清楚十字军运动对近代西方的重要意义，在这一过程中，城市和农奴从贵族和封建诸侯那里购买了其独立地位；从中获益的还有封建诸侯，“国王利用了他们的附庸出国到东方的机会，来在多方面巩固自己的地位”②。这样就很清楚，传统的贵族被多重力量所削弱，地方封建政府崩溃了，得益的是商人、国王和教会。但得益的力量之间是以利益的指向为转移的，古典的普遍正义秩序的关怀正在被遗忘，“没有永恒的朋友，也没有永恒的敌人，只有永恒的利益”的观念正在茁壮成长。这决定了各种力量之间不可能是铁板一块，甚至各种力量的内部也不能达成长久的整合，商人聚居的城市特别明显地展现了这个特点。笔者已经提到过意大利的威尼斯、热那亚等城市国家具有不同的城市气质，在十字军东征的过程中，这些城市得到了空前的壮大。“从罗马衰亡到1498年到印度去的新航路的发现之时期，第四次十字军对利凡得贸易史上进行了最重要的革命。因为它使威尼斯成为近代第一个殖民帝国。”③ 威尼斯的这种地位不能使其他的意大利城市共和国满意，“威尼斯在获得君士坦丁堡和垄断黑海贸易的辉煌功绩，使热那亚的仇恨达到疯狂的程度。这两个海洋国家为争夺利凡得的贸易控制权而起的冲突，是十三世纪地中海世界的突出的商业事件；几乎所有大海沿岸的国家，都被卷入漩涡”④。因为商业利益而发生的战争开始成为发动战争的首要因素，远程贸易本身应该有助于促进民族认同意识的发展，而这种性质的战争将更加推进各民族的自我识别的意识觉醒，由世俗学校产生的大量受过教育的通晓本民族语言的学生则强化了这一意识，近代民族国家正在诞生。⑤

自治城市和封建诸侯国不同，“城镇内部生活，由这些市民集团，依照为其服

① 汤普逊，《中世纪经济社会史》，下册，第407、第408页。

② 汤普逊，《中世纪经济社会史》，下册，第443页。

③ 汤普逊，《中世纪经济社会史》，上册，第518页。

④ 汤普逊，《中世纪经济社会史》，上册，第520页。

⑤ 泰格、利维，《法律与资本主义的兴起》，第114页，“远程贸易则既引导、也帮助了民族性和准民族性的各种法律和政治制度的自觉地形成，这些制度不仅得益于贸易，而且为它的运作提供了合适的构架。”雅克·勒高夫，《中世纪的知识分子》，商务印书馆，1996年版。作者在第121页提出：“在14、15世纪这两个世纪的进程里，大学丧失了它的国际性特点。原因是许多新建立的大学，越来越注重从本民族招生，甚至从本地区招生。”另外，哈罗德·J·伯尔曼，《法律与革命》中的第三章《西方法律传统在欧洲大学的起源》相当详细的考察也表明大学对西方民族的自我认同是起了积极作用的。实际上，通晓商务是当时教育的主要部分，这最好地说明，学校教育和贸易以及民族的自我识别是该过程最集中的反映。见汤普逊，《中世纪晚期欧洲经济社会史》，第687页。“有几位颇具慧眼的中世纪思想家，曾经认识到通晓商务乃是教育的主要部分。”马克思也说：“资产阶级社会是以在每一个人身上都具有百科全书般的商品知识为前提的。”该论断是马克思基于他深刻的历史考察得出的结论，他的论断也证明知识——从而也是知识分子——在资本主义社会形成中的作用。见《马克思恩格斯全集》卷23第48页注释⑤，人民出版社，1972年版。

务的律师所撰写的宪章管理”[①]。这种对法律的依赖最清楚地意味着和古典社会的根本性不同，因为多数城市是从地方诸侯和教会那里争得特许状来确认它们的自治的。“但是，随同对他们身份的承认而来的，却是对一种全然不同的人际关系的默许——那种关系乃是建立在买卖基础之上，因而是与封建忠诚纽带的基本观念是不一致的。”[②] 在城市发展过程中，行会的作用是非常大的，“行会的历史重要性，不是在于它们的政治活动，而是在于它们的商业与工业活动。它们是中世纪时代解决商业与劳动问题的手段”[③]。由于论题的关系，本书在这里侧重论述的只是行会在政治上的意义。“行会在初期原来是有内部民主精神的，但不久有一种分裂发展起来……匠师成长为行会成员中间的贵族，后来拒绝了普通工人入会，这样把行会改成为一种关门主义的资本家团体。”正因为此，它迫使“劳动阶级成了一个无组织的工业群众，其中唯一的分裂，是技术上的差别”[④]。这意味着境况较低阶层的专业分工不可逆转；同时，新的阶级差别也逐步形成，城市内部基于贫富的分裂已经根深蒂固。

商业的飞速发展，城市之间由于争夺利益所存在的争斗以及其内部的阶级冲突，为民族国家的兴起准备了条件。“事实上，14、15 世纪的资本家，不管他们的出身有何不同，都不得不与诸侯们发生关系，并且与诸侯们的利益保持一致。一方面，诸侯如不求助于金融家，就无法应付公共的或私人的开销；另一方面，大商人、银行家、船主们需仰仗诸侯的保护来对抗城市的自我主义，镇压城市叛乱，保障商品与货币的流通。”[⑤] 本来，诸侯们特别讨厌城市的自我主义，但城市的分裂和新兴资产阶级的需求给了他们机会，“国王与诸侯们对资本主义进展所表示的赞助，并不仅仅出于财政上的考虑。当他们的权力增加时所开始产生的国家观念，促使他们自认为是‘公共福利’的维护者”[⑥]。汤普逊对这一过程的归纳更富于历史的全面性，他说：“尽管教皇抱有建造帝国的野心和傲慢的态度，但就这一项政策（指支持城市自治运动——笔者注）而言，他是站在扩展民主运动那一面的。不幸，这种新形成的市民精神，还不能抵抗那从激烈战争里所产生出来的残暴和放肆状态；当城市自由问题获得了胜利解决以后，城市又相互斗争，又和教皇与贵族斗争，因而陷于无政府状态，最后它们就转到世袭的地方专制魔王权力之下了。”[⑦]

英法两国比较早地看到城市之间以及它们和教权的争斗对它们的好处。上文已经提到，十字军时期产生过许多骑士团，他们在东征的过程中获得了巨大的财富，

① 泰格、利维，《法律与资本主义的兴起》，第 107 页。
② 泰格、利维，《法律与资本主义的兴起》，第 108 页。
③ 汤普逊，《中世纪经济社会史》，下册，第 438 页。
④ 汤普逊，《中世纪经济社会史》，下册，第 439 页。
⑤ 亨利·皮朗，《中世纪欧洲经济社会史》，第 203 页。
⑥ 亨利·皮朗，《中世纪欧洲经济社会史》，第 204 页。
⑦ 汤普逊，《中世纪经济社会史》，下册，第 41—42 页。

其中势力最大的是圣殿骑士团。“圣殿骑士团的财产，他们的骄横态度以及他们享有的免税权和豁免权，使之树敌颇多……而圣殿骑士团却放弃了十字军骑士的事业，携带着他们控制的巨大资本撤到他们在西方的领地里。”终于，“到1300年，教皇、国王、贵族、市民和农民都畏惧并痛恨圣殿骑士团”①。这种受教会支持起来的力量发展到这个份上，对教皇是一个打击，对国王却是福音。“在13世纪，法国是欧洲最繁荣和治理得最好的国家。”②“美男子腓力”是一个伟大的国王，他于13世纪末登上王位，“他似乎已经认识到奠基于农业上的旧的封建经济正在让位给建立在工商业上的新经济；作为封建主义核心的地方观念必须服从于领土的统一；封建主的权力必须被现实的民族性的王权所取代；对地方和中央的政府机构必须严加控制，地方领主权必须让位给全国性王权；甚至教会也必须克制自己，放弃世俗权力而让位给世俗政府”③。这几个条件所展示的正是现代民族国家的典型特征。“美男子腓力”实行了和他的认识相应的政策，这就和教皇卜尼法斯八世发生了争斗，斗争的结果影响到整个欧洲。“1303年，罗马教权引人注目的垮台，不仅在法国，而且在整个欧洲，引起了有重大意义的余波，这就是圣殿骑士团的衰落。”④教权和骑士集团的衰落，极大地增强了像美男子腓力这样思想先进的统治者治理下的国家的力量。在这场胜利当中，“法、英的国王特别慷慨地把非法获得的财产赠送给自己的亲信，这样聪明地建立了一个围绕着王权的顺从的贵族集团。这些幸运儿许多是小贵族，在法国甚至是有影响的资产阶级……国王巧妙地把这个阶层作为与旧的封建贵族相抗衡的一种力量，逐渐地把旧贵族从王国政府的重要官职里排挤出去”⑤。我们看到法国、英国这种作法已经属于典型的新兴的民族国家的作法。有学者认为，“十四世纪和十五世纪的第二项主要的制度变革是，出现了同城市国家竞争并最终使之黯然失色的民族国家。在这个过程中，众多的封建男爵、地方公国和小王国——这些都是中古盛世的标志——被合并为英国、法国、西班牙和尼德兰……这一过程可能是货币经济发展和贸易扩张的不可避免的结果”⑥。这些民族国家的差别仅仅是“法国和西班牙发展了‘专制的’君主制，而尼德兰和英国则

① 汤普逊，《中世纪晚期欧洲经济社会史》，第24、第25页。
② 汤普逊，《中世纪晚期欧洲经济社会史》，第29页。
③ 汤普逊，《中世纪晚期欧洲经济社会史》，第32页。
④ 汤普逊，《中世纪晚期欧洲经济社会史》，第36页。
⑤ 汤普逊，《中世纪晚期欧洲经济社会史》，第39页。
⑥ 道格拉斯·诺斯、罗伯特·托马斯，《西方世界的兴起》，第102页。

成功地以议会形式对其统治者实行制约”①。

出于商业利益而进行扩张也是新兴民族国家的特点，“战争已不再是一个等级的冲动，它已成了资本主义事业，这个事业需要一种比国家收入更迅速更方便的有效方式取得更大数量的金钱”②。最早的民族国家间的战争是英法两国的百年战争。“13 世纪末，英法之间整个敌对关系的性质改变了。他们之间曾经是封建的和政治的敌对，现在主要转变为商业上的竞争，竞争的焦点是加斯科尼的葡萄酒贸易和依赖英国原毛的佛兰德毛织业。”③ 这种竞争最后演变成持续一个多世纪的英法百年战争。“百年战争是法国和英格兰为了争夺西欧的霸权而发动的一场王朝和政治的冲突，也是商业和工业上的竞争。”④ 教会和小封建主在这场战争中元气大伤，“百年战争对大教堂和修道院的破坏比宗教战争更为严重”。同时，“百年战争开创了中世纪封建制度史的新纪元……封建制度的衰落带来了公社、城市和从前只属于农民的私人个体的繁荣”。⑤

总而言之，“在 15 世纪后半叶，一切影响欧洲从中世纪转变为近代社会的因素和力量都在同时起作用，有时候它们甚至融合在一起，很难区分开来。这些力量是客观条件、实践和思想的混合体。这个新的经济条件和社会条件、这种新的精神遍及于欧洲大部分地区……新的年轻的欧洲是资产阶级的、商业化的、工业化的、资本主义化的欧洲。”⑥ 15 世纪的地理大发现，则开始让新兴的欧洲把它的目光有机会转向了全世界。到 16 世纪的时候，中世纪已经结束了，新的政治秩序彻底确立。“总之，1500 年的欧洲正处于转变之中，一场迅速的转变。旧事物日趋衰亡，万物皆在更新。新世界在人们脚下展开；新制度在人们中间流行；而这些人自身就是新社会的组成部分；人们心中孕育着各种新思想。”⑦

欧洲中世纪政治秩序演变的结果对今天的世界产生了极大的冲击，笔者借助一些经典研究很不完备地对这一过程进行了简单的勾勒，是为了更好地理解为何现代性只能在欧洲产生，却又具有了普世性特征：从此以后，基于个人主观权利之上的商业性的利益计算以空前的力量支配了世俗的生活；而现在世界上最强势的民族国

① 道格拉斯·诺斯、罗伯特·托马斯，《西方世界的兴起》，第 110 页。哈贝马斯对欧洲民族国家之间的差别的分析是在哲学层面进行的，也极具启发意义。他认为：“在民族国家形成过程中，或有国家在先，或有民族在先。在前者，从属于君主统治集团的法学家、外交家、军事家建立了一个‘理性的国家机器’；在后者，由作家和历史学家，或一般意义上的学者和知识分子所传播的多少带有想象色彩的‘文化民族’统一体为使用外交手段或武力手段实现国家的统一奠定了基础。”哈贝马斯，《论欧洲的民族国家》，逢之译，载《文化研究》第二辑，天津社会科学院出版社，2001 年版。

② 汤普逊，《中世纪晚期欧洲经济社会史》，第 638 页。

③ 汤普逊，《中世纪晚期欧洲经济社会史》，第 75 页。

④ 汤普逊，《中世纪晚期欧洲经济社会史》，第 121 页。

⑤ 汤普逊，《中世纪晚期欧洲经济社会史》，第 171 页。

⑥ 汤普逊，《中世纪晚期欧洲经济社会史》，第 632 页。

⑦ 汤普逊，《中世纪晚期欧洲经济社会史》，第 674 页

家的政治秩序正是它的产物。从这一角度看，“个人权利”和“民族国家”二者相互紧张，因为个人的主观权利不希望受到国家的干预；民族国家也是新秩序的守护神，从该角度看二者又相互支持。[①] 这是一个非个人或某单一集团可以抗拒或控制的力量，因此唯一值得信赖的、能约束这种倾向可能给社会生活带来伤害的只能是为适合商业贸易而改造了的法律体系，而不再是神或具体的人。在这个演变过程中，基督教起了非常关键的作用，其中最为重要的是：在商业社会秩序不可逆转，主导的资产阶级完全控制了新秩序的时候，教会在过去借以获得道德优势和世俗利益的民主原则和严格的组织体系获得了新生，它们和法律至上——而法律体系的确立贡献最大的恰也是教会——原则一起，塑造了新时代最强有力、也空前隐蔽的意识形态铁笼。而这些是最有利于资产阶级名正言顺地宣称他们获得财富和权力是合乎正义的，因为他们获得这些东西不是借助基于某个个人或过于显眼的小集团关系的资源，因此他们有这个“自由”。今天的政治思想家通常只会在现代性支配下形成的该新政治秩序的前提下展开关于最佳政治秩序的讨论。如果民族国家政治秩序的产生只是意味着神（永恒正义的化身）的退隐，那么我们今天对政治秩序进行思考的通常的习惯可能意味着连人自身都退隐了——人经常被利益及其所属的利益集团所遮蔽，因为单个的人必须独自面对几乎所有的变化，这是一个“陌生人”相互构织的秩序社会，为了生存，我们经常没有时间去反思，更何况我们面对的是一张

---

① 哈贝马斯认为：“国家与‘市民社会’的分离，相对而言对现代化进程的贡献来得更大，这反映了国家机器具备着特殊的功能。现代国家同时也是管理国家、税收国家。这就意味着，国家的主要任务是行政管理。国家把一直在政治统治领域内进行的生产使命转让给了与国家分离开来的市场经济。从这一角度看，国家只创造‘一般的生产条件’，也就是提供法律框架和基础设施，而这些都是资本主义商品流通及相应的社会劳动组织所必需的。国家的财政需要靠赋税来支付。所以，国家的这种特殊功能的优点是用依赖市场经济的效率为代价而换取的。尽管市场靠政治来建立和监督，但它遵循的是不受国家控制的内在规律。”见哈贝马斯，《论欧洲的民族国家》，这段话既表明了现代民族国家和传统国家的区别，也印证了笔者基于历史梳理而得出的现代民族国家是商业秩序的守护神的判断。另外，先于哈氏的滕尼斯通过提出共同体和社会形成关系的区别，更明确地论证说：“在共同体里，尽管有种种的分离，仍然保持着结合；在社会里，尽管有种种的结合，仍然保持着分离……（在社会里）所以行动的发生与其说是为了与个人结合的人们，不如说是为了他自己。在这里，人人为己，人人都处于同一切其他人的紧张状况之中。”（第95页）“个人主义是社会的前提条件。”（第239页）“必须把经济的社会理解为国家的先导。”（第112页）以上内容见滕尼斯，《共同体与社会》，林荣远译，商务印书馆，1999年版。这些西方经典思想家的考察结论也支持了笔者基于历史梳理而得到的判断。

无形的——因而也是无法反抗的——网。[①] 事情发展成这样，是经历了漫长的过程的，它必然在思想者进行政治秩序的思考中留下痕迹。下面我们转向考察中世纪政治秩序的变化在政治思想史上是如何得到回应的。

第三节　现代政治秩序思想的演进：理性时代的来临

在上述考察中，我们可以发现，中世纪基督教会在现代政治秩序的演生过程中自始至终都起了关键作用，基督教会在中世纪的主导地位是无可置疑的；相应的，这一时期有关政治秩序思想的思考就是围绕着它展开的。

11 和 12 世纪是基督教会世俗权力显著崛起的世纪，随着十字军东征的展开，到 13 世纪教会的权威到达了鼎盛时期。这个过程反映在政治思考中，首先是有关授权的争论。“在十一和十二世纪，政治著作主要是争议性的，中心问题是教皇和皇帝就世俗和教会的权力界限之争。”[②] 这个争论的产生和教会的对世俗权力渗透有关，也即是说，它由教会主动挑起。“十一世纪的争论之所以产生，是由于教士们加强了自觉和独立意识，还由于人们想使教会成为一个自治的宗教权力，以便同它要求得到承认的有效性一致起来。”[③] 争论始于格列高里七世担任教皇的时期，在初期，特别涉及的是世俗当局在选任高级神职人员中所起的作用问题，1075 年，格列高里禁止世俗当局任命神职人员。现在已经清楚，在这之前，主教相对于教皇是相当独立的封建主，和世俗王权利益关系甚深；但这种勾结引起普通教士（寺院团）的反抗，教皇因此得以趁机而入，但这对世俗王权的利益是一个难以接受的打击。第二年，皇帝亨利四世试图废黜格列高里，教皇的回答是把他开除出教会，并解除他的封臣对其之封建义务。这两点在基督教权威笼罩欧洲的时代，对皇帝和国王都是难以承受的打击，它意味着对王权的合法性和经济基础的双重摧毁。然而皇

---

① 这里“陌生人”的概念借自西美尔。见西美尔《时尚的哲学》之《陌生人》，费勇等译，文化艺术出版社，2001 年版。在该文中，西美尔明确指出：“在整个经济史上，每个地方的陌生人都是作为贸易商出现的，或者是贸易商作为陌生人出现。”这和本节考察到的商人作为一个阶层出现的身份起源是一致的。因此，笔者用在这里是切题的。实际上，西美尔正是借该概念来描述现代社会中人际关系的特征，“与陌生人一起，人们只是共同拥有某些更普遍的性质，而与更有机地关联在一起的人的关系是基于特殊差异的共同性，这些特殊差异仅仅来自一般特征。”西美尔谈这个问题的意思是在现代性社会里，人们的生活状态更孤单，不过也更自由。笔者认为反过来也一样，而且，在上一个注释中滕尼斯对共同体和社会差别的看法，笔者正和他一致；而卢梭浩叹“人是生而自由的，但却无往不在枷锁之中”表达的意蕴也是如此。这恰证明了笔者对新秩序进行梳理是必需的，因为卢梭至少是感受到了新秩序的特点，而且正是在此前提下展开对人和新秩序关系的思考的。卢梭的引文，见卢梭，《社会契约论》，何兆武译，商务印书馆，1980 年版，第 8 页。

② 萨拜因，《政治学说史》，第 270 页。

③ 萨拜因，《政治学说史》，第 273 页。

帝并不是没有自己的力量，首先他有强大的经济实力和合法的武装，而后者对教会作为道德权威的化身来说是相当不合时宜的；对世俗王权合法性的最大支持还来自宗教本身，也就是“教父们的传统”——教会教士在世俗事务上通常对王权是消极服从的历史传统，它至少在历史上支持了“王权是不能取消”的看法；而且在历史上教会从没有作为一个国家而存在过。教皇所做的无非是想改变这个传统，但想突然颠覆传统也不是朝夕之间就可以办妥的事业。不管如何，当时的态势——新兴的城市和商人力量巨大，因为利益关系，当时是站在教会这一边的——这表明世俗王权是处于守势的，但同时这种争论注定会以妥协告终。“争论的第一阶段因 1122 年沃尔姆斯宗教协议而告结束，这乃是一次妥协：皇帝方面放弃了任命神职人员的法律权利以及作为宗教象征的戒指与权杖；但它保留了授予政治职务的权利和在选任主教时发表意见的权利。”① 类似的争论是这一时期的主题，一直持续到 12 世纪末叶。

这一过程中发生的令人瞩目的现象是争论中对合法性诉求诉诸传统的作法，它对政治思想史具有重要意义。彼得·克拉瑟斯写作了《为国王亨利四世所作的辩护》，作为一名律师，他声称他是依据法律为亨利与格列高里的争端进行辩护的。他坚持认为教皇或亨利的不服管束的臣民都没有权利干预亨利对他王国的所有权，因为他是从他父亲和祖父手中继承了这个王国，就好像人们不能拿走任何人的私产一样。这样罗马法和神圣的法律以及《万民法》的权威效力显示出来。彼得的理论提出了神圣的权利同不能取消的世袭权利的具有特色的联系。不过“这一理论的重要性与其说在于它的内在价值还不如说在于它那利用法律概念以支持世俗权力的倾向”②。

当时的世俗王权显得比较残暴这个事实有更重要的影响，它决定了当时教会是占有道义优势的。这有助于教会的辩护者提出“真正的国王”和“暴君”的区别，它意味着反抗暴君是正当的看法将得到常情的支持。“人民有没有反抗暴君的权利”这个问题导致对世俗王权的合法性基础进行政治哲学的探讨不可遏止，思想者逐步完成了如下论证：王权的本质是职位，不是个人；因此个人取得王位的权利不可能是不能取消的。③ 11 世纪的马内哥尔德利用了这一原则，他进行了如下的论证：④

“任何人都不能使他自己成为皇帝或国王；一个民族在其上设置这样一个人，目的在于他能够公正地进行统治，使每个人得到他自己的东西，帮助好人，约束坏人，简言之，就是他可以把正义给予所有的人。如果他违反了他据以选出的协定，搞乱了他本来应当维护得井井有条的有关事情，就理所当然地解除了人民对他的服

① 萨拜因，《政治学说史》，第 278 页。

② 萨拜因，《政治学说史》，第 286 页。

③ 萨拜因，《政治学说史》，第 288 页。

④ 卡莱尔，《西方中世纪政治学说史》，伦敦，1903—1936，第三卷，第 164 页，注释①。转引自萨拜因，《政治学说史》，第 288 页。

从，特别是当他自己首先破坏了使他和人民结合起来的信念的时候。”

在笔者看来，这一论证简直是本书前引的西塞罗的片段言论在该世纪的复活，不过更明确而富有时代意义。他提出了国王和人民之间的契约关系理论，该理论和国王的职位本身来自上帝这一看法并不矛盾，为教皇的废黜权提供了辩护；不过，正如萨拜因所说：“马内哥尔德的契约理论并不是彻头彻尾为教皇的废黜权进行辩护的理论。事实上，王权对人民的依赖可以同样适当地被理解为它对教会是独立的。这一看法的优点在于它同罗马法的体制理论以及保皇派之强调两把剑之间的区别都是符合的。”[①] 类似的相互论证一直持续到了 14 世纪，那时世俗王权已经赢得了和教皇对商人阶级和城市的争夺，可以靠武力进行争斗，其结果是导致了教皇的失败，上文已经提及；但契约观念随着商业力量的兴盛从此不可能消失了。

王权已经不得不依靠诉诸传统，寻求历史上法律的权威来论证其合法性这一事实影响深远，它和商人要依靠法律来保证他们的商业利益的需求一起促进了对法律体系的依赖，从此，法律的权威开始超越个人的影响，法律逐步在西方世俗社会取代神权而成为新的神。对法律获得这种尊崇的地位，1861 年，威廉·阿诺德评论说：“历史就是法律的本源，法律就是历史的本源。”[②] 阿诺德这句精辟言论的后半部分完全适合于 11 世纪以后的西方社会，但对此前历史的适用性恐怕要打点折扣。除此以外，对权力合法性进行的政治哲学探讨，其意义同样重大。这主要归功于符合商业和政治需要而成长起来的学术机构，“这种新的学术活动，就其有赖于体制这一点而言，主要归功于新的大学，特别是巴黎和牛津大学，归功于教会的两大托钵修道会——多明我会与方济各会”[③]。这种活动最重要的成果之一是对古希腊文明成果的再发现。首先是亚里士多德，有学者评论说：“在十六世纪之前，几乎人们写任何一篇政治学的论文都不可能在这些方面（指该学科的研究方法——引者注）不从《政治学》得到某种益处。”[④] 还有柏拉图，他的《理想国》和《法律篇》于 15 世纪终于又出现于西方世界。[⑤] 托马斯·阿奎那是中世纪最重要的教会哲学家，他主要致力于根据基督教的信仰来重新解释亚里士多德，并按照亚里士多德的哲学来改造基督教神学。阿奎那的努力是为教会服务的，他的哲学的本质在于，“它想建立一个全面的综合体系，一个无所不包的体系，而这一体系的关键在于和谐和一致。”政治统治为之存在的道义上的目标意味着权力应当受到限制，权力只

---

① 萨拜因，《政治学说史》，第 288 页。

② 威廉·阿诺德，《德意志国家的钢铁工业的历史》，巴塞尔，1861 年版。转引自汤普逊，《中世纪晚期欧洲经济社会史》，第 587 页。哈贝马斯认为：“提出合法化问题的原因在于：对上帝的信仰崩溃之后，出现了多元化的世界观，从而逐步消除了政治统治的宗教基础。”见哈贝马斯，《论欧洲的民族国家》，这恐怕过于切近了，本书的梳理显示，对王权合法性的探讨恰是在宗教力量最强盛的时候兴起的。

③ 萨拜因，《政治学说史》，第 292 页。

④ 萨拜因，《政治学说史》，第 293 页。

⑤ 列奥·施特劳斯、约瑟夫·克罗波西编，李天然等译，《政治哲学史》，第 277 页。

能依照法律加以运用，已经成为时代的需求。但阿奎那的注意力却主要是放在加给统治者的道德的界限方面，个中原因按萨拜因的解释是："他受中世纪法律神圣的传统影响太深。他对法律尊崇到这种程度，以致认为法律的权力是固有的，并非出自什么人为的因素。他往往试图尽可能密切联系神的法律来叙述人的法律。"① 依笔者看，这段引文的最后一句应该是最能说明问题的，即，在13世纪，教会处于鼎盛时期，而阿奎那在政教纷争中是站在教会的立场上为教会的权力合法性进行辩护的。但他的努力遭到双重的反对：传统的神学家指责他把亚里士多德引入神学，因此割裂了基督教智慧的统一；而同时代的哲学家则对他把让他们获得自由的哲学降低为神学的奴仆感到愤怒。② 这正表明阿奎那的贡献，他努力建立的信仰（基督教）和理性（亚里士多德）的微妙平衡的构架将分成两个方向发展，从而引导了思想的变革。

14世纪教会的失势以及其残暴暴露了教会的问题，这个世纪的马西利乌斯开始质疑教会对世俗权力的贪婪——其实在这之前从意大利开始的文艺复兴运动就已经营造了这个环境。按照马西利乌斯的看法，所有基督教僧侣就其神圣权力而论，在本质上都是一律平等的。他也否认任何僧侣教士，不管他是主教还是教皇，凭借神圣权力而具有下述权力：指挥或强制他人的权力；决定是否以及怎样对背教者和异教徒实施强制的权力，这种决定视其为臣民还是君主而定，以及以一种具有法律约束力的方式决定何为正统何为异端的权力。③ 由于对教会成员身份追求的质疑，他对亚里士多德构设的共和国进行了适应时代要求的新解释，他主张"在每一个共和国中，最根本的政治权威并不是政府，也不是进行统治的那部分人，而是人类立法者，而人类立法者就是人民，全体公民"④。我们能够从这个主张中看到，它是多么符合新兴资产阶级的需要。人民主权的概念由此产生，很清楚，这是马西利乌斯反僧侣主义的衍生结论，不能脱离历史背景而给予民粹主义的评价。他虽然借助于亚里士多德，但明显地是对亚里士多德的背弃，因为亚里士多德眼中最理想的共和国并不是人民主权的，民主政体在亚里士多德看来只是最不坏的选择而已，他的平民指的是城邦里有公民权的中产阶级。不管如何，马西利乌斯的理论对教会的打击是深重的，他的理论直接启发了像马基雅维里这样的思想家。在卢梭的共和国里，人民主权的概念是很重要的，但就这个概念本身，马西利乌斯早已发明。

教会已经成为一个问题，但它很大程度是自找的。远程贸易和十字军东征大大开阔了欧洲人的眼界，教会神圣的权威在强有力的经济力量和文明沟通的基础上正在丧失其神秘的光环，教会的贪婪是自我摧陷的催化剂。上文已经提到，赦罪符的

① 萨拜因，《政治学说史》，第296、第300页。

② 参列奥·施特劳斯、约瑟夫·克罗波西编，李天然等译，《政治哲学史》，第300页。

③ 列奥·施特劳斯、约瑟夫·克罗波西编，李天然等译，《政治哲学史》，第306页。萨拜因，《政治学说史》，第346页也作了类似的归纳。

④ 列奥·施特劳斯、约瑟夫·克罗波西编，李天然等译，《政治哲学史》，第312页。

销售为教会赚进了巨额的金钱，然而“正是这种把‘上帝的赦罪’商业化以行财政剥削之实的行为，剧烈地动摇了14世纪人们的宗教感情”。随着时间的推移，“到15世纪后半期，罗马教廷的财富已成为全欧洲的笑柄”①。教会的短视行为正和欧洲社会结构发生急剧变迁、各种新事物不断产生的现实形成强烈的对比，它必然导致对教会控制力量的怀疑。这些变迁主要被商业势力的空前兴盛所带动，“财富不仅创造财富，而且新的财富与由此产生的不可避免的社会变化相结合，还孕育新的思想”②。这些思想中首要的是奠基于商业利益的个人主义的出现，“经济生活日益世俗化了，所以指导经济的不是法律，而只不过是深思熟虑的自我利益，这主要的是由于基督教的理想主义在发现旧的思想工具无能为力时，不能熔铸出新的控制工具”③。该评论一针见血，正是商业性的自我利益计算开始成为西方世俗生活的主导现象，必然地促进个人主义的出现，它对此后世界的影响是决定性的。它在社会层面首先表现为反教权主义思想的出现。

当马基雅维里在世时，教皇已经从属于法国的阿维尼翁迁回罗马，这个时期的教皇大多是恶棍和荒淫无耻之徒，他们已经变得比较现实而世俗化，不再奢望成为基督教会一切争端的仲裁者，它的至高权威岌岌可危；意大利虽然已经开始政权合并的过程，但总无法完成，暴君之间四分五裂，又使当时意大利这块土地成为法国人、西班牙人和日耳曼人的牺牲品。马基雅维里和他同时代的大多数意大利人一样，认为意大利的这种情况应特别归咎于教会。因为教皇本身没有力量统一意大利，却有足够的力量阻止其他统治者这么做。④ 这样，在当时的意大利，武力和奸诈成为成功的诀窍，马基雅维里对此深恶痛绝，但他又渴望一个统一的意大利的出现，他为此而著书立说。他的代表作是《君主论》和《论里维十书》，“两书论述的是同一主题的不同方面。主题是：国家兴衰的原因和政治家维持统治的手段”⑤。他的主要观点可以说已经为世人所熟知，即，他认为人的本性是自私的，因而政治家所必须依赖的有效动机是利己主义的。因此，他对道德问题似乎显得无动于衷，“为了目的不择手段”是多数读者对其著作的基本印象。他的目的虽然是努力成为意大利君主的导师，但这种勇敢地剥掉附在政治上的道德面罩的做法，自觉地降低了政治生活的标准，标志着他和古典的伦理政治传统的彻底决裂，启发了政教分途的现代政治统治思想，从而成为现代政治思想的开创者。这里最重要的是他在《君主论》里充分阐发的“为达目的可以不择手段”的思想，不只是道出了现代政治

① 汤普逊，《中世纪晚期欧洲经济社会史》，第393、第577页。

② 汤普逊，《中世纪晚期欧洲经济社会史》，第683页。

③ N·尼布尔对R·H·陶尼著《宗教和资本主义的兴起》一书（纽约1926年版）的评论，载《大西洋月刊》，转引自汤普逊，《中世纪晚期欧洲经济社会史》，第683页。

④ 参萨拜因，《政治学说史》，第391页。

⑤ 萨拜因，《政治学说史》，第393页。关于马基雅维里的主要思想本来就和这一常识相符合的详细论证见列奥·施特劳斯著《关于马基雅维里的思考》之前言部分，申彤译，译林出版社，2003年版。

的特征，而且切合了近代商业培养出的个人主义的需求：在不违反法律——至少是不被法律所发现并被惩罚——的基础上，人人可以为了自己的利益而不择手段，人人可以认为是围绕着自己运转的圈子里的君主，而不必有道德上的顾忌。马基雅维里成为新的人类生存方式的精神导师，当时商业显示出的无所不能的巨大力量，正刺激着人们的无穷野心，他的理论是如此的合乎资产阶级的心意，它受到极大的欢迎可谓时势使然。他的理论预示着一个多元化世界将不可避免地到来。马基雅维里把他对道德沦丧的忧虑深深地隐藏起来，而揭示出无情的现实，他展示了一个互相争斗的世界画面，他也成为现代自由主义的奠基人。后来的霍布斯用心理学系统地发展并论证了类似的观点，把自由主义的立场推进了一步。

对教会更沉重的打击来自教会内部，这就是16世纪的新教改革运动。我们已经明了，教会一方面依靠其权威用法令或号召，通过教众捐献和税收获取了巨额财富；另一方面，它却反对牟利。在14、15世纪，民族国家的世俗王权成为被教会认为不虔敬却符合人们欲望需求的牟利行为的支持和庇护者。同时，教会内部也因对教会贪婪的不满，产生了大量的宗教教派，互相之间争论不休。这些都极大地削弱了教会的力量，使世俗王权获得了对教权的优势。到了16世纪，当有关教会宗派争论的时候，"一般来说，在欧洲，当争论传播开来时，国王成为全国统一的集结中心。这在十六世纪后期的法国尤其如此。宗教团体在每个地方取得的成功都是由于它与强有力的内政结成了同盟"①。马丁·路德和加尔文是这个世纪掀起宗教改革的急先锋。萨拜因提醒说："最初的改革者路德和加尔文有一点值得注意，即他们二人关于基本的道德问题在实质上具有相同的立场。这就是说，他们二人都认为反抗统治者在任何情况下都是邪恶的。"② 这最明显不过地证明了世俗王权已经获得了对教权的绝对优势，维护世俗政府的权威是宗教改革的基本点。

根据上文的梳理，笔者认为路德和加尔文的宗教改革针对的目标是一致的，即教会对世俗利益和权力的贪婪。"宗教改革领袖们同中世纪传统的决裂，不仅在于他们关于原罪和人类堕落境况的更为激进的主张，而且在于他们所提出的解决办法。他们宣称，我们之义于上帝，不是靠劳动，也不是靠圣徒们通过特惠免罪而分发施予的功绩，而完全是藉靠SOLAFLDE，即仅凭信仰。"③ 这实质上是认为教会对利益的贪婪违背教义，并否定了教会作为存在于信徒和上帝之间的中介地位。换言之，如果人们虔诚，个体自身可以直接领受上帝的神恩，由此，在中世纪本来不存

① 萨拜因，《政治学说史》，第412页。雅克·巴尔赞则从宏观的视角断言："一个革命思想要想成功，必须得到'不相关利益'的强有力的支持，而唯有军队能保证它的安全。"也说明宗教改革出现这种状况是合理的，见氏著《从黎明到衰落——西方文化生活五百年（1500年至今）》，第207页。

② 萨拜因，《政治学说史》，第412页。另外列奥·施特劳斯、约瑟夫·克罗波西编，李天然等译《政治哲学史》，第387页引用路德的原话"人们应该服从作为上帝的臣相的掌权柄者，并以全部畏惧和崇敬之心听命于他们，正如听命于上帝本人。"也确认了这个论断。

③ 列奥·施特劳斯、约瑟夫·克罗波西编，李天然等译，《政治哲学史》，第364页。

在的宗教自由和宗教宽容就成为一个大问题，这对被宗教义务压得喘不过气来的大量信徒绝对是一种解放，更符合正在兴起的爱财如命的资产阶级的胃口。“毋庸讳言，路德提出的‘基督徒自由’也为现代的解放这一突出的主题打响了第一炮。”但更重要的是，这种改革预示了统一信仰的历史即将结束，它把另一个主题突出出来，此即个人主义。

“个人主义在这里不是一种政治或社会权力，而是林林总总的宗教派别的理论依据，这些派别本身就产生于个人和上帝之间不受限制的关系。”① 这是一次名副其实的革命，“革命所改变的不仅仅是个人的习惯和普遍的做法，它改变的是整个文化”②。无论如何，它强化了个人意识和个人要求，它通过人文主义的出现而得到普遍的确认。个人主义预示着否定了教会的代理特权，但对上帝的虔敬仍然是必须的，如何保证人们不抛弃上帝而一意孤行呢？答案是法律。路德和加尔文承认三种法律形式：神圣法，它直接由上帝通过启示而给予；自然法，它为人所拥有，并对所有人都具约束力；实证法，它由正当的世俗政府正式地制定出来并得到实施。神圣法是永恒的、不可改变的和绝对的；自然法呢？“无论是路德还是加尔文都认为，自然法从根本上来讲就等同于神圣法。”虽然自然法并非为人本身所固有，但“它是由上帝所设立的外部客观标准，通过运用理性，或者按照加尔文的说法，通过理性与良知的协作，是可以见到它的，至少是部分地见到”③。毫无疑问，这样的说法必然抬高人的地位，人是理性的自我这种观念通过宗教改革确立起来了。

在继续考察政治思想家对政治秩序变迁的反应之前，笔者认为了解一下随后时代科学观念兴起的状况是有必要的。随着商业的发展，新教改革的成功，从 17 世纪开始，西方社会形成对科学技术的依赖是一个崭新的现象，它对人们思想方式转变的影响迄今不衰。技术是走在科学前面的，“现代人所享受的物质上的方便不应该全部归功于科学。技术，更确切地说是工艺，即实用的艺术，出现得更早，而且在很长的一段时间内是科学的养母”④。尽管通过宗教改革，人是理性的信念已经确立，但没有科学技术的支持，还远不足以造成人观念上的革命和社会革命相适应。“理智和理性主义本身并不具有革命性。但是，技术思维与一切社会传统格格不入：机器没有传统。马克思在社会学方面有一个重大发现：技术是真正的革命原则；与之相比，基于自然权利的一切革命都不过是些老套的游戏，因此，如果把一个社会纯粹建立在不断进步的技术基础上，它就仅仅具有革命性。”⑤ 换言之，只有把对科技的信赖和理性人信念结合，才最终形成人的思维观念的革命性转变。正因为机器是没有传统的，人才会对它的力量充满敬重，并试图模拟它，去发现人类

① 雅克·巴尔赞，《从黎明到衰落——西方文化生活五百年（1500 年至今）》，第 44 页。
② 雅克·巴尔赞，《从黎明到衰落——西方文化生活五百年（1500 年至今）》，分别见第 10、第 2 页。
③ 列奥·施特劳斯、约瑟夫·克罗波西编，李天然等译，《政治哲学史》，第 397、第 399 页。
④ 雅克·巴尔赞，《从黎明到衰落——西方文化生活五百年（1500 年至今）》，第 207 页。
⑤ 见卡尔·施密特，《政治的概念》之“罗马天主教与政治形式”，第 82 页。

历史具有进步色彩的特征。由此，一种世界是不断进步的观念逐渐地在人心里扎根，并且，思想家们的工作配合了人们的这种需要：通过梳理人类社会的发展史，来确证人本身也是不断进步的。这样，历史主义诞生了。“具有历史头脑乃是近代思想中如此重大的一桩预设的观念，以至于我们要认同于某一桩具体事物就只能是凭借着指出它在成其为该具体事物——而它马上就会不再成其为事物——之前所相继成为过的各种不同事物。”也就是说历史是进步的。“历史学的兴起和科学的兴起，仅只是同一种冲击的两种结果而已，仅只是近代思想之脱离对各种事实的过度合理化而要回到对事实本身加以更仔细和不涉及利害关系的考察上面来的那一总趋势的两个不同方面而已。”① 历史主义的进步信念正是现代性核心的哲学观念。

培根的论述鲜明地反映了这一思想的演变结果。培根确认了物质创造的优越地位，他认为“使人们感恩戴德的是那些极大地‘解救人类境况’的事物，这就是发明创造”②。他否认古人比现代人高明，他指出，“古人不应该再被看做权威，因为我们所拥有的知识已经超越了他们。我们才是古人、先哲，而他们是年轻无知的。此外，权威一文不值。”他认为，“研究地球，它将会教会你许多东西”。有了这些知识，你就能准确地预测事物未来的行为，因而沉着明智地引导事物的发展。知识就是力量。③ 古人和宗教的意味到此初步褪去了他们的神秘色彩，科学——尤其是技术取代了他们传统的地位。培根的论点言简意赅，使他成为科学激进分子的英雄，后来，到18世纪的理性时代，他成功地取代亚里士多德成为“知识分子的大师”。培根的重要性并不归因于他是一个科学家，而是他的思想反映了时代的呼唤并切实地影响了后来人。④

笛卡尔被尊称为近代哲学的奠基人，他甚至照搬培根的语言宣称：“奠基于新方法并旨在‘征服和把握自然’的哲学会为哲学争得最大的荣誉并给社会带来最大的益处。”笛卡尔的哲学反映在他的政治学说上，关心的主要是最高的政治必然性，即哲学或科学和社会之间的和谐关系的建立。⑤ 这意味着笛卡尔准确地意识到了古典和现代的决裂，并努力探讨在新的舆论气候之下公民和政治秩序的和谐问题。笛卡尔的新方法即抽象与分析的方法：“如果把自然哲学家的任务和方法概括为抽象与分析这两个主题，就必须注意它们的两个方面，才能以此帮助我们理解现代的时

① 卡尔·贝克尔，《18世纪哲学家的天城》，第27页。

② 列奥·施特劳斯、约瑟夫·克罗波西编，李天然等译，《政治哲学史》，第431页。

③ 参雅克·巴尔赞，《从黎明到衰落——西方文化生活五百年（1500年至今）》，第206页。

④ “培根并不是一个科学家……（他的贡献是）他攻击了当时知识界的一个信念：一切真理都已经发现，只不过需要解释；另外是总体上对知识权威的尊崇。他坚信知识阶层对传统和古代的学术投入了过多的精力，他呼吁他的时代要通过自身的努力寻求对自然的新的理解……他的坚持影响了那些在方法上有更大成就的人们。他的最大成就是说服了思想家们相信科学的思维必须和经验研究相符合。”See, Craig, Graham, Kagan, Ozment, Turner, the heritage of world civilizations, VolumeII, P665, 1997 by Simon&Schuster/A Viacom Company.

⑤ 参列奥·施特劳斯、约瑟夫·克罗波西编，李天然等译，《政治哲学史》，第494页。

代。从儿童时代起，抽象就被用来辨认世界……在被抽象主宰的世界里，哪怕是百般解释，甚至本人到场都不能算是可靠的证明……分析则以另一种但相关的方式歪曲事实……以抽象为基础的分析把一切东西都看作是由部分组成的……我们分了又分，而且理所当然地认为如果把分开的部分再装起来，就可以使原来的东西复原。”① 笛卡尔正是以这种科学方法对古典思想和思想家提出普遍的怀疑而展开其哲学的。其政治哲学承接马基雅维里把道德从政治中剥离而降低政治生活标准的作法——这最明显地体现了和古典政治传统决裂的观念已经深入人心。笛卡尔是这样完成其任务的，他用善的激情和恶的激情的区分代替了古人的激情和美德的区分。“古人这个区分的基础是：灵魂是分成诸部分的，而它的某些部分能倾听并遵从理性，借助于它们理性便能在灵魂内建立并统率一个自然的等级秩序。理性是自律的……”笛卡尔抛弃了关于灵魂的自然秩序的观念，他认为：“古代人没有看到‘心灵’或理性对于激情或者‘气质和身体器官’的极端依赖性。”② 既然如此，那么对笛卡尔来说，政治学所要做到的就是设法抑制恶的激情而弘扬善的激情，因而他需要一个总括的激情，也就是那能为其他的激情提供一个秩序原则的激情，这必将是最高尚最完善的统率激情。

笛卡尔在他的《方法谈》中展示了他的论证原则，他认为：“由一个大师所完成的作品比之由几个部分构成的作品和经由不同大师之手而完成的作品更为完善。”以这一判断为起点，他通过举例子构设了一个上升的序列：它从低级的关于无生命的事物的实用艺术上升到最高级的（包括神圣者）实用立法艺术，由此便达到了最具理论性的“控制权”，也即无依无靠的人类理性的使用。③ 理性可以无所依凭地发挥作用！个人的主体性就这样无所忌惮地不仅在社会生活领域得到承认，而且在学理上也得到了张扬。美德这个和古典政治学相依的成分就这样不可避免地“过时”了，理性即将成为现代世界真正统治者的趋势已经不可逆转，不管它的前提是多么的可疑。笛卡尔努力的结果是建立起了科学是万物主宰的信念，树立起了科学——其基础是数学和几何学——的进步能给人们带来无限好处的信念。“他和培根建立了‘进步的观念’，也即这样的信念：好的东西在于将来，而这并不是传统、自然或上帝的功劳。”④ 相信理性将支配人和这个世界的时代降临了。

最关键一步由牛顿完成。“人”被大写了，上帝将被放到什么位置上？毕竟基督教对人们的日常生活秩序还有着非常重大的影响，科学家和思想家必须对这个问题予以妥善的解决。牛顿应运而生。他在经典物理学理论上的巨大发现，极大地震撼了社会的思维方式。“伴随着牛顿的著作，自然宇宙成为规律（LAW）和规则

① 见雅克·巴尔赞，《从黎明到衰落——西方文化生活五百年（1500 年至今）》，第 215—216 页。
② 见列奥·施特劳斯、约瑟夫·克罗波西编，李天然等译，《政治哲学史》，第 497 页。
③ 列奥·施特劳斯、约瑟夫·克罗波西编，李天然等译，《政治哲学史》，第 497—498 页。
④ 列奥·施特劳斯、约瑟夫·克罗波西编，李天然等译，《政治哲学史》，第 514 页。

（REGULARITY）的王国。诸神和神学（SPIRITS AND DIVINITY）对解释它的运转来说不再是必要的了……这样，科学的革命把人从对混乱和危险的宇宙的恐惧中解救出来。当时的科学家多数是虔诚的，他们把这种物理自然的新图景视为上帝的新愿景，这个理性的、合法（规律）的自然的创造者一定也是理性的。科学和宗教信仰不仅是合拍的而且必须互相支持。”人们没有继续追问第一因的问题，上帝就这样得到了妥善的安置，社会秩序崩盘的危险在思想上暂时得到缓解。由于科学和信仰能以这种方式妥协，就促使了新的物理学和天文学思想能迅速地传播，原因是“当欧洲人最终被宗教战争弄得筋疲力尽时，新科学为上帝问题提供的基础，能使人们从对宗教律令的非理性争论和战争中脱离出来。上帝是理性的信念，鼓励了人们对理性的信仰，并且一旦从过去的传统中解放出来，人们开始相信自己改善自己命运的能力。”① 牛顿思想不可动摇的地位一直持续到爱因斯坦的相对论出现。

科学思考方式的发展，虽然不是关于政治秩序的完备的思考，但它是这个时代的反映，必然在政治思想家的思考中打下烙印，并为卢梭反思现代性的局限准备了充分的条件。② 这里必须要提一下帕斯卡。受培根的影响，在帕斯卡时代，古代人和现代人之争正风行一时，帕斯卡坚定地站在了培根一边，并作出了比培根表达得更出色的论述：③

> 人类通过各个时代的长河之整体相续，必须被看做就是一个人在继续不断地生活着和学习着；而这就表明了我们对古代哲学家所表示的敬意是何等的毫无根据；因为老年距襁褓时期是最遥远的，所以对所有的人都必定十分显然的是，在一般人中间要寻找老年就必须不是求之于最接近他出生的时间而是距离他最遥远的时间。我们称之为古人的那些人，实际上乃是生活在世界的青春期的人，那是人类真正的襁褓期；而且因为在他们所知道的东西之上又加上了我们与他们之间的各个时代的经验，所以我们在别人身上所尊崇的那种古代就只能是在我们自身之中找到。

尽管帕斯卡站在了“人类是不断进步的”这个思想阵营中，而且他说“人是

---

① See, Craig, Graham, Kagan, Ozment, Turner, the heritage of world civilizations, Volume II, P666, 1997 by Simon&Schuster/A Viacom Company.

② 雅克·巴尔赞，《从黎明到衰落——西方文化生活五百年（1500 年至今）》，第 270 页说“宗教并未随着清教徒们一起消失，但是科学的进步使得自然越来越取代神的启示成为可信的真理的来源。上帝光荣退休了，他的著作（如果谁还记得他是作者的话）成了人们关于社会和国家进行理性主义辩论的参考资料。”此说也说明笔者提一下科学发展对人的思维观念的影响是必要的。

③ 转引自卡尔·贝克尔，《18 世纪哲学家的天城》，第 123 页。该书标明此段话出自《思想录》卷二，第 271 节，笔者仔细查阅过此书的中文版本，在相关地方并未发现此段，但其内容确实能反映那个时代的通识，也符合帕斯卡的立场。

一根能思想的苇草”[①]，也是对笛卡尔的理性可以凭空发生作用这种观念最形象的描述，但他对理性至上所可能导致的唯科学主义的危险不是没有警觉。他一方面是理性至上的，另一方面又对它持有怀疑态度，他发现“人的心里有一种不为理性所知的理性”[②]。这意味着理性有着它无法把握的方面——事实上迄今所有的科学理论都还没有探明这个领域的范围到底有多大，信仰的存在总有足够的空间和其合理性。这和他对以怀疑主义闻名的蒙田的著作之熟稔，并曾一度站在冉森教派一边、是宗教的真诚信仰者的身份也是吻合的，他要说明的恰是“因为人的真理变化不定，所以必须在上帝的怀抱中寻求庇护”[③]。笔者发觉当卢梭表达其政治思想时，其出发点很大程度上和帕斯卡的态度有惊人的契合之处。

我们再转到对政治思想的考察。上文已经提到，在政权和教权的争夺中，随着民族国家的形成，政权获得了令人瞩目的胜利；而理性主义的胜利无疑彻底地强化了这一成果，因为个人由此得到了解放，而新的民族国家是法律支撑的“理性的国家机器”（哈贝马斯语），因此“新生”了的人把自己的归属纳入自己的民族国家是顺理成章的作法。16 世纪后半叶的让·博丹对新兴的民族国家拥有最高权力十分热心，“他的重要性倒不在于他煞费苦心地恢复了亚里士多德的体系，而在于他从神权论抛在神学废物堆中捡来了最高权力这一思想”[④]。博丹的《国家论六卷》旨在为秩序统一提出理论原则，他认为最高权力的出现是把国家同包括家庭在内的其他一切群体区别开来的标志，这最高权力就是主权。由此，“他把公民身份规定为对主权者的服从。明确规定国家的概念是主权者和臣民”。接着，他把主权定义为“不受法律约束的、对公民和臣民进行统治的最高权力”[⑤]。尽管他不否认主权者要向上帝负责并受制于自然法，但博丹主要的却是为了强调君主制的优越性，“他显然认为法国型的君主制或他认为的法国式君主制是秩序良好国家的唯一形式……他试图证明……唯一真正的‘秩序良好的国家’是一个主权完整的国家，因为它集主权于一人之身”[⑥]。博丹这种国家至上的、用权力来表示的主权理论显然具有很强的新颖性，确实把握了时代的脉搏，并给后来的霍布斯留下了重要的遗产。

17 世纪是一个各种思想嬗变在政治思考中最终汇流的世纪。笔者的上述梳理和萨拜因的归纳是相合的：“十七世纪头几十年开始了把政治哲学从与神学相结合的状态中逐渐解放出来的过程……之所以在十七世纪可能发生这种变化，乃是由于宗教论战的逐步隐退，还由于政治理论所必须探讨的诸问题逐渐趋于世俗化，也是由于受到学术世俗化的进一步推动……斯多葛主义、柏拉图主义以及对亚里士多德的

---

① 见帕斯卡，《思想录》，何兆武译，商务印书馆，1985 年版，第 157—158 页。
② 转自雅克·巴尔赞，《从黎明到衰落——西方文化生活五百年（1500 年至今）》，第 221 页。
③ 雅克·巴尔赞，《从黎明到衰落——西方文化生活五百年（1500 年至今）》，见第 222 页。
④ 萨拜因，《政治学说史》，第 456 页。
⑤ 萨拜因，《政治学说史》，第 462 页。
⑥ 萨拜因，《政治学说史》，第 469 页。

近代化理解产生了某种程度的自然主义和理性主义……最后，数学和物理学方面划时代的进步也朝着同一方向产生了间接的影响。人们开始把一般的社会现象，特别是政治上各方面的关系，看做是自然现象，可以通过观察尤其是通过逻辑分析和推理加以研究，在这种研究中天启或任何其他超自然因素就不占什么重要地位了。”①

格劳秀斯是这个潮流的先行者，他是从法律而非从哲学和神学角度研究政治学的典范。他的论著的核心思想是：人生来就是一个理性的社会性动物。他说：“可以肯定，人是一种动物，但他是高级动物……在人所独具的特性中有一种要求社交的强烈愿望，亦即要求过社会生活的愿望——这并不是指任何一种生活，而是指按照他的才智标准跟那些与他自己同一类的人过和平而有组织的生活。”“这种对社会秩序的维持——这一点我们已略加描述，它并且是与人的才智相一致的——正是所以称之为法律的根源……即使我们并不缺乏可以把我们引入建立相互关系的社会的任何条件，人的这种本性仍是自然法之母。”② 他从人的本性这个角度——而不是哲学和神学——着手论证人类社会需要政治秩序，已经很具科学色彩。但如此顺理成章地把自然法和人的本性联系起来是有很大风险的，为此，他对人的本性进行了合乎时代风尚的限定：“自然法是正确的思想所下的命令，他按其是否符合于理性，指出一种行为本身具有道德依据或道义上的必然性；因此，这样一种行为不是为自然的造物主即上帝所禁止，就是由他吩咐去做的。”③ 至于理性到底是什么，根基何在，他并没有给出帕斯卡似的警惕，在科学逐渐占据神的地位的时代，这种怀疑在当时也许是不会被人留意太多的。

正是在这样的自然法观念的指引下，格劳秀斯论证了人的权利。他把权利的含义分成三个层次，最初的含义是公正；第二层含义才是人的权利，他认为人仅仅作为一个纯粹的人，就拥有天生的权利。这就突出了个人主观权利的观念。笔者认为它标志着思想家对政治秩序问题进行思考的转向：人和政治统治机构的关系由一个单纯服从的问题——城邦、帝国、教会——而转变为一个需要和国家讨价还价的严肃问题；在人摆脱了神权的束缚之后，如何处理和新的政治统治机构——民族国家——的关系成为焦点，对大写出来的人——现代公民——的生存状况的思考真正成为一个不可忽视的问题，它从此成为政治思考的枢纽性的问题。因为政治统治者即使是像上帝一样客观公正——而这是不可能的，但国家作为一个庞大的官僚化的

---

① 萨拜因，《政治学说史》，第472页。

② 分别见格劳秀斯，《战争与和平法》之《绪论》，第8节、第16节。转引自萨拜因，《政治学说史》，第480页。

③ 格劳秀斯，《战争与和平法》第一卷第一章。转引自萨拜因，《政治学说史》，第481页。

理性机器，政治本身就具有极大的剩余价值，① 这决定了个体化了的人如果单独面对它，将会显得过于的柔弱无力；人若不愿意接受被奴役的命运，那就得时刻注意自己的权利，在现代性支配下的民族国家政治机构的治理下，尤其得注意这点。虽然关于主观权利的系统的哲学论述要等到霍布斯才完成，但格劳秀斯开启了这扇对于现代政治来说最关键问题的门户。正是在这个背景下，卢梭至少是感觉到了这个问题在现代社会的枢纽地位，仅从这一点也可以说明，理解卢梭政治思想的关键就在于了解他的公民观。公民问题是 17 世纪以来，西方社会现代政治秩序彻底确立以后，才成为大政治思想家展开对政治秩序的思考时无法回避的问题的。格劳秀斯权利观念的第三重含义是法律，也就是行动的准则。它规定了什么是正确可以作的，什么行为会招来制裁。该含义是法律成为新政治秩序之神之后的题中应有之义。②

霍布斯是第一个明确地站在近代科学的立场之上对新的社会政治秩序提出系统论证的政治思想家，他敏感地承继了自马基雅维里以降的思想观念的进展。既然现代人才是更靠近古代的，那么历史得由现代的人书写。霍布斯就采用了最新的方法书写历史，他的贡献可以归纳为两点：试图把政治哲学和道德置于科学的基础之上；接着就探讨国家的形成，其主要目的是探讨公民的权利和公民对国家的义务。笔者对这两点内容略加分疏。在《利维坦》开篇，霍布斯以对亚里士多德的怀疑作为起点。③ 他明确地说：“聪明人的职责就在于对他们所说的一切只相信到正确的理性能判明其为可信的程度。”“我所理解的思维序列或系列就是为了和语言的讨论有所区别，而被称为心理讨论的一系列互相连贯的思想。”④ 由此展开了他关于人类性质的讨论。他认为人类行为应主要从机械论的情感心理学方面去理解认识⑤，其目的是否定古典的“人在本质上是社会性和政治性的”看法，⑥ 而转入他关于自然状态的考察。他认为：“我们在天性上不是在寻求朋友，而是在从中追求荣誉或益处。”⑦ 如此解释人要组成社会的理由就具有科学的基础。然而他认为：“大规模

---

① 政治有剩余价值，是因为政治存在许多例外状态，而对它的处置是不可能作出完全的事前预测的。极其深刻的论述参见卡尔·施密特，《政治的概念》之“合法性与正当性”，施密特认为合法占有政权将得到三重巨大的奖赏：基于决定的运用；合法性猜测；可立即执行性。“在运用例外状态的非常权限方面，这种巨大的奖赏发挥出其全部清除任何机会均等想法的首要作用。”见该书第 278 页（中译本）。施密特针对的还是当代社会的政党政治，那么对十七、十八世纪的君主专制时代，政治剩余价值应该更大。

② 关于格劳秀斯的权利的三重含义，这里的归纳参考的是列奥·施特劳斯、约瑟夫·克罗波西编，李天然等译，《政治哲学史》，第十五章《雨果·格劳秀斯》。

③ 见霍布斯，《利维坦》，黎思复、黎廷弼译，商务印书馆，1985 年版，1996 年重印，第一章《论感觉》。

④ 霍布斯，《利维坦》，分别见第 11、第 12 页。

⑤ 霍布斯，《利维坦》，参第六章。

⑥ 参霍布斯，《论公民》，应星、冯克利译，贵州人民出版社，2003 年版，第一章第 2 节。

⑦ 霍布斯，《论公民》，第一章第 2 节。

的或持久的社会不可能以对荣耀的激情为基础。其原因是，荣耀就像荣誉一样，既然它的存在就在于比较和突出，那么，如果人人拥有它，它就什么都不是了。”这样，他顺理成章地得出“大规模的、持久的社会的起源不在于人们相互的仁慈而在于相互的恐惧”这一推论。[①] 由于如此界定对人的性质，这就意味着人是自私的，从而为人的自然权利留下了空间。“人们相互恐惧的原因，部分在于平等，部分在于他们想彼此加害。因此，我们无法预期可以从别人那里获得安全或确保我们自己的安全。”[②] 然而，既然“每个人都是趋利避害的，而在各种自然的恶中的至恶就是死亡——死亡的发生就其真正起于自然的必然性而言就如同石头必然要下落一般。因此，如果一个人尽全力去保护他的身体和生命免遭死亡，这既不是荒诞不经的，也不应受指责，也不是与正确的理性相悖的。可以说，不与正确的理性相悖，就是按照正义和权利去行事的。‘权利’这个词确切的含义是每个人都有按照正确的理性去运用他的自然能力的自由。因此，自然权利的首要基础就是：每个人都尽其可能地保护他的生命”[③]。因为有这一根本的心理需要，人就要寻求出路。“相互的恐惧就会使我们相信，我们必须从这样一种状态中摆脱出来，寻求联盟。”不过由于人们有了正确的理性支撑下的权利意识，因此“联盟或者因强力而建立，或者因同意而建立”[④]。

基于当时欧洲社会政治—经济结构和思想界的状况，尤其是英国的状况，霍布斯至少是感觉到了个人的解放是一种趋势，他始终把他的理想国建立在维护个人自由权利的基础上。因此，他不同意把绝对权力托付给某个没有约束的个人，他方便地借助了基督教神学来解决他构想的世俗政治架构基础中可能遇到的矛盾，从而在逻辑上形成了一个系统的结构。“在上帝亲自以超自然的神启建立宗教的地方，他便也为自己建立了一个特殊的王国。他不但为人与神之间的行为订立了法度，而且也为人与人相互之间的行为订立了法度。因此，在上帝王国中，世俗的政策与法律都是宗教的一部分，于是世俗和宗教统治的区别在这里便不存在。”这实际上是论证了自然法和神法是一致的，而个人权利是据上帝的法度而享有的，也就是说，即将组成的理想的世俗国家的合法性将依赖自然法，也即取决于有正确理性的公民。[⑤] 霍布斯就这样既没有支持恢复教会已经失去的光荣，也给世俗政府的合法性定下了保护个人权利的调子。所以他接着说：“上帝成为全世界之王是根据权力而来的，

---

① 霍布斯，《论公民》，第一章第 2 节。

② 霍布斯，《论公民》，第一章第 3 节。

③ 霍布斯，《论公民》，第一章第 7 节。也参《利维坦》第 13、第 14 章。

④ 分别见霍布斯，《论公民》，第一章，第 13、第 14 节。

⑤ 在《论公民》里，霍布斯明确地论证说：“法就是某种正确的理性，而正确理性（因为与人其他的天赋或心灵的激情同样是人的自然的一部分，所以）也可以说是自然的。因此自然法是正确理性的指令，它为了最持久地保存生命的可能，规定了什么是应该做的，什么是不应该做的。”见第二章第 1 节。而该书第四章通过他在第二、第三章对自然法法则的讨论，并经由和《圣经》经文作比较，专门论述了自然法是神的法律。由于论题的关系，这里不详细探讨。

但他成为选民之王则是根据契约而来的。”[①] 世俗国王不能僭夺上帝的权力便有了法理依据，联盟成为国家也是靠契约而定就是天经地义的。正是在这个意义上，霍布斯决定性地推进了现代政治自由主义。我们在这里可以看到，西塞罗契约说的萌芽经过11世纪马内哥尔德等的传承，至此焕发出了特别的生机，并且从此成为18世纪人们论述政治问题的通识。

由于组成了国家，而国家是有正确理性的个人同意的契约的产物，国家和公民的权利义务关系必须予以澄清。霍布斯这样界定国家的性质：“国家是这样一个人格，即它的意志通过若干人的协议被看成是他们大家的意志，它可以为共同的和平和防卫而运用他们的力量和资源。”[②] 它是由公民的权利转让形成的，“权利的互相转让就是人们所谓的契约”[③]。由于国家是有人格的，所以它有个人（公民）不能拥有的权利，也就是霍布斯所说的“主权权利”，其中“战争权和司法权这两种权利都是主权所固有的，它们从根本上出自国家的自然”[④]。霍布斯区别了几种国家，按他的说法：“国家的区别在于主权者的不同……当代表者是一个人的时候，国家就是君主国，如果会议集在一起的全部人的是时便是民主国家或平民国家，如果只是一部分人组成的会议便称为贵族国家。”[⑤] 这种区分是西方自柏拉图以来几乎所有系统性地考察过政治秩序划分的政治思想家都继承了的，18世纪的卢梭也继承了这种区分。他用身体来比喻国家在政治生活中的重要地位，认为国家“就如同一个人的头部之于整个人”。[⑥] 这种有机体的比喻是那个时代的特色，它实在地为卢梭所继承。霍布斯相信“家庭就是一个小型的国家”[⑦]，通过比较各种国家的利弊，他认为“君主制是这些国家类型中最佳的”[⑧] 就很自然了。霍布斯支持君主制的立场，好像和他的出发点矛盾，从而为后人争论霍布斯是自由主义还是保守主义留下了空间，如果我们系统地看霍布斯思想，这种争论是不必存在的，因为他不是赞成君主专制，这在他论公民的权利以及基督教国家时表现得很清楚。

在霍布斯的理论系统中，国家有绝对主权范围，但公民的权利才是他念念不忘

---

① 见霍布斯，《利维坦》，第88页。

② 见霍布斯，《论公民》，第五章，第5节。

③ 霍布斯，《利维坦》，第100页。

④ 霍布斯，《论公民》，第六章，第7节。

⑤ 霍布斯，《利维坦》，第142页。

⑥ 霍布斯，《论公民》，第六章，第19节。

⑦ 霍布斯，《论公民》，第六章注释4；另《利维坦》第129页说，“现在的城邦或王国不过是大型的氏族而已”，表达的是同样的意思。这是对亚里士多德的继承和改造，它也反映在了卢梭的思考中。

⑧ 霍布斯，《论公民》，第十章第3节。柏拉图以降，包括亚里士多德都很清楚地认为混合制是最有可能长久存在的，霍布斯这种说法其实没有违背这个传统，因为他是从最理想状态中选定的。参《利维坦》，第十九章的论述；他还支持一种和君主制非常接近的贵族制的看法，也反映了这点。见本章第19节。因为他很关注政府运转的效率，“其实一切政府形式中的权力，只要完整到足以保障臣民，便全都是一样的”，见《利维坦》，第141页，这很容易地证明霍布斯对政府形式的选择和他的出发点不矛盾，和他的自由主义立场也不矛盾。下文的论证也可作为旁证。

的。尽管他坚持“他（公民——引者注）并不能在这样的条件下拥有财产，即这些财产连主权者本身都无权拥有。这时主权者的命令就是法律本身，他的意志就包含了公民的意志，而公民让他成了他们最高的裁决人”①。这段话，很容易让人把霍布斯看成是支持统治者对个人权利的无限制的干预，但只要注意到“这时主权者的命令就是法律本身，他的意志就包含了公民的意志”这个限定，就完全不是那么回事，因为霍布斯的法律是“某种正确的理性”。这和他论述国家成立的前提是一致的，霍布斯认识到国家一旦建立，它就是“伟大的利维坦”、“活的上帝”，② 具有独立的不受个人意志支配的自身的力量，它的本质就是会侵夺个人自由空间的，所以如何限制它才是霍布斯关注的根本的问题。在霍布斯看来，国家是一种必要的恶，“从理性和圣经上看来都很清楚不论是像君主国家那样操于一人之手，还是像平民或者贵族国家那样操于一个议会之手，都是人们能想象得到使它有多大，它就有多大。像这样一种无限的权力，人们也许会觉得有许多不良后果，但缺乏这种权力的后果却是人人长久相互为战，更比这坏多了”③。正是出于这样看待国家，他才特别提出对主权者的限制，“因为被他们推为主权者的那个人承当大家的人格的权利只是由于他们彼此间的信约所授予的，而不是由他对他们之中的任何人的信约所授予的，于是在主权者方面便不会违反信约”。换言之，契约国家是自下而上地建立的。在这个前提下，“由于按约建立国家以后，每一个臣民便都是按约建立的主权者的一切行为与裁断的授权者，所以就可以得出一个推论说：主权者所做的任何事情对任何臣民都不可能构成侵害，而臣民中任何人也没有理由控告他不义，因为一个人根据另一个人的授权做出任何事情时，在这一桩事情上不可能对授权者构成侵害”④。这就很清楚地解释了为什么主权者的命令就是法律本身；建立在这个基础上的法律和霍布斯对“法律是某种正确的理性”的限定在逻辑上也是一致的。因此，在这种条件下，公民作为国家的臣民，是自由的，而且空间很大，“在法律未加规定的一切行为中，人们有自由去做自己的理性认为最有利于自己的事情”⑤。也就是说，在法律之外的剩余权力问题上，他不是把它留给国家，而是给了个人，这是自由国家和专制国家的重要差别之一；霍布斯是自由主义者还是专制主义的支持者这个疑问在此也可得到澄清。

然而，若是主权者违反了约定，那怎么办呢？霍布斯的立场很清楚：“主权者本身只是通过法律的手段来为公民提供安全，而法律是普遍的。”⑥ 这即是说没有人比法律更大，这和中世纪以后法律具有神圣地位的历史趋势是一致的。因此，

① 霍布斯，《论公民》，第六章，第 18 节。
② 霍布斯，《利维坦》，第 132 页。
③ 霍布斯，《利维坦》，第 161 页。
④ 霍布斯，《利维坦》，第 134、第 136 页。
⑤ 霍布斯，《利维坦》，第 164 页。
⑥ 霍布斯，《论公民》，第十三章，第 3 节。

“如果一个君主对一个公民或若干公民作了足以破坏他运用主权的承诺，那种承诺或协议无论是否附带有誓言，都是无效的”[①]。很清楚，霍布斯的意思是：若契约被破坏了，公民有反抗权；换言之，必要时革命是合法的。其实卢梭在这个问题上正持有同样的意见。

以上就是霍布斯论述的“以约建立”的国家中公民和国家的基本的权利义务观，他认为以约建立的国家是“政治的国家”；[②] 相对应的就是“以力建立的国家”，即他所谓的通过自然之力或征服形成的国家。[③] 在霍布斯的理论系统中讨论它，并不是多余的。因为他含义中的法律是“正确的理性”，那它到底是什么呢？这里其实是依据意志而不是理性定义法律。那依据谁的意志？以霍布斯的立场，当然不能把它归结于某个人，那只能是上帝。因此，在他的思考中，这种国家是“自然的上帝国（天国）”。[④] 这里我们要注意新教改革的先行者的关于神法和自然法是一致的观念。霍布斯在这里是试图要解决格劳秀斯没有给出解释的“自然法是正确的思想”——他继承了格劳秀斯的这个理念——中“正确思想”是什么这个问题。霍布斯认为：“主权者和他的主要大臣唯一必须具有的学识就是关于自然正义的学识，他们所需要学的数学不像柏拉图所说的那样多，而只要学习到能通过良法鼓励人们学习这种学问的程度就够了。”[⑤] 而良法在《圣经》里是本来存在的，“通过明智而渊博的解释，再加上精心的推理，我们对上帝和人类的义务的知识所必需的一切法则和戒条都很容易从《圣经》中推论出来，而无须神灵附体或超自然的神感”，“就其不异于自然法这一点而言，《圣经》各篇无疑是神律，于是便也具有权威，一切能运用自然理性的人都可以理解它们”。[⑥] 在《利维坦》的后半部以及《论公民》的“宗教”部分，霍布斯所做的正是解读《圣经》里包含的自然法。

这样处理的含义是深远的，它不仅合乎“上帝是理性的”这个观念的氛围，也说明了契约的国家才是他关注的重点；它还表明他对现代性主宰的新世界是满意的。或许出于思想家的本能，他给上帝——也就是信仰——留下了相当大的空间，离开美德和信仰的政治生活是不完全的公民生活，而把美德从政治生活中驱除是马基雅维里以降的一个趋势。霍布斯没有忽视信仰，他注意到人的灵魂得救是一个严肃的问题。[⑦] 他的这一关怀可以说是把公民权利问题放在首要地位的必然结果：在古典时代个人道德这种具有很大主观性的标准，在思想家的论述中，通常要求能适

---

① 霍布斯，《论公民》，第七章，第 17 节。

② 见霍布斯，《利维坦》，第 132 页。

③ 霍布斯，《利维坦》，第 132 页。

④ 参霍布斯，《论公民》的《宗教》部分和《利维坦》的第三十一章和第三部分。

⑤ 霍布斯，《利维坦》，第 288 页。

⑥ 霍布斯，《利维坦》，第 295、305 页。

⑦ 霍布斯说“得救所必需的一切，要根据信仰和服从这两种美德来认识。”见《论公民》，第十八章，第二节。

应政治生活的公民最少也要具备亚里士多德的标准，即如前文论及的，公民即使不是哲学家，但也要具备发现真理的能力；但在霍布斯的系统里，过公民生活只要求人是理性的，或者说，道德是理性的，道德变成了只要求遵循契约，而契约的维持只需要遵循法律就够了。[①] 这样的处理方式，使得美德这个属于人之为人之核心标准的主观性就消失了。在某种意义上，它甚至不要求人有美德，而把问题直接交给了法律；而遵守法律就是现代性社会的一个已经成为事实的根本特征（如前文论证的）；剩下的只要求解决法律系统本身的合法性问题，而在霍布斯的论证体系里恰是对它给予了完全的解决：法律就是自然法，而自然法又可以直接在《圣经》里发现，也就是说自然法和神法一致，现代法律体系的永恒公正性问题就这样被消解了。

笔者认为霍布斯的努力对卢梭至少是无意的启发：在社会生活中，如果只要求人们遵守法律就可以过公民生活，那么法律的条文本身就很容易变成新的圣经，它使得法律的公正精神本身被架空。而这种危险在生活中正是不需要特别的智慧就可观察到的事实。由此，把道德问题交给理性就值得重新思考；最后，霍布斯对理性的这种景仰和他对契约国家起源的假设，引发了其他思想家的极大关注，启发了洛克对这一假设的反动，从而也预示了卢梭对其思想的扬弃。

霍布斯完成了他的逻辑一致、完整而系统的关于新政治秩序的论证，他的努力是西方政治秩序思想的里程碑。洛克在思想的系统性上远不及霍布斯，但他的思想可以说是对霍布斯思想的发展。他主要的政治著作是《关于政府的两篇论文》。由于民族国家的国王权力渐大，刺激了这些国王控制绝对权力的欲望，而这和强大的新兴资产阶级的利益是相悖的。这种矛盾在英国终于引起了光荣革命，革命之后，保皇党势力还很强大，这时，英国反潮流的思想家菲尔默仍然鼓吹君权神授，而对时代潮流把握得十分到位的洛克起而反驳，这是这篇光辉著作诞生的简单背景。在《政府论》上篇，洛克借助胡克尔对宗教改革末期和英国国王同国会分裂之前的政治思想的总结抨击了菲尔默理论的虚妄性；下篇论他自己对政治秩序的看法，这是洛克表现得最有创造力的地方。“他的天才的主要标志既不是学识渊博，也不是逻辑缜密，而是集中了无与伦比的常识。”[②] 洛克在下篇开篇就简单归纳了上篇论证的结论，并说：“无论是谁，只要他举不出正当理由来设想，世界上一切政府都是强力和暴力的产物，人们生活在一起乃是服从弱肉强食的野兽的法则，而不是服从

---

① 昆廷·斯金纳说：“对‘人类繁荣’的思想以及与之相应的社会自由观的信念产生于更深层次的原因，而不仅是意识形态的争论。它的出现是为了试图回答道德哲学中的一个核心问题，即道德是否是理性的。它提供的答案是——道德事实上是理性的，原因就在于道德对我们是有利的，反过来说，在于我们是带有某些规范性目的的道德主体，这些目的来自我们的本性。我们也许会声称这种人性理论是错误的，但我们却无法声称我们先验地知道它在原则上从来就没有被真诚地信奉过。”见氏著《政治自由的悖论》，柴宝勇译，载许纪霖主编《共和、社群与公民》，江苏人民出版社，2004 年版。

② 萨拜因，《政治学说史》，第 587 页。

其他法则，从而奠定了永久混乱、祸患、暴动、骚扰和叛乱的基础……”[①] 笔者认为这个看法与其说是攻击菲尔默，还不如说是回应霍布斯。[②] 他开宗明义说明其观点是“我认为政治权力就是为了规定和保护财产而制定法律的权力，判处死刑和一切较轻处分的权力，积极使用共同体的力量来执行这些法律和保卫国家不受外来侵害的权力；而这一切都只是为了公众福利。”[③] 对财产权格外关注，是洛克的特色。笔者认为这个符合时代需求的理论，也是对亚里士多德的中产阶级最能建立稳定国家这一思想的遥远回应，因为直到这时，亚里士多德期望的社会经济状况在西方才有可能变成现实；而卢梭直接地接受了洛克的这种思想。此后，洛克基本上就是依靠常识对它展开论证。

洛克认为：“极为明显，同种和同等的人们既毫无差别地生来就享有自然的一切同样的有利条件，能够运用相同的身心能力，就应该人人平等，不存在从属或受制关系，除非他们全体的主宰以某种方式昭示他的意志，将一人置于另一人之上，并以明确的委任赋予他以不容怀疑的统辖权和主权。”在后文，他对这种平等进行了界定，“与本文有关的那种平等，即每一个人对其天然的自由所享有的平等权利，不受制于其他任何人的意志或权威”[④]。“人生而自由”这个主题假设就由洛克首先提了出来，这是对个人自由最明确的确认，这成为洛克政治思想的基本特征，并为卢梭所接受。

由这一假设，洛克提出了他对自然状态的看法：“自然状态有一种为人人所应遵守的自然法对它起着支配作用；而理性，也就是自然法，教导着有意遵从理性的全人类：人们既然都是平等和独立的，任何人就不得侵害他人的生命、健康、自由或财产。”在这一假设的基础上，洛克提出了他对国家起源的看法，他引证胡克尔的观点：“既然我们不能单独由自己充分供应我们天性所要求的生活，即适于人的尊严的生活所必需的物资，因而为了弥补我们在单独生活时必然产生的缺点和缺陷，我们自然地想要和他人群居并营造共同生活，这是人们最初联合起来成为政治社会的原因。”[⑤] 此即是说，洛克把自然状态描绘为和平与互助的，这就为他规定政治社会的目的定了调子。

在进一步展开分析之前，笔者指出洛克引用的这段假设所具有的另一个重要意义：该假设预含着一个前设，即匮乏的观念，这是现代经济学的一个基本假设；在文化人类学上，它意味着对古典传统的一个重大突破。在基督教教义里，禁欲是受到赞扬的一种德性，因此人们对匮乏的观念是比较迟钝的，这一观念的产生和商业

① 洛克，《政府论》下篇，叶启芳、瞿菊农译，商务印书馆，1964年版，1996年重印，第3—4页。

② 萨拜因，《政治学说史》，作者在第590页也说：“虽然洛克不曾直接批评霍布斯，但却抨击过更能代表霍布斯而不是菲尔默的思想，主要是批评了自然状态是一切人对一切人的战争的学说。”

③ 洛克，《政府论》下篇，第4页。

④ 洛克，《政府论》下篇，第5、第34页。

⑤ 洛克，《政府论》下篇，第6、第12页。

社会的崛起相关联。前文已经提到，欧洲的商业贸易最早是奢侈品贸易，因此商业从一开始就是以刺激人们的欲望为其重要特征之一，而只要人的欲望被极大激发出来，匮乏观念的产生就难以避免。因此，洛克引用的这一假设包含两个假设，而内含的预设本身就意味着对现存社会秩序结构的认可。[①] 笔者之所以提出这点，是为了说明卢梭对社会现实反思的深度和他对匮乏这个新观念的批判关系密切，相比卢梭，洛克和霍布斯一样，不管对政治社会的起源所作的解释有多大差别，但在对现存社会生活秩序的结构这个根本问题上相当满意的态度是一致的。

有了上述基础，洛克就可以说："任何人放弃其自然自由并受制于公民社会的种种限制的唯一的方法，是同其他人协议联合组成为一个共同体，以谋他们彼此间的舒适、安全和和平的生活，以便安稳地享受他们的财产并且有更大的保障来防止共同体以外任何人的侵犯。"[②] 也就是说依靠一种社会契约来组成政治社会，这点和霍布斯并无两样，原因就是他和霍布斯对现成社会秩序结构的根本态度相同。

洛克反复强调组成政治社会的目的是保护人们的财产，为什么会这样，政府又如何就能保护财产呢？这就涉及了洛克整个政治学说的主题：增加。[③] 洛克认为，自然提供的物质条件不是无止境的，"无论什么时候人们对财物的需要或欲望增加了，世界的极限在彼时彼地也不会因之而有所扩张"，因此"当任何一个人为自己尽可能地攫取更多的东西时，他便从另一个人的东西中拿走了一些东西将其放入自己的东西中。因而，除了以牺牲他人的利益为代价而外，任何人都不可能富裕起来"[④]。那么人又如何能富裕起来呢？洛克的回答是此前的思想家没有做到的，那就是实行私有制，这样人们就有了技术创新的积极性，从而能增加财富。[⑤] 显然洛克看到了英国圈地运动积极的一面，他的这一观点注定会提出要保护私人技术创新的积极性，因为它能为个人增加财富，从而也就增加了社会的财富，而这意味着增加个人的自由，这样，政治社会就是必需的。"洛克的财产理论解释了自然状态到公民社会的过渡的必然性。"[⑥] 洛克的这种思想正是牛顿以后，科学观念支配下的

① 马歇尔·萨林斯说："每个人对自身欲望的无休止的、无望的关注，原来在教父们看来是一种束缚，而到自由——资产阶级思想中，则成了自由本身的条件。原来，需求已促使人类同上帝的完满区分开来了。正如圣巴斯所言，在人类堕落之后，'自然开始堕落，人也一样，他们变得无法满足自己的需求'。"见氏著《甜蜜的悲哀》，王铭铭等译，三联书店，2000年版，第10页。同书第14页他引证新西兰印第安人的需求，则表明匮乏的感觉远不是社会的黏合剂。这和笔者对西方现代性兴起的历史—社会学梳理得出的结论是一致的。匮乏这个假设只能说是现代社会的产物，脱离具体的历史情景而把它归之于人性，是不合历史事实、缺少文化依据的。

② 洛克，《政府论》下篇，第59页。

③ 参列奥·施特劳斯、约瑟夫·克罗波西编，李天然等译，《政治哲学史》，第587页。

④ W·VON·莱顿编《自然法论文集》，牛津，1954年版，第210—211页。转引自上书第587—588页。

⑤ 参洛克，《政府论》下篇，第24—26页，第37节。

⑥ 列奥·施特劳斯、约瑟夫·克罗波西编，李天然等译，《政治哲学史》，第589页。

人相信凭自己的努力也可改善自己命运的信念成为社会常识的体现。

政治社会如何能保护财产，对洛克来说只要继承前人的思想就够了，即依靠法律。洛克也强调对自然法的发现，[①] 他认为法律的目的是“保护和扩大自由”[②]。国家形成了，公民对国家有什么义务呢？“当每个人和其他人同意建立一个由一个政府统辖的国家的时候，他使自己对这个社会的每一个成员负有服从大多数的决定和取决于大多数的义务。否则……契约就不成其为契约了。”[③] 不过，和霍布斯一样，洛克更着重强调的是国家对公民的义务，只不过他的简明不会引起人们对霍布斯那样的误解。这体现在上文已经论述过的人们组成政治社会的目的上。如果政治社会侵夺了个人自由，又如何呢？洛克论述了政府的解体。他区分了外部因素和内部因素，外部因素是“外国武力的入侵，把他们征服”；从内部解体，分为立法机关变更和握有最高执行权的人渎职，用洛克的原话即是：“当立法机关和君主这二者的任何一方在行动上违背他们的委托的时候。”[④] 这个论述明确的意思是公民有抵抗暴政的权利。他在阐述这个观点时最富有意义的地方在于，“洛克论证的这一原则同后来卢梭发挥的原则基本相同，即认为道义的效力同暴力是两件完全不同的东西，暴力不可能产生道义的效力”[⑤]。

洛克学说最大的贡献在于他比霍布斯更明确地捍卫了个人自由、个人同意以及为获得自由而享有不可剥夺的财产权利而进行抗争的思想。上述整理表明，在更深的层次上，他和霍布斯的论证方法以及关注的中心问题是一致的。[⑥] 正是他简明而重要的贡献，使得卢梭起而抗争现代性对美德的败坏时，批评霍布斯，却对洛克甚为赞赏。这意味着，卢梭本人对社会秩序变迁的大背景可能是感受到而不一定是自觉的，这和他的哲学观也相符合。[⑦] 也正因为如此，他抗拒现代性的尝试——严格地说，他的努力只是属于这个行列，而不必是自觉的——不可能避开这个背景，从而实际上更深刻地推动了现代性的发展，这点下一章再谈。

另一个对卢梭有实际影响的略早于卢梭的政治思想家是孟德斯鸠。他主要是从法律和各种政体之间的关系来较为全面地论证各种政治秩序问题的，由于他不是太

① 参洛克，《政府论》下篇，第84页，第136节。

② 洛克，《政府论》下篇，第36页。第57节。

③ 洛克，《政府论》下篇，第60页，第97节。

④ 参洛克，《政府论》下篇，第十九章。

⑤ 萨拜因，《政治学说史》，第600页。

⑥ 列奥·施特劳斯也认为：“无论洛克在《政府论》中本可以多么的遵循传统，但是对于他那其中的学说与胡克尔和霍布斯的学说的一个简单比较就会表明，洛克在很大程度上偏离了传统的自然法学说，走上了霍布斯所引导的道路。”见氏著《自然权利与历史》，第226页。

⑦ 卢梭，《忏悔录》，第7页，“我先有感觉而后思考，这本是人类共同的命运。但这一点我比别人体会得更深”。可见卢梭对问题的考察通常是基于对事实的关注然后借助历史展开的，而不必是对历史先有一个清晰的看法而后再提出并解决他所看到的社会问题。实际上思想者确实多半是如卢梭所说的那样去思考问题的，也就是笔者在本章开始所说的，在提问序列上，“为什么”总在“何以能”之前。

重视契约观念，而且他的论述系统比较复杂，这里只侧重介绍笔者认为他对卢梭有影响的部分。不重视神法和自然法，而直接认为“一般地说，法律，在它支配着地球上所有人民的场合，就是人类的理性”[①] 这是孟德斯鸠不同于前代思想家的根本之处。对理性的高度重视，意味着他努力要把各种法律秩序体系建立在笛卡尔式的科学的基础上。基于这一信念，他认为每个国家的法律必须与它的政府形式、它的自然环境和社会习俗联系起来。[②] 笔者认为他的意图应该是，接着分别对法律和这几个条件的关系进行论述。他马上转入了对政体形式的区分，他把政体分为共和、君主和专制三种形式，这种区分方式和前人是大不一样的。按他的解释方式，专制政体是谈不上法治的；因此共和制和君主制是他讨论的中心。[③] 笔者在这里只提孟德斯鸠论民主政治的方面。他认为民主政治绝对需要美德支持，[④] 因此这种政体只能适合于小国。[⑤] 这样，反过来说，民主制国家最吸引人的是它的公民道德的伟大，孟德斯鸠是通过对希腊城邦的探讨得到这个结论的。如果我们联系到卢梭心仪的共和国正是类似古希腊城邦一样的共和国，那就可以判定孟德斯鸠对他是有启发的；而对其他类型的国家适应什么样的政治形式，在笔者看来，卢梭几乎未加考虑就照搬了孟德斯鸠的看法。[⑥]

孟德斯鸠花费了很大的篇幅讨论三种政体的原则和它应该适应的各种法律，以及法律对各类国家的攻防以及促进公民自由和税收方面的作用，然后才转入探讨法律和自然环境和民族习俗的关系。对自然环境的高度重视，是孟德斯鸠进行政治思考的一个很有特色的方面，在卢梭选择他培养公民的环境时，可以看到他的影响；[⑦] 但对孟德斯鸠本人的理论系统而言，他讨论这个问题却是为他讨论英国及其商业得以兴起的原因准备条件。[⑧] 从第五卷起，孟德斯鸠对商业和宗教法与罗马法进行了系统的历史社会学考察，从而结束了他的探讨。由于笔者判断这和卢梭关注的中心问题关系不大，因此探讨从略。

至此，笔者对卢梭之前政治思想传承的连续性问题和社会政治结构革命性变迁的知识社会学方法的考察已经基本完成。通过这一考察，虽然还有许多重要思想家（比如普芬多夫）的思想没有纳入本书的考察视野，但笔者认为，在解释“卢梭何

---

① 孟德斯鸠，《论法的精神》，上册，张雁深译，1961 年版，1997 年重印，第 6 页。

② 孟德斯鸠，《论法的精神》，上册，第 7 页。

③ 孟德斯鸠，《论法的精神》，上册，第 8 页以下。

④ 孟德斯鸠，《论法的精神》，上册，第 20、第 26 页。

⑤ 孟德斯鸠，《论法的精神》，上册，第 37 页。对这两个条件，卢梭在《社会契约论》卷三章四里予以了明确的评论。

⑥ 卢梭，《爱弥尔》，第 716 页，卢梭说，“一般地说，民主政府适用于小国，寡头政府适用于中等的国家，而君主政府则适用于大国”，和孟德斯鸠的观点一致。

⑦ 卢梭说：“关于风俗和政府的必要的关系，在《论法的精神》一书中有极详细的阐述，所以要研究这种关系的话，最好是阅读这本著作。”卢梭，《爱弥尔》，第 720 页。这可证实笔者的判断。

⑧ 参列奥·施特劳斯、约瑟夫·克罗波西编，李天然等译，《政治哲学史》，第 625 页。

以能够如此思考"这个问题上，讨论到了的思想家是有足够代表性的，足以帮助笔者较为合理地解决过去阐释卢梭的政治思想时遇到的许多困难，因为许多的思想见解此前已经出现过，不管卢梭是不是了解这一切——大部分他肯定是了解的。[①] 但如果他给出某种看法而没有给予充分的解释，给后人留下了困难，也不意味着它就是一个死结，更不意味着这些不重要。笔者的知识社会学清理应该能给出一个相对坚实的基础来说明它完全是有可能给予合理而不是牵强的阐释的；另外，上述整理也为现代性是如何出现的这个问题理出了一个大致的脉络，这种历史依据可以比较清楚地显示出：把卢梭置于现代性的背景下来考察是必须的，也是合理的。

① 仅在卢梭的《忏悔录》（中译本）里，笔者至少发现在第8、第136、第230、第269、第305页，此外还有他写作其他著作时征引的材料中，可以证明卢梭对笔者在此涉及的思想家基本上是熟悉的，而且还远不止于此。笔者没有足够的能力去完备地阅读这些资料。对于卢梭的阅读经历较详细的考察也可见勒赛克尔在卢梭《论人类不平等的起源和基础》之《引言》，李常山译，商务印书馆，1962年版，1997年第7次印刷。

第三章　卢梭时代的“舆论气候”

在上一章，笔者基本完成了“卢梭何以能这样提出并这样思考问题”这个版块，但还没有回答如下问题：“是什么原因促使卢梭要作出这样的思考呢?”笔者认为，还得对卢梭生活时代法国的社会状况和欧洲的社会风尚作一个交代，也即卢梭所面对的具体的“时代的舆论的气候”，这种横断面的勾勒将与前一章的纵向梳理一起，有助于进一步确定卢梭为什么要思考“公民”问题。只有完成了这个考察，才能得到一个较为客观的视角，确认对现代“公民”的关注就是卢梭的“那个大的原则”，而后就可转入对卢梭公民观结构的深入讨论。

第一节　卢梭时代法国的社会经济—政治状况

人也是生活在自己的时代中的，时代的生活环境会对思想者有直接的影响。思想者的时代环境属于历史横断面，在完成卢梭所处时代环境的考察之后，我们将可以和前一章的纵向知识社会学的考察结合在一起，更精确地判别出卢梭时代完整的“舆论的气候”。这样，我们就有了更客观的基础来判断卢梭在其自传中所叙述的诸多事情的真实性，从而可以彻底跳出依靠“信任或是质疑卢梭”的主观判断来立论的既有研究方式，为我们展开后文的立论和推导提供一个真正坚实的客观依据。

卢梭的思考和写作生活主要在 18 世纪的法国——特别是围绕着法国首都巴黎——展开，因此，考察当时法国——特别是巴黎的社会环境将对回答卢梭“为什么”要思考政治秩序这个问题产生直接的影响。而社会环境主要是经济—政治状况，特别是社会风尚。因此，笔者还有必要借助经典研究对此略作交代。

法国逐渐成为一个统一国家是在百年战争之后，路易十一的使命是收回从前查理七世给了各路诸侯的许多特权。为达到这个目的，他建立了比较正规的税收制度，该制度不通过领主，而直接派自己的官吏去征税；他还建立了属于国王的军队。① 这样，国王独立的力量得到了很大的加强，但这引起了那些大领主的不满，

① 参皮埃尔·米盖，《法国史》，蔡鸿滨等译，商务印书馆，1985 年版，第 132 页。

他们为了已经获得的权利不被王权剥夺，不断地反抗。路易十一非常坚决地贯彻自己的意志，通过征战和继承的手段，在封建的基础上，初步以崭新的精神缔造了自己的王国，成为伟大的“国土聚合者”。① 但进一步的任务只能留给他的继承人。

意大利在当时的欧洲是一个代表新气象的典型区域，它是如此的富有吸引力，以至于它的“知识、美感、豪华、金钱的威力，这些都吸引了贤明的路易十一的浪荡子孙们”②。在西班牙人即将登陆美洲的时候，查理八世、路易十二和弗朗索瓦一世却开始相继入侵意大利。当时的意大利还只是一个地理概念，正如前文提过的，其中许多城市国家由于贸易利益关系而相互敌对，而且教皇再也不希望意大利统一，这种状况为法王的冒险提供了便利。在欧洲民族国家的形成过程中，都合并过许多诸侯国，除了战争，王室联姻也是一种重要的方式。弗朗索瓦利用了这两点，同样奥地利哈布斯堡王朝的继承人卡尔五世也如此，而且后者合并的国家更多。奥地利当然难以接受法国势力独大的局面，二者在欧洲大陆的较量不可避免。战争需要金钱，欧洲新兴银行家的支持将左右王国争霸的结果。最终，争斗的各方最终都没有得到意大利，新兴资产阶级却得利不少。1547 年，弗朗索瓦去世，亨利二世继位，他的宫廷充满争斗，其中洛林的红衣主教查理·德·吉斯是个精明的大领主，领有大量教会领地，他的兄弟弗朗索瓦又是法国很优秀的将军，在法国宫廷中拥有很大的势力。他们兄弟打着捍卫信仰和与教皇亲善的旗号，支持教皇在法国创立了“耶稣会”——这为法国的宗教战争埋下了导火线，还支持亨利继续干涉意大利，但结果是法国只能从此退出意大利。不过，通过干涉证明了法国正成为一个欧洲强国，因为战争迫使国王必须关注经济发展。16 世纪，法国的工业得到了长足的进步，新的商业社会秩序在法国形成了。③ 从新经济制度中获益的显然主要的是新兴的资产阶级，政治和经济联姻成为新的趋势。法国在战争中为了筹款，向市民出售官职，这样法国宫廷就为新兴资产阶级提供了提高社会地位的机会，使他们成为新贵族，而老贵族——领主们的势力受到了很大的冲击。④ 从粗俗的社会边缘人士进入新的社会阶层，新兴的资产阶级贵族给法国带来了新气象，他们需要通过文化修养来证明自己配得上新的地位，而这一定会从附庸风雅开始。他们有钱有闲，要想附庸风雅不是难事，于是法国文化盛极一时，“法语通过诗歌在 16 世纪取得了决定性的进展”⑤，这是后来法国巴黎成为文人汇聚的核心据点的一个重要契机。

---

① 皮埃尔·米盖，《法国史》，第 135 页。

② 皮埃尔·米盖，《法国史》，第 138 页。

③ 皮埃尔·米盖，《法国史》，第 147—151 页。也可参第二章第二节的相关论述。

④ 马克·布洛赫，《法国农村史》，余中先等译，商务印书馆，1991 年版，该书第四章第二节《领主财富的危机》。也可参第二章第二节的相关论述。

⑤ 皮埃尔·米盖，《法国史》，第 154 页；另外雅克·巴尔赞也说，“到了 17 世纪末期，法语成为受过教育的欧洲人的第二语言，文学也开始学习法国的榜样”，佐证了此言不虚。见氏著《从黎明到衰落——西方文化生活五百年（1500 年至今）》，第 352 页。

“新经济产生新思想，新思想带动新行动”，这一法则在16世纪的法国体现得淋漓尽致。

新兴的资产阶级还离不了上帝，但天主教会显然不会给予他们得救的承诺，因为天主教反对牟利。新兴资产者反对教皇势力对世俗政治的参与，反对教皇的机构增加捐税，显然这也有利于急于扩张自己力量的国王们，当然也有利于成为工人的下层人民，新教改革适得其时。在法国，新教主要教派是胡格诺教派，“在资产阶级和城市下层人民中间、工业家和财政家、帮工和手工业者往往都是胡格诺教徒”①。但旧贵族——领主们——作为土地主，作为一种传统，贵族不能经商，② 这些人作为地方诸侯，势力很大，和新兴资产阶级新贵族相比较，从各个方面考虑，他们都会支持天主教会；在干涉意大利时，法国国王从和教皇的结盟中捞到了很大好处，而耶稣会在宫廷中也根深蒂固；更重要的是，由于法国国王还在和奥地利王室争斗，还离不开教皇的支持。虽然国王很想打击领主这些地方实力派，但处于这样的政治环境，国王不得不仔细斟酌。这样，法国对新教改革和德意志的那些小王国相比，积极性不那么高。但新教改革从草根阶层起，得到了极大的发展，很快地，宗教改革在法国显出了一种危险：它很可能成为旧贵族们反对王权的一场新暴动。在这种危险面前，法国国王无法妥协，但教皇反应更急。由于在法国忠于教皇的耶稣会很有眼光，它开办了大量学校，培养了大量当时法国最杰出的人才，影响巨大，教皇开始干涉。这对国王绝对不是好消息，他不能引狼入室，“但要想摆脱教皇，就必须证明自己能独自制服异端”③。于是，国王开始镇压胡格诺教派。

镇压新教徒，对法国王室来说是一把双刃剑。因为卖官，像法院等许多权力位置被新兴的资产阶级占据，他们虽然不是平民的同道，但在这生死存亡的时刻，却和平民分享着同样的命运。于是城市工匠、企业资产阶级，还有小贵族——他们作为乡绅，以战争为生，但战争结束回到自己的领地时，农民已经难以为其控制，而年金收入又贬值，有利可图的政府职位又被新兴资产阶级买光，他们成了没有职业的人，还不能经商，这种地位的人必定成为宗教战争可支配的力量，这些人为了共同的命运奇怪地结合起来了。法国从此进入了宗教战争时期，法国国王收回王权的努力就这样经常被宗教战争搁置。在这场天主教会和胡格诺教派的战争中，也有几个很有势力的大领主充当了胡格诺派的保护人，著名的是科利尼兄弟以及波旁家族的势力强大的首领孔代亲王。他们不是出于善心而支持新教，这时亨利二世去世，王位空缺，“这些大领主把宗教改革当作统治王国、压倒对手的手段”④。诸侯们在自己的势力范围内，通常把自己的宗教信仰变成了全省的信仰。血腥冲突已经不可

① 皮埃尔·米盖，《法国史》，第223页。
② 皮埃尔·米盖，《法国史》，第168页。
③ 皮埃尔·米盖，《法国史》，第166页。
④ 皮埃尔·米盖，《法国史》，第168页。

避免。

吉斯兄弟和孔代亲王、科利尼兄弟势同水火。吉斯兄弟在朝，极力镇压胡格诺教派，新教徒正被排斥在政权之外。血债血还，孔代亲王决定组织谋反。阴谋败露，但孔代幸免，只是被逐出了宫廷，吉斯兄弟占了上风。这时却轮到太后担心了，她担心全国发生内战，另外也担心吉斯兄弟妄为，这两种情况都会使摇摇欲坠的王权何去何从成为问题。因此她坚决主张妥协，用科利尼兄弟对抗吉斯兄弟。在这种情况下，1560 年，召开了三级会议，但会议代表提议“查封教士财产，要求作出宽容表示”①。这引起了天主教派的恐慌，吉斯和圣安德烈元帅组成了“三头执政”，他们挟持王室，要和新教徒一拼到底。从 1562 年到 1598 年，内外战争遍及全法国。1572 年 8 月，吉斯兄弟和太后挟持软弱的查理九世导演了圣巴托罗缪节的恐怖之夜，把聚集在罗浮宫的新教首领——除了举行婚礼的纳瓦尔的亨利和孔代亲王之外——一网打尽。许多北方的新贵族被迫变节，而这使得南方的新教徒气沮，朗格多克的各城市准备分裂出法国；与此同时，德意志各新教国家大为恼火，他们支持孔代和重新皈依新教的纳瓦尔的亨利领导的武装为胡格诺派复仇。新继位的亨利三世害怕了，妥协的结果是法国有了胡格诺派的 8 个安全区，然而天主教徒感觉受到了侮辱。由于亨利三世没有后嗣，纳瓦尔的亨利将是他的继承人，而这个人拒绝放弃新教。天主教派不能接受，这些王公煽动北方和中部各省反对国王，他们控制了亨利三世。恶战再起，这次整个欧洲都卷了进来。属于新教的英国出钱，而德意志亲王出人支持纳瓦尔的亨利和吉斯兄弟作战。最终，1588 年 12 月备受煎熬的国王派近卫军刺杀了吉斯公爵，囚禁了全体天主教首领，和纳瓦尔的亨利进行谈判。在此过程中，国王被刺，纳瓦尔的亨利继承王位，此即亨利四世。然而法国由于他和吉斯兄弟斗法，已经四分五裂，新的妥协不可避免，作为一个头脑清醒的政治家，改宗对他来说不是难事。他告诉巴黎人，他将以天主教国王的身份，率领他的胡格诺派信徒进入巴黎，胡格诺派得到了实惠。②

重建王朝的任务再次提上了日程。然而国王改宗天主教并没有使旧贵族和天主教立即满意，却导致了天主教联盟的分裂。1592 年，西班牙、萨瓦公爵和教皇仍然起兵讨伐他，亨利用了三年时间终于把外国军队赶出了法国。亨利继续寻求宗教妥协，这无助于解决旧贵族问题，却直接关涉到王权权威恢复的成败。国王必须寻求财政支持，而直接加税在当时显然是不明智的，他的财政大臣苏利只能要求推广和普及当时的税制；开源的目标再次瞄上了官职，征收官职税的结果是“王国就这样‘零售’出去了”；③ 另外的措施是鼓励农业和工业的发展。由于亨利四世的努力，在他去世的时候，法国又成了欧洲经济强国。

---

① 皮埃尔·米盖，《法国史》，第 170 页。

② 这一过程的详细描述参皮埃尔·米盖，《法国史》第七章。

③ 皮埃尔·米盖，《法国史》，第 186 页。

征收官职税本来有利于新教徒，许多官职被他们买断。但自1615年以后，欧洲的气氛有了新的转变，“自人心深处萌发出来的天主教复兴运动已经重新部分地控制了文明社会，但奇怪的是，教会现在利用教皇来反对国王”①。教会重新征服人心的活动在知识界取得了很大的成功，这当然在很大程度上归功于耶稣会办的学校。不过，不幸的是，在这个过程中成立的“虔诚教友会”鼓吹驱逐异教徒，宗教战火又燃烧了九年之久。1624年，红衣主教黎塞留执掌了法国政权，他辅佐路易十三成功地“粉碎了贵族等级”；而且打击了胡格诺党，1629年，国王签署了“阿莱斯恩典赦令”，排除了新教的危险。② 继任的马扎然红衣主教是黎塞留的学生，他辅佐路易十四继续老师的事业。为了广开财源，国家把征收人头税的权力交给了包税人，这些人横征暴敛的结果是，从1646年起，引起了广大农民的暴乱，被压制已久的法官们为臣民们仗义执言，试图趁机打击“大臣专制”。大臣领主们纷纷援助叛乱分子，然而武装的人民却不仅要求驱逐马扎然，还要驱逐财政官员，抢劫靠税收发财的富豪们的府第。新教富豪们引火烧身，导致骚乱难以遏抑，并引起西班牙等国的乘虚而入。内战的最终结果是在1660年，路易十四制服了大领主，法官们也沉默了，外患也被赶出了法国。当次年马扎然去世的时候，他留给国王的是黎塞留的教诲：“独揽大权，国王要统治一切。”③

路易十四认真地执行了马扎然留下的建议，为了实现这个伟大的目标，他先和教会结盟，皈依了天主教，以求树立君权神授的神话；接着借口外省局势混乱，向外省派驻监督官，让这些人大权独揽，只向国王负责。这一措施大大削弱了大领主省长的力量。不仅如此，他还削减省长任期，让他们必须住在王宫，并把军权交给国王派出的总督。以前不可一世的大领主被集中在巴黎，最终使巴黎成为法国的中心，而外省被架空。由于和教会结盟，国王就要给教会以相应的回报，他必须打击新教徒。1685年，国王颁布枫丹白露赦令，强令新教徒改宗天主教，由于教士们在民众中的巨大影响，而且新教徒的暴富者贪得无厌，国王的镇压措施得到了舆论的支持。迫害的结果是20万新教徒被迫离开法国，这引起了新教国家的不满，而教皇也根本看不到法王听命教廷的希望。西班牙和哈布斯堡皇帝在摆脱土耳其人的威胁以后，和新教徒组成了奥格斯堡联盟，连教皇都参加了。旷日持久的战争重又开始，和整个西欧为敌的结果是法国以前加强君主制改革的努力前功尽弃，因为法国不得不重新依赖金融家。当五岁的路易十五于1715年即位时，法国进入了摄政王时期。

路易十四遗嘱规定的摄政会议由奥尔良公爵菲利普主导，公爵为了独掌大权，使摄政会议失效，借助了以前国王的死敌——大领主——的力量，组成了贵族政

① 皮埃尔·米盖，《法国史》，第192页。
② 皮埃尔·米盖，《法国史》，第八章之“黎塞留执政时期”。
③ 皮埃尔·米盖，《法国史》，第207页。详细情况参第八章之“马扎然和投石党”。

府。这些挥霍无度的蠹虫努力恢复他们昔日的社会权势，加重对农民的捐税，通货膨胀不可遏止。投机家约翰·劳的救场，最终却使人民长时间不敢信任银行的股票和纸币。这样的结果只能使社会的掠夺者越来越富，而穷人正在往赤贫方向滑落，社会矛盾正在重新激化。到18世纪中期的时候，法国经济倒是稳定了，法国越来越富，不过政府却亏空了；而要想改革财政，必须向特权阶层征税，可是贵族们正在施加压力，意图巩固自己的权益。财政必须改革，然而这影响不到特权阶层，新的捐税归根到底只能由人民承担，法国处在火山爆发的边缘，而卢梭正好生活在这个时代。①

在卢梭生活的那个时代，法国建立了君主专制，随着商业社会秩序在法国确立，新的金融贵族已经成长起来，而且他们的头衔和职位主要靠金钱买来，加倍搜刮对他们来说当然天经地义；不过他们的附庸风雅和耶稣会的贡献，为法国产生并吸引大量杰出的文化和思想巨人打下了坚实的基础；与此同时，旧贵族仍然势力雄壮。由于国王的集权政策，这些社会的“高贵人士”聚集巴黎，他们挥霍无度，对法国特别是巴黎的风尚产生了深刻的影响；同时，法国的外省正在被蛀空。所有这些，为从社会底层起步的卢梭观察社会问题提供了基本的社会环境。

第二节　卢梭时代法国的社会风尚

考虑到本书的目标，这里谈法国（一定程度上包括欧洲）的社会风尚侧重考察当时的社会道德状况和法国思想界的概况。

法国君主专制的确立，并不只是一个新政治制度的问题，它恰是商业社会秩序在西方政治秩序上得到反映的标志，“君主制就意味着中央集权。没有它，一个称

---

① 马克·布洛赫对这一状况的描述是：“从17世纪起，在每个省份，都有国王的直接代表总管老爷——这些人虽然由于自己的出身而属于领主阶级——由于他的职务的需要，同王家官员进行着无休止的争夺。此外，杰出的收税官员不得不防止领主过度地剥削农村共同体……王权的忠臣们总是把领主庄园制度当作国家和社会秩序的主要支柱之一。他们不理解在现时代门口已经被福蒂斯丘隐约发现的这种反常情况的危险：一个农民承担的国家捐税越来越多，而他向领主（在一个君主政体的国家中领主仅仅是一个个人）所尽旧的义务负担并未被取消，甚至也没有得到足够的减轻。”（第154页）（在17世纪末以后，由于土地高度集中）“他们（小生产者——引者注）却必须把手伸入口袋，向征税人员纳税……他们还得向领主缴钱……他们还得向商人付钱，因为渗透到最卑贱的人们心中的生活习惯已使人不得不购买一些食物或一些产品才能活下去。”（第161页）对法国农村土地向土地资本家集中的趋势所导致的结果，布洛赫进行了一般性归纳，他断言：“农业进入交换期是真正农民危机的起源。”（第218页）见氏著《法国农村史》。关于约翰·劳的失败后果的论述也可参雅克·巴尔赞，《从黎明到衰落——西方文化生活五百年（1500年至今）》，第317—318页。

为国家的界线分明的地区就不是一个民族国家”①。只是君主制的确立本身，就足以让社会原来的风尚发生改变，因为“国王想做君主，不能只靠士兵和官僚……要做君主需要广泛的认可，具体表现为输入国库的金钱”。这必然使得“技工和商人支持国王是理所当然的事……此外，资产阶级是国王最好的臣仆，以按部就班、公事公办的方式来管理国家……君主时期对干练的官员需求大增，资产阶级因此应运而起，成了君主统治的左膀右臂”②。因此，“国王和资产阶级的和睦产生了一个始料未及的结果，它造成了骑士理想和商人对物质的东西一丝不苟的作风的结合，使之成为300年来文明行为的守则”③。这一基本风尚的转变由于它的相对客观性，将是笔者继续讨论的基础。

当时西方的君主制和东方的君主制有很大的不同，其中一个比较有意思的特色是很多国王本人没有知识。“中世纪的国王们都大字不识，由僧侣做他们的助手。”④ 到君主专制初期这种状况并没有质的改变，路易十四就大字不识。⑤ 笔者推测，这是王权能顺利地和资产阶级结合的重要因素之一。国王不是知识阶层，这就意味着国王可能不大重视知识阶层的反应，而重视该阶层的技术和娱乐功能，除此之外，知识阶层做什么，只要不让国王直接感受到对王权的威胁，他们的自由度就会很大。西方研究者说：“在君主专制时代出现了这样一种见解：只有拥有男爵以上爵位的人，才有被称为人的权利。”⑥ 这证实了知识阶层在当时的社会并没有什么地位，除非某些人拥有贵族身份。不重视知识阶层，王权并不会受到威胁，这是和东方社会完全不同的。其原因在于，在欧洲的政治传统里，王权经常和教权联系在一起，二者共同统治西方世界，有一种利益互惠关系。而且早先的西方知识阶层通常就产生于教会的学校，正统的僧侣对僧俗之间的责任区别是非常清楚的。西方君主专制的合法性从根本上看源于神权的支援，而不必直接借助知识阶层塑造的意识形态神话；况且，中世纪发展到民族国家是一个在神权和王权的紧张关系中教权不断退让的过程，知识分子争取生存空间的努力刚好借助于王权的庇护，王权的合法性还不可能是知识阶层攻击的首要目标。王室和贵族的这种有利地位，很容易导致这些世俗的统治阶层自我神化。⑦ 卢梭观察到的“（在法国）大人物只认得大人物，小人物也只认得小人物。小人物看大人物只从他们那令人仰慕的身份地位去

---

① 雅克·巴尔赞，《从黎明到衰落——西方文化生活五百年（1500年至今）》，第242页。

② 雅克·巴尔赞，《从黎明到衰落——西方文化生活五百年（1500年至今）》，第244页。

③ 雅克·巴尔赞，《从黎明到衰落——西方文化生活五百年（1500年至今）》，第246页。该结论还继续佐证了前一章第二节笔者的“民族国家是新秩序的守护神”的判断。

④ 雅克·巴尔赞，《从黎明到衰落——西方文化生活五百年（1500年至今）》，第244页。

⑤ 见爱德华·福珂斯，《情爱的崇拜》，孙小宁译，中国盲文出版社，2003年版，第7页，“这个路易十四是个不会读书也不会写字的文盲。”

⑥ 爱德华·福珂斯，《情爱的崇拜》，第3页。

⑦ 爱德华·福珂斯，《情爱的崇拜》，第3页。“这种对庶民的蔑视，是与当时的贵族思潮分不开的。这种思潮同平民截然对立，发展到极端，便表现为自我神化。”

看，而自己则身受不公正的蔑视”的现象不仅和历史背景合拍，而且表明这种社会现象在路易十四之后卢梭所处时代依然存在。① 这种状况，导致了一种对权力阶层的病态崇拜，西方研究者发现那时“学术和艺术只允许称赞国王，而它们也的确只是为万能的君王大唱赞歌”②。由于这种大的背景，君王变得极其神圣，仿佛是一切美德和智慧的化身，因此能得到国王的赏识便成为一种无上的荣耀。“从路易十四统治下君主主义的胜利还可以看出布尔克哈特指出的转变：对荣誉的渴望变成了对荣耀的追求——头衔、勋章、本身微不足道但价值无限的恩宠，比如在一群廷臣中首先得到国王的垂询。”③ 国王对自己这种尊崇的地位并不是没有意识的，他乐意加强这种神话。路易十四在《国王事务之我见》中说：“国家的利益为先。把国家利益放在首位的人也是在为自己谋利益。国家得益，个人增光。”④ 而在那个时代国家是君主的世袭财产。这段话在现在看来，路易十四还是很能顺应时代潮流的，他似乎感受到个人热衷于为自己谋利的风气不可阻挡，但他居然能看到可以利用这种情绪让整个国家围绕自己转，的确无愧于“太阳王”的称号。他这样的看法，意味着个人最重要的是要服从权力，而通过奢华的门面来向民众展示自己强大的权威是有益无害的，“门面意味着壮观、辉煌、权力”⑤。法国的凡尔赛宫就是在君主专制时代兴建的。

权力阶层的无知、粗野和奢华风气，和新兴资产阶级的特性是相通的，因此他们可以一拍即合。笔者完全不必借助“上行下效”这种合乎社会心理学常识的理由来证明这点。前文已经说明了，在资产阶级诞生之初，作为一个阶层，他们是社会的边缘群体，粗野是他们与生俱来的品性。汤普逊在考察中世纪经济社会时发现，在 14 世纪中期，欧洲发生了著名的黑死病，这场灾难让人们感觉生命和未来是如此的没有把握，社会几乎失控。它有一个总的图景：“随着黑死病纷至沓来的是：经济紊乱、社会动荡、物价上涨、利欲熏心、道德堕落、生产不足、工业停滞；疯狂享乐、挥霍浪费、奢侈豪华；社会和宗教的歇斯底里、贪得无厌、行政混乱和风习败坏。”⑥ 原因就在于，当黑死病消失的时候，“幸存下来的人们发现，他们除了拥有那些原属于死者的动产和不动产之外，还拥有这些积蓄的物品。”人们对这些突然获得的财富几乎不知所措，“其直接后果是许多人挥金如土，狂饮暴食”⑦。这一偶然的自然灾害，导致欧洲的道德风尚从此败坏，因为黑死病改变了社会的结构，固定化了得到暴利者的身份。首先，人们为了逃避瘟疫，使得欧洲内部人口充

① 卢梭，《忏悔录》，第 820 页。
② 卢梭，《忏悔录》，第 4 页。
③ 雅克·巴尔赞，《从黎明到衰落——西方文化生活五百年（1500 年至今）》，第 244 页。
④ 自雅克·巴尔赞，《从黎明到衰落——西方文化生活五百年（1500 年至今）》，第 283 页。
⑤ 雅克·巴尔赞，《从黎明到衰落——西方文化生活五百年（1500 年至今）》，第 287 页。
⑥ 汤普逊，《中世纪晚期欧洲经济社会史》，第 520 页。
⑦ 汤普逊，《中世纪晚期欧洲经济社会史》，第 520—521 页。

分流动起来，新的生产方式到处流布，新的社会秩序得到强化；其次，“它（黑死病）除了造成了一个庞大的暴发户阶层外，还为许多人敞开了就业的大门。或者说为他们提供了从事各种新行业的机会。僧侣变成了商人，先前的手艺人变成了雇主和承包人，农业劳动者变成了乡绅。起源于诺曼征服和十字军时期的欧洲的旧贵族现在多半消失了，把他们的称号和土地留给了国王，国王又把它们赐予了新的宠臣。结果，欧洲产生了一个新的贵族阶层，这是一个新的暴发户阶层，他们没有旧贵族所拥有的功劳、荣耀或风度。称号犹存，但贵族血统却是新的而非旧的……随着贵族政治的消失，骑士制度及其所独有的谦恭礼貌之风也成为过去。14 世纪后半期，人们的举止堕落是一个触目惊心的事实。旧式的绅士风度不见了，举止粗俗、恶劣。原来亲切的语言变得低级下流，不堪入耳。每一个研究 14 世纪、15 世纪文学的学者都已注意到这一点。在这些世纪中，论述礼貌的书籍甚为畅销，也从反面证明了这一点”①。

这种比较彻底的社会结构转变，事实上也是一种文化的转变，它刚好和新秩序合流：对欲望的解放——热爱金钱并炫耀财富和新贵族的职业特征是共生的，把握现在及时享乐是最有“现代性”特征的生活哲学，因此古典道德被遗忘几乎成为必然。审美精神，最能体现一个时代的精神风尚，巴洛克这种炫耀性质的风格出现于君主专制时代可作为笔者这一判断的明证。艺术史家说：“不只是罗马人的教会发现艺术有感动人和说服人的力量。17 世纪欧洲的各个国王和诸侯也都急于夸耀他们的权力，以加强他们对民心的控制……凡尔赛宫在规模之大上，而不是在装饰的细节上，是巴洛克样式。”② 巴洛克风格到 18 世纪达到了它的巅峰，“它们（君主制的浮华和巴洛克风格）的共同特点是为一个中心目的而大肆铺张”③。

在道德问题上，奢侈通常和淫荡有某种说不清的联系。家庭是一个社会的基点，因此两性关系最能体现一个时代的道德状况。卢梭时代的两性关系状况是很有特点的，我们先通过家庭史学者研究得到的结论获得一个总的印象。“广为传播的文学，其读者比作者更‘大众化’，它相当准确地反映了人们心态的变化，因为这类文学传播的作品，按照常常更为古老的图式构成，总是根据出版商对其读者需求形成的概念不断进行修改。婚姻这个题材在其中占据很大的位置，但是角度是更加实用而梦幻成分更少。”18 世纪，“向人们推出的是对门当户对和父母权威的无条件颂词”。“关于法国，系列性格的两个标志反倒倾向于证明，18 世纪文学当中勾勒出来的心态演变也表现在行为之中，这两个标志就是非婚生子女及未婚先孕。”④该研究结论表明，在这个时代婚姻是一种实质性的交易关系，婚外恋或通奸是一种

---

① 汤普逊，《中世纪晚期欧洲经济社会史》，第 523 页。

② E. H. 冈布里奇，《世界美术之旅》，马文启、平野译，辽宁美术出版社，1991 年版，第 364 页。

③ 雅克·巴尔赞，《从黎明到衰落——西方文化生活五百年（1500 年至今）》，第 328 页。

④ 安德烈·比尔基埃等编，《家庭史——现代化的冲击》，袁树仁等译，生活·读书·新知三联书店，1998 年版，第 199—200 页。

比较普遍的现象。下文将继续引用其他领域学者的考察来证明这点。权力阶层对婚姻的态度是很不严肃的，“因为婚姻几乎全是纯物质利益的结合”，这意味着寻找两性之间的快乐感受将极有可能到家庭之外去，更何况它能获得额外的利益。

首先是国王，路易十四拥有许多情妇，“尽管国王有众多的昂贵的娱乐活动，但仍占不满一天中的每一刻。余下的时间用来做两件事：赌博和做爱”①。而路易十五“为了毫无节制地填补他那声名远扬的‘鹿苑’，就用去了几亿，为了他的一个情妇，就挥霍了国家几千万法郎”②。其他权力阶层也如此，“已婚不成为障碍……有的婚外关系甚至成为一生的联系，受到人们的交口称赞，哪些男女走到了一起，尽人皆知，其中细节还通过信件和回忆录流传给后世”。“国王和其他人的桃色事件完全公开，连续不断，促使观察敏锐的人思考起人的情感。它们在心中和脑中的相互作用，它们在社会中造成的影响，以及它们在历史上的作用成了法国悲喜剧作家们研究的题目，尤其成为所谓政治和道德论说文作家写作的题材。”③ 之所以能如此，福珂斯认为：“顺民情感和商业利益方面的考虑联合起来，是当时宫廷道德对普通人产生巨大影响的最主要的原因。而这影响又是在首都居民中表现得极为普遍。”④ 笔者认为这个归纳切中肯綮，因为包养情妇是需要大量金钱的，这意味着它必然发展成一种体现实力和权力的风尚，这自然和利益密切相关了；而君主的神圣形象导致从贵族起，全体人民已经变成了顺民。所以，如下状况——“君主专制时代特有的包养情人的情况，在宫廷贵人及城市资产阶级中都成了时尚。没有钱养情妇，被视为是小市民生活的窘迫，在别人眼里毫无颜面，身价大跌”就很好理解。⑤ 而实际上，当时爱情就是一个社会利益关系的交换器，“靠‘爱情’能够获得钱财、影响、权力、地位、权势。总而言之，一切都行。要想得到职位、官爵、荣耀，通过‘爱情’最简便”⑥。

上面的状况显然由男人主导，那18世纪的女人如何对待这个问题呢？“在君主专制时代，婚前性行为在贵族和富足的资产阶级中间倒是颇为罕见的情况……法国贵族的孩子一出生就交给乡下的奶妈，之后送进各式各样教养机构。在天主教国家，这个教养机构就是修道院。”⑦ 不过由于“在17世纪和18世纪，贵族子弟和大

---

① 雅克·巴尔赞，《从黎明到衰落——西方文化生活五百年（1500年至今）》，第288页。

② 爱德华·福珂斯，《情爱的崇拜》，第12页。

③ 雅克·巴尔赞，《从黎明到衰落——西方文化生活五百年（1500年至今）》，第299页。

④ 爱德华·福珂斯，《情爱的崇拜》，第55页。

⑤ 爱德华·福珂斯，《情爱的崇拜》，第55页。

⑥ 爱德华·福珂斯，《情爱的崇拜》，第312页。

⑦ 爱德华·福珂斯，《情爱的崇拜》，第223页。对请奶妈喂养孩子的风气，玛莉莲·亚隆也证实说：“法国家庭聘用奶妈的比例更高……到了18世纪，甚至一般平民家庭也雇用奶妈……18世纪中期，约莫半数的巴黎小孩被送到乡间给奶妈抚养。1769年，巴黎甚至成立了‘奶妈局’保障奶妈的预付酬劳。”见氏著《乳房的历史》，何颖怡译，华龄出版社，2001年版，第138页。

资本家女儿的通婚不如说是贵族地位和资产阶级钱包的通婚，而这种情况屡见不鲜。”① 这体现出鲜明的契约性质，基于交易的婚姻固然牢固，但情感却不一定协调。女人们似乎只能顺从既有的风尚：“女性的真正的实际的爱情教育一般始于婚姻。婚姻是她的真正的高等学校。结婚后，她一点点被灌输怎样挖掘享乐的全部机会，她自己怎样尽力去创造这方面具有特殊意义的条件……新婚妻子从她所有的女朋友那里得到‘告诫’，教她怎样免于丈夫的‘粗暴’。如果孤独，女朋友会马上劝慰她：‘只有情夫才能使我们体验到爱情的真正意义的快乐。丈夫只把我们当成妻子或者他孩子的母亲，而情人只在意我们，所以做任何事也都是为了叫我们快乐。’”② 更为奇特的是，“新潮的丈夫一点也不反对妻子有情夫，妻子也一点不反对丈夫有情妇。谁也不管别人的事，大家和平相处”。在这样一种氛围中，社会的道德评价体系也很独特，“丈夫不嫉妒，妻子不必担当为人妻的责任，不斤斤计较是男子的美德”。而对主妇的要求主要“是保证面子上的体面”。③ 这个要求当然和权力阶层的“门面”意识是一体相关的。这导致上层阶级女人基本上和该阶层的男人一样，勾引与相互勾引成为他们在两性关系上挖空心思去追求各自快乐的基本方式。这种本应严肃对待的事情由于变得毫无禁忌，以致出现了很多变态行为。④ 最终在18世纪，家庭婚姻关系呈现出一个奇特的局面：夫妻之间没有什么相互忠诚可言，但情人之间有时却反而可以做到。⑤

上层人士对两性关系持有这样的态度，加上当时新兴贵族附庸风雅的需要，而且由于女人通常居家的特点，致使沙龙成为当时上层社会极为重要的活动场所。沙龙素有“女人的天下”之称，在18世纪上半叶，法国最主要的沙龙仍然是由朗贝尔侯爵夫人等上层贵族妇女主持的。但由于这个时代特别的两性关系，不少非贵族出生的妇女因为继承关系，她们中不少人很有才华，定居巴黎，使得沙龙的风格逐步转向。“在洛可可沙龙的亲密氛围中，在才女们的鼓励引导下，18世纪的法国发展出一种文人和业余爱好者共同的聚会场所，通过批评、支持和鼓励，它变成一个培养‘哲学精神’的主要地方。它摆脱了阶级偏见、矫揉造作的习惯和宫廷礼节，

---

① 爱德华·福珂斯，《情爱的崇拜》，第244页。

② 爱德华·福珂斯，《情爱的崇拜》，第175页。

③ 爱德华·福珂斯，《情爱的崇拜》，第264—265页。

④ 伯高·帕特里奇，《狂欢史》，刘心勇等译，上海人民出版社，1992年版。该书第六章“欧洲大陆的十八世纪”精细展示并分析了卡萨诺瓦和萨德侯爵在性问题上的变态行为。其中后者的名字还成为后世一个著名的性变态的词语，SADISM（性施虐狂）；亦可参巴塔耶，《色情、耗费与普遍经济》之“萨德的使用价值”。巴塔耶从哲学的角度为萨德行为的合理性进行了深刻的哲学分析，从而反证了萨德在变态行为上的代表性。汪民安等编译，吉林人民出版社，2003年版；或直接参萨德的文集《爱之罪》等，里面充满了变态的情爱故事。管震湖译，时代文艺出版社，1998年版。

⑤ 爱德华·福珂斯，《情爱的崇拜》，第268页。“这个时代把不忠于丈夫宣称为金科玉律的同时，却要求忠于情人，这是当时的人生哲学最微妙的一个结果。”

既起着评判品味的作用，也是个获得承认的渠道。”[①] 这点非常重要，卢梭曾谈及：“（在巴黎）什么事都要靠女人才做得起来：女人仿佛是些曲线，而聪明人就是这些曲线的渐近线；他们不断地接近她们，却永远不触及到她们。”[②] 后来学者的研究，证实了卢梭所记录的是可靠的。

由于沙龙多由女性主持，因此极大地影响了 18 世纪法国的文风。女性情感细腻，而有闲生活让她们追求优雅体面也是可以理解的，她们的需要当然影响参与沙龙的文人骚客。狄德罗说：“女人使我们养成习惯，用温馨而明快的风格谈论最棘手的话题。我们不停地和她们交谈；我们希望她们倾听，我们担心惹她们生厌，于是我们找到了一种轻松地解释个人想法的方式，它从对话变成了写作风格。”[③] 这就是说在沙龙里需要的是机智、优雅和语言明快，讲故事要动情缠绵，深刻而严肃的思考恐怕不受欢迎。换言之，沙龙其实是文学场所，思想交流在这里极容易变成游戏，因此它不一定很适合严肃的思想者。“文学女性的赞助，经常导致作家刻意培养优雅的气质，结果断送了他们的严肃性和想象力。”[④] 现在我们可以回头看看，狄德罗能作出这样的归纳，可见他是有此能力的；而卢梭就成问题了，他意识到“有两种几乎绝对不能相容的东西，在我身上居然结合在一起，我很难想象这是怎么一回事：一方面是非常炽热的气质，热烈而好冲动的激情，另一方面却是迟钝而又混乱的思想，差不多总是事后才明白过来……我必须冷静下来才能进行思考”[⑤]。科塞对此评论说：“当思想交流变成游戏，人们有可能回避真正有创见的知识分子，因为他坏了这里的规矩——这便是卢梭发现的情况。”[⑥] 笔者认为这是符合实情的，卢梭不能快速随机应变，正是他难以真正适应沙龙生活的原因，不过在今天看来，卢梭的不足倒成就了一位伟大的思想者。其实卢梭的文笔显然十分适合沙龙的需要，这是卢梭能继续在上层阶级留下记忆的重要原因，而他自己也愿意通过以迎合沙龙胃口的写作传播他的思想。[⑦] 这大概可以提示我们为什么卢梭要写那些“绝妙”小说的原因，他必须先借助沙龙来成功地散布他的思想，在当时对他这种出身的思想家来说，舍此没有他途。

由于上层社会的生活风尚如此糜烂，它对巴黎中层社会阶层影响很大。“这些

---

① 刘易斯·科塞，《理念人》，郭方等译，中央编译出版社，2001 年版，第 12 页。

② 见卢梭，《忏悔录》第 362 页卡斯太尔神父对卢梭的开导。

③ 转引自刘易斯·科塞，《理念人》，第 16 页。

④ 刘易斯·科塞，《理念人》，第 19 页。

⑤ 卢梭，《忏悔录》，第 140 页。

⑥ 刘易斯·科塞，《理念人》，第 19 页。

⑦ 卢梭，《忏悔录》，第 459 页以下提及他的歌剧《乡村牧师》的成功，并为此获得国王的青睐，要给他一份年金，他拒绝了；676 页提及的《新爱洛伊丝》在欧洲的影响；711 页以下说及的《爱弥尔》所受到的欢迎。这些影响都特别提及了贵妇们的作用。最后，卢梭还明确地提过因为他已经没有新的著作读给卢森堡夫人听，结果“正当我在社会上取得成功，在女人方面赢得宠幸的时候，我感到我在卢森堡公馆走下坡路了……而且是在元帅夫人面前。”第 681 页，可印证笔者的看法。

中间阶层在物质上对宫廷、宫廷贵族和大资产阶级依赖性越强，这个影响也越大。”① 而在法国君主专制时代，社会主要的资源恰恰掌握在国王和新老贵族手中，这样城市居民想不受影响都没有其他选择余地。征婚广告就出现并盛行于这个世纪，② 这种现象足以向我们透露个中消息。滥情现象甚至连僧侣阶层都受到影响，“僧侣中只有一定的阶层公开参与普遍的淫荡的狂欢。那就是高级僧侣，某些修道院里也很风行。至于其他僧侣、广大神职人员，虽然只是个别情况，不过人数也相当可观。因为独身一人通常会刺激人们利用方便的机会，而这种方便的机会谁也没有神父多”③。

情爱关系如此混乱，就难免出现意外，而当时的经济条件，不允许养育很多孩子。那意外情况怎么处理呢？法国政府机构考虑周到，“这倒没什么奇怪，国家也为不合法的产妇成立了正式组织——育婴堂。每个母亲如果想遗弃她的婴儿，都可以悄悄地把婴儿送到那儿去”。“育婴堂虽然诞生于中世纪，但大约在 18 世纪最为繁荣昌盛。数量以法国、意大利、西班牙等拉丁语系的国家以及奥地利最多……向育婴堂寻求援助的，多为穷人或不很富有的人。”④ 道德败坏的趋势几乎难以遏制，它要等来自然惩罚以后才会略略收敛，“梅毒曾经几乎整整销声匿迹了一百年，起码是缓解了许多，而在 18 世纪再一次在欧洲卷土重来”⑤。

18 世纪的巴黎世风奢靡，但巴黎能代表法国吗？西方学者的研究成果表明，巴黎几乎就是法国的全部。托克维尔说：“早自 1740 年起，孟德斯鸠就给他的一位朋友写信说：在法国，只有巴黎和遥远的外省，因为巴黎还没有来得及将它们吞噬。”⑥ 托克维尔本人明确支持这个看法。从中世纪起，巴黎逐步发展成为一个巨大的城市。到 18 世纪，“地方的自由权利到处都在不断消失。独立生活的特征在各地停止出现；不同省份的面貌特征逐渐混淆，旧的公共生活的最后痕迹正在被抹去。可是国家并未衰弱：相反，处处都在运动；只不过原动力集中于巴黎……18 世纪末比起 16 世纪来……巴黎已经吞噬了外省。”⑦ 原因何在呢？主要是法国社会过于严重的阶级分化。“在英国民主制发展的决定性因素中，拥有土地的乡绅和贵族

---

① 爱德华·福珂斯，《情爱的崇拜》，第 270 页。

② 爱德华·福珂斯，《情爱的崇拜》，第 249 页。

③ 爱德华·福珂斯，《情爱的崇拜》，第 297 页。

④ 爱德华·福珂斯，《情爱的崇拜》，第 228 页。

⑤ 爱德华·福珂斯，《情爱的崇拜》，第 368 页。关于 18 世纪欧洲风尚史的考察，至此告一段落。对于法国巴黎风尚的描述，孟德斯鸠的《波斯人信札》、卢梭的《新爱洛伊丝》卷二书信 14、17、21 及卷四书信 9 的一个注释、《爱弥尔》卷五等都详细介绍过，和笔者借助于后来的研究所描述的现象完全一致。而这不仅旁证了卢梭的小说写作是其政治思想的一部分，而且证明了笔者考察风尚对卢梭的影响是必要的。

⑥ 托克维尔，《旧制度与大革命》，冯棠译，商务印书馆，1992 年版，第 112 页。

⑦ 托克维尔，《旧制度与大革命》，第 113 页。实际上卢梭本人就明确提到：“巴黎在各个方面都是由外省供给的，外省的收入大部分都流入了这个城市，而且一流入之后，就再也不能到达老百姓和国王的手中了。”卢梭，《爱弥尔》第 721 页。这证明笔者梳理法国的经济社会状况对理解卢梭是必要的。

具有不依赖王权的独立性，这是很重要的……相反，我们发现法国的波旁王朝，基本上是一个靠税收来榨取农民而生活的贵族王朝，在农民财产所有权已被剥夺的地方，它的统治逐渐得到巩固和加强，无论在革命前或是革命后。”① 法国的土地资产阶级太强大了，“王国里10%的耕地属于教士……占全国2%的贵族占有四分之一的耕地，但是有钱的地主都是住在宫廷或城市里的领主……巴黎、波尔多、里昂的资产者宁肯购买土地，也不愿买工业股票”②。这就是说，18世纪法国的教士和新老贵族都吃农民，人身被解放了的农民却一无所有，他们的愤怒可以推想。城市里的市民也不见得好到哪里去，“1777年法国共有一百二十五万贫民，仅巴黎一地便有十二万，占首都全部人口的六分之一。贫富差距比任何时候都明显”③。然而所有这些人却无处申冤，正如托克维尔所说：“行政官员几乎全是资产者，他们已经构成一个阶级，有其特有的精神、传统、道德、荣誉感和自尊心。这是新社会的贵族，它已经形成，生气勃勃；只待大革命为它腾出位置。”④ 这些人不仅在台上，而且还有很好的未来，贫苦者当然没有多少发展的机会。

如此糜烂的社会风尚，极大地危害着社会的稳定；而过分的阶级分化，使社会矛盾激化。事情发展到这一步，对思想者来说，他们必须反思是什么原因导致了这么荒唐的时代，君主专制的旧制度很容易地就进入他们的目标。生活在太阳王时代的费奈龙是卢梭的前驱，他写了《忒勒马库斯》和《亡灵对话录》，前者是一部小说，描写了一位正直的主人公——奥德修斯的儿子忒勒马库斯的行为和他周围的各种邪恶办事人员的对比，被人理解为是对宫廷和国王的讽刺；后者借著名的男女人士之口来讨论道德、政治和文学方面始终未能解决的问题。但他的目标尚不止于此，“在他浩瀚的著作中，他描绘了一幅他心目中的法国政府的形象：一个有书面宪法的有限君主政权，有代表性的议事大会和履行重要职责的强大的贵族阶层。法律面前应人人平等，应当有公共教育，教会和国家应互为独立；应解脱农业和商业的沉重负担，对所有劳动者——无论是在店里还是在田间，或在教职和政府的下层，都应给予应有的尊重”⑤。思想家们重新反思法国政治秩序的时机已经成熟了。

18世纪的沙龙里靡集着大量的思想家，如狄德罗、格里姆等都是其中的著名人物，而霍尔巴赫男爵家里就有自己的沙龙。这些人组成了一个特别的圈子，他们有

---

① 巴林顿·摩尔，《民主和专制的社会起源》，拓夫等译，华夏出版社，1987年版。前文注释引的马克·布洛赫的考察也证实了这个状况。

② 皮埃尔·米盖，《法国史》，第242页。马克·布洛赫也证实说：“更严重的新危机，起源于16世纪。面目一新的领主阶级，以其全部的热情和灵巧，涌向大的开发事业。资产阶级和富裕农民也与他们一样成为土地的集中者。”见氏著，《法国农村史》，第207页。

③ 爱德华·福珂斯，《情爱的崇拜》，第31—32页。

④ 托克维尔，《旧制度与大革命》，第103页。

⑤ 雅克·巴尔赞，《从黎明到衰落——西方文化生活五百年（1500年至今）》，第299页。对费奈龙著作的归纳也引自同一页。卢梭让爱弥尔读《忒勒马库斯奇遇记》，证明他对费奈龙十分推崇。见卢梭，《爱弥尔》第718页。

一个历史的统一称呼：启蒙哲学家。在法国，他们主要是“百科全书”派。沙龙里除了应付女主人的口味，也通过沙龙里提供的民主氛围讨论着他们所感兴趣的话题。他们秉承笛卡尔、牛顿等人构筑的科学世界的基础，对自然和思想进行了广泛的探索，并把结果广为传播。“自然”在这时已经成为不必质疑的属于人和社会最本质的依靠的事物，“那种认为我们头脑中的每一观念都是以先前的印象为基础，并且只能在这一基础上加以解释的论断，被启蒙哲学奉为不容置疑的真理”①。上帝在他们眼里真的退休了。这些人的目标是非常高远的，“这样做的目的是使各地的人都达到理智而且仁爱的境界”②。也就是说，他们相信理性高于一切，相信进步不可遏止。他们要用理性来武装世界，“启蒙哲学试图在理智解放的过程中表明自然和理智都是自足的”③。他们注定也想用这种思想来改造社会，“18 世纪的‘哲学家们’主要感兴趣的并不在于使社会稳定，而在于改造世界。他们并不追问是怎样成为它那现状的，而是要追问怎样才能使它比现在更好”④。因为有理性至上观念的主导，他们才这么容易地转到社会问题上；而人是构成社会的基本因子，探讨什么样的人才适合他们构想中的社会秩序自然成为他们的主题。人是理性的，因此人性中存在一些“永恒而普遍的原则”，自格劳秀斯和霍布斯以来的传统的这一面就这么被接续上了。“他们（启蒙哲学家们——引者注）在追求普遍的人”，⑤ 并且要根据这一原则来重新构建社会。这一信念是如此牢固，他们不费劲地就摆脱了宗教把天国赋予彼岸的教义，而确信新的天国就从眼前开始，“新的天国必须被定位于地上生活的范围之内的某个地方，因为这是一个哲学信条：人生的目的就是人本身，就是人的完美的尘世以及未来的生活（由于尘世生活尚未完成的缘故）”⑥。这一群人中的多数可以说对已形成的现代秩序仍然是默许的，实际上，他们附和糜烂的风尚，正是挑衅教会的一种最方便的表现。然而，“普遍人”就一定是合格的公民吗？法国的思想家们对君主专制不满，那是因为法国现存政治秩序并不能让他们获得足够的尊重，这不同于英国的同行。然而能进入巴黎的沙龙，却又使他们显得似乎相当满意，改造社会的真实动力难以确定，他们对这个问题没有细究；但卢梭显然没有受到限制。

至此，笔者完成了纵向和横向的知识社会学考察，正是这些氛围共同构成了卢梭时代的“舆论的气候”。卢梭属于启蒙思想家的阵营，他正是在这样的舆论的气

---

① E·卡西尔，《启蒙哲学》，顾伟铭等译，山东人民出版社，1988 年版，1996 年第二次印刷，第 95 页。

② 雅克·巴尔赞，《从黎明到衰落——西方文化生活五百年（1500 年至今）》，第 356 页。

③ E·卡西尔，《启蒙哲学》，第 43 页。

④ 卡尔·贝克尔，《18 世纪哲学家的天城》，第 94 页。

⑤ 卡尔·贝克尔，《18 世纪哲学家的天城》，第 95 页。笔者特别强调理性人这一面，不是没有意义的，因为霍布斯还有另一面，此即公民的问题，二者是有区别的。启蒙哲学家没有完全地续上霍布斯的视野，但卢梭却不一样。详见下文。

⑥ 卡尔·贝克尔，《18 世纪哲学家的天城》，第 125 页。

候里展开思考的。基于上述梳理，笔者认为现在可以清楚地看到，卢梭和上层妇女的关系以及他遗弃婴儿的行为在当时其实是多么的正常，更何况对后者作了多次的忏悔！卢梭的作为和那个糜烂的风尚相比，他和贵妇们的交往倒正显示出他是多么的有道德良心。了解了这些历史事实，我们也可以发现卢梭的《忏悔录》等自传的确是真实可靠的；对卢梭的许多举动，脱离历史背景去做纯粹的心理学分析，其实是多余的。

在历史和事实环境面前，人们才可以说，人可以超越自己，却不能超越环境。卢梭不能和沙龙哲学家维持毕生的亲密关系，首先和他这种不同常人的独立人格分不开。而这直接地挑衅了当时社会的陋规，卢梭被其所处社会孤立的命运不可避免；[①] 笔者认为更重要的是，他在思考和启蒙思想家同样的主题时，出发的基础一样，但他借助的思想资源更为悠长，反思更为深刻，从而在思想上和启蒙哲学家阵营拉开了距离。对当时的思想家们来说，改造社会首要的是挑战教会言行不一的残暴，推倒教会的权威。通过上文我们可以看到，在法国，教会的力量特别强大，在思想上击倒教会，是启蒙阵营主要的目标。而卢梭走得太远了：“卢梭对神正论问题的态度是另一种不同的观点，一种彻底独创的思想倾向……卢梭思想的真正独创性和意义完全在不同的领域；吸引了卢梭全部注意力的不是上帝问题，而是法律和社会问题。在这方面，他确立了一种新关系，焊接了一个新链环。卢梭首次使这一问题超出了人的个别存在的范围，并明确使之向社会问题转化。”[②]

卢梭发现了更多的问题，因为他从日内瓦这个共和国走来，从外省走入巴黎，他的良心使其不能够满足于一己的得失，他要为这个不平等的世界鼓与呼。这就意味着卢梭不仅要挑战教会，他还要挑战实存的社会政治秩序。[③] 而后一个目标超越了启蒙哲学家——特别是百科全书派——的任务；因为卢梭实质性地进入了考虑和民族国家的政治秩序相适应的“公民”问题，而不止是一个“普遍人”的问题。这决定了卢梭必须从另外一个角度重视在西方社会影响巨大的宗教问题，从而在另

① 卢梭在巴黎沙龙里的表现是不合时尚的，理由见上文对沙龙风尚的勾勒；另见卢梭，《忏悔录》，第462页，他拒绝和霍尔巴赫男爵交往的理由是“你太富了”，因为卢梭不能接受居高临下的交往，而且他认为“有钱的人是把他的财产看得重于一切的。他们是宁肯要黄金而不要美德的”。（见《爱弥尔》，李平沤译，商务印书馆，1978年版，1996年第七次印刷，第641页）这是蔑视富裕阶层的表现，而他的朋友都不会容忍这样的做法。第473页，卢梭拒绝国王给的年金，理由是“那笔可以说是到手的年金，我是丢掉了；但是我也就免除了年金会加到我身上的那副枷锁。有了年金，真理完蛋了，自由完蛋了，勇气也完蛋了。从此以后怎么还能谈独立和淡泊呢?”而这和追求荣耀的社会风尚直接冲突。另外卢梭和埃皮奈夫人交恶，被逼搬离退隐庐，这是得罪沙龙主人的直接表现。这些都可佐证笔者的这一判断。卢梭自己是敏锐地感觉到了这一点的，他说：“于是我感觉到，想过清贫而独立的生活，并不总是像自己所想象的那么容易。我愿意靠我的手艺生活，公众却不愿意。”（卢梭，《爱弥尔》第457页）

② E·卡西尔，《启蒙哲学》，第149页。笔者认为卡西尔在这一点的判断上称得上是目光如炬。

③ 这个问题，涉及卢梭的经历。它在本书的视野中非常重要，但即便是在中国，研究卢梭的人都会反复介绍，这里不再重复。笔者必须交代的是，了解卢梭经历最好的著作仍然是卢梭的《忏悔录》。它的真实可靠性，笔者已经在第一章和本节都作了必要的论证。

一个方向上似乎在和百科全书派盟友为敌。[1] 因此，他和百科全书派无法和睦相处，然而这正是卢梭的不同凡响处。

当我们完成了这一根本性的考察之后，笔者就可以顺理成章地转入对卢梭“公民观”的考察。

① 讨论“普遍人”和公民的差别，笔者认为这是卢梭和百科全书派乃至启蒙哲学家的根本区别所在。在《爱弥尔》里，卢梭明确地说：“当三种教育（指受之于自然、人和事物的三种教育——引者注，见《爱弥尔》第7页）彼此冲突的时候，当我们培养一个人，不是为他自己，而是为了别人的时候，又怎样办呢？这样，要配合一致，就不可能了。由于不得不同自然或社会制度进行斗争，所以必须在教育成一个人还是教育成一个公民之间加以选择，因为我们不能同时教育成这两种人。”卢梭，《爱弥尔》，第9页。卢梭的意思是培养普遍人的企图是荒唐的，必须把培养人和公民结合起来。“我等待着人们给我展现这样的奇迹，以便知道他是一个人还是一个公民，或者，他要同时成为这两种人，又是怎样做的。”（同上书，第11页）详细地考察该问题就是下文要进行的工作。卢梭如此明确地提到这个问题，这是其他启蒙学派的人没有注意到的。发现这点，正是笔者认为即使目前关于卢梭的研究已经很多了的情况下，仍然有考察价值的地方，即只有卢梭才完整地接续了霍布斯的论题，而且他借用了更久远的资源，从而在解决方法上出现了和前人不一致的地方。

下部：卢梭之公民观思想的论说逻辑

本部分探讨卢梭的公民观思想，着重点在描述卢梭公民观的结构。在中国，对卢梭政治思想的研究在笔者看来已经呈现出片面性的一边倒局面，[①] 因此，本书力图按卢梭的思想原貌做一点纠偏工作。前文已经分析了20世纪西方卢梭政治思想研究的方法论转向的实质，即，这个转向不是因为卢梭著作语言风格多变而导致不可解释，而恰恰是既有的研究过于重视其他思想家和研究者对卢梭的看法，而又过于忽视了卢梭对自己著作的反复辩护，从而不可避免地导致了多面卢梭的形象。而在这些形象中，众多研究者又特别强调卢梭对以后政治史的影响，终于使得卢梭研究在偏离卢梭理论关怀的本相方面越走越远。

由于卢梭对自己著作的精神内涵的一贯性作了反复强调，后续研究卢梭政治思想的人们也不得不注意到这一点，但并没有引起足够的重视。这种状况得到有影响的改观已经是20世纪以后的事情了，但很久以来形成的人们认为卢梭应对法国大革命的恐怖一面负责，以及他是极权主义的精神元凶——甚至在知识界也是如此——的刻板印象，并没有得到有效改观。一个并没有从事实质性政治实践的思想家居然要承担这么严重的罪责本身就很反常，如果事情还是建立在对思想家著作进行割裂性解读的基础上，那意味着需要重新考察。本考察并不追求能改观这种缺少起码的公正的对卢梭的评价，而只是承接20世纪西方卢梭政治思想研究方法论转变的必然趋势，期待推进对具有一贯性的卢梭政治思想的理解。为此，笔者将特别重视对卢梭本人的著作文本的相当系统的解读，而切入点则是卢梭公民观的结构。笔者希望通过该考察能使人们看到，卢梭关于公民问题的讨论不仅仅是笔者为了讨论问题的便捷而建构出来的神话，而是卢梭感受到在他的时代对“人的存在”问题已经需要重新审视，随后他自觉地进行探究，从而，“公民”问题自然地成为他的政治思想的核心问题。在笔者看来，发现“公民”问题才是理解卢梭政治思想的真正的钥匙。

---

① 参本书第一章第三节“卢梭思想研究的基本脉络”。

第四章　公民问题是卢梭关心的核心问题

第一节　研究者和评论家眼中的多面卢梭

在前面的考察中，笔者已经论证了自格劳秀斯、霍布斯以后，由于欧洲新的适合商业运行的社会秩序的形成，在政治上集中表现为民族国家的诞生。从此，讨论和新秩序协调的公民问题成为政治思想家们无法忽视的主题。而启蒙思想家们虽然也把“追求普遍的人”作为他们的主要议题，但这和公民还不是一个问题。这一问题是不是卢梭和启蒙哲学家们的决定性差别，而其他研究者还没有充分注意到这个问题呢？笔者必须在前文论证的基础上，加以补充说明。笔者认为，政治思想史上的卢梭只有一个，不应该具有多面的政治形象。因此，笔者将通过征引卢梭的原文，以探清卢梭到底是不是关心公民问题。

笔者在这里根据自己目前所搜集到的资料先补充梳理一下在过去几百年中卢梭曾经以什么样的政治形象出现过。围绕着卢梭的政治属性问题进行的争论一直是一个热点。西方学者总结说：“在卢梭的政治理论中，围绕着卢梭是‘自由主义者——威权主义者’或‘强制——自由（force - freedom）’这个背反问题的讨论，作为集中的争议点，已经存在了两百多年。”① 贡斯当作为稍后于卢梭时代的著名政治评论家就认为：“卢梭失察于这个事实：他的错误使得他的《社会契约论》，如此经常地被援引为同情自由，但实际上是各种暴政的最可怕的支持。”② 与此同时，托马斯·希尔·格林却认为：卢梭是哲学理想主义的先驱，他的理论很好地阐明了政治义务的原则。③ 希波来提·泰恩也认为卢梭是“民主同意”原则的奠基者，他的政治理论是反映了该原则精神的学说。“卢梭的（其他有关政治学说的）

---

① See, Introduction to Jean - Jacques Rousseau: Authoritarian - Libertarian?, by Guy H. Dodge, 1971 by D. C. Heath and Company.

② See, Benjamin Constant, Supporter of Despotism, in Jean - Jacques Rousseau: Authoritarian - Libertarian?.

③ See, Thomaas Hill Green, Precursor of philosophy Idealism , in Jean - Jacques Rousseau: Authoritarian - Libertarian?

篇章都是社会契约必要的结果。”① 我们可以看到，早在19世纪关于卢梭思想的争论已经反映了对卢梭政治形象定位的相反的立场，这一争论体现为对卢梭政治理论的性质是自由的还是保守的评估。

到了20世纪，这种关于卢梭政治理论性质评判的分歧不仅没有缩小，还朝深入的方向发展。不过主题换成了：在卢梭的政治理论中，个人权利在公意中处于什么位置。换言之，卢梭是个人主义的，还是极权主义的支持者这个问题成为争论的中心。查普曼认为卢梭是现代自由主义的先行者，“个人自治（原则）是理解卢梭道德和政治理论的关键”②。狄瓦瑟支持相近的看法。他说：“公意理论确立了对个人权利的保证，而不是什么牺牲。”③

和这一态度决然相反的判断出现在20世纪中后期。出于对纳粹——可能还有斯大林——暴行的反思，卢梭的政治属性问题变得复杂起来。19世纪贡斯当的判断得到了进一步诠释。属于这种解释方向的极重要的代表是塔尔蒙。他认为：“卢梭的主权是外化的公意……该概念和大众主权者的原则结合……卢梭唤醒了极权主义民主。”④ 巴克支持此说：“在卢梭的‘基层民主’中，个人可能是‘一千个暴君之一，而不是奴隶的整体’，因为‘利维坦就是利维坦，即便当他是协作的’。”⑤ 这种看法在20世纪80年代以来的中国得到了回应。出于对“文化大革命”所造成的可怕后果的反思，朱学勤在他的博士论文《道德理想国的覆灭》中描述了卢梭的形象，是“暗含魔心的教士、精神病患者、恋母情结者、民粹主义者……”，总之，卢梭什么都是，就不是正常人。这是因为他认为卢梭是法国大革命所造成的暴行的精神源头，在卢梭的道德王国里，个人没有生存空间。借助于批判极“左”思潮的语境，朱学勤的卢梭研究在中国内地及港台地区获得了极大的影响。⑥

对卢梭和法国大革命的关系如此看当然不是朱学勤首倡。虽然朱学勤的研究接

---

① See, Hippolyte Taine, Builder of the “Democratic Convent”, in Jean – Jacques Rousseau: Authoritarian – Libertarian?.

② See, John W. Chapman, Forerunner of Modern Liberalism, in Jean – Jacques Rousseau: Authoritarian – Libertarian?.

③ See, Robert Derathe, Guarantor of Individual Rights, in Jean – Jacques Rousseau: Authoritarian – Libertarian?.

④ See, Jacob L. Talmon, Harbinger of Totalitarian Democracy, in Jean – Jacques Rousseau: Authoritarian – Libertarian?. 罗素也属于这样看待卢梭的行列。参罗素，《西方哲学史》下册第十九章，商务印书馆，1976年版。中国学人对卢梭如此看，更可能来自罗素，因为塔尔蒙的相关著作迄今未译成中文。例如，朱学勤的著作就是这样，参《道德理想国的覆灭》第二章。

⑤ See, Sir Ernest Barker, Opponent of Parliamentary Democracy, in Jean – Jacques Rousseau: Authoritarian – Libertarian?.

⑥ 参前文笔者对卢梭政治思想研究脉络的整理。

续了塔尔蒙这条线——反思极权主义所造成的暴行，但他更直接的传承来自伯克。①在卢梭去世仅仅十几年之后，法国大革命爆发了。隔岸观火的伯克表达了他对卢梭在法国大革命中所起作用的看法："国民议会劝告青年学习道德上的大胆实验者。尽人皆知在他们的领袖之中，存在着很大的争议，他们的领袖是他们中最像卢梭的人。确实，他们全部像卢梭……然而，卢梭要么是一位道德家，要么什么都不是……他们选择了卢梭，因为他们身上，他们希望树立为主要品性的特殊的恶劣品性，是迄今为止最昭著的。"② 伯克由此开创了一个在政治思想史上把卢梭和极权主义暴行联系起来的传统。实际上，贡斯当对卢梭的判断也是肇源于伯克开创的这个英国式自由传统。③

由伯克开创，贡斯当、塔尔蒙等继承的对卢梭政治形象的这个判断在当代影响极大，但在西方并没有造成一边倒的局面，相反，它激起了巨大的反弹。琼·麦克唐纳认为卢梭不是极权主义的先行者，而是保守主义的倡导者，她说："恰是这个观念——人们可以'被调适'去接受一个信仰体，以及（他们的）行动是方便于他们的统治者的——和卢梭的思想是格格不入的。"④ 和琼·麦克唐纳相比，法国研究者 R. A. 雷作得更明确，他在《〈社会契约论〉中的自由和权威》一文中，否定了以塔尔蒙为代表的认为《社会契约论》所反映的政治思想推进了极权主义事业的观点，系统论证了塔尔蒙所提供的论据属于对卢梭的误读。⑤

据此，可以窥见卢梭政治思想研究的复杂性及其论争的长期性。这种状态同卢梭论述问题的广泛深刻性和文字表达的复杂性有关。正如盖·H·道奇所说："一方面，他（卢梭）著作中的片段（可以）被用在这些地方，他反对暴政、压迫、强力以及不公正，他赞同自由、平等和法律（治理）；然而，另一方面，极其不同

① 参朱学勤，《道德理想国的覆灭》，第二章注释（19），朱学勤显示的是对罗素的熟悉，不过他征引了阿克顿勋爵的论点，而其中涉及伯克，罗素是伯克的后辈，他只不过是承接了伯克的看法。在朱学勤的著作中也出现过对伯克的引证，但在其参考书目里，没有伯克的著作。

② E·伯克，《论法兰西的新道德与卢梭》，载氏著《自由与传统》，蒋庆等译，商务印书馆，2001 年版。

③ 贡斯当属于苏格兰启蒙运动的受益者。他"在苏格兰的教育奠定了他自由主义思想的基础，对英国文化与政治制度终生不变的推崇"。见李强，《贡斯当与现代自由主义》，载《自由与社群》，三联书店，1998 年版。

④ See, Joan McDonald, Exponent of conservatism, in Jean – Jacques Rousseau: Authoritarian – Libertarian?.

[2] See, R. A. Leigh, Liberty and Authority in ON SOCIAL CONTRACT , in Rousseau's political writings, ed. By Alan Ritter. 1988 by W. W. Norton&Company, Inc.

[3] Introduction to Jean – Jacques Rousseau: Authoritarian – Libertarian? , by Guy H. Dodge.

⑤ See, Joan McDonald, Exponent of conservatism, in Jean – Jacques Rousseau: Authoritarian – Libertarian?.

[2] See, R. A. Leigh, Liberty and Authority in ON SOCIAL CONTRACT , in Rousseau's political writings, ed. By Alan Ritter. 1988 by W. W. Norton&Company, Inc.

[3] Introduction to Jean – Jacques Rousseau: Authoritarian – Libertarian?, by Guy H. Dodge.

的片段可被用来暗指他是权威主义者，如果不是极权主义者的话。”① 这段话很重要的地方在于，首先，它客观地提出，在卢梭的著作中，卢梭赞同平等、自由和法治的基调是明确的，而其同情威权主义的只是“暗指”，即，可能有这种解释路向，但不是必然的趋势；其次，它说明了卢梭之所以直到20世纪仍然呈现出多重政治形象和解读卢梭著作的某种偏向有关，这就是集中在对公认的卢梭的政治著作尤其是对《社会契约论》的解读，② 而没有整体地解读他的著述。

第二节　卢梭自己的声音

卢梭自身怎么看待他自己的核心论题呢？卢梭对此有过明确的说明：“我发现，一切都从根本上与政治相联系；不管你怎样做，任何一国的人民都只能是他们政府的性质将他们造成的那样；因此，‘什么是可能最好的政府’这个大问题，在我看来，只是这样一个问题：什么样的政府性质能造就出最有道德、最开朗、最聪慧，总之是最好的人民？——这里‘最好’这个词是就其最广泛的意义而言的。”③ 这段话非常重要。它首先说明，把卢梭当作政治思想家来理解是最切合卢梭原意的；其次，他关心政府问题的目的不是政府本身，落脚点是关心什么样的政府能造成“最好的人民”，“人”是卢梭最关切的核心问题。因此，只关心对学界公认的卢梭的“政治著作”的解读是极其不够的，因为这些著作恰好侧重在政府制度层面，而不是“人”。由此，可以这样说，《爱弥尔》和《新爱洛伊丝》在卢梭的心目中应该更重要；容易被忽略的是这段引文的最后一句，它的重要性在于它暗示对卢梭著作的解读不应该是注经式的，而应当整体性地领会卢梭著作所反映的精神。

卢梭的所有自传是帮助解读其思想的极可靠的文本。④ 在《忏悔录》里，卢梭早就说过：“当我的病痛容许我出门的时候，当我不是让熟人拖着东奔西跑的时候，

---

① See, Joan McDonald, Exponent of conservatism, in Jean – Jacques Rousseau: Authoritarian – Libertarian?.

2 See, R. A. Leigh, Liberty and Authority in ON SOCIAL CONTRACT , from Rousseau ' s political writings , ed. By Alan Ritter. 1988 by W. W. Norton&Company, Inc.

3 Introduction to Jean – Jacques Rousseau: Authoritarian – Libertarian? , by Guy H. Dodge. 。

② 其中有代表性的是 Rousseau's political writings, ed. By Alan Ritter. 1988 by W. W. Norton&Company, Inc. 该辑辑录卢梭的政治著作包括《社会契约论》、《论政治经济学》、《论人类不平等的起源和基础》。而把卢梭的《社会契约论》作为可以单独来进行阅读的著作的看法在东西方都比较普遍，例如，涂尔干的《孟德斯鸠和卢梭》，上述的 R. A. Leigh，以及 Gildin, Hilail. Rousseau's Social Contract, 1983 by the University of Chicago. 等等。中国的代表是李平沤的《主权在民 VS 朕即国家——解读卢梭〈社会契约论〉》，山东人民出版社，2001年版。

③ 卢梭，《忏悔录》，黎星等译，人民文学出版社，1982年版，第504页。

④ 参本书第一章对卢梭政治思想研究前沿的考察和第三章的论证。

我就一个人出去散步，我想着我那庞大的思想体系，并且利用我经常带在衣袋里的白纸本子和铅笔，把想的东西写出一点来。”① 表明卢梭很早就是准备有计划地写作的。在《爱弥尔》出版之后，卢梭说：“最有能力评价我这部书的人们对我说的话，给我写的信都证实这是我最好的作品，同时也是最重要的作品。”② 可见他对《爱弥尔》特别重视，而该书的主要内容则是怎样培养新的公民。同样，《新爱洛伊丝》也绝不仅是一部“绝妙的小说”，③ 它也属于卢梭体现其政治关怀的重要文本。卢梭在论述该小说的构思及内容时是这么评价的：“除了这个从根本上跟整个社会秩序有关的针对风俗和夫妻间的忠诚的目标之外，我还怀着一个深刻的目标，即是社会协调与社会和平。这个目标，本身也许比上面的还更大，更重要，至少在我们当时所处的时代是如此。”④ 由此可见，《新爱洛伊丝》和《爱弥尔》是出于一脉相承的思路。欲看清卢梭政治思想的全貌，不可以将这两书排除在外。

不止于此，卢梭本人对他各种著作所表达的共同主题是十分清楚的。“《新爱洛伊丝》还是同样顺利地出版了……而且几乎令人难以置信的一点是：这个爱洛伊丝临终时的那番表白与萨瓦助理司铎所表白的完全一样。《社会契约论》里的一切大胆的言论也早在《论不平等》里就有了；《爱弥尔》里的一切大胆的言论也早在《朱莉》（即《新爱洛伊丝》——引者注）里就有了。”⑤ 到卢梭晚年，他更明确地对自己的著作总结道：“（它们）有一个大的原则。”⑥

卢梭的这些原话，清楚地表明，他的主要著作是互相关联的，这是他始终如一地坚持的。其中体现出的鲜明主题是围绕着公民的培养来考虑政府的性质以及社会协调——也就是政治秩序——如何可能。换言之，卢梭的政治思想是系统的，他不应该具有时人和后人理解的多面政治形象。那么进一步应该讨论的问题是，卢梭对其政治思想的系统性是不是有一种自觉的体认呢？从第一章笔者的梳理中曾提及，卢梭曾谈及其写作风格及其写作的原则，他毕生的活动及其思想有其一贯的原则，而卢梭对这一点一直是高度自觉的。由于卢梭的思想具有这样的特点，也印证了笔者的判断：我们全面领会卢梭的精神原则比注经式地去分析他语言风格上的些微矛盾，应当是更可取的作法。

尽管卢梭对自己思想的一致性是高度自觉的，但自他的时代起，他的呼吁并没

---

① 卢梭，《忏悔录》，第 458 页。

② 卢梭，《忏悔录》，第 712 页。另外，该书第 705 页，“我这部（指《爱弥尔》，引者注）最有价值、最好的著作反而使我落得个身后名誉扫地，实在太可怕了。”

③ 它来源于《忏悔录》第 676 页，按卢梭的说法这是法国太子妃的评论。不知出于什么原因，人们倒是记得别人的评论，而忽略了卢梭对写作该书出发点的自述。参朱学勤《卢梭和他的恋母情结》一文对该书的抨击，载朱学勤，《书斋里的革命》，长春出版社，1999 年版；另见钱弘道的博士论文《为卢梭申辩》之第 6—8 页。北京大学出版社，1999 年版。

④ 卢梭，《忏悔录》，第 542—543 页。

⑤ 卢梭，《忏悔录》，第 507 页。

⑥ Rousseau judge Jean－Jacques, Troisieme Dialogue（Hachette ed.，IX，287）.

有得到人们的理解；相反，由于他的百科全书派盟友对他的攻击，对他的误解被广泛接受。这种误解最著名的始作俑者当数伏尔泰。当卢梭沿着得到他的朋友们赞赏的《论科学与艺术》的思路完成了《论人类不平等的起源和基础》，热心地寄给伏尔泰审阅时，却得到了令他震惊的回答："我已经收到了您反人类的新书。我很感谢。您将会得到这些人的欢心，您告诉他们一些您不会纠正的简单的事实……还从没有这么大的智慧被试图用来把我们变成动物。当读了您的书以后，我简直渴望自己四足爬行。"① 狄德罗最懂卢梭的思想，但他并没有出来为卢梭辩护。② 狄德罗这么做的原因，前文征引卡西尔的观点已经解释过了。如果联系到笔者对卢梭时代社会风尚沙龙部分的考察，人们可以发现卡西尔的论断是十分精当的。卢梭当然对伏尔泰的这种态度十分愤怒，但他起而反抗的结果是他被百科全书派彻底孤立了，因为他走得实在是太远了。③ 在卢梭之后，法国大革命爆发了，由于革命领袖们对卢梭的推崇，导致了伯克的对卢梭有巨大影响的评论，它几乎形成了评论卢梭思想的主要基调。但这种极端的方式是由于忽略了卢梭本人对自己著作的解读所致，在20世纪终于引发了研究者对卢梭思想的重估。④

回到卢梭著作的文本来研究卢梭的思想是20世纪的一个明确的转向，这个转向证明卢梭思想所具有的一贯性。但是在认可了卢梭思想一贯性或统一性的前提下，对卢梭政治思想本身的诠释并没有取得令人信服的成果，特别是和卢梭自己的看法相比，还有相当的距离。只回到卢梭著作的文本来探索卢梭思想的统一性是远远不够的，我们必须在这个基础上推进对卢梭政治思想的诠释，这是探讨卢梭的政治思想对现代政治思想的影响的必经途径。

现在，从哪个角度来诠释卢梭的政治思想，是研究者不得不面对的问题，笔者的看法是仍然要从卢梭的著作中去进一步发现。在《论政治经济学》中，卢梭明确地说："我必须要求读者把公共经济和最高权力也区分开来。前者我们称之为政府，是我要研究的主题；后者我称之为主权。两者的不同在于后者有立法权，在某些情况下约束着国家本身，而前者只有执行权，只对个人有约束力。"⑤ 卢梭这里把政府作为他研究的主题，是因为它可以对个人施加直接的影响，而这对一个国家内部而言，是最为复杂的。同时，立法权是基础，但它的性质则更为抽象。这点卢梭是通过一个比喻来说明的："个别地看，政治体可以被认为是一种类似人体的有机的、

① ROUSSEAU'S POLITICAL WRITINGS edited by ALAN RITTER and JULIA CONAWAY BONDENELLA, 1988 by W. W. Norton&Company, Inc, P191—192。

② 见卢梭，《忏悔录》第484页。卢梭这样说："（《论不平等》）这部作品比我所有其他的作品都更合狄德罗的口味，并且他为这部作品所提的意见对于我也最为有益，但这部作品在全欧洲却只有很少的读者能读懂，而在能读懂的读者之中又没有一个愿意谈论它。"

③ 其原因参本书第一章卢梭研究概况的考察和第三章。

④ 参本书第一章对卢梭研究基本脉络的考察。

⑤ 卢梭，《论政治经济学》，王运成译，商务印书馆，1962年版，第4页。

有生命的团体。主权代表头；法律与习俗代表脑，即，神经的根源和意志、理解力、感觉的所在地……公民是身体和四肢，它使机器能够生存、行动并且工作起来。"① 那么，公民和主权、法律是什么关系呢？正是通过这一比喻，卢梭政治思想中极具争议的公意问题凸显出来。

理解个人在公意中的位置就成为卢梭研究政府问题的关键。按卢梭的说法，"公意……是法律的根源。它为国家的全体成员，就各成员间的关系及各成员与国家之间的关系制定法规，说明什么事情是合理的，什么事情是不合理的"②。卢梭不可能把公意到底是如何形成的这样一个哲学问题一下子说清楚，他只是努力地想把这一问题论述得能为人们接受。③ 因此分析的结论是：最普遍的意志往往也就是最公正的意志，而人民的意见实际上就是上帝的意见。④ 的确，对公正这个问题的探讨，诉诸信念或许是最不坏的选择。

大致描述了公意的性质之后，就可以处理个人和公意的关系这个问题了。卢梭的目标是清晰的，他要求的是公民在公意中"使人们服从而又感到自主……人人都服从，却没有人发号施令；人人都服务，却没有骑在人头上的主人。"这显然是个奇迹——也是为后人质疑的，但卢梭坚定地说："这些奇迹都是法律创造的。人们之有正义与自由应该完全归功于法律。"⑤ 卢梭这么信任法律，那是因为他论述问题是有整体性思考的，因为他的法律是公意，因而也是正义的反映，它不是教条，而是活的正义的精神。

到这里，法律如何贯彻又成为了必须解决的问题。卢梭提出的方向是："光叫

---

① 卢梭，《论政治经济学》，第4页。

② 卢梭，《论政治经济学》，第5页。

③ 在《社会契约论》的前两卷，卢梭对这一问题进行了详细的哲学分析，但这被理解为是一个说不完美的问题。卢梭自己很清楚，他说："读者诸君，你们要经常记住，同你们讲话的人既不是学者，也不是哲学家；他是一个普通的人，是真理的朋友，既不抱什么成见，也不信什么主义……"见卢梭，《爱弥尔》，李平沤译，上册第124页。同书第341页，卢梭还说："对人类了解得最深刻的并不是哲学家，因为他们完全是通过哲学上的先入之见去观察人的，我还没见过什么人是像哲学家那样有许多成见的。"因此，他表达的只是正义是存在的这个信念。但卢梭的精湛分析却仍然使后人把他当作哲学家来看待，并进而攻击他，这显然是不顾事实的。而对于卢梭不是哲学家的自我表白最好的解释见卡尔·贝克尔，《18世纪哲学家的天城》，何兆武译，三联书店，2001年版，第40页，"（十八世纪的）这些'哲学家们'并不是哲学家。我的意思是说他们并不是哲学教授……绝大多数'哲学家'都是文人，他们写书是意在供人阅读的，而且设法要传播新观念，或者是对旧观念投射出新的视线。"联系到本书第三章对沙龙部分的考察可以发现，贝克尔的说法合乎事实。因此，卢梭的如上说法完全是真诚的，或者说，至少卢梭意识到了他和人们习惯看法中的哲学家不同。实际上卢梭对他写小说的原因做过明确的说明："对一个已经相当腐败的民族来说，小说也许是在其他教育手段都难收成效以后才采取的最后一个教育手段。"见《新爱洛伊丝》，李平沤译，译林出版社，1993年版，卷二，书信二十一。这和贝克尔的意见完全一致。

④ 卢梭，《论政治经济学》，第6页。

⑤ 卢梭，《论政治经济学》，第8—9页；属于同样意思的语言还见，卢梭，《社会契约论》，中译本，第23页。由于笔者完成了知识社会学考察，因此本书将能对该质疑给一个合理的解释。

人民为善是不够的，必须教人民做到这点。”① 据此，培养公民问题就成为卢梭研究政府问题的核心。卢梭对此是非常清醒的，他说：“没有自由就不会有爱国思想；没有道德，何来自由；没有公民，就无所谓道德；培养公民，你就有你所需要的一切东西。没有公民，则自国家的统治者以下，除了一些下贱的奴隶之外，你一无所有。培养公民并非一日之功，打算培养公民，就一定要从儿童时代教育起来。”②

笔者认为，习惯上被认为属于政治著作的非小说的卢梭作品，集中讨论的就是上述关于公意以及个人与公意之关系的问题。现代卢梭政治思想的研究者正是据此把卢梭当成了政治哲学家，在现代精细的学术解剖刀下，卢梭遍体鳞伤。但卢梭本人显然没有止步于此。需要再次强调的是，卢梭没有把自己当成哲学家，他自认为只是“真理的朋友”，③ 这个姿态是合乎他的写作特点的。明乎此，我们就可以联系到卢梭说的“培养公民，你就有你所需要的一切东西。没有公民，则自国家的统治者以下，除了一些下贱的奴隶之外，你一无所有”这句话的重要意义，它昭示卢梭对《爱弥尔》和《新爱洛伊丝》这两部著作的重视不是没有原因的。如果说卢梭非小说的政治著作只是解决了上层建筑问题，那么在后两部书要具体展示的则是：按卢梭的意见培养的公民是如何能够达成公意，并适应政治社会生活的问题。不了解这点，对卢梭政治属性的争议就不可能有一个相对确定的方向。为了更深入地解决这个问题，按照卢梭自己的意见，并承接重估卢梭的路向，笔者认为：从卢梭的公民观着手，才是系统理解卢梭政治思想的入口。

---

① 卢梭，《论政治经济学》，第 15 页。

② 卢梭，《论政治经济学》，第 21 页。

③ 卢梭，《爱弥尔》，李平沤译，上册，第 124 页。

第五章 反思并重写人的历史：卢梭探讨公民问题的入口

第一节 反思道德风尚的败坏：公民主题的呈现

《论科学与艺术》是卢梭得以在巴黎立足的成名作，尽管它确如卢梭所说："在出自我的手笔的一切作品之中，要数它最弱于推理，最缺乏匀称与和谐了。"[①]但它却是卢梭思考公民问题的起点。卢梭承认，他写这篇东西的时候，"我的全部激情都被对真理、对自由、对道德的热爱窒息掉了；而最足惊人的是这种狂热在我的心田里持续达四五年之久，也许在任何别人心里都不曾那样激烈过。"[②] 因此，解读卢梭的公民观必须从这本小册子开始。

第戎科学院以"科学和艺术是否有助于敦风化俗？"这么一个题目来征文，在当时的社会风尚下，是耐人寻味的。而卢梭看到这个征题之后，对于初到巴黎，此前吃足了生活苦头的他，一定是有感而发。"一看到这个题目，我登时就看到了另一个宇宙，自己变成了另一个人。"[③] 该题目触动了生性敏锐的他，"我自谓我所攻击的不是科学本身，我是要在有德者的面前保卫德行"[④]。开宗明义，卢梭点明了他不是攻击科学本身，也就是说，他是认可科学所取得的巨大的正面成就的，他要反对的是科学对德行的败坏。或者，准确地说，卢梭是意识到科学进步取得的成就使人们忘记了道德，而这是人作为人不可以接受的。稍有道德感的人，一定会对当时法国特别是巴黎的道德状况不满；第戎科学院的题目似乎在提醒卢梭去挖掘道德败坏的根源。卢梭认为"忠诚对于善人要比博学对于学者更可贵得多"；而且"由

① 卢梭，《忏悔录》，第439页。
② 卢梭，《忏悔录》，第438页。
③ 卢梭，《忏悔录》，第436页。
④ 卢梭，《论科学与艺术》，何兆武译，商务印书馆，1963年修订版，1997年第六次印刷，第5页。

于我根据天赋的光明在维护真理，所以不管我的成就如何，它本身就是一种永不会使我失望的酬报，而我将会在我内心深处获得这种酬报的”①。按卢梭的意思，在他内心里洋溢着的应该是德行。

可是德行是什么呢？这正是卢梭将要逐步澄清的。尽管他认为，“反观自我以求研究人类并认识人类的性质、责任与归宿，那就要格外宏伟和难能了”②，但显然他愿意做这种尝试。他认为：“精神和身体一样，有它自己的需要。身体需要是社会的基础，精神需要则是社会的装饰。政府与法律为人民集体提供了安全与福祉；而科学、文学与艺术，由于它们不那么专制，因而也许更有力量，就把花冠点缀在束缚着人们的枷锁之上，它们窒息人们那种天生的自由情操——看来人们本来就是为了自由而生的——使他们喜爱自己被奴役的状态，并且使它们巩固起来。”③这段话在这篇论文里并没有得到特别的展开，却透露了一个消息，卢梭所要做的就是要从人的身体这个社会的基础开始去探讨人和政府与法律的关系。而首要的是揭示出当时束缚人的枷锁的隐蔽性，测量出枷锁的重量。第戎科学院的征题提供了他试图解决这个问题的机会。

卢梭首先界定了德行的性质：“德行就是灵魂的力量与生气。”接着他又说：“在艺术还没有塑造成我们的风格，没有教会我们的情感使用一种造作的语言之前，我们的风格是粗朴的，然而却是自然的……那时候人性根本上虽然不见得好；然而人们却很容易相互深入理解，因此可以找到他们自己的安全；而这种我们今天已不再能感到其价值的好处，就使得他们能很好地避免种种罪恶。”④ 这表明卢梭的视野是承接了18世纪的思想氛围的，信任自然的善，而不追究自然是什么。⑤ 然而这段话还明显地把自然和德行联系起来了：自然是粗朴的，而正是这粗朴使人能避免种种罪恶，获得安全。也就是说，粗朴的自然生活是有力量和生气的，遵循自然的简朴生活就是有德行的表现。这就鲜明地反映出卢梭对德行的理解和古希腊的哲人有不可分割的关系：能过贴近自然的简朴生活，曾经被亚里士多德论证为有德行的公民的最大幸福。卢梭谴责了科学与艺术造成的下述后果：“今天更精微的研究与更细腻的趣味已经把取悦的艺术归结成为一套规则了。我们的风尚流行着一种邪恶而虚伪的一致性，每个人的精神仿佛都是在同一个模子里铸出来的，礼节不断地在强迫着我们，风气又不断地在命令着我们。我们不断地遵循着这些习俗，而永远不能遵循自己的天性。”⑥ 卢梭认为在这种一致性下面，人们在互相交往中无法具有

① 卢梭，《论科学与艺术》，第6页。

② 卢梭，《论科学与艺术》，第6页。

③ 卢梭，《论科学与艺术》，第7—8页。

④ 卢梭，《论科学与艺术》，第9页。

⑤ 在《爱弥尔》里卢梭说：“凡是自然存在的东西都是好的，没有哪一个普遍的法则对人类是有害的。”第550页。这句话直接地印证了笔者的判断。

⑥ 卢梭，《论科学与艺术》，第9—10页。

“诚恳的友情”、“真诚的尊敬”和“深厚的信心”了，他认为这是“一种精致化的纵欲”。[①] 最令人惊讶的是，卢梭把这种后果归罪于科学与艺术，“我们的灵魂正是随着我们的科学和我们的艺术臻于完美而越发腐败的”。他嘲讽地说：“就连海水每日的潮汐经常要受那些夜晚照临着我们的星球的运行所支配，也还比不上风尚与节操的命运之受科学与艺术进步的支配呢。”[②] 如果不是对他所处时代的风尚有着深刻的反思，笔者很难想象卢梭会这样不加区分地猛烈抨击科学与艺术的进步。

为了证明他的观点，卢梭先后对比考察了古埃及、古希腊、古罗马的兴衰，当它们开始变得对文学与艺术感兴趣而倾慕风雅礼仪的时候，它们兴起时因为粗朴而显得特别有生气和力量的德行就消失了。为此，他特别谴责了雅典，谴责了罗马露天剧场[③]——这里已经预示了为什么后来卢梭激烈地反对伏尔泰建议在日内瓦修建剧院，因为剧院是为了张扬艺术的奢侈的，因而艺术是德行的敌人；他称赞了斯巴达的作风：“（斯巴达）那里的人民生来就是有德行的，连那个国土上的空气也似乎激发着人们的德行。”[④] 他还表扬了苏格拉底和老伽图。而人们都知道，斯巴达人和苏格拉底、老伽图都以生活俭朴、刻苦闻名。卢梭称颂他们的德行，也印证了笔者上面对卢梭心中的德行的概括。接着卢梭挖苦说：“在我们这里，的确，苏格拉底也许不会饮鸩而死的，然而他却要从一个更苦得多的酒杯里尝到侮辱性的嘲弄和比死亡还坏百倍的鄙夷的。”显然，卢梭认为科学与艺术的进步所造成的道德败坏，对有德行的人来说，其折磨是比肉体死亡更难以忍受的。他总结道：“这便是骄奢、淫逸和奴役在一切时代里；只要当我们想脱离永恒的智慧为我们所安排的那种幸福的无知状态时，就总是会成为对于我们骄傲的努力的一种惩罚了。”[⑤] 在这里，我们可以看到，卢梭认为德行是实践的，因为无知状态才是幸福的，这和古希腊、古罗马的看法遥相呼应。

科学是支撑现代社会的最大动力，卢梭对此专门予以了考察。他认为科学的起源就是与德行为敌的。“有一个古老的传说从埃及流传到希腊，说是创造科学的神是一个与人类为敌的神。”“天文学诞生于迷信；辩论术诞生于野心、仇恨、谄媚和撒谎；几何学诞生于贪婪；物理学诞生于虚荣的好奇心；这一切，甚至于道德本身，都诞生于人类的骄傲。因此，科学与艺术都是从我们的罪恶诞生的”。[⑥] 卢梭结合前面的历史清理，断言：“科学既产生于闲逸，反过来又滋长闲逸；因此它们对社会所必然造成的第一种损害，就是无可弥补的时间损失。”他认为，“在政治方面正像道德方面一样，任何好事都不做就是一桩大罪过，因而一个无用的公民也就

① 卢梭，《论科学与艺术》，第 10 页。
② 卢梭，《论科学与艺术》，第 11 页。
③ 卢梭，《论科学与艺术》，第 18 页。
④ 卢梭，《论科学与艺术》，第 16 页。
⑤ 卢梭，《论科学与艺术》，第 19 页。
⑥ 卢梭，《论科学与艺术》，第 21 页。

可以认为是一个有害的人。"[①] 他依次讽刺了牛顿、笛卡尔、开普勒以及斯宾诺莎等人，攻击他们的作品毫不重要，因此也浪费了时间。[②] 而这些人正是现代科学的奠基者。卢梭准确地观察到现时代的特征是现金为王——金钱是商业社会最明显（物质利益）却又最隐秘（精神上的，也就是马克思后来明确提到的金钱拜物教）的控制力量。他作了一个比较，"古代的政治家从不休止地讲求风尚与德行；而我们的政治家只讲求生意和金钱。"他肯定地说："人们虽然可以用金钱获得一切，但却决不能获得风尚与公民。"[③]

到这里就非常清楚，卢梭相当自觉地触及了现代性问题的核心，预示了他关心的主题：寻找良好的风尚和培养真正有益于社会的公民；也提出了他解决这些问题所借助的资源：从古代有德行的智者——显然是古希腊和古罗马有德行的哲人——那里寻求力量。科学、艺术和德行败坏有了明确的关系，而在卢梭的时代，这又通过金钱这种中介体现出来。笔者前文已经说明过，在商业社会里，物价上涨是贸易直接导致的现象，而这和奢侈品的消费密切相关。卢梭把奢侈和科学与艺术联系起来，笔者无法判断卢梭是否清楚这种历史关系，但他的这种联系在某种意义上切合了当时问题的实质，因为科学——特别是技术——的确是商业社会秩序合法性最有力的支撑。卢梭说："奢侈的必然后果——风尚的解体——反过来又引起了趣味的腐化。"[④]"当生活日益舒适、工艺日臻精美、奢侈之风开始流行的时候，真正的勇敢就会削弱，尚武的德行就会消失；而这些也还是科学和种种艺术在室内暗中起作用的结果。"[⑤]

卢梭花这么大的篇幅来谈论德行的败坏，那它对人到底有多少损害呢？前文已经提到过一点，没有德行就没有友谊、尊敬和信心，而缺少这些，人就没有安全感，这对人的生存当然就很危险了。然而卢梭认为问题还不只是个人的事情，他谴责他的时代给予青年人的科学教养让年轻人忘记了责任。"我看到在各个方面人们都不惜巨大的代价设立无数的机构来教导青年以种种事物，但只有他们的责任心却被遗漏了。""可是他们并不知道高尚、正直、节制、人道、勇敢这些名词究竟是什么；祖国这个可爱的名字永远也不会打进他们的耳朵里去；如果他们也听人讲说上帝，那也并不是由于敬畏上帝，而只是对于上帝怀有恐惧罢了。"[⑥] 也就是说德行败坏对祖国和信仰也一样有害。显然，在卢梭看来，个人、祖国和信仰是同等重要的。而这种判断，和卢梭时代风行欧洲的战乱有关系，没有国家，个人无法生存，

① 卢梭，《论科学与艺术》，第22页。

② 卢梭，《论科学与艺术》，第22—23页。

③ 卢梭，《论科学与艺术》，第24、第25页。另卢梭《忏悔录》第43页，卢梭曾经谈及自己的追求："我所追求的是纯洁的快乐，而金钱会把一切玩乐都玷污。"说明他的确是自觉反思到了这个问题。

④ 卢梭，《论科学与艺术》，第26页。

⑤ 卢梭，《论科学与艺术》，第27页。

⑥ 卢梭，《论科学与艺术》，第29页。

信仰也无济于事。卢梭似乎没有看到现代民族国家和个人权利间的紧张关系，而只看到两者之间相互依存的一面，所以卢梭相信二者同等重要；卢梭重视信仰，这是因为他相信信仰有助于培养人们的德行，然而这却埋下了他和百科全书派分裂的伏笔。

卢梭发现他所处时代的道德败坏到了极致："我们有的是物理学家、几何学家、化学家、天文学家、诗人、音乐家和画家，可是我们再也没有公民了；或者说，如果还有的话，也是分散在穷乡僻壤，被人漠视和轻蔑而终于消逝的。那些给我们以面包的人、给我们孩子以牛奶的人所遭遇的情况便是如此，他们从我们这儿所获得的情感便是如此。"① 这里卢梭好像看到了过于细化的分工是这个现代社会的表征，而这也是败坏德行的帮凶。的确，过细的分工把人们的思维分解在一道道环节中，久而久之，习惯使得人们没有环境去整全地思考问题。②

但农民——准确地说，是古典农业社会的农民——却不同，他们的确是过着最贴近自然的粗朴生活，由于奢侈与他们无缘，他们得以保存淳朴的风尚，因此把正义的同情寄希望于他们是一种正常的社会心理——"文明人"可以从他们身上看到远古的背影。③ 笔者认为正是这个原因使卢梭毫不犹豫地把希望投在了人民身上。卢梭说："自然注定了要使之成为自然学徒的人，是不需要老师的。"④ 农民当然符合这一特征。卢梭不认为领导人民的艺术比教化人民的艺术重要，相反，他认为使人民心甘情愿为善比以强力约束他们为善要容易，故而他相信教育人民从而增进了人民幸福的人能得到这样的报酬："唯有这时候我们才可以看到，被高贵的情操所激发的、并为了人类的福祉而在共同努力的德行、科学和权威，能够做出什么事来。"若不这样，"只要权力是一回事，而知识与智慧又是另一回事；学者们便很少

---

① 卢梭，《论科学与艺术》，第32页。

② 西美尔认为，现代性最大的特点体现为金钱做主，人们逐渐被压榨得麻木不仁。"麻木不仁态度的体现，即人们对于事物的微妙差别和独特性质不再能够作出感受同样细微的反应，而是用一种一律的方式，因而也是单调无味的，对其中的差异不加区别的方式，去感受一切。"见氏著《金钱、性别、现代生活风格》之《现代文化中的金钱》；另外他还明确地说："生活的所有领域越是人工化，越是有结构，越是相互交织——这根本上意味着单纯手段与工具的系统——它就越来越强烈地被认作是在本质上能令人满足的终极目的，而人们不再有能力去探询超乎其上的东西。"见氏著《时尚的哲学》之"当代文化中的货币"。这和笔者的分析应该是相通的。

③ 把德行和良知寄托在作为整体意义上的民众里是思想家最平常的做法，实际上，滕尼斯就认为："只有在人民大众中，良知才是有生命力的。它是一种共同的财富和机关，不过被个人以特殊的方式所占有。它依附于一般的意志和精神，即流传下来的思维方式，它作为素质是与生俱有遗传而来的，它与整个思维一起成长，在与自己的直觉和习惯的关系方面，它作为记忆的基本内容，因此也作为对感受到的和日益增长的对最亲近的人的爱的证实，并使之神圣化……"见氏著《共同体与社会》。可见，未变成农业工人的民众中存在的良知和道德是一种内化为本能的事物，因而它最难败坏。当上层社会腐化后，思想家把目光转向下层寻求道德是有道理的。卢梭在《忏悔录》第185页里说："在一般平民中间，虽然只是偶尔流露热情，但自然情感却是随时可以见到的。在上流社会中，则连这种自然感情也完全窒息了。他们在情感的幌子下，只受利益或虚荣心的支配。"恰恰表达了这个意思。

④ 卢梭，《论科学与艺术》，第35页。

会想到什么伟大的事物，君主们则更少会做出什么美好的事情来，并且人民也就会继续是卑贱的、腐化的和不幸的了。”①

这里提供了关于解释“卢梭悖论”最重要的消息，即卢梭认为他心目中的公民其实是不需要强力来约束的。换言之，强力将是消极的。法律作为强力的表征，若它只是起消极作用，那卢梭悖论就很难存在。而笔者前文的考察表明这是自苏格拉底、柏拉图以来经过中世纪，整个西方政治思想界一直努力追求的理想状态，卢梭只是继承了这个悠久的传统。在这里，卢梭很明确地提出了教化公民问题，而公民的原型就将在他的时代里显得卑贱的人民中出现。卢梭正是在这本小册子里规划了他一生写作的中心问题和写作的步骤。起初的人是什么样子，他们又是如何构成社会的，必然成为下一步卢梭要解决的问题。

第二节　公民出现的前提：人与社会的历史构设

一、卢梭政治思想的纲领：人的自然状态

我们很难判断第戎科学院出于什么目的授予卢梭的《论道德和艺术》以大奖，不过这显然鼓励了卢梭接着往他已经开启的路走下去。此后卢梭写了不大成功的戏剧《纳尔西斯》，他给该剧本写了一篇序言：“我在这篇序里，开始阐述我的许多原理，比我直到那时为止所曾阐述的要多一些。”② 令人惊异的是，1753 年第戎科学院又以“人类不平等的起源是什么？人类的不平等是否为自然法所认可”为题再次征文。无论如何，这个题目本身和 18 世纪启蒙思想家探求“普遍人”的风尚是相匹配的。这无异于鼓励卢梭再次应征。在《忏悔录》里他回忆了再次应征时的心境：“不久我就有机会在一个更为重要的作品里把这些原理彻底地发挥出来了。我记得，就是在这个一七五三年，第戎科学院发表了以《人类不平等的起源》为题的征文题目。这个大题目使我产生了强烈的印象，很惊讶这个学院居然敢把这样一个问题提出来。但是，它既然有这样的勇气提，我也就有这样的勇气写，于是我就动手写。”卢梭还对该文的主题进行了阐述：“每天其余的时间，我就钻到树林深处，在那里寻找并且找到了原始时代的景象，我勇敢地描写了原始时代的历史。我扫尽人们所说的种种谎言，放胆把他们的自然本性赤裸裸地揭露出来，把时代的推移和歪曲人的本性的事物的进展都原原本本地叙述出来；然后，我拿人为的人和自然的

---

① 卢梭，《论科学与艺术》，参第 36 页。

② 卢梭，《忏悔录》，第 483 页。

人对比，向他们指出，人的苦难的真正的根源就在于人的所谓进化。”①

卢梭这段自述的重要性在于它说明了：首先，卢梭继承了他所处时代的思维风格，以重写历史的方式重新解释人类的政治面貌。在这个意义上，他和霍布斯只是构造历史的内容不同，但思维的起点却完全一样。此后卢梭认同了洛克的契约学说，而霍布斯却是契约学说得到新解释的奠基人，且洛克的契约论在本质上和霍布斯一样；② 其次，卢梭提出人类的苦难源于进步的观念，还出现了“人为的人”的概念，这说明卢梭的确是感觉到了科学——理性——压抑人性的一面，因此有了反抗现代性的自觉诉求，这是对霍布斯、洛克的一个巨大超越；最后，由于卢梭以根本上和霍布斯一样的姿态去反抗，也即站在承认科学理性秩序的立场上反对进化，最终决定了它还是体制内的反抗，他对现代性的抗拒逃脱不了失败的命运。③ 卢梭透露说：“这部作品比我所有其他的作品都更符合狄德罗的口味，并且他为这部作品所提的意见对于我也最为有益。”④ 可见其思路和《论科学与艺术》有很强的连贯性。

对《论人类不平等的起源和基础》（下文简称《论不平等》——笔者）的理论背景有一个大致的了解之后，笔者接着详细解析其内容。卢梭把这本书献给了他出生的日内瓦共和国，在“题献”中透露了正文中无法容纳的许多消息。笔者认为这个“题献”是最能体现卢梭日后所有政治设想的本相的，它是理解卢梭政治思想的真正的纲领。

在卢梭心中，日内瓦是完美的，他说：“我既然幸运地生长在你们中间，怎么会只想到自然所赋予人们的平等和人们自己造成的不平等，而不想到有这样的一种智慧呢？这种智慧，可以把一个国家，可以把一个国家里的平等和不平等以最接近自然法则并最有利于社会的方式加以适当的调和，从而既能维护公共秩序又能保障个人幸福。我在研究良知对于一个政府的制度所能提供的最好准则时，看到这些准则都已由你们的政府实行，我是何等的激动！”⑤ 它包含了如下信息：首先，当卢梭构造他的理想国时，现实方面是以日内瓦为参照的；其次，他探讨的问题是人和

---

① 卢梭，《忏悔录》，第 483—484 页。

② 勒赛克尔和后来的施特劳斯等都注意到这个事实。勒赛克尔说：“不过在实质上，卢梭与霍布斯的关系比与自然法学派的关系更接近些。”见其为卢梭《论人类不平等的起源与基础》写的“引言”，中译本，第 34 页。施特劳斯的分析参氏著《自然权利与历史》（中译本）之第 272—273 页。

③ 在这个意义上，施特劳斯和他的学生艾伦·布鲁姆可谓目光如炬，特别是后者，他说：“卢梭的敌人不是旧制度及其王权、祭坛和贵族……真正的斗争将关涉到要居住在这个世界上的那种人，因为彼时局势中引人注目之处是、现在仍然是：一种真实的理论洞察似乎已导致人类进入某种卑下的结局。我的意思是作为人类低等族类的资产阶级是霍布斯、洛克政治科学化身，而这一科学的首要原则被卢梭接受。”见氏著《巨人与侏儒》之《爱弥尔》，张辉选编，秦露等译，华夏出版社，2003 年版，第 227 页；另同书之《卢梭：那转折的一幕》生动地讨论了卢梭政治理论的命运。

④ 卢梭，《忏悔录》，第 484 页。

⑤ 卢梭，《论人类不平等的起源与基础》，第 50 页。

公共秩序的和谐——而不是革命，这证明卢梭没有偏离自古希腊以来西方政治思想家致思的主题；再次，他探讨的是有良知的政府，这是源自古希腊和古罗马的古典传统，而不是马基雅维里以来的把道德从政治中剥离的传统，这是他试图抗拒现代性的最本质的依据；[①] 它也是卢梭解决问题的思想来源庞杂性的明证，若不对古典传统的思想资源有一个大致的了解，将无法对卢梭进行相对准确的阐释；最后，研究有良知的政府，表明该文确实是《论科学与艺术》一文主要观点的继续深化。

紧接着，卢梭提出了他对其理想国的看法："假如对于出生的地方也可以选择的话，我一定会选择这样一个国家：它的幅员大小决不超出人们才能所及的范围以外，也就是说，能够把它治理好。在这个国家中，每个人都能胜任他的职务，没有一个需要把他所负的责任委托给别人。在这样一个国家中，人民彼此都相互认识，邪恶的阴谋，或谦逊的美德，都不能不呈现于公众的眼前并接受公众的评断。在那里互相往来，互相认识的良好习惯，将使人们对于祖国的热爱与其说是热爱土地，毋宁说是热爱公民。""在那里主权者和人民只能有唯一的共同利益，因之政治机构的一切活动，永远只是为了共同的幸福。这只有当人民和主权者是同一的时候才能做到。因此，我愿意生活在一个法度适宜的民主政府之下。""我要这样的服从法律：不论是我或任何人都不能摆脱法律的光荣束缚。这是一种温和而有益的束缚，即使是最骄傲的人，也同样会驯顺地受这种束缚，因为他不是为了受任何束缚而生的。"[②]

笔者认为对这些话注意与否，是决定人们对卢梭政治思想理解正确还是偏离的关键，是理解卢梭所有后续作品主题的前提。它值得笔者进行精细的分析：它指示了卢梭构筑理想国规模的思想资源明显地来自柏拉图的《理想国》。在苏格拉底的理想国里是人人各司其职的，不过苏格拉底曾明确地说过，他的这个理想国是不可能实现的。[③] 在这个意义上，所有后续对卢梭的指责的可信性一开始就成问题；不仅如此，按卢梭的意见，这里的公民还互相认识，因此它更像一个有限的共同体；由于主权者等同于人民，没有高高在上的国王，说明公民将是理想国里最珍贵的，这也明示了公民问题是卢梭最关切的；卢梭信赖法律，这种思想是西方世界悠久的传统，极其重要的是，卢梭在这里确认了法律对公民而言是消极而有益的——这明显的是苏格拉底和中世纪法治思想的遗泽，表明他的自由公民是讲求道德自主的自

① 实际上卢梭就认为，"那些想把政治与道德分开论述的人，于两者的任何一种，都将一无所获"。见《爱弥尔》卷五，转自《社会契约论》第 8 页注释①，后文还将涉及。

② 卢梭，《论人类不平等的起源与基础》，第 51 页。

③ 参本书第二章第一节。如此勾画理想国的特点，在卢梭之前只有苏格拉底这么明晰；尽管亚里士多德的理想国也不大，但特征上略有不同。

我。这种公民不会造成道德对政治的侵蚀，他们在政治反应上不可能是激进的。[①]

不仅如此，卢梭接着说："所以我愿意不但国内的任何人都不能自以为居于法律之上，而且国外的任何人也不能迫使这一国家承认他的权威。""我将寻找一个幸福而安宁的共和国作为我的祖国：这个国家一切陈腐古老的东西，在某种程度上，都已在悠久的岁月中逐渐消失，它所遭受过的种种侵害适足以发扬和巩固居民们的勇敢和对祖国的热爱。这个共和国的公民，由于久已习惯于富于理智的独立自主，他们不仅是自由的，而且不愧是自由的。"[②] 这样卢梭又确认了法律面前，人人平等的原则；他心仪的法律体系是历史地形成并适合于理智的需要的，也即是说，法律本身是合法的、正义的；在新国家里，法律至上，公民的忠诚献给了国家而不是上帝。这十分清楚地证明了卢梭的政治思想是在接受了新的民族国家秩序的前提下铺开的。由于卢梭的法律体系具有这样的特征，因此他反对古代的平民公决："我并不赞成像罗马人的那种平民公决。"因为这样的做法使"政府官员不能享受一般公民所能享受的权利"[③]。这说明卢梭重视平等，但只限于权利的平等。而强调权利至上是格劳秀斯、霍布斯以后才确立的思想传统。

人的权利是如此的重要，那么如何保证公民能不滥用权利呢？卢梭提出如下方案："你们没有富有到那样的程度，以至使你们因过度安逸而耗损了精力，使你们沉湎在无聊的舒适享受中而失掉对真正幸福和高尚道德的爱好；你们也没有贫困到那样的地步，使你们在自己的工业供应之外，还需要外国的援助。"[④] 显然在他看来，保持这样一种状态——典型的中产阶级——就可以做到这点。而这一观点，亚

---

① 卢梭对此有明确的表述："我们还应该在社会状态的收益栏内再加上道德的自由，唯有道德的自由才使人类真正成为自己的主人；因为仅有嗜欲的冲动便是奴隶的状态，而唯有服从人们自己为自己所规定的法律，才是自由。"见卢梭，《社会契约论》，第30页。鲍桑葵联系卢梭"人是生而自由，但却无往不在枷锁之中"的判断给予了合理的解释："人生而享有天赋的自由，由于屈从社会法则，他便获得了唯一能使他真正成为人的文明的自由。""第八章最后一段（即本注释引的卢梭原文）表明，卢梭认为文明状态是道德的自由的一种体现，他切望不要显得似乎是求助于'自由'这个词的纯道德上或哲学上的含义来解决他的问题。"他比较了卢梭和洛克的相近表达，"卢梭很可能借用了洛克的一些现成的用语，谈的却是完全不同的问题，即承认一种法律和一种意志，一个人平日的自我可能与这种承认发生矛盾，然而这才是这个人更真实和更完整的自我，而且它必然不同于构成这个人的低级生活的那种平庸琐碎的情绪。至此，我们已经看到自治问题是怎样由于一种更深刻的见解而发生了变化的。（1）由于有了共同自我的概念，这个自我与别的自我的消极关系便开始消失；（2）由于认识到代表我们真实意志的法律是和我们的琐细而又不易控制的情绪相反的，自我与法律和政府的消极关系开始消失了。把人看作全是一样的整个想法正趋于崩溃；我们开始看出一个人身上有某种东西，这种东西实际上使他跟别人一样同时又倾向于使他成为他认为应当是那样的一个人。"见氏著，《关于国家的哲学理论》，汪淑均译，商务印书馆，1995年版，第122—124页。这很好地说明了把卢梭归于激进的政治自由主义者行列是可疑的，尽管其对公民的要求可能过于苛刻，但这和亚里士多德对公民的要求相近。这刚好表明政治思想家进行政治思考的价值：良好的秩序一定要求的合乎要求合格的公民。这两者不可或缺，只依赖一端一定会造成政治的专制或无政府，而后者最终也会走向专制。下文将继续证明这点。

② 卢梭，《论人类不平等的起源与基础》，第51、第53页。

③ 卢梭，《论人类不平等的起源与基础》，第53页。

④ 卢梭，《论人类不平等的起源与基础》，第56页。

里士多德明确地表达过。如何能让公民满足于这一限度呢？卢梭的回答是教育。“不论一个人怎样倾向于邪恶，一颗慈爱的心给予他的教育，是不会永远对他不起作用的。”他以歌颂日内瓦执政的方式说明这种教育不是培养奴隶，“他们在所受的教育方面，在自然权利方面，以及由于他们的出身而具有的权利方面，同你们都是平等的；只是由于对你们的功绩所应有的并已表示出的敬爱，他们才居于你们之下。”① 这样系统地阐述公民如何珍视权利并保证美德的方案和亚里士多德惊人的一致。

卢梭的确是在综合了古典和现代性的独特的舆论气候中展开他的思考的，这也正是卢梭能够比其他启蒙思想家更敏锐、深刻，从而也走得更远的原因。在这篇题献里，笔者认为卢梭提供了此后他所有核心著作的主要论题。在这个前提下，他先后论证了人和社会的起源、良好的政制、公民的培养及其实践的可行性，这将是下文逐一展开的。笔者认为如果不了解这个题献的纲领性地位，对卢梭政治思想的解读将不能获得一个相对一致的方向。

二、社会—政治人的诞生

在《论不平等》的序言里，卢梭以和自然法学者一样的态度说明了他探讨问题的重点和起点：“大家都承认，人与人之间本来都是平等的，正如各种不同的生理上的原因使某些种类动物产生我们现在还能观察到的种种变型之前，凡属同一种类的动物都是平等的一样。”② 因此，研究人和社会的起源将是卢梭要解决的第一个问题。

卢梭接着批评了自然法学者对自然法观念的歧异性，他认为这意味着“人类为了建立社会一定是使用了智慧的，这种智慧，即使在社会状态里，也是经过很多的艰难才能得到发展，而且只是极少数人所能获得的”③。由此，他提出了新的建构路径：“我相信在这里可以看出两个先于理性而存在的原理：一个原理使我们热烈的关切我们的幸福和我们自己的保存；另一个原理使我们在看到任何有感觉的生物、主要是我们的同类遭受灭亡或痛苦的时候，会感到一种天然的憎恶。我们的精神活动能够使这两个原理相互协调并且配合起来……嗣后，理性由于继续不断地发展，终于达到了窒息天性的程度，那时候，便不得不把这类规则重新建立在别的基础上面了。”④

简单地说，即卢梭认为人的“自我保存”和“同情”是两种先于理性的存在

① 卢梭，《论人类不平等的起源与基础》，第58页。
② 卢梭，《论人类不平等的起源与基础》，第63页。
③ 卢梭，《论人类不平等的起源与基础》，第66页。
④ 卢梭，《论人类不平等的起源与基础》，第67页。

物。显然卢梭发现，这两种东西不是理性可以控制的，它们属于激情；然而卢梭对理性的发展的看法表明他是经过理性思考以后得到的判断，对比一下卢梭的这种思想理路和帕斯卡的“人的心里有一种不为理性所知的理性”的看法，其间的亲缘关系不难确定。[①] 笔者认为，正是这一原因，卢梭才在《论科学与艺术》里嘲讽了牛顿、笛卡尔等奠定理性至上地位的前驱，而牛顿和笛卡尔却正是启蒙学派的真正导师。卢梭在这里充分而明确地拉开了和其他启蒙学者的距离，他们的决裂是迟早的事情。这两个原则是卢梭致思的起点，它们使得卢梭可以认为：“在未使人成为人以前，决没有必要使人成为哲学家。一个人并非仅仅由于他接受了后天的智慧的教训，才对别人尽他应尽的义务；而是，只要他不抗拒怜悯心的自然冲动，他不但永远不会加害于人……除非在正当的情况下，当他自身的保存受到威胁时，才不得不先爱护自己。”[②] 这和卢梭认为不匮乏但简朴的生活条件就适合美德的思想是一致的，人压迫人的社会现实应该为卢梭生发这个思想提供了反思的土壤；在卢梭表达这个观点的同时，我们也可以看到，为何卢梭构思社会契约的时候赞赏洛克而批评霍布斯，虽然他和洛克的构造方式有很大差别。[③]

从这两个原则出发，卢梭利用大量的人类学资料展开了他重塑人和社会历史起源的哲学人类学思考路径。这一做法虽然和霍布斯有差异，但都是企图重写人类历史，在性质上和霍布斯一样，受惠于现代舆论的气候。在本论的开始，卢梭开门见山：“我要论述的是人……我认为在人类中有两种不平等：一种，我把它叫做自然的或生理上的不平等，因为它是基于自然，由年龄、健康、体力以及智慧或心灵的性质的不同而产生的；另一种可以称为精神上的或政治上的不平等，因为它是起因于一种协议，由于人们的同意而设定的，或者至少是它的存在为大家所认可的。”卢梭的着重点显然在第二个问题上，他说这篇论文要解决的是：“要指出在事物的演进中，在什么样的一个时机权利代替了暴力，自然服从了法律；是要说明到底由于什么样的一系列奇迹，才使强者能够决意为弱者服务，人民能够决意牺牲幸福，

---

① 卢梭对蒙田也非常熟悉（参前文对卢梭阅读经历的说明），这和帕斯卡是一致的，而且卢梭没有嘲讽过帕斯卡。事实上卢梭的《爱弥尔》论教育的许多思想和蒙田的《论教育》是相似的，不过由于笔者发现卢梭论教育是他的公民观的一部分，因此就略去了对蒙田教育思想的解析。

② 卢梭，《论人类不平等的起源与基础》，第67—68页。

③ 这个差别是非常显著的，洛克是以增加财富为目的，认为人是相互友善的（见第二章第三节）；而卢梭却以同情和自存的需要来构造，在某种意义上，起点和霍布斯倒更像。然而霍布斯又认为人和人是狼一样的关系，为了自存而建立契约。这又和卢梭根本不同，卢梭认为人的原初状态恰是人有最基本美德的时候（参笔者对《论科学与艺术》的分析）。简单地说，卢梭是超越了人性讨论这个陷阱而构造其契约国家的。换言之，卢梭和霍布斯、洛克其实都不同，唯一相同的是，他们在思想资源上都受理性主义的影响。这也是为什么在论及教育时，卢梭又反对洛克的教育观，见后文的分析。卢梭称赞洛克而批评霍布斯分别见《论不平等》，第119和第98页；另《社会契约论》卷四第八章也批评霍布斯说：“霍布斯之为人憎恶，倒不在于他政治理论中的可怕的和错误的东西，反而在于其中的正确的与真实的东西。”这其实也说明卢梭对他和霍布斯的相近之处看得不是很清楚。当然这是时代的原因，也正是学者的研究总有价值的地方。

来换取一种空想的安宁。"[①] 这段话再次非常隐秘地表达了卢梭努力的目标是和谐的秩序，在这个前提下考察革命的原因将是其努力的一部分。卢梭批评了四种对人的权利关系十分可疑的假设，[②] 宣称他的书是写给人类读的，不过是"在永不撒谎的大自然里读的。出于自然的一切都是真的"[③]。自然善（正确）几乎是 18 世纪思想家共享的思想，卢梭也不例外。

卢梭不愿意从生物进化论的角度展开他对历史的描绘。[④] 他认为："野蛮人的身体，是他自己所认识的唯一工具。"他批评霍布斯对处于自然状态的人所处状态的假设，代之以"在自然状态中，一切事物都按照单调的方式进行着，而且大地上还轻易不会发生由于聚居人民的情欲和任意行动而引起的那种突然的、继续不断的变化"[⑤]。他借助人类学的资料，对比了野蛮人和生活闲逸者的生活，认为这"足以证明人类的不幸大部分都是人类自己造成的，同时也证明，如果我们能够始终保持自然给我们安排的简朴、单纯、孤独的生活方式，我们几乎能够完全免去这些不幸。如果自然曾经注定了我们是健康的人，我几乎敢于断言，思考的状态是违反自然的一种状态，而沉思的人乃是一种变了质的动物。"[⑥] 这番话招致了卢梭的厄运，但是，卢梭却触及了现代性的实质：讨论个人权利，虚构出一个孤独的人是必然的。[⑦] 由于动物也有自我保存的本能，那人与动物如何区别呢？卢梭借用了笛卡尔的办法区分了人和动物。"在我看来，任何一个动物无非是一部精巧的机器……但有这样一个差别：在禽兽的动作中，自然支配一切，而人则以自由主动者的资格参与其本身的动作。禽兽根据本能决定取舍，而人则通过自由行为决定取舍。"[⑧] 自然状态的人是自由主动者又决定了"自然支配一切动物，禽兽总是服从；人虽然也

---

① 卢梭，《论人类不平等的起源与基础》，第 70 页。

② 参卢梭，《论人类不平等的起源与基础》，第 71 页，这些假设包括自然状态中的人"有正义和非正义的观念"，"保存自己财产的观念"（这里很像在批评洛克）；"一些人首先赋予强者以统治弱者的权力"以及"上帝造人后人就摆脱了自然状态，而上帝就听任了这种不平等（这里可见卢梭对滥用宗教教义人士的不满，因此，重构信仰也是卢梭必做的一件事）"。

③ 卢梭，《论人类不平等的起源与基础》，第 72—73 页。

④ 卢梭，《论人类不平等的起源与基础》，第 74 页对亚里士多德的批评。实际上，卢梭认为进化是苦难的根源，进化论自然就是他所不屑的。在《忏悔录》页 484 里，他自评《论不平等》时说："我拿人为的人和自然的人对比，向他们指出，人的苦难的真正的根源就在于人的所谓的进化。"

⑤ 卢梭，《论人类不平等的起源与基础》，第 76—77 页。

⑥ 卢梭，《论人类不平等的起源与基础》，第 78—79 页。

⑦ 参西美尔，《时尚的哲学》之《陌生人》的分析；另滕尼斯认为"起初是商业，随后则不仅是工业的劳动，而且还有女工作为她们契约的缔约者和货币的所有者等等，她们的自由和独立自主都被置于为生存而斗争之中，要求和促进她们的觉悟的发展，她们进行计算的思维必然会在发展中茁壮起来……对于共同体生活的社会的形成和瓦解的过程来说，也许再没有什么比这更典型的了。通过这一发展，'个人主义'才变为事实，个人主义是社会的前提。"见氏著，《共同体与社会》，第 238—239 页。另该书，第 252—254 页的论述更明确地说明现代社会必须虚构一个专门的人格。个人主义（理性人）作为一个虚构的意志被当成事实是现代社会反人性的一面的必然结果。

⑧ 卢梭，《论人类不平等的起源与基础》，第 82 页。

受同样的支配，却认为自己有服从或反抗的自由。而人特别是因为他能意识到这种自由，因而才显示出他的灵性”①。也就是说，自然人的灵性是属于对自由的自我观照，是纯精神，它不会堕落。②

然而卢梭探讨人的起源恰是发现人的现实存在出现了问题，那么人怎样就走到了道德堕落的境地呢？问题出在人自我完善化的能力。“（人区别于禽兽的另外一种）非常显明的特质则是无可争辩的，这种特质就是自我完善化的能力。”③ 这是合乎新的个人主义社会秩序需要的一种思想，和卢梭的孤独的个人的假设完全一致。“如果我们不得不承认：这种特殊而几乎无限的能力，正是人类一切不幸的源泉；正是这种能力，借助于时间的作用使人类脱离了它曾在其中度过安宁而淳朴的岁月的原始状态；正是这种能力，在各个时代中，使人显示出他的智慧和谬误、邪恶和美德，终于使他成为人类自己的和自然界的暴君，这对我们来说，就未免太可悲了。”④ 卢梭认为是人的情感促进了人的完善化能力，“由于情感的活动，我们的理性才能够趋于完善……情感本身来源于我们的需要，而情感的发展则来源于我们的认识……对死亡的认识和恐怖，乃是人类脱离动物状态后最早的‘收获’之一”⑤。也就是说，人从自然状态进入文明状态是由于对死亡的认识和恐怖，这里和霍布斯没有明显的差别。由于卢梭的认识论是先感觉到然后再思考，因此，他认为人从自然状态以这样的方式进入文明状态在逻辑上是一致的。⑥ 由此，卢梭可以认为智慧的进步就从此成为必要的了：“智慧的进步，恰恰是和各民族人民的天然

---

① 卢梭，《论人类不平等的起源与基础》，第 83 页。

② 卢梭认为：“在人的意志力或者毋宁说选择力方面以及对于这种力的意识方面，我们只能发现一些纯精神性的活动，这些活动都不能用力学的规律来解释。”卢梭，《论人类不平等的起源与基础》，第 83 页。卢梭站在科学假设的立场上反对理性的专断本身就表明理性的限度，由于这个事实是存在的，所以对其假设的前提进行批评是可以不予考虑的。

③ 卢梭，《论人类不平等的起源与基础》，第 83 页。

④ 卢梭，《论人类不平等的起源与基础》，第 84 页。

⑤ 卢梭，《论人类不平等的起源与基础》，第 85 页。

⑥ 由于人对死亡这种极端状态的认识而进入文明状态是契约论的一般假设。文明和野蛮在日常生活中很容易被认为是矛盾的，但其实根基是一致的。施特劳斯做了极为精辟的辨析：“按照流行文化的概念，不仅个别的‘文化领域’在与其他文化领域的关系上是‘自主’的，而且文化作为一个整体，先于任何个别文化领域，已经具有‘自主性’，它是一种独立自主的创造，是人类精神的‘纯粹产品’。这种观点让人忘记了‘文化’总是以某种教化为前提：文化总是自然的教化。这种说法首先意味着，文化是对自然倾向的提高，是对自然的精心化育——至于是自然土壤还是人类精神则无关紧要；因此文化要遵循自然本身的提示。但是，这种说法也可以是指通过顺应自然而征服自然；因此与其说文化是对自然的忠实化育，还不如说文化是反抗自然的粗暴而狡猾的斗争……无论如何理解文化，‘文化’终归是自然的化育。既然‘文化’成为自然的化育，那么只有假定对自然的化育已经变得与精神对立，并且已经被遗忘时，文化方可被理解为独立自主的精神创造。因为我们现在理解的‘文化’首先是对人类天性的教化，所以文化的前提便首先是人类天性；又因为人在天性上是社会动物，所以文化建立其上的人类天性就是人与人天然的社会关系，即某个人先于一切文化而对其他人的行为方式。以此方式所理解的自然的社会关系这句话就是自然状态。所以人们可以说：文化的根基就是自然状态。”见氏著，《施密特〈政治的概念〉评注》，载《施密特：政治的剩余价值》。可见，就人们对文化的观念而言，卢梭等人的假设仍然是难以撼动的。对卢梭认识论起点的出处，见前文。

需要，或者因环境的要求而必然产生的需要成正比的，因此也是和促使他们去满足那些需要的种种欲望成正比的……好像自然愿意这样调整事物以使它们趋于平等，在它拒绝把富饶给予土地的地方，便把富饶赐给了精神。”① 在考察人和社会的秩序时，充分考虑客观环境，以孟德斯鸠最为典型，卢梭很好地照顾到了这点。

但卢梭没有忽视纯粹的感觉和简单的知识之间的距离。他认为：“一个人如何能够不假交往的关系和需要的刺激，而单凭自己的力量，越过这样大的距离，乃是不可思议的事。”② 这正是卢梭考察人为何要组织社会的关键，卢梭把这归功于语言的沟通作用。“试想一想，有多少观念的产生应归功于语言的使用，而语法对于锻炼和促进精神活动又起着多么大的作用；试想一想最初发明语言所应经历的难以想象的困难以及所应花费的无限时间。”③ 卢梭没能彻底澄清语言的起源，不过他初步考察的方向很明确地表明，“无论语言和社会是怎样起源的，但从自然很少关心于使人们因相互需要而彼此接近并使人们易于使用语言这一点来看，至少可以证明自然为人准备的社会性是多么少，而在人们为建立彼此的联系所做的一切努力中，自然对人的帮助又是多么少呢！”④

由于这一论证，卢梭再次清楚地说明了他的讨论超越了人性善恶论的陷阱，“最初，好像在自然状态中的人类，彼此没有任何道德上的关系……既无所谓邪恶也无所谓美德”⑤。这样，他就顺理成章地批评了霍布斯从人性恶出发构建社会的观点，而导入了对他的第二原则的讨论，他认为是同情（怜悯）促使人们组成社会。“另外还有一个原理是霍布斯没有看到的：由于人类看见自己的同类受苦天生就有一种反感，从而使他为自己谋幸福的热情受到了限制……我所认为的人类具有这种唯一的自然美德，就是对人类美德最激烈的毁谤者也不得不承认……怜悯心……也是人类最普遍、最有益的一种美德，尤其是因为怜悯心在人类能运用任何思考以前就存在着，又是那样自然，即使禽兽有时也会显露出一些迹象。”⑥ “正是这种情感，使我们不假思索地去援救我们所见到的受苦的人。正是这种情感，在自然状态中代替着法律、风俗和道德。”⑦ 卢梭意识到说这两个原则就可以搭建出社会的轮廓是不够的，因此他说需要一些偶然因素的汇合：“我已经指明完善化的能力、社会美德以及自然人所能禀受的其他各种潜在能力，绝不能自己发展起来，而必须借助于许多外部原因的偶然会合。”他还是发觉这种说法不是很充分，所以坦率地承认是一种猜测，“因为我所要叙述的事件可能是在种种情形下发生的，所以

① 卢梭，《论人类不平等的起源与基础》，第 86 页。
② 卢梭，《论人类不平等的起源与基础》，第 87 页。
③ 卢梭，《论人类不平等的起源与基础》，第 88 页。
④ 卢梭，《论人类不平等的起源与基础》，第 95—96 页。
⑤ 卢梭，《论人类不平等的起源与基础》，第 97 页。
⑥ 卢梭，《论人类不平等的起源与基础》，第 99—100 页。
⑦ 卢梭，《论人类不平等的起源与基础》，第 103 页。

我只能通过一些猜测来决定我的选择”①。

自然状态就这样结束了，经过漫长的历程，理性得到了发展，人被腐蚀了，私有制出现，卢梭认为这就意味着文明社会的开始。“谁第一个把一块地圈起来并想到说：这是我的，而且找到了一些头脑十分简单的人居然相信了他的话，谁就是文明社会的真正奠基者。”② 这种理性的发展对人性基本美德的损害是一点点地发生的。卢梭认为原始人“最初仅局限于纯粹感觉、几乎不能利用自然的禀赋也绝想不到向自然有所索取的那种动物的生活就是这样。但是不久困难出现了；因而必须学会如何克服这些困难”。人必须学习很多技能，积累很多知识。“随着人类的繁衍，人们的痛苦也就随着人数的增加而增加。”③ 提到人口增加，卢梭不是说产生了匮乏——如洛克，而是说由于环境的恶劣，会增加人和人的接触而加强关系。“由于人和其他动物以及人与人之间一再接触的结果，在人的心灵中会产生对于某些关系的知觉。”也就是会产生一些概念和观念，“从这种发展中产生的新的知识，使人增加了他比别的动物优越性，而且也使人认识了这种优越性”。这种人对动物的优越性会引起人对自我的观察，“这样，人对自己作了一番观察以后，便产生了最初的自尊的感觉”④。按卢梭的意思，自尊这种自我观照性质的品性的一产生就开始了对美德的腐蚀——因为自存和同情这两种东西是生物本能并能体现外在关注的美德，这就有可能产生自我利益和公共利益的区分。“经验告诉他，追求幸福乃是人类活动的唯一动力，因而他能够区分两种情况：一，由于共同利益，他可以指望同类的帮助，这是一种稀有的情况；二，由于彼此间竞争，他不能信任他的同类，这是更稀有的情况。”卢梭认为，“人类就是这样不知不觉中获得了对相互间的义务以及履行这些义务的好处的粗浅观念”⑤。

有了公、私的概念，加上语言的黏合作用，人类就获得了革命性转变的机会：家庭和私有制的出现。“这些初期的进步，终于使得人能够取得更快的进步。智慧越发达，技巧便越趋于完善。”人类学会了利用工具，“这就是第一次变革的时代，这一变革促进了家庭的形成和家庭的区分，从此便出现了某种形式的私有制”⑥。

---

① 卢梭，《论人类不平等的起源与基础》，第109页。笔者认为虽然卢梭的结论显得仓促，但是对于社会如何起源的讨论能够避开人性假设的心理学陷阱，转而借助许多当时最先进的人类学成果来构造人类历史的起源，其破绽是最少的。而且后文当卢梭转入对文明社会的考察时，对这些猜测作了进一步的补充，论证了家庭和私有制的起源。详见接下来的论证。卢梭的讨论方式对后人也是一种启发。对这一问题更精致的回答要等到19世纪的摩尔根，后来恩格斯借鉴了摩尔根等人的论证提出了“劳动创造了人”的著名假设，恰恰也是从人类学的角度进入的。具体参恩格斯，《家庭、私有制和国家的起源》，载《马恩选集》卷二，人民出版社，1972年版。

② 卢梭，《论人类不平等的起源与基础》，第111页。

③ 卢梭，《论人类不平等的起源与基础》，第112页。

④ 卢梭，《论人类不平等的起源与基础》，第113页。

⑤ 卢梭，《论人类不平等的起源与基础》，第114页。

⑥ 卢梭，《论人类不平等的起源与基础》，第115页。

有了家庭，便有了社会的雏形。“共同生活的习惯，使人产生了人类所有情感中最温柔的情感：夫妇的爱和父母的爱，每个家庭变成一个结合得更好的小社会，因为相互依恋和自由是联系这一小社会的唯一纽带。”① 在接下来的论述中，卢梭借助了孟德斯鸠的观点，由于环境的原因，人们形成了方言和生活方式，“由于有了一个比较固定的地区，渐渐地互相接近起来，结合成各种集团，并终于在各个地方形成了共同风俗和性格的个别民族”②。

到了这个地步，事情开始发生质变。“随着观念和感情的互相推动，精神和心灵的相互为用，人类日益文明化。”于是尊重的观念就得到强化，“人们一开始相互评品，尊重的观念一在他们心灵中形成，每个人都认为自己有被尊重的权利，而且一个人不为人尊重而不感到任何不便，已成为不可能的了。”③ 主观权利的观念一旦发生，就意味着人已经是理性的，不过这期间有一个过渡期，它属于人能支配理性而还没有被理性所支配的阶段，“在那个时候，人被自然安排得距离野兽的愚钝和文明人的不幸一样遥远，他为本能也同样为理性所限”④。在卢梭看来，这个时期的理性人的这种比较温和、孤独的状态却是人类的黄金时代，“人类生来就是为了永远停留在这样的状态”⑤。卢梭毕生的努力可以说就是为了让人类返回这个黄金时代，而不是返回自然的状态，因为文明的状态已经不可逆转，人们唯一能做的就是控制理性不让它使人进一步堕落。

然而这种状态没能保持下去，人终于堕落了。“自从一个人需要另一个人的帮助的时候起；自从人们觉察到一个人据有两个人的食粮的好处时；平等就消失了、私有制就出现了、劳动就成为必要的了、广大的森林就变成了须用人的血汗来灌溉的欣欣向荣的田野；不久便看到奴役和贫困伴随着农作物在田野中萌芽和滋长。”⑥ 人的欲望就随着私有制被激发了，人们的安全感被欲望刺激得摇摇欲坠，人被非人的力量支配了，再也不能找到自我了。“从前本是自由、自主的人，如今由于无数新的需要，可以说已不得不受整个自然界的支配，特别是不得不受他同类的支配。”⑦ 贫富分化难以避免，社会的不平等就这么产生了，从此人类便得遭受自然（生理上）的和人为（社会）的双重不平等的约束了。笔者认为正是在这个意义上，卢梭在《爱弥尔》开篇就说：“出自造物主之手的东西，都是好的；而一到了人的手里就全变坏了。”⑧

① 卢梭，《论人类不平等的起源与基础》，第 116 页。
② 卢梭，《论人类不平等的起源与基础》，第 117 页。
③ 卢梭，《论人类不平等的起源与基础》，第 118 页。
④ 卢梭，《论人类不平等的起源与基础》，第 119 页。
⑤ 卢梭，《论人类不平等的起源与基础》，第 120 页。
⑥ 卢梭，《论人类不平等的起源与基础》，第 121 页。
⑦ 卢梭，《论人类不平等的起源与基础》，第 125 页。
⑧ 卢梭，《爱弥尔》，第 5 页。

人类社会开始不得不全面依赖强力来维持。“由于富人和穷人彼此间各种不同的性格，开始产生了统治和奴役或暴力和掠夺。”“新产生的社会让位于最可怕的战争状态：堕落而悲惨的人类，再也不能从已踏上的道路折回，再也不能抛弃已经获得的那些不幸的获得物，同时他们努力以赴的只不过是滥用使自己获得荣誉的种种能力，从而为自己招致恶果，并终于使自己走到了毁灭的边缘。”①

很明显，卢梭认为直到这时才可能出现霍布斯所说的人和人的战争状态。但是这种状态不能持久，“富人终于想出了一种最深谋远虑的计划，这种计划是前人从来没有想到过的，那就是：利用那些攻击自己的人们的力量来为自己服务，把自己原来的敌人变成自己的保卫者，并向他们灌输一些新的格言，为他们建立一些新的制度，这些制度对富人之有利正如同自然法对富人之有害是一样。”② 发现意识形态和人压迫人的制度同时出现，是卢梭在政治思想史上的一个巨大贡献。由于都是出于欲望的支配，所以穷人肯定会被分化，“何况他们之间，有很多纠纷需要解决，不能没有评断是非的人；他们又有过大的贪婪和野心，也不能长期没有主人。于是大家都前去迎接他们的枷锁，相信它可以保障他们的自由”。这枷锁就是有利于统治者的法制及其他的强制制度。“社会和法律就是这样或应当是这样起源的。它们给弱者以新的桎梏，给富者以新的力量。”从此，“在世界上，人们再也找不到一个角落，能够摆脱他们的枷锁，能够避开自己头上的利剑，这个利剑因为时常操纵不当而使每个人感到永远悬在自己的头上。”③ 这就进入了真正的政治状态，也就是卢梭在《社会契约论》里所说的“人是生而自由的，但却无往不在枷锁之中”的状态。④

卢梭认为：“尽管有最贤明的立法者尽了一切努力，政治状态总是不完善的，因为它几乎是一种偶然的产物。”⑤ 他坚持政治状态即使是不可避免的，也不能以损害人的自由为代价。“人民之所以要有首领，乃是为了保卫自己的自由，而不是为了使自己受奴役，这是无可争辩的事实，同时也是全部政治法的基本准则。”⑥ 他将野蛮人抵抗欧洲人入侵的事实作为他所坚持的理念的证据：“不应当根据被奴役的人民的堕落状态，而应当根据一切自由民族为抵抗压迫而作出的惊人事迹来判断人的天性是倾向奴役或反对奴役。”⑦ 而且由于在探讨人类社会起源的开始，卢梭就提出生命和自由是自然人的两个美德，在理性没有使人堕落以前仍然是这样，

① 卢梭，《论人类不平等的起源与基础》，第 126 页。
② 卢梭，《论人类不平等的起源与基础》，第 127—128 页。
③ 卢梭，《论人类不平等的起源与基础》，第 128—129 页。
④ 卢梭，《社会契约论》，第 8 页。
⑤ 卢梭，《论人类不平等的起源与基础》，第 131 页。
⑥ 卢梭，《论人类不平等的起源与基础》，第 132 页。
⑦ 卢梭，《论人类不平等的起源与基础》，第 133 页。

所以“无论以任何代价抛弃生命和自由，都是既违反自然同时也违反理性的”[①]。和这种不能放弃的自由相比，所有权不过是“一种协议和人为的制度”[②]。因而，建立在私有制基础上的政治组织理所当然就是“人民和他们所选出的首领之间的一种真正的契约”[③]。

既然是契约，它就应该受制于一种协商的制度，而不能为某个人的独立意志所左右；在政治状态里，就应该是法律制度。因此，合理的政治状态便应该是为人的自由服务的，“因为国家构成的基本要素不是官员而是法律，所以每个人就当然恢复了他天赋的自由”。由于天赋自由是先于理性的存在，所以为保证制度能够运行，不能单靠理性的力量——正是理性的进步促成了权利意识的产生和滥用并导致了政治状态的纷争和混乱——而需要更牢靠的基础。“这些纷争和混乱足以说明：人类的政治组织是多么需要比单纯的理性更为坚固的基础；并且为了公共的安宁，是多么需要神意的参与，以便给予最高权力以一种不可侵犯的性质，从而可以剥夺臣民对于最高权力这种不幸的自由处分的权利。”[④] 也就是说信仰能支持正义法律高于一切的制度。因为卢梭心仪的美德依赖于不匮乏也不过度富足，因此这样的公民组成的政治体按卢梭的说法应该是民主政体。“如果人们的财产或才能不是那么不平均，而他们距离自然状态又并不遥远，那么他们便共同保持着最高的行政而组成民主政体的国家。”[⑤] 如果出现了暴君，不愿意恢复人民的天赋自由，卢梭认为，人民就有反抗的权利，“暴力支持他，暴力也推翻他”[⑥]。这里很显然，在革命和逐步改造出理想秩序之间，卢梭是后一步骤的支持者，革命是不得已的选择。这个观点和霍布斯以来的传统是一致的。[⑦]

卢梭的上述精辟推理清楚地展现了他对当时社会的诊断，他认为整个私有制的政治体系是社会不平等的集中表现。因此，这就预示了他解决问题的方向：改革现行的政治体制，而最重要的是改革法律体系无疑——它是政治体制最集中的体现，回到自然法，恢复人的被过度剥夺的天赋自由；而要做到这点就必须揭开其中的意识形态的谎言，这就意味着要教育人民，重塑其人格，再造民主共和国，建构出理想的政治秩序。我们将会看到，卢梭正是这么展开其思想的。

---

① 卢梭，《论人类不平等的起源与基础》，第 137 页。
② 卢梭，《论人类不平等的起源与基础》，第 136 页。
③ 卢梭，《论人类不平等的起源与基础》，第 138 页。
④ 卢梭，《论人类不平等的起源与基础》，第 139 页。
⑤ 卢梭，《论人类不平等的起源与基础》，第 140 页。
⑥ 卢梭，《论人类不平等的起源与基础》，第 146 页。
⑦ 参本书第二章最后一节。

第六章　共和国：公民政治生活的合法秩序

卢梭通过他思想上的寻根之旅，“发现”了人类社会不平等的起源和基础；他还发现，文明社会诞生之后，人再也找不到回归自然的路。不过他找到了文明的初始阶段曾经有过的黄金时代——理性的发展没有掩盖激情的光辉之时，对还要在现实的秩序中生活的人类来说，那就是值得追寻的目标。对卢梭而言，这个真理遗失已久，他的任务就是要把真理重新告诉人们，有这样的一个秩序值得期待：它靠法律的消极力量去维持，它能保证公民只有法律和自然这样两个枷锁；它能去掉所有人为的虚伪意识形态的面罩，遵循它，人们能获得文明社会里的最大自由。这是一个契约社会，人们需要认识这个契约。为了揭示这个真理，卢梭决定不顾个人的得失。①

第一节　公意与社会契约

《论不平等》并没有获奖，但卢梭获得了更大的影响，更重要的是得到了良心的安慰：“这部作品为我挣得了唯一好处，除了满足了我自己的良心而外，那就是公民的称号。”② 这鼓励卢梭继续前进，他有更重要的著作要写，“在我已经动笔写的那些作品之中，我长久以来就在构思，搞得最有兴味，并想以毕生的精力去搞，而且，依我主观的看法，将来最能使我成名的，就是我那部《政治制度论》。我第一次想写这样的一部书，已经是十三四年前的事了。”③ 这部著作没有写成，但它以纲要的形式出现了，并的确证实了卢梭的预言，是后世学者公认的杰作，它就是

---

① 卢梭在《忏悔录》第450—451页里说：“我既决定在独立和贫穷中度过我的余生，我就竭尽我灵魂的全力去挣断时论的枷锁，勇敢的做着我所认为善的一切，毫不顾及别人的毁誉……这个计划也许是尘世上人所能设想的最伟大的计划，至少也是最有益于道德的计划。”这就很明显地表明了他的决心。

② 卢梭，《忏悔录》，第492页。

③ 卢梭，《忏悔录》，第504页。

《社会契约论》。[1] 不过，由于卢梭对它的期望以及后人的确认，它似乎模糊了世人对卢梭自己反复强调的其所有著作的系统性的注意：研究者甚至把它当成卢梭著作全部精神的熔炉，但它看实际上只是他的政治思考的一部分。从它构思的时间，笔者把它放在前面论述是合理的。[2]

在论文的开篇，卢梭就点明该书的题旨就是要研究文明社会条件下的政治秩序："我要探讨在社会秩序之中，从人类的实际情况与法律的可能情况着眼，能不能有某种合法的而又确切的政权规则。在这一研究中，我将努力把权利所许可的和利益所要求的结合在一起，以便使正义与功利二者不致有所分歧。"卢梭这里的意思就是要寻求不仅合乎自然理性，而且有实践可能性的政治秩序；[3] 而且这个秩序将是围绕着公民主观权利这个主题的："社会秩序乃是为其他一切权利提供了基础的一项神圣权利。然而这项权利决不是出于自然，而是建立在约定之上的。问题在于懂得这些约定是什么。"[4] 谈契约的性质恰是第一卷主题。

卢梭从探讨自然状态怎样过渡到政治状态着手。卢梭认为，"一切社会之中最古老的而又唯一自然的社会，就是家庭"。这是亚里士多德特别强调的探讨一个可实践的政治秩序的起点，卢梭也从这里开始。他把主体放在了家庭成员上面，这样他就迅速地接上了在《论不平等》里表达过的意思："人性的首要法则，是要维护自身的生存，人性的首要关怀，是对于其自身所应有的关怀；而且，一个人一旦达到有理智的年龄，可以自行判断维护自己生存的适当方法时，他就从这时候起成为自己的主人。"这就确立了家庭里个人的权利，从而就拉开了他和亚里士多德的距离，他认为亚里士多德论奴隶的地位时"倒果为因"了。[5] 因此卢梭可以说："我们不妨认为家庭是政治社会的原始模型……每个人都是生而自由、平等，他只是为了自己的利益，才会转让自己的自由。"[6] 然而家庭是自然状态，但国家却不是，"在国家之中，首领对于他的人民既没有这种爱，于是发号施令的乐趣就取而代之"[7]。也即是说国家是人为的。

---

① 卢梭在《社会契约论》的《前言》里说："这篇简短的论文，是我以前不自量力从事而后来又久已放弃了的一部长篇著作的撮要。"

② 实际上，《社会契约论》的写作也在《爱弥尔》之前。卢梭在1761年12月23日《致鲁斯坦先生》中说："我要是继续活五十年，《论教育》想必是我的最后一部著作。倒不是在雷伊家有一本《社会契约论》，我还没有对任何人说到它，它可能在《论教育》之后出版，可是它在前面很多年。"载《卢梭自选书信集》。

③ 卢梭，《社会契约论》，第7、第8页。中译本第7页的译注①表明译者清楚地看到了卢梭的这个特色。

④ 卢梭，《社会契约论》，第8—9页。在《山中书简》第六书中说："尤其洛克，是以完全和我一样的原则处理了和我一样的题材。"转自《社会契约论》第9页。表明卢梭讨论该问题的直接资源来自洛克。但同卢梭没有真正理解霍布斯一样，他也没有意识到自己和洛克的不同。这恰恰说明了他们之间的真正相同之处是处在商业社会秩序确立以后，构造契约理论来讨论个人的主观权利这个舆论的气候里。

⑤ 卢梭，《社会契约论》，第11页。

⑥ 卢梭，《社会契约论》，第9、第10页。

⑦ 卢梭，《社会契约论》，第10页。

既然国家已经存在，那为什么人不能像服从父亲那样服从首领的统治呢？卢梭讨论了强者的权利。他认为："即使是最强者也决不会强得足以永远做主人，除非他把自己的强力转化为权利，把服从转化为义务。"因为"强力是一种物理的力量，我看不出强力的作用可以产生什么道德"。然而服从强力又是一种惯例，它能不能构成强者的权利呢？在卢梭看来，强力是胁迫性质的，权利不能给它带来任何意义；可是如何对待"君权神授"这种现实政治中强者把依靠强力造成的事实权利化的企图呢？卢梭以退为进，他说："一切权力都来自上帝，这一点我承认；可是一切疾病也都来自上帝。"这样他就间接地否定了上帝授权的神话，因此，它也不能构成强力权利化的理由。所以卢梭的结论很清楚："强力并不构成权利，而人们只是对合法的权力才有服从的义务。这样，就总归要回到我的原始问题上面来。"①

这充分地表明了卢梭既反对教会干涉世俗权力，也反对世俗权力借助教会的力量压迫人民的企图。强力不构成权利，也就是"任何人对于自己的同类都没有任何天然的权威"，"于是便只剩下来约定才可以成为人间合法权威的基础"。② 卢梭在理论上完成了他的社会契约才是唯一合法的权力基础的基本论证。为了进一步说明这个论点，卢梭讨论了奴隶制——这是比较原始的文明状态里存在的一个问题，他批评了格劳秀斯和其他的一些思想家试图从战争的角度引申出奴役权的合法性的做法。从理性人的原则出发，他认识到战争是国家间的而不是单个人的行为，卢梭发现"构成战争的乃是物的关系而不是人的关系"，他认为："即使是在正式的战争中，一个公正的君主尽可以占有敌人国土上全部的公共所有物，但是他尊重个人的人身和财富；他尊重为他自己的权利所依据的那种权利。"因此，"战争不能产生不是战争的目的所必需的任何权利"。③ 由此，卢梭认为，"奴隶制和权利，这两个名词是互相矛盾的"，并得出结论："无论是一个人对一个人，或者是一个人对全体人民，下列说法都是同样毫无意义：'我和你订立一个担负完全归你而利益完全归我的约定；只要我高兴的话，我就守约；而且只要我高兴的话，你也得守约。'"④ 对战争的这种看法，充分地显示了卢梭是站在民族国家的氛围里谈他的秩序观的，笔者在前文已经交代，战争是民族国家内含的属性之一。

总而言之，任何强力形式，在卢梭看来，都不可能构成社会契约这项神圣权利的基础。这就是说，最初约定的形式必须寻找另外的基础，卢梭又回到了《论不平等》中的那个人类的黄金阶段。"我设想，人类曾达到这样的一种境地，当时自然状态中不利于人类生存的种种障碍，在阻力上已超过了每个个人在那种状态中为了自存所能运用的力量。于是，那种原始状态便不能继续维持；并且人类如果不改变

① 卢梭，《社会契约论》，第12—14页。
② 卢梭，《社会契约论》，第14页。
③ 卢梭，《社会契约论》，第17、第19页。
④ 卢梭，《社会契约论》，第20页。

其生存方式，就会消灭。”这就是说人必须要依赖集团的力量来克服困难。根据前文的梳理，此时人类已到了文明状态的初始阶段，这时候的人已经是具备了权利意识的有理性的人，但理性还没有损害属于人的基本美德，所以卢梭不再加以详细论证，而直接说在这一“共同协作”中要达到如下目标：“要寻找出一种结合的形式，使它能以全部共同的力量来卫护和保障每个结合者的人身和财富，并且由于这一结合而使每一个与全体相联合的个人又只不过是在服从自己本人，并且仍然像以往一样地自由。”[①] 契约的性质是这样的，但这是一种什么样的状态呢？卢梭继续申说：“这一契约的条款乃是这样地被订约的性质所决定，以至于就连最微小的一点修改也会使它们变成空洞无效的；从而尽管这些条款也许从来就不曾正式被人宣告过，然而它们在普天之下都是同样的，在普天之下都是为人所默认或者公认的。这个社会公约一旦遭到破坏，每个人就立刻恢复了他原来的权利，并在丧失约定的自由时，就又重新获得了他为了约定的自由而放弃的自己的天然的自由。”卢梭归纳说，在这个结合中，它的实际意思是“每个结合者及其自身的一切权利全部都转让给整个的集体”。他说这种转让是毫无保留的，但是又由于“每个人是向全体奉献出自己，他就没有向任何人奉献出自己”。[②] 最后，卢梭把整个社会公约简化如此：“我们每个人都以其自身及其全部的力量共同置于公意的最高指导之下，并且我们在共同体中接纳每一个成员作为全体之不可分割的一部分。”

卢梭认为这是社会契约的真正开始，并且得出了其政治思想中最有影响力的一段论述：“只是在这一瞬间，这一结合行为就产生了一个道德的与集体的共同体，以代替每个订约者的个人；组成共同体的成员数目就等于大会中所有的票数，而共同体就以这同一个行为获得了它的统一性、它的公共的大我、它的生命和它的意志。这一由全体个人的结合所形成的公共人格，以前称城邦，现在则称为共和国或政治体；当它是被动时，它的成员就称它为国家；当它是主动时，就称它为主权者；而以之和它的同类相比较时，则称它为政权。至于结合者，他们集体地就称为人民；个别地，作为主权权威的参与者，就叫做公民，作为国家法律的服从者，就叫做臣民。”[③]

卢梭的这一经典论述给后人留下了困惑：如何在把个人奉献给一个全体以后，又什么也没有失去？此即闻名的“卢梭悖论”。笔者认为，如果不能澄清这个问题，对卢梭政治思想的理解将出现一个死结，此后对卢梭的解读会出现困难。因此，必须先对它按照卢梭的意思给出一个合乎实情的解释。笔者认为，这个表述被认为是悖论的关键原因在于现代人潜意识中通常给予卢梭所说的“全体”（公意）一个实体的地位，而实际上卢梭此概念是虚存的。前文的梳理已经显示，在人类的黄金时

① 卢梭，《社会契约论》，第 23 页。

② 卢梭，《社会契约论》第 23—24 页。

③ 卢梭，《社会契约论》，第 25—26 页。

代，人是理性的，又是有道德的，但他们还没有结合成社会的需求，因此人是孤独的，有天然的自由，人只有自然的枷锁，在权利上是平等的；但现在的情况却是，人类遇到了个人无法克服的困难，因此必须结成社会以自存。由于人是理性的，他没有理由为了自存而失去理性地丢掉已得到的平等权利，即便出于功利的权衡，他的选择将是牺牲一部分天然的自由来换取自存的权利；每个人都这样选择，也就有了共同的意志，或者说有共同的利益。这共同的利益也就是公意——首先出于自存的目的，[①] 它当然是属于每一个人，又不为某个人所独占。卢梭的意思是人们出让天然的自由的限度就在于此，不能为了组成社会无限制地褫夺人天然的自由；如果做到这点，此即约定的自由。[②] 社会契约的理想状态就是这一约定时刻，所以卢梭说是“结合的一瞬间”。约定一诞生就意味着人又受到了人为的束缚，这是人的另一个枷锁，它也是人不得不承受的。为了防止人为枷锁对人的天然自由的进一步侵蚀，卢梭把看管这一枷锁的任务交给了法律。[③] 而法律如果能做到这点，那么法律也必将是建立在公意的基础上的，而且是消极的；如果这些条件都满足，它必然最大限度地保证人能保存其美德；同时，公意作为人格体的综合，它也是道德的，因此也是虚的。但是公意总得有一个实体来执行，它就是国家，也就是主权者。[④] 有了国家，人就进入了社会—政治状态。在这个意义上，国家也是消极的。只有这样，社会契约才能是神圣的权利。

卢梭正是这个意思。“因为法律一般来说是弱于情欲，只能约束人而不能改变人，所以不难证明：任何一个政府，假如它不腐化、不败坏，总是严格遵循着它所负的使命前进，那么，这个政府就没有设立的必要。在一个国家里，如果任何人都不规避法律，任何官员都不滥用职权，那么，这个国家就既不需要官员也不需要法律。”[⑤] 这个论述是继承并综合了苏格拉底和中世纪以来西方关于法律的思想传统的；也再次说明了卢梭和霍布斯一样，把剩余权利是交给个人而不是交给国家的。前引鲍桑葵的解释也阐明了这一点。由于卢梭认为法律和国家作为公意的产物是消极的，这意味着人们损失的有限的自然权利在社会里将获得最大的补偿，所以无论如何，在公意——也就是社会契约——面前，“为了使社会契约不至于成为一纸空文，它就默契的包含着这样一种规定——唯有这一规定才能使其他规定具有力量——即任何人拒不服从公意的，全体就要迫使他服从公意。这恰好是说，他不得不

---

① 卢梭，《社会契约论》，第46页，“社会条约以保全缔约者为目的。”

② 卢梭，《社会契约论》，第130页，卢梭说：“一个国家中只能有一个契约，那就是结合的契约；而这个契约本身就排斥了其他一切契约。”证明笔者的分析是合乎卢梭原意的。

③ 卢梭借爱弥尔之口说：“我要按照你对我的教养做人，除了大自然和法律的束缚以外，就不再给自己带上任何枷锁。”见《爱弥尔》，第726页。

④ 卢梭，《社会契约论》，第27页，“政治共同体或主权者，其存在即只是出于契约的神圣性……”

⑤ 卢梭，《论人类不平等的起源与基础》，第142页。

自由。”①

由此，卢梭悖论就消失了。卢梭认为这个意义上的社会契约就是合法国家起源的基础。由于该论述在全篇中的奠基性地位，也证明了该论文侧重讨论的是合理的秩序。② 上述所谓的“悖论”中卢梭针对的是以公意——也就是国家——为中心的一段论述，只有完成了这点，才可以放手讨论秩序下的个人主观权利。卢梭说：“由自然状态进入社会状态，人类便产生了一场最堪注目的变化；在他们的行为中正义就代替了本能，而他们的行动也就被赋予了前此所未有的道德性。唯有当义务的呼声代替了生理的冲动，权利代替了嗜欲的时候，此前只知道关怀一己的人类才发现自己不得不按照另外的原则行事，并且在听从自己的欲望之前，先要请教自己的理性。”③

结合上面的分析，这里的意思就是公民在保证自己权利的前提下，个人必须遵守社会契约这项义务，因为它同时是最基本的权利。社会契约由此呈现双重契约状态：公民之间的契约；公民和国家（或主权者）的契约。④ 随后，卢梭还就现代公民权利的核心——财产权——进行了有启发性的讨论。对个人自由来说，财产是一项基本保障，亚里士多德就已经论证了这点，霍布斯和洛克则给予反映时代精神的发挥，卢梭自认为洛克和他的原则一样，因此他说：“最初占有者的权利，虽然要比最强者的权利更真实些，但也唯有在财产权确立之后，才能成为一种真正的权利。”卢梭所说的财产首要的是指土地，不过，卢梭不认为无限占有是正当的，对财产的占有必须具备下列条件：“首先，这块土地还不曾有人居住；其次，人们只能占有维持自己的生存所必需的数量；第三，人们之占有这块土地不能凭一种空洞的仪式，而是要凭劳动与耕耘，这是在缺乏法理根据时，所有权能受到别人尊重的唯一标志。”⑤ 对财产权的这个要求，表明卢梭向往的是亚里士多德的城邦中产阶级的古典秩序，而不是他所处的商业社会时代的秩序，这和洛克的区别是明显的。而它和卢梭批评社会腐化时反映的思想仍然是一致的。

---

① 卢梭，《社会契约论》，第29页，中译本的翻译显然出现了意义断裂，因此这里的引用按卢梭的原意做了修改。在导论部分笔者已经作过文本的校订，这里则根据卢梭的本意再次澄清了这个问题。卢梭对“卢梭悖论”不存在实际上做过明确的说明，详见后文对《爱弥尔》的阐释。

② 参前文的考察；也见《社会契约论》目录部分引用的伏汉的评论——笔者认为其归纳十分准确，本书四部分分别讨论的是社会公约的条件、立法、政治法及巩固国家的办法，都是制度问题，所以《社会契约论》重点讨论的就是政治秩序的起源和制度生态问题。

③ 卢梭，《社会契约论》，第29页。

④ 卢梭，《社会契约论》，第26页，“结合的行为包含着一项公众与个人之间的相互规约；每个个人在可以说是与自己缔约时，都被两重关系所制约着：即对于个人，他就是主权者的一个成员；而对于主权者，他就是国家的一个成员。”

⑤ 卢梭，《社会契约论》，第31—32页。

第二节　公民共和国与法治

国家已然建立，个人财产权的限度也予以了说明，接着就该讨论具体的制度运作了，卢梭在该书的第二卷讨论了立法问题。这时，卢梭就可以从公意开始了，“以上所确立的原则之首先的而又最重要的结果，便是唯有公意才能按照国家创制的目的，即公共幸福，来指导国家的各种力量；因为，如果说个别利益的对立使得社会的建立成为必要，那么，就正是这些个别利益的一致才使得社会的建立成为可能。”① 有了上述分析，我们知道，卢梭在这里是再次强调由于利益的对立，个人无法克服困难，所以要建立社会；而建立社会的之所以可能恰又是因为这些有不同利益者有一致的利益——以自存为基础，它的衍生利益也应该共享。由此，我们不难理解主权既是不可转让的也是不可分割的。公意是以人们自存的意志为基础的，卢梭认为：“意志要么是公意，要么不是……在前一种情况下，这种意志一经宣示就成为一种主权行为，并且构成法律。在第二种情形下，它便只是一种个别意志或者是一种行政行为，至多也不过是一道命令而已。”② 显然，第二种情况在卢梭眼里和法律无关；但在第一种情况下，公意是法律。那会不会出现法律因公意的错误而损害其至高权威性的情况呢？

卢梭考虑到了这个问题，他提出了著名的公意和众意的区分。“公意只着眼于公共的利益，而众意则着眼于私人的利益，众意只是个别意志的总和。但是除掉这些个别意志间正负相抵消的部分而外，则剩下的总和仍然是公意。”③ 简言之，卢梭再次强调了公意虽然是私人意志的产物，但它只是私人意志中共有的那部分意志。由于人是理性的，正常的个人意志不应该自我损害，所以公意作为共有的意志——尽管它包含在每个私人意志之内但属性上已经不是个别意志，不必担心它会是错误的而损害法律的权威性，因为人类结成社会是为了克服困难，而不是为了自残。卢梭清楚地表达了这个意思，他认为只要防止了某些人结成宗派，个人只代表自己，公意就会是永远正确的。“为了很好的表达公意，最重要的是国家之内不能有派系存在，并且每个公民只能是表示自己的意见……这种防范方法是使公益可以永远发扬光大而且人民也决不会犯错误的唯一好方法。”④

通过上述分析，我们可以发现，其实在卢梭的视野里，公意、社会契约和国

① 卢梭，《社会契约论》，第 35 页。

② 卢梭，《社会契约论》，第 37 页。公意即是法律的明确表达还见第 139 页：“唯有一种法律，就其本性而言，必须要有全体一致的同意。那就是社会公约。”

③ 卢梭，《社会契约论》，第 39 页。

④ 卢梭，《社会契约论》，第 40—41 页。

家、主权者在很大程度上是可以通用的，只不过在讨论问题的不同侧面时卢梭选用不同的概念。讨论完了国家这个公共人格，就不能忽视私人。“除了这个公共人格而外，我们还得考虑构成那些公共人格的私人，他们的生命和自由是天然地独立于公共人格之外的。因此问题就在于很好地区别与公民相应的权利与主权者相应的权利，并区别前者以臣民的资格所应尽的义务和他们以人的资格所应享有的自然权利。”① 卢梭界定了主权者的权利：“每个人由于社会公约而转让出来的自己的一切的权力、财富、自由，仅仅是全部之中其用途对于集体有重要关系的那部分；但是也必须承认，唯有主权者才是这种重要性的裁判人。”这就是说，主权权力在公意的意义上，它是至高无上的。“可是主权者这方面，却不能给臣民加以任何一种对于集体是毫无用处的约束；他甚至不可以有这种意图，因为在理性的法则之下，恰如在自然的法则之下一样，任何事情绝不能是毫无理由的。”对主权者有这样的规定，那公民也不能是无约束的，但对他的限制非常少。因为“使公意得以公意化的与其说是投票的数目，倒不如说是把人们结合在一起的共同利益”。出于这个原因，“那么在社会契约之中个人方面会做出任何真正牺牲来的说法便是不真实的了。由于契约的结果，他们的处境确实比起他们以前的情况更加可取得多；他们所做的并不是一项割让而是一件有利的交易，也就是一种更美好的、更稳定的生活方式代替了不可靠的、不安定的生活方式，以自由代替了天然的独立，以自身的安全代替了自己侵害别人的权力，以一种由社会的结合保障其不可战胜的权利代替了自己有可能被别人所制胜的强力”。所以遵守社会契约不仅是义务，其实也是权利本身。如果将其理解为义务的话，它就是唯一的义务。因此，确如笔者上面分析的那样，卢梭认为国家和个人的权利界限最终可以表达为：“主权权力虽然是完全绝对的、完全神圣的、完全不可侵犯的，却不会超出、也不能超出公共约定的界限；并且人人都可以任意处置这种约定所留给自己的财富和自由。”②

人的主观权利除了受公意的“束缚”以外，不受制约；人达成社会契约组成国家的最大的目的就是自存，也即人的生命权是人最大的权利。可是国家间有战争——那会导致有人死亡，法律上还有死罪，那岂不是人的最基本权利都得不到保障？若这点都不能保证，那要社会契约何益呢？所以生死权是必须予以单独考察的。卢梭在这里给了一个解释：“社会条约以保全缔约者为目的。谁要达到目的也就要拥有手段，而手段则是和某些冒险、甚至于是和某些牺牲分不开的。”战争和惩罚死刑犯的确都可以用这个理由来解释，可是为什么要有死罪呢，卢梭还是没有解释。他只是强调：“我的全部观念是前后一贯的，不过我却无法一下子全部都阐述清楚。”③

---

① 卢梭，《社会契约论》，第41页。
② 卢梭，《社会契约论》，第41—45页。
③ 卢梭，《社会契约论》，第46、第47页。

卢梭的思路确实是前后一贯的，不过他怎么会觉得说不清楚呢？笔者认为其原因是，卢梭的思考在这里发生了一个跳跃，他从他讨论的理想状态一下子跳入了现实状态。这虽然和卢梭力图让他的理论能沟通理想和现实的努力一致，但仍然不可避免地遭遇困难。按卢梭的理想状态，如果公民能谨遵社会契约，那他们根本不可能有犯罪的倾向，也就没有死罪存在，法律只起消极作用；但是现实秩序却不同，如果现实和卢梭的理想状态是一致的，那么卢梭的思考就没有必要存在。正因为现实中的私人没有充分的能力认识到，更不可能绝对自觉地遵守社会契约的原初状态，也就是说，人的个体是有限的存在，而社会作为主体间性的存在因此就是必要的。社会中肯定有人不可避免地会出于自己的私利考虑而侵害他人甚至国家的利益。因此，在特定情况下，为了保证正常的社会秩序的运转，必须对个别人过于自私的过分行为予以约束，依然是必要的。这时，法律对这些人发挥的是积极作用。

政治理想秩序和现实秩序的鸿沟不容易超越，卢梭未加留意的这个困难，在20世纪才得到思想家们的足够重视；[①] 不仅如此，现代民族国家的规模也远不符合卢梭的理想国的条件。正因为如此，所以这个困难不构成卢梭思想一贯性的障碍。相反，正是卢梭的这种努力，给现代人改善现实政治秩序的思考以极大的思想资源。[②] 卢梭不避困难探讨该问题，是源于他和古希腊的思想家一样，认识到“刑罚频繁总是政府衰弱或者无能的一种标志”。“唯有当国家衰微时大量犯罪的出现，才保障了罪犯不受到惩罚。”[③]

通过上述论述，卢梭彻底解决了公意和个人的和谐问题。“由于社会公约，我们就赋予了政治体以生存和生命；现在就需要由立法来赋予它以行动和意志了。因为使政治体得以形成与结合的这一原始行为，并不能决定它为了保存自己还应该做些什么事情。”卢梭认为事物美好并符合秩序和人类的约定本无关联，“一切正义都来自上帝，唯有上帝才是正义的根源；但是如果我们当真能从这种高度来接受正义的话，我们既不需要政府，也不需要法律了”。人做不到这点，但不必绝望，因为“毫无疑问，存在着一种完全出自理性的普遍正义；但是要使这种正义能为我们所公认，它就必须是相互的”。由于这个看法，卢梭就从自然的角度为人和上帝接上了关系，这是他所处时代的典型信念。卢梭的高明之处在于，他并没有把认识这种普遍正义的权利赋予某个人，而是要求通过“公认”，从而暗示了个人理性认知的限度，接下来的论述则明确了这一点。

---

① 比如，萨尔沃·马斯泰罗内主编《当代欧洲政治思想》，黄华光译，社会科学文献出版社，2001年版。该书第二章“雷蒙·阿隆：民主与极权主义”、第三章“E·沃格林：东方与西方”、第十五章“汉娜·阿伦特：‘城邦’的目的”均谈及这些思想家特别重视现实不能够被理论所含括的特性。实际上，这种思想家在20世纪非常之多，前文引证过的卡尔·施密特探讨政治问题的一个重要概念“存在性政治”说的也是这个问题。

② 参艾伦·布鲁姆《巨人与侏儒》之《卢梭：那转折的一幕》。

③ 卢梭，《社会契约论》，第47页。

为了保证坚持正义的人不受伤害，“就需要约定和法律来把权利与义务结合在一起，并使正义能符合于它的目的”。这样的法律当然就是公意了。由于“对于一个个别的对象是绝不会有公意的”，卢梭接下来的看法就符合逻辑：“我说法律的对象永远是普遍性的，我的意思是指法律只考虑臣民的共同体以及抽象的行为，而绝不考虑个别的人以及个别的行为。”根据这一观念，结论很自然地就是：“我们立刻可以看出，我们无须再问应该由谁来制定法律，因为法律乃是公意的行为；我们既无须问君主是否超乎法律之上，因为君主也是国家的成员；也无须问法律是否会不公正，因为没有人会对自己本人不公正；更无须问何以人们既是自由的而又要服从法律，因为法律只不过是我们自己意志的记录。”

联系起笔者对“卢梭悖论”的阐释，就很容易理解卢梭这么说的意思，他的思想的确是一贯的。只要一个国家的法律不受任何特别个人的影响，卢梭认为就是共和国，“凡是实行法治的国家——无论它的行政形式如何——我就称之为共和国；因为唯有在这里才是公共利益在统治着，公共事物才是作数的。”① 这段话非常重要，它说明卢梭重视的是法治的精神，而具体的政治制度形式不是那么重要。换言之，任何政治制度都是能实行法治的；反之，如果只有一个共和国形式的制度框架，那它也不一定是法治的。这一观念对任何现代国家的法制建设仍然是极富生命力的警策。

从理论上看，这样的法律当然是最好的了，可是这样的法律能通过公众的理性讨论得到吗？若是公民的素质能达到认识并遵守原初社会契约的高度，当然没有问题，此即卢梭所说的“确切说来，法律只不过是社会结合的条件。服从法律的人民就应当是法律的创作者；规定社会条件的，只能是那些组成社会的人们”；这意味着卢梭讨论政治秩序问题是为了能在现实中得到反映，可现实中的人显然达不到这个要求。但按卢梭的意思，要使法律和社会契约迫近，在理论上能达到，现实也没问题，但这必须是基于对现有法律体系的改进才可行。卢梭的意图就是如此：“人民永远是希望自己幸福的，但是人民自己却并不能永远都看得出什么是幸福。公意永远是正确的，但是那指导公意的判断却并不永远都是明智的。”“个人看得到幸福却又不要它；公众在愿望着幸福却又看不见它。”那终究要怎么办呢？卢梭正是在这种情况下转向了现实，“两者都需要指导。所以必须使前者能以自己的意志顺从自己的理性；又必须使后者学会认识自己所愿望的事物。这时，公共智慧的结果便形成理智与意志在社会体中的结合，由此才有各部分的密切合作，以及最后才有全体的最大力量。正是因此，才必须要有立法者。”②

立法者这个概念的出现，导致了卢梭思想的又一个困难，粗一看，卢梭好像把某些特别的权利赋予了某些人，这和他前面的思想不合拍。我们先看卢梭是怎么讨

① 卢梭，《社会契约论》，第48—51页。

② 卢梭，《社会契约论》，第52页。

论这个问题的。卢梭意识到这是个困难，“要为人类制定法律，简直是需要神明”。这个看法充分地解释了卢梭不放弃上帝的原因，他意识到人类无法及时地认识公正的永恒性在世俗的权变；但公正的法律和造就整全的公民（WHOLENESS）、完美的秩序密切相关——它们是尘世的人类不息的追求。

这中间的缝隙是难以填平的。启蒙思想家的大部分直接地把理性作为神，试图抹平这个界限，正是这个企图，最终给极权主义危险留下了空间；[①] 但卢梭却没有试图去填充这个无法填平的缝隙，在很大程度上他把法律的制订留给了历史的偶然，而这种偶然又和上帝的垂青是有关系的。[②] 卢梭列举了卡里古拉和柏拉图的贡献，说明了立法者的重要性，接着就直接引证了孟德斯鸠，“孟德斯鸠说过：‘社会诞生时是共和国首领在创设制度，以后便是由制度来塑造共和国的首领了。’”可能是意识到以这种方式迈过这个鸿沟，难以解决人们的疑虑，但他又不愿意牺牲他思想的连贯性，于是他特别地强调了立法者不是常人能做的，这个（些）人的素质必须满足这个条件，“总之，必须抽掉人类本身固有的力量，才能赋予他们以他们本身之外的、而且非靠别人帮助便无法运用的力量。”归根到底，“立法者在一切方面都是国家中的一个非凡人物。”按卢梭的意思，此即说立法者在智慧和美德方面都是无可挑剔的。卢梭最后以历史为例提供了解决此一问题的一个替代性方案：“大多数希腊城邦的习惯都是委托异邦人来制订本国的法律。近代意大利共和国每每仿效这种做法；日内瓦共和国也是如此，而且结果很好。”这种做法的好处在于作为外国人和如下要求合拍：“编订法律的人便没有、而且也不应该有任何立法权利，而人民本身即使是愿意，也绝不能剥夺自己的这种不可转移的权利。”卢梭为了解决这个两难问题费尽心机是为了让法律接近社会契约的状态，“为了使一个新生的民族能够爱好健全的政治准则并遵循国家利益的根本规律，便必须倒果为因，使本来应该是制度的产物的社会精神转而凌驾于制度本身之上，并且使人们在法律出现之前，便可以成为本来应该是由于法律才能形成的样子。这样，立法者便既不能使用强力，也不能使用说理；因此就有必要求之于另外一种不以暴力而能约束人、不以论证而能说服人的权威了。”正因为此，卢梭再次提到了上帝，“这就是在一切时代里迫使得各民族的父老们都去求助于上天的干预，并以他们固有的智慧来敬仰神明的缘故了，为的就是要使人民遵守国家法也像遵守自然法一样，并且在认识到人的形成和城邦的形成是由于同一个权力的时候，使人民能够自由的服从并能够驯顺地承担起公共福祉的羁轭”。这对立法者本身也是有好处的，“这种超乎俗人们的能力之外的崇高道理，也就是立法者所以要把自己的决定托之于神道设教的道理，为

---

① 参J·G·A波考克，《古典时期以降的公民理想》，载《共和、社群与公民》。

② 在《论不平等》里，卢梭就曾说：“尽管有最贤明的立法者尽了一切努力，政治状态总是不完善的，因为它几乎是一种偶然的产物。”该书第131页。说明卢梭是很重视偶然性的；这种偶然和上帝的关系，详见下文的分析。

的是好让神圣的权威来约束那些为人类的深思熟虑所无法感动的人们。”①

这是一段极为重要的论述，值得笔者予以进一步考察。卢梭费了极大的笔墨，他甚至提出了由外国人（不享有公民资格的人）来立法——它会引发更多的疑虑，但卢梭没有继续考虑。本来，卢梭可以直接地承认是自然的不平等造成理智的不平等，但这又和卢梭讨论该问题的前提基础发生了冲突，因为在卢梭的构设中，公民是平等的，不需要有特别理智的人存在——否则就授他所批判的支持不平等社会的合理性的人以把柄。这就十分明显地昭示了其目的是为了避免随便一个人都能从他的论述里找到借口，宣称自己适合作立法者，也就是为了维护他思想的一贯性。②但换一个角度，笔者发现其实卢梭成功地做到了这点。卢梭不停地征引历史的案例，结合笔者在前文中提到的卢梭曾经把政治状态视为偶然的产物，又特别重视法律的历史遗存，还重视法律的消极作用，可见卢梭这个观念实际上是从前文提到过的“法律是发现的，而不是创制的”传统中生发的。③ 而在这个观念中，法律其实是本来就存在的，只需要有公共奉献精神的哲人去发现罢了——碰上这样的人需要运气，它并不需要特别制订。这种法律由于经过了历史的淘洗和考验，它本身的合法性是最可靠的。卢梭列举的许多立法者，其实在历史上都属于该行列。不过卢梭的要求更苛刻，他担心被理性支配的人的道德有问题，所以把任务轻易地委托给某个哲学家也是不允许的——虽然这个过程可能是历史的事实，他宁愿把它交给神明；可是卢梭又不支持教会对世俗利益的侵蚀，因此彻底地把法律的创制归于上帝，他也是不能接受的。④

卢梭在这两难之中选择了最可能的结合点，编订法律的任务最终还是回到了人的身上，但这个人必须满足他提出的适合做立法者的条件——这些条件如果直接承认人天赋的理智的不平等是不会存在的，这些条件实际上是要求立法者出于美德的考虑胜过一切其他的考虑。若能如此，则编订法律的立法者的工作和人民全体作为立法者的要求无疑是一致的。卢梭过分注重其方案的可操作性，所以在这段论述里卢梭就预示了他另一本书的主题，即，满足这个秩序要求的公民需要重新培养。由于卢梭的秩序观是要接近原初的社会契约，它不可能经常地变化，这样“人”就不可避免地成为卢梭关注的中心点。如果我们能从这个角度观察卢梭关于立法者的讨论，应该承认，卢梭成功地维护了其思想的一贯性。

---

① 卢梭，《社会契约论》，第54—58页。

② 卢梭说：“不是人人都可以代神明立言，也不是当他自称是神明的代言人时，他便能为人们所相信。”卢梭，《社会契约论》，第58页。

③ 这两个方面分别参《论人类不平等的起源和基础》的第131页，及本书上一章“卢梭政治思想的纲领”那部分对卢梭的征引与分析。下文卢梭论及宪法时也能证明这一点；如下的一段话则直接印证笔者的分析是合乎卢梭原意的：“一个这样治理的国家只需要很少的法律，而随着颁布新法律之成为必要，这种必要性早已普遍地被人看到了。”见《社会契约论》，第135页。

④ 卢梭说：“绝不可以从这一切里便做出跟华伯登一样的结论说，政治和宗教在人间有着共同的目的；而是应该说，在各个国家的起源时，宗教是用来作为政治的工具的。”《社会契约论》，第58—59页。

卢梭从其思想的一贯性出发以曲折的方式解决了法律制定的问题。然而这样的法律对人类是不是普适的呢？如果从卢梭对国家起源新的历史梳理方式来看，社会契约应该是对人类普遍有效的，因此法律应该具有普适性特点。但卢梭重视的是法律精神的普适性和现实情况的结合：“明智的立法者也并不从制定良好的法律本身着手，而是事先要考察一下，他要为之立法的那些人民是否适宜于接受那些法律。”因而人民的德性和风尚将影响法律的适用性。卢梭认为：“只有在一个民族是野蛮的时候，它才能使自己自由，可是当政治精力衰竭时，它就不再能如此了。那时候，忧患可以毁灭它，而革命却不能恢复它；而且一旦它的枷锁被打碎之后，它就会分崩离析而不复存在。自此以后，它就只需要一个主人而不是需要一个解放者了。”他提请自由人民记住一条定理：“人们可以争取自由，但却永远不能恢复自由。”① 这段话最清楚地表明了卢梭重视秩序，不支持暴力革命的行为。这和他的一贯思想是极为吻合的，他提出的定理的实际含义就是在他一直坚持的社会契约诞生时的黄金时代，人们不可能生活在政治状态里，还指望能获得绝对的自然自由；人们必须履行最基本的社会契约的义务，如果连这都不想遵守，那事情只能走向反面。“如果说自由的意义是在于一个人想做什么就做什么，那么，任何人都不会得到自由；一切都要依靠事物，以严酷的需要为转移，所以每个人都是软弱的；谁最能够按照需要行事，谁就是最自由的，因为他从来不勉强去做他不愿意做的事情。”② 卢梭洞察到现代社会里人对物的渴求已经损伤了人的美德，但这已经不可逆转，人类只能在这个前提下努力地改善恶化的处境，而革命恰会打断这个目标的达成。

因为认识到这个严酷的事实，卢梭对他的努力可以见到成效的范围十分清楚，他不可能把这个范围无限扩展。卢梭强调：“一个体制最良好的国家所能具有的幅员也有界限，为的是使它既不太大以致不能很好地加以治理，也不太小以致不能维持自己……小国在比例上要比大国更坚强得多。”这的确是对新兴欧洲民族国家规模都比较小——特别是日内瓦——却很有活力的事实认同的结果。③ 即使是这样规模的国家，卢梭依然认为：“同一个法律并不能适用于那么多不同的地区，因为它们各有不同的风尚，生活在迥然相反的气候之下，并且也不可能接受同样的政府形式。”④ 即便这些条件符合，卢梭认为还不足以构成他理想中的国家，不是什么人民都适合立法的，符合条件的只有这些人民：“那种虽然自己已经由于某种起源、利益或约定的结合而联系在一起，但还完全不曾负荷过法律的真正羁勒的人民；就是那种没有根深蒂固的传统与迷信的人民；就是那种不怕被突然的侵略所摧毁的人

① 卢梭，《社会契约论》，第59—61页。

② 卢梭，《爱弥尔》，第785页。

③ 卢梭，《社会契约论》，第63页。卢梭在同书第65页即说：“我们应该更加重视一个良好的政府所产生的活力，而不只是看到一个广阔的领土所提供的资源。”

④ 卢梭，《社会契约论》，第64页。

民；就是那种自身既不参与四邻的争端，而又能独立抵抗任何邻人或者是能借助于其中的一个以抵御另一个的人民；就是那种其中的每一个成员都能被全体所认识，而他们又绝不以一个人所不能胜任的过重负担强加给某一个人的人民；就是那种不需要其他民族便可以过活，而所有其他的民族不需要他们也可以过活的人民；就是那种既不富有也不贫穷而能自给自足的人民；最后还得是那种能结合古代民族的坚定性与新生民族的驯顺性的人民。”[①] 这段话可以说是卢梭心仪的共和国所具有的特征的最完备的描绘。它的简单含义是：由于这样一个小而强大的国家，它不可能产生奢侈，其全体人民都会是有理性而且具备美德的，也就是处于刚订立社会契约时的状态中。在卢梭眼中，当时欧洲有这么一块乐土，就是科西嘉岛。[②]

卢梭终于勾勒清楚了可以立法、并让立法的效果充分发挥作用的共和国。但建国立法不是目的，它的目的是为了特定共和国全体公民的生活幸福。在卢梭的视线中，最能体现公民幸福的是自由与平等。“如果我们探讨，应该成为一切立法体系最终目的的全体最大的幸福是什么，我们便会发现它可以归结为两大主要目标：即自由与平等。”

对什么是自由，前文的分析已经很清楚，就是除了履行契约义务以外，合乎自然善的任何行为都是自由的；因此卢梭只需要界定平等的含义。卢梭对平等的看法是对梭伦观点（即亚里士多德引述过的）更精细的规定：“至于平等，这个名词绝不是指权力与财富的程度的绝对相等；而是说，就权力而言，则它应该不能成为任何暴力并且只有凭职位与法律才能加以行使；就财富而言，则没有一个公民可以富得足以购买另一个人，也没有一个公民穷得不得不出卖自身。”[③] 卢梭的这一界定，清楚地说明了他和平均主义没有关系，他强调的是权利的平等，或者说是能让人的天然自由得以在政治社会里真正实现的基础，没有基本的财富保障，自由没有意义。他的这一论述是兼顾自由和平等的调和性的，而不是没有看到二者的矛盾。[④] 从政治哲学的角度看，卢梭对自由、平等关系的界定迄今仍然是最为深刻而可取的。对卢梭来说最终无论什么形式的立法都是为了人的自由和平等关系的协调，“使一个国家的体制真正得以巩固而持久的，就在于人们能够这样来因事制宜，以至于自然关系与法律在每一点上总是协调一致，并且可以说，法律只不过是在保障着、伴随着和矫正着自然关系而已”[⑤]。卢梭再次明确地强调了法律的消极作用。

---

① 卢梭，《社会契约论》，第68页。该书第89页以更简洁的语言进行了同样的归纳。

② 卢梭，《社会契约论》，第69页，“在欧洲还有一个很可以立法的国家，那就是科西嘉岛。”后来卢梭确实曾对该岛制宪发表过意见，此即《论科西嘉制宪》。但结果证明，科西嘉也不是都符合卢梭的要求，卢梭可能低估了民族国家的侵略性。

③ 卢梭，《社会契约论》，第69页。

④ 卢梭紧接着的论述证明了笔者的这一推断。“事物的力量总是倾向于摧毁平等的，所以立法的力量就应该总是倾向于维持平等。”卢梭，《社会契约论》，第70页。接下来的引证将继续证明这点。

⑤ 卢梭，《社会契约论》，第71页。

规定这种关系的法律就是政治法，卢梭认为这种法律是“根本法”；其他必要的法律是民法、刑法；但最重要的是宪法，它不必拘泥于形式，是“铭刻在公民们的内心里的”，即使其他法律残损，只要它是活的，一切都可以再来。它是什么呢？“我说的就是风尚、习俗，而尤其是舆论；这个方面是我们的政论家所不认识的，但是其他一切方面的成功全都有系于此……唯有慢慢诞生的风尚才最后构成那个穹隆顶上的不可动摇的拱心石。”①

尽管宪法十分重要，但卢梭本文的目的是考察优良的政治秩序，所以政治法才是他最关心的，“只有构成政府形式的政治法才与我的主题有关”②。卢梭把政府和主权者加以区分：“政府和主权者往往被人混淆，其实政府只不过是主权者的执行人。”③ 这就规定了政府的执行者地位，它是功能性的存在，它的功能只是执行公意，抑制众意对公意的侵蚀，它不能有脱离公意的生命力。“越是政府应该有力量来约束人民，则主权者这方面也就越应该有力量来约束政府。”“政府是被赋予一定能力的一个道德人格，它像主权者一样是主动的，又像国家一样是被动的。”④

卢梭认为政府意志和政府的力量是成反比的，因此必须找到一个最佳结合点，政治法的任务就是调校出这个点。⑤ 卢梭讨论了各种单一的政府形式，“就民主制这个名词的严格意义而言，真正的民主制从来就不曾有过，而且永远也不会有”⑥。任何单一制的政府如果能生存都必须依靠美德的存在。最后，他发现，“确切来说，根本就没有单一制的政府”。因而只有混合政府是可取的：“因为强力的极限与软弱的极限同样地都出现在单一的政府之下，反之，混合的形式则产生适中的力量。”⑦ 卢梭对混合制政府的推崇，与柏拉图、亚里士多德的看法是相近的。但混合形式也是多样的，所以卢梭再次强调了不同的气候和风尚决定了不可能有普遍适用的混合制政府，但是有好政府的标志。“政治结合的目的是什么？就是为了它的成员的生存和繁荣。”而体现繁荣的莫过于人口的增长。⑧ 从这一观点，联系到卢梭对财产占有的观点，可见卢梭的共和国是典型的古代城邦在现代社会条件下的复活。

接着卢梭和亚里士多德一样讨论了政府退化，为的是考察如何维持主权权威。卢梭认为：“国家的生存绝不是依靠法律，而是依靠立法权。”⑨ 而前文的分析已经

---

① 卢梭，《社会契约论》，第72—74页。

② 卢梭，《社会契约论》，第74页。

③ 卢梭，《社会契约论》，第76页。

④ 卢梭，《社会契约论》，第79—80页。

⑤ 卢梭，《社会契约论》，第85页，卢梭说：“立法者的艺术就正是要善于确定这样一点：使永远互为反比例的政府的力量与政府的意志，得以结合成为一种最有利于国家的比率。”立法者是人民，卢梭已经强调过了。

⑥ 卢梭，《社会契约论》，第88页。

⑦ 卢梭，《社会契约论》，第102—103页。

⑧ 卢梭，《社会契约论》，第111页。

⑨ 卢梭，《社会契约论》，第117页。

表明，立法权直接依赖于全体，所以卢梭担心的其实是：若人民沉溺于小康的生活而忽略了他们的义务，就可能给政府以独立的生命力，从而最终导致人民被奴役。“主权者除了立法权力之外便没有任何别的力量，所以只能依靠法律而行动；而法律又只不过是公意的正式表示，所以唯有当人民集合起来的时候，主权者才能行动。”[①] 卢梭充分意识到公民个人对政治机构的无力，所以被迫提出了“广场政治”的方案，他以古罗马为例，证明频繁集会的“广场政治”是可行的；而且必须如此。[②] 这再次证明卢梭的共和国是古典的共和国。按卢梭设想的共和国的规模，这一方案当然是可行的，但是卢梭可能没有认识到现代社会秩序恰是把人隔离在专业分工的牢笼内，必须为自己单面性的生存而挣扎，根本不可能实行广场政治，他的提案注定会是乌托邦。这是他抗拒现代性的典型反应，但由于站在现代性的社会秩序框架之内来反抗，他失败的命运从一开始就被决定了。由于卢梭认识到他的共和国只能通过广场政治来维持它的权威，因此，他必然坚持直接民主制，而反对代议制。“代表的观念是近代的产物；它源于封建政府，起源于那种使人类屈辱并使‘人’这个名称丧失尊严的、罪恶而又荒谬的政府制度。在古代的共和国里，而且甚至于在古代的君主国里，人民是从不曾有过代表的，他们并不知道有这样一个名词。”[③]

如果人民不能实行广场政治，就有可能被主权者的执行机构政府所控制，这意思和霍布斯认为国家是利维坦其实是一样的。但从卢梭发现人类生活于政治状态历史里，存在一个政府是如何出现的问题，卢梭自认为和霍布斯是截然不同的，所以他不能给出霍布斯一样的答案，这是卢梭整个政治致思中最含混的部分。他说：“也正是在这里才能够发现政治体的最可惊异的性质之一，它就由于主权猝然间转化为民主制而告完成的。”卢梭没有给出理论论证，但以英国为例证明了这点。[④] 笔者认为，按卢梭的一贯思想，从理论上论证这个问题其实比论证立法者是全体人民容易得多。可以这样解释：因为结成社会公约，就进入了政治状态，由于美德没有消失，因此这是一个没有强制的互助性过程，它会成为一种习惯，也就是人类的第二天性；在这个过程中，天赋略微有利者作出的贡献会更大、更频繁，从而形成一种惯例，但不会是陋俗，此即是政府机构的雏形。这之所以合乎卢梭的意思，是因为它同样满足社会契约的要求，人人都可以并愿意提供这种服务；它也满足广场政治的条件。所以，卢梭虽然没有对政府的创制给出充分的理论论证，但其思想的连贯性并不会出现断裂。

至此，卢梭对基于社会契约的美好政治秩序的构设基本完成，但到底如何巩固

---

① 卢梭，《社会契约论》，第 118 页。

② 卢梭，《社会契约论》，第 119—122 页。广场政治之所以必须，不仅出于这个消极的目的，它还有积极的目的，这便是防止政府权威被篡夺。后者见该书第 133 页。后文将不再分析防止政府权威的篡夺问题。

③ 卢梭，《社会契约论》，第 125 页。

④ 卢梭，《社会契约论》，第 131 页。

政治体制仍是卢梭念念不忘的。虽然卢梭提出了广场政治的方案，但他并不是要打乱公民的日常生活，他的意思不过是要时刻提醒政府职员作为公意的执行者不能忘记其职责。[①] 因为根据法律和国家的消极作用，公职必将是一项奉献行为，“国家的体制愈良好，则在公民的精神里，公共的事情也就愈重于私人的事情”[②]。所以定期选举是最重要的，而根据平等自由原则，轮流奉献是必须的制度美德，因此选举是一种义务，这是积极的方面；但现实生活中更多的是消极方面，因为公职有托管公意的剩余价值，每个位置的公民只是私人，他的私人意志难免驱使他利用公意为自己谋利，这时候选举就是公民的一项不可剥夺的权利了。卢梭从关注理论可实现性的角度对这两方面都予以了关注。“在主权的一切行为中，仅就投票这一项权利——这是任凭什么都不能剥夺于公民的权利——我在这里就有很多意见可写。”“在一切真正的民主制之下，行政职位并不是一种便宜，而是一种沉重的负担；人们无法公平地把它加给这一个人，而不加给另一个人。”[③] 但不管如何，频繁地更替是政府不稳定的一种表现，它不利于政府运作的效率；与此同时还不能让所谓的多数侵害少数人的权利。[④] 卢梭按事情重要性的不同确定了两条普遍原则，保证不会发生这种问题。在“国家全体成员的经常意志就是公意”这个推论的前提下，“有两条普遍的准则可供我们规定这一比率：一条是，讨论愈是重大，则通过的意见也就愈应当接近于全体一致；另一条是，所涉及的事情愈是需要迅速解决，则所规定的双方票额之差愈应该缩小，在必须马上作出决定的讨论中，只要有一票多数就够了。这两条准则中的前一条似乎更切合于法律，而后一条则似乎更切合于时务。”[⑤] 对效率的普遍重视，是现代社会而不是古典社会的典型特征，卢梭的确是为了解决现实问题才有了这么精辟的合乎现实需要的思考。

要选举就有投票和计票的问题，卢梭又转向了古罗马。“我还应当谈一下人民大会上的投票与计票的方式；然而也许罗马政治制度史在这方面可以更清楚地阐明我所要奠定的全部准则。”[⑥] 虽然是考察选举的问题，但卢梭却发现了更多的东西。他考察了三种计票方法：按部族划分；按部族所处区域划分（城乡）；按公民财富的等级划分。第三种影响最大，卢梭说：“我们在这里并不判断这第三种计数办法本身是好是坏；但我相信可以断言，如果不是早期罗马人的淳朴的风尚、他们的大

① 卢梭，《社会契约论》，第 88 页，“我们不能想象人民无休止地开大会来讨论公共事务；并且我们很容易看出，人民若是因此而建立起来各种机构，就不会引起行政形式的改变。”

② 卢梭，《社会契约论》，第 124 页。

③ 卢梭，《社会契约论》，第 137、第 142 页。

④ 卢梭说：“（当投票意见发生分歧时）这要假定公意的一切特征仍然存在于多数之中；假如它在这里面也不存在的话，那么无论你赞成哪一边，总归是不再有自由可言了。”卢梭，《社会契约论》，第 140 页；另第 88 页，卢梭论述真正的民主制不可能存在时明确地说：“多数人统治而少数人被统治，那是违反自然的秩序的。”

⑤ 卢梭，《社会契约论》，第 140—141 页。

⑥ 卢梭，《社会契约论》，第 144 页。

公无私、他们对农业的兴趣、他们对于商业和牟利的鄙视，这种办法就不能付诸实践。”

卢梭的这个断言非常重要，他说的几点是共和国时期古罗马人的美德，而这些美德和他关于社会契约生成阶段对人的要求是一样的。卢梭认为正是风尚补救制度给了罗马以强大的力量：“我们还必须指出，在罗马，风尚与舆论要比这种制度更有力量，同时也纠正了这一制度的弊病。”[①] 他发现罗马的衰落不是源于制度不好，而是风尚的破弊导致制度固有的弊端恶化；而风尚的破弊，又主要表现为罗马法律体系的崩溃，“虽然立法并不能规范风尚，但是使风尚得以诞生的却是立法”。因此，“只要法律不再有力量，一切合法的东西都不会再有力量”。[②] 对罗马盛衰因由，笔者前文已经略作交代，和卢梭的考察相吻合，由此可见，卢梭对古典思想是有深入了解的。卢梭这些发现的重要意义在于：古典共和国对美德有促进和保存作用，反之亦然。这样卢梭就和西塞罗一样，认为黄金时代在历史上曾经存在过，因此他的共和国设想不是理论的玄想，而是可以在尘世兑现的。

法律为什么会松弛？归根到底是公民美德的丧失，也就是卢梭意义的宪法崩颓。而美德的消减和奢侈关系密切，这点卢梭已然论证过，因此，还是人出了问题；这导致的严重后果是对国家——公意——责任的淡漠，简单地说是不爱国了，这当然就非常要紧了。因为古罗马的崩溃和公民对国家意识的普遍淡漠密切相关。根据卢梭对公意的界定，公民的普遍意志相当于公意，古罗马的这种状况也就意味着公意的基础崩塌了——人民是有这个权利的，[③] 于是正常的政治状态就不可能维持，而一旦进入政治状态的人又是不可能退回自然状态的，这就意味着人要忍受双重奴役。这种状况刚好是卢梭所担忧的，是他反思社会问题的起点。卢梭于是着手考察古罗马的衰落，基督教会很自然地被纳入了批评的视线。卢梭发现，古罗马共和国时代之所以是黄金时代，在于它是多神教的，宗教是服从于政治的。“每种宗教既然是完全依附于规范着这种宗教的国家法律……远不是人类在为神而战，反而正像荷马的书中所说，倒是神在为人而战。”[④] 但是基督教不同，它坚持“两把剑”的问题，卢梭批评说：“既然永远都只能有一个君主以及公民的法律，结果这种双重权力就造成了一种法理上的永恒冲突；这就使得基督教的国家里不可能有任何良好的政体，而且人们永远也无从知道在主子与神甫之间究竟应当服从哪一个。”[⑤] 笔者前文的梳理显示基督教对现代社会秩序的形成是作了很大贡献的，但大胆批评

① 卢梭，《社会契约论》，关于计票制度的归纳参第 146—151 页；引文分别见第 151—152 页。

② 卢梭，《社会契约论》，第 168 页。

③ 卢梭明确说：“在国家之中，并没有任何根本法是不能予以废除的，即使是社会公约也不例外。”卢梭，《社会契约论》，第 134 页。这和卢梭的思想是一致的。因为国家是消极的，是公意的反映，公意当然可以摧毁其中的任意事物。

④ 卢梭，《社会契约论》，第 173 页。

⑤ 卢梭，《社会契约论》，第 174—175 页。

基督教会是马基雅维里以后的一个基本趋势，在18世纪达到鼎盛时期。卢梭对基督教会敢于做这样纯粹负面的评价，正显示他对宗教的态度是站在一个很世俗的立场上的。注意到这一点，我们才能更好地看清为什么卢梭一面打击基督教，同时却又特别虔诚。因为，实际上卢梭打击的是教会，而不是基督教的教义。

批评了基督教的国家后，卢梭立刻表明他试图恢复古典时代的宗教和政治的关系，“神圣的宗教崇拜始终是、或者重新变成是独立于主权者之外的，并却与国家共同体没有关系”①。“宗教，就其与社会的关系而论——无论是一般的关系，还是特殊的关系——也可分为两种，即人类的宗教与公民的宗教。前一种没有庙宇、没有祭坛、没有仪式，只限于对至高无上的上帝发自纯粹内心的崇拜，以及对于道德的永恒义务；它是纯粹而又朴素的福音书宗教，是真正的有神论，我们可以称它为自然的神圣权利。后一种宗教是写在某一个国家的典册之内的，它规定了这个国家自己的神、这个国家特有的守护者。它有自己的教条、自己的教仪、自己法定的崇拜表现……它把人类的权利和义务仅仅伸张到和它的神坛一样远。一切原始民族的宗教便是如此，我们可以把它叫做公民的或积极的神圣权利。”他把罗马的基督教列入可怪的第三种宗教。②

这一区分非常有特色。卢梭明显地从宗教信仰中划分出两组对应关系：**人类的宗教——道德的永恒义务——自然的权利；公民的宗教——国家的意识形态——法定的权利或义务。**这两组关系都否定了宗教对世俗的权利。其中第一组关系，按卢梭的一贯思想，它属于契约之前的自然状态，因此和社会没有关系，只是私人性的，它是绝对无害的，因为它有助于自然的永恒美德。卢梭心中的基督教（福音书的基督教）就是如此；③ 第二组关系是在正常的政治状态里的，它有两面性。它的好处是，“它把对神明的崇拜与对法律的热爱结合在一起；而且由于它能使祖国成为公民崇拜的对象，从而就教导了他们：效忠于国家就是效忠于国家的守护神”；它的坏处是，“它是建立在谬误与谎话的基础之上的，因而它欺骗人民，使人民盲从、迷信，并且把对神明的真正崇拜沦为一种空洞的仪式”④。

第二种宗教按卢梭的分析，属于世俗的政教合一的神权政治，在卢梭的契约论思想中没有位置。可是卢梭注意到宗教对保持美德的好处，在政治状态里有激发爱国主义的好处。于是他再一次向现实倾斜，让思想的连贯性略微向现实让步：从自然状态刚进入契约政治状态的人完全可以像保留美德一样保留私人性的宗教信仰而不损害他做一个良好的公民，这和现实不冲突。由于这个原因，卢梭说：“可是，每个公民都应该有一个宗教，宗教可以使他们热爱自己的责任，这件事却是对国家

① 卢梭，《社会契约论》，第175页。
② 卢梭，《社会契约论》，第177—178页。
③ 卢梭，《社会契约论》第179页最后一段，卢梭明确地说明了这点。
④ 卢梭，《社会契约论》，第178—179页。

很有重要关系的。但这种宗教的教条，却唯有当其涉及道德与责任——而这种道德与责任又是宣扬这种宗教的人自己也须对别人履行的——时候，才与国家及其成员有关。”①

简言之，卢梭的意图是采纳了公民宗教的概念，却修订了其中的内容。公民宗教现在变成了主体上是私人性的东西；和国家有关系，但是非常微弱，目的是为了避免它的负面作用。卢梭心目中的公民宗教在信仰上要低于真正教会意义上的宗教强制性，但又高于纯粹的个人信念问题。这正是卢梭既照顾现实又不让其思想的连贯性出现断裂的方面，他对这种公民宗教介于普遍信仰和个人信念之间的性质作了详细描述：“因此，就要有一篇纯属公民信仰的宣言，这篇宣言的条款应该由主权者规定；这些条款并非严格地作为宗教教条，而只是作为社会性的感情，没有这种感情则一个人既不可能是良好的公民，也不可能是忠实的臣民。它虽然不能强迫任何人信仰它们，但是它可以把任何不信仰它们的人驱逐出境；它可以驱逐这种人，并不是因为他们不敬神，而是因为他们的反社会性，因为他们不可能真诚地爱法律、爱正义，也不可能在必要时为尽自己的义务而牺牲自己的生命。但如果已经有人公开承认了这些教条，而他的行为却和他不信仰这些教条一样，那就应该把他处以死刑；因为他犯了最大的罪行，他在法律面前说了谎。”② 这种公民宗教也就是能宽容其他一切宗教的宗教，但它又不是毫无意义的，宗教存在的底线就是不能违反公民的义务。

卢梭至此才彻底完成了从自然状态到契约政治的论述。“在已经提出了政治权利的真正原理并且试图把国家奠定在它的基础之上以后，剩下来的就是怎样通过它的对外关系来支持它……但这一切构成了一种新的对象，而对我这篇简短的论文来说就未免太大了，我还是始终只把它限定在我的范围以内。”③ 这是《社会契约论》结尾的一章，非常简短。它透露的最大消息是：卢梭在其一生当中，关心的最大政治秩序是在民族国家的范围内的，至于国际秩序不是他关心的重点。因此，社会契约作为讨论公民和政治秩序和谐的第一个奠基工程基本完成了。

在笔者的上述分析中，《社会契约论》讨论政治秩序，人们可以发现它和《论科学与艺术》以及《论不平等》的思想延续性；这篇论文本身的思想也是连贯的，不过在论述立法者、政府的创制以及公民宗教的时候，由于卢梭过于关注其思想的实践可能性，有一些由理论向现实倾斜的迹象，卢梭对这些是自觉的。由于该书的纲要性质，卢梭的这种含混的确给后人理解他造成了困难；但笔者的分析表明，整体上，这些倾斜并没有损害卢梭政治思想的连贯性。而如果能培养出一种适合社会契约诞生时的公民——这样的公民将符合让国家和法律在其面前都只需要起消极作

① 卢梭，《社会契约论》，第 184 页。

② 卢梭，《社会契约论》，第 185—186 页。

③ 卢梭，《社会契约论》，第 188 页。

用的条件，那么卢梭完全不必有任何理论的含混之处，因为这能保证不必在已经堕落了的现实社会这么低的基础上去讨论怎样达成社会契约了。亚里士多德曾经为了他理想的城邦的要求专门谈及要培养公民，而卢梭也意识到这个问题。卢梭满意的公民个体就是爱弥尔，其群像是圣普乐、朱莉、克莱尔、沃尔玛以及爱德华绅士。这将是下文要予以考察的。

第七章　从道德的自由人到道德的政治人：公民的培育

第一节　道德自由人的培育

《爱弥尔》是卢梭自己认为最重要的书，我们现在能够看到，这应该是卢梭真实的看法。因为它探讨的是公民培养，是人的问题。在卢梭的时代，个人已经是被大写了的。在人和秩序问题上，在古典时期，要求人适应秩序；但从卢梭探讨社会契约可以看到，卢梭是探讨秩序与人的相互调适，和他的百科全书派朋友追求“普遍人”——世界人相比，卢梭要务实——从而也更深刻——许多，他追求的是政治人：适应民族国家社会契约的公民。上一节讨论“立法者”时，卢梭清楚地说，相对于立法者而言，“人民需要指导”，它的实践意义是：公民需要培养。这个主题集中体现在《爱弥尔》这部小说中。在分析该书之前，笔者预先要加以说明的是，《爱弥尔》和《社会契约论》的关联性很强，其中前者的第五卷有相当的篇幅和后者表达的主要内容是一样的，但更为简略。在笔者看来，对这两部著作进行分析的先后次序是可以互换的；笔者把《爱弥尔》放在《社会契约论》之后来分析，不只是出于写作时间的顺序；更主要的原因在于，和前面几部书相比，这是地道的小说体著作，在内容的连续性上把它和后面将要分析的小说《新爱洛伊丝》放在一起是更合适的。

《爱弥尔》是应舍农索夫人之请而写作的，卢梭在序言中说：“尽管有许多的人著书立说，其目的，据说，完全是为了有益人群，然而在所有一切有益人类的事业中，首要的一件，即教育人的事业，却被人忽视了。我阐述的这个问题，在洛克的著作问世之后，一直没有人谈论过，我非常担心，在我这本书发表以后，它仍然是那个样子。”[①] 这部书的主题围绕着培养人来展开就很明确了。卢梭在这里说的

① 卢梭，《爱弥尔》，第2页。

洛克的书是指《教育漫话》，可是洛克既然已经谈过，那卢梭为什么还要说呢？原因是“洛克要我们从研究精神开始，然后再进而研究身体”，卢梭反对洛克的教育方法，认为“这是迷信的方法，偏见的说法，错误的方法；这不是理智的方法，甚至不是井然有序的自然的方法……必须对身体经过长期的研究之后，才能对精神有一个真正的概念，才能推测它的存在”[①]。这和卢梭坚持的先感觉到然后再思考的认识论是一致的。由此，我们知道卢梭教育人的办法将是从身体培育着手，然后再过渡到精神的教养。这是卢梭论述培养人的方案的总则，它是笔者依卢梭原意去考察该书思想的线索。

卢梭对这部书期望很高：“对我来说，只要做到下面一点就算是满足了，那就是，不管人们出生在什么地方，都能采用我提出的方法，而且，只要能把他们培养成我所想象的人，那就算是对他们自己和别人都做了有益的事情。”[②] 这反映出卢梭和启蒙阵营追求“普遍人”的理想有相通之处；更重要的是，卢梭认为培养出他想象中的人就是为人们做了有益的事情，不仅反映了该书蕴涵的精神和卢梭的整体思想的确不能分开，而且意味着卢梭认为当时社会对人的培养是有问题的。在正文第一句卢梭就挑明了他的观点：“出自造物主之手的东西，都是好的，而一到了人的手里，就全变坏了。”[③] 联系起卢梭对人类不平等的起源和基础的考察，以及对社会契约原初状态的详细设想，我们很容易就能发现这句话是对上述考察结论的回应，它更清楚的表达是：处于自然状态的人的身心都是很健全的，但进入社会以后，人被理性进步的信念所迷惑而堕落了，社会扼杀了人。在卢梭看来，被社会大潮裹挟并适应了社会的人已经很难挽救，改造社会的工作得从头开始，从儿童这幼嫩的树苗开始。“趁早给你的孩子的灵魂周围筑起一道围墙，别人可以画出这道围墙的范围，但是你应当给它安上栅栏。”因为“我们生来是软弱的，所以我们需要力量；我们生来是一无所有的，所以需要帮助；我们生来是愚昧的，所以需要判断的能力”。这些是人们长大以后需要的东西，而要得到这些，“全都要由教育赐予我们”[④]。尽管古希腊思想家也谈到公民培养，但把教育提到这么重要的高度，这是商业社会秩序占统治地位以后才可能出现的，因为尽快地学会求生的技能，接受教育是最便捷、最有保障的方式。

卢梭认为接受教育有三种途径：“我们或是受之于自然，或是受之于人，或是受之于事物。”然而在这三种教育中，“只有人的教育才是我们能够真正地加以控制的”。不过，在卢梭看来，必须三种教育相互配合才会有良好的结果：“一旦把教育看成是一种艺术，则它差不多就不能取得什么成就，因为，它要成功，就必须把三

① 卢梭，《爱弥尔》，第361页。
② 卢梭，《爱弥尔》，第4页。
③ 卢梭，《爱弥尔》，第5页。
④ 卢梭，《爱弥尔》，第6、第7页。

种教育配合一致，然而这一点是不由任何人决定的。我们殚思极虑所能做到的，只是或多或少地接近目标罢了。”① 卢梭认为培养不为自己只为别人的人是不可能的，即便在小社会里也不可能，“凡是一个小小的社会，当它的范围很窄，而内部又好好团结的时候，便同大的社会相疏远。凡是爱国者对外国人都是冷酷的”。因此，他呼吁：“不要相信那些世界主义者了，因为他们的著作中，他们到遥远的地方去探求他们不屑在他们周围履行的义务。这样的哲学家，之所以爱鞑靼人，为的是免得去爱他们的邻居。”②

卢梭通过批评启蒙学派追求“普遍人”的虚妄性质，再明确不过地说明了《爱弥尔》的目的确实是为小共和国培养公民的，这就和他在《社会契约论》里反映的思想简洁地联系起来了。卢梭认为只能培养公民，但公民是和自然人分不开的：“自然人完全是为他自己生活的；他是数的单位，是绝对的统一体，只同他自己和他的同胞才有关系；公民只不过是一个分数的单位，是依赖于分母的，它的价值在于他同总体，即同社会的关系。好的社会制度是这样的制度：它知道如何才能够最好地使人改变他的天性，如何才能够剥夺他的绝对的存在，而给他以相对的存在，并且把‘我’转移到共同体中去，以便使各个人不再把自己看作一个独立的人，而只看作共同体的一部分。”③ 对比一下这段话和前文的分析，很清楚，这样类型的人就是卢梭所设想的社会契约原初状态中的公民。

卢梭认为：“凡是想在社会秩序中把自然的感情保持在第一位的人，是不知道他有什么需要的。如果经常是处在自相矛盾的境地，经常在他的倾向和应尽的义务之间犹豫，则他既不能成为一个人，也不能成为一个公民，他对自己都将一无好处。我们今天的人，今天的法国人、英国人和中产阶级的人，就是这样的人；他将成为一无可取的人。”卢梭通过对现实的批评，说明了应该结束人在社会中的这种状态，而应该选择做一个公民。但是教育中有一对矛盾，一是公众的教育，一是特殊的和家庭的教育。卢梭认为柏拉图的《理想国》是一篇最好的关于公众教育的论文，柏拉图关心的是“要人有纯洁的心灵”；相比柏拉图，莱格古士作为社会的立法者，如果他只把他那套制度写在纸上而不付诸实施的话，该制度比柏拉图的设想更富于空想性。卢梭得出结论：“在没有国家的地方，是不会有公民的。”④ 言下之意，必须在社会的角度下思考公民教育，这和卢梭的一贯思想是契合的，也再次证明了他的确是在民族国家秩序的范围内思考问题的。然而，特殊的和家庭的教育在卢梭的视野里却属于典型的自然教育，而自然状态和社会状态是有着紧张关系的。“在社会秩序中，所有的地位都是有标记的……只有在命运同父母的职业一致的时

① 卢梭，《爱弥尔》，第7页。
② 卢梭，《爱弥尔》，第9页。
③ 卢梭，《爱弥尔》，第10页。
④ 归纳与引证参卢梭，《爱弥尔》，第10—11页。

候，教育才是有用的。”而“在自然秩序中，所有的人都是平等的，他们共同的天职，是取得人品；不管是谁，只要在这方面受了很好的教育，就不至于欠缺同他相称的品格……在从事他父母的职业以前，大自然已经叫他认识人生了。生活，这就是我要教他的技能”①。厘清了这种紧张关系，卢梭得以提出如下看法：“我们真正研究的是人的地位。在我们中间，谁最能容忍生活中的幸福和忧患，我认为就是受了最好的教育的人。由此，可以得出结论：真正的教育不在于口训而在于实行。”②这是卢梭的教育方法和目标，确定了它，卢梭才能够真正开始实施他可以“实行”的教育方案，协调两种教育的紧张关系。

卢梭的上述清理，指示了家庭这个环节才是连接个人和社会的关键，实行教育要从家庭开始，从家庭的具体成员开始。这要求构思出一个抽象的人作为实施教育的标本，“我们必须一般的观察问题，必须把我们的学生看做是抽象的人，看做无时不受人生的偶然事件影响的人”。从卢梭的这个设定看，该学生不必有异常的条件，而只需要他还没有被恶劣的社会风气所损伤。卢梭抨击了文明人：“我们的种种智慧都是奴隶的偏见，我们的一切习惯都在奴役、折磨和遏制我们。”③ 他针对当时欧洲的风气谴责母亲不用母乳喂养孩子的作法是“对人类的残害”，“这个习惯，再加上其他使人口减少的种种原因，已经向我们宣告了欧洲来日的命运。它所产生的科学、艺术、哲学和道德即将把它变成一个荒凉的土地。”他警告说：“它将来是遍地猛兽，因为它不能极大地改变居民的这种做法。”④ 卢梭的这一态度和他的前面的论文保持了思路的一致性。笔者在前文中的梳理证明了卢梭的观察是准确的，他不是无端地要侮辱文明社会，真的是当时的欧洲社会而不是卢梭病了。他的警告只是指出了事实——它后来无数次应验，但卢梭却被指为罪人，讽刺莫大于此。

欧洲社会当时的家庭显然不是卢梭满意的正常的家庭，在他看来正常的家庭应该具备这样的功能：“家庭生活的乐趣是抵抗坏风气的毒害的最好良剂。”⑤ 他认为“母不母，则子不子……如果血亲之情得不到习惯和母亲关心照料的加强，它在最初几年中就会消失，孩子的心可以说在他还没有出生以前就死了。从这里，我们开头的几步就脱离了自然。”因此，孩子的教育必须从这起码的自然规则开始，这是奠基性的工程，“遵循自然，跟着它给你画出的道路前进。”⑥ 这就对养育孩子的人提出了要求。卢梭发现普通的养育者经常对孩子不是哄就是罚，这从一开始就是给孩子幼小的心灵灌输了不健康的东西，导致“他首先获得的观念，就是权势和奴

① 卢梭，《爱弥尔》，第 13 页。
② 卢梭，《爱弥尔》，第 13 页。
③ 卢梭，《爱弥尔》，第 15 页。
④ 卢梭，《爱弥尔》，第 18 页。
⑤ 卢梭，《爱弥尔》，第 21 页。
⑥ 卢梭，《爱弥尔》，第 22、第 23 页。

役……人们就是这样很早地把这些情绪灌入他幼小的心灵，可是以后又推说那是天性，费了许多气力把孩子教坏之后，又抱怨他成了这样的人”。这样养育的孩子，必定既是奴隶又是暴君，“这个充满学问但缺乏理性、身心都脆弱的儿童投入社会，暴露其愚昧、骄傲和种种恶习的时候，大家就对人类的苦痛和邪恶感到悲哀”。卢梭痛心地说：“你们搞错了，这个人是照我们奇异的想法培养起来的，自然的人不是这个样子的。”①

既然如此，孩子的父母责任重大。卢梭认为，孩子真正的保姆是母亲，真正的教师是父亲。母亲的责任当然是按亲情善待孩子；父亲作为教师，责任更大：“一个做父亲的，当他生养了孩子的时候，还只不过是完成了任务的三分之一。他对人类有生育人的义务；他对社会有培养人的义务；他对国家有造就公民的义务。凡是能够偿付这三重债务而不偿付的人，就是有罪的，要是他只偿付一半的话，也许他的罪还要大一些。”② 这里清楚地显现出了卢梭的路径，把孩子先培养成适合社会生存的人，然后他才可能成为一个国家的公民，这二者的顺序是不可颠倒的。如此重大的责任，一定得有非凡素质的人才可以担当——首先是教育者，然后是被教育者。卢梭对教师的素质有严格的要求：“我所要求的头一个品质（它包含其他许多品质）是：他绝不做一个可以出卖的人。”③ 教师还必须具备如下条件：“我认为，一个孩子的教师应该是年轻的，而且一个聪慧的人能够多么年轻就多么年轻。如果可能的话，我希望他本人就是一个孩子，希望他能够成为他的学生的伙伴，在分享他的欢乐的过程中赢得他的信任。”④ 老师的责任“不是教给孩子以行为的准绳，他的责任是促使他们去发现这些准绳”⑤。这就是说，生活即教育。

对老师的挑选完成之后，卢梭认为也必须容许老师去挑学生。⑥ 这透露出，虽然卢梭是从孩子的自然状态出发，但显然不是什么孩子都能培养成卢梭满意的共和国的公民。卢梭的学生叫爱弥尔，他具备如下条件：是温带地方的居民。卢梭明确地说：“例如说，在法国，就比在其他地方好”；比较富有。因为“穷人是不需要受什么教育的，他的环境的教育是强迫的……自然的教育可以使一个人适合所有一切人的环境，所以，与其教育穷人发财致富，不如教育富人变成贫穷……所以，我们要选择一个富有的人；我们深信，这样做至少是可以多培养一个人的，至于穷人，他是能够成长为人的”。看来卢梭的目标是要“拯救”富人，因为穷人差不多就生活在自然状态中，一定有自然的良善，而这符合卢梭的一贯思想；是孤儿。

这个条件和第二个条件密切相关，因为当时的富人比较堕落是普遍事实，若爱

① 卢梭，《爱弥尔》，第25页。
② 卢梭，《爱弥尔》，第27页。
③ 卢梭，《爱弥尔》，第27页。
④ 卢梭，《爱弥尔》，第30页。
⑤ 卢梭，《爱弥尔》，第31页。
⑥ 卢梭，《爱弥尔》，第31页。

弥尔不是孤儿，在那样的家庭中不可能被教育得好；它的附加条件是，“除了我们两人同意以外，谁也不能把我们分开”。这个附加条件的真实含义很简单，根据卢梭对父母责任的看法，是要保证爱弥尔虽然是孤儿，但他和老师一起，仍然有父母的亲缘感情；孩子身体健康。因为“身体必须有精力，才能听从精神的支配……虚弱的身体使精神也跟着虚弱”；必须生活在农村。卢梭认为，“人类之所以繁衍，绝不是为了要像蚂蚁那样地挤成一团，而是为了要遍布于他所耕种的土地。人类愈是聚在一起，就愈要腐化。身体的不健全和心灵的缺陷，都是人数过多地聚在一起的必然结果。在动物中，人是最不宜于群居生活的”。这句话和卢梭认为人类结成社会是为了克服个人不能克服的矛盾不冲突，也合乎新秩序“个人主义”的氛围。由此不难理解，卢梭说：“城市是坑陷人类的深渊……必须使人类得到更新，而能够更新人类的，往往是乡村。”① 由卢梭挑学生的这几个条件可以发现，这不仅符合他一贯的思想，而且还有明显的现实针对性。

现在，师徒可以开始按照自然的方式生活了。卢梭认为孩子们最初的感觉纯粹是感性的，他们能感觉出来的是快乐和痛苦，他们会利用感觉的反应养成习惯；反过来，习惯又会支配感觉。因此，教育的第一关键是养成好的习惯。“应该让孩子具有的唯一的习惯，就是不要染上任何习惯”；② 在孩子有辨别能力以后，他会对陌生的东西产生恐惧。因此必须让他变得勇敢，卢梭以孩子怕面具等为例，认为让孩子多见识他怕的东西，就可以养成这个品质。③ 通过这一讨论，卢梭认为幼儿阶段是是否偏离了自然教育的关键一步，这个阶段的教育可以归纳为如下几个准则：第一，“必须让他们使用大自然赋予他们的一切力量，这些力量，他们是不至于滥用的”；第二，“一切身体的需要……都必须对他们进行帮助，弥补他们的不足”；第三，“在给他们帮助的时候，应当只限制在他们真正需要的时候才帮助他们”；第四，“应当仔细研究他们的语言和动作，以便……辨别他们哪些欲望是直接由自然产生的，哪些是由心理想出来的”。这些准则的共同精神是：“多给孩子们一些真正的自由，少让他们养成驾驭他人的思想，让他们自己多动手，少要别人替他们做事。”④ 幼儿阶段，孩子通常会学会说话，因此有一个附加的原则：“要尽量限制孩子们的词汇。”原因是：“如果他们的词汇多于他们的概念，他们会讲的事情多于他们对这些事情的思想，那就是一个很大的弊病。”⑤ 如果遵循了这些原则，卢梭认为幼儿期的教育将会是成功的，因为孩子虽然还蒙昧，但却会品质纯良。人生第一阶段的教育就告一段落了。

爱弥尔进入了儿童期。在这个时期，卢梭要求把孩子当作孩子，由于孩子活动

---

① 卢梭，《爱弥尔》，第32、第33、第34、第43页。

② 卢梭，《爱弥尔》，第49页。

③ 卢梭，《爱弥尔》，第50页以下。

④ 卢梭，《爱弥尔》，第58—59页。

⑤ 卢梭，《爱弥尔》，第68页。

的范围扩大，他们可支配自己的意志很重要。“只有自己实现自己意志的人，才不需要借用他人之手来实现自己的意志；由此可见，在所有一切的财富中，最为可贵的不是权威而是自由。真正自由的人，只想他能够得到的东西，只做他喜欢做的事情。”① 卢梭把它当成儿童阶段教育的第一个基本原理。卢梭重复了考察人类不平等的起源的结论：“在偏见和人类的习俗没有改变人们的自然的倾向以前，孩子和成年人之所以幸福，完全在于他们能够运用他们的自由。”在这里卢梭突然提起这是有深意的，他说：“不过，在童年时候这种自由会受到体力柔弱的限制。一个人只要能够满足自己的需要，因而愿意做什么就做什么，这样的人才是快乐的人；生活在自然状态中的成年人就是这个样子。”他的目的是要以自然状态的孩子和社会状态中的成年人作比较来说明社会中的人是柔弱的。“即使在自然状态中，孩子们也只能享受部分的自由，正如成年人在文明状态中也只能享受部分的自由一样。”至此，卢梭的意图很明显，他认为“我们本来是要做成年人的，而法律和社会又把我们变成了孩子”。卢梭把达官贵人以及富人比作被宠坏了的孩子。②

这段论述证明了笔者对“卢梭悖论”不存在的论证是完全合乎卢梭的原意的；它还直接证明了《爱弥尔》和《社会契约论》一脉相承。卢梭随后也做了说明：“这些看法很重要，可以用来解决社会制度的一切矛盾。有两种隶属：物的隶属，这是属于自然的；人的隶属，这是属于社会的。物的隶属不含有善恶的因素，因此不损害自由，不产生罪恶；而人的隶属则非常紊乱，因此罪恶丛生，正是由于这种隶属，才使主子和奴隶都互相败坏了。如果说有什么方法可以医治的话，那就是要用法律来代替人，要用那高于任何个别意志行动的真正力量来武装公意。如果国家的法律也像自然的规律那样不稍变易，不为任何人的力量所左右，则人的隶属又可以变成物的隶属；我们在国家中就可以把所有的自然状态的好处统一起来，就可以把使人免于罪恶的自由和培养节操的道德互相结合。”③ 这表明卢梭在《爱弥尔》里谈的是和《社会契约论》相关的主题，也正体现了小说这种题材在传播思想方面具有的极大优势；卢梭自觉地区分人和物的隶属关系，则刚好表明他对当时社会已经出现的物控制了人的现象是相当清楚的，他是在这个前提下思索对这种状况的改善的。

卢梭的这一段精彩发挥是附带性质的，他的主要目的是要说明，由于儿童还相当柔弱，他们所享受的所有自由受智力和体力的限制，因此，他还属于受物的限制阶段，不会产生善恶的问题。卢梭认为这个阶段老师对孩子行为的解读要更加细心，但是绝不能教孩子说理。他承认，“一种良好教育的优异成绩就是去造就一个有理性的人”，但他挖苦洛克企图用理性去教育孩子的做法，“正是因为这个缘故，

---

① 卢梭，《爱弥尔》，第 80 页。
② 卢梭，《爱弥尔》，第 82 页。
③ 卢梭，《爱弥尔》，第 82—83 页。

人们就企图用理性去教育孩子！这简直是本末倒置，把目的当作了手段”[①]。卢梭相信儿童的基础是18世纪很普遍的自然正确的信念：“我们把这一点作为不可争辩的原理，即：本性的最初的冲动始终是正确的，因为在人的心灵中根本没有什么生来就有的邪恶，任何邪恶我们都能说出它是怎样和从什么地方进入人心的。人类天生唯一无二的欲念是自爱，也就是广义上说的自私。”因此，自爱属于本能的情感，它在理性之前，只要不和人发生利益交叉，它就不会恶化；卢梭认为儿童阶段的教育只要注意到保护这种本能的自然善就可以。“一句话，他做任何事情，都不能是因为他同别人的关系，而只能是因为自然对他的要求；这样一来，他所做的事情就全都是好事了。”[②] 卢梭的解决方法对爱弥尔不是问题，他住在乡下，没有复杂的人际关系。

经过上述思考，卢梭得出了对儿童阶段教育的总体看法：“所以，最初几年的教育应当纯粹是消极的。它不在于教学生以道德和真理，而在于防止他的心沾染罪恶，防止他的思想产生谬见。”[③] 也就是说，这个阶段应主要侧重对孩子体质的训练，“你必须锻炼他的身体、他的器官、他的感觉和他的体力，但是要尽可能让他的心闲着不用，能闲多久就闲多久。”在这个阶段，老师的责任特别重要，“在敢于担当培养一个人的任务以前，自己就必须要造就成一个人，自己就必须是一个值得推崇的模范。”“你必须牺牲你的时间、你的心血、你的爱、以至于你自己，因为，不管你怎样做，别人都始终认为你的金钱并不就是你本人。对别人表示关心和善意，比任何礼物都能产生更多的效果，比任何礼物对别人都有更多的实际利益。”[④] 这种老师哪里会有呢？卢梭没有解释，看起来，老师有点像立法者，笔者推测，卢梭认为这种老师存在，可能是他自己形象的折射。

这样教育孩子，不是无的放矢的，卢梭认为权利观念的产生就在这个时候：“应当使他具备的头一个观念，不是自由的观念，而是财产的观念；为了使他获得这个观念，就必须让他有几样私有的东西。”但这么做的同时又不能让他产生贪念，卢梭以教爱弥尔种豆为例传授财产权观念时说：“当我给他解释‘属于’这个辞的意思时，我使他意识到他在这里投入了他的时间、他的劳动、他的辛勤以及他的人格。”[⑤] 财产权利的观念一旦产生，它就是决定教育成败的又一个关键时刻，“把一切能够得到的东西都看做是自己的，这是人的一种天性”[⑥]。这时就涉及道德问题了。卢梭教爱弥尔财产权观念后，马上就照顾到这个问题。“我们现在已进入道德的世界，这里向罪恶打开了大门。欺骗和撒谎的行为将随着社会习俗和义务而同时

① 卢梭，《爱弥尔》，第90页。
② 卢梭，《爱弥尔》，第95页。
③ 卢梭，《爱弥尔》，第96页。
④ 卢梭，《爱弥尔》，第97、第99页。
⑤ 卢梭，《爱弥尔》，第103、第105页。
⑥ 卢梭，《爱弥尔》，第86页。

产生。”按卢梭的意思，爱弥尔在这个阶段的教育马上要为进入社会做准备了。如何让爱弥尔克服可能和占有伴随的不诚实的毛病呢？“一个人如果意识到自己需要别人的帮助，同时又常常领受别人的恩惠，他就绝不会起骗人的念头；反之，他还一心要别人明了事情的真相，以免错误地损害了他。”① 也就是说，卢梭认为撒谎不是孩子的天性，如果老师品德过关，爱弥尔不会养成这个恶习。这种教育主要是身教而不是言传，所有教育行为必须符合一条原则：“在道德教育方面，只有一条既适合于孩子，而且对各种年龄的人来说都最为重要的，那就是：绝不损害别人。”② 这条原则看似简单，其中的要求实际上非常复杂，它在实践上的复杂性可以通过如下提问显示出来：做什么才算是真正不会损害别人呢？后来康德才系统地研究了什么是善。卢梭却没有措意，但它不会损害其思想的连贯性，因为这个道德底线在他的共和国里不是问题：尽管公民有权利意识，但人人都清楚必要的牺牲是可以忍受的；共和国的规模小，人人都认识，从实践上就不构成绝对困难。

卢梭对这个原则给予的解释正是实践意义上的：“现实的利益才是最大的动力，才是使人走得又稳又远的唯一动力。”③ 也即是说，只要不让爱弥尔产生不劳而获去图谋利益的想法就可以保证该原则能够实践，而这对卢梭的教育方案来说不是问题。卢梭认为通过这种教育就可以培养出活泼的孩子，“如果你不首先培养活泼的儿童，你就绝不能教出聪明的人来。这是斯巴达人的教育方法，他们在开头并不是教育孩子们去啃书本，而是教他们去掠夺他们的食物。”④ 爱弥尔当然比斯巴达的孩子更优秀，他不仅健壮活泼，还通过劳动而得食。生活要靠自己的体力劳动来获得，这通常被认为是艰苦的，但爱弥尔有上述教育做基础，他不会有这种感觉，而是相反：“一般地说，艰苦的生活一经变成了习惯，就会使愉快的感觉大为增加，而舒适的生活将来是会带来无限烦恼的。”而且通过劳动，爱弥尔能够获得坚忍不拔的美德，“坚忍不拔也像其他的美德一样，是孩童时期应该学习的东西”⑤。

总的来说，卢梭这个阶段的消极教育侧重的是培养孩子的各种感觉。因为“在我们身上首先成熟的官能是感官，因此，应该首先锻炼的是感官”⑥。卢梭举了一系列例子来训练爱弥尔的视觉和触觉。卢梭特别看重这点，他说：“在所有的感觉中，视觉是很难同心灵的判断分开的一种感觉，因此需要花很多的时间去学习观看，需要常常把视觉同触觉加以比较，才能使它熟练于观察形状和距离之间的正确关系；如果没有触觉，没有前进的运动，则世界上最锐利的眼睛也无法告诉我们这

---

① 卢梭，《爱弥尔》，第108、第109页。
② 卢梭，《爱弥尔》，第115页。
③ 卢梭，《爱弥尔》，第136。
④ 卢梭，《爱弥尔》，第140页。
⑤ 卢梭，《爱弥尔》，第156、第159页。
⑥ 卢梭，《爱弥尔》，第161页。

个空间是什么样子。”[①] 除此以外，卢梭还举了一系列例子去训练人的听觉、嗅觉、味觉，他把这些都和培养节制的生活紧密地联系起来。[②] 在这些感觉得到充分的训练以后，卢梭着重提到了第六感的训练。“我把这第六个感觉称为共通的感觉……这第六个感觉并没有一个单独的器官，它只是存在于人的头脑里；这种感觉完全是内在的，我们可以称它为‘知觉’或‘观念’。我们知识的广度，就是以这种观念的多少来衡量的；人的思想是否正确，就是看这会观念是否清晰和精密；我们所谓的人的智力，就是把这种观念互相加以比较的艺术。”[③] 卢梭对第六感的论述，实际上是对事物正确判断的能力，这意味着爱弥尔将为他接受理性的训练打下基础，而这和他的认识论是相符的。“由于所有一切都是通过人的感官而进入人的头脑的，所以人的最初的理解是一种感性的理解，正是有了这种感性的理解做基础，理智的理解才得以形成。”[④] 当童年结束的时候，爱弥尔将具有这样的特征：他心中的观念不多，却很明确；他从经验学到很多东西，读书没有别的孩子那么好，但是对自然这本书的理解却比其他孩子透彻；他的智慧不在口中，而在脑子里，因为他的判断能力而不是记忆力十分强大；他注重行动胜过语言。[⑤] 总的来说，爱弥尔是一个健康、诚实、活泼、聪明而且勤劳的孩子，一个自然良善的孩子，他不会少年老成。他将带着这些出色的素质进入青年时代的训练。这个时候，“这个成长中的人，从绝对意义说来虽然是很柔弱，但从相对的意义说来，已经是变强了”[⑥]。

爱弥尔该接受知识的教育了。“同一种本能可以刺激人的不同的官能。当身体的活力极度发达的时候，精神的活力也跟着受教育。开始孩子们只不过是好动，后来就变得好奇；这种好奇心只要有很好的引导，就能成为我们现在所讲的这个年龄的孩子寻求知识的动力。我们始终要区别，哪些倾向是产生于自然，哪些倾向是产生于偏见。”[⑦] 这就是说，这个时期对爱弥尔进行教育的首要方针仍然是引导，引导他的好奇心向自然正确的方向发展。“你始终要记住，我所施行的教育，其精神不是要教孩子以很多东西，而是要让他头脑中获得完全正确和清楚的观念……理智和判断力的发展是很慢的，然而偏见却大量地产生，需要预先防备的正是种种偏见。”“问题不在于教他各种学问，而在于培养他有爱好学问的兴趣，而且在这种兴趣充分增长起来的时候，教他以研究学问的方法。毫无疑问，这是所有一切良好的教育的一个基本原则。”[⑧] 由于爱弥尔对事物的兴趣是从好奇心开始的，所以首要

① 卢梭，《爱弥尔》，第 178 页。
② 这些论述见卢梭，《爱弥尔》，第 186—200 页。
③ 卢梭，《爱弥尔》，第 202 页。
④ 卢梭，《爱弥尔》，第 149 页。
⑤ 卢梭，《爱弥尔》，第 206—210 页。
⑥ 卢梭，《爱弥尔》，第 212 页。
⑦ 卢梭，《爱弥尔》，第 215 页。
⑧ 卢梭，《爱弥尔》，第 223 页。

的是“使他慢慢养成持久地注意同一个事物的习惯”。但不能让他过于疲劳，“倘使他自行向你提出一些问题，你就看怎样能引起他的好奇心就怎样回答，而不要去考虑如何满足他的好奇心……要注意的，不是他所说的话，而是促使他说话的动机。”① 卢梭举了一个教爱弥尔考察磁石的性质的例子，以游戏的方式引导爱弥尔对探索自然的奥秘产生了极大的兴趣，由是爱弥尔的智力得到了极大的发展。这时老师必须注意新的引导方式：“随着孩子的智力愈来愈发展，有一些重要的问题使我们不能不对他所学的东西进行更多的选择。一到他能自行考虑怎样才能获得他自己的幸福的时候，一到他能理解一些重大的关系，从而能判断哪些东西对他是适合或不适合的时候，他就有区分工作与游戏的能力了……这时候，就可以拿一些真正有用的东西给他去研究，就应当要求他不仅像做简单游戏那样专心，而且还要持之以恒。”也就是说工作开始变得很重要，老师应该引导他对工作的积极态度，即，工作是幸福的；由于爱弥尔还不大，侧重引导他追求的应是自然的幸福。“所有人都希望得到幸福，但为了要取得幸福，就必须首先知道什么是幸福。自然人的幸福是同他的生活一样简单的：幸福就是免于痛苦，也就是说，它是由健康、自由和生活的必须条件组成的。道德人的幸福则是另一回事；不过我们在这里要阐述的不是道德人的幸福。”② 出于这个考虑，要让爱弥尔把时间花在有用的事物上，“不过是按他们那样的年龄看来和以他们的智慧理解起来是有用的事物”。“要提早学习是不可能的，因为，我们真正的老师是经验和感觉，一个人只有根据他所处的关系才能清楚地觉察哪些东西是适合于他的。”③ 这就是说爱弥尔是一个有主见的孩子，“我认为，为了使一个青年能够成为明智的人，就必须培养他有他自己的看法，而不能硬是要他采取我们的看法。”尽管爱弥尔有主见，但他是一个按自然方法培养的孩子，因此，他评价事物的有用与否是不同于流俗的。“在评价所有一切自然的物体和人造的东西时，他所根据的是它们对他的用处以及他的安全、生存和舒适的显而易见的关系。因此，铁在他眼中看来应当比黄金值钱，玻璃应当比钻石值钱……”④

爱弥尔评价事物的特点，使卢梭有足够的信心认为爱弥尔对有用技术的评价和他一样，“在所有一切技术中，第一个最值得尊敬的是农业；我把炼铁放在第二位，木工放在第三位，以下类推。一个孩子如果没有受过庸俗的偏见的毒害，也一定是这样评价这些技术的次序的。我们的爱弥尔难道说不会从鲁滨逊身上想到许多重要的问题?!”⑤ 鲁滨逊是爱弥尔的原型，那就是说也是卢梭自然状态的原型——卢梭或许没有意识到鲁滨逊刚好也是资本主义“个人”的最典型的原型。

这就再次清楚地展示了卢梭心仪的共和国是个人主义的农业社会（这两个概念

① 卢梭，《爱弥尔》，第223—224页。
② 卢梭，《爱弥尔》，第233页。
③ 卢梭，《爱弥尔》，第233、第235页。
④ 卢梭，《爱弥尔》，第249页。
⑤ 卢梭，《爱弥尔》，第251页。

本身是不适合联系在一起的）的共和国；他不是反对科学技术，而是反对无用于促进必要物质生产的科学技术。卢梭的这段论述，另一个重要的指示是这时爱弥尔应该认识到分工与交换的关系了，尽管他本人几乎是全能的。卢梭认为爱弥尔在借园主罗贝尔的地种豆的时候向罗贝尔学会的概念该结合起来了，“技术的结合在于工艺的交换，商业的结合在于物品的交换，银行的结合在于票据和银钱的交换：所有这些观念都是互相关联的，基本的概念已经有了，我们借园主罗贝尔的帮助，在幼小时候就使他获得了这些观念的基础。我们现在要做的事情，只是把以上这些观念综合起来，并且把它们用来说明更多的例子，以便使他懂得通商贸易是怎样一回事情……（和商贸相关的各种知识和技术）以便使他对商业有一个深刻的了解”。卢梭向爱弥尔讲授这些知识是为了让爱弥尔认识构成社会的第一个法则：“没有交换，任何社会都不能存在；没有共同的尺度，任何交换都不能进行；没有平等，就不能使用共同的尺度。所以整个社会的第一个法则就是：在人和人或物和物之间要有某种协定的平等。”① 爱弥尔在进入社会之前就这样产生了一个和他的经验有关的判断：社会应当是平等的。卢梭认为：“凡是人所制造的，人就能够把它毁掉；只有大自然刻画的特征才是不可磨灭的，然而大自然从来不制造什么国王、富翁和贵族。”② 因此，爱弥尔必然会坚持他对社会第一个法则的信念而不会动摇，因为他一直是坚持手工劳动的，从而是最贴近自然的。“劳动是社会的人不可豁免的责任。任何一个公民……只要他不干活，就是一个流氓。”“在人类所有一切可以谋生的职业中，最能使人接近自然状态的职业是手工劳动；在所有一切有身份的人当中，最不受命运和他人影响的，是手工业者。手工业者所依靠的是他的手艺；他是自由的，他所享受的自由恰好同农民遭受的奴役形成对照，因为后者束缚于他的土地，而土地的产物完全凭他人支配。”③

卢梭对手工业者的这个看法，是投注了现实关怀的，他并不是说农业劳动不自由，而是指现实中的农民不自由，实际上爱弥尔的手工业技能首先是种豆——一种农业技术。所以卢梭总结爱弥尔这个阶段所受的教育的特色时说：“他必须像农民那样劳动，像哲学家那样思想，才不至于像蒙昧人那样无所事事地过日子。教育的最大秘诀是：使身体锻炼和思想锻炼互相调剂。”亚里士多德对他理想城邦中的公民要求含混，卢梭则在他的共和国里明确地揭示出来。卢梭认为到现在，爱弥尔最大的特征是思想和判断能力：“我们在开头锻炼了他的身体和感官之后，又锻炼了他的思想和判断的能力。这样我们就能使他把四肢的运用和智力的运用结合起来；我们训练了一个既能行动又能思想的人，为了造就这个人，我们还需要做的事情只

① 卢梭，《爱弥尔》，第252页。

② 卢梭，《爱弥尔》，第260页。

③ 卢梭，《爱弥尔》，第262页。

是把他教育成和蔼与通情达理的人，也就是说，用情感来使他的理性臻于完善。”①

爱弥尔成年了，他该结束一个人的孤独状态，他应该接触女性并进入城市生活。“大自然不是按照人的偏见而是按照人的需要选择其工具和尺度的。但需要则是随人的环境而变化的。生活在自然环境中的自然人和生活在社会环境中的自然人是大有区别的。爱弥尔并不是一个奔逐荒野的野蛮人，他是一个要在城市中居住的野蛮人。他必须懂得怎样在城市中满足他的需要，怎样利用它的居民，怎样才能同他们一起生活，虽然他不像他们那样生活。”② 卢梭的这段论述雄浑简洁，清楚地说明了笔者在前文借助他的“正式的政治学著作”分析社会契约建立时的个人状态是准确的。这个时候的爱弥尔的总体特征是：他有一个包罗万象的心胸，这缘于他获得知识的能力，而不是丰富的知识本身；他心思开朗，头脑聪敏，能够随机应变；他热爱并善于学习；他的知识只限于自然知识，而且纯粹是物理的知识。这个时候的爱弥尔是十五岁。③

第二节　道德政治人的养成

爱弥尔可以进入社会了，卢梭认为这是又一次诞生。“我们可以说是诞生过两次：一次是为了存在，另一次是为了生活；一次是为了做人，另一次是为了做一个男子。”④ 结合前面的分析我们可以知道，卢梭说的爱弥尔的这两次诞生分别是：社会契约订立之前的爱弥尔，一个有健全思维而具备自然道德的健康的爱弥尔，他具有自然理性；即将进入社会契约状态的爱弥尔，尽管现实社会已经堕落，却会独立地坚持社会契约的约定，他将发展人的情感，从而成为一个真正的公民。他将是使现实社会得到改造的一颗茁壮的种子，人类得救的希望所在。

情感的躁动是爱弥尔诞生为男人的首要征象，这是大自然给予生理的天然自由。卢梭十分传神地描述了爱弥尔为愈来愈强烈的情感躁动弄得心神不宁的表征，他说：“这就是我所说的第二次诞生，到了这个时候人才真正地开始生活，人间的事物才没有一样在他看来是稀奇的。”老师在这个时期的任务不是减轻了，而是更重：“一般人所施行的教育，到了这个时期就结束了；而我们所施行的教育，到这个时期才开始嘞！”“在此以前，我们所关心的完全是孩子的游戏，只有现在我们对他的关心照料才具有真正的重要意义。”⑤ 卢梭认为情感的欲念源自大自然赐予的

① 卢梭，《爱弥尔》，第274页。

② 卢梭，《爱弥尔》，第279页。

③ 该归纳和爱弥尔的年龄见卢梭，《爱弥尔》，第283、第285页。

④ 卢梭，《爱弥尔》，第286页。

⑤ 卢梭，《爱弥尔》，第288页。卢梭对人青春期躁动状况的描绘见第277页。

有限欲念之一，“我们的自然欲念是很有限的，它们是我们达到自由的工具，它们使我们能够达到保持生存的目的”。“我们的种种欲念的发源，所有一切欲念的本源，唯一同人一起产生而且终生不离的根本欲念，是自爱。”“自爱始终是很好的，始终是符合自然秩序的。由于每一个人对保存自己负有特殊的责任，因此，我们第一个最重要的责任就是而且应当是不断地关心我们的生命。”“为了保持我们的生存，我们必须要爱自己，我们爱自己要胜过爱其他一切的东西；从这种情感中将直接产生这样一个结果：我们也同时爱保持我们生存的人。”① 通过这样的论述，卢梭简明地把情欲和他在《论不平等》里阐述的构成社会的两大原则——自存的欲望和怜悯心（同情）——联系起来了，而且情欲同这两大原则都有关系，在很大程度上情欲和自爱心、怜悯心是相同的东西，可以互换使用。

由于自爱是自然的产物，所以在本性上它是自然正确的。“自爱心所涉及的只是我们自己，所以当我们真正的需要得到满足的时候，我们就会满意的；然而自私心则促使我们同他人进行比较，所以从来没有而且永远也不会有满意的时候，因为当它使我们顾自己而不顾别人的时候，还硬要彼人先关心我们然后才关心他们自身，这是办不到的。”这就是说自私心是不自然的，因此，“敦厚温和的性情是产生于自爱，而偏执妒忌的性情是产生于自私”。卢梭认为，人应该研究他同其周围的关系，首先是认识肉体自存，这是纯粹的人与物之间的关系，“他应当利用他的童年来做这种研究”；但当人感受到精神的存在时，这时应当根据他同人的关系来研究他自己，“他就应当利用他的整个的一生来做这样的研究”。爱弥尔已经度过了童年，因此，已经到达了第二个阶段。“一到人觉得他需要一个伴侣的时候，他就不再是一个孤独的人，他的心就不再是一个孤独的心了。”因此，对伴侣的渴求是一个自然的人和人的关系，“他这第一个欲念很快就会使其他的欲念骚动起来”②。

卢梭这个论述的意旨是深远的，他把个人进入社会的第一站放在了家庭关系上，既回应了他在《论不平等》里认为家庭是一个小社会的说法，也给《社会契约论》里未加详细论证的“家庭是政治社会的原型”的假设提供了一个坚实的理论基础。这证明了家庭既合乎自然的需要，同时也是社会契约的奠基石。由于这个原因，他认为“爱不仅是由自然产生的，而且它还限制着自然欲念的发展”就是合乎情理的。换言之，爱这种自然的欲望是自洽的，它根本不需要理性插手，理性对它的干预可能是背反自然的，理性在合乎自然秩序的问题上不应该有影响力，它的影响范围应该被限定在由社会秩序而不是自然秩序产生的问题上。卢梭正是这么认为的：“我们认为是违反理性的选择，正是来源于理性的。”③ 笔者认为，卢梭对理性效用范围的界定，我们可能不赞同他论证的起点，但他的结论无疑是极有生命力

① 卢梭，《爱弥尔》，第288—289页。

② 卢梭，《爱弥尔》，第291页。

③ 卢梭，《爱弥尔》，第292页。

的；即使到今天，对我们反思人作为人而存在的意义仍然有振聋发聩的启发意义。

卢梭谈到青春期的反应，再次照顾到不同的环境和气候条件，认为不同的人不会有同样的反应。“这段时间并不是像大自然那样安排度过的，它对每个人要随人的气质而变化，它对民族要随风土而变化。”① 这时候，卢梭提到这个因素，无非是说明他教育爱弥尔的方法虽然是普遍适用的，但爱弥尔一旦进入社会，他就只能是卢梭共和国的公民而不是世界公民。笔者认为，卢梭虽然没有直接点明这个结论，但他在此前反复提到这个因素所含纳的这个意义在此同样有效。爱弥尔在这个时期将会具有道德的意识：“只要他的感觉力对他个人还受限制的话，他的行为就没有什么道德的意义；只有在他的感觉力开始超出他个人的时候，他才首先有情感，而后有善恶的观念，从而使他真正成为一个大人，成为一个构成人类的必要部分。”② 这个情感不可能一开始就是异性之间的恋爱，因为爱弥尔是按年龄进行培养的，“按年龄进行培养的孩子是孤独的”。因此，“经过细心培养的青年人易于感受到的第一个情感，不是爱情而是友谊”③。卢梭在谈爱弥尔的爱情之前插入友谊这个中介不是无因的，他的目的是强调“爱”这种情感和他的第二个构成社会契约的原则——同情心——关系同样密切。“他日益成长的想象力首先使他想到他有一些同类，人类对他的影响早于性对他的影响，所以，把蒙昧无知的时期加以延长，还可以获得另外一个好处，那就是：利用日益成长的感性给这个青年人的心中投下博爱的种子。”这就给同情心的发展打下可观的自然根基。“人之所以合群，是由于他的身体柔弱；我们之所以心爱人类，是由于我们有共同的苦难；如果我们不是人，我们对人类就没有任何责任了。”

本来，如果人根本就不需要别人的帮助就可以克服困难，那就是最理想的状态，在这个意义上，“一个孤独的人才是真正幸福的人；唯有上帝才享受了绝对的幸福”。可是生活现实中有个人克服不了的困难（苦难），也即这种幸福的孤独状态无法久留，于是人们出于相互的同情和相互的利益需要而联合起来。“如果我们的共同的需要能通过利益把我们联系在一起，则我们共同的苦难可通过感情把我们联系在一起。”④ 此即是说利益是自然的、更是人为的需要，因而它暗含毒素；但是怜悯心仍然是纯正的，这是对《论不平等》论述社会契约形成条件的一个明确补充。

促成这种联合的自然因素就是相互的同情，也就是怜悯心，“怜悯心是甜蜜的，因为当我们设身处地地为那个受苦的人着想的时候，我们将以我们没有遭到他那样的苦难而感到庆幸。”这意味着结成社会也会给人留存甜蜜的一面，虽然社会是苦

① 卢梭，《爱弥尔》，第 293 页。
② 卢梭，《爱弥尔》，第 301 页。
③ 卢梭，《爱弥尔》，第 299、第 301 页。
④ 卢梭，《爱弥尔》，第 301—303 页。

难的产物。卢梭结合他对社会现实的反思激情地阐述了这一百味杂陈的成果：“人并非生来就一定能做帝王、贵族、显宦或富翁的，所有的人生来都是赤条条地一无所有的，任何人都要遭遇人生的苦难、忧虑、疾病、匮乏以及各种各样的痛苦，最后，任何人都是注定要死亡的。做人的意义正是在这里，没有哪一个人能够免掉这些遭遇。”[①] 这正是人类逃脱不了的、人之为人的“悲哀的甜蜜”。卢梭认为这些人类的苦难是促成怜悯心诞生的契机，“怜悯，这个按照自然秩序第一个触动人心的相对的情感，就是这样产生的”。老师必须启发爱弥尔认识到这种残酷的现实，从他自己的伤痛中认识到别人也会有同样的境遇。“为了使孩子变成一个有感情和恻隐之心的人，就必须使他知道，有一些跟他相同的人也遭受到他曾经遭受过的痛苦，也感受到他曾经感受过的悲哀，而且还须使他知道其他的人还有另外的痛苦和悲哀，因为现在他也能够感觉到这些痛苦和悲哀了。”这实际上是要爱弥尔活跃他出色的想象力，“任何人只有在他的想象力已经开始活跃，能使他忘掉自己，他才能成为一个有感情的人”[②]。这样的一种启发，决定了怜悯心会保证自然的正确性，而不受利益的驱使。卢梭把怜悯心的诞生归结为三个原理（步骤）：一，人在心中设身处地地想到的，不是那些比我们更幸福的人，而只是那些比我们更可同情的人；二，在他人的痛苦中，我们所同情的只是我们认为我们也难免要遭遇的那些痛苦；三，我们对他人痛苦的同情程度，不决定于痛苦的数量，而决定于我们为那个遭受痛苦的人所设想的感觉。[③] 爱弥尔是一个聪敏的学生，因此他一定能深刻地领悟这种感情，深切地同情人类的处境，因此也同情人民的遭遇，这是因为“是人民构成人类，不属于人民的人就没有什么价值，所以用不着把他们计算在内”。作为人类的一员，爱弥尔一定不会因为他自身出色的素质和纯良的品行，就鄙视人类，因为“人，是绝不能说人类的坏话的”[④]。到这个时候，社会契约形成的条件已经接近成熟。

由于上述原因，爱弥尔一定会渴求友谊。友谊不仅是人类即将迈入社会生活的表征，它同时浓缩了卢梭对家庭和社会理想的期待，它和爱之间是有差别的，如果要把它理解为爱，那这种爱也是趋于中性的。卢梭认为：“当他能够爱人的时候，他也同时能够感觉到别人的爱了；从而也就能够时时留意别人的这种爱的迹象了。”这种爱是友谊还是情爱呢？卢梭的意思是它和两者都有关系，他区分了爱和友谊的细微差别：“爱，不一定是要人家报答的，而友谊则不然。友谊是一种交换，是一种契约，同其他的交换或契约是一样的；不过，它比其他一切的交换或契约都更为神圣。‘朋友’这个辞除它自己以外，是没有其他的相关语的。”[⑤] 可见友谊的性质

① 卢梭，《爱弥尔》，第 304 页。

② 卢梭，《爱弥尔》，第 306 页。

③ 卢梭，《爱弥尔》，第 306—309 页。

④ 卢梭，《爱弥尔》，第 310、第 311 页。卢梭对爱弥尔品行的高度自信参第 313 页。

⑤ 卢梭，《爱弥尔》，第 323 页。后一引言见卢梭给出的注释。

是与卢梭期待在社会契约成立以后所具有的整体状态相近的；由于友谊的神圣性，它又和爱情这种自然的本能是融洽的。所以在卢梭的视野中，友谊是进入家庭和进入社会不可忽略的双重媒介。“再没有什么东西比经过深刻认识的友谊的声音对人的良心更有重大的影响了，因为这种声音所表达的没有一样不是我们的利益。”知道了友谊并要求得到它，这是自然人和社会人的分水岭，跨过它就进入了社会，道德意识终于产生了，“我们终于进入了道德境界：我们刚刚以成人的步伐走了第二步路”①。对比一下卢梭对友谊的精微阐释和亚里士多德对友谊的必要性的阐释，我们可以发现卢梭对古典思想理解的通透性是惊人的。

出于友谊的两向性，卢梭在这个时候采用了“花开两朵各表一枝”的论述方式：搁置家庭婚姻问题，而优先讨论爱弥尔如何在老师的指导下通过社交去认识社会。卢梭说：“到现在为止，我的爱弥尔是只管自己的，因此，他向那些同他相似的人投下第一道目光，将使他自己同他们加以比较；这样一比，首先就会刺激他产生一种处处要占第一的心。由自爱变成自私的关键就在这里，因自私而产生的种种感情也就是在这里开始出现的。”因此，这也是老师发挥作用的关键时刻。“为了在这方面进行指导，就应当在通过人类共有的一些遭遇向他表述人是什么样的之后，再在这个时候通过人和人之间的不同向他讲一讲人的情形。所以，我们现在要衡量自然的和社会的不平等了。”这就再次证明了卢梭各著作之间论述主题的相关性，小说题材允许的可以自由发挥不必论证的优势再次显示出来。“必须通过人去研究社会，通过社会去研究人；企图把政治和道德分开来研究的人，结果是这两种东西一样也弄不明白的。我们首先着重研究原始的关系，我们就可以发现人是怎样受这些关系的影响的，就可以发现哪些欲念是从这些关系中产生的；我们发现，正是由于欲念的发展，才反过来使这些关系愈来愈复杂，愈来愈紧密。人之所以能够独立自由，不是由于他的臂力而是由于他的心灵的节制。”

卢梭明确地说：“在自然的状态下，是存在着一种不可毁灭的真实的平等，因为单单是人和人的差别便不可能大到使一个人去依靠另一个人的程度。”但人类社会就不同了，“在人类社会中存在的权利平等是虚假的，因为用来保持这种平等的手段，其本身就是在摧毁这种平等，同时公众的势力也有助于强者压迫弱者，从而打破了大自然在他们之间建立的平衡。从这头一个矛盾中，多数人总是为少数人做牺牲，公众的利益总是为个人的利益做牺牲；正义和从属关系这些好听的字眼，往往成了实施暴力的工具和从事不法行为的武器。”② 这再次充分地证实了卢梭的意图不是要颠覆社会，回到自然；而是要恢复被人类社会额外剥夺了的属于个人的自然权利的秩序。

爱弥尔就在这“一瞬间”掉进了社会，这是老师教育方法转变的结果。在此

① 卢梭，《爱弥尔》，第326页。

② 卢梭，《爱弥尔》，第327、第328页。

前，老师的主要责任是消极地引导，现在必须是积极的导引。“根据这个看法，我们这时候教育年轻人，所采取的办法完全相反，就要多用别人的经验而少用他自己的经验。如果人们欺骗他，他就要恨他们；如果他们尊重他，他看见他们互相欺骗的时候，就会同情他们。”① 爱弥尔高远敏锐的判断能力这时就起到了决定性的作用，他一定能理解并愉快地接受这种教育方式的转变，而且知道（而不只是相信）这是事实。

卢梭再次展示了他对现实的关注，如果只是把爱弥尔造成达到社会契约所要求的公民的典型，那爱弥尔已经培养成功了。但卢梭没有止步于此，他要把爱弥尔投入已经堕落的社会中，要证明他不是试管中长大的孩子，经不住环境的侵蚀；卢梭还要证明爱弥尔即使面对罪恶的社会，他也能适应，而且保持高贵的品性。它的深远含义不用说是要证明：由于社会是人构成的，所以，现实社会应该像具有可完善性的个体一样，仍然是可以无限改良的。为此，卢梭替爱弥尔选择了一个很现实的社交界：“我希望人们这样替一个青年选择社交界，希望他认为同他一块儿生活的都是好人，希望人们教他仔仔细细地认识世界，把世界上的事都看做是坏事，希望他知道人天生都是很好的，希望他意识到这点，希望他自己去判断他的邻人，然而也希望他了解社会是怎样使人堕落和败坏的，希望他能发现人们的偏见就是他们种种恶习的根源，希望他衷心的尊重个人而蔑视大众，希望他知道所有人差不多都戴着同样的假面具，但是也希望他知道有一些面孔比脸上所戴的面具还漂亮得多。”② 这段引文里出现了“尊重个人而蔑视大众”的说法，看起来是矛盾的。但从卢梭的思想的连贯性来理解，因为人是不能说人类的坏话的，因此大众在这里的含义和《社会契约论》里的“众意”结合起来理解是合适的，这里的大众是指被私人意志彻底支配了的人们，而不是具体的某个人。简洁地说，这里的大众是一个虚指的，而不是实体，和众意、公意、主权者等概念分享同样的性质。卢梭为了避免陷入给爱弥尔讲道理，引他进入形而上学的岔路，也为了避免从感觉突然转向理智思维而发生的认知逻辑的断裂，他决定给爱弥尔讲历史。“为了同时拔掉这两个障碍，为了使他既能够了解别人的心而又不败坏自己的心，我打算就把离开我们很远的人指给他看，让他看其他时间或其他地点的呢，以便使他虽能看到那种场合，但决不能到那种场合去进行活动。所以现在是到了讲历史的时候了，通过历史，他用不着学什么哲学也能深入地了解人心；通过历史，他就能作为一个普通的观众，不带任何偏见和情绪，以裁判人而不以同谋或控诉人的身份对他们进行判断。”③

检视历史以镜鉴现实这是一个经典的中国传统，笔者并不打算附会卢梭是出于这个原因。笔者要略加分析的是卢梭认为给爱弥尔讲历史可以避免陷入形而上学困

① 卢梭，《爱弥尔》，第 328—329 页。

② 卢梭，《爱弥尔》，第 329 页。

③ 卢梭，《爱弥尔》，第 330 页。

难的这种思路。如果历史不是客观的，那么历史就是人为的。若这是事实，它一定有为人们有所选择的遮蔽性，因此它一定是不可避免地有偏见性，人们学习历史，就总有可能陷入形而上学的岔路。因此，这一路径不可能是卢梭坚持的；但还有另一条路，即历史是客观的。若历史具有客观可辨别的确凿性，那么历史作为人类走过的痕迹，从中能发现人是从哪一个点走错了的，人就可以回头重新来过。笔者认为，这恰是符合卢梭的意思的。卢梭重新审视人类历史的起源，并确定了人类走错过的每一界碑，他培养爱弥尔正是为了重新改造社会。但困难也由此产生，对历史的这种看法，恰是历史主义的——也就是历史是科学的、进步的观念，而卢梭是反对进步的观念的（见前文）。因此，如果卢梭的思想没有断裂，就只剩下一种情况：卢梭不反对科学信仰，却反感这个信念带来的负面产品，这正是卢梭在《论科学与艺术》里就表达过而且此后一直坚持的。而历史本身具有的复杂性，是和人的生存方式和生活状态有关的，即，历史本身不是科学的产品，这是一个事实——尽管人们可以用科学的方法去研究它。因此，历史本身不存在科学不科学的问题，充其量只有一种含混的可以加以科学认识的乐观主义信念，这是历史和科学之间无法克服的困难。

卢梭没有对科学的性质及其产品进行过明确的区分——尽管他在论证过程中对此是有意识地予以了区别的，由于他精微的论析，又相当彻底地展示了历史事实和科学之间这种无法填平的缝隙，导致不少后来者认为这是卢梭的理论逻辑出现了困难。卢梭理论的逻辑连接的完整性被历史和科学这对关系所固有的困难遮蔽了。此外，卢梭的文风充满情感的浪漫格调，它恶化了卢梭理论的处境。

因此，笔者认为，卢梭思想所具有的“困难”不是他理论逻辑上的断裂，而是一种总体性的困难——站在现代性立场上反对现代性的后果所必然具有的困难。笔者直到这时才澄清这个问题，是因为要遵循卢梭的意思，要让其顺其自然地明确地提到这个问题，然后才进行分析。这不会导致笔者论证问题的随意性，因为卢梭本人的逻辑是连贯的。笔者在本书中给自己的任务是清理出卢梭自己的理论论证的连续性，离析开历史和科学之间的困难对它的影响，而不必去改造卢梭的论证逻辑，以免显得不真实。

卢梭让老师给爱弥尔讲历史，考虑到历史由不同的人撰写会产生偏见的问题，他对西方最有代表性的著名史家著作的特点进行了富有见地的评论，认为很多著作不是适合爱弥尔读的。读史的目的是要研究人，在卢梭的视野里，普鲁塔克被认为是最合适爱弥尔阅读的。[①] 由于有老师的监督和建议，爱弥尔又是个“既不天才过人，也不头脑迟钝”的学生，他绝对信任老师，“他对老师的信任是另外一种信任，那就是信任理智的判断，信任知识的渊博，信任他能理解而且觉得对他有益的长

① 评论见卢梭，《爱弥尔》第330—335页。

处”,[①] 这样凡是对爱弥尔年龄不合适的内容可以被有效地过滤掉。当爱弥尔犯错误的时候，可以给他讲寓言，“犯错误的时候，正是可以用来讲寓言的时候”[②]。总的来说，对爱弥尔的教育都是合于他年龄的：“他将做一切他认为是有用的和良好的事情。他不做任何多余的事，他知道凡是不适合于他那样年龄的人去做的事，对他来说就没有一样是有用处的，就没有一样是有好处的。他知道他首先要对他自己尽他的责任，他知道青年人不应该过分地相信自己，他们的行为应当慎重，对年长的人应当尊敬，应当谨慎地少说废话，应当有节制地少做无聊的事情，然而要敢于做有意义的事情，要敢于说出真理。”[③] 最终进入社会的爱弥尔将成为这样的一个人：“虽然是我想把他培养成一个自然的人，但不能因此就一定要使他成为一个野蛮人，一定要把他赶到森林中去。我的目的是：只要他处在社会生活的涡流中，不至于被种种欲念或人的偏见拖进漩涡里去就行了；只要他能够用他自己的眼睛去看，用他自己的心思去想，而且，除了他的理智以外，不为任何其他的权威所控制就行了。”[④] 这段话或许笔者可以理解为，卢梭给予青年爱弥尔的教育虽然侧重引导他的心智，但主要目的是培养出作为一个成熟的社会人所能够具有的判断力，这就保证了爱弥尔处在社会的涡流中而不迷失自己。

但是，每个人生活的实际经验是有限的，而一个敏锐活跃的头脑所能产生的思想是无限的。即便爱弥尔的判断力使得他可以避免身边的诱惑，但若是他面对无数的不是一个人的智力所理解的复杂现象而又不能理解，这种状况会不会影响爱弥尔对理智的信念呢？若果真如此，这不是使教育的成果付诸东流了吗？卢梭认为信仰不能灌输给孩子，因为“在小孩子看来一切都是无限的，他们不知道哪一样东西是有限度的，其原因不是由于他们的尺度特别长，而是由于他们的智力短。”“一个自称信仰基督教的孩子，他有什么可信的呢？他只能相信他懂了的东西。”[⑤] 据此，卢梭特别信任爱弥尔：“我们毫不担心爱弥尔会变成这个样子，因为他对所有一切超过他理解力的东西都一概不去过问，听到人家讲他不懂得的事物，他总是心不在焉。”对于不是理性所能控制的境界，卢梭说：“我愿意承认，即使处在社会当中，也要到年岁稍长的时候才能自然而然地达到那个境界。”但对爱弥尔来说，关键的问题是要让他欲念的发展和智慧的发展相调适，不能脱离自然的秩序。“当我们无法控制一种东西过快发展的时候，就必须让跟它有关的种种东西也以同样的速度发展，才能使秩序不至于混乱，才能使应当同时前进的东西不至于脱节，才能使人在一生当中时时刻刻都是那样的完善，不至于有时因为这种能力的过快发展使他成为

① 引号的内容见卢梭，《爱弥尔》第 344、第 347 页。
② 卢梭，《爱弥尔》，第 348 页。
③ 卢梭，《爱弥尔》，第 352 页。
④ 卢梭，《爱弥尔》，第 360 页。
⑤ 卢梭，《爱弥尔》，第 363、第 364 页。

这个样子，有时因为那种能力的过快发展使他成为那个样子。”[①] 这即是说，卢梭认为即便信仰问题的出现难以避免，那也要等到爱弥尔成熟到理性可以自我抉择之时。但不管如何，卢梭以自己的经历为例确定地说：“把宗教忘记得一干二净，结果将导致忘记做人的义务。”[②] 也就是说信仰是和人存在的意义直接联系的。

从帕斯卡对理性的态度看来，卢梭的思想并没有发生跳跃，他只是注意到一个理智而富有知识的爱弥尔在面对“理性之外的理性”时，只有信仰会让他在承受各种社会的欺压和厄运、进而在思考人存在的价值或意义等本源问题而忍受思想的煎熬时，保持一颗宁静的心灵。毕竟，即便上帝也是理性的，但人在上帝面前仍然是渺小的。为此，卢梭继续搁置爱弥尔的情感问题，而进一步开始和爱弥尔探讨信仰问题——因为他已经到了这个年龄。他是以“自白”的形式展开其对信仰的看法的，他相信此时心智已经成熟的爱弥尔能做出准确的判断。

卢梭从什么是良心这个问题展开其讨论。“人们告诉我说，良心是偏见的产物，然而我从经验中知道，良心始终是不顾一切人为的法则而顺从自然的秩序的。”他认为，“一个人如果爱他自身更甚于爱他的财富的话，就能保持他运用思想的习惯”[③]。这是符合卢梭认识论的一贯原则的，从这个基本信念出发，卢梭认为人们对信仰的看法本来不会有很大的差异，但事实不是这样，原因是人们背离了卢梭认识论的基本原则——而爱弥尔显然是没有问题的。“我想，看法之所以千差万别，人的智力不足是第一个原因，其次是由于骄傲的心理。”卢梭再一次重复了他的认识论原则：“我存在着，我有感官，我通过我的感官而有所感受。这就是打动我的心弦使我不能不接受的第一个真理。”从这个真理出发，卢梭对什么是物质——这和世界秩序如何形成这个本源问题相关——的问题发表了他的意见：“在我看来，物质的一切分子都将结合成单个单个的实体，所以我把物质的分子称为‘物体’。这样一来，我认为唯心论者和唯物论者之间的一切争论都是没有什么意义的，他们所说的物体的表象和实际之间的区别完全是想象的。”[④]

卢梭的这一认识原则是和18世纪科学思想的进展密切联系在一起的，相信从人的理智出发在总体上能够把握世界秩序形成的规律——世界是理性的，是牛顿以来给人类的信心。卢梭总体上继承了这一思想财富：“我之所以采取多凭感觉而少凭理智这个准则，正是因为理智本身告诉过我这个准则是正确的。”“我愈是对自然力的作用和反作用的互相影响进行观察，我愈是认为，我们必须一个结果接着另一个结果地追溯到某种意志中去寻找第一原因……我相信，有一个意志在使宇宙运动，使自然具有生命。这是我的第一个定理。”“我是通过意志的活动而不是通过意

① 卢梭，《爱弥尔》，第367、第368页。
② 卢梭，《爱弥尔》，第371页。
③ 卢梭，《爱弥尔》，第377、第379页。
④ 卢梭，《爱弥尔》，第380、第383页。

志的性质去认识意志的。”这里的意思是，卢梭不是把意志看成是可以脱离实体的玄思，而是时刻和自然的存在直接关联，即存在决定意识。这样他从哲学上就和其他启蒙思想家拉开了距离，他否定了有普遍观念的看法——这是绝对理性至上观念的表征，它会导出意识决定存在的危险，否定它才有信仰存在的位置。“普遍的和抽象的观念是人们产生大错误的根源，形而上学的呓语从来没使人发现过一个真理。它使哲学充满了许多谬论，只要我们剥去那些谬论的华丽辞藻，我们马上会觉得有了那些谬论是很可羞的。”①

由此，卢梭顺当地转入了和帕斯卡相近的思路，即单凭人有限的理性不可能彻底认识世界的秩序，但它肯定是有序的，它可以借助理性进行判断，但认识世界的目的则需要信仰（上帝）的庇护。“我不仅不能想象在原素的偶然的联合中有什么秩序，而且不能想象其中有什么斗争，所以，在我看来，宇宙的混乱比之宇宙的谐和更难想象。我知道，世界的结构是人的心灵所不能理解的；但是，只要一个人想把它解释一番，那就需要讲出一些人们能理解的东西。”出于这样一种认识，卢梭得出他的第二个定理：“按一定的法则而运动的物质就表明存在着一种智慧，这是我的第二个信条。”从这个定理出发，卢梭认为：“尽管我不知道这个世界的目的，我也能判断它的秩序，因为我只需在各个部分之间加以比较，研究一下它们的配合关系，看一看它们怎样协同动作，我就能判断其秩序了。”那上帝是什么形象呢？“这个有思想有能力的存在，这个能自行活动的存在，这个推动宇宙和安排万物的存在，我都称它为‘上帝’。”②

这些论述证明了卢梭的认识论原则是始终如一的，他得出的这两个定理的简洁含义是：上帝是人可以接近的，但人永远不是上帝。所以他不可能是无神论的，但也不会是神决论的。笔者推测，对卢梭而言，无神论过于夸大人的力量，它恰好可以为各种绝对权力的支持者提供机会；而对于神决论，不仅现实上是反潮流的——打击教会滥用上帝的名义篡夺世俗的权力是当时的潮流，而且容易否定人的理性的价值。这两种情况对爱弥尔——实际就是卢梭这种人——的生存空间都是一种侵削：前者亵渎信仰抬高人的理性，容易鼓励无政府状态，从而最终导致社会的无序或革命，而这种结果经常有利于独裁者；后者则降低了理性的地位，不允许人们对宗教进行任何理性的质疑，从而为愚民政治张目，最终还是对信仰的亵渎。两种结果最终都降低了公民参与政治生活的条件，故为卢梭所不取。

卢梭说：“所以，我认为世界是由一个有力量和有智慧的意志统治着的，我看见它，或者说我感觉到了它，我是应该知道它的。”“由于我深深知道我的能力不足，所以，除非对上帝和我的关系有所感受，使我不能不推论上帝的性质的时候，我是决不论述他的性质的……一个聪明的人必须如临深渊似地谨慎从事，必须知道

① 卢梭，《爱弥尔》，第386、第389页。

② 卢梭，《爱弥尔》，第390—395页。

他没有深入探讨这个问题的能力，因为，有辱上帝的事情，不是心中不想他，而是把他想象错了。”[①] 在这些论述的前提下，卢梭坚定地认为：“人的确是他所居住的地球上的主宰”，只有上帝比人更高，“除了上帝之外，我认为再也没有比人类更高级的了”。[②] 如果能把人类和上帝的关系理顺，在卢梭看来，生活会更圆满。然而现实并不如此：“我发现，大自然是那样的和谐，那样的匀称，而人类则是那样的混乱，那样的没有秩序！”[③] 但卢梭自己显然理顺了这个关系：“我只是通过对我自己的意志的认识而了解意志的，至于说智力，我对它的认识还不是十分清楚……如果你已经明白人在进行判断的时候是主动的，知道他的智力无非就是比较和判断的能力，那么，你就可以懂得我们之所以说他自由，也就是说他具有类似的能力，即由智力中演化出来的能力；他判断正确了，他就选择善；他判断错误了，他就选择恶。”

卢梭在这里的意思是，最终的意志其实是通过判断力显示出来的。如果判断正确，那么意志就允许人自由行动，也就是人是自由的，因为你不会伤害其他人，所以你有做任何事的自由。[④]“总之，凡是真正的意志便不能不具有自由。”卢梭由此得出了他的第三个定理：“人在他的行动中是自由的，而且在自由行动中是受到一种无形的实体的刺激的，这是我的第三个信条。根据这三个信条，你就可以很容易地推论其余，因此，我就不再一一地讲了。”在这句话里，根据上文卢梭的论述，“无形的实体”显然是指行动的意志。这种向善的意志当然是合乎上帝的意志的：“上帝使人自由，以便使人通过选择而为善弃恶。上帝使人能正确地利用他赋予人的才能而做出这样的选择；但是，他对人的力量施加了极其严格的限制，以至即使人滥用他给予的自由也不能扰乱总的秩序。”[⑤] 此即是说，为恶总是会受到上帝的惩罚的。

因此，卢梭通过三个定理说明了人为恶是不符合上帝的意志的，人作恶和上帝没有关系。“人啊，别再问是谁作的恶了，作恶的人就是你自己。”通过这种区别，卢梭就把上帝真正放在了永恒正确的位置上，上帝仍然是正义和善的唯一象征，它永远是强有力的。人通过遵循自然的秩序——其根基是自爱和同情心——是可以接近上帝的。“正义和善是分不开的，换句话说，善是一种无穷无尽的力量，和一切有感觉的存在不可或缺的自爱之心的必然结果……凡是因为有极大的能力而成为至善的人，必然是极正义的人；否则他本身就会自相矛盾，因为，我们所谓的‘善’，

---

① 卢梭，《爱弥尔》，第394—395页。

② 卢梭，《爱弥尔》，第396页。该页的注释有一个说明，“在其他版本作：‘……上帝是自然的主宰，至少是地球上……’”

③ 卢梭，《爱弥尔》，第397页。

④ 卢梭，《爱弥尔》，第411页，卢梭明确地说：“我们的行为之所以合乎道德，在于我们本身具有判断的能力。”

⑤ 卢梭，《爱弥尔》，第401页。

就是由于爱秩序而创造秩序的行为，我们所谓的‘正义’，就是由于爱秩序而保存秩序的行为。”[①] 卢梭通过精微的阐释，以令人赞叹的方式把上帝和自然正确以及理性人完美地结合了起来，他们既互相制约，但更重要的是互相支持。在这个意义上，我们更好地理解了为什么卢梭说把政治和道德分开来研究的人，两者都得不到。实际上，在卢梭看来，没有道德的人，其实他不配享有人的称号；因此，不是什么人都可以僭称卢梭共和国里的公民的称号的，除非是爱弥尔这样的人。

通过上述论证，卢梭进一步确认了人感受上帝的存在不必通过玄思，通过善行即可领悟。这是他的一贯思路。因此，真正的人的生活是实践的生活，灵魂的生活不是活着的时候有时间去享受这种奢侈的，因为人难免犯错误。“我从我所作的罪恶中清楚地体会到这个道理，一个人一生中只不过是活了他生命的一半，要等到肉体死亡的时候，他才开始过灵魂的生活。”不仅如此，因为卢梭坚持上帝永恒正确，而且可以现世感受到，所以他不相信对罪恶的惩罚要等到来世，而会现世得到报应。“我不大相信对坏人的判处的痛苦是永无终止的。如果最高的正义之神要报复的话，他就要在今生报复。”“道德的混乱，在哲学家看来是上帝不存在的明证，但在我看来恰恰表明了上帝是存在的。人的公正表现在给予每一个人应得的东西；而上帝的公正表现在要求每一个人对他给予的东西付出其代价。”[②] 卢梭明白地宣示了他和启蒙学派的区别，和帕斯卡却分外地接近。

通过论证人的自爱和怜悯心是合乎自然正确的，也是人接近上帝的最可靠的品质，卢梭最终把人的这种合乎正义的品质归结为良心。“在我们的灵魂深处生来就有一种正义和道德的原则；尽管我们有自己的准则，但我们在判断我们和他人的行为是好或是坏的时候，都要以这个原则为依据，所以我把这个原则称为良心。”因此良心是直觉的，不是理智所能掌控的范围，“我并不认为我们不能把良心的直接本原解释为我们天性的结果，它是独立于理智的。”[③] 良心和上帝对卢梭来说是道德的源泉：“有些人想单单拿理智来建立道德，这是不可能的，因为哪有坚实的基础呢?”道德是属于好人的：“哪里有情感和智慧，哪里就有某种道德的秩序。不同的是：好人是先众人而后自己，而坏人则是先自己而后众人……如果上帝不存在的话，那就只有坏人才懂得道理了；至于好人，不过是一些傻瓜罢了。”[④]

卢梭对上帝的这些观念，和正统的基督教教义是格格不入的，这是一种全新的信仰模式，“我们对上帝的深刻的观念完全是来自理性的”，“上帝所要求的敬拜，是心中的敬拜，只要这种敬拜是至诚的，那就是一致的了”。卢梭称这种信仰为自然宗教，他认为这才是正常的信仰：“由于我把我所得出论点看作一切信神的人为

---

① 卢梭，《爱弥尔》，第403页。同书第423页，卢梭激情地呼告：“正义和真理的源泉，慈爱的上帝啊！”也表达了这个特点。

② 卢梭，《爱弥尔》，第405、第407、第409页。

③ 卢梭，《爱弥尔》，第414、第417页。

④ 卢梭，《爱弥尔》，第419页。

了取得更清楚的信仰而应当共同具备的出发点，因此，我从自然宗教的教义中所找到的只是整个宗教的原理。”在卢梭看来，爱弥尔应该能认识到理性不能滥用，“人的见证归根到底也只能是我自己理性的见证，也只能是上帝为了我去认识真理而赋予我的自然的手段”。因为上帝才是真正能够全部把握自然秩序的，“只有大自然中不可改变的秩序才能给人们指出那掌握自然的睿智之手……就我来说，我对上帝是太相信了，所以，要我相信那些同他极不相称的奇迹，是不可能的”①。这种宗教不会只有一个单一具体的形象，而是能包容一切可以适当运用理性的人民的：“无论哪一个上帝，要是他单单只挑选一个民族而排斥其他的人类的话，他就不是人类共同的父亲；要是他使最多数的人注定要遭受永恒的痛苦，他就不是我的理性所告诉我的慈悲和善良的神。”也就是说上帝是理性的至高权威的化身，它绝不会拘泥于某种教条，只要是有理智的人都能得到自然上帝的垂青。“我绝不相信一个人所必须知道的东西书上全都有了，我也不相信一个人由于看不懂经书或者找不到懂得经书的人，就会因为这样一种并非出自本心的无知而受到处罚。”② 这是同当时教会的不宽容针锋相对的一种主张，是对教会的离经叛道。可见卢梭对当时舆论的气候的接受是很自觉的。我们也因此可以理解为什么教会那么嫉恨卢梭。

由于上帝是这样一种至高无上的智慧的象征，一定会尊重人们的理智的选择，他不会对不同文化传统的有理性的人们提出划一的要求，因为尽管人是理性的，但他的理性相比于上帝的全知全能是有限的，因而也是渺小的，人在面对上帝之时是不应该有理性的骄傲的。“面对着那至高的智慧，我竭力消除我的理性；我对自己说：‘你是什么人，竟想衡量那无限的权能？’”因此，人必须信仰这样的上帝，卢梭教诲爱弥尔说：“我的孩子，你要使你的魂灵时时刻刻都希望有一个上帝，而且对他不要有丝毫的怀疑。此外，不管你最后的决定怎样，你都要记住：真正的宗教的义务是不受人类制度的影响的，真正的心就是神灵的真正的殿堂，不管你在哪一个国家和哪一个教派，都要以爱上帝胜于爱一切和爱邻人如同爱自己作为法律的总纲；任何宗教都不能免除道德的天职，只有道德的天职才是真正的要旨；在这些天职中，为首的一个是内心的崇拜；没有信念，就没有真正的美德。”③

卢梭的信仰自白，很明晰地展现了他的整个理论和他的认识论原则在逻辑上是谐和的，而他的认识论本身则是一个严肃的元哲学问题，对它的争议注定是不会有对错可言的；而且卢梭的理论刚好是站在现代的起点上反思现代性的后果的，在问题意识上正触及了现代性的弊端。笔者认为这双重的深刻正是卢梭的理论能打动人心和有持久的生命力的原因。卢梭理论起点的坚实性和论证逻辑的完满性，支撑了

① 卢梭，《爱弥尔》，第427、第429、第431页。卢梭对宗教的看法一直没变，在《忏悔录》中他仍然坚持着，参该书第444、第488页。

② 卢梭，《爱弥尔》，第433、第439页。

③ 卢梭，《爱弥尔》，第449、第454页。

卢梭对他的理论的信心，他通过对自然宗教的论述得出如下结论就是自然的："只要我们不屈从于人的权威，不屈从于我们所生长的那个国家的偏见，在自然状态中，单单凭理智的光辉就能使我们不超出自然宗教；而我要向我的爱弥尔所讲的，也就是以自然宗教为限。"从其理论出发，卢梭很自然地希望人人愿意为公共利益做奉献而反对不受限制的竞争，因为"竞争的结果，必然是个人的利益胜过一切，促使每一个人给罪恶蒙上美德的外衣"①。尽管在现代人看来，竞争是有很多好处的，但卢梭批评竞争带来的负面影响的论断仍然是富有启发意义的。

通过卢梭的信仰自白，我们可以看到它和《社会契约论》里论述公民宗教问题的有机联系，证明了卢梭是站在世俗的立场上论述公民宗教的。通过这种对人类一般状况的描述，卢梭对"社会契约"所提条件的合乎逻辑性也充分地显现出来，他由此也确信他正确地发现了人类历史："我发现，近几个世纪以来，人和人之间除了用暴力和利害关系互相控制以外，便没有其他的办法，而古代的人彼此间大都是采用劝导和心灵感召的办法的，其原因是由于他们知道利用表象的语言。所有一切的契约都是很庄严地达成的，以便使它们不至受到任何破坏。在实行暴力以前，神就是人类的主宰；在神的面前，人们订立条约，结成联盟，宣布他们的信约；地球的表面就是一部记载这些事情的书。"②

卢梭的这一段论述，确证了笔者判断卢梭认为古典社会曾经存在过类似社会契约原初状态的共和国的分析是合乎其原意的；更重要的是卢梭在此回应了他对现实社会的强烈批判，即，现实社会把这一切都毁掉了。理性至上观念的确立还试图否定上帝，忘掉人类此前的黄金时代，从而最终迫使大众接受不平等的政治结果。卢梭不能接受这种观念，他首先提醒人民上帝仍然存在，他一定会在现世给他们以回报。③ 爱弥尔由于一直是受自然教育成长的，他具有敏锐的判断力，所以他一定能领悟自然宗教的正确性；他对他老师的友谊更使他相信这点。"当我把我为他所做的事情告诉他的时候，我要向他指出，所有这一切都好像是为我自己做的，他将在深厚的情谊中看出我做这一切事情的理由。"在理智上，爱弥尔现在已经达到了极高的境界，他对老师的友谊已经牢不可破："以前，我只能控制他的身，而不能控制他的心，所以我对他是寸步不离的。现在，我有时就离开他，让他自己去做自己的事，因为我随时是控制着他的。"④

现在谈和友谊相关的爱情的时机已经成熟。"爱弥尔生来不是为了永远过独居生活的，作为社会的成员，他要为社会履行他的义务。既然他要同人们一起生活，他就应当对他们有所认识：他已经一般地了解人类，但是他还需要分别地了解个

① 卢梭，《爱弥尔》，第457、第458页。

② 卢梭，《爱弥尔》，第469页。

③ 卢梭在1758年致德来尔的信中说："若真没有神的存在，当今有权势的人们、富人们、幸福者们一定是很高兴的。但是对来世生活的期待，却可以安慰人民和受苦者的现世生活。"转自《论不平等》页18。

④ 卢梭，《爱弥尔》，第488页。

人。”“如果我唯一无二地是抱着教育他的目的才使他进入社会，则他所受的教育，将比我预期的还多。如果我使他同社会隔离一直到底，则他从我这里又能学到什么东西呢？也许他能学到种种学问，但最为每一个人和公民所需要的学问他却没有学到，这种学问就是：怎样跟他的同胞一起生活。”第一个人将是能帮助解决处在青春期的爱弥尔的情感问题的人，这是他进入社会的第一站。“我的计划是在于为这件事情做好种种准备。我将对这个年轻人说：‘你的心需要一个女伴，让我们去寻找一个适合于你的伴侣……’我用这样一个使他满怀希望的计划，就可以把他带入社会。”①

由于这个女孩子负有这么重要的使命，她也不是可以随便找得到的，卢梭给爱弥尔未来的情人取名苏菲（聪慧的意思），他们的特点将是互补的，即便缺点也是如此：“我要这样来挑选他的情人的缺点，要她的缺点同他相适合，为他所喜欢，而且还要以她的缺点去改正他的缺点。”② 在论述怎样寻找苏菲之前，我们先看一下这个时期的爱弥尔的特征：他言语不多，热爱自由甚于爱一切；能够经常保持平静的心灵和清楚的头脑，表情泰然，从容而不傲慢；他真诚尊重他人，因为他始终是先按自然的秩序而后按社会的秩序去尊敬人；他对人有一颗体贴入微的心；在修养方面，他更喜欢读古人而不喜欢读今人的作品，因为前者更接近自然，因而更优异；他有健全的审美能力。总的来说，爱弥尔是一个在各个方面都保持了按自然教育所能取得的最佳效果的人，尽管他已经开始步入社会。③

苏菲能和爱弥尔成为合适的情人，她一定也是一个按照卢梭的自然教育法培养出来的女孩子；④ 但她不可能完全接受和爱弥尔一样的教育内容，因为女子教育必须尊重女人的特点。卢梭认为，“我们确切知道的唯一的一件事情是：男人和女人共同的地方在于他们都具有人类的特点，他们不同的地方在于他们的性”。因此他们有许多相同和相异的地方，“所有这些相同和相异的地方，对人的精神道德是有影响的”⑤。卢梭从男女体质的差异出发，探讨了两性之间的许多不同，结论是：“两性之间相互的义务不是也不可能是绝对相等的。”妻子在道德上的纯洁是必要的，在丈夫和其他人的评价中都应该很忠实。⑥ 在关于男女的相互义务问题的一般讨论上，卢梭的观点可能会遭到今天女权主义者的责难，但是这是另外的问题，不在我们的讨论范围内；笔者认为撇开这些因素，实际上卢梭从男女生理不同的角度

① 卢梭，《爱弥尔》，第472、第478、第480、第481页。

② 卢梭，《爱弥尔》，第482页。

③ 该归纳的具体内容参卢梭，《爱弥尔》，第493—525页。卢梭自己对此时爱弥尔特点的完备归纳见第634页。

④ 卢梭说：“凡是自然存在的东西都是好的，没有哪一个普遍的法则对人类是有害的。”卢梭，《爱弥尔》，第550页。卢梭的教育方案其实根基就在这里。对苏菲的教育没有违背这个原则，见下文。

⑤ 卢梭，《爱弥尔》，第527页。

⑥ 卢梭，《爱弥尔》，第533页。

讨论问题有许多真实的地方。在这方面的讨论，笔者不打算进行细致的梳理，而直接切入卢梭寻找的苏菲应该具有什么样的素质。“苏菲出生在一个良好的人家，她的天性善良，她的心很敏感……她对事物的观察是非常正确的，但不怎么深刻；她的心情很悠闲，然而是不平衡的；她的样子长得很普通，但是是讨人喜欢的，从她的长相就可以看出她为人十分忠厚；你刚接近她的时候也许觉得她没有什么特殊的地方，但在离开她的时候你心里就不能不有所感触。别人有的一些良好的品质是她没有的，而她自己的好品质，也许在程度上还不如别人；但是，要一个人把一些良好的品质配合起来形成一付很好的性格，那就谁也不如她了。”① 从这些条件中，我们可以看出，苏菲除了是个女性以外，其他的要求基本上和爱弥尔一样，是一个各方面素质很均衡的孩子。由于对苏菲的教育除了适合女孩子的生理特点之外，对其进行教育的基本精神是和爱弥尔相近的，总的来说，在教育的结果上苏菲适合于持家，而不必有爱弥尔精深的判断能力。② 由于这个原因，爱弥尔不能不爱上苏菲，“是什么东西首先使他那样爱她的呢？是感情、美德和对诚实事物的爱”③。

爱弥尔和苏菲在卢梭和苏菲家长的精心安排下见面并深深相爱了，然而卢梭不会就这么让他们结婚，因为这时正是考验爱弥尔的一个最佳时机。“大自然和命运让你过着无拘无束的自由生活。你能够忍受贫穷，你能够忍受肉体的痛苦，至于精神上的痛苦，你是从来没有遇到过的，那时候，你一切都取决于你这个人，而现在，你一切都取决于你所迷恋的事物，完全以它们为转移；在你开始产生欲念的同时，你使你自己也变成了你的欲念的奴隶。”④ 无疑这个时刻是让爱弥尔带着对苏菲的深深思念去进一步认识社会的好时机。卢梭安排爱弥尔去游历。这种游历不是我们通常意义的旅游，按卢梭的说法这不是对人人都合适的。“只有很少的人才适于去游历，只有那些有相当毅力的人，能够从他人的错误中接受教训而不受引诱的人，能够借鉴别人的恶事而自己不去做恶事的人，才可以去游历。游历可以促使一个人的天性按它的倾向发展，以致最终使他成为一个好人或坏人。一个周游过世界的人，在回来的时候是什么样子，他今后一生都永远是那个样子。”⑤ 因此，卢梭在这里的意思是让爱弥尔通过游历去认识人类的政治制度、风俗和法律。在叮嘱爱弥尔应该注意的问题之后，卢梭说：“我现在敢断言，如果爱弥尔本着这样一种意图去开始和继续游历一番之后回来，仍然对政治制度、人民风俗和各种各样的政府法规一无所知的话，那必然是因为我们两个人都有不够的地方：他的智慧不够，我的判断的能力不够。”⑥ 这样卢梭很自然地把他探讨的话题转入了对政治秩序的认

---

① 卢梭，《爱弥尔》，第 589 页。
② 卢梭，《爱弥尔》，第 589 页以下，特别是第 615 页。
③ 卢梭，《爱弥尔》，第 658 页。
④ 卢梭，《爱弥尔》，第 677 页。
⑤ 卢梭，《爱弥尔》，第 698 页。
⑥ 卢梭，《爱弥尔》，第 703 页。

识，正如笔者前面提到的那样，它是《社会契约论》的微缩归纳版。①

爱弥尔游历完毕，他一定得到了和卢梭同样的结论。他和苏菲结婚了，开始过真正的公民的生活，他们的结合将是钉入“文明社会”最坚实的楔子。他们很快有了后代，这是卢梭可以放心地结束他的使命的时刻，因为社会得到良性改造的希望在一点点地增大。“过了几个月，有一天早晨，爱弥尔走进我的房间，拥抱着我说：‘我的老师，祝贺你的学生吧，我不久就要做父亲了……不过，我绝不要你在抚养了父亲之后再抚养他的儿子！……即使我能够像我的父母为我选择老师那样地为他选择一个老师，我也不愿意把这个任务交给别人！……你已经完成了你的任务，请你指导我学习你的榜样；你好好休息吧，现在是应该你休息的时候了。’”②

卢梭以这样的方式结束了《爱弥尔》全书，但他没有止步于此。卢梭在该书的结尾留下了一个附录，标题是《爱弥尔和苏菲或孤独的人》。这个附录的重要意义在于它不仅是《爱弥尔》的继续，而且它的内容竟然和《新爱洛伊丝》中的朱莉的经历有惊人的相近之处：苏菲由于父母和可爱的女儿相继去世，深受打击，流连于社交场所，终于在情感上一度背叛了爱弥尔，并怀上了别人的孩子；苏菲为此陷入了深深的自责之中，而爱弥尔则遭受到精神的巨大打击。双方都经过了深刻的反省和忏悔，爱弥尔原谅了苏菲，但是自责的苏菲不能原谅自己。她的美德依然存在，但信任却似乎永久地失去了。而爱弥尔的幸福只有苏菲是幸福的时候才是完满的，他只能出走；而苏菲也进教堂作了修女。可命运决定了他们今生无法分离，忍受过艰苦的煎熬，他们终于走出了心灵的阴影，重新过上了完满的生活。③ 笔者认为卢梭加上这个凄美故事的结局，目的在于告诉人们：他的公民不是完美无缺的，但是至高的美德使得他们最终能自我克服任何困难，给这个社会树立起做人的楷模。

至此，卢梭完成了对一个完全公民的培养，爱弥尔和他的爱人苏菲能坚强地生活于任何不平等的社会中而不移其志，最终他们和他们的孩子的高尚品行将能感动社会并逐步改造它。卢梭给爱弥尔和苏菲设立的条件好像是到处都可找到这样的孩子的，他讲述的委婉的故事和对现实社会的时刻关注，显得他的方案十分真实可行。然而卢梭自己却知道，这个老师却很难找到，也许在他的心目中，只有他本人

---

① 卢梭，《爱弥尔》，第 703—732 页。

② 卢梭，《爱弥尔》，第 741 页。

③ 参卢梭，《爱弥尔》的附录。

才是合乎标准的。[①]《爱弥尔》提供了一个完备的达成社会契约的公民的标本，这样一个具有高超判断能力和有完美道德的爱弥尔，如果他是构成社会契约的普遍公民的缩影，那对这样的共和国而言，确实，任何法律制度只需要起消极的作用。

笔者的分析，详细地展示了爱弥尔的这一特征。就论述问题的完整性而言，《爱弥尔》详细勾画了从理想公民到完美秩序以及二者和谐共处的全过程，它的确是卢梭最重要的著作，正如卢梭预测《社会契约论》是使他名声大振的作品一样，笔者依照卢梭的思路揭示出他的这个自我判断也是真实的；最重要的是，笔者的分析也揭示出《爱弥尔》的确是保持了卢梭的整个思路的连贯性的，它的核心内容和他以前的著作相比，主题是连贯集中的，而且在最重要的环节上——认识论基础和关于秩序与公民的主题上——是互证的。

一切似乎都很完美，然而它真的有实践的可能性吗？卢梭的回答是肯定的，这体现在《新爱洛伊丝》中。

① 威尔·杜兰，《世界文明史》之《卢梭与大革命》，东方出版社，1999年版。第299页提供了一条资料："1765年在斯特拉斯堡时，一位工作热忱者来拜访他（卢梭），并突然大肆恭维：'先生，你可看到，一个人很荣幸地从你的《爱弥尔》所学到的原则来教养孩子。'卢梭咆哮说：'先生，对于你与孩子，这就糟了。'在《山中书简》中，他解释说那是为圣人而非为一般为人的父母而写的书：'我在序言中已说得很明白……我的关心的确为圣人考虑而提供教育新制度的计划，并非为一般的父亲与母亲们提供一项方法。'"这段资料印证了笔者对卢梭《爱弥尔》中教师位置的判断。而且其中成年爱弥尔所具有的素质几乎就是卢梭的翻版，这意味着卢梭构想的共和国实际上仍然很难实现。这和亚里士多德构设的城邦的命运相近。

第八章　公民与正义秩序的生成

正如前文征引过的，卢梭说《新爱洛伊丝》是从和整个社会秩序有关的、针对风俗和夫妻间的忠诚着手，关注的是社会协调和社会和平。因此，该书的主题和卢梭的其他著作的主题仍然是一致的。勒赛克尔曾说："同时由于'新爱洛伊丝'一书所提问题的多样性，我们几乎可以说它是一部卢梭主义的百科全书。"① 笔者赞同这一看法。在卢梭讨论人和政治秩序的序列上，该书应该处在最后一环；从《爱弥尔》的附录所讲的故事的内容来看，其中的女主角和苏菲有相近的经历——成长时的逾矩、深刻自我忏悔并最后谨守完满道德，也能表明卢梭著作的相关性，尽管笔者很难确定二者的写作时序。由于该书和《爱弥尔》相比，更侧重故事性，因此，主要的情节笔者采用归纳的形式来展示，而侧重解读它的核心内容。

在转入文本的解读之前，笔者摘引卢梭在《忏悔录》中对该书内容和角色的归纳将有助于我们对该书获得一个总体的印象。"我把我心头的两个偶像——爱情与友谊——想象成为最动人的形象。我又着意地用我一向崇拜的女性所具有的一切风姿，把这些形象装饰起来。我想象出两个女朋友而不是两个男朋友，因为两个女人之间的友谊的例子，惟其比较罕见，也就越发可爱。我赋予她们以两个相似的，却又不同的性格；两个不算完美，却又合乎我口味的面容；这两个面容又以仁慈、多情而更加容光焕发。我让她们两个一个是棕发，另一个是金发，一个活泼，另一个温柔，一个明智，另一个软弱；但是软弱得那么动人，似乎更足以见其贤德。我为二人创造出一个情人，而另一个女人又是这情人的温柔多情的朋友，甚至还有些超出朋友的程度；但是我不容许产生争风、吃醋、吵闹等情事，因为任何令人不快的情感都要我费很大的气力才能想象出来，也因为我不愿以任何贬低天性的东西使这幅笑容可掬的图画黯然失色。我爱上了我这两个妩媚的模特儿，我便尽可能使我自己和那个情人兼朋友一致起来；不过我把他写成亲切的、年少的，另外再加上我觉得我自己具有的许多美德和缺点。""为了要把我的人物放在一个适合于他们的地点，我就把我在旅行中所见过的最美的地方都一一拿来加以审查……它要求以一个现实的地点作为基础，并且足以引起我一种幻觉，使我感到我要安排在里面居住的

① 卢梭，《论人类不平等的起源和基础》，第20页。

那些人物的真实性……我那可怜的妈妈的故乡，对我仍然具有一种魅力……”①

从这段话里，我们可以发现这部小说和《爱弥尔》的衔接性：爱情和友谊这个主题是成年爱弥尔进入社会的一个主题，而这部小说直接从这个主题开始；爱弥尔是卢梭自身的折射，而该小说的男主人公圣普乐恰是卢梭的形象；美德是贯穿于小说人物身上的主要品质，爱弥尔和苏菲恰是有美德的公民；卢梭尽量使得事情像现实中存在的，和他认为爱弥尔的培养方案是可以实践的信念是一致的。这些特点都是卢梭所有著作中一直贯穿的主线。下面笔者转入对该书的分析。

第一节　合格公民与伦理共同体

卢梭的《新爱洛伊丝》是借12世纪法国修道院一个著名的悲剧爱情故事而来的。爱洛伊丝和她的老师、当时著名的哲学家阿贝拉尔相爱，但遭到女方家庭的粗暴干涉而以悲剧收场。卢梭讲述的故事在情节上和这个历史故事有相近之处，女主角朱莉是德丹治男爵的女儿，男主角圣普乐是朱莉的家庭教师，二人年龄相近；另外的两个主角是朱莉的表妹克莱尔和俄国贵族沃尔玛。故事的主要情节围绕这四个人展开，卢梭采用书信体讲述了这个动人的故事，其中主要的是圣普乐和朱莉之间的往还信笺。在该书卷一开篇，圣普乐向朱莉辞行，原因是他感觉爱上了朱莉，是朱莉的美德不由得不让人爱慕：“我爱慕你，是爱慕你极其高尚的胸怀和一贯温柔之情的表里如一，是爱慕你对他人的种种痛苦的深厚的同情心，是爱慕你由纯洁的心灵产生的纯洁的正确思想和高雅的审美力，一句话，是爱慕你感情的美，而不是你的容貌的美。”② 朱莉的外貌是很美的，这里显然不能做粗俗的理解；如果把朱莉的身份及圣普乐对朱莉品德的描述和苏菲做一个对比，我们可以发现，朱莉和苏菲一样，其素质是符合卢梭共和国公民的要求的。因此，笔者认为朱莉是苏菲的另一个形象，《新爱洛伊丝》处理的主题和《爱弥尔》的确密切相关。

经过属于有美德的女性的内心煎熬，朱莉终于打破沉默，因为她也深深爱上了圣普乐，她坚决反对圣普乐因为爱她而她不得不表现出特别的克制——圣普乐把这理解为名媛的轻蔑，此时他已经擅自离开朱莉到了乡下——而离开她。朱莉向他解释了她克制的原因：“对我来说，为人谦虚和诚实，是极其重要的。我决心在勤劳简朴的生活中培养这两种美德。”她怕她承认爱意会损伤美德：“我宁肯成为你的奴隶，清清白白地生活，也不愿意牺牲我的荣誉，使你仰赖他人。”她说：“你不成为

---

① 卢梭，《忏悔录》，第535—537页。

② 卢梭，《新爱洛伊丝》，李平沤译，译林出版社，1993年版。卷一，书信一。

有德行的人，就会成为遭人轻视的人；我不受到尊重就会遭到指责。”[1] 至此，圣普乐和朱莉的相互倾慕明确化，他们各自的担忧得到化解。但朱莉作为一个女孩子还是感到这是一个危险，作为贵族的女儿，朱莉无法向家人诉说这段地下恋情，她只能向她年龄相近的表妹克莱尔倾诉这个秘密。通过克莱尔之口，我们了解到朱莉和圣普乐的爱情危险的原因：“你害怕危险，危险就必然会出现……唉，可怜的表姐！……你是否还在抱一线希望……德丹治男爵同意把他的女儿，他唯一的孩子，嫁给一个没有家产的小市民！”克莱尔理智地看到了问题的实质，但她却同情朱莉的选择。[2] 门户不对是这段恋情无法有结果的根本原因，联系笔者对卢梭时代风尚的勾勒，那时的婚配主要是一宗交易，婚姻道德极其颓废，卢梭布置的这段恋情正是要揭露这种顽陋的意识是造成家庭美德——最终会影响社会风俗——败坏的根源。朱莉和圣普乐开始了他们凄美的抗争之旅。当恋情的窗纸捅破之后，朱莉在圣普乐炽热的感情面前显示了女人的美德：“我温柔的心是需要爱情的，但我的感官并不需要情人。”她向圣普乐倾诉了她的感受：“就我们来说，我们不仅感受到了两颗心相结合的美，而且还感受到了纯洁心灵的魅力。任何恐惧和害羞的心理，都不能影响我们对我们幸福的享受。在我们尽情享受爱情的快乐时，我们也要毫不羞愧地说：我们是有美德的人。‘快乐和诚实紧相联系’。”[3] 朱莉的提醒，终于使这段恋情走上了美德抗击颓废风俗的风车之战。

圣普乐和朱莉恢复了正常的生活，不过添上了幸福的感受。在乡下的圣普乐告诫朱莉读书要谨慎：“我们不要到书本中去寻找我们自己肯定能找到的原理和法则。不要去理会哲学家们关于幸福和道德的空泛的争论……我始终认为，我们所说的‘好’，就是见诸行动的‘美’；两者是互相深深地联系在一起的。它们在井然有序的大自然中，有一个共同的源泉。认识到这一点，就可以知道：对于我们的鉴赏力，也要采用培养智慧的办法，使之得到提高。”鉴赏力之所以重要是因为，“在我们的判断力难以深入的时候，我们的鉴赏力就开始发挥它的作用了。如何培养我们的鉴赏力呢？培养的方法是：多观察和多接触。”

透过这一段对朱莉的告诫，我们可以看到，这是和卢梭一贯的认识论原则相契合的，也正是他培养爱弥尔方法的再现。基于这一建议，圣普乐如卢梭教给爱弥尔的一样，告诉朱莉：“我始终认为：凡是对心灵没有启迪的书，就不值得你读。”[4] 此时的圣普乐还在乡下，强烈的思念迫使朱莉利用一次机会和克莱尔去见了一次她的情人。正在圣普乐被这突来的幸福弄得神迷的时候，朱莉向他发出了“命令”，要他们分开一段时间，建议他去游历，并送给了他一点金钱。[5] 这一场景正是爱弥

① 卢梭，《新爱洛伊丝》，卷一，书信四，《朱莉来信》。
② 卢梭，《新爱洛伊丝》，卷一，书信七。
③ 卢梭，《新爱洛伊丝》，卷一，书信九。
④ 卢梭，《新爱洛伊丝》，卷一，书信十二。
⑤ 卢梭，《新爱洛伊丝》，卷一，书信十五。

尔恋上苏菲以后，卢梭给爱弥尔安排的，而圣普乐是教师——卢梭的化身，于是这一建议由可敬的朱莉作出。圣普乐接受了这一提议，他去了美丽的瓦勒。在瓦勒，圣普乐发现了乡下生活的淳美："在上瓦勒，钱是很稀少的，然而正是由于这个缘故，居民们才非常愉快；这里的食物很丰富，但不外销，在他们内部也没有奢侈的消费；山里的庄稼人把劳动看成是一种乐趣，没有一个人不勤劳耕作。如果有朝一日他们的钱多了，他们肯定会变得比现在穷的。这一点，他们是看出来了，因此，这里虽有金矿，也不让人开采。"① 瓦勒俨然是卢梭的共和国所在地，一个人间天堂。

美好的事情总是难以持久，正在圣普乐游历期间，朱莉的父亲回来了。德丹治男爵对她在学业上的进展表示足够的满意，但他对圣普乐的感谢是一种纯粹交易的姿态，他蔑视贫穷的圣普乐。朱莉感到了绝望，圣普乐也感受到了，他向朱莉表达了他对社会现实的控诉："卑微的人，宛如一个玩具……他成了偏见的牺牲品，他发现，在那些荒唐的箴言里有一个不可克服的障碍，阻挡着他去实现他心中的正当的愿望。人们惩罚他，因为他对每一件事物都有正确的看法，并按照真实的情况而不按照习俗的偏见去评说。单是他自身，就足以造成他自己的不幸。他拼命去追求善良和高尚的神圣的美，而沉重的生活锁链却使他蒙受羞辱。他追求至高的幸福，而没有想到他是人：他的心和他的理智将不断地进行战斗，而无止境的欲望将使他陷于永恒的贫困。""我的命运不好，对人一片深情，再加上你的父亲看不起我，而你又使我的生活时而甜蜜时而饱受折磨，所以我必然会落到这样难堪的处境。"② 绝望笼罩了两个年轻人，圣普乐被辞退了，而朱莉的身体和精神遭到重创，深谙内情的克莱尔分担着这种痛苦。德丹治男爵决定把朱莉嫁给他的朋友，朱莉悲愤难抑，她对克莱尔说："我的父亲终于把我卖了！他把他的女儿当作商品，当作一名奴仆！他用我去还他的债！他用我的命去救他的命！……因为我很清楚，我是活不长了。野蛮的和失去天性的父亲！……"③ 安排这样一个场景不是卢梭天性残酷，了解了当时的社会风尚，我们就会知道这在那个时代是再正常不过的事情。朱莉在重压之下病了，她的父亲不敢靠近她，她的母亲无能为力，事情已经不可逆转，克莱尔成为她唯一的精神支柱，替她传递着两根稻草之间脆弱的联系。

在这艰难的时刻，圣普乐认识了一个新朋友，富有、高贵却仁爱的英国绅士爱德华·博姆斯顿。博姆斯顿的身份和财富使他在法国上流社会游刃有余，他特别欣赏才智过人而品行端正的圣普乐，他们结成了莫逆之交。绅士决心帮助可怜的圣普乐，然而他对朱莉家的初步探访并不成功。绝望和强烈的思念促使朱莉和圣普乐安

① 卢梭，《新爱洛伊丝》，卷一，书信二十三。
② 卢梭，《新爱洛伊丝》，卷一，书信二十六。
③ 卢梭，《新爱洛伊丝》，卷一，书信二十八。

排了一次越轨的冒险。① 不久，因为爱德华绅士言语上对朱莉十分赞赏，引起了冲动的圣普乐的嫉妒，导致二人决斗，而这竟然坚定了绅士帮助圣普乐的决心。在一次音乐会之后，爱德华直接地向德丹治男爵提出只有圣普乐配得上朱莉的话题，话不投机的结果是二人发生了激烈的争论。卢梭借爱德华之口讽刺了法国贵族的虚伪："靠诚实的办法使自己出人头地的公民只有两三个，而跻身于贵族之列的无赖每天都以千记；他们的子孙后代引为骄傲的贵族头衔，不是靠他们的祖先以偷盗和卑鄙手段得来，又靠什么呢？……每二十个平民当中总有一个好人，而有一家奸诈之徒就必然出一个贵族。"② 尽管爱德华提出愿意资助圣普乐，但他的冲动使事情朝他良好意愿的反面迅速发展，圣普乐和朱莉彻底完了，不仅他们的婚事从此成为泡影，为了朱莉的名誉，圣普乐再也不可能留在朱莉身边。克莱尔和她善良的未婚夫多尔贝安排他和爱德华一起出走，一段美妙的爱情即告结束。

看着悲伤的圣普乐，爱德华在给克莱尔报平安的信中指斥了世道的黑暗："亲爱的克莱尔，请你相信，我对这两个不幸的恋人的命运的关心，并不比你少，其原因，不是出于同情（同情乃是一种软弱的表现）而是出于对正义和秩序的尊重。按正义和秩序行事，就应当使每一个人都处于对他自己和社会都最有利的地位……为什么要让一个荒谬的偏见来改变神定的原则和打乱有思想的人的和谐呢？……夫妻关系不是最自由的和最神圣的关系吗？是的，凡是妨碍这一关系的法律都是不公正的；凡是以为自己可以替子女结成这种关系的父亲，都是暴君。这种由大自然安排的纯洁的结合，不受制于王权和父权；它唯一无二地只服从上帝的权威，因为只有上帝才知道如何指引人的心，如何使他们互相结合和彼此相爱。""我认为，社会地位的高低，应当以才能来决定；两个人的心是否相爱，由两个人自己去判断，这才是真正的社会秩序。以出生和财产为标准，则必然会打乱这个秩序；对于这种标准，我们应当嗤之以鼻，加以鄙弃。"③

发现并服从自然正确的秩序并努力让社会秩序迫近它正是卢梭一生所追求的目标。爱弥尔和苏菲的婚姻是自然秩序的结合，但朱莉和圣普乐是卢梭按照社会现实塑造的人物，他们却不能享受自然的安排，这就突显了卢梭一直关注的改造现实的违反自然律的不平等秩序的主题仍然没有改变。爱德华感受着圣普乐的痛苦，逼迫他写信给朱莉，建议她去英国，他将馈赠给他们大笔财产让他们能够自由地生活，

① 卢梭，《新爱洛伊丝》，卷一，书信五十四。

② 卢梭，《新爱洛伊丝》，卷一，书信六十二。卢梭对这段话注释说："在本世纪颁发的贵族证书是很少的，因此这种证书在本世纪确曾一度受人重视。至于用金钱得来的贵族头衔，靠借债买来的贵族头衔，我认为，它们使人得到的唯一荣耀是：有这种贵族头衔的人享有不被人绞死的特权。"结合笔者前面的梳理，可以发现卢梭的这段评论是非常合乎当时的社会事实的。后来的研究者证实了这个看法，雅克·巴尔赞在《从黎明到衰落——西方文化生活五百年（1500年至今）》，第245页中证实说："总的来说，欧洲贵族家族的头衔上溯不超过15世纪，而且有很多在某个时候是假的。"

③ 卢梭，《新爱洛伊丝》，卷二，书信二。

因为他相信："我们良好的法律从来不违背自然的规律。"① 然而朱莉是有美德的，她不能为了个人的幸福而抛弃年迈的父母，"我不能这样做，绅士，我抛弃道德，道德也将抛弃我，它将永远离开我的心"②。她坚定地承担起双重的痛苦：接受她自己不幸的命运；安抚圣普乐那忧伤的心灵。她勉励圣普乐勇敢地面对现实，争取事业的成功，并承诺："你千万不能忘记朱莉，她已经属于你了，她的心不会再允许别人得到它。"③

在朱莉的鼓励下，圣普乐终于能像正常人一样生活，他坚定了游历的决心。他和爱弥尔一样进入了巴黎，他发现："这座城市，也许是世界上财富最不平等的地方：富人穷奢极欲，而穷人却衣不蔽体。"这里流行着虚伪的风雅："我们从他们的谈话中，要学会如何为谎言辩护，如何用哲学的力量去动摇美德的原则，如何用巧妙的诡辩给自己的欲望和偏见披上伪装，如何使谬误具有某种符合今天的名言的流行色彩。根本用不着去了解每个人的性格，只需弄清他们的利益何在，便可大致不差地猜到他们对每件事情有何看法……他们表面上对真理的热爱，只不过是掩盖他们私利的外衣。""这样就有少数几个男人和女人为其他的人思考问题；而其他的人，无论谈话或办事也为的是那少数几个男人和女人。由于每个人只考虑自己的利益，因此谁也不考虑公众的利益；而他们的个人利益，总是彼此矛盾的，最终必将形成集团和帮派的没完没了的冲突；敌对的偏见和论调此起彼落地互相冲击；在冲击中，那些受他人挑动闹得最欢的人，连究竟是怎么一回事也弄不清。"这使得圣普乐像在看漫画："你在一群人当中，等于是站在一幅活动画前面一样；唯一一个内心激动的，是静静地观看画面的人。"圣普乐不由感慨："我认为，要了解一个国家的风尚，还须深入到其他阶层，因为富人这个阶层的人，几乎到处都是一样的。"他认为巴黎是一个荒野："我对我在这个荒野上的孤独处境感到吃惊，因为在这块荒野上，我所看到的，全是虚情假意和真理的外表；它们每时每刻都在变化，并自己摧毁自己……真正的人的面孔，我何时才能看到呢？"④

圣普乐的这段观察是符合当时的社会风尚的，它实际上是卢梭的一段自白。通过它，我们可以理解卢梭在《社会契约论》里反对结党的理由是现实提供的；明了卢梭自觉到自己被孤立的必然命运，在晚年写《忏悔录》时，他依然坚持在巴黎人失去了自己的本性，在这里已经有了明确的体现；而圣普乐对考察风尚的看法，正和卢梭安排爱弥尔游历的目标完全一致。所有这些，可以确证卢梭的思想一贯性。在随后的十几封信里，卢梭借圣普乐之笔进一步描绘了巴黎的风尚，整个过程几乎是卢梭在巴黎生活的重现，而这些信中所反映的风尚和笔者在前文借现当代的学术

① 卢梭，《新爱洛伊丝》，卷二，书信三。
② 卢梭，《新爱洛伊丝》，卷二，书信六。
③ 卢梭，《新爱洛伊丝》，卷二，书信十一。
④ 卢梭，《新爱洛伊丝》，卷二，书信十四。

著作勾勒的画面完全一致，而且更加生动、翔实。[①] 这正反映了卢梭著作之间的关联性和互证的一面。

圣普乐和朱莉通过克莱尔传递的信件被朱莉的母亲发现了，两人相爱的处境进一步恶化。为了朱莉，圣普乐在克莱尔的提示下，违心地向德丹治夫人承诺不再打扰朱莉，然而德丹治夫人还是忧伤而死，这给朱莉以更大的打击，她把这悲剧看成是自己罪恶的报应，决定把自己的婚姻彻底地交给父亲支配，而圣普乐认可了她的这个决定。[②] 朱莉的这种反应和卢梭认为上帝会给人以现世报的理念一致。生活就此翻开新的一页：理智而可爱的克莱尔结婚了，朱莉嫁给了沃尔玛。

在走进婚姻殿堂的那一刻，朱莉臣服于上帝的力量，她反思说："我从来不是完全不信宗教的人，不过，也许任何宗教都不信，反而比在外表上装作信一个只安慰良心而不能真正打动内心的宗教好，比只知道几句箴言和只在某些时候信神而在其余时间就忘得一干二净好……由于我找不到耶稣的教义和世人信奉的教义有什么共同之处，不知道我的信仰和经书有什么关系，我便采取折中的办法，按我自己平庸的智慧行事……我在教堂里是虔诚的信徒，而一回到家里，我就是爱动脑筋思考的哲学家。嗨，结果我什么都不是。"但现在，朱莉不再是这样："我尊敬的和聪明的朋友，你要敬拜永生的上帝……只有它能使正义有一个目的，使道德有一个基础，使它所喜悦的短暂的人生有一个价值……它是真正的完美典型，它是永恒不变的本质；在我们每一个人的心中，都有它的形象……它所有一切和无限的本质有关的特征，将时时呈现在理性面前，替理性恢复它遭到欺骗和错误行为所破坏的部分……人们不能从本质中抽出的观念，是神；除此以外，其他一切都是人所造的。对这神圣的典型进行沉思，就能使灵魂得到净化和升华，藐视人的卑劣的倾向，战胜他的不道德的习性。浸透了这些崇高的真理的心，是不会沾染人类的低下的欲念的；它向往无限的伟大，而不喜欢人类的骄傲；它向上天默祷，求上天帮助它摆脱尘世的欲念；即使它所敬拜的神不存在，它不断敬拜神，也是有益的，因为这样可以使它自己更能掌握自己的命运，变得更加坚强、更加快乐和更加清醒。"

朱莉的这段自省恰是卢梭论述公民宗教和信仰自白的补充，不仅强调了卢梭心目中的上帝不是基督教会的上帝，而是自然宗教；还具体地说明了宗教信仰之所以必要的理由。卢梭著作的互证性也由此可见。朱莉反思了她以前的罪过，她把这当成精神考验的经历："我觉得，一个人的心一经败坏，就会永远败坏下去，除非有某种根本的变革，或财产和地位的突然变化改变他的关系，通过一次猛烈的冲击，才能使他重新找到一个良好的安排。否则，他是不会自动恢复良善的。他的种种习惯打乱了，他的种种感情也变化了；在大变动中，人们有时候会恢复他原先的性格，好像变成一个刚刚出自大自然之手的新人；这时候，他对过去的卑劣行径的记

① 这些风尚画面参卢梭，《新爱洛伊丝》卷二，书信十四至二十七。卢梭在巴黎的活动则见《忏悔录》。

② 卢梭，《新爱洛伊丝》，卷三，书信九之《朱莉的便笺》，朱莉认为自己充满罪恶，见同卷书信十八。

忆，可以当作一种预防剂，防止他重新堕落。一个昨天是卑鄙的和懦弱的人，今天将变成高尚和坚强的人。”① 朱莉的这种内在的转化，正是卢梭自己和苏菲——他们都犯过同类错误并经过深刻反省而找回自我——心路历程转化的再现。到了这个阶段，正是朱莉成长为卢梭之共和国的合格公民的标志。她从此成为贤淑、具有高尚美德的沃尔玛夫人。

朱莉建立家庭是一个转折点，因为她是符合卢梭共和国标准的、生活在真实社会里的公民，而家庭是连接自由公民和社会的枢纽——按卢梭的说法，它是政治社会的原始模型，如果这个家庭能对社会有良好的影响，意味着对现实社会的改进是可以期待的。根据卢梭的安排，新社会的家庭应该是爱弥尔和苏菲的结合，而朱莉还只是一个人。按规划，她家庭中的男主人应该具有爱弥尔的素质，这个结构才是完整的；而我们已经知道，爱弥尔（卢梭）在这部书里的化身是圣普乐，那么沃尔玛是不是和爱弥尔的素质相近呢？我们看朱莉自己的介绍。

当圣普乐关心朱莉是否幸福时，朱莉描述了沃尔玛的特点：沃尔玛大约五十岁，生活单调而有规律，身体健康、情绪稳定；他性格开朗、举动纯朴，对人态度诚实而不殷勤，讲话不多却不无聊，对人既不亲近又不疏远，处事合理；他用情节制而持久，注重礼仪，他对朱莉既依恋却不失去自我。沃尔玛的这些特征和他的一个习惯是相称的：“德·沃尔玛先生最喜欢留心观察，他喜欢分析人的性格和他所看到的人的行为。”由于他有丰富的阅历，“他的分析是很深刻的，而且是非常公正的”。最后，沃尔玛生活俭朴，善于管理。他们财产不多，“家中虽然没有任何不适用的豪华的陈设，但在周围的贫穷人家看来，生活已经是相当富裕，十分舒适，应有尽有了。他把家安排得井然有序……他好像是在按照治理世界的道理来治理一个小小的家庭……家里处处都可看到主人事必躬亲的痕迹，但是谁也没有产生过他事事都管的感觉。一开始，他就把事情安排得那样井然有序，所以，现在一切都按部就班地进行，既事事都按规矩办，同时又人人都有自由。”② 通过这一段描述，朱莉的家中隐然已有卢梭共和国的理想景象。沃尔玛是管理者，但是他能按照合理秩序办事，使得家中的人感觉不到束缚，这种状态正是卢梭在《社会契约论》里阐述过、但无法描绘得这么生动的状态。总之，从卢梭的角度出发，沃尔玛是一个最理想的理性人，和爱弥尔的品质非常接近，唯一不同的是沃尔玛不信仰宗教。

沃尔玛的存在，使朱莉由一个自由的社会人变成了一个负责任的公民，她自觉地把家庭和社会联系起来。她在给圣普乐的信中反思说：“我们把恋爱看做是结成美满婚姻的必要条件。我的朋友，这个看法是错误的。只要为人诚实，有美德，在某些方面情趣相投，地位和年龄虽有差别，但性格和脾气合得来，就可以结成夫妇。有了这些，结合之后就必然会产生温柔的眷恋之心。这样的结合，严格说来虽

① 卢梭，《新爱洛伊丝》，卷三，书信十八。

② 以上归纳引证参卢梭，《新爱洛伊丝》，卷三，书信二十。

然不是恋爱结合，但甜蜜的程度是一点也不少的。”这个认识的转变，沃尔玛的作用是明显的。由此，朱莉认为：“结婚的目的，不单单是为了互相眷顾，而且是为了共同尽公民的义务，为了持家和抚育孩子。”她深深地体会到和沃尔玛的结合“不是情欲冲动的心中的盲目的欢乐，而是两个诚实的人和理智的人永恒不变的依恋之情”。她认识到是必要的经济基础才使她得到这一切的，从而提醒从前的恋人：“请你深深探索你的良心，看你是否还能找到某些被忘却的原则，可以用来调整你的行动，使它们之间更加紧密联系，去追求一个共同的目标。我告诉你，单以道德做你行为的支柱，那是不够的，如果你不把这个支柱建立在一个不可动摇的基础之上，那是靠不住的。”① 在这里，卢梭清晰地阐明了他为什么总是不肯放弃私有财产的原因，他著作之间的互证性再次得到体现。从这个角度看，圣普乐仍需磨炼，他还不是成熟的爱弥尔。

事情到了这一步，圣普乐意识到他此生真正永远地失去朱莉了，幻象破灭后的绝望笼罩了他执著孤独的心灵，迷茫的他想到了自杀。然而他还有真正的友谊，在这个时刻，爱德华适时地提醒圣普乐：“心灵的痛苦的自然进程，同肉体的自然进程正好是相反的，因为这两种实体的性质就是相反的。后者随着年岁的衰老而愈来愈多、愈来愈重，直到最后摧毁终将一死的肌体。而前者则相反，一个不死的质朴的存在的外表的短暂变化，将不知不觉地消失，从而使这个存在保持它永不改变的原来的形状。”因此，“心灵的痛苦不论是多么剧烈，总是有药可治的”。

爱德华的这一番劝诫其实是卢梭认为他的公民必须经历的精神考验的一部分，目的是锻炼他的公民认识到履行责任是合乎自然法的社会秩序之不可逃避的规定。爱弥尔（卢梭）和苏菲经历过，朱莉也经历过，只有完成了这点，才能真正造就百折不挠地坚持高尚美德的公民。圣普乐显然还没有完成这个蜕变，而所以很自然地，爱德华最终转到了这个问题：“你之所以能生存，你之所以有才能和智慧，都是受社会之赐；你是属于国家的，穷苦的人们需要你，难道你对社会、祖国和穷苦的人们一点责任也没有吗？啊，你真精明，在你列举的那些义务中，单单忘记了列举你做人的义务和做公民的义务……法律，法律，年轻人！无罪的苏格拉底出于对法律的尊重，始终未离开监狱，而你为了达到毫无道理地抛弃生命的目的，竟不惜破坏法律，而且还公然质问：‘我哪里做得不对？’”高尚公民当然不能忘记这个最重要的责任，爱德华批评了圣普乐对古罗马公民之死的错误理解。古人是履行了公民的责任的：“他们知道：他们的血，他们的生命和最后一口呼吸，应当奉献给他们的祖国，即使蒙受羞辱和遭遇艰险，他们也不背离这个神圣的义务。然而，当法律遭到践踏，国家受暴君专制统治的时候，公民们就应当自行恢复他们天赋的自由和自己支配自己的权利。”古罗马灭亡了，所以它的公民失去了祖国，他们就可以支配自己的自然权利，做出任何选择。

① 参卢梭，《新爱洛伊丝》，卷三，书信二十。

卢梭借爱德华之口陈述这个问题，意旨深远，是对现实的明显回应：他坚持站在民族国家这个前提上论述公民责任，这是他站在现代性的背景下考虑问题的反映；他这么解释古罗马公民之死，是提醒圣普乐，他还有祖国，只不过是被暴君专制统治着，所以此刻有愿意履行责任的公民尤其显得重要。这个思想深层次地彰显了卢梭对现实的关注和抗拒，明示了《爱弥尔》中培养公民的目标指向，揭示了他关注政治秩序的最深刻的原因。它极其系统地反映了卢梭的致思路径：民族国家是不可改变的现实，在18世纪的舆论的气候中，可以观察到，现实中的它严重地败坏了公民道德，这是违反自然秩序的，这不是应有的状况。卢梭从反思道德败坏的现实出发，提出了理想的民族国家秩序，认为要培养新公民来改造现实秩序。这是卢梭所有著作的主干思想。在达成改造的目标之前，合格的共和国公民不能逃避他的责任，实际上按卢梭的意思，何况这本来就是公民最重要的权利，是公民牺牲的唯一的自由，受到的唯一的束缚。这是按照卢梭规划的遵循社会契约的公民必须承受的，他肯定会得到补偿。所以毫不奇怪，接着爱德华提醒圣普乐："在这个世界上，你活一天，就有一天的义务，每一个人，只要还活着，对人类就是有用的，这个道理，你不知道吗？"①

在爱德华的点拨下，圣普乐意识到他的错误，他遵从了绅士的意见，同意进行更广泛的游历，锤炼他的意志，开阔其视野。他在给克莱尔的告别信中说："亲爱的好表妹，我走了，我要去周游世界……我的创伤明知没有治好的希望，但也要治，因为这是朱莉和美德命令我这样做……不论我的命运如何，我已下定决心，我已对天发誓，如果我不能做到无愧于你们，我就永远不和你们相见。"② 这意味着圣普乐迈过了最关键的坎，他正在成为真正的公民，而他继续周游的经历正是卢梭安排爱弥尔做过的。唯一的差别是爱弥尔是理想中的，而圣普乐看起来就是现实中的；按照《忏悔录》的提示，他就是卢梭。

圣普乐的离去，让朱莉非常担心，而这时克莱尔的丈夫多尔贝先生去世了，她邀请克莱尔带着她的女儿过来和她同住。这是意味深长的，它暗示着多个卢梭共和国的公民家庭将要联合，一个新的社会正在形成。事情正朝这个方向发展，圣普乐经过八年的环球游历也重新回来和克莱尔聚首了；沃尔玛代表朱莉邀请他和克莱尔的家庭一起到位于瑞士的朱莉家庭所在的克拉朗来同住，多尔贝的家庭和圣普乐愉快地接受了邀请。

圣普乐和两个家庭聚首了，一种纯粹的公民之间的友谊洋溢于新的社会之中，世界将要改变。在这个时刻，爱德华是不合适来的，因为具体的改造成果还要通过圣普乐和他的通信来展示，改变才刚刚开始。③ 然而圣普乐和朱莉以前那么深厚的

① 卢梭，《新爱洛伊丝》，卷三，书信二十二。

② 卢梭，《新爱洛伊丝》，卷三，书信二十六。

③ 这段内容的详细过程见卢梭，《新爱洛伊丝》卷四，书信一至六。

感情会不会因为住在一起而死灰复燃？特别是克莱尔和朱莉一样是了解并深刻同情圣普乐的，她的到来会不会是三人成虎，加速问题的恶化？卢梭在这里给予了精心的安排，他让圣普乐先于克莱尔到达朱莉家中，这是对沃尔玛、圣普乐和朱莉的严峻考验。果然，由于朱莉和圣普乐已经是理智而成熟的合格公民，所以他们必须顾及到沃尔玛的感受，尽管相处和谐，但当两人有独处的机会时，他们都试图选择回避。这种尴尬若不能消除，新公民之间内部的和谐总会成问题。在其中，沃尔玛是问题的关键，然而沃尔玛没有让自己成为障碍。当他发现这点的时候，他表现出了对这两个人的应有的信任，他牵着朱莉和圣普乐对后者说："我们的友谊现在开始了，我们的亲密关系现在建立了；我们的友谊是牢不可破的。现在，拥抱你的妹妹和朋友，你今后就这样看待她；你愈是对她亲切，我愈认为你好。"对圣普乐在不同场合如何称呼朱莉的问题，他说："礼仪是坏事的假面具。在崇尚美德的地方，礼仪是没有用处的。"[①] 此后他又劝慰朱莉不必在乎她和克莱尔分享一些沃尔玛不知道的关于圣普乐的秘密："婚姻关系太庄重、太严肃，以致好友之间能说的一些知心话，在夫妻之间反而不能说，因此，有时候要适当利用朋友的关系来缓和一下极其严苛的夫妻关系。一个诚实的和聪明的女人，到一个忠实的女友那里去寻求安慰，请她帮助分析问题和出主意，这完全是可以的，因为有些事情她不敢向他丈夫说嘛……有许许多多的秘密，虽然是三个朋友都该知道，但讲的时候，只能够两个两个地分开讲。"[②]

朱莉、克莱尔和圣普乐的确配得上这种信任，而沃尔玛的处理方式，既符合他的特长，而且恰好起到一石三鸟的作用：既解决了他妻子和前情人的问题——这种处理方式和卢梭对友谊的看法是高度一致的，对朱莉和圣普乐的自我约束也是一种强化；还为克莱尔的到来准备了充分的条件。这一处理方式按中国传统（即古典传统）是很容易理解的：把友谊当成亲情来对待。但对现代西方人来说却很难理解，希克拉评论说：沃尔玛不是上帝，但其所作所为是上帝该作的。[③] 这是希克拉把卢梭当成心理学家（这就太复杂了）来对待的必然结果，但这显然又过于简单地处理了卢梭的深意。因为卢梭恰是认为现代社会的公民应该保留古典社会曾经具有的美德；更何况，沃尔玛早就得到了朱莉和圣普乐的全部通信，他对三人的品行有足够的了解，只不过，另外三人还不知情！[④]

---

① 卢梭，《新爱洛伊丝》，卷四，书信六。

② 卢梭，《新爱洛伊丝》，卷四，书信七。

③ 关于对沃尔玛的这个评论，See，Judith N. Shklar，Men and Citizen，Chapter 4，pp. 135—136. 希克拉认为卢梭是心理学家见本书第一章的引证。卢梭的这个深意，用滕尼斯区别共同体和社会的理论则更明显地凸现出来。参滕尼斯《共同体与社会》。

④ 沃尔玛得到所有这些信件，是在后文才交代的，是朱莉的母亲给了他这些东西。见卢梭，《新爱洛伊丝》，卷四，书信十二。

第二节　合格公民对社会的正义改造

朱莉和圣普乐的问题都解决了，才是克莱尔到来的时候。新公民之间内部的和谐已不是问题，一个新的社会团体已然形成，随后应该看这个小团体对社会能不能起到改造作用。卢梭就是这样安排的。

圣普乐对沃尔玛和朱莉家中的管理情况进行了详细的描述。这个家庭房屋的布置不是为了好看，而是为了住人。他们“把豪华的旧式家具都换成朴素适用的家具，屋里的东西看起来令人舒服，样样都显得大方和整洁，而炫耀富有和奢侈的东西，则一样也没有。没有一个房间不使人觉得是住在乡村里，但城里的种种舒适设备却应有尽有，一样也不缺”。这正是符合卢梭理想国要求的一个伦理社团：主人是典型的中产阶级，生活俭朴，而且生活在乡村；他们靠自己的劳动过日子，“他们的土地没有出租，由他们自己耕种……他们奉行的准则是：地里出产的东西，必须每一颗每一粒都要收回来，其目的不是为了得到更多的收益，而是为了养活更多的人”。没有出租，但是可以雇工，“由于土地多，而且要细心耕种，所以除了管理家禽饲养场的工人以外，他们还雇了许多日工：养活了那么多人，而对自己又无损害，这在他们看来，也是一件好事”。雇工不是为了牟利，而是为了帮助附近的人们，“在日工的挑选方面，他们是宁肯要当地人和附近的人，而不要外地人和不认识的人”，这样做的好处在于：“他们因坚持这样的雇人办法，所以能鼓励他们所雇的人。”在发放工人工资的时候，不低于国家标准，而对努力工作的人，还发放奖励工资，它“视工人劳动的好坏而定，因此，他们为了使主人感到满意而干的活儿，其价值往往超过了主人付给他们的附加工资”。然而朱莉家庭的这种奖励办法绝不是为了鼓励恶性竞争，而是为了培养人们热爱劳动的习惯，所以朱莉特别注重让品德优异的人感到更受器重。她“对那些忠厚诚实的人处处关心，以此赢得他们对她的爱戴。她从来不相信单用金钱就可以抵偿别人为自己付出的辛劳。因此，她认为，谁帮了她的忙，她也应当帮谁的忙。工人、仆人以及所有一切为她服过务的人，即使只干了一天活，她都视之为自己的孩子”。这样做的回报是丰厚的，它培养了淳美的风尚。圣普乐对爱德华感叹道：“啊！绅士，善良的美的权威，才是可崇敬的和有力量的权威！”① 从这段描述中我们可以清楚地看到，这是卢梭在《爱弥尔》中表达过的诸多观念的重述。

以上是生产管理，朱莉家中还有家政管理。朱莉家中有八个仆人帮他们料理事务，此外“还有男爵（沃尔玛）的一个随从和几个管理家禽饲养场的人”。这些人

① 卢梭，《新爱洛伊丝》，卷四，书信十。

和雇工相比，更贴近朱莉的家庭生活，因为他们是全日制的，有美德是他们能入选的基准。“在这里，选择仆人和工人的标准，和巴黎与伦敦的标准不同。在巴黎与伦敦，选的都是一些已经定了型的仆人，也就是说都是一些老油子，贪财图利之人……这些人当中，根本无诚实、忠心和热情可言……在德·沃尔玛先生的家，他们把挑选仆人，看做是一件很重要的事情。他们不把仆人只看作是用钱来干活儿的人；他们把他看做是家庭的成员……他们对仆人的要求，第一要诚实，第二要爱主人，第三要实心为他们服务。只要主人通情达理，仆人稍微机灵点，这第三条，必然会同前两条一样做到的。因此，他们雇的仆人，不是城里人，而是乡下人……他们雇的都是家里人口多、孩子多，而且是自愿出来帮工的人。他们挑的都是年轻的、身材匀称的、十分健康的、容貌好看的人。”除了这些要求，还有特别的程序，“开始是试用，然后由多数人评议，也就是说由家里的孩子们评议”。仆人的工作都很简单，而且由沃尔玛手把手地教会。“他们的工作条件是很好的，他们感觉到了一种在他们自己家里未曾感到过的舒适，但主人不允许他们懒洋洋地磨洋工……主人不允许他们因在这个家庭帮工便盛气凌人；他们应当始终像在他们自己的家里那样劳动，只不过换了家长，挣的钱更多点罢了。”由于这个家庭高尚的美德，慷慨的酬金，为他们干活不仅能做到让人人尽其才，还会锻炼人的美德，因此这个家庭的仆人“个个都努力工作，但谁也不觉得是在伺候他人”。但朱莉家仍然努力防止金钱对所雇佣人员的腐蚀，他们决不雇佣超出需要的人手，对仆人除了厚道还特别讲究公平：对长久服务的人，朱莉家绝不会因他们年老体弱而抛弃他们。朱莉和沃尔玛配合极好，他们一宽一严，“可以使仆人不至于过分欺负女主人心软，也不至于过分害怕男主人心硬”。在朱莉的家里，他们安排男女仆人做不同的工作，使他们养成不同的习惯、爱好和兴趣。这样做的目的，是使男女仆人自觉他们之间不应该有不正当的往来，而忠实于各自的工作。一句话，仆人之间感觉他们是一种血脉亲情的关系，融洽而不失礼节。①

仆人平常虽然一直很忙，但是朱莉家不会把他们变成机器，也不会让他们疏远自己的家庭，而是张弛有度。“每个礼拜天，在晚间讲道以后，妇女们还要和她们经夫人的同意而轮流邀请来的亲友集合在孩子们的房间里，一边等女主人给她们预备的小吃，一边聊天、唱歌、玩羽毛球或孩子们爱玩的其他游戏，一直玩到他们学会能自己玩。”圣普乐（卢梭）明确地指斥了巴黎的颓废风尚，他发现朱莉家的聚会完全不同：“在这种小型聚会里，洋溢着一种使我心向往之的古代淳朴的气氛……女仆和女主人之间的亲密，是建立在信任和情谊之上的，因此她们对女主人十分尊重，听从她的指挥。服务的人和接受服务的人，都表现出相互的友谊。”②按圣普乐的观察，连聚会的食品都是“最能体现女人之美的温存和纯洁的象征”的

① 卢梭，《新爱洛伊丝》，卷四，书信十。

② 卢梭，《新爱洛伊丝》，卷四，书信十。

乳制品和糖，而拒绝酒精。

女人们其乐融融，对男人的休闲管理也不能放松，“如果不同时管束男人，那就一点也管不住女人……在共和国里，人们用风尚、行为准则和美德来约束公民”。卢梭在这里借圣普乐之口十分明确地提到他是按共和国的模式来勾画朱莉的家庭的，这证明了笔者前面对其作品内容分布的判断是合乎卢梭原意的，也说明了《新爱洛伊丝》在其著作中的重要地位。圣普乐归纳说，男人的主要爱好是去小酒馆喝酒、玩牌。因此沃尔玛在家中就给他们提供这种休闲方式，前提是不能喝醉、不能赌博——这两点显然是针对巴黎的风尚的。沃尔玛家建了一个游乐场，就是提供各种娱乐的场所，为了不让仆人觉得受限制，沃尔玛主动提供慷慨的奖品，让玩得好的人得到鼓励，玩得不好的人也不会空手而归。它的成果是丰硕的：“这种玩法，逐渐变成了一种表演；演员在观众的目光鼓舞下，他们是宁要观众鼓掌，而不在乎是不是得奖。他们变得比从前勇敢和灵巧，彼此都比从前更相互尊重了。他们已经认识到，他们的价值在于他们的自身，而不在于他们手中的财富，因此，尽管他们是仆人，他们全都把荣誉看得比金钱还重要。”在这种场合中，主人和仆人之间的关系非常融洽：“我发现，这样一种适当的接触，可以使我们之间建立亲密的联系，减少仆人的自卑心理和主人的过分威严，从而给我们的关系增添了一点自然的人情味。”这种人情味还不是单纯体现在工作和游乐上，“在我们家工作的男人，都是未婚男青年；在女仆人当中，孩子的保姆还没有结婚……我们尽量在这些小型的聚会上，在我们的关心下，为他们提供这种（交往）机会，以帮助他们进行更好的选择。在帮助他们建立美满家庭的同时，也增进了我们家的幸福”。卢梭给予朱莉家的这种管理方式以极高的评价，他借圣普乐之口说：“我在这里还没有见到哪一个主人是像他们这样能同时把他们雇用的人既培养成为他们生活服务的好仆人，又培养成为他们耕地的好农夫；既培养成保卫祖国的好士兵，又培养成将来在命运召唤的时候跻身于各个阶层的人。”卢梭认为这个家庭因勤劳和美德而获得的成果远不限于她的家庭，它有深远的辐射作用。圣普乐在给爱德华的信中说：“我很高兴地得知，人们称赞邻村的青年的品行时，往往有这样一句评论：‘他曾经到德·沃尔玛夫人家作过客’。”①

对朱莉家管理状况的描述，真实充分地反映了卢梭关于政治秩序的主张。首先，朱莉家中的四个核心人物，在素质上是符合爱弥尔或苏菲的形象的，在卢梭的心目中，他们就是共和国的合格公民，他们在能力上不是完美的，但是每次错误都能增进其美德。他们充分了解并尊重习俗，对人性有着很深的了解，按卢梭的意思，他们将是构成立法者的“人民”；他们和仆人的关系，在本质上说明共和国的公民并不享受平等的地位，也证明卢梭的确不是民粹主义者。他重视的是每个公民的权利的平等——每个公民按各自的能力而不是财富在共和国里获得合理地位的平

① 卢梭，《新爱洛伊丝》，卷四，书信十。

等权利；① 卢梭的共和国里的公民一定都是劳动者——不是城市居民，他们劳动的目的不是为了获得财富，而是为了自己简朴、健康而自由的生活；② 诚实和信任的美德本身是最好的法律，这样的公民本身不需要特别的法律。

笔者认为这是卢梭在这里没有提到法律的根本原因，而这和他一贯的思想是契合的；③ 按卢梭构设的理想国，每个公民都像爱弥尔和苏菲一样。但这里却设置了许多素质上不如主人的仆人和雇工。这恰好表明了卢梭的现实关注，他认为他的方案是可以付诸实践的。他清楚，在现实中不可能每个人都像朱莉家中的四个主人一样，但他坚信，只要有了朱莉这样的人，结果不会是社会的腐化腐蚀了他们，而是他们能改造社会。圣普乐对朱莉家的辐射性影响所做的评论充分体现了卢梭对美德的信心；④ 由于论述朱莉家中管理概况的时候，圣普乐明确地提到了他们对邻近社区的影响，这就是一个小型社会，它是符合卢梭的共和国的规模的。

按照描述，这里已经达到高度的和谐，因此它相当于对卢梭在《社会契约论》里

---

① 卢梭，《新爱洛伊丝》，卷五，书信二里，朱莉和圣普乐的对话："我认为大自然所以把各种各样的才能分赐给人们，似乎就是要让每一个人各有所长，而与他出生的阶层无关。她回答我说，有两件比才能更重要的事情需要首先考虑，这两件事情是：风俗和人的最大的幸福……不能单单作人家的工具。谁也不应因某事于己有利，就让别人去替他做，而不管对做那件事情的人是否有益，因为人不是为了社会地位而生的，而是社会地位为人而设的。为了适当地分配地位，每一个人都不必过于追求非要最适合于自己的工作不可，而只要有一项工作能使自己尽可能生活得好，生活得愉快，就行了。绝不允许为了他人的好处而去做败坏人的心灵的事，也不允许为了好人服务而使他变成坏人。"另外卷五书信七，中译本第629页卢梭的注释③也明确证明了笔者的归纳是准确的。

② 卢梭，《新爱洛伊丝》，在卷四，书信十，圣普乐明确地说："依我看，我认为，真正的精神上的满足的最可靠的标志，是隐居的家庭生活。那些经常到别人家去寻求快乐的人，在他们自己家里是得不到快乐的。一个喜欢家庭生活的家长，不断操持家务而得到的报酬是：他始终能享受到最甜蜜的自然的感情。在所有的人当中，只有他是自己的幸福的主人，因为他像上帝那样快乐，除了他所得的享受以外，别无其他的希求。像这个伟大的神一样，他所考虑的，不是扩大他拥有的财产，而是如何通过美满的关系和最完善的管理，使他的财产真正为他所用。他之所以富，并不是因为他获得了什么新的财产，而是由于他更好地运用了他现有的东西。他所享受的，完全是他的土地的收益。"在同书卷五书信二里，卢梭借圣普乐之口说："一个国家是不是真正兴盛，要看它的农村……在估量一个国家的国力时……真正的政治家则去看他的土地，深入到农夫的破茅屋去看他们生活的情形。"这两段话证明了笔者的归纳是合乎卢梭原意的。

③ 卢梭，《新爱洛伊丝》，卷六，书信六，朱莉说："只有司法和仁慈相辅而行，世界才能充满祥和与自由。"

④ 卢梭，《新爱洛伊丝》，卷四，书信十，圣普乐清楚地交代："他的仆人都是外姓人，但他把他们看做是自家人，看做是他自己的孩子：他把仆人变成了自己人了。"在书信十四里，朱莉说把孩子交给圣普乐教育，这和爱弥尔决心要自己教育孩子一样；而在卷五，书信三里，圣普乐直接谈孩子的教育，其方法和《爱弥尔》里的完全一致，笔者不再重复。这两点，都证明了笔者的这个归纳是可靠的。

提到的共和国的具体要求的现实版本，卢梭证明它是可靠的方案。[①] 总的来说，它不仅具象地说明了卢梭的思路是一贯的，也证明了《新爱洛伊丝》与《社会契约论》、《爱弥尔》探讨的的确是同一个主题，它们之间内容的交叉和连续性都是很明显的。对朱莉家庭管理状况的描述是《新爱洛伊丝》里最长的一封信，它的中心地位是不言而喻的，正如《信仰自白》在《爱弥尔》里一样。但是迄今为止，卢梭还没有形象地说明他对信仰的看法也是可靠的，而这正是该书此后内容要证明的。

圣普乐在描述朱莉家的管理状况的时候，已经开始朝这个方面发展。他并没有把朱莉和沃尔玛描写成圣人的意图。“仆人对主人的评价是信实可靠的……他们不称赞他们的主人有大家都共有的那些美德，他们只是用朴素的语言赞美上帝在地上创造了这么多的财富，使他们所服务的主人获得幸福，使穷人的痛苦得到减轻。”[②] 这段评论意味深长，它表明卢梭即便承认人的能力不同，人再有美德，他也不愿意把权威交给某个具体的人或集体，而是把一切的成就归功于上帝，这和他的一贯思想是契合的。这个问题不只发生在主仆之间，实际上，朱莉最为不安的事情是沃尔玛不信仰上帝；而沃尔玛诚实的品德不允许他欺骗朱莉。为了这件事情，朱莉经常偷偷地哭泣和祈祷，她忧伤地对圣普乐说：“如果这个不幸的人要把他的天堂建筑在这个世界上的话，我们就要尽可能把他的天堂建筑得更加美好。”而沃尔玛也一直为此烦恼。[③]

事情的转机出现在朱莉为了救她的小儿子染病身亡，这是一个壮美的场面。朱莉在弥留之际，最为挂念的是她的孩子和圣普乐，她把孩子的教育托付给圣普乐，而且留下遗嘱，要一直寡居的克莱尔和圣普乐结成夫妻——这是自克莱尔孀居之后朱莉一直努力做的一件事，因为克莱尔一直也分享着朱莉对圣普乐的爱。在即将告别人间的时刻，朱莉在神父面前忏悔了她的一生，坚定地表明了她不怕天堂之门向她关闭，她把这归结为自然的安排。她勇敢地说她的至爱是圣普乐，她期望在上天和圣普乐团聚；但她也说，在现世，沃尔玛是她最合适的丈夫。朱莉的这段忏悔是

---

① 卢梭，《新爱洛伊丝》，卷四，书信十一，卢梭借沃尔玛和圣普乐的交谈阐述自己的观点：“我的一切行动的动因，完全来自我对秩序的天然的爱；人的财力和行为的正确结合，就像图画上的巧妙的对称或舞台上演得非常成功的戏剧一样，使我感到非常高兴。”“在我所处的新环境中，我认识到，利益并不是像我以前想象的是人的行为的唯一动机；在许许多多与美德相冲突的偏见中，也有一些偏见有利于美德的实践。我认为，人普遍具有的性格是自爱；由于他要爱自己，所以他对他人就不关心；由于有许多受风俗、法律、社会地位、财产和管理办法制约的事情，在使他发生变化，因此，他可能变好，也可能变坏……通过活跃的生活，加深了我得自天性的对秩序的爱；由于我乐于为善，我对善有了新的认识……冷静的理智从来没有产生过出色的行动；只有使各种各样的欲望相互制约，我们才能战胜它们；对美德的爱产生之后，它就可以控制其他的欲望，使它们保持平衡。”沃尔玛的这段论述，不仅证明了卢梭认为他的理想国是可以实现的，他有意识地封住了对他美德至上会产生更大困难的指责，还证明了笔者关于卢梭对理智和情感之间的区别是合理的。

② 卢梭，《新爱洛伊丝》，卷四，书信十。

③ 详细内容和引言参卢梭，《新爱洛伊丝》，卷五，书信五。对朱莉这段话，卢梭做了注释，充分地表明了他对基督教会的不满和鄙弃。

违反基督教义的，然而神父被她的美德彻底征服，他说："夫人，我原以为我来开导你，结果反而是你启发我。我现在没有什么可以向你说的了。你真心信仰上帝，因此你博得他的爱……夫人，你的死与你的一生一样，是值得敬佩的，你为对他人行善事而活，你为尽母爱而自我牺牲。无论是上帝让你回到我们之中做我们的楷模，还是把你召唤到他身边以奖赏你的美德，我们都要像你这样活，也要像你这样死！这样，我们一定会得到来世的幸福。"朱莉垂死时的这种平静的表现彻底震惊了冷静的坚持怀疑主义的沃尔玛，他发现上帝真的存在。他在给圣普乐的信中说："此时，我才开始重视朱莉的宗教信条，我觉得她的信仰比较接近理智。"这整个过程的描述是笔者见到过的最为打动人心的篇章。按卢梭的意思，沃尔玛这才成为真正的公民。然而朱莉的死，冲击最大的是那些生活在她周围的普通人，在她停尸期间，一个老仆人在呼唤她的女主人的时候，感觉似乎朱莉动了一下，她以为朱莉还活着。这个消息导致除了沃尔玛、克莱尔之外的20多人的迷狂，他们不相信朱莉死了，他们坚信她不会死，他们围着朱莉要唤醒她。

故事以下面的方式结束：沃尔玛准备信仰宗教；朱莉的孩子将由圣普乐负责教育；但是克莱尔不可能和圣普乐结合，克莱尔的理由是："一个被朱莉·德丹治爱过的男人如果想与另外一个女人结婚，他在我眼中不过是个懦夫，有这样的人做朋友，我将感到耻辱。"因为她也是爱圣普乐的，所以她同时也表明她的决心：今生不再嫁人；朱莉所爱的人不会因为朱莉的离去而散失，相反，他们的队伍将扩大，他们邀请爱德华绅士加入这个家庭。克莱尔说："快来吧，亲爱的和尊敬的朋友，来和她留下的人团聚在一起。让我们把她所喜爱的人都集中在一起。愿她的精神鼓舞我们，愿她的心和我们所有的人连在一起；让她天天看着我们如何生活。"① 卢梭对美德能产生巨大的力量的坚定信念在此展露无遗，从而确证了他对其公民对现实能起到改造作用很有信心。

卢梭在《新爱洛伊丝》中最后的情节安排，完整而形象地呼应了笔者分析过的他的主要著作所共有的主题，即，对秩序的关怀，这种关怀主要围绕新公民的培养和适应来体现。卢梭对他的这个体系给出了一个越来越具象的乐观主义姿态。

至此，笔者对卢梭政治思想的重心——公民观——的分析告一段落。卢梭的《论波兰政府》、《为科西嘉制宪》、《论戏剧》都是他的政治秩序思想的实践上的反映，卢梭在其中体现的思考，没有违反卢梭的一贯思想。因此，笔者认为不必再重复，在这个前提下，笔者认为让·斯塔罗宾斯基对卢梭著作的内容的归纳是准确的。②

---

① 详细内容和引言见卢梭，《新爱洛伊丝》，卷六，书信十一至十三。

② 让·斯塔罗宾斯基对卢梭著作内容的归纳见本书"导论"。但笔者的分析过程则明显和斯塔罗宾斯基有区别，因为她没能真正反映卢梭思想的系统性，而只是反映了卢梭思想的连续性。他和其他研究者一样，发现卢梭到处存在断裂；他还是证明卢梭有病的一个重要人物。这些内容参其著作，Jean – Jacques Rousseau Transparency and Obstruction，by Jean Starobinsky ，translated by Authur Goldhammer，1988 by the University of Chicago. 该书附录部分提供了一篇文章，《论卢梭的病》。

第九章　卢梭与现代性政治的困局

第一节　现代性的内涵

在笔者前文的分析当中，经常提到现代性的问题，实际上在第二章已经给出了关于现代性的许多论述，但把现代性的概念集中地界定一下还是必要的。“现代”和“古典”（学界习惯上用“传统”这个词）有什么区别？这在学界是一个争议很大的问题，笔者并不打算涉入这些争论，结合本书的内容，从历史起源的角度考虑现代性的概念是更适合的。卡林内斯库提供了这个视角：“要精确地标明一个概念出现的时间总是很困难的……然而有一点是很清楚的：只有在一种特定时间意识，即线性不可逆的、无法阻止地流逝的历史性时间意识的框架中，现代性这个概念才能被构想出来。”“尽管现代性的概念几乎是自动地联系着世俗主义，其主要的构成要素却只是对不可重复性时间的一种感觉，这个构成要素同犹太—基督教末世论历史观所隐含的那种宗教世界观绝非不能相容。唯其如此，现代性的概念在异教的古代世界中显然不存在，它产生于基督教的中世纪。”他通过历史考察发现：“值得注意的是，更早的拉丁语无需‘现代/古代’这种对立。这可以说是因为古典拉丁思维对历时关系不感兴趣。”①

卡林内斯库把现代性的起源归纳成三个时期：第一时期是“古今之争”，他认为这个争论最重要的结果是“它以聚讼纷纭的含义丰富了‘现代’一词”②；第二阶段始于文艺复兴而延伸至整个启蒙时期，“其特征是现代性逐渐同基督教分离。一开始，现代性的概念仅仅在非宗教事务上确立起来——自然哲学，科学，诗学……在启蒙的理性主义和经验主义时期趋于尾声之时，现代性的概念已经在很大程度上失去了先前的中立性。它同宗教的冲突最终变得公开，做现代人差不多就是做一个‘自由思想者’”；第三个阶段则覆盖整个浪漫时期。“这就是反对启蒙世纪

① 马泰·卡林内斯库，《现代性的五副面孔》，周宪等译，商务印书馆，2002 年版，第 18 页。

② 马泰·卡林内斯库，《现代性的五副面孔》，第 41 页。

干瘪的理性主义及其在美学上的对应物新古典主义的运动。”[①]

从上述引证中，我们可以得出结论：的确，理性主义的进步概念是现代性的核心哲学观。考虑到卢梭生活在18世纪，因此笔者对这个概念的历史考察就限于这个时段。从卡氏的归纳中，结合笔者对卢梭思想的考察，我们可以看出卢梭和现代性的这三个时期都有着明显的关系。至此，现代性的主要含义虽然已经明了，但是它有什么表征，能帮助笔者对卢梭的思想做一个合适的评判呢？笔者认为，从本书考察政治秩序的角度出发，分三个层面来处理是能比较清楚地澄清问题的层次的：个人、社会和政治秩序。这三个视角注定是比较性质的。

路易斯·迪蒙在考察个体主义的起源时，一开始就自觉地从宗教中进行考察。他从基督教着手，发现“斯多葛主义的特点，从一开始便是适应社会，后来到了晚期更为显著”。这和现代社会显著不同，迪蒙归纳说：“这个奇怪的特点向我们揭示，即使斯多葛主义者以与印度弃绝者不同的方式回到世界，那也只是次要的适应，从根本上说他是世界的局外人。”[②] 迪蒙没有考察中国社会，但是中国的宗族制度同样显示出个人在其中并不具有独特的地位。[③] 因此，就东西方来看，在古典社会里，个人都是没有特别位置的，他是秩序的服从者。但是基督教不同，“教会想直接或间接地统治世界，这表明基督徒个体在空前的程度上介入了世界。教会后来继续朝这个方向走，然而这一步是决定性的，特别是对未来的政治发展而言……值得深思的主要一点是：教会使世俗严格地从属于先验价值，久而久之，导致了俗世的人性化。”[④] 笔者的探索路径和迪蒙是一致的，他随后对西方思想界关于秩序的思考进行了归纳，发现个体主义的主要蕴涵是平等和自由的理想。[⑤] 因此，可以说，个体的凸显是现代性的重要表征之一。

笔者接着讨论现代性在社会层面的体现。进入这个问题，我们很容易发现它和现代化问题的关系。由于笔者不谙熟此方面的问题，因此只能引证具有归纳性质的相关学者的思考。德赛对西方学者使用现代化概念的核心过程的理论讨论进行了总结，他列举了大量学者的观点，归纳说：“按照这些学者的说法，‘现代化’既是过程，又是产物……我们将扼要地对现代化标题下所包括的这类过程进行评论。在思想领域内，现代化表现为新知，它‘可能探求自然现象和社会现象的合理解释’……这种理性态度是现代化的核心过程。”他发现：“现代化的其他一些特征是与崇尚神灵相对立的世俗主义的发展，即与彼世对立的今世观的发展，几乎是合

① 马泰·卡林内斯库，《现代性的五副面孔》，第67—68页。

② 路易斯·迪蒙，《论个体主义》，谷方译，上海人民出版社，2003年版，第25页。

③ 关于这点可参瞿同祖，《瞿同祖法学论著集》之《中国法律与中国社会》的第一章《家族》，中国政法大学出版社，1998年版。实际上，费孝通的《乡土中国》和许烺光的《种姓·宗族·俱乐部》等许多人类学者的作品都持相近观点。

④ 路易斯·迪蒙，《论个体主义》，第48页。

⑤ 路易斯·迪蒙，《论个体主义》，第72—85页。

乎逻辑地继理性态度之后产生的。”“作为‘体制转变’的一个复杂过程，现代化体现在称为‘社会流动’和‘结构变化’的某种社会—人口特征中。社会流动意味着‘这样一种过程，其中大量的旧的社会、经济和心理方面的信仰都失效和崩溃，人们可利用社会化和行为的新方式’……社会结构的变化（方面），现代化是‘个人活动和制度结构的高度分化和专门化’，‘个人所有的不同任务——特别是职业和政治中的任务以及他们与家庭和亲缘关系之间的任务——发生了分离’。”在政治变化方面：“现代化包含四个主要特征：1. 国家主权的合法性不是来自神授，而是来自本来属于人民的世俗的认可，并以对公民负责为基础；2. ‘政治权力’不断分布‘到广泛的社会群体——最终分布到全体成年公民，把他们结合在一个大家同意的道德秩序中’；3. ‘领土范围不断扩大，特别是通过中央的、法律的、行政的和政治的社会机构的权力加强’；4. 现代社会的统治者无论其性质如何——专制的、官僚制度的、寡头制的或民主的——都不同于传统社会的统治者，‘承认其子民作为对象、受惠者和使政策合法化的重要性’。”在经济变化方面：“现代化本身表现出以下一些特征：1. 非生命的能源……作为生产、分配、运输和通讯的基础；2. 经济活动从传统的环境中分离出来；3. ‘机械和技术日益取代工具’；4. 随着技术达到这样的高水平，庞大的第二产业部门和第三产业部门产生，在质量和数量的重要性上都超过了第一产业部门；5. 经济任务和经济活动——生产、消费、销售——的单位日益专门化；6. 在经济上有一定程度上的自我持续增长能力——至少足以经常提高产量和增加消费；7. 日益工业化——经济现代化的主要特征。”在生态领域内：“现代化的特征表现为城市化程度的增强。”在文化领域内：“1. 文化系统中的主要成分之间的差异性不断增强，‘传播文化和世俗教育的推广，形成了以科学知识为基础的更复杂的知识和组织系统，以执行培养人才和提高专门化的任务’；2. 出现新的文化景观，其特征是强调进步和改善，强调幸福和自发地表现自己的能力和感情，强调个人价值的发展和效率；3. 出现新的人格定向，品性和特征（主要表现这里从略）；4. 现代化也意味着‘社会的一种能力’，以产生一种制度结构，它能适应不断在变化的问题和要求……这种灵活性的产生构成了现代化的中心问题和对它的挑战。”①

西方学者对现代化特点的归纳使现代化显得美轮美奂，它显然带有西方中心论的倾向，德赛的归纳正是为了批评这种倾向。但不可否认的是，它正说明了现代性首先兴起于西方，它在社会层面确实是符合西方发达社会的特征的。这些理论家有意把现代化总体上归为非人化方面的伟大成就，正体现了民族国家的霸权本质——它几乎被奉为现代化过程的唯一路径。一直以来，在很大程度上，西方国家把他们的强势力量推行到非西方世界时，同时就把其中的非物质条件一起作为非西方国家

① A. R. 德赛，《现代化概念有重新评价的必要》，载西里尔·E. 布莱克编《比较现代化》，杨豫、陈祖洲译，上海译文出版社，1996 年版。

必须遵守的规则。在当今世界上，这些奠基于西方的文化意识构成强大的意识形态壁垒，侵蚀着卷入了现代化进程的其他国家。因此，在某种意义上，它奉行的一些基本标准的确是不可抗拒的。笔者认为这就是现代性的普世化的一面，它有很大的合理性是不可置疑的。但是当我们反思现代性的哲学本质时，把视角重新回到人的身上，质疑精神领域有必然进步的存在时，现代性的阈限就凸显出来。

无论是个人活动还是社会运演，都必须依靠一定的秩序，这是人类社会的基本特征，也几乎是所有伟大的思想家思考秩序问题的基点。若人们如帕斯卡和卢梭一样既尊重个人的理性，又发现个人理性是有限度的时候，关于秩序的思考就会出现不同的声音，乐观的看法就是当今西方大量学者对现代化的颂扬；而更审慎的看法，将导致类似卢梭的努力。它们共同的趋向是要努力改善人的处境，促进良好秩序的形成。二者的差别仅限于，前者认为最佳秩序已经形成，因此只需要加以细节的改进；而后者则发现，现有秩序相比古典秩序，就人的发展来说，人失去了太多的东西，“古典政治哲学追寻的是最好的政治秩序，或者最好的政制，对于德性之实践，这种政制是最具指导性的；便必须提醒自己注意：按照古典政治哲学的看法，最佳政治秩序的建立必然依赖于不可控制、难以把握的命运或者机运”①。因此现有秩序远不是最佳的。这正是站在现代性背景下思考秩序问题的关键部分，施特劳斯认为现代性的特点“简单不过地说：不再希望天堂生活，而是凭借纯粹人类的手段在尘世建立天堂”②。现代性秩序的天城显然就是民族国家。这个国家的规模有多大，现实主义的看法当然是当今西方发达国家的思想家所设想的，它的地域是有限的，但是它的势力是无限的；理想主义（非侵略性）的看法，当然是卢梭式的共和国，不可能存在普世性的政府，它只能是区域性的。

第二节　卢梭抗拒现代性政治的尝试

在大致地阐述了现代性的含义之后，笔者拟对卢梭的思想进行的简单评价。由于西方学者对卢梭和现代性的关系在政治哲学层面的研究已经达到特别的高度，笔者对卢梭思想的解析所要阐明的和他们几乎一致，因此，这里只对卢梭以公民观为核心的关于政治秩序的讨论加以简单归纳。

从笔者的考察中可以清楚地看到，卢梭是站在理性的立场上反对进步的，原因

① 列奥·施特劳斯，《现代性的三次浪潮》。

② 列奥·施特劳斯，《现代性的三次浪潮》。另，卡尔·贝克尔在论及18世纪的哲学氛围时也说：“新的天国必须被定位于地上生活的范围之内的某个地方，因为这是一个哲学信条：人生的目的就是人生本身，就是人的完美的尘世生活及未来的生活。”见氏著《18世纪哲学家的天城》，第120页。

是他看到了理性进步信念导致了“文明人”道德崩坏，他看似不加区别地反对科学与艺术，但是他的整个论述过程却自觉地意图获得科学带来的好处，而舍弃它带来的弊端。卢梭的这一努力在于提醒人必须记得人不是动物，人之存在的特别意义就在于他如果不得不选择群居——这已经是没有退路的事实，那么人就必须有道德。人要不忘记这点而达到自觉的高度，最简易的办法，就是使自己成为一个劳动者，过着简朴的生活，远离奢靡享受，否则人不能摆脱被双重压制的命运。卢梭的这一提醒，恰恰击中了处在一个新的不受明显个人控制的新秩序中权势阶层的要害：他们本来可以借助这一极为隐蔽的“非人”的制度来为他们的随心所欲获得正当性，但卢梭却揭穿了这种意识形态的谎言，使他们的企图无所遁形。迪蒙准确地看到了这一点，“批评家们谴责卢梭为专制主义倾向打开了大门，其实他们谴责的是他确认了社会学的基本事实，而这个真理却是他们自己不愿意承认的”。“卢梭不但是真正的社会学的先驱，他同时提出了现代人的问题，现代人已成为政治个体，但与同类一样仍是社会生物。这个问题至今仍然存在。”① 笔者认为，这正是卢梭的政治思想几百年来一直充满活力的主要原因。

对卢梭来说，他意识到人们对现实政治的反应经常趋于两极：强烈的赞同——既得利益者；强烈的反对——非既得利益者。他发现这是政治的现实，他否定这种局限，否定了人的该状况可以得到政治层面的解决。“卢梭反对这样的局限。对他来说，人的问题是不可能在政治层面获得解决的……卢梭并没有制造某种他自己的主义，但他确实提供了那真实的现代视角。”他为此勾画了人的历史，试图找出解决方案，“从自然状态到公民社会发展的历史较之于人的自然，对人来说逐渐来得更为本质了，并因此成就了历史主义”②。卢梭意识到人的天赋是有不平等的——自然的差别，他没有试图去抹杀这个事实，而是正视它的存在，努力让这种自然的不平等不构成社会不平等的正当性理由——这是卢梭比 20 世纪的罗尔斯更为高明的地方，他试图找到一个有效的途径。他找到了，这是现代整个文明世界仍然在享受着的属于卢梭贡献的成果：教育。卢梭不认为公民社会天赋出类拔萃的人应该享有特别的权利，他相信通过教育，天赋正常的人也可以成为出色的公民，爱弥尔、苏菲、圣普乐和朱莉、克莱尔等都是卢梭的学生，卢梭并没有要求他们有特别的天赋，但通过教育，他们都成了最为出色的公民。

由于发现了这一途径，卢梭相应的解决了另外的困难。他坚信人是有感情的动物，而这不是理智所能完全控制的，人之所以为人，是离不开伦理亲情的，但是现代性却正在试图祛除人的这一天然的权利。卢梭认识到强调个人自由是远远不够的，要真正享受这种权利，必须借重社会，因为人生活在社会中，而社会不能看成

---

① 路易斯·迪蒙，《论个体主义》，第 84—85 页

② 布鲁姆，《巨人与侏儒》之《卢梭：那转折的一幕》。

个体的组合，而应该看成是主体间性的聚合。[①] 也就是说，必须有公民社会整体的自由。

卢梭在理论上和“历史”上发现了这是不可动摇的事实。既然如此，那么人要珍惜它，重新找回它。他又找到了，是政治道德。他超越了人性讨论的陷阱，相信自然良善——因为人需要亲情这个事实无法真正找到理论的源头，指明只要自然地引导这种自然良善，人类一定能保有它，为它而牺牲些个人的自由，那么回报只会更大。[②] 但是卢梭清楚地知道，光相信人的道德是无济于事的，如果一个人没有基本的财产保障，他难免陷入道德的困境，因此必要的财产权是不可忽视的。卢梭意识到公民的财产权要想得到最切实的保障，在现代社会秩序里，必须依赖于建立民主的政治体系，而这又依靠法律的至高无上的地位，卢梭相信只有正义的法律能确保公民过民主与自由的生活的权利得到实现；但同时，卢梭反复提醒，对财产权的珍爱不能沦落为人被财产所支配。卢梭意识到这种过分恰是过度刺激人的欲望的前奏，“我们所知的经济科学乃是在解放欲望的基础上成型的，而这个解放恰恰是卢梭所尽心反对的”[③]。笔者认为，这种对个人权利全方位的维护正是卢梭的思想总能撞击现代人的心灵的原因。

卢梭知道，在现代性支配下的秩序中，人们并不一定会相信他指出的这个真理：因为人和人的孤独状态已经太久，如果不能保持这种状态，这种习惯就会腐蚀人的心灵。他发现了又一个途径可以帮助人们克服心灵的孤独，这就是信仰。然而在他的时代，基督教会体现出了极为可怕的恶毒之处，因此他区别开了基督教会的信仰和基督徒的信仰。卢梭的公民宗教站在一个世俗的立场上解除了教会对人的控制，时至今日，教会在西方对人显得那么良善，这应该归功于卢梭的遗泽。当所有这些还不能保证人们的互相信任时，卢梭转向了法律。遵循法律的至高地位是西方古老的传统，卢梭重提它，是为了提醒人们关心自己的权利时不能忘记法律本身的合法性，如果它有合法性保证，那么作为强制力量，它能发挥比信仰更强大的力量，从而制约公民社会的暴徒。

卢梭在他的时代，就已经发现不同的文明应该有不同的对待幸福的方式，他清楚地知道，各个民族应该有自己的共和国，其范围是不可能无限广延的，因为“普遍人”是不可能存在的，因此也不会有真正的世界公民。笔者认为，这对今天所有卷入现代化进程的发展中国家仍然不失为最为有力的提醒：一个民族国家是有侵略

① 有关“主体间性”的概念当然不是卢梭发明的，这里主要借自哈贝马斯《在事实与规范之间》（童世骏译，三联书店，2003 年版）；另外，米德的《心灵、自我与社会》（赵月瑟译，上海译文出版社，1992 年版）和彼得·伯格等的《现实的社会构建》（汪涌译，北京大学出版社，2009 年版）对该主题有独到的精辟分析。

② 有意思的是，奥特弗利德·赫费的《政治的正义性——法和国家的批判哲学基础》（庞学铨、李张林译，上海译文出版社，1998 年版）有关“正义”所以可能的核心观点就是如此。

③ 布鲁姆，《巨人与侏儒》之《卢梭：那转折的一幕》。

性的，最可靠的保障是让自己足够强大，让对手在作出不利行动之前要仔细评估行动的成本。卢梭这种立足现实的政治思想是现代人永远不能忽视的。

卢梭站在他的时代敏锐地觉察到了时代的革命性变迁，他是以反抗那个荒诞的秩序作为他致思的起点的，但是“卢梭为反现代性作了最现代的表达，并因此导引了极端的现代性。将卢梭只视为‘左派’的天才是错误的。他关心的重心在乎人民，即单个人的集体生存，这在19和20世纪为民族的宗教奠定了基础……他坚持宗教对于人民生活的核心作用，这赋予了神学新的内容，并且激发了对宗教性的冲动，而这一冲动乃是19和20世纪的显著特征之一……卢梭甚至影响到了自由民主制度的支柱人物，卢梭对作为现代国家特征的政治和经济关系之残酷性的批判，使他们印象深刻，并且他们尝试着根据卢梭的建议进行纠正”①。

由于现代性创造出的非人的强大力量，个体被现实压榨得碎片化了。今天，卢梭规划的详细方案已经解体，但是他的思想却给人们留下了永久的价值：“他给我们中的大部分人的灵魂种了对自由和德性的渴望，这渴望却难以满足。”“卢梭所关切的大部分内容都落在了那些使生命变得有价值的东西上面，而不是那些威胁到生命的东西，他从肯定的方面、而非否定的方面取其方向。”卢梭通过对这些方面的申诫，明智地提醒人们，即便在现代社会，政治仍然是无所不在的，甚至更深刻地纠缠在个体的身上，因此必须特别小心。“政治在其狭窄的现代意义上关系到国家，是就人们之间进行的交往而施行最低程度的统治，而并不关系到人的幸福。文化是我们认为人们作为一个整体而生活的场所；它框定并塑造人们可能的生活方式以及人们达到幸福的方式。它被认为是更深一层的现象。卢梭对我们来说，似乎是在将文化的关怀和政治的关怀联结起来。”在当今社会，自由主义似乎是无坚不摧的胜利者，但是卢梭对它的深刻警惕，使我们能够意识到这还是试图用政治解决人的问题，“卢梭和那些伟大的自由主义者们之间的对峙将增进我们的自我清醒，并使我们承认我们的对手的深刻”②。

在现代社会，现代性几乎无处不在，只要这种状况还在继续，那么卢梭就是永生的。我们总能在卢梭提供的思想中找到希望和力量。我们需要提醒自己的是：在现代社会，我们必须珍视自己的自由，但是自由不是目的，自由地兑现人生存在的价值才是我们的目标。

---

① 布鲁姆，《巨人与侏儒》之《卢梭：那转折的一幕》。

② 布鲁姆，《巨人与侏儒》之《卢梭：那转折的一幕》。

结　　语

有位哲人曾说："一个人像他的时代更甚于像他的父亲。"笔者认为，这句话对规范研究具有恒久的启示意义。卢梭是18世纪的产儿，他的思想深深地根植于他的时代和他生活的世界；晚清中国的思想者则根植于近代转型时期中国的政治和社会秩序。

公民问题在现代性的背景下，和古典时代相比，在思想家讨论政治秩序时显得特别的重要。这是因为，在农业社会里，由于分工不发达，奠基于这种生产方式的政治和社会秩序，按滕尼斯的区分，是一种共同体秩序，它主要靠亲情与习俗来维持。在这种秩序下，单个的人生来和共同体血脉相连，个人的主观权利不具有特别的位置。这是一种相当稳固的秩序，人员的流动不是很频密，个人也许没有现代人那么自由，但是他的生活却是相当安稳而有保障的。因为一个人不必承担所有的风险，共同体为个人提供了优良的避风港。中国古人吟唱的"日出而作，日落而息；耕田而食，凿井而饮"的生活方式并不只是东方的特色，在农业社会里，中国古人的描述是一个相当普遍的并被理想化了的现象。然而现代社会秩序的确立，打破了这一切的宁静与和谐。现代秩序广义上是商业秩序，它得以确立的最初的动力源自流动的商人。和古代中国一样，早先的商人在西方也是社会阶层的末流，从来就是社会的边缘群体。然而随着罗马帝国的崩溃和基督教会的强盛，欧洲形成了独特的政治状态，它为商人阶层的崛起创造了条件。

在西方中世纪结束的时候，终于，一种新的社会秩序确立了，它是一种全新的秩序，我们称之为现代性秩序。在这种秩序下，共同体被摧毁了，利益和效率的思考取代了血脉的情感。个人被解放出来，他获得了空前的自由，却也收获着无限的孤独。这是一条无法回头的路，因为从此开始，新秩序逐步地拒绝个人和某个单独的小集团的支配，它被一套"非人"的制度所控制，个体在它面前显得空前无力。从此，思想家们思考政治秩序问题的时候，必须重视个人的主观权利，否则，人就要忍受双重的奴役：匮乏感——因为共同体崩溃了；制度本身带给人的束缚。

从马基雅维里开始，西方伟大的思想家们准确地感受到了这一革命性的社会变迁。霍布斯第一个系统地站在维护个人权利的立场上为新秩序而欢呼，洛克踵之。他们是有道理的，英国光荣革命以后，新秩序和旧秩序相比显示出旺盛的活力。然而卢梭生活时代的法国就不是这样，法国的君主专制一方面促进了新秩序的形成，

另一方面却激化了深刻的社会矛盾。最广大的人们的基本权利得不到保证，它正在酝酿革命。卢梭敏锐地触摸到了时代的脉搏，坚定地维护个人的权利，反抗法国的旧制度。他批判了法国腐化的风尚，把它归因为科学和艺术的负面作用。从这一批评出发，卢梭开始了他深刻而系统的思考，他在谴责现实的同时，走上了抗拒现代性的道路。和他同时代的思想者相比，卢梭走得太远了。他孤高的心性和独立的信念，导致他被他的同道们所孤立；而深刻的思想家被他的时代所孤立则是普遍的现象。这两个因素共同作用，最终，卢梭被他的时代孤立了。卢梭不能接受这种不公正的对待，他愤而反抗，这就有了他伟大的自传，但结果是这种反抗形式虽然让他获得了更高的知名度，因为这是新的"罪证"，也进一步恶化了他不幸的处境。更不幸的事情还在他身后，由于卢梭把握了时代的脉搏，他准确地预言了法国革命的到来，加上法国大革命的雅各宾派领袖们对卢梭的尊崇，最终，卢梭被加上了一种罪名：他应该为革命所不可避免的恐怖局面负责。这一风潮由著名的伯克倡导。由此，在此后的几百年间，在政治思想史上卢梭作为罪人的命运几乎成了铁案。20 世纪法西斯主义的恐怖，卢梭又被不少极有影响的思想者"重新发现"，成了极权主义的精神源头；而他的自传又成为他道德堕落的证据，成为高雅人士津津乐道的谈资。一个毕生为人的自由和平等权利、为唤醒人的道德意识而呐喊的斗士得到这样的评价，这正是历史的讽刺！

然而卢梭从来也不乏赞扬者，只不过声音不是那么有势力。有影响的改变，从 20 世纪的伏汉开始。卢梭一直被当成不成体系的政治思想家而被人们阅读，但从这个时候起，卢梭在自传中对自己著作的解读逐步得到人们的正视。很长时间，人们一直拘泥于去发掘卢梭是不是有一个系统的思想。笔者认为，这主要是由于现代学科的细分，导致政治哲学界习惯上更侧重于去解读卢梭的非小说的著作。然而正如笔者提到的，卢梭那个时代的书写特点是不拘文体的，因此，卢梭的主要著作是互证的。只解读他的非小说著作，难免发现卢梭充满矛盾——这被卢梭充满激情的文风所强化。直到 20 世纪 90 年代，卢梭作为有系统的深刻的政治思想家的地位虽然在逐步确立，但他的思想充满矛盾仍然被作为一个无法改变的事实——或许施特劳斯学派是例外；而且从哪个角度去阐释卢梭的系统性也是争议极大的话题。①

卢梭的思想是不是真的充满矛盾？他是激进自由主义者吗？笔者认为，只从政治哲学的角度去思考卢梭，恐怕难以得到有效的澄清。笔者发现，若把卢梭的小说和他的其他为学界公认的"学术"作品结合起来读，我们会得到一个全新的视角。② 笔者通过对卢梭写作背景的知识社会学（历史学—社会学）考察，发现卢梭的确是一个有系统的思想家，统系其思想的是他对政治秩序的关注，而公民的主观

① 参本书第一章和第四章的学术史整理。

② 在写作此书的过程中，谈君火生告诉我，2002 年普林斯顿大学出版社出版了一本卢梭研究著作《理智与激情》，提出和笔者类似的观点。笔者没有查到该书，只能留待来日备考。非常感谢谈君提供这个信息。

权利问题是他思考政治秩序的中心问题。这不仅和他对古典思想及霍布斯、洛克、孟德斯鸠等人的思想的熟悉是契合的；而且合乎现代秩序留给思想家的核心问题：重视公民的主观权利。卢梭的核心著作可以围绕着公民问题给予合理的解释，他的逻辑是严密而顺畅的。卢梭的思想中的确有矛盾，但这个矛盾不是他的论述逻辑有问题，而是人们通常用科学的方法去解释人类的文明史——但人类的文明史本身却不是科学的产物——所固有的矛盾。离析开这两个问题，只把精力集中在政治哲学层面是很难做到的，而作思想史考察却很容易揭示出：卢梭和这两者没有关系。

卢梭构造社会契约的两个假设是人的自爱和同情心，这两个假设的合理性在哲学上的生命力是很强大的。笔者认为，迄今为止，对人类社会的起源问题，一定程度上都依赖于假设，其中人类学的成果通常是使假设得以更精致而坚实。卢梭是这个思路，恩格斯也是这个思路。因此，对社会起源的哲学假设，尽管可能聚讼纷纭，其合理性有改进的余地，但是不大可能有胜败之说。这应该是卢梭的理论总是富有打动人心的力量的重要原因，即便争议不断；更何况确如布鲁姆所说，卢梭关注的是人作为人的存在而应有的价值问题，“人不能只靠吃米活着”（巴金语），因此卢梭的思想对现代人具有恒久的意义。这正是本书所强调的。

卢梭的思想是在19世纪和20世纪之交，随着西方势力对中国入侵的深入而传入中国的，这也是现代性被输入中国的时期。在新中国成立以前，卢梭主要以革命家的形象在中国出现，他的思想影响可以浓缩为三个短语：天赋人权、主权在民和社会契约。这几个短语虽然不能反映卢梭系统的思想，但是它们是卢梭抗拒现代性而强调公民权利的核心概念。而那个年代，中国正在发生社会转型，西方的影响不管是正面的还是负面的，都对这个转型起了重要作用。恰在那时，中国兴起了新民说的风潮，卢梭的形象就在这时有着巨大的影响。对卢梭而言，他思考公民问题时，不必过分担心亡国灭种的问题——尽管卢梭确实提及过国家的安全问题，但对中国当时的士大夫而言，这却是首要问题。因此，对中国的知识阶层而言，他们讨论新民问题，意味着新民要完成两个任务：救亡和促进个人权利意识的觉醒。根据本书的考察，现代公民问题的出现和西方民族国家的兴起是同一个过程，这些民族国家是极富侵略性的政治实体。① 尽管中国当时的士大夫不大可能清醒全面地意识到问题之间的关联性，但他们本能地把新民问题和救亡需求联系在一起考虑，从而

① 参本书第二章第二节结尾；这里补充布罗代尔的以下观点，他认为：“资本主义仍然建立在剥削国际资源、利用国际机遇的基础上，换言之，它以世界为存活的范围，至少它是全世界伸展的。它当前的大目标是：重整全球主义的旗鼓。”在布罗代尔看来，“资本主义从来都是垄断的，商品和资本从未终止过齐头并进，因为资金和信贷从来就是触及和打开外部市场最可靠的手段”。而“一切垄断皆具政治性……国家是资本主义制度运作的一个组成因素”。见费尔南·布罗代尔著《资本主义的动力》，杨起译，生活·读书·新知三联书店，1997年版；另外，吉登斯也说：“在晚期现代性中，征服未来的企图几乎是普遍的，许多类型的个体行动和组织卷入都可能会形塑生活政治问题。”这表明现代性的侵略性更加普泛化了。参安东尼·吉登斯氏著《现代性与自我认同》，赵旭东等译，生活·读书·新知三联书店，1998年版，第267页。

导致某种意义上的“国家主义”，而公民权利遭到忽视。① 这是由当时中国的社会结构仍处于转型期的特殊历史情况决定的。简言之，当时中国思想界是思想的进程领先于社会结构的转型。这是和卢梭有差别的。

笔者认为，澄清卢梭的思想，对我们认识人作为人存在的意义和现代民族国家政治的一系列问题是有深刻的启示意义的；对认识当代中国的民主、法制建设也是有意义的。至少，笔者认为只把当时中国的新民观和现代西方的公民观作简单的比较是远远不够的，② 对中国古典政治思想资源的发掘显然还有更多的工作要做，然而本书却不可能容纳这些讨论了。

① 单士联的文章《梁启超和德国的国家主义》对梁启超的这个倾向进行了详细的梳理。梁启超作为中国当时有代表性的思想家，从一个侧面反映了士大夫的倾向。本书附录二讨论的就是这个问题。单士联的文章见2003年中国人民大学—中山大学国际政治学会议论文集，未刊稿。

② 这种做法的典型代表如张灏的著作《梁启超与中国思想的过渡》，崔志海、葛夫平译，江苏人民出版社，1997年版。尽管张灏意识到“梁认为卢梭的民主学说不仅是矫正传统专制主义、而且也是矫正中国奴性的最有效办法。鉴于梁那时的思想态度，卢梭思想对他的吸引是很可以理解的。”（第137页）但他随后又认为，“梁对西方自由主义理想并没有一个统一的和一贯的看法。”（第141页）由此，张灏选择了去阐释现代西方的自由主义精神和梁启超不懂西方自由主义作比较，以证明他的看法是正确的。这显然弄岔了问题的意旨，张灏的论证逻辑走入了自20世纪70年代以来现代化理论研究者着力反思的死胡同：现代化就是西化。笔者无法判断张灏对卢梭有多少了解，但他的研究反证了笔者致思的方向是合理的，即理解梁启超那一代的中国思想家和西方的关系，恰应该把他们和卢梭那个时代的西方思想家的状况做比较，而不是和梁启超生活时代的西方做比较，更不应该和现代西方成熟的自由主义做比较。因为，对梁启超那代人来说，救亡是首要任务，如何正确理解西方的自由主义对这个目标来说，并不如此重要。王国斌的研究《转变的中国——历史变迁与欧洲经验的局限》，则似乎很好地注意到了这个问题，他说：“在19世纪之前，欧亚各地的农民，皆以保障生存和增加收入为目标。在一个资源有限，机会不多的世界中，很少农民会梦想发财致富，但所有农民都会希望安全感。”（第5页）

附录一：征引与参考文献

一、中文书目：[①]

1. 卢梭：《忏悔录》，黎星等译，人民文学出版社，1982年版，1996年第一次印刷。

2. 卢梭：《漫步遐想录》，徐继曾译，人民文学出版社，1986年版，1997年第二次印刷。

3. 卢梭：《卢梭自选书信集》，刘阳译，译林出版社，1997年版。

4. 卢梭：《论政治经济学》，王运成译，商务印书馆，1962年版。

5. 卢梭：《论科学与艺术》，何兆武译，商务印书馆，1959年版，1963年修订再版，1997年第六次印刷。

6. 卢梭：《社会契约论》，何兆武译，商务印书馆，1980年版，1997年第七次印刷。

7. 卢梭：《论人类不平等的起源和基础》，李常山译，商务印书馆，1962年版，1997年第七次印刷。

8. 卢梭：《爱弥尔》（上、下），李平沤译，商务印书馆，1978年版，1996年第七次印刷。

9. 卢梭：《新爱洛伊丝》，李平沤、何三雅译，译林出版社，1993年版，1994年第四次印刷。

10. 卢梭：《论语言的起源》，洪涛译，上海人民出版社，2003年版。

11. 卢梭：《卢梭评判让雅克：对话录》，袁树仁译，上海人民出版社，2007年版。

12. E·卡西尔：《卢梭·康德·歌德》，刘东译，三联书店，1992年版。

13. E·卡西尔：《启蒙哲学》，顾伟铭等译，山东人民出版社，1988年版，

① 本书目的编排秩序：以卢梭的著作和直接研究卢梭的国外作品居前；所有外国学者的著作（含中国学者编辑的外国学者的论文集）按年代序列并照顾内容的集中性居中；中国学者中有关卢梭研究的作品居前，其后的按年代序列排列。

1996 年第二次印刷。

14. 卡尔·贝克尔：《18 世纪哲学家的天城》，何兆武译，三联书店，2001 年版。

15. 列奥·施特劳斯：《自然权利与历史》，彭刚译，三联书店，2003 年版；与 J·克罗波西合编：《政治哲学史》（上、下），李天然等译，河北人民出版社，1993 年版。

16. 列奥·施特劳斯：《霍布斯的政治哲学》，申彤译，译林出版社，2002 年版。

17. 列奥·施特劳斯：《关于马基雅维里的思考》，申彤译，译林出版社，2003 年版。

18. 贺照田主编：《西方现代性的曲折与展开》之《施特劳斯文章小辑》，吉林人民出版社，2002 年版。

19. 艾伦·布鲁姆：《巨人与侏儒》，张辉选编，华夏出版社，2003 年版。

20. 凯利：《卢梭的榜样人生——作为政治哲学的〈忏悔录〉》，黄群译，华夏出版社，2009 年版。

21. 吉尔丁：《设计论证：卢梭的〈社会契约论〉》，尚新建等译，华夏出版社，2006 年版。

22. 普拉特纳：《卢梭的自然状态》，尚新建等译，华夏出版社，2008 年版。

23. 刘小枫、陈少明主编：《柏拉图的哲学戏剧》，上海三联书店，2003 年版。

24. J·H·萨拜因：《政治学说史》，盛葵阳、崔妙因译，商务印书馆，1986 年版，1990 年第二次印刷。

25. 勃·姆·别尔纳狄涅尔：《卢梭的社会政治哲学》，焦树安等译，中国社会科学出版社，1981 年版。

26. 罗曼·罗兰：《卢梭传》，陆琪译，华岳文艺出版社，1988 年版。

27. 德拉·沃尔佩：《卢梭和马克思》，赵培杰译，重庆出版社，1993 年版。

28. J·冈纳尔：《政治理论：传统与阐释》，王小山译，浙江人民出版社。

29. 鲍桑葵：《关于国家的哲学理论》，汪淑均译，商务印书馆，1995 年版。

30. 威尔·杜兰：《卢梭与大革命》，东方出版社，1999 年版。

31. 罗素：《西方哲学史》（下），马元德译，商务印书馆，1976 年版，1996 年第八次印刷。

32. 博伊德·金：《西方教育史》，任宝祥等译，人民教育出版社，1986 年版。

33. 柏拉图：《理想国》，郭斌和、张竹明译，商务印书馆，1986 年版。

34. 柏拉图：《政治家》，黄克剑译，北京广播学院出版社，1994 年版。

35. 柏拉图：《法律篇》，张智仁等译，上海人民出版社，2001 年版。

36. 亚里士多德：《尼各马科伦理学》，苗力田译，亚里士多德全集第八卷，中国人民大学出版社，1992 年版。

37. 亚里士多德：《政治学》，吴寿彭译，商务印书馆，1965 年版，1996 年重印。

38. 亚里士多德：《雅典政制》，日知、力野译，商务印书馆，1959 年版，1999 年第五次印刷。

39. 西塞罗：《国家篇法律篇》，商务印书馆，1999 年版。

40. 孟德斯鸠：《罗马盛衰原因论》，婉玲译，商务印书馆，1962 年版，1995 年印刷。

41. 孟德斯鸠：《论法的精神》，张雁深译，1961 年版，1997 年重印。

42. 孟德斯鸠：《波斯人信札》，罗国林译，译林出版社，2000 年版。

43. 霍布斯：《利维坦》，黎思复、黎廷弼译，商务印书馆，1985 年版，1996 年第四次印刷。

44. 霍布斯：《论公民》，应星、冯克利译，贵州人民出版社，2003 年版。

45. 洛克：《政府论》（上、下），瞿菊农、叶启芳译，商务印书馆，分别 1982 年版，1995 年第四次印刷和 1964 年版，1996 年第八次印刷。

46. 帕斯卡尔：《思想录》，何兆武译，商务印书馆，1985 年版，1997 年重印。

47. 狄德罗：《狄德罗文集》，王雨等译，中国社会出版社，1997 年版。

48. E · 伯克：《自由与传统》，蒋庆等译，商务印书馆，2001 年版；
《法国革命论》，何兆武等译，商务印书馆，1998 年版。

49. 托克维尔：《旧制度与大革命》，冯棠译，商务印书馆，1992 年版。

50. 吉本：《罗马帝国衰亡史》，黄宜思等译，商务印书馆，1997 年版。

51. 马克思、恩格斯：《马克思恩格斯选集》，人民出版社，1972 年版。

52. 斐迪南 · 滕尼斯：《共同体与社会》，林荣远译，商务印书馆，1999 年版。

53. 马克斯 · 韦伯：《马克斯 · 韦伯脱魔世界理性集》，王容芬、陈维纲译，陕西师范大学出版社，2003 年版。

54. 马克斯 · 韦伯：《新教伦理与资本主义精神》，于晓等译，三联书店，1987 年版。

55. 西美尔：《货币哲学》，陈戎女等译，华夏出版社，2002 年版。

56. 西美尔：《金钱、性别、现代生活风格》，刘小枫编，学林出版社，2000 年版。

57. 西美尔：《时尚的哲学》，费勇等译，文化艺术出版社，2001 年版。

58. 卡尔 · 曼海姆：《意识形态与乌托邦》，黎鸣、李书崇译，商务印书馆，2000 年版。

59. 卡尔 · 曼海姆：《卡尔 · 曼海姆精粹》，徐彬译，南京大学出版社，2002 年版。

60. 卡尔 · 施密特：《政治的概念》，刘宗坤等译，上海人民出版社，2003 年版。

61. 刘小枫主编：《施密特：政治的剩余价值》，上海人民出版社，2002 年版。

62. 巴林顿·摩尔：《民主和专制的社会起源》，拓夫、张东东译，华夏出版社，1987 年版。

63. 雅克·巴尔赞：《从黎明到衰落》，林华译，世界知识出版社，2002 年版。

64. 许纪霖主编：《共和、社群与公民》，江苏人民出版社，2004 年版。

65. 陶东风等主编：《文化研究》第二辑之哈贝马斯论文小辑，天津社会科学院出版社，2001 年版。

66. 哈罗德·J·伯尔曼：《法律与革命》贺卫方等译，中国大百科全书出版社，1993 年版。

67. 泰格、利维：《法律与资本主义的兴起》，纪琨译，学林出版社，1996 年版。

68. M. E. 斯皮罗：《文化与人性》，徐俊等译，社会科学文献出版社，1999 年版。

69. 斯塔夫里阿诺斯：《全球通史——1500 年以前的世界》，吴象婴、梁赤民译，上海社会科学院出版社，1999 年版。

70. 亨利·皮朗：《中世纪欧洲经济社会史》，上海世纪出版集团、上海人民出版社，2001 年版。

71. 汤普逊：《中世纪晚期欧洲经济社会史》，徐家玲等译，商务印书馆，1992 年版。

72. 汤普逊：《中世纪经济社会史》，耿淡如译，商务印书馆，1963 年版，1997 年重印。

73. 道格拉斯·诺斯、与罗伯特·托马斯：《西方世界的兴起》，厉以平等译，华夏出版社，1999 年版。

74. 道格拉斯·诺斯：《经济史上的结构和变革》，厉以平译，商务印书馆，1999 年版。

75. 布罗代尔：《资本主义的动力》，杨起译，三联书店，1997 年版。

76. 马克·布洛赫：《法国农村史》，余中先等译，商务印书馆，1991 年版。

77. 许宝强等编：《反市场的资本主义》，中央编译出版社，2001 年版。

78. 皮埃尔·米盖：《法国史》，蔡鸿滨等译，商务印书馆，1985 年版。

79. 雅克·勒高夫：《中世纪的知识分子》，商务印书馆，1996 年版。

80. 爱德华·福珂斯：《情爱的崇拜》，孙小宁译，中国盲文出版社，2003 年版。

81. 刘易斯·科塞：《理念人》，郭方等译，中央编译出版社，2001 年版。

82. E·H·冈布里奇：《世界美术之旅》，马文启、平野译，辽宁美术出版社，1991 年版。

83. 安德烈·比尔基埃等编：《家庭史——现代化的冲击》，袁树仁等译，三联

书店，1998年版。

84. 玛莉莲·亚隆：《乳房的历史》，何颖怡译，华龄出版社，2001年版。

84. 乔治·巴塔耶：《色情史》，刘晖译，商务印书馆，2003年版。

86. 乔治·巴塔耶：《色情、耗费与普遍经济》，汪民安编，吉林人民出版社，2003年版。

87. 伯高·帕特里奇：《狂欢史》，刘心勇等译，上海人民出版社，1992年版。

88. 马泰·卡林内斯库：《现代性的五副面孔》，周宪等译，商务印书馆，2002年版。

89. 路易斯·迪蒙：《论个体主义》，谷方译，上海人民出版社，2003年版。

90. 西里尔·E·布莱克编：《比较现代化》，杨豫、陈祖洲译，上海译文出版社，1996年版。

91. 克利福德·格尔兹：《文化的解释》，纳日碧力戈等译，上海人民出版社，1999年版。

92. 克利福德·格尔兹：《地方性知识》，王海龙等译，中央编译出版社，2000年版。

93. 马歇尔·萨林斯：《文化与实践理性》，赵丙祥译，上海人民出版社，2002年版。

94. 马歇尔·萨林斯：《甜蜜的悲哀》，王铭铭等译，三联书店，2000年版。

95. 安东尼·吉登斯：《民族—国家暴力》，胡宗泽等译，三联书店，1998年版。

96. 安东尼·吉登斯：《现代性与自我认同》，赵旭东等译，三联书店，1998年版。

97. 王启梁主编：《在牛津听讲座》，中国民航出版社，2002年版。

98. 萨尔沃·马斯泰罗内主编：《当代欧洲政治思想》，黄华光译，社会科学文献出版社，2001年版。

99. 本杰明·史华兹：《寻求富强：严复与西方》，叶凤美译，江苏人民出版社，1995年版。

100. 约瑟夫·阿·勒文森：《梁启超与中国近代思想》，刘伟等译，四川人民出版社，1986年版。

101. 柯文：《在中国发现历史》，林同奇译，中华书局，1989年版。

102. 段昌国等译：《中国思想与制度论集》，台北联经出版事业公司印行，1979年版。

103. 余英时：《士与中国文化》，上海人民出版社，1996年再版。

104. 张灏：《梁启超与中国思想的过渡（1890—1907）》，崔志海等译，江苏人民出版社，1997年版。

105. 王国斌：《转变的中国：历史变迁与欧洲经验的局限》，李伯重译，江苏

人民出版社，1998 年版。

106. 朱学勤：《道德理想国的覆灭》，上海三联书店，1994 年版。

107. 朱学勤：《书斋里的革命》，长春出版社，1999 年版。

108. 钱弘道：《为卢梭申辩》，北京大学出版社，1999 年版。

109. 黄德伟编著：《卢梭在中国》，香港大学比较文学系文化研究丛刊第十辑，1997 年版。

110. 袁贺、谈火生：《百年卢梭》，吉林人民出版社，2009 年版。

111. 夏良才：《卢梭》，开明出版社，中华书局（香港），1997 年版。

112. 于凤梧：《卢梭思想概论》，北京师范大学出版社，1986 年版。

113. 李平沤：《主权在民 VS“朕即国家”》，山东人民出版社，2001 年版。

114. 滕大春：《卢梭教育思想述评》，人民教育出版社，1984 年版。

115. 葛力：《十八世纪法国哲学》，中国社会科学文献出版社，1991 年版。

116. 梁启超：《梁启超法学论著集》，范忠信主编，中国政法大学出版社，2000① 年版。

117. 梁启超：《梁启超选集》，李华兴等编，上海人民出版社，1984 年版。

118. 梁启超：《清代学术概论》，东方出版社，1996 年版。

119. 梁启超：《中国近三百年学术史》，东方出版社，1996 年版。

120. 梁启超：《新民说》，中州古籍出版社，1998 年版。

121. 严复：《严复集》，王栻编，中华书局，1986 年版。

122. 吴晗等：《皇权与绅权》，天津人民出版社，1988 年版。

123. 萧公权：《中国政治思想史》，辽宁教育出版社，1998 年版。

124. 钱穆：《中国近三百年学术史》，中华书局，1986 年版。

125. 钱穆：《湖上闲思录》，三联出版社，2000 年版。

126. 钱穆：《国史大纲》，商务印书馆，1996 年 6 月修订第三版。

127. 钱穆：《国史新论》，三联出版社，2001 年版。

128. 张仲礼：《中国绅士》，上海社会科学院，1991 年版，1998 年重印。

129. 瞿同祖：《瞿同祖法学论著集》，中国政法大学出版社，1998 年版。

130. 费孝通：《乡土中国生育制度》，北京大学出版社，1998 年版。

131. 顾准：《顾准文集》，贵州人民出版社，1994 年版。

132. 舒新城：《近代中国留学史》，中华书局（香港）、上海书店，1989 年版。

133. 彭明、程歗主编：《近代中国的思想历程》，中国人民大学出版社，1999

① 以下中文书目和附录二的文章相关。本书在本人博士论文的基础上修订而成，本计划考察卢梭学说在近现代中国传播的状况。由于笔者意识到本书“摘要”所出现的问题，结果没能完成此一考察，而只完成了对卢梭之思想主旨的论析。出版时，出于论题的集中性，删去了原有的最后一章，改由《卢梭的中国面孔》一文代替，略微弥补这一未竟之考察的缺憾。而这些书目是该文的参考资料，故没有删除。

年版。

134. 刘桂生等编：《严复思想新论》，清华大学出版社，1999 年版。

135. 朱维铮：《求索真文明》，上海古籍出版社，1997 年版。

136. 熊月之：《中国近代民主思想史》，上海社会科学院出版社，2002 年版。

137. 张岂之、陈国庆：《近代伦理思想的变迁》，中华书局，1993 年版。

138. 阎步克：《士大夫政治演生史稿》，北京大学出版社，1998 年版。

139. 李强：《贡斯当与现代自由主义》，载《自由与社群》，三联书店，1998 年版。

140. 罗志田：《乱世潜流：民族主义与民国政治》，上海古籍出版社，2001 年版。

141. 罗志田：《权势转移：近代中国的思想、社会与学术》，湖北人民出版社，1999 年版。

142. 罗志田、葛小佳合著：《东风与西风》，三联出版社，1998 年版。

143. 桑兵：《国学与汉学》，浙江人民出版社，1999 年版。

144. 《晚清民国的国学研究》，上海古籍出版社，2001 年版。

145. 石元康：《从中国文化到现代性：典范转移?》，三联书店，2000 年版。

146. 徐宗勉等：《近代中国对民主的追求》，安徽人民出版社，1996 年版。

二、英文书目：

Rousseau's works:

1. Jean - Jacques Rousseau, The Confessions, published 1996, by Wordsworth Edition Limited. 1.

2. Jean - Jacques Rousseau, Rousseau Judge of Jean Jacques: Dialogues, translated by Judith R. Bush , Christopher Kelly and Roger D. Masters, edited by Roger D. Masters and Christopher Kelly, published for Dartmouth College by University Press of New England Hanover and London, 1990.

3. Jean - Jacques Rousseau, Rousseau's political writings, translated by Julia Conaway Bondanella, edited by Alan Ritter, published by W. W. Norton&Company.

4. Jean - Jacques Rousseau, Rousseau on international relations, Edited by Stanley Hoffmann & David P. Fidler, 1991, published in the US, by Oxford University Press, Newyork.

5. Jean - Jacques Rousseau, The Social Contract, Copyright by Maurice Cranton, 1968, reprinted from the English Edition by Penguin Books Ltd. 1974。

6. Jean - Jacques Rousseau: The discourses and other early political writings; The social contract and other later political writings. Both were edited by Victor Gourevitch,

Cambridge university press, 1997.

Other works:

1. Alfred Cobban, Rousseau and the modern state, printed in Great Britain , by Unwin Brother LTD. , working, 1934.

2. Authur. M. Melzer, The natural goodness of man: on the system of Rousseau's thought, 1990, by The University of Chicago Press.

3. Brent Edwin Cusher, Rousseau and Plato on the Legislator and the Limits of Law, A thesis submitted in conformity with the requirements for the degree of Doctor of Philosophy Graduate Department of Political Science University of Toronto? Copyright 2010.

4. Carol Blum, Rousseau and the republic of virtue, Cornell university press, 1969.

5. Craig, Graham, Kagan, Ozment, Turner, the heritage of world civilizations, Volume II, 1997, by Simon&Schuster/A Viacom Company.

6. CHRISTOPHER D. WRAIGHT, ROUSSEAU ' S THE SOCIAL CONTRACT, Typeset by Newgen Imaging Systems Pvt Ltd, Chennai, India Printed and bound in Great Britain by MPG Books Ltd, Bodmin, Cornwall, 2008.

7. D. Clifton Mark, The General and the Particular: Politics, Sex, and Morality in Rousseau, MA Dept. of Political Science, McGill University, Montreal January 2007.

8. David William Livingston, The relation between thougt and civil society: equality and inequality in the political philosophy of Jean – Jacques Rousseay, MA thesis, university of Dallas, 2003.

9. Dominic stefanson, Man as hero – hero as citizen, doctor paper, school of history and politic, the university of Adelaide, 2004.

10. Ernst Cassirer, The Question of Jean – Jacques Rousseau, 1963 by Indiana University Press.

Emile Durkheim, Montesquieu and Rousseau, Translated by Ralph Manheim, by The University of Michigan, 1960.

11. ELLIOT A. SLANE, CONFLICTING READINGS OF THE PHILOSOPHY OF JEAN – JACQUES ROUSSEAU, MASTER Thesis Submitted to the Graduate Faculty of The University of Georgia in Partial Fulfillment of the Requirements for the Degree.

12. Ethan Putterman, Rousseau, Law and the Sovereignty of the People, Published in the United States of America by Cambridge University Press, New York, 2010.

13. Gildin, Hilail. Rousseau ' s Social Contract, 1983 by the University of Chicago.

14. Jean – Jacques Burlamaqui, natural law and enlightenment classics, Translated by Thomas Nugent, Edited and with an Introduction by Petter Korkman, Allison Pointe Trail, Suite 300 Indianapolis, Indiana 46250 – 1684.

附录二：卢梭的中国面孔

——中国卢梭研究百年述评

袁 贺

[**摘要**] 卢梭是在近现代中国最有影响的西方政治思想家之一，自19世纪70年代一直到现在，有关卢梭的研究一直没有淡出中国学界的视线。然而，对中国知识界到底是如何看待卢梭这个问题，学界迄今并没有给予足够的关注。笔者对近百年来中文世界的卢梭研究进行初步清理后认为：卢梭作为政治思想家在中国主要有两张不同的面孔。在相当长一段时间内，卢梭充当的是中国革命的符号；而在后期，卢梭则主要以社会契约论思想家的身份出现。本文对卢梭的这两张中国面孔进行了初步的描述，并以此为基础，尝试指出中国卢梭研究的得失。

[**关键词**] 卢梭　革命符号　社会契约论　共同意志　神意论　公民

自近代以来，在中国知识界产生了巨大影响的西方政治思想家中，卢梭占有独特的位置。一方面，卢梭进入中国知识界视野的时间很早；[①] 另一方面，自从卢梭这个名字传入中国以后，中国有关卢梭的研究就不绝如缕，产生了大量的文献。[②] 不仅如此，在近代中国的大学教育中甚至一度还专门设立过“卢梭政治哲学”的课程。[③] 这些现象，展示了卢梭研究对中国知识界的吸引力。那么，一百多年来，在中国学者眼中，卢梭到底是何种形象呢？对这个问题，目前学界还缺乏足够的关注。[④] 通过对有关卢梭政治思想的文献的检阅，笔者辨识出卢梭在中国学界其实主

---

① 最早是驻英公使郭嵩焘，他在日记中提到了卢梭，当时他译为“乐苏”。见《郭嵩焘日记》，湖南人民出版社，1982年版，卷三，页495。对此一问题的翔实介绍可参王宪明、舒文：《近代中国人对卢梭的解释》，载《近代史研究》1995年第二期。

② 1997年，黄德伟主编过一本《卢梭在中国》，汇集了19—20世纪中国学界有关卢梭研究最有代表性的文章，见香港大学比较文学系“文化研究丛刊”第十辑。而笔者通过对CNKI的文献检索系统，检索到1980—2008年间，有关卢梭研究的文章多达数百篇，而这当然还相当不完备。

③ 1931—1937年清华大学政治学系开设了这一课程。见桑兵、关晓红主编：《先因后创与不破不立：近代中国学术流派研究》，三联书店，2007年版，章七，页478。

④ 在笔者检索到的相关文献中，仅颜德如对晚清时期的卢梭形象做过相关评论，而有关卢梭在中国的整体形象的评论则还付诸阙如。见颜德如：《卢梭与晚清革命话语》，载《学海》，2005年第一期。

要呈现为两种形象：作为中国革命的象征符号和作为契约论思想家。① 笔者将在照顾时间序列性的基础上，以问题为中心，对其中有代表性的研究作品做一个综合性的评论。

一、作为中国革命之象征符号的卢梭

自鸦片战争之后，中国又连续经历了一系列抵抗外国侵略战争的失败，在这种刺激下，近世中国先进学人被迫把眼光投向域外，寻求新的自强救国的思想资源。自郭嵩焘提到卢梭后，魏源、王韬、黄遵宪等相继提及卢梭，另外传教士李提摩太等人也有相关的介绍，不过总体而言，这一时段中国学人对卢梭相当陌生，对卢梭原著的译介工作尚未展开。② 但甲午战争的失败，使清政府的腐败彻底暴露在国人面前，大批有过留洋经历的中国先进分子开始向国内传播革命思想，卢梭思想的传播在这时达到了一个高潮。据学者研究，当时国人传播的卢梭的主要作品是《民约论》(即《社会契约论》)，大约有六七个不同译本或版本问世，其中主要是通过日文转译过来的，当时的知识精英和政治精英纷纷以该书为依据对卢梭进行了评论。③ 卢梭在当时中国知识界的受欢迎程度，从当时《苏报》的一篇文章《论黄梨洲》中的相关评论可窥见一斑："今者卢梭之《民约论》潮汹汹然，蓬蓬然，其东来矣！吾党爱国之士，列炬以烛之，张乐以导之，呼万岁以欢迎之。"④ 值得注意的是，时人之所以看重卢梭的这部作品，恰是该书蕴含的所谓的"革命主张"。⑤

如果卢梭的《民约论》被当时国人认为具有革命思想，那么弄清卢梭在其中提供的哪些观念对当时的中国来说具有革命意义就很重要。简要地说，时人重视的是它提供的"主权在民"思想。就学理而言，这种人民当家做主的观念对中国政治文化传统来说是全新的，因而它具有革命的意义，而且确实为后来的中国国共两党领导的革命所借用。由于卢梭清晰地表达出这种观念，并被认为影响了法国大革命，因此在之后的一百多年中，卢梭主要被当成革命的倡导者，而晚清中国正处在这个

---

① 鉴于本文的考察视角，这里将不考虑教育学领域对卢梭作为教育家的解读。在检索到的有关卢梭教育思想的文献中，笔者发现它们主要是从单独解读《爱弥尔》这部作品出发，基本没能照顾到卢梭思想的体系性，而卢梭的教育思想从属于他的政治思考。关于卢梭思想的体系性之说明，可参袁贺：《一个人的卢梭》，载《开放时代》，2004年第一期。

② 参夏良才：《〈民约论〉在中国的传播》，载黄德伟主编：《卢梭在中国》；颜德如：《卢梭与晚清革命话语》。

③ 这种盛况可参夏良才：《〈民约论〉在中国的传播》；颜德如：《卢梭与晚清革命话语》及王宪明、舒文；《近代中国人对卢梭的解释》。

④ 《论黄梨洲》，《苏报》，1902年9月10日。

⑤ 参夏良才：《〈民约论〉在中国的传播》。

时代背景下，当时的中国先进分子也正是这样看待卢梭的。[①] 例如，同盟会的机关报《民报》的创刊号上就印有中西各两圣哲的画像，其中就有卢梭，画像下的介绍文字是“世界第一民权主义大家卢梭”。[②] 尽管我们知道了卢梭在当时中国的定位，但就学理而言，其实更重要的问题是去追问时人怎样解读卢梭的“民权”思想。这对评价当时国人中的先进们如何理解“革命”，以及他们理解的革命是否真的和卢梭有关系至关重要。而恰是对这一点，学界目前尚缺乏足够的关注。笔者将分析几个当时有代表性的人物对卢梭及其“主权在民”思想的理解，以帮助我们认识这个问题。

马君武在《民报》第二期刊发《帝民说》，这样介绍卢梭的“主权在民”思想：“卢骚著《民约论》，倡帝民之说。以为国家之活力，当以人民之公意直接运动之，而图普社会之公益。”他解释说所谓“帝民”（以民为帝）即是卢梭的“主权在民之说”。[③] 且不论马氏这样理解卢梭是否准确，但这种用具有浓重中国古典政治思想特色的表达来传播一种革命性观念的做法，马君武居功甚大。

梁启超戊戌维新失败后，东渡日本，开始比较系统地接触西方思想，他也很快留意到了卢梭，并于1901年撰成《卢梭学案》。他在一再引证卢梭的言论之后指出：“要而论之，则民约云者，必人人自由，人人平等，苟使有君王臣庶之别，则无论由于君王之威力，由于臣民之好意，皆悖于事理者也。”梁启超由此获得了重视人民的自由权利的认识，并进而重视卢梭的人民主权观。“人人既相约为群以建设所谓征服者，则其最上之主权，当何属乎？卢梭以民约未立之前，人人皆自有主权；而此权与自由权，全为一体；及约之既成，则主权不在一人之手，而在此众人之意，即所谓公意者是也。”在这个认识的基础上，梁启超辨识出国民主权和政府主权的差别，他认为：“卢梭以前诸学者，往往以国民主权与政府之主权混淆为一，及卢梭出，始别白之。”区别这一点，梁启超是借此申述人民是国家主权者的全新观念。而这一区别，对梁启超来说，具有明显的政治目的，他在文章的结束处这样写：“我中国数千年生息于专制政体之下，虽然，民间自治之风最盛焉，诚能博采文明各国地方之制，省省府府，州州县县，乡乡市市，各为团体，因其地宜以立法律，从其民欲以施政令，则成就一卢梭心目中所想望之国家。其路最为近，而其事最为易焉。果尔，则吾中国之政体，将为万国之师矣！”[④] 和马君武相比，梁启超

① 有关卢梭作为革命倡导者的政治形象之清理，参袁贺：《试论卢梭政治形象的争议及研究的新路径》，载《历史教学》，2004年第十期。

② 《民报》第一号，1905年11月26日，“画像”。当时的媒体和学人对卢梭普遍持这样的理解，相关信息可参夏良才、颜德如前揭作品。

③ 《民报》第二号。

④ 这部分之征引参梁启超：《卢梭学案》，载《饮冰室合集·文集》之六，中华书局，1989年版。这里附带说明的是，宝成关的《梁启超的民权观与卢梭的主权在民说》（载《历史研究》1994年第三期）仔细考察了梁启超的民权观和卢梭思想的关系，但却没留意到梁启超把卢梭作为政治符号的这段论述。

不止传播卢梭的“主权在民”这个革命性的观念，而且以之用于政治实践的意图十分明显。虽然，梁启超后来又转录伯伦知理的政治观转而批评卢梭，强调国家的重要性，鼓吹开明专制。[①] 也就是说，他对卢梭的看法有改变，但这恰也证明了梁启超始终把卢梭作为他改造现实政治的思想资源。

刘师培是近代中国著名的国学大师，他对卢梭的《社会契约论》的解读别出心裁。他撰有《中国民约精义》，处处以卢梭社会契约论表达的观念来对比中国古代的民本思想。刘师培这样做有什么意图，中国既有的相关研究关注不多，且语焉不详。夏良才注意到刘氏“着重宣扬了反对专制的民主思想”，然而紧接着又评论说“刘师培用民约论来弘扬中国古已有之的民本思想，这是他的独创。”严格来说，这连续两句评论是相互矛盾的，刘师培的重点到底是在反专制还是宣扬中国传统的民本思想，在这里是含混的。而颜德如尽管认为“（晚清）革命者虽然不同程度接触或了解卢梭及其思想，但对卢梭思想真正深入理解的人不多，也许马君武、刘师培除外。”但他对刘师培的《中国民约精义》仅作了“以中国古圣先贤之言论附会卢梭言论，尤其把黄宗羲思想与之比较”这样泛泛的评论，根本看不出刘师培如何深入了解卢梭的思想。[②]

《中国民约精义》的序言称编选的目的是因为“竺旧顽老且以邪说目之（指卢梭的《社会契约论》——笔者），若以为吾国圣贤从未有倡斯义者。……因搜前圣曩哲言民约者若干，篇篇加后案，证以卢说，考其得失。”仿佛仅只是学术目的，即以中国古典的民本论来比附社会契约论，也许这正是夏良才和颜德如做出上述评论的依据。但仔细阅读该书之后，就可以发现，刘师培的目的并不那么简单，在他写的按语中，竟有下述表达：“文明之国，有君叛民，无民叛君。叛民之罪是为大逆，而叛君之罪甚轻，此最明顺逆之理者也。君无道而民畔之，是谓之顺，君无道而虐民，是谓之大逆。公理昭昭，千古不爽。何中国之民误认畔君为大逆，岂知君不畔民，民断无畔君之理。故民之杀君，不啻君之自杀也。”[③]（杜预条之按语）又如：“推叶（适）氏之旨，不过欲为君者少抑其尊耳。夫君本不尊，何待于抑？威福既非人君所可专，名位亦非人君所可挟。天下为万民之天下，岂人君一人所可服哉？盖叶氏之失，在误认主权为权势。主权者，本国民公共之权，因缔结民约而以之归君者也。人民虽以主权归君，然主权究非人君所固有，不过君主代公众握此权耳。”（叶适条之按语）鼓吹通过革命推翻中国君主制还政于民的政治意图昭然若揭。据笔者统计，类似限制或推翻君主制的明确表达，在全书共62条案语中，至

---

① 相关考察参巴斯蒂：《中国近代国家观念溯源——关于伯伦知理〈国家论〉的翻译》，载《近代史研究》，1997年第四期。

② 这里的征引分别参夏良才：《〈民约论〉在中国的传播》；颜德如：《卢梭与晚清革命话语》。在笔者的检索到的文献中，评价及刘师培和《社会契约论》关系的学术作品仅此两篇。感谢中国人民大学的萧延中教授提醒笔者注意刘师培和《社会契约论》的关系，但文责作者自负。

③ 刘师培、林獬：《中国民约精义》，载《刘申叔遗书》，上卷，江苏古籍出版社，1997年版。

少有九处是非常明确的（分别是杜预、柳宗元、程子、叶适、陆子、王应麟、黄道周、黄宗羲、唐甄），此不具引。按语中有这么高的比例论述限制或推翻君主制的合理性，这在当时对君权的神圣性还没有太多人怀疑的中国来说，绝对是空前的大逆之论，显然刘师培的主旨不只是在论证中国古代就有民约论，而在以此鼓吹革命。

不过，严复对卢梭的关注是否也把卢梭当成革命的符号呢？郑师渠认为严复吸收过天赋人权和主权在民思想，他有一段时间“思想上是卢梭《民约论》的拥护者，但在现实的政治实践中，却是一个维新改良论者”。但在戊戌后，严复的态度发生了改变，转而批评《民约论》。[①] 而蔡乐苏经过精细的考察后认为严复思想是内在一贯的，他对卢梭的天赋人权论始终是排拒的。不仅如此，他还以扎实的证据表明，严复评论卢梭的目的是针对康有为、梁启超宣传的卢梭的民权、平等思想的。[②] 也就是说，严复从来就没有认同过“主权在民”与“天赋人权”的思想。不过这里依然透露了一个明显的信息，那就是，严复至少是把卢梭当成某种政治符号的，问题在于严复提及卢梭是否依然把他当成革命的符号。

严复评论卢梭最有代表性的作品是《民约平议》，在这里他集中地批评了卢梭的思想，其间并没有引证卢梭的言论，但其核心思想是明确的，即“卢梭之说，其所以误人者，以其动于感情，悬意虚造，而不详诸人群历史之事实。”不过笔者也注意到，严复在该文中明确说：“今之所急者，非自由也。而在人人减损自由而以利国善群为职志。”[③] 换言之，严复的意思是，在当时的中国，谋求个人自由和建立独立自主的国家社会相比，应该放在次要位置。他以卢梭为攻击目标，恰是针对卢梭对公民自由是不可放弃的权利之坚持。如果我们了解民族国家的概念是近代以来的西方产物，那么可以作出这样的判断：虽然严复攻击卢梭的天赋人权和自由论，但并不表示他认为自由和人权不重要，而是因为这两者在他的改良规划中不是当务之急而已。[④] 也就是说，严复传播民族国家的思想本身，依然是革命的。实际上革命的参与者章士钊针对严复的“平议”，立即撰文指出严文源于赫胥黎，并对他的观点逐条予以驳斥。在这篇评论的结尾，他更是征引严复对赫胥黎的敷陈，指出其内涵数说“皆不啻为卢梭之书，下以铁板注脚。”[⑤] 这也可以佐证笔者的上述判断。也就是说，严复攻击卢梭，则仍是把卢梭当成革命的符号。

在辛亥革命前后，中国学人正面解读卢梭的《社会契约论》之成绩，正如上述，主要是把卢梭“主权在民”的观念附着在中国传统语汇上以宣传、鼓动或反对

---

① 郑师渠：《严复与卢梭的〈民约论〉》，《福建论坛》（文史哲版），1995 年第二期。

② 蔡乐苏：《严复拒卢梭意在讽康、梁》，载《近代史研究》，1998 年第五期。

③ 严复：《民约平议》，转载于《卢梭在中国》。

④ 林启彦的研究证实了这点。参氏著《严复与章士钊——有关卢梭〈民约论〉的一次思想论争》一文之第三部分，载《汉学研究》第 20 卷第一期，2002 年 6 月。

⑤ 秋桐（章士钊）：《读严几道〈民约平议〉》，载《卢梭在中国》。

革命，而且是正因为此一解读，卢梭在中国的形象俨然是一个革命的思想导师。现在的问题是，《社会契约论》的主旨是在鼓吹革命吗？实际上卢梭在《社会契约论》的开篇即已作过说明："我要探讨在社会秩序之中，从人类的实际情况与法律的可能情况着眼，能不能有某种合法的而且确切的政权规则。"① 很清楚，卢梭的意图是探讨合理政治秩序的规则，而不是鼓吹革命，因为革命和政治秩序的合理性是不相容的。② 在这个意义上，确如颜德如所言："晚清的中国人所谓的'卢梭热'，不过是'革命'崇拜，不过是想从卢梭这位所谓的世界革命的代言人那里捞取'革命'或行动的合理资源。"③

有意思的是，半个世纪以后，当西方把卢梭作为极权主义的倡导者的观点传入中国以后，再次得到有影响的回应，朱学勤依然把卢梭作为反思中国文化大革命的符号而予以利用，笔者曾指出那是他"一个人的卢梭"。④ 因此，这里不再讨论。

二、作为社会契约论思想家的卢梭

卢梭一进入中国，就被当成革命符号，这对理解卢梭的思想是非常不利的，但与此同时，也一直不乏严肃对待卢梭思想的研究。仔细审察，我们可以发现汉语学界的这些研究基本围绕如下一些主题展开。

社会契约与自由。汉语学界最早在学理上考察社会契约之价值的当属梁启超，他非常敏锐并精辟地揭示了社会契约的目的论意义。他说："卢梭又以为民约之为物，不独有益于人人之自由而已，且为平等主义之根本也。何以言之？天之生人也，有强弱之别，有智愚之差。一旦民约既成，法律之所要，更无强弱、更无智愚，惟视其正不正何如耳。故曰：民约者，易事势之不平等，而为道德之平等也。事势之不平等者何？天然之智愚强弱是也。道德之平等者何？由法律条款所生之义理是也。"⑤ 这一认识虽然奠基于儒家的智愚之分，但不妨碍他依然精辟地指出了政治正当性的根本问题，即政治必须以最大可能地消灭人和人之间天然的不平等作为目标，否则在人类理性的范围内，政治并不一定可取。也就是说，平等原则是政治的第一原则，而自由则是法律之下的自由。梁启超也许不明白卢梭社会契约说的现代性背景，但这没有阻止他在学理上切中了社会契约论的根本前提。若干年后，

① 卢梭：《社会契约论》，何兆武译，商务印书馆，1980年第二修订版，页7。

② "一些群体渴求改变自己日常生活的环境，革命性的运动如果表达了他们的诉求，这些运动就会改变自身的特点。这样的群体经常根据当时上层阶层的标准对自己的目标进行构想，但是他们并不打算通过承担统治权机器责任改善环境"。沃格林：《希腊化、罗马和早期基督教》，谢华育译，华东师范大学出版社，2007年版，页90—91。事实上，卢梭本人也是反对革命的，不过这方面的论证只能留待它文解释。

③ 颜德如：《卢梭与晚清革命话语》。

④ 袁贺：《一个人的卢梭》。

⑤ 梁启超：《卢梭学案》。

朱坚章撰《卢梭政治思想中自由观念的分析》，清理卢梭的自由观念，得出了同样的认识，“卢梭以平等为自由之条件，强调没有平等就没有自由。”并认为，在现代大工业时代，“这一种自由思想，对吾人似仍不失为启示。”① 能够如此认识社会契约的目的论价值，对理解卢梭的整个政治思想的体系性具有奠基性意义。

张奚若也力图发掘社会契约论对现代宪政的示范价值，他撰有《社约论考》。根据他自己的说法，他写此文是有感于严复与章士钊之争。他认为他们的争论“无与于社约论之大道正义。”而他认为要认识社约论的大道正义，“应先知社约论在历史上发生之由；既知其历史上之价值，其次又应问其在人类政治生活中所含永久不变之真理如何。”② 为此，张奚若系统地考察了社会契约论的发生及发展史。在该文的第七部分，张氏准确地抓住了卢梭社会契约理论的两个关键概念“社会契约”和“主权”，对卢梭的有关论述进行了简洁的梳理，并对卢梭的公意和众意的概念进行了卓有新意的解读。他以算术的方式表明，公意蕴含于每个私意之中，而众意仅仅是所有私意的算术和。③ 且不论他这一释读是否解决了卢梭的公意理论所含蕴的复杂性，但至少他为以后的相关研究提供了一个可供参考的思路。附带说明的是，张奚若对卢梭思想在学理上的考察，并不限于社会契约论，他还考察了卢梭思想和人权观念的关系。在《法国人权宣言的来源问题》一文中，张奚若征引了大量的法文原文，虽然给现代的阅读者带来不少困难，但其结论是相当明确的：一方面清楚地说明了《人权宣言》只能是18世纪政治哲学的产物；另一方面，他认为卢梭对人权思想固然有很大的影响，但不及英国民权思想对美、法革命的影响大。④ 依笔者愚见，对张氏的后一结论也许不同的研究者有不同的见解，但前一结论则应是没有学术争议的不刊之论。笔者认为，相对于张氏研究的结论而言，更值得重视的是他宏阔的、世界性的学术视野，这一点也许是留给后学最大的精神财富。

张奚若对卢梭的社会契约说的解读虽然着笔不多，但从他力图解释公意的含义这一努力中，可以看出他并不认为卢梭思想中有多少内在的矛盾性。李平沤的力作《主权在民 VS 朕即国家》一书，则循着这个方向上做出了可观的努力。该书集中澄清了《社会契约论》中曾被理解为极权主义思想起源的一些具有多义性的表达，论证了卢梭此书具有内在的逻辑一致性。李氏作品的困境在于，他无法解决“强迫

① 朱坚章：《卢梭政治思想中自由观念的分析》，原载（中国台湾）《国立政治大学学报》，第26期，1972，12。转自《卢梭在中国》。

② 张奚若：《社约论考》，载《张奚若文集》，清华大学出版社，1989年版。

③ 张奚若：《社约论考》，载《张奚若文集》，清华大学出版社，1989年版。

④ 张奚若：《法国人权宣言的来源问题》，载《张奚若文集》，页208。

自由”这一翻译如何和卢梭不是极权主义的倡导者相协调。[①] 相反，王元化的《谈社约论书》则读出一堆困难，其中主要是卢梭的公意说、人民主权说和立法者概念之间的紧张引起他特别的关注。应该说，卢梭社会契约理论的这一紧张确是困扰学界的主要问题之一，王氏着眼于此还是极为敏锐的。既然一方面人民是政治体主权的唯一正当性来源，也就是说主权的合法性源于民主，那么立法者的存在则是反民主的。而且，问题的关键是卢梭引入立法者概念的时候，似乎对人民能否形成公意还产生了怀疑。由此，王元化得出了卢梭的民主理论是对“多数人统治少数被统治”这一民主的主要原则的否定，并表达了惋惜之情。[②] 如果笔者对王文的解读不很离谱的话，那么可以认为，也许正是王元化过分执著于把卢梭定位为大众（或民粹）民主的支持者——这从他把民主原则理解为“多数人统治，少数人被统治”可见一斑，才会产生这样的困惑。

有意思的是，萧高彦对《社会契约论》的解读仿佛是特别针对王元化的困惑而来的。萧高彦的《立法家、政治空间与民族文化——卢梭的政治创造论》一文主要是从共和主义的思路来解读卢梭的《社会契约论》，处理的也是立法家和人民主权两个概念。在萧氏看来，虽然这两个概念呈现出“因果置换”的循环论证之困境，但这恰表达了卢梭的政治创造论的两个层面。“这个理论困境指向更根本之政治哲学议题。卢梭所欲证成的，乃是政治权力的正当性原则及其生成。鉴诸《社会契约论》的理论进程，我们可了解到卢梭企图以完美的立法（一种人为的创造物）来克服自然的秩序，也就是将政治作为一种技艺推到其极致，以克服自然与人类习俗的对立。”他注意到，卢梭在确定公意（或译为普遍意志、共同［通］意志、全意志等）为政治主权的正当性的前提下引入立法家概念是基于这样的前提，“普遍意志的运作要能够真正关联于共善，必须在相应的知性条件下方有可能，而让社会体的知性与意志相统一，需要有‘公共的启蒙’。但是共同体成员无法实现自我启蒙之任务，必须由一外在更高的力量加以完成，于此卢梭导入了‘立法家’的概念。”由于这一精到的区分，因此，公意表达的是政治秩序论方面，展示的是政治正当性原则；立法家的引进，展示的是政治创造论层次。“终极而言，卢梭的政治秩序论可以分成自由生活以及自由生活的条件两部分，而创造后者要依赖于与自由相对立的个人力量，这是卢梭思想的一个根本特质。”[③] 应该说萧高彦的论说显示

---

① 李平沤：《主权在民 VS 朕即国家》，山东人民出版社，2001 年版。有关“强迫自由”这一中译所导致的问题，参拙文《一个人的卢梭》之澄清。这里需要感谢的是何兆武先生，他曾在笔者文章发表后来信对笔者的断语表达了异议。由于笔者不谙悉法语，因此无法回信。但笔者的论证曾对照过两个不同的英文版本，迄今我也不认为自己的理解有根本的错误。因此，笔者除了对何先生严谨的学术态度表示敬意外，对于学术观点的不同，我只能表达歉意。

② 王元化：《谈社约论书》，《开放时代》1998 年第四期页 35—44，特别页 38—39。

③ 这段未特别说明的征引均见萧高彦：《立法家、政治空间、与民族文化》，载《政治科学论丛》第十四期，2001 年。

了非凡的识见，但笔者需要指出的是，该文存在两个问题：其一是对卢梭的立法概念的理解。依笔者愚见，萧氏可能对卢梭立法概念的理解过于现代，过分强调积极立法的方面，而不是编订法律的概念。① 萧高彦认为卢梭把立法者定位为“起草法律”，“立法家外于宪政制度，但又缔造宪政制度以及号令法律。”如果我们了解卢梭对政治法与宪法的内容的论述，就可以知道萧高彦的判断是大可商榷的。② 澄清这一问题，笔者是要说明，萧高彦应该高估了立法者和主权者的紧张关系，而这正是萧氏借助阿伦特批评卢梭的关键依据。③ 而且这一问题直接关涉到卢梭构想的政治体为何是宪政民族国家，而不是城邦或是帝国。提及该问题，这里顺便介绍一下陈端洪对卢梭政治法论说的深入探讨。他显然认识到，卢梭所谈的政治法才对应于我们今日所说的宪法。他认为，卢梭的《社会契约论》的一个主要贡献是提供了现代合法政治秩序的结构性特征，这个结构“可以普遍地概括为‘主权者—政府—臣民’，这个结构必须保持平衡，维持平衡的定律就是一个连比例原理：主权者：政府=政府：臣民。”根据他的这一发现，他批评了全权主义者对卢梭的滥读，而高度评价了卢梭的贡献：“政治法的平衡结构教导我们的是政治的基本角色之间的应然关系，至少为我们正确理解代表、政府、中间社会组织存在的合理性及其限度提供了一个出发点和标准。”④ 陈氏的研究，至少为我们理解卢梭对现代政治理论与实践的思想贡献提供了一个更广阔的视野。

萧高彦的第二个问题是他根本未处理公意这个概念，而是把公意的存在当成是基本的事实。而公意概念却正是引起卢梭被多向度理解的基础性问题，因此它不能被忽略。

公意说。公意概念是卢梭在《社会契约论》中的核心概念之一，但争议颇多，汉语学界也很早就注意这个问题。张翰书和张佛泉对卢梭公意说的历史资源问题做了相当深入的考察。张翰书把这一概念的源流问题追溯到马塞流（Marsiglio of Padua），并认为斯宾诺莎、洛克和孟德斯鸠的相关思想对卢梭发明此一观念贡献巨大。⑤ 而张佛泉则详细梳理了主要是现代西方学者对公意观念进行历史考察的成绩，他高度评价了张翰书的工作，同时他也把这一概念的起源推进到了新的高度。“卢梭政治思想中至少有两个‘单元观念’（unit-ideas，洛夫乔伊用语）——‘共同意志’和‘公共人格’——是源于十七世纪的法国神学，甚至源于《新约》

① 从西方法学传统来看，在卢梭之前，流传的法制观念可能是认为“法律是被‘找到的’，不是被制定的”。见萨拜因：《政治学说史》，盛葵阳、崔妙因译，北京：商务印书馆1986年版，1990年第二次印刷，第247页。

② 内容不详引，可参卢梭：《社会契约论》，卷二，章十二。

③ 参萧高彦：《立法家、政治空间、与民族文化》第六部分。

④ 陈端洪：《主权者—政府—臣民：政治法的平衡结构》，载《政法论坛》2006年第五期。

⑤ 张翰书：《“共通意志”探源》，载《卢梭在中国》。

圣经。”①

然而对解读卢梭而言，关键问题在于解决公意何以可能以及公意之性质的问题。最早做出努力的是张奚若，上文已论及。另外比较早地注意到这个问题的是崔之元。他从个人意志自由的角度出发，引入康多塞的“陪审团”定理解释公意何以可能的问题。康多塞定理的原理是这样的：假定每个陪审团成员做出正确判断的概率在0.5和1之间（否则根本不必设陪审团，只扔骰子也有一半机会能正确），然后他证明，随着成员的增多，多数决定趋于正确答案的可能性趋近于1。崔氏认为“这一‘陪审团定理’，可用来说明为什么卢梭认为‘多数决定’可形成‘公意’。”据此，崔氏认为“一旦我们从个人意志自由角度去理解卢梭，围绕他的‘公意’理论的误解就烟消云散了。‘公意’不仅不排除个人自由，而且以保证每个人的自由权利为基本目的，因为这是每个公民共享的‘共同利益’之所在。卢梭所希望的自由，比‘在法律之内的自由’更彻底，他要求公民相对于法律本身的自由，即法律必须反映每个公民共享的‘公意’，否则法律就变成了王权、上帝或社会中的‘特殊利益’的产物，公民在服从法律时就不像服从自己的自由意志一样了。”② 也就是说，彻底的自由主义必须考虑公意。

徐向东在研究“社会契约”观念的时候，在自由主义的关怀下也讨论过这个问题。按照他的看法，“卢梭的政治著作的核心主题就是自由及其最大的敌人——依附性。在卢梭看来，自由是人的本质属性，而各种形式的社会化却使得我们变得不自由。……卢梭为自己规定的任务，就是要向我们证明和提供一个并不对我们加以约束的社会，因为这样一个社会既不向我们要求那些会导致相互冲突或者与我们的本性相冲突的东西，也不导致我们要求这样的东西。”因此，我们可以想见，公意的概念当然对解读卢梭来说就具有极大的重要性。徐氏并没有试图回答公意何以可能的问题，但论说了公意的性质。他说：“普遍意志表达了公民们在把他们自己看做是社会共同体成员时理性的意愿的东西。因此，普遍意志既不是表达了一切公民想要的东西，也不是表达了大多数公民想要的东西。相反，它对应于‘共同’的善或者‘公共利益’，也就是只要存在就会自动地受益于每一位社会成员的东西。”③笔者认为，这一论述的确为理解卢梭思想的体系性贡献了非常有价值的思路。

谈火生对卢梭的公意问题的研究是汉语学界的最新进展。除了重整公意说的历史资源外，他引入了个人意志和特殊意志的概念，和公意组成一个概念分析群，来分析公意何以可能，他也采纳了陪审团定理作为辅助工具，但比崔之元的分析过程明显细腻很多。他深入地分析了“作为个人意志的共同意志和经过投票产生的共同

① 张佛泉：The Origin and Development of the Idea of “General Will”．载《卢梭在中国》。译文为谈火生提供。

② 崔之元：《卢梭新论——彻底的自由主义必须关心公意》，《读书》，1996年第七期。

③ 徐向东：《自由主义、社会契约与政治辩护》，北京大学出版社，2005年版，分别页108、116。

意志之间的关系”。笔者认为，谈氏此一研究的重要创新之处在于，它揭示了当前西方政治理论研究的显学审议民主理论何以是“新卢梭运动”的内涵。①

公民与公民宗教。公民宗教问题是卢梭在《社会契约论》中提及，并同样令学界迷惑的重要议题。在逻辑上，对卢梭公民观念的考察应当先于公民宗教的考察。笔者曾指出，公民观是理解卢梭政治思想的体系性的一个方向，但此方面的具体论证还没有未公开出版。② 而高力克则从新共和主义的视角考察了卢梭的公民观，他主要通过一组对举的概念“共和公民”和“自由（私人）公民”来展开分析。二者的差别是，前者的“公民身份只能实现于集体性的自决实践中”，而后者的“公民地位是由针对国家和其他公民的权利而定义的。”也就是说，这两种公民身份的根本差别是“公共性”和“私人性”的差别。在这个分析框架之中，高力克认为卢梭的公民观就属于共和公民观，并断言卢梭的政治理想是“复兴古希腊罗马式的公民国家和美德政治”，是试图“以小共同体的美德政治模式来作为组织大社会的政治原则”。据此，他认为卢梭的公民观只能是乌托邦式的人民主权原则和公民自由理想的“珍贵的思想遗产”。③ 笔者认为高力克对卢梭公民观的分析相当透辟，但认为他最后的断语大可商榷。也许卢梭对现代社会真正的启示价值，恰如梁启超和朱坚章所发现的，即便到了现代社会，公民依然不可以抛弃政治的伦理责任，而不是确定组建道德共和国的原则，否则卢梭对公民宗教问题的关怀在高力克的解释框架下，就变得多余和不可理解。

崇明倒是关注到了卢梭的公民宗教问题，但他走向了和高力克截然相反的另一个极端。严格地说，崇明不是讨论卢梭的公民宗教，而是讨论卢梭的宗教观，他提及的公民这个词汇只是点缀性的存在。在崇明看来，“宗教对卢梭而言，不仅是其个人生命的意义支撑，而且是其社会理论的建构资源。神义论是其全部思想的核心……”他认为，正是通过卢梭，基督教原罪的意识被清除，这样“他（卢梭）的神义论最终转化为人义论——这是其神义论的革命之处。”由于确定了这一认识，虽然他注意到卢梭是反对革命的，但他依然认为正是卢梭的理论“贡献”，致使“革命获得正当性，而人僭越成神后以神义为人义的旗帜使革命披上圣战的外衣，革命的合法性因而更为坚挺，革命者以神自居更加无所顾忌，革命之暴烈的颠覆性不可避免。”顺着这富有激情的表达，他还是下了这样的结论：“革命似乎已去魅的

① 谈火生：《卢梭的“共同意志”概念：缘起与内涵》，特别是“结语”部分。载《政治文化论丛》第六辑，天津人民出版社，2007 年版。

② 参袁贺：《试论卢梭政治形象的争议及研究的新路向》。具体的分析，有笔者中国人民大学 2004 年的博士论文《论卢梭的公民观》。

③ 本段所有征引见高力克：《卢梭的公民观》，载《浙江学刊》，2004 年第四期。

现代社会中仍成为某种‘魅态’与卢梭不无瓜葛。”① 这一结论几乎是朱学勤相关研究结论的翻版。② 笔者认为，这一研究对认识宗教于卢梭的价值有相当的意义，但以此来理解卢梭的政治哲学或社会思想，则相当勉强。正如笔者的征引所显示的，崇明已经注意到了卢梭明确表示过反对革命，但依然把革命思想导师的意蕴加诸卢梭头上。冲突是如此明显，笔者认为这至少说明崇明对卢梭的解读可能过于简单化。

三、结　语

近百年来，汉语学界对卢梭思想的传播和研究的文献可以用汗牛充栋来形容，但笔者认为上述梳理中出现的文献基本展示了内地港台地区卢梭研究成绩的主要轮廓。笔者认为还有必要在此基础上，尝试指出汉语学界在卢梭研究方面的得失。

通观前述，我们可以发现：总体上，卢梭研究在中国经历了两个阶段。第一阶段主要是在辛亥革命前后，那时的中国学界，主要是把卢梭作为探讨中国前途和命运的符号，也即是中国革命的象征符号，在学理上的探讨并不是主流，主要的文本依据是卢梭的《社会契约论》，而且可能还只是半部书；③ 第二个阶段是在辛亥革命以后，对卢梭思想进行学理上的探讨成为主轴。这阶段的研究又分为两个方向：一是有关卢梭思想（严格来说是卢梭的革命形象）在中国的传播这方面的研究，这主要由研究中国近现代史的学者完成，应该说，他们的工作相当出色，研究也相对充分；另一方向是有关卢梭思想的正面探讨。从他们探讨的主题看，主要集中在卢梭的几个概念：“社会契约与自由”、“主权者”、“立法者”、“公意”、“公民与公民宗教”。熟悉卢梭作品的读者可以发现，这些概念均集中出现于卢梭的《社会契约论》。也就是说，研究者解读的主要文本和前一阶段有惊人的相似性，主要还是《社会契约论》，不过已经是全本。这也是笔者把第二部分的标题定为“作为社会契约论思想家的卢梭”的主要依据，而这也是笔者要略加评论的地方。

的确，在世界范围内，《社会契约论》是卢梭研究界最重视的文本。一方面，这也许和该书的高度浓缩性有关；④ 另一方面，该书提出的上述一系列概念，既充满启发性，又似乎彼此在逻辑上不兼容，因而令学界兴趣很大但又颇感困惑。笔者

---

① 崇明：《卢梭社会理论的宗教渊缘初探》，特别是“结语”部分。载《现代政治与自然》，上海人民出版社，2003。对这篇文章，笔者没有讨论它的细节，是因为他的“结语”部分是对全文的一个总结性的概述。

② 参朱学勤：《教士与帝国一致的制度——卢梭政治哲学分析》，载《二十一世纪》，第19期，1993.10.

③ 夏良才：《〈民约论〉在中国的传播》。

④ 在《社会契约论》的“前言”部分，卢梭明确说过：“这篇简短的论文，是我以前不自量力从事已久而后来又放弃的一部长篇著作的撮要。”

认为汉语学界对卢梭的研究也主要集中于本书说明了两个问题：其一，汉语学界准确地把握了国际上研究《社会契约论》的主要脉搏，并在解读方面，做出了我们自己应有的思想贡献。其二，这说明了我们在卢梭研究方面的不足，由于忽视了卢梭的其他作品和《社会契约论》之间的关联性，因此在解读上可能自我制造了不必要的麻烦。自20世纪以来，西方的卢梭研究者曾有一个重要的发现，那就是过去的研究者居然曾经一直忽略了卢梭本人的看法。而卢梭自己是明白确认过自己作品之间的相互关联性的。不仅于此，卢梭还自己明确说过《社会契约论》的大胆言论早在《论人类不平等的起源和基础》里就说过了，并预言《社会契约论》将是使他最出名的作品，但他自己认为《爱弥儿》才是他最重要的作品。① 在这个意义上，笔者曾指出，循着卢梭本人的逻辑来考察卢梭的思想应该是一个很重要的方向。②

即便撇开这个思路，西方研究者对卢梭的其他文本作出过重要的研究，我们总体上也乏于关注。限于本文的主题，笔者不可能在这里做出详细的清理，但可以略举几例。勒塞克尔曾指出《新爱洛伊丝》是卢梭主义的百科全书。但汉语学界对该书的研究几乎是空白。③ 斯塔罗宾斯基是卢梭研究的权威，她曾评论卢梭的《论人类不平等的起源和基础》为“它以另一种语言重复《圣经》，从而替代了《圣经》。”而在汉语学界对该书的关注不多。④ 至于《爱弥儿》，艾伦·布卢姆曾给予这样的评论：“《爱弥儿》是那些罕有的整全或综观的著作之一，是一本人可在生活中相伴的书，而在他变得更深刻时，它也更为奥妙；并且它也是一本可以与柏拉图的《理想国》相媲美的书，而事实上它旨在与《理想国》竞争并取而代之。”⑤ 而汉语学界显然还没有和这种深刻认识相称的研究。

行文至此，我们大概可以对汉语学界的卢梭研究下一个基本的判断了，那就是，我们的研究还只是处于起步阶段，前方的路正长。

---

① 有关西方卢梭研究争论、卢梭研究方法论转向的大致脉络，以及卢梭对自己作品关联性及自我评价的论述可参袁贺：《一个人的卢梭》第二部分，及《试论卢梭的政治形象及研究的新路径》。

② 袁贺：《斯塔罗宾斯基：透明与阻遏》，载《中国书评》2005年第二期，广西师范大学出版社。

③ 勒塞克尔的这一见解见卢梭：《论人类不平等的起源和基础》，李常山译，商务印书馆，1962年版。对该书的汉语研究，笔者仅找到刘阳发表的一篇文章《试论卢梭的〈新爱洛伊丝〉》，而且是从文学角度来处理。载《宁波大学学报》，第七卷，第二期。

④ 斯塔罗宾斯基：《卢梭的〈论人类不平等的起源与基础〉》，载刘小枫等主编：《卢梭的苏格拉底主义》，华夏出版社2005年版。在该文的中译按语中，本文译者吴雅凌称“卢梭的这部传世之作的意图对国朝学界似乎仍晦而不明。”笔者在系统检索过中文的卢梭研究文献之后，发现除了本文评论过的朱坚章教授的文章，几乎没有其他的研究。

⑤ 艾伦．布卢姆：《爱弥儿》，崇明译，载《巨人与侏儒》，华夏出版社，2003年版。

后　　记

本书系以本人2004年提交给中国人民大学政治学系的博士论文为基础略加修订而成的。此后，笔者还对此一论题有持续的资料收集和跟进阅读，但这些阅读并没有动摇笔者对本书辨析之合理性的信心。所以，这么多年后笔者还是没有做根本改动就选择出版它。在即将付梓之际，我必须对指点、帮助过我的师长和亲人略表谢意。

首先要感激业师程歉教授。从就学期间至今，先生一贯耐心地指点和督促我读书，甚至手把手地教我写作。先生不嫌我愚鲁和不更事，一直耐心地教我做人、处事，并鼓励我向其他老师请益。先生不仅是业师，更是人师。在我毕业之际，先生曾嘱咐我：写东西一定要弄明白为什么而写作，要对得起良心。我对此时刻铭记，虽然这已然成为我偷懒的托词。在此也感谢师母邢老师对我的关怀。

我必须感激张鸣教授。自我在中国人民大学读本科以来，先生一直在关怀和教导我。多年来，先生一直以他渊深的学养无私地指点和帮助我，承受我无尽的打扰而不稍显愠怒；在先生面前，我一直感受到特别的爱护。我也感谢许蕾老师、吴静妍老师、姜继为老师对我的一贯爱护。

萧延中教授在我写论文的关键时刻给予的指点和鼓励给予我莫大的帮助；阎润渔教授的帮助，使我的论文写作顺利了许多；在论文构思阶段，刘晓教授的指点给了我很大的信心，祝福已在天国的刘先生一切安好。论文写定之后，程农教授的鼓励令我感怀。我诚挚地谢谢诸位师长的关爱。

我还要感谢中国人民大学国际关系学院负责中欧合作项目的宋新宁和张小劲两位教授，他们给我提供了去英国杜伦大学访学一学期的机会，我得以收集到不少对本书非常有用的资料；也因此，我感谢杜伦大学的卡拉汗博士，他作为我在杜伦期间的负责导师，给我提供了细致周到的帮助。

我感激中山大学的李萍教授。多年来，不论我是在广州，还是在北京，她一直在鼓励和关心我，她无私的关怀和无由的信任一直让我莫名感动。

我感谢以龚书铎教授为答辩委员会主席的答辩专家组对本书的诸多指正和肯定。

我感谢任智勇、谈火生两位博士，和他们的讨论令人愉悦，他们的指点和鼓励让我受益匪浅；我的大学同学幸明军、吴燕夫妇对我生活上的无私帮助让我心情一